शनि शमन

(भाग दो)

समाधान पक्ष

शनि शमन

(भाग दो)

समाधान पक्ष

मृदुला त्रिवेदी
टी.पी. त्रिवेदी

मोतीलाल बनारसीदास

दिल्ली • मुम्बई • चेन्नई • कोलकाता • बंगलुरू
वाराणसी • पुणे • पटना

द्वितीय परिवर्द्धित संस्करण : २०१२
प्रथम संस्करण : २००२

ISBN: 978-81-208-3544-3

मोतीलाल बनारसीदास
४१ यू०ए० बंगलो रोड, जवाहर नगर, दिल्ली ११० ००७
८ महालक्ष्मी चैम्बर, २२ भुलाभाई देसाई रोड, मुम्बई ४०० ०२६
२३६ नाइंथ मेन III ब्लाक, जयनगर, बंगलौर ५६० ०११
सनाज प्लाजा, १३०२ बाजीराव रोड, पुणे ४११ ००२
२०३ रायपेट्टा हाई रोड, मैलापुर, चेन्नई ६०० ००४
८ केमेक स्ट्रीट, कोलकाता ७०० ०१७
अशोक राजपथ, पटना ८०० ००४
चौक, वाराणसी २२१ ००१

आर.पी. जैन के द्वारा एन ए बी प्रिंटिंग यूनिट,
ए-४४ नारायणा, फेज-१, नई दिल्ली-११० ०२८ में मुद्रित
एवं जे.पी. जैन के द्वारा मोतीलाल बनारसीदास प्रकाशक प्रा. लि.,
यू.ए., बंगलो रोड, जवाहर नगर, दिल्ली-११० ००७, के लिए प्रकाशित

सस्नेह समर्पण

हमारे असीम, अगाध, अशेष स्नेह के शीर्ष पर अभिव्यक्त
हमारी स्नेह स्निग्धा, स्नेह सम्पदा, स्नेहाषिक्त पुत्री

दीक्षा

को

वात्सल्य विलसित आह्लाद एवं अनुराग के साथ सस्नेह समर्पित है

'शनि शमन (समाधान पक्ष)'

के शब्द-शब्द, अक्षर-अक्षर का शब्दार्थ एवं भावार्थ।

पुरोवाक्

शनि शमन (समाधान पक्ष)

कालरूपेण संसारं भक्षयन्तं महाग्रहम्।
मृत्युञ्जयं महाकालं नमस्यामि शनैश्चरम्।।

शनि एक विशालकाय ग्रह है जो कालरूप से जगत् को कालकवलित कर लेता है। ऐसे मृत्युंजय स्वरूप महाकाल-महाकाय सूर्यपुत्र शनिदेव को नमस्कार है।

शनि शक्ति के संत्रास तथा त्रासदी से आतंकित, व्यथित, पीड़ित, भयाक्रान्त मानव की विपुल वेदना, विपत्ति, विकृति, विनाश, व्याधि, विषमता, विघटन, विसंगतिपूर्ण विपरीत स्थितियों, परिस्थितियों के अवांछित, अनापेक्षित, अनावश्यक संभावनाओं के विषैले दंश और कटीले पथ की पीड़ा प्रदायक चुभन के अंतरंग आभास के अवलोकन और अवगाहन करने के उपरान्त पापाक्रान्त शनि की साढ़ेसाती, अष्टम शनि और शनि की लघु कल्याणी ढईया आदि से संतप्त जीवन को विमुक्त करने के निमित्त हमने स्वर्णाभामयी प्रज्वलित शनि शमन (समाधान पक्ष) की संरचना की, जिसमें सन्निहित अद्भुत, अनुभूत, अमोघ और दुर्लभ साधना परिहार, परिज्ञान, सम्पादन विधान एवं सुगम साधना प्रावधान का अवलोकन, अध्ययन, अनुसरण और अभ्यास जातक-जातिकाओं के जीवन को अलौकिक आलोक से आनन्दित और आह्लादित करने हेतु नैमित्तिक साधनाओं का परम पावन प्रांजल प्रसादामृत है।

1991 में प्रकाशित कृति 'शनि शमन' के अध्ययन और अनुसरण से शनि ग्रह से आक्रान्त लाखों जातक-जातिकाएं लाभान्वित हुए और अन्य परिहार परिज्ञान हेतु अनगिनत आराधकों के हृदयस्पर्शी अविचल अनुरोध के कारण 'शनि शमन' ने वर्तमान साकार स्वरूप ग्रहण किया।

'शनि शमन (समाधान पक्ष)' उन सशक्त, शास्वत, सारस्वत, संकल्पों का सुरभित सेतु है, जिसकी संरचना, शनि ग्रह संदर्भित परिहार परिज्ञान पर प्रमाणित शास्त्रसंगत सघन सामग्री के अभाव में अंकुरित और प्रस्फुटित हुई है। 'शनि शमन' अभीष्ट संसिद्धि के संसुप्त संज्ञान की जागृति का अभिनव अनुसंधान है जिसमें शनि संदर्भित अन्यान्य अरिष्टों, अनिष्टों, अवरोधों, अप्रत्याशित आतंक, विविध व्यथाओं,

विपत्ति प्रदायक व्याधियों से आक्रान्त जातक-जातिकाओं के दुर्दमनीय दारुण दुःख और दुर्गति का शास्त्रानुमोदित सुगम समाधान तथा अनुकूल विधान, अखण्डित आस्थाओं को अविचलित आधार प्रदान कर देने वाले परिहार परिज्ञान, दुर्लभ स्तोत्र साधनाएं, मंत्र प्रयोग और साधना विधान, दान : दिव्य अनुष्ठान तथा शनिदान : महादान के अतिरिक्त शताधिक सुगम सांकेतिक साधनाएं और उनके प्रतिपादन के विधि-विधान आदि सुव्यवस्थित रूप से समायोजित किये गये हैं।

मंत्र के मर्म की तलस्पर्शी मीमांसा तथा मंत्र साधना से सम्बन्धित परिहार के विभिन्न स्थितियों, परिस्थितियों, आकार-प्रकार आदि का सुव्यवस्थित विवेचन प्रारूपित है। इस ग्रन्थ में शनि ग्रह की प्रतिकूलता को अनुकूलता में रूपांतरित करने हेतु अनेक दुर्लभ साधनाओं, स्तोत्रों, सूक्तों, मंत्रों, व्रतों तथा दान आदि का सम्यक् सम्पादन प्रतिपादित किया गया है, जिनके सविधि अनुसरण से शनि प्रदत्त समस्त संकट, संताप, संत्रास आदि का सुगम समाधान संभव है।

मंत्र शब्द ही जिज्ञासु पाठक के हृदय में आशा के सुसज्जित दीप प्रज्ज्वलित कर देता है। मंत्र मण्डित महकता मधुबन का मधुरिम मार्ग ही अतृप्त आकांक्षाओं, अपेक्षाओं और आशाओं की संसिद्धि का आंतरिक आनन्द, आह्लाद और उल्लास प्रदान करता है तथा मंत्र जप प्रविधि, उन अभिलाषाओं को साकार आकार प्रदान करती है, जिनके प्रति प्रायः अत्यन्त व्याकुल और उत्सुक होने के उपरान्त भी असफलता और अन्यान्य अवरोध, व्यक्ति को कभी उदास, तो कभी निराश कर देते हैं। मंत्र विज्ञान एक अभियान है जिस पर प्रशस्त होने से पूर्व मंत्र के मर्म का अध्ययन और अभिज्ञान की अनिवार्यता असंदिग्ध है।

ज्योतिष शास्त्र में हमारी गहरी अभिरुचि उस समय से है, जब से हमारे मन में भविष्य दर्शन के प्रति कौतूहल और जिज्ञासा ने करवट ली। बाल्यकाल से जो स्वप्न हमने संजोए, उन्हें एक पल में ही सागर की कोई अल्हड़ लहर बटोरकर अपने साथ ले गई और हम उदास खड़े, अपने स्वप्नों का सागर में विलय देखकर आँसू बहाते रहे। उसी समय फिर तन-मन को झंकृत कर देने वाली एक ठोकर सी लगी, जिसने हमारी चेतना को जागृत करके जीवन्त किया और तभी ज्ञात हुआ कि कदाचित स्वप्न देखने से नहीं, बल्कि प्रयास करने से ही साकार आकार प्राप्त करते हैं। पूर्ण परिश्रम, आकण्ठ आस्था एवं निर्मल निष्ठा के साथ किया जाने वाला प्रयास जब निष्फल होने लगे, तब ग्रहों की अवरोध प्रदायक भूमिका का परिहार अनिवार्य प्रक्रिया जानकर मंत्र जप का अनुगमन, आस्था, आशा, विश्वास और श्रद्धा के साथ करना चाहिए, जिसे नैमित्तिक अथवा काम्य साधना की संज्ञा प्रदान की जाती है।

ज्योतिष विज्ञान के अध्ययन, मनन, चिन्तन सम्बन्धी परिज्ञान के उपरान्त परिहार की अनिवार्यता ने, हमारे मन में मंत्र साधना के प्रति उत्कट अभिलाषा उत्पन्न कर दी और उत्साह युक्त उत्कण्ठा को जागृत कर दिया। मंत्र विज्ञान पर आधारित दो प्रकार के ग्रन्थ हमें उपलब्ध हैं। मंत्र महार्णव, मंत्र महोदधि, शारदा तिलक, महेश्वर तंत्र, लक्ष्मी तंत्र, आगम रहस्य, ज्ञानार्णव तंत्रम्, कुलार्णव तंत्रम् आदि ग्रन्थ हैं जो इस दिशा के शिखरस्थ ज्ञान को स्वयं में सन्निहित किए हुए हैं। दूसरी ओर मंत्र शास्त्र से सम्बन्धित ऐसी कृतियाँ हैं जिनमें असीमित त्रुटियाँ और कमियाँ हैं, जो नितान्त भ्रामक एवं भ्रष्ट हैं जिनमें अधिकांश से ज्ञान की अपेक्षा अज्ञान की ही अपेक्षा की जा सकती है।

ज्योतिष विज्ञान के अध्ययन से संभावित घटनाओं तथा भविष्य की गतिविधियों को बहुत अंश तक जाना जा सकता है। कभी समय शुभ होते हुए भी, कुछ अशुभता की संभावना से, व्यक्ति को आतंकित और व्यथित अथवा विचलित करता है जिसके समाधान अर्थात् परिहार की अनिवार्यता को अस्वीकारा नहीं जा सकता। आयु विशेष में किसी व्यक्ति को असाध्य व्याधि से ग्रसित होने से सम्बद्ध ग्रह योग का संज्ञान ज्योतिष विज्ञान का विषय है परन्तु उसका निदान सम्बन्धी परामर्श न प्रदान किया जा सके, तो ज्योतिष विज्ञान की उपयोगिता में स्वतः ही न्यूनता दृष्टिगत होगी। अतः ज्योतिष विज्ञान के सूत्रों के परिज्ञान के साथ-साथ समस्याओं के समाधान सम्बन्धी परिहार की अनिवार्यता असंदिग्ध है। ज्योतिष विज्ञान, ग्रहों के अनुकूल अथवा प्रतिकूल प्रभाव के अध्ययन, मनन, चिन्तन और अनुसंधान का विज्ञान है। ग्रहों की प्रतिकूलता सम्राट को भिक्षुक बना देती है तथा ग्रह की शुभता और अनुकूलता, अनपढ़, अशिक्षित व्यक्ति को देश का संचालक बना देती है। प्रतिकूल ग्रहों के प्रभाव से रक्षा अथवा उनकी प्रतिकूलता को अनुकूलता में रूपांतरित करने के सबलतम माध्यम अग्रांकित है जिनके अनुसरण को ज्योतिष विज्ञान का परिहार विधान कहना सर्वथा उपयुक्त है :

1. मंत्र, तंत्र अथवा यंत्र द्वारा समस्याओं का समाधान
2. व्रत विधान द्वारा समस्याओं का समाधान
3. दान प्रदान विधान द्वारा समस्याओं का समाधान
4. ग्रहों से सम्बन्धित रत्नों के उपयोग द्वारा समस्याओं का समाधान
5. अनुकूल और उपयुक्त मुहूर्त्त का चयन तथा उसी के अनुरूप कार्य का सम्पादन प्रतिपादन तथा प्रारम्भ।

परिहार सम्बन्धी उपरोक्त समस्त विधान विस्तृत विषय है तथा इनमें से किसी

भी मार्ग पर प्रशस्त होकर समस्त समस्याओं का उपयुक्त समाधान प्राप्त किया जा सकता है। परिहार सम्बन्धी उपरोक्त सभी माध्यमों में मंत्र जप, स्तो़त्र पाठ विधान, सर्वाधिक सुगम, सरल, सहज है जो समस्याओं को जन्म देने वाले ग्रहों के प्रतिकूल प्रभाव के प्रति अवरोधक-प्रतिरोधक शक्ति प्रदान करके साधक को सुरक्षा कवच प्रदान करते हैं। मंत्र जप स्वयं करना सर्वथा उपयुक्त और गहन प्रभाव प्रदान करता है जिसमें अर्थ की आवश्यकता भी नहीं होती, परन्तु सात्विक साधना, श्रद्धा, आस्था, विश्वास का अंतर्मन में संयुक्त समागम अपरिहार्य है। रत्नों का भी अनुकूल प्रभाव होता है परन्तु उच्च कोटि के श्रेष्ठ गुणवत्ता से युक्त रत्नों का मूल्य इतना अधिक होता है, जिन्हें क्रय करना प्रायः सामान्य साधक अथवा जातक के लिए संभव नहीं हो पाता। रत्न के अभाव में उपरत्नों का उपयोग करने पर पूर्ण प्रभाव अथवा सम्यक् रक्षा की अपेक्षा नहीं की जा सकती। रत्नों के अतिरिक्त दान और व्रत का अनुसरण करना अपेक्षाकृत सुगम है। व्रत और दान के माध्यम से भी ग्रहों की प्रतिकूलता को अनुकूलता में रूपान्तरित किया जाना संभव है। अतः मंत्र विज्ञान के साथ-साथ इस लघु कृति में व्रत और दान के विषय में भी संक्षिप्त परिचय तथा अनिवार्य प्रविधि सम्बन्धी परिज्ञान प्रस्तुत किया गया है जिनसे कतिपय पाठक पूर्णतः परिचित नहीं हैं।

त्रिपुरसुन्दरी की असीम अनुकम्पा से पूर्व वर्षों में, मंत्र शक्ति के व्यावहारिक उपयोग के माध्यम से अभीष्ट एवं मनोकामनाओं की संसिद्धि पर आधारित, अनेक कृतियों का लेखन सम्पन्न करने से सम्बन्धित हर्ष हमें उपलब्ध हुआ। कालान्तर में हमारी मंत्र संदर्भित कृतियों की लोकप्रियता ने, उनकी प्रमाणिकता को प्रतिष्ठित एवं प्रशंसित किया। मंत्र शक्ति पर केन्द्रित मंत्र मंथन, मंत्र मंजूषा, मंत्र मधुबन, मंत्र मंजरी, मंत्र पुष्पांजलि, मंत्र संजीवनी, मंत्र संदर्शन, मंत्र सृजन, मंत्र मंदाकिनी, समृद्धि सुधा, समृद्धि सिन्धु, सन्तान सुख : सर्वांग चिन्तन, वैवाहिक विलम्ब के विविध आयाम एवं मंत्र आदि हमारी सभी कृतियाँ सामान्यतः विशेषज्ञों और ज्योतिर्विदों हेतु विशेष उपयोगी सिद्ध हुई हैं। सामान्य पाठकों के अनवरत आग्रह ने 'शनि शमन (समाधान पक्ष)' की संरचना करने हेतु प्रेरित, प्रोत्साहित किया, जिसका अध्ययन करके वे स्वयं ही अपनी समस्याओं के समाधान हेतु उपयुक्त मंत्र, स्तोत्र, प्रयोग, आराधना, अनुष्ठान अथवा उपयुक्त सांकेतिक साधना का चयन कर सकने में सफलता प्राप्त कर सकें। जिस प्रकार से एक ही व्याधि हेतु अनेक औषधियाँ उपलब्ध होती हैं अथवा दूसरे शब्दों में समस्त व्याधियों के लिए एक ही औषधि का उपयोग नहीं किया जा सकता है, उसी प्रकार से एक ही समस्या के लिए अनेक मंत्र, अनुष्ठान एवं जप विधान प्रस्तुत किए गये हैं जिनका चयन जन्मांग में विद्यमान

शनि ग्रह की स्थिति, शनि की साढ़ेसाती, कंटक शनि, अष्टम शनि अथवा शनि की लघु कल्याणी ढईया आदि के आधार पर अत्यन्त सतर्कतापूर्वक करना तर्कसंगत है।

शनि शमन सशक्त संकल्प एवं श्रमसाध्य साधना का शाश्वत, सारस्वत संस्कृति का साकार स्वरूप है, जो इस विषय पर सघन, सारगर्भित, सार्वभौमिक, सुरुचिपूर्ण, शास्त्रानुमोदित, वेदविहित, पुराणोक्त तथा प्रमाणित सामग्री के अभाव में अंकुरित हुए थे।

शनि शमन की स्वतःसिद्ध सफलता, लोकप्रियता व उपयोगिता के कारण अल्पकाल में ही अनेक संस्करण और पुनर्मुद्रण के उपरान्त पंचम रूपांतरित, परिमार्जित, परिवर्द्धित संस्करण प्रबुद्ध पाठकों के समक्ष प्रस्तुत करते समय हम अपार हर्ष का अनुभव कर रहे हैं।

शनि संतप्त अनेक व्यक्तियों द्वारा **शनि शमन** में वर्णित सैद्धान्तिक तथा प्रायोगिक खण्ड की प्रमाणिकता बार-बार सत्य सिद्ध हुई है। अनेक व्यथित व्यक्ति जो विपन्नता, विविध व्याधियों, वेदना, वैमनस्य व व्यग्रता से ग्रसित थे उनको शनि सम्बन्धी मंत्र, स्तोत्र, सूक्त, जप आदि का अनुसरण करने से आश्चर्यजनक और सुखद परिणाम प्राप्त हुये, जो सहस्राधिक पाठकों द्वारा प्राप्त होने वाले पत्रों से ज्ञात हुआ। वैवाहिक विलम्ब से विक्षुब्ध अनेक कन्याओं को मनोनुकूल सुखद दाम्पत्य जीवन की उपलब्धि तथा संतति संत्रस्त दम्पति को संतान प्राप्ति का हर्ष शनि साधना द्वारा होता रहा है। यही हमारे श्रम का वास्तविक पुरस्कार है, जो हमारे चिंतन और लेखन को उल्लसित करता है।

इलेक्ट्रॉनिक मीडिया के आधुनिक युग में पठन-पाठन की प्रवृत्ति अत्यधिक सीमित हो चली है जिस कारण पुस्तकों को खरीदने और पढ़ने की रुचि में तेजी से कमी आयी है। ऐसे समय में भी **शनि शमन** का पंचम संस्करण रचनाकार तथा प्रकाशक दोनों के लिए उत्साह का विषय है। **शनि शमन** की लोकप्रियता के कारण ही इसका अंग्रेजी अनुवाद, वूइंग सैटर्न (दो अंकों में), जो पर्याप्त विस्तृत, परिवर्द्धित और संशोधित है, भी प्रकाशित किया जा चुका है, ताकि हिन्दी न जानने वाले तथा विदेश में भी शनि संत्रस्त व्यक्तियों को शनि की कृपा का सुखद प्रसाद प्राप्त हो सके और वे सभी प्रकार की चिन्ता और व्यथा से सदा के लिए मुक्त हो सकें।

शनि शमन के पाठकों के अनवरत तथा अपार अनुग्रह के कारण हमारा हृदय जहाँ अंतरंग आह्लाद और आनन्द से अभिषिक्त हुआ, वहीं उनके निश्छल और निर्मल आग्रह ने हमें शनि ग्रह पर विशिष्ट ग्रंथों की रचना हेतु प्रेरित और आंदोलित भी

किया, जिसके फलस्वरूप शनि ग्रह पर केन्द्रित, हमने अपने चालीस वर्षों के अध्ययन, अनुभव, अनुसंधान और अभ्यास का समायोजन शनि दशा दिग्दर्शन; वैवाहिक सुख में शनि प्रमुख; शनि : शोध संज्ञान; सैटर्न : द किंग मेकर; रिअन्डरस्टैन्डिंग सैटर्न; सीक्रेट्स ऑफ सैटर्न तथा सैटर्न : मैलेडीज एण्ड रैमेडीज नामक ग्रंथों में करके अत्यन्त संतोष का अनुभव किया है।

शनि शमन का अध्ययन करके अपूर्व अग्निहोत्री नाम के छात्र ने हमारे पास आकर भारतीय प्रशासनिक सेवा (आई.ए.एस.) में सफल होने की इच्छा व्यक्त की। हमारा परामर्श था कि गोमती नदी के तट पर स्थित मन्दिरों की शृंखला में शनि देव का मन्दिर सर्वाधिक जागृत, ज्वलंत और जन-जन के मन की अभिलाषा पूर्ण करने वाला है। वहाँ प्रत्येक शनिवार को जाकर दर्शन करो, दशरथकृत शनि स्तोत्र का पाठ और शनि के वैदिक मंत्र का जप करो। इसके अतिरिक्त किसी अति विपन्न, वृद्ध, निर्बल, अपंग तथा कृष्ण वर्ण के शूद्र व्यक्ति को अपनी सामर्थ्य के अनुसार दान दो। अपूर्व छात्र था इसलिए उसकी अपनी कोई आय न थी। दान की राशि प्राप्त करने के लिए उसने आई.ए.एस. की परीक्षा की तैयारी करने के साथ-साथ दो छात्रों को पढ़ाना प्रारम्भ किया। उससे मिलने वाली राशि से वह प्रत्येक सप्ताह एक कम्बल खरीदता और संकल्प करके उस प्रकार के व्यक्ति को प्रत्येक शनिवार को दान देता तथा शनि मन्दिर में ही मंत्र, जप तथा स्तोत्र का पाठ करता। शनि देव की कृपा से अपूर्व का आई.ए.एस. में चयन हो गया।

अमृतसर के श्री गुरमीत सिंह ने **शनि शमन** पढ़कर प्रत्येक शनिवार को दान देना प्रारम्भ किया और कुछ ही समय में वह दानवीर गुरमीत के नाम से प्रसिद्ध हो गये। सन् 2007 से 2010 के मध्य श्री गुरमीत का, शनि देव की कृपा से सम्पूर्ण जीवन सन्त सदृश हो गया और उन्हें जो कुछ अपने वेतन अथवा किसी अन्य स्रोत से प्राप्त होता है, वह सब शनिवार के दिन विपन्न, विकलांग और असहाय व्यक्तियों को दान स्वरूप प्रदान कर देते हैं। शनि दान ने उनकी समस्त समस्याओं का समाधान कर दिया। उनका संतप्त वैवाहिक जीवन मुस्कराते मधुबन की महक से प्रेमासक्त हो उठा। जीवन की क्रूरता, क्लेश, कठोरता, कुंठा सहसा करुणा, दया, उपकार तथा सहृदयता में रूपांतरित हो गई। उन्हें जीवन का लक्ष्य स्पष्ट दृष्टिगत होने लगा। इसी प्रकार से शनि देव की कृपा के सहस्राधिक उदाहरण प्रस्तुत किये जा सकते हैं।

शनि के प्रकोप से जो व्यक्ति प्रकंपित और भयभीत हैं उन्हें हमारा परामर्श है कि वे अपने दुःख और व्यथा की चिन्ता शनि देव के अधीन करके उनकी उपासना, आराधना और अर्चना आस्था और विश्वास के साथ करें। शनि का प्रभाव अत्यन्त

जटिल और रहस्यात्मक है। किसी को शनि राजा के पद से विभूषित करता है, किसी को विश्व विजयी बनाता है तो किसी के जीवन में दुःखों का अम्बार लगा देता है। जहाँ पर शनि का क्रूर और अनिष्टकारी प्रभाव हो, वहाँ शनि साधना के सभी प्रकार अति उपयोगी सिद्ध होते हैं और जीवन की नकारात्मकता साकार रूप ग्रहण करके सार्थकता में परिणत हो जाती है, यह हमारा अटल विश्वास और गहन अनुभव है।

मुख्यतः 'शनि शमन' के प्रथम अध्याय **'शनि शमन हेतु परिहार विधान'** के अन्तर्गत शनि ग्रह पर केन्द्रित विस्तृत-विशाल विषयवस्तु को संक्षेप में संयोजित करने की चेष्टा की गयी है। शनि का कारकत्व, शनि संदर्भित व्यवसाय, शनि ग्रह की प्रकृति और प्रारूप, शनि के साथ विभिन्न ग्रहों की युति के परिणाम तथा शनि के अशुभ प्रभाव से संरक्षण हेतु संदर्शन का संक्षिप्त स्वरूप इस अध्याय में आविष्टित है।

इस अध्याय में शनि शमन हेतु उत्कृष्ट, अनुभूत, अनुकूल आराधनाएं तथा उनके विविध विधान, पुरश्चरण प्रविधि, संकल्प का स्वरूप, वैदिक, पौराणिक, तांत्रिक और लौकिक मंत्रों के अतिरिक्त शनि संदर्भित समस्त संकटों का समाधान तथा अन्यान्य परिहार व अनुभूत आराधनाएँ इस अध्याय में संयोजित हैं, जिनके सहज संपादन से ही शनिदेव की प्रसन्नता शीघ्र प्राप्त होती है और विविध विपदाएँ, विपत्तियाँ, व्याधियाँ, विकृतियाँ स्वतः विलुप्त हो जाती हैं।

शनि शमन (समाधान पक्ष) के द्वितीय अध्याय को **'हनुमत आराधना द्वारा शनि संताप शमन'** से शीर्षांकित किया गया है। यह सर्वविदित सत्य तथ्य है कि महाबली हनुमान जी का पूजन, मंत्रजप तथा अनुष्ठान आदि करने से शनि संताप तथा संत्रास का किंचित् भी आभास नहीं होता। इस अध्याय में हनुमत साधना से संबंधित अनुभूत मंत्र स्तोत्र तथा साधनाएँ सम्मिलित की गई हैं जिनके अभाव में शनि शमन (समाधान पक्ष) की पूर्णता संदिग्ध है। शनिवार के दिन हनुमत पूजन का विधान शनिदेव की प्रसन्नता के निमित्त ही विवेचित एवं व्याख्यायित है। इस अध्याय में, अज्ञानता के कारण हनुमत पूजन से संबंधित उत्पन्न होने वाली अनेक मिथ्या धारणाओं को खंडित करने की चेष्टा की गयी है।

शब्दों के व्यामोही वन्दनवार टाँग कर भावसंकुलता के दिग्भ्रामक आवर्तों में शक्ति के बाह्याभ्यन्तर उद्गमों का अपव्यय करने वाले, जड़ता के सर्वग्रासी आतंक से संत्रस्त इस युग में व्रत एक ऊर्जस्वल भाव निधि है। व्रत असंयम के विरुद्ध संयम का विजयकेतु है और संकल्प व्रत का प्रधान बिन्दु। तपश्चर्या व्रत की सांगोपांग विकसित साधनाचर्या है। साम्प्रतिक समाज एवं युग में व्रत अनादि काल से अप्रतिहत सत्संकल्प की उस तपःपूत परम्परा का घनीभूत अंश है जिसमें समस्त

आर्यावर्त्त की सांस्कृतिक विरासत सुरभित-सुरक्षित है। भारतीय संस्कृति का समग्र विकास आदिपुरुषों एवं पूर्वपुरुषों के तप का ही प्रतिफल है। तप की भूरि-भूरि प्रशस्ति पुरासाहित्य में की गई है। **'शनिवार व्रत विधान'** शीर्षांकित तृतीय अध्याय में शनिवार के व्रत सम्बन्धी परिहार का विस्तार विवेचित है।

'शनि शमन (समाधान पक्ष)' के रचनाक्रम में सामान्यजन के उपयोग हेतु अत्यन्त सरल, सुगम, सहज साधनाओं को भी सम्मिलित किया गया है, जिन्हें इस कृति में अन्यान्य समस्याओं के समाधान हेतु **'शनि शमन हेतु सांकेतिक साधनाएँ'** नामक चतुर्थ अध्याय में प्रतिपादित किया गया है। असंदिग्ध आशय को मन-मस्तिष्क में केन्द्रित करके अन्यान्य समस्याओं के समाधान हेतु शनि शमन (समाधान पक्ष) के महत्त्वपूर्ण अंग के रूप में प्रतिष्ठित व्यवस्थित करने की सबल चेष्टा की गई है। इसके अंतर्गत शनि संदर्भित अभिलाषाओं के समस्त संभावित बिन्दु स्पृष्ट हैं। आर्थिक सम्पन्नता एवं समृद्धि, ऋणमुक्ति, मानसिक विषमता एवं तनाव से मुक्ति, वैवाहिक विलम्ब से रक्षा एवं शीघ्र विवाह सम्पन्नता, संतति प्राप्ति में अवरोध, सुखद दाम्पत्य के विघटनकारी योग का शमन, स्वास्थ्य रक्षा, व्यवसाय से सम्बन्धित व्यवधान का शमन तथा आजीविका प्राप्ति में व्यवधान के समाधान हेतु अरिष्ट, विपत्ति, व्याधि के शमन, दुःखों के निवारण, स्नायुमंडल के विकार और दैहिक पीड़ा से मुक्ति, तनाव युक्त संत्रास को मधुमास में रूपांतरित करने हेतु अन्यान्य सांकेतिक साधनाएँ इस अध्याय का वैशिष्ट्य हैं।

'दान' का शब्दार्थ 'देना' है और भावार्थ परोपकार अथवा कल्याण के उद्देश्य से आर्थिक अथवा श्रम सम्बन्धी सहायता करना। दान की महिमा को सीमाबद्ध नहीं किया जा सकता और न ही दान के कारण प्राप्त होने वाले पुण्य प्रताप की सही-सही व्याख्या की जा सकती है। दान से प्राप्त होने वाले पुण्य से देवताओं के सिंहासन का अस्तित्व भी प्रकम्पित हो जाता है। तभी तो जब कोई महान दानवीर, दान प्रदान करने की उदारता के कारण असीम पुण्य प्रताप से संयुक्त होने लगता है तो उसकी दान के प्रति सत्यनिष्ठा, असीमित आस्था, तीव्र गति को अवरुद्ध अथवा खण्डित करने हेतु ईश्वर को भी अवतार लेकर पृथ्वी पर आना पड़ा है। दान प्रदान करना कदाचित सर्वाधिक सशक्त परिहार विधान है जिसका विस्तृत अध्ययन **'शनि दानः दिव्य अनुष्ठान'** नामक अध्याय में सुरुचिपूर्ण स्वरूप में समायोजित है। शनि दानः दिव्य अनुष्ठान शीर्षक के अन्तर्गत, दान हेतु शुद्ध संकल्प एवं अन्य सूक्ष्म ज्ञातव्य तथ्यों का उल्लेख किया गया है, ताकि शनि दान की महिमा से साधक आराधक एवं भक्तजन पूर्णतः परिचित हो सकें।

मंत्र विज्ञान पर सहस्रों कृतियाँ बाजार में उपलब्ध हैं परन्तु खेद का विषय है कि कतिपय उच्चस्तरीय श्रेष्ठ संरचनाओं के अतिरिक्त किसी पुस्तक में षोडशोपचार पूजन विधान भी सम्मिलित नहीं किया गया है जो सामान्य रूप से सभी पूजन, मंत्र जप, अनुष्ठान, आराधना आदि से सम्बन्धित आस्था का आधार ही नहीं, बल्कि प्रारम्भ भी है। जिस मंत्र के जप का परामर्श प्रदान किया जाता है उससे सम्बन्धित देवता का षोडशोपचार पूजन, अनुष्ठान का प्रासंगिक अंग है जिसकी किंचित भी उपेक्षा, मंत्र जप के प्रतिफल में संशय उत्पन्न करती है। इसी प्रकार से मंत्र प्रतिष्ठा एवं पूजन विधान के सांगोपांग संज्ञान के अभाव में 'शनि यंत्र प्रयोग' प्रभावहीन ही सिद्ध होता है। अतः 'शनि शमन (समाधान पक्ष)' के षष्ठ अध्याय में **'शनि यंत्र प्रयोग'** की व्याख्या पाठकों के कल्याणार्थ की गई है और उपयोगी तथा अनुभूत यंत्रों का निर्माण विधान भी इस अध्याय में आविष्ठित है।

'शनि शान्ति स्तोत्र' नामक सप्तम अध्याय में मंत्र जप, स्तोत्र पाठ तथा अनुष्ठान संपादन हेतु इनके विधि-विधान और प्रतिपादन के संज्ञान विद्यमान हैं। मंत्र स्तोत्र आदि के महत्त्व को बिना जाने, मंत्र जप करना उपयुक्त नहीं है और न ही उससे कोई लाभ की अपेक्षा की जानी चाहिए। मंत्र, स्तोत्र का चयन, उनका उच्चारण, उनके देवता, संकल्प की प्रविधि, मंत्र तथा साधक के तत्त्वों का समन्वय अथवा समुपयुक्त समीकरण, मंत्र जप सम्बन्धी दोष, गुरु महिमा, हवनादि की संख्या तथा मंत्र, स्तोत्र के प्रभाव का वैज्ञानिक विश्लेषण तथा अनुकूल मंत्र, स्तोत्र चयन के विभिन्न आधार आदि का परिज्ञान अपरिहार्य है जो हमारी मंत्र संबंधी विविध कृतियों में व्याख्यायित है, अतः उनकी पुनरावृत्ति इस कृति में नहीं की गई है। हमारी सदास्था है कि शनि शमन (समाधान पक्ष) के अध्ययन द्वारा मंत्र विज्ञान से सम्बन्धित अनेक मिथ्या धारणाओं का खण्डन होकर, शनि शमन का स्वच्छ एवं सशक्त मार्ग प्रशस्त होगा।

शनि शमन (समाधान पक्ष) के सृजन क्रम में हम अपनी स्नेहसंपदा, स्नेहाषिक्त पुत्री दीक्षा के सहयोग हेतु उन्हें हृदय के अन्तःस्थल से अभिव्यक्त स्नेहाशीष तथा अनेक शुभकामनाओं से अभिषिक्त करके हर्षोल्लास का आभास करते हैं। अपने पुत्र विशाल तथा पुत्री दीक्षा के नटखट पुत्रों युग, अंश, नवांश तथा पुत्री युति के प्रति भी आभार, जिन्होंने अपनी आमोदिनी-प्रमोदिनी प्रवृत्ति से लेखन के वातावरण को सरल-तरल बनाया। स्नेहिल शिल्पी तथा प्रिय राहुल, जो हमारे पुत्र और पुत्री के जीवन सहचर हैं, का सम्मिलित सहयोग और उत्साहवर्द्धन हमारे प्रेरणा का आधार स्तम्भ है।

लेखक और पाठक के मध्य, प्रकाशक एक सशक्त सेतु की भाँति होता है। श्रेष्ठ प्रकाशक का चयन करना लेखक का दायित्व है और इस महत्त्वपूर्ण दायित्व का निर्वाह करने में भक्तिभावना के भव्य भुवन में त्रिभुवन मोहिनी, त्रिपुरसुन्दरी के प्राशीष से, हम अभिसिंचित हुए हैं। देश के बहुप्रतिष्ठित, बहुप्रशंसित, प्रमाणिकता और विशुद्धता के लिए बहुचर्चित श्रद्धेय प्रकाशक के प्रति भी हम अति कृतज्ञ हैं, जिन्होंने **'शनि शमन (समाधान पक्ष)'** को इतने सुन्दर, नयनाभिराम स्वरूप में प्रकाशित करके, हमारे प्रयास को पाठकों तक पहुँचाने हेतु सुरभित सेतु की स्थापना की है। उनके प्रकाशकीय कौशल ने सदा हमें अनुग्रहीत किया है और ज्योतिष शास्त्र पर केन्द्रित हमारे अनेक ग्रन्थों का इन्द्रधनुषी प्रकाशन और विश्वव्यापी वितरण करके प्रबुद्ध ज्योतिष प्रेमियों की चेतना को जागृत किया है।

धन्यवाद के क्रम में श्री सदाशिव तिवारी, श्री राजेश त्यागी, श्री रोहित मिश्रा तथा मुखपृष्ठ के निर्माता चित्रकार श्री प्रेमशर्मा प्रमुख हैं जिनके अभाव में 'शनि शमन (समाधान पक्ष)' की रचना इतने सम्पुष्ट स्वरूप में संभव नहीं थी।

हमें आभास है कि कचग्राही काल के कराल कर इस देह को समेट लेने हेतु तीव्रता के साथ निकट आ रहे हैं इसीलिए समस्त दायित्वों तथा कर्त्तव्यों से निवृत्त होने के चेष्टाक्रम में शनि शमन (समाधान पक्ष) प्रबुद्ध एवं ज्ञानी जिज्ञासुओं के समक्ष प्रस्तुत है।

सुयोग्य, प्रतिभावान एवं प्रबुद्ध पाठकों की शनि शमन (समाधान पक्ष) के अध्ययन एवं अनुसरण के परिणाम की आकुल हृदय से प्रतीक्षा है, क्योंकि उनका तत्त्वान्वेशी निर्णय हमारा बहुप्रतीक्षित परीक्षाफल है। उसी की प्रतीक्षा की पल्लवित और पुष्पित पृष्ठभूमि की प्रफुल्लता प्रीति प्रतीति परिपूरित परम पावन परमेश्वर का प्रसादामृत है। हमारी निर्मल अभिलाषा तथा सशक्त सदास्था है कि प्रबुद्ध पाठक वर्ग की अनवरत अभिशंसा, प्रशंसा से सर्वदा अभिसिंचित अभिषिक्त होता रहे, शोध पल्लवित अनुसंधानपरक मंत्र ज्ञान, विज्ञान और अनुराग का पवित्र पावन प्रगति पथ।

'मृदुल वाटिका', 24, महानगर विस्तार,
ई-40, कारपोरेशन क्वाटर्स के सामने,
पीली कालोनी, लखनऊ - 226006
दूरभाष : 0522-2326625

मृदुला त्रिवेदी
टी.पी. त्रिवेदी

अनुक्रमणिका

अध्याय–1

शनि शमन हेतु परिहार विधान

1.1 शनि ग्रह और उसका परिचय

शनि सौर परिवार का सबसे सुन्दर ग्रह है। शनि (प्रसिद्ध ग्रह) को आँग्ल भाषा में SATURN, उर्दू में जुदुल फारसी में केदवान और अरबी में जुहुल कहते हैं। इसका चिह्न और संकेत 'श.' है।

शनि के पर्यायवाची शब्द अधोलिखित हैं - मंद, माँदि, शनैश्चर, सूर्यसूनु, सूर्यपुत्र, रविज, सूर्यज, यम, पंगु अर्कपुत्र, सौरि, नील, भास्करी, असित, कोण, छायात्मज, भानुज, नील, छायासुन, तरणितनय आदि।

शनि ग्रह के गति गुणादि से संबंधित अनेक नाम हैं, जैसे- शनैश्चर, नन्द, पंगु असित, सप्तार्ची, क्रूरलोचना। इस ग्रह का निरूपण काले कपड़े पहने कृष्णकाय पुरुष द्वारा होता है। एक पुराण में शनि को सूर्य पत्नी छाया का पुत्र कहते हैं, तो दूसरे पुराण में बलराम और रेवती का। शनि की कुदृष्टि से बचाव के लिए शनि संबंधी यज्ञानुष्ठान किये जाते हैं।

शनि शुभ हो, तो व्यक्ति को धूल से उठाकर आकाश की ऊँचाई तक पहुँचाने में समर्थ होता है परन्तु शनि का अशुभ प्रभाव सम्राट तुल्य सफल व्यक्ति को धूल धूसरित कर देता है। उसे विपन्नता के ऐसे अंधकार में विलीन कर देता है जहाँ प्रकाश की कोई किरण नहीं पहुँच पाती। यदि आशा का कोई दीप प्रज्ज्वलित हो भी जाये, तो प्रायः उसकी प्रतीक्षा की अवधि सर्वदा शेष बनी रहती है और वह व्यक्ति अत्यन्त हताश, निराश, उदास और परास्त होकर अपने जीवन के अन्त की कामना करने के लिए विवश हो जाता है।

शनि ग्रह को काल पुरुष का दुःख माना गया है। कालचक्र में शनि कर्म और उसके परिणाम का प्रतीक है। सूर्य प्रकाश है तो शनि अंधकार, सूर्य जीवन है तो

शनि मृत्यु। शनि स्त्री-पुरुष के स्नायविक मंडल पर विशेष प्रभाव डालता है। इसके संबंध में कुछ तथ्य अग्रांकित हैं :

वर्ण - काला	अवस्था - वृद्ध
स्वरूप - आलसी, बूढ़ा	लिंग - नपुंसक
आकृति - दीर्घ	गुण - तम
तत्त्व - वायु	स्वाद - कसैला
स्वभाव - तीक्ष्ण व दारूण	धातु - लोहा
प्रकृति - वात	जाति - शूद्र
गोत्र - कश्यप	वार - शनिवार
वाहन - गिद्ध	समिधा - शमी
राज्याधिकार - दूत, सेवक	ऋतु - शिशिर
शरीर में प्रभाव - घुटनों से पिंडली तक	कद - दीर्घ
उपरत्न- कटैला, जमुनिया व लाजवर्त, नीली	रत्न - नीलम
संज्ञा - पाप	निसर्ग बल - सबसे कम बली
क्रीड़ा स्थल - कूड़ाघर	पराभव - सूर्य से पराजित
रुचि - कानून, कूटनीति, दर्शन-शास्त्र, राजनीति व यावनी विद्या	बली - संध्या व रात्रि में स्थान - ऊसरभूमि
शुभाशुभ - अशुभ	दोष शमन - राहु और बुध का
दान पदार्थ - काले उड़द, तेल, नीलम, तिल, कुलथी, भैंस, लोहा, श्यामवस्त्र व सामर्थ्य के अनुसार दक्षिणा आदि	भाग्योदय - 36 से 42वें वर्ष में जड़ी - बिछुआ या बिच्छोलमूल दान का समय- मध्याह्न व सायं
देवता - ब्रह्मा व यम	मंडल - धनुषाकार
स्वामी - मकर वं कुंभ राशि का	देश - सौराष्ट्र
रोग - वात व कफ विकार, गला, टाँग व लंगड़ापन व कैंसर आदि	भाग - पृष्ठभाग दीप्तांश - 9 अंश

शरीर में कारक - स्नायु संस्थान	काल समय - वर्ण
विचारणीय विषय- आयु जीवन, मृत्यु का कारण, दुःख व विपत्ति	विद्या- कानून, शिल्प, दर्शन, तंत्र. मंत्र, यंत्र व यान्त्रिक शास्त्र
दृष्टि - पश्चिम	शुष्कता - तिक्त
राशि भोगावधि - ढाई वर्ष	

1.2 शनि ग्रह उपासना

सूर्य पुत्र शनिदेव शुभ हो तो व्यक्ति यश, ऐश्वर्य, दीर्घायु और दार्शनिक चिन्तन शक्ति में वृद्धि करता है। शनि अशुभ हो, तो निर्धनता और अनाचार के साथ-साथ कष्टों को बढ़ाता है। पुराणों में शनि के कोप से कष्ट पाने वालों में गणेश जी का नाम उल्लेखनीय है। शनिदेव की प्रसन्नता के लिए भैरव उपासना बतायी जाती है। शनि के कष्ट को कम करने के लिए हनुमान जी की उपासना सर्वोत्तम है।

शनि ग्रह की उपासना शुक्ल पक्ष के शनिवार को आरम्भ करनी चाहिए। प्रातः सूर्योदय से प्रथम घण्टे में कर सकते हैं। नवग्रह मण्डल में शनि ग्रह को सूर्य के पश्चिम में स्थापित करते हैं।

काले पुष्प या विल्व पत्र और काले अक्षत लेकर शनि ग्रह का आह्वान अधोलिखित मन्त्र से करें :

नीलांबुजसमाभासं रविपुत्र यमाग्रजम्।
छाया मार्तण्ड सम्भूतं शनिनावाह्याम्यहम्।।

भाव यह है कि हे सूर्यपुत्र, यम के बड़े भ्राता, मार्तण्ड छाया से उत्पन्न शनिदेव! मैं आपका आह्वान करता हूँ।

पश्चिमे शनि स्थापयामि।

नवग्रह मंडल में पश्चिम में शनिग्रह को स्थापित करते हुए अधोलिखित मन्त्र बोलें--

ॐ भूर्भुवः स्वः। काश्यप गोत्र शनैश्चर
इहागच्छ इहतिष्ठ। ॐ शनैश्चराय नमः।

भाव यही है कि शनिदेव आप यहाँ आकर स्थापित हो जाओ।

अग्रांकित मन्त्र से शनि का ध्यान करते हुए उपासना करें :

ॐ सूर्यपुत्रो दीर्घदेही विशालाक्षः शिवप्रियः।
मन्दाचार प्रसन्नात्मा पीड़ां हरतु ते शनिः।।

भाव यही है कि बड़े नेत्र और विशाल देहधारी सूर्यपुत्र और शिवप्रिय मेरे कष्ट हरें।

शनि उपासना हेतु शनि ग्रह का चित्र व शनि यंत्र रख सकते हैं। अब उपासना श्रद्धा सहित करें।

ॐ शं शनैश्चराय नमः

आसनं समर्पयामि।	(आसन दें।)
पाद्यं समर्पयामि।	(पाद्य अर्पित करें।)
अर्घ्यं समर्पयामि।	(अर्घ्य समर्पित करें।)
आचमनीयं समर्पयामि।	(आचमन हेतु जल समर्पित करें।)
स्नानं समर्पयामि।	(स्नान हेतु जल समर्पित करें।)
गन्धं समर्पयामि।	(सुगन्धित द्रव्य से तिलक करें।)
धूपं-दीपं दर्शयामि।	(धूप दीप अर्पण करें।)
नैवेद्यं समर्पयामि।	(प्रसाद चढ़ाएँ।)
आचमनीयं समर्पयामि।	(आचमन हेतु जल समर्पित करें।)
दक्षिणां समर्पयामि।	(दक्षिणा चढ़ाएँ।)
नमस्करोमि।	(नमस्कार करें।)

बाद में शनि के किसी एक मन्त्र का दस माला जाप करें और फिर शनि मन्त्र से 108 आहुति का हवन करें।

शनि मन्त्र उपरिलिखित हैं। शनि उपासना में शनि ग्रह सम्बन्धी स्तोत्र, कवच, नामावली का पाठ, जाप करना चाहिए और उपासना के उपरान्त शनि सम्बन्धी वस्तुओं का दान भी करें।

1.3 शनि के नामों की नामावली

ॐ शनैश्चराय नमः	**ॐ शान्ताय नमः**
ॐ सर्वाभीष्टप्रदायिने नमः	**ॐ शरण्याय नमः**

ॐ वरेणाय नमः
ॐ सौम्याय नमः
ॐ सुरलोकविहारिणे नमः
ॐ सुन्दराय नमः
ॐ घनरूपाय नमः
ॐ घनसारविलेपाय नमः
ॐ मन्दाय नमः
ॐ महनीयगुणात्मने नमः
ॐ महेशाय नमः
ॐ शर्वाय नमः
ॐ चरस्थिरस्वभावाय नमः
ॐ नीलवर्णाय नमः
ॐ नीलांजननिभाय नमः
ॐ निश्चलाय नमः
ॐ विधिरूपाय नमः
ॐ भेदास्पदस्वभावाय नमः
ॐ वैराग्यदाय नमः
ॐ वीतरोगभयाय नमः
ॐ विश्ववन्द्याय नमः
ॐ गूढाय नमः
ॐ कुरूपिणे नमः
ॐ गुणाढ्याय नमः
ॐ अविद्यामूलनाशाय नमः
ॐ आयुष्यकारणाय नमः
ॐ विष्णुभक्ताय नमः
ॐ विविधागमवेदिने नमः
ॐ वन्द्याय नमः
ॐ वरिष्ठाय नमः
ॐ वज्रांकुशधराय नमः
ॐ वामनाय नमः
ॐ श्रेष्ठाय नमः

ॐ सर्वेशाय नमः
ॐ सुरवन्द्याय नमः
ॐ सुखासनोपविष्टाय नमः
ॐ घनाय नमः
ॐ घनाभरणधारिणे नमः
ॐ खद्योताय नमः
ॐ मन्दचेष्टाय नमः
ॐ मर्त्यपावनपादाय नमः
ॐ छायापुत्राय नमः
ॐ शततूणीरधारिणे नमः
ॐ अचंचलाय नमः
ॐ नित्याय नमः
ॐ नीलांबरविभूषाय नमः
ॐ वेद्याय नमः
ॐ विरोधाधारभूमये नमः
ॐ वज्रदेहाय नमः
ॐ वीराय नमः
ॐ विपत्परंपरेशाय नमः
ॐ गृध्रवाहाय नमः
ॐ कूर्माङ्गाय नमः
ॐ कुत्सिताय नमः
ॐ गोचराय नमः
ॐ विद्याविद्यास्वरूपिणे नमः
ॐ आपदुद्धर्त्रे नमः
ॐ वशिने नमः
ॐ विधिस्तुत्याय नमः
ॐ विरूपाक्षाय नमः
ॐ गरिष्ठाय नमः
ॐ वरदा भयहस्ताय नमः
ॐ ज्येष्ठापत्नीसमेताय नमः
ॐ मितभाषिणे नमः

ॐ कष्टौघनाशकर्त्रे नमः
ॐ स्तुत्याय नमः
ॐ भक्तिवश्याय नमः
ॐ भानुपुत्राय नमः
ॐ पावनाय नमः
ॐ धनदाय नमः
ॐ तनुप्रकाशदेहाय नमः
ॐ अशेषजनवन्द्याय नमः
ॐ वशीकृतजनेशाय नमः
ॐ खेचराय नमः
ॐ घननीलांबराय नमः
ॐ आर्यगणस्तुत्याय नमः
ॐ नित्याय नमः
ॐ गुणात्मने नमः
ॐ नन्द्याय नमः
ॐ धीराय नमः
ॐ दीनार्तिहरणाय नमः
ॐ आर्यजनगण्याय नमः
ॐ क्रूरचेष्टाय नमः
ॐ कण्ठत्रपुत्रशत्रुत्वकारणाय नमः
ॐ परिपोषितभक्ताय नमः
ॐ पुष्टिदाय नमः
ॐ स्तोत्रगम्याय नमः
ॐ भानवे नमः
ॐ भव्याय नमः
ॐ धनुर्मण्डलसंस्थाय नमः
ॐ धनुष्मते नमः
ॐ तामसाय नमः
ॐ विशेषफलदायिने नमः
ॐ पशूनां पतये नमः
ॐ खगेशाय नमः
ॐ काठिन्यमानसाय नमः
ॐ नीलच्छत्राय नमः
ॐ निर्गुणाय नमः
ॐ निरामयाय नमः
ॐ वन्दनीयाय नमः
ॐ दिव्यदेहाय नमः
ॐ दैन्यनाशकराय नमः
ॐ क्रूराय नमः
ॐ कामक्रोधकराय नमः
ॐ भक्तसंघमनोभीष्टफलदाय नमः
ॐ परिभीतिहराय नमः

1.4 शनिदेव का वैदिक मंत्र

ॐ शन्नोदेवीरभिष्टय आपो भवन्तु पीतये।
शञ्योरभिस्रवन्तु नः।।

मंत्र जप के विषय में हमने अपनी अन्यान्य कृतियों में सूक्ष्मातिसूक्ष्म तथ्यों को प्रबुद्ध पाठकों के समक्ष प्रस्तुत किया है। मंत्र जप का तात्पर्य और फल प्राप्त करने का विधान समझना अति आवश्यक है। यहाँ पर हम शनिदेव के भिन्न-भिन्न मंत्रों का उल्लेख कर रहे हैं जिनके नियमित जप से शनिदेव प्रसन्न होते हैं तथा समस्त कामनाओं तथा अभिलाषाओं की संसिद्धि करते हैं। किसी मन्त्र जप, साधना,

अनुष्ठान अथवा स्तोत्र पाठ करने से पूर्व सर्वप्रथम शुद्ध स्थल पर पूर्वाभिमुख अथवा उत्तराभिमुख होकर आसन ग्रहण करना चाहिए। स्वयं को शुद्ध करने के उपरान्त सर्वप्रथम शुद्ध घी का दीपक प्रज्ज्वलित करना चाहिए। तत्पश्चात् स्वस्तिवाचन का उच्चारण करके वातावरण को पवित्र करके देवमय और मन्त्रमय बनाने का विधान है। इसके पश्चात् संकल्प; संकल्प के पश्चात् गौरी-गणेश पूजन; तत्पश्चात् कलश पूजन या वरुण पूजन; उसके उपरान्त पुण्याहवाचन करना चाहिए। पुण्याहवाचन के उपरान्त नवग्रह पूजन करना चाहिए और अन्त में प्रमुख देवता का विधिवत् पूजन करने के पश्चात् मन्त्र जप अथवा अनुष्ठान क्रमबद्ध प्रकार से सम्पन्न करना चाहिए।

उल्लेखनीय है कि यह मन्त्र जपादि का अति सूक्ष्म और संक्षिप्त विधान है जिसमें अनिवार्य उपचारों का ही संपादन किया जाता है। विस्तृत अनुष्ठान में षोडशमातृका पूजन; सप्तघृतमातृका पूजन; चतुर्षष्ठी योगिनी पूजन करना चाहिए। अनुष्ठान के विस्तृत विधान में प्रमुख देवता के अनुसार विभिन्न वेदियों का निर्माण करके, उनका विधिवत् पूजन करना अनिवार्य होता है। वास्तुमंडल, क्षेत्रपाल, सर्वतोभद्र, एकलिंगतोभद्र, द्वादशलिंगतोभद्र, हरिहरात्मक मंडल, हनुमत मंडल का निर्माण विभिन्न रंगों से रंगे हुए अक्षतों से करने के पश्चात् उनका आह्वान स्थापन करने के पश्चात् षोडशोपचार पूजन करना चाहिए।

मंत्र जप करने से पूर्व संकल्प का उच्चारण करना आवश्यक है जिसमें स्वयं को परिभाषित करने के पश्चात् मंत्र जप की दिनांक, माह, वर्ष, समय, नगर, आदि को परिभाषित करने के पश्चात्, प्रयोजन की संसिद्धि हेतु प्रार्थना की जाती है। उल्लेखनीय है कि संकल्प का उच्चारण किसी भी भाषा में किया जा सकता है। कई साधक भ्रमित होते हैं कि संकल्प संस्कृत में ही उच्चारण किया जाना चाहिए। ऐसा कदापि नहीं है। संस्कृत में साधकगण अपनी आकांक्षा, अपेक्षा तथा अभिलाषा व्यक्त करने के साथ-साथ शनिदेव का ध्यान करके उनके मंत्र के जप की संख्या, अपना नाम, गोत्र आदि का उच्चारण करते हैं।

ज्ञातव्य है कि संकल्प लेने का विधान यही है कि दाहिने हाथ अथवा ताँबे के किसी पात्र में जल, अक्षत, पुष्प, एक साबुत सुपारी तथा कुछ मुद्राएं लेकर शनिदेव का ध्यान करके संकल्प का उच्चारण करना चाहिए। संकल्प सम्पूर्ण होने पर हाथ में ली हुई सामग्री अपने समक्ष रखे हुए किसी पात्र में रख देनी चाहिए अथवा भूमि पर रख देनी चाहिए अथवा हाथ में लिया हुआ ताँबे का पात्र, जिसमें सामग्री रखी हुई हो, उसे यथावत् अपने समक्ष रख देना चाहिए। तत्पश्चात् विनियोग का उच्चारण करना चाहिए।

ॐ खां खीं खौं सः ॐ भूर्भुवः स्वः
ॐ शन्नोदेवीरभिष्टय आपो भवन्तु पीतये।
शंय्योरभिस्रवन्तु नः। ॐ स्वः भुवः भूः
ॐ सः खौं खीं खां ॐ शनैश्चराय नमः।

पूजनस्थल शुद्धि के पश्चात् जल पूरित ताँबे का कलश बालूमिश्रित यवान्न (जौ) के ऊपर संस्थापित करें। कलश में पाँच आम्रपल्लव एवं उस पर लाल वस्त्र से आवर्तित नारियल रखें। काष्ठपट्टिका पर काला कपड़ा बिछाकर शनि प्रतिमा स्थापन करें। दक्षिण एवं वाम भाग में क्रमशः देशी घी तथा सरसों के तेल का दीपक प्रज्ज्वलित करें। नवग्रह एवं गौरीगणपति स्थापन करें। तदुपरांत पीपल-वट के तले दीपक जलायें, श्यामा गौ का पूजन करें। कुत्ते के लिये चार लड्डू एवं बन्दरों के लिये गुड़-चना अलग रखें या खिलायें। किसी शुद्ध ब्राह्मण को तिलक लगायें, हाथ में कलावा बाँधें। विधिवत् सम्मान-दक्षिणादि प्रदान करें। ब्राह्मण देव पूजनकर्ता को तिलक लगाकर कलावा हाथ में बाँध दें। पीले वस्त्र एवं पीला यज्ञोपवीत धारण कर पूर्वाभिमुख हो गणपति स्मरण एवं संकल्प आदि करें। इसके पश्चात् अग्रांकित मन्त्र का पाठ करें--

ततः त्रिराचम्य

ॐ केशवाय नमः। ॐ माधवाय नमः। ॐ नारायणाय नमः। (हस्तौ प्रक्षाल्य) ॐ हृषीकेशाय नमः। ततः प्राणानायम्य--शरीरमार्जनम्--

ॐ अपवित्रः पवित्रो वा सर्वावस्थां गतोऽपि वा।
यः स्मरेत्पुण्डरीकाक्षं स बाह्याभ्यंतरः शुचिः।।

ॐ पुण्डरीकाक्षः पुनातु (तीन बार बोलें।)

इत्यात्मानं पूजासामग्रीं च सम्प्रोक्ष्य। यजमानमस्तके स्वस्ति तिलकं कुर्यात्। ॐ स्वस्तिनऽइन्द्रोवृद्धश्रवाः स्वस्तिनः पूषाविश्ववेदाः। स्वस्तिनस्तार्क्ष्योऽरिष्टनेमिः स्वस्तिनो बृहस्पतिर्दधातु। (यजमान पत्नी के तिलक कर, ग्रन्थि बन्धन करे।)

भूमि पूजन **'स्योना पृथिविनो'** मंत्र से करें। आसन पूजन- गन्ध, अक्षत, पुष्प से करें **'पृथ्वि त्वय धृता'** इस मंत्र से। स्थान शुद्धि भूतोपसारणम्- सरसों चारों तरफ बिखेरें **'ॐ अपसर्पन्तुते भूता'** मंत्र बोलें। भैरव को नमस्कार करें। कर्मपात्र जो पूजा का कलश है- **'वं वरुणाय नमः'** बोलकर गन्ध अक्षत करें। कलश के जल से सब

पूजा सामग्री व अपने शरीर का प्रोक्षण करें। दीपक यजमान के बायीं तरफ जलायें। मन्त्र बोलें- **'आकृष्णेन रजसा'** एवं **'चन्द्रमा मनसो जातस्चक्षोः'**। इसके बाद स्वस्ति, सूक्त तथा भद्रसूक्त का पाठ करें।

अथ स्वस्तिवाचनम्

ततो हस्ते अक्षतान् गृहीत्वा ब्राह्मणाः स्वस्तिवाचनमंत्रान् पठेयुः।

ॐ स्वस्ति नः इन्द्रो वृद्धश्रवाः स्वस्ति नः पूषा विश्ववेदाः स्वस्ति नस्ताक्ष्योंऽरिष्टनेमिः स्वस्ति नो बृहस्पतिर्दधातु।।

ॐ पयः पृथिव्यां पय ओषधीषु पयो दिव्यन्तरिक्षे पयोधाः। पयस्वतीः प्रदिशः सन्तु मह्यम्।।

ॐ विष्णो रराटमसि विष्णोः श्नप्त्रेस्थो विष्णोः स्यूरसि विष्णोर्ध्रुवोसि। वैष्णवमसि विष्णवे त्वा।।

ॐ अग्निर्देवता वातो देवता सूर्यो देवता चन्द्रमा देवता वसवो देवता रुद्रा देवताऽऽदित्या देवता मरुतो देवता विश्वेदेवा देवता बृहस्पतिर्देवतेन्द्रो देवता वरुणो देवता।।

ॐ द्यौः शान्तिरन्तरिक्ष शान्तिः पृथिवी शान्तिरापः शान्तिरोषधयः शान्तिः। वनस्पतयः शान्तिर्विश्वे देवाः शान्तिर्ब्रह्म शान्ति सर्व ँ शान्तिः शान्तिरेव शान्तिः सामा शान्तिरेधि।।

ॐ विश्वानि देवसवितर्दुरितानि परासुव, यद्भद्रं तन्न आसुव।। एतन्ते देव सवितर्य्यज्ञं प्राहुर्बृहस्पतये ब्रह्मणे। तेन यज्ञमवतेन यज्ञपतिन्तेन मामव।।

एषवे प्रतिष्ठानाम् यज्ञो यत्रैतेन यज्ञेन यजन्ते सर्वमेव प्रतिष्ठितं भवति।। शान्तिः। शान्तिः। सर्वारिष्टशान्तिर्भवतु।।

ततो हस्ते अक्षतान् गृहीत्वा ब्राह्मणाः स्वस्तिवाचनमंत्रान् पठेयुः। आदौ ऋक्०।

ॐ स्वस्तिनो मिमीतामश्विना भगः स्वस्ति देव्यादितिरनर्वणः। स्वस्ति पूषा असुरो दधातु नः स्वस्ति द्यावा पृथिवी सुचेतना।। 1।।

ॐ स्वस्तये वायुमुप ब्रवामहे सोमं स्वस्ति भुवनस्य यस्पतिः बृहस्पतिं सर्वगणं स्वस्तये स्वस्तय आदित्यासो भवन्तु नः।। 2।।

ॐ विश्वे देवा नो अद्या स्वस्तये वैश्वानरो वसुरग्निः स्वस्तये। देवा अवन्तु ऋभवः स्वस्तये स्वस्ति नो रुद्रः पात्वंहसः।। 3।।

ॐ स्वस्ति मित्रावरुणा स्वस्ति पत्थ्ये रेवती। स्वस्ति न इन्द्रश्चाग्निश्च स्वस्ति नो अदिते कृधि।। 4।।

ॐ स्वस्ति पंथामनु चरेम सूर्यचन्द्रमसाविव। पुनर्ददताघ्नता जानता संगमेमहि। स्वस्त्ययनं तार्क्ष्यमरिष्टने मिंमहद्भूतं वायसं देवतानाम्।। 5।।

ततः यजु०--

ॐ आ नो भद्राः क्रतवो यन्तुव्विश्वतोदब्धासोऽअपरीतासऽ उद्भिदः देवा नो यथा सदमिद्वृधेऽअसन्नप्रायुवो रक्षितारो दिवेदिवे।। 1।।

देवानां भद्रासुमतिर्ऋजूयतां देवानां ꣳ रातिरभिनो निवर्तताम्। देवानां ꣳ सख्यमुपसेदिमाव्वयन्देवानऽआयुः प्रतिरन्तु जीवसे।। 2।।

तान्पूर्वयानिविदाहूमहेव्वयंभगम्मित्रमदितिन्दक्षमस्त्रिधम्। अर्यमणं वरुणꣳ सोममश्विना सरस्वती नः सुभगा मयस्करत्।। 3।।

तन्नो व्वातो मयोभुव्वातु भेषजन्तन्माता पृथिवी तत्पिता द्यौः तद्ग्रावाणः सोमसुतो मयोभुवस्तदश्विनाशृणुतंधिष्ण्यायुवम्।। 4।।

तमीशानं जगतस्तस्थुषस्पतिन्धियत्रिजिन्वमवसेहूमंहेव्वयम्। पूषानौयथा वेदसामसद्वृधेरक्षितापायुरदब्धः स्वस्तये।। 5।।

स्वस्ति नऽइन्द्रो वृद्धश्रवाः स्वस्ति नः पूषा व्विश्ववेदाः। स्वस्ति नस्ताक्ष्योंऽअरिष्टनेमिः स्वस्ति नो बृहस्पतिर्दधातु।। 6।।

पृषदश्वामरुतः पृश्निमातरः शुभंयावानोव्विदथेषु जग्मयः। अग्निजिह्वामनवः सूरचक्षसोव्विश्वेनोदेवाऽअवसागमन्निह।। 7।।

भद्रं कर्णेभिः शृणुयाम देवा भद्रं पश्येमाक्षभिर्यजत्राः। स्थिरैरङ्गैष्तुष्टुवा ꣳ सस्तनूभिर्व्यशेमहि देवहितं यदायुः।। 8।।

शतमिन्नु शरदोऽअन्ति देवा यत्रानश्चक्रा जरसन्तनूनाम्। पुत्रासो यत्र पितरो भवन्ति मा नो मध्या रीरिषतायुर्गन्तोः।। 9।।

अदितिर्द्यौरदितिरन्तरिक्षमदितिर्माता स पिता स पुत्रः। विश्वेदेवाऽ-अदितिः पञ्चजनाऽअदितिर्जातमदितिर्जनित्वम्।। 10।।

द्यौः शान्तिरन्तरिक्षं ॐ शान्तिः पृथिवी शान्तिरापः शान्तिरोषधयः शान्तिः। वनस्पतयः शान्तिर्विश्वेदेवाः शान्तिर्ब्रह्म शान्तिः सर्वठं० शान्तिः शान्तिरेव शान्तिः सामा शान्तिरेधि।। 11।।

यतोयतः समीहसे ततो नोऽअभयं कुरु। शन्नः कुरु प्रजाभ्योऽभयन्नः पशुभ्यः।। 12।।

श्री मन्महागणाधिपतये नमः। ततोकृताञ्जलिं कृत्वा गणेशं स्मरेत्।।

ॐ सुमुखश्चैकदन्तश्च कपिलो गजकर्णकः।
लम्बोदरश्च विकटो विघ्ननाशो विनायकः।। 1।।

धूम्रकेतुर्गणाध्यक्षो, भालचन्द्रो गजाननः।
द्वादशैतानि नामानि यः पठेच्छृणुयादपि।। 2।।

विद्यारम्भे विवाहे च प्रवेशे निर्गमे तथा।
संग्रामे सङ्कटे चैव, विघ्नस्तस्य न जायते।। 3।।

शुक्लाम्बरधरं देवं शशिवर्णं चतुर्भुजम्।
प्रसन्नवदनं ध्यायेत्सर्व विघ्नोपशान्तये।। 4।।

अभीप्सितार्थसिद्ध्यर्थं पूजितो यः सुरासुरैः।
सर्वविघ्नहरस्तस्मै गणाधिपतये नमः।। 5।।

सर्वमङ्गलमाङ्गल्ये शिवे सर्वार्थसाधिके।
शरण्ये त्र्यम्बके गौरि नारायणि नमोस्तु ते।। 6।।

शुक्लाम्बरधरं देवं शशिवर्णं चतुर्भुजम्।
प्रसन्नवदनं ध्यायेत् सर्वविघ्नोपशान्तये।। 7।।

सर्वदा सर्वकार्येषु नास्ति तेषाममङ्गलम्।
येषां हृदिस्थो भगवान् मङ्गलायतनो हरिः।। 8।।

तदेव लग्नं सुदिनं तदेव ताराबलं चन्द्रबलं तदेव।
विद्याबलं देवबलं तदेव लक्ष्मीपते तेंऽघ्रियुगं स्मरामि।।9।।

लाभस्तेषां जयस्तेषां कुतस्तेषां पराजयः।
येषामिन्दीवरश्यामो हृदयस्थो जनार्दनः।। 10।।

यत्र योगेश्वरः कृष्णो यत्र पार्थो धनुर्धरः।
तत्र श्रीर्विजयो भूतिर्ध्रुवा नीतिर्मतिर्मम।। 11।।

सर्वेष्वारम्भ कार्येषु त्रयस्त्रिभुवनेश्वरः।
देवा दिशन्तु नः सिद्धिम् ब्रह्मेशानजनार्दनः।। 12।।

विनायकं गुरुं भानुं ब्रह्माविष्णु महेश्वरान्।
सरस्वतीं प्रणम्यादौ सर्वकार्यार्थ सिद्धये।। 13।।

विश्वेशं माधवं ढुण्ढिं दण्डपाणिं च भैरवम्।
वन्दे काशीं गंगा गुहां मणिकर्णिकाम्।। 14।।

वक्रतुण्ड महाकाय कोटिसूर्यसमप्रभ।
निर्विघ्नं कुरु मे देव सर्वकार्येषु सर्वदा।। 15।।

ततः हस्ते जलाक्षतफलपुष्पदूर्वाद्रव्यं च आदाय संकल्पं कुर्यात्।

ॐ श्रीमन्महागणाधिपतये नमः। ॐ लक्ष्मीनारायणाभ्यां नमः। ॐ उमामहेश्वराभ्यां नमः। ॐ वाणीहिरण्यगर्भाभ्यां नमः। ॐ शचीपुरन्दराभ्यां नमः। ॐ मातृपितृचरण कमलेभ्यो नमः। ॐ इष्टदेवताभ्यो०। ॐ कुलदेवताभ्यो०। ॐ ग्रामदेवताभ्यो०। ॐ स्थानदेवताभ्यो०। ॐ वास्तुदेवताभ्यो०। ॐ सर्वेभ्यो देवेभ्यो०। ॐ सर्वाभ्यो देवीभ्यो०। ॐ सर्वेभ्यो ब्राह्मणेभ्यो नमः। ॐ एतत्कर्मप्रधानदेवताभ्यो नमः। गुरवे नमः परम गुरवे नमः। परात्पर गुरवे नमः। परमेष्ठि गुरवे नमः।

ॐ विष्णुर्विष्णुर्विष्णुः श्रीमद्भगवतो महापुराणपुरुषस्य विष्णोराज्ञया प्रवर्तमानस्य अद्य श्रीब्रह्मणोऽह्नि द्वितीयपरार्द्धे श्रीश्वेतवाराहकल्पे वैवस्वतमन्वन्तरे अष्टाविंशतितमे कलियुगे प्रथमचरणे जम्बूद्वीपे भरतखण्डे भारतवर्षे आर्यावर्तान्तर्गते अमुकक्षेत्रे अमुकसम्वत्सरे श्रीसूर्ये अमुकायने अमुकर्तौ महामाङ्गल्यप्रदमासानां श्रेष्ठे अमुकमासे अमुकपक्षे अमुक्यां तिथौ अमुकवासरे अमुकनक्षत्रे अमुकयोगे अमुककरणे अमुकराशिस्थिते चन्द्रे अमुकराशिस्थिते भास्करे अमुकराशिस्थिते श्रीदेवराजगुरौ शेषेषु ग्रहेषु यथा यथाराशिस्थानस्थितेषु सत्सु एवं ग्रहगुण

विशेषणविशिष्टायां शुभपुण्यपर्वणि तिथौ अमुकगोत्रः अमुक शर्माहं (वर्माहं गुप्तोहं दासोहं) ममात्मनः श्रुतिस्मृतिपुराणोक्त फलप्राप्त्यर्थं तथाच अखिलविध पातकशमनपूर्वक सर्वाभीष्टसिद्ध्यर्थं च मम गृहे सकुटुम्बस्य सपरिवारस्य आयुरारोग्यसर्वसुखैश्वर्याभिवृद्ध्यर्थं च लक्ष्मीप्राप्त्यर्थं प्राप्तलक्ष्मीचिरसंरक्षणार्थं च तदङ्गत्वेन गणपतिपूजनं स्वस्तिपुण्याहवाचनं मातृकापूजनं वसोर्द्धारापूजनं साङ्कल्पिकेन विधिना आभ्युदयिकं आचार्यादिवरणपूर्वकं ग्रहपूजनं कलशपूजनं ज्योतिः पूजनं विशिष्टः सविधि यमाग्रज शनिश्चर देवता पूजनं स्तोत्र पठनं च अभिषेकञ्च मंत्रजपं अनुष्ठानं कर्माणि संकल्प करिष्ये या कारयिष्ये।

ततः गणपतिपूजनम्

हस्ते अक्षतान् गृहीत्वा गणेशमावाहयेत्–

ॐ हे हेरम्ब त्वमेह्येहि अम्बिकात्र्यम्बकात्मज।
सिद्धिबुद्धिपते त्र्यक्ष लक्ष्यलाभयितुः पितः।। 1।।

नागास्य नागहार त्वं गणराज चतुर्भुज।
भूषितः स्वायुधैर्दन्तपाशांकुशपरश्वधैः।। 2।।

आवाहयामि पूजार्थं रक्षार्थं च मम क्रतोः।
इहागत्य गृहाण त्वं पूजायामं च रक्ष मे।। 3।।

ॐ गणानान्त्वा गणपति ᳪ हवामहे प्रियाणान्त्वा प्रियपति ᳪ हवामहे निधीनान्त्वा निधिपति ᳪ हवामहे व्वसोमम। आहमजानि गर्भधमात्वमजासि गर्भधम्। भूर्भुवः स्वः सिद्धिबुद्धिसहिताय भगवते गणपतये नमः गणतिमावाहयामि स्थापयामि प्रपूजयामि।।

पुनः अक्षतान् गृहीत्वा, अम्बिकामावाहयेत्–

ॐ हेमाद्रितनयां देवीं वरदां शङ्करप्रियाम्।
लम्बोदरस्य जननीं गौरीमावाहयाम्यहम्।।

ॐ अम्बेऽअम्बिकेऽम्बालिके न मानयति कश्चन। ससस्त्यश्वकः सुभद्रिकां कांपीलवासिनीम्। ॐ भूर्भुवः स्वः गौर्ये नमः गौरीमावाहयामि स्थापयामि।।

पुनः अक्षतान् गृहीत्वा--

ॐ अस्यै प्राणाः प्रतिष्ठन्तु अस्यै प्राणाः क्षरन्तु च।
अस्यं देवत्वमर्चायै मामहेति च कश्चन।।

मनोजूतिर्जुषतामाज्यस्य बृहस्पतिर्यज्ञमिमं तनोत्वरिष्टं यज्ञठं० समिमं दधातु। विश्वेदेवासऽइहमादयन्तामों ३ प्रतिष्ठ। भूर्भुवः स्वः गणेशाम्बिके सुप्रतिष्ठिते वरदे भवतम्। आसनार्थे अक्षतान् समर्पयामि भू० गणेशाम्बिकाभ्यां नमः।

ततः पादयोः पाद्यं, हस्तयोरर्घं समर्पयामि
ॐ भू० गणेशाम्बिकाभ्यां नमः।

इसके पश्चात् गणपति-गौरी-नवग्रह एवं शनिदेव तथा इष्टदेव का षोडशोपचार पूजन करें।

अथ पुष्पाञ्जलिः

हाथ में फल, अक्षत और पुष्प लेकर 'यज्ञेन' यहाँ से 'देवताभ्यो नमः' तक के मंत्रों को पढ़ते हुए यजमान मण्डलस्थ देवताओं के लिए पुष्पांजलि प्रदान करें। 'यानि कानि च पापानि' इस मंत्र से तीन बार प्रदक्षिणा करें।

ॐ राजाधिराजाय प्रसह्य साहिने नमो वयं वैश्रवणाय कुर्महे। स मे कामान् कामकामाय मह्यं कामेश्वरो वैश्रवणो ददातु। कुबेराय वैश्रवणाय महाराजाय नमः। ॐ स्वस्ति साम्राज्यं भौज्यं स्वाराज्यं वैराज्यं पारमेष्ठ्यं राज्यं महाराज्यमाधिपत्यमयं समन्तपर्यायी स्यात्। सार्वभौमः सार्व्वायुषऽआन्तादापरार्धात्। पृथिव्यै समुद्रपर्यन्तायाऽएकराडिति तदप्येषः श्लोकोऽभिगीतो मरुतः परिवेष्टारो मरुत्तस्यावसन् गृहे। आवीक्षितस्य कामप्रेः विश्वेदेवा सभासद इति। ॐ विश्वतश्चक्षुरुत विश्वतोमुखो विश्वतोबाहुरुत विश्वतस्पात। संबाहुभ्यां धमति सम्पतत्त्रैर्द्यावा-भूमीजनयन्देवऽएकः। ॐ एकदन्ताय विद्महे वक्रतुण्डाय धीमहि तन्नो दन्तिःप्रचोदयात्। ॐ सेवन्तिका बकुलचम्पकपाटलाब्जं पुन्नागजतिकरवीररसालपुष्पैः। विल्वप्रवाल तुलसीदलमञ्जरीभिः त्वां पूजयामि विघ्नेश्वर मे प्रसीद। मंत्रपुष्पाञ्जलि सम० ॐ भू० गणेशाम्बिकाभ्यां नमः।

अथ विशेषार्धम्

एकस्मिन् पात्रे गंधाक्षतफलपुष्पदूर्वादक्षिणान्निक्षिप्य, अवनिकृतजानुमण्डलः--

रक्ष रक्ष गणाध्यक्ष रक्ष त्रैलोक्यरक्षक।
भक्तानामभयं कर्ता त्राता भव भवार्णवात्।। 1।।

द्वैमातुर कृपासिन्धो षाण्मातुराग्रज प्रभो।
वरद त्वं वरं देहि वांछितं वांछितार्थद।। 2।।

अनेन फलदानेन फलदोऽस्तु सदा मम।
विशेषार्घं समर्पयामि भूर्भुवः स्वः गणेशाम्बिकाभ्यां नमः।। 3।।

अथ मातृकास्थापनं पूजनम्

गणेश पूजा के पश्चात् ही मातृका की पूजा की जानी चाहिये।

अग्निकोणे पीठोपरि रक्तवस्त्रं प्रसार्य तदुपरि प्रतिमास्वक्षतपुष्पेषु वा प्राक्संस्थमुदकसंस्थं वा षोडशमातृकाः स्थापनं पूजनञ्च कुर्यात्।

ततः, कर्ता हस्ते जलाक्षतफलपुष्पदक्षिणादीन्यादाय संकल्पं कुर्यात्। ततो यजमानः वामहस्ते अक्षतान् गृहीत्वा, दक्षिण हस्तेन।

ॐ गणानान्त्वा गणपतिꣳहवामहे प्रियाणान्त्वा प्रियपति ꣳ हवामहे निधीनान्त्वा निधिपतिꣳहवामहे व्वसोमम। आहमजानि-गर्भधमात्वमजासि गर्भधम्।

समीपे मातृवर्गस्य सर्वविघ्नहरं सदा।
त्रैलोक्यवन्दितं देवं गणेशं स्थापयाम्यहम्।।

ॐ भूर्भुवः स्वः गणपतये नमः। गणपतिमावाहयामि।। 1।।

ॐ आयङ्गौः पृश्निरक्रमीदसदन्मातरम्पुरः। पितरञ्च प्रयन्त्स्वः।
ॐ भूः गौर्ये नमः गौरीमावाहयामि स्थापयामि।। 2।।

ॐ हिरण्यरूपाऽउषसो व्विरोकऽउभाविन्द्राऽउदिथः सूर्यश्च। आरोहतंव्वरुणमित्रगर्तन्तश्चक्षाथामदितिन्दितिञ्च मित्रोसिव्वरुणोसि।

ॐ भू० पद्मायै नमः। पद्मां० स्थाप०।। 3।।

ॐ कदाचनस्तरी रसिनेन्द्रसश्चसिदाशुषे उपोपेन्तुभगवन्भूयऽ-इन्नुते दानन्देवस्य पृच्यते।

ॐ भू० शच्यै नमः शचीमा० स्थाप०।। 4।।

ॐ मेधाम्मे व्वरुणो ददातु मेधामग्निः प्प्रजापतिः। मेधामिन्द्रश्च व्वायुश्च मेधान्धाता ददातु मे स्वाहा।

ॐ भू० मेधायै नमः। मेधामावा० स्थाप०।। 5।।

गायत्री मन्त्र बोलें— ॐ भूर्भुवः स्वः तत्सवितुर्वरेण्यं भर्गो देवस्य धीमहि धियो यो नः प्रचोदयात्।

ॐ भू० सावित्र्यै नमः। सावित्रीमावा० स्थाप०।। 6।।

ॐ व्विज्यन्धनुः कपर्द्दिनोव्विशल्योवाणवाँ २ऽउत। अनेशन्नस्य-याऽइषवऽआभुरस्यनिषङ्गधिः।

ॐ भू० विजयायै नमः। विजयामावा० स्थाप०।। 7।।

ॐ जातेरुद्र शिवातनूरघोरा पापकाशिनी। तया नस्तन्नवाशन्त मया गिरिशन्ताभि चाकरीहि।

ॐ भू० जयायै नमः। जयामावा० स्थाप०।। 8।।

ॐ इन्द्रऽआसान्नेतावृहस्पतिर्दक्षिणायज्ञः पुरऽएतुसोमः। देवसेना-नामभिभञ्जतीनाञ्जयन्तीनाम्मरुतोयन्त्वग्रम्।

ॐ भू० देवसेनायै नमः। देवसेनामा० स्थाप०।। 9।।

ॐ पितृभ्यः स्वधायिभ्यः स्वधानमः पितामहेभ्यः स्वधायिभ्यः

स्वधानमः प्रपितामहेभ्यः स्वधायिभ्यः स्वधानमः। अक्षन्निपतरोमीमदन्तपिंतरोतीतृपन्तपितरः शुन्धध्वम्।

ॐ भू० स्वधायै नमः। स्वधामा० स्थाप०।। 10।।

ॐ स्वाहाप्प्राणेभ्यः साधिपतिकेभ्यः। पृथिव्यैस्वाहाग्नये-स्वाहान्तरिक्षायस्वाहावायवेस्वाहा। दिवेस्वाहा सूर्यायस्वाहा।

ॐ भू० स्वाहायै नमः। स्वाहामा० स्थाप०।। 11।।

ॐ आपोऽअस्मान्मातरः शुन्धयन्तुघृतेननोघृतप्वः पुनातु। विश्वश्वहरिप्प्रम्प्रवहन्तिदेवीरुदिदाभ्यः शुचिरापूतऽएमि। दीक्षातपसोस्तनूरसितान्त्वाशिवा शग्ग्माम्परिदधेभद्रंवर्णपुष्यन्।

ॐ भू० मातृभ्योः नमः। मातृःआवा० स्थाप०।। 12।।

ॐ स्वाहायज्ञं व्वरुणः सुक्षत्रो भेषजं करत्। अतिच्छन्दाऽ-इन्द्रियम्बृहद् ऋषभोग्गोर्नत्वयोदधुः।

ॐ भू० लोकमातृभ्योः नमः। लोकमातृः आ० स्थाप०।। 13।।

ॐ यत्प्रज्ञानमुतचेतोधृतिश्चयज्ज्योतिरन्तरमृतप्प्रजासु। यस्मान्नऋतेकिञ्चनकर्मक्रियतेतन्मेमनः शिवसंकल्पमस्तु।

ॐ भू० धृत्यै नमः धृमिमावा० स्थाप०।। 14।।

ॐ रयिश्चमेरायश्चमे पुष्टञ्चमेपुष्टिश्चमे व्विभुचमे प्रभुचमे पूर्णञ्चमेपूर्णतरञ्चमे कुयवञ्चमे क्षितञ्चमेन्नञ्चमेक्षुच्चमे यज्ञेन कल्पन्ताम्।।

ॐ भू० पुष्ट्यै नमः। पुष्टिमा० स्थाप०।। 15।।

ॐ त्वष्टातुरीपोऽद्भुत ऽइन्द्राग्नी पुष्टिवर्द्धना। द्विपदाच्छन्दऽइन्द्रियमुक्षागौर्नवयोदधुः।

ॐ भू० तुष्ट्यै नमः। तुष्टिमा० स्थाप०।। 16।।

ॐ प्राणाय स्वाहाऽपानाय स्वाहा व्यानाय स्वाहा चक्षुषे स्वाहा श्रोत्राय स्वाहा व्वाचे स्वाहा मनसे स्वाहा। अथवा

ॐ अम्बेऽम्बिके अम्बालिके नमातयति कश्चन्। ससत्यश्वकः सुभद्रिकान्काम्पील वासिनीम्।।

ॐ भू० आत्मनः कुलदेवतायै नमः। आत्मनः कुलदेवतामा० स्थाप०।। 17।।

ततः वामहस्तस्थसर्वानक्षतान् दक्षिणहस्ते गृहीत्वा

ॐ मनोजूतिर्जुषतामाज्ज्यस्य वृहस्पतिर्यज्ञमिमन्तनोत्वरिष्टं-यज्ञठं० समिमन्दधातु। व्विश्वेदेवासऽइहमादयन्तामों ३ प्रतिष्ठ।

अस्यै प्राणाः प्रतिष्ठन्तु अस्यै प्राणाः क्षरन्तु च।
अस्यै देवत्वमर्चायै कामहेति च कश्चन्।।

ॐ भू० सगणाधिपगौर्यादिकुलदेवतान्तमातरः सुप्रतिष्ठिताः वरदाः भवन्तु। ततः, पञ्चोपचारैः षोडशोपचारैः यथामिलितो-पचारैर्वा सम्पूज्य प्रार्थयेत्।

ॐ गौरी पद्मा शची मेधा सावित्री विजया जया।
देवसेना स्वधा स्वाहा मातरो लोकमातरः।।

धृतिः पुष्टिस्तथा तुष्टिरात्मनः कुलदेवता।
गणेशेनाधिका ह्येता वृद्धौ पूज्यास्तु षोडश:।।

अथ सप्त घृतमातृकापूजनम् (वसोर्द्धारां च कुर्यात्)

ॐ वसोः पवित्रमसि शतधारं व्वसोः पवित्रमसि सहस्रधारम्। देवस्त्वासवितापुनातुव्वसोः पवित्रेण शतधारेणसुप्वा। इतिमन्त्रेण सप्तघृतधाराः कुर्यात्।

'कामवृक्षः'। इत्येतावता मन्त्रेणार्धभागे गुणेनैकीकरणम्।

ततः कुंकुमादिना विन्दुकरणेनालङ्करणम् प्रतिधारामेकैकदेवता-मावाहयेत्। हस्ते अक्षतान् गृहीत्वा।

पूर्वाभिमुख हो काष्ठ पट पर घी-सिन्दूर से सप्तमातृका बनाकर स्थापन-पूजन अग्रांकित मंत्रों से करें। 15 या 7 बार घृतधार अर्पित करें।

ॐ मनसः काममाकूतिं व्वाचः सत्यमसीय। पशूनां गुं रूपमन्नस्य रसोयशः श्रीः श्रयतां मयि स्वाहा।

ॐ भू० श्रियै नमः। श्रियमावा० स्थाप०।। 1।।

ॐ श्रीश्चेतलक्ष्मीश्चपत्न्यावहोरात्रेपार्श्वेनक्षत्राणि रूपमश्चि-नौव्यात्तम्। इष्णन्निषाणामुम्मऽइषाणसर्व्वलोकम्मऽइषाण।

ॐ भू० लक्ष्म्यै नमः लक्ष्मीमा० स्थाप०।। 2।।

ॐ भद्रङ्कर्णेभिः शृणुयामदेवाभद्रंपश्येमाक्षभिर्यजत्राः। स्थिरै-रङ्गैस्तुष्ट्वा सस्तनूभिर्व्यशेमहिदेवहितं यदायुः।

ॐ भू० धृत्यै नमः। धृतिमा० स्थाप०।। 3।।

ॐ मेधाम्मे व्वरुणो ददातु मेधामग्निः प्प्रजापतिः। मेधामिन्द्रश्च व्वायुश्च मेधान्धाता ददातु मे स्वाहा।

ॐ भू० मेधायै नमः। मेधामा० स्थाप०।। 4।।

ॐ प्राणायस्वाहाऽपानायस्वाहाव्यानायस्वाहाचक्षुषेस्वाहा श्रोत्राय स्वाहाव्वाचेस्व हामनसेस्वाहा।

ॐ भू० स्वाहायै नमः। स्वाहामा० स्थाप०।। 5।।

ॐ आयङ्गौः पृश्निरक्रमीदसदन्मातरम्पुरः। पितरंचप्रयन्त्स्वः।

ॐ भू० प्रज्ञायै नमः। प्रज्ञामा० स्थाप०।। 6।।

ॐ पावकानःसरस्वतीव्वाजेभिर्व्वाजनीवति यज्ञंव्वष्टुधियाव्वसुः।

ॐ भू० सरस्वत्यै नमः। सरस्वतीमावा० स्थाप०।। 7।।

ॐ मनोजूतिर्जुषतामाज्यस्यवृहस्पतिर्यज्ञमिमंतनोत्वरिष्टं यज्ञठॅं॰ समिमन्दधातु। व्विश्वेदेवासऽइहमादयन्तामों ३ प्रतिष्ठ।

अस्यै प्राणाः प्रतिष्ठन्तु अस्यै प्राणाः क्षरन्तु च।
अस्यै देवत्वमर्चायै मायहेति च कञ्चन।।

वसोर्द्धारादेवताः सुप्रतिष्ठिता वरदाः भवन्तु, सप्तघृतमातृका-वसोर्द्धारादेवताभ्यो नमः। पंचोपचारैः सम्पूज्य प्रार्थयेत्।।

ॐ यदङ्कत्वेन भोदेव्यः पूजिता विधिमार्गतः।
कुर्वन्तु कार्यमखिलं निर्विघ्नेन क्रतूद्भवम्।।

अनया पूजया वसोर्द्धारादेवताः प्रीयन्ताम्।

गणेशपूजा, षोड़शमातृका एवं सप्तघृतमातृका के पश्चात् ही नान्दीश्राद्ध किया जांना चाहिए।

अथ सांकल्पेनविधिना नान्दीश्राद्धप्रयोगः

नान्दी श्राद्ध में निम्नलिखित बातों का विशेष ध्यान रखना चाहिए :

1. स्वधा की जगह 'स्वाहा' का उच्चारण करना चाहिए। 2. मूकरहित दर्भा ग्रहण करें। 3. सब कर्म सव्य (दक्षिण कंधे पर यज्ञोपवीत) से करें। 4. इस पूजन में यजमान को अकेला बैठना चाहिए, पत्नी साथ में नहीं हो। 5. ब्राह्मण कुशासन, दूर्वा प्रत्येक दो होने चाहिए। 6. यजमान उत्तराभिमुख, ब्राह्मण पूर्वाभिमुख अथवा यजमान पूर्वाभिमुख, ब्राह्मण उत्तराभिमुख हो। 7. इस पूजन में पिण्ड के स्थान पर दही, मधु, मुनक्का, आँवला या आम का फल होना चाहिए। 8. पुष्प सफेद होने चाहिए। 9. तिल का प्रयोग नहीं होता है। 10. कपूर से आरती नहीं होती है। 11. तर्पण नहीं होता है। 12. यहाँ पूर्वजों के नाम की जगह नारायण गोत्र केवल कश्यप बोले।

ततः कर्ता हस्ते जलाक्षतफलपुष्पद्रव्याण्यादाय सङ्कल्पं कुर्यात्।

ताम्रपात्र में दधि, चन्दन, जौ, अक्षत, दूर्बा एवं जल डालें। दाहिने हाथ में जल लेकर संकल्प बोलें: **'ॐ तत्सदद्य ममगृहे शनिग्रहस्य प्रसन्नार्थं संकल्पविधिना आभ्युदयिक श्राद्धमहं करिष्ये।'**

इसके पश्चात् माता-पिता पूर्वजों का ध्यान करें-

हे मातृवंशा प्रमुदावतारा, हे पितृवंशा मम पावनाश्च। पुष्पांजलिं मे सुमनावदातुं नित्यं गृह्णन्तु दिव्यपितरः पुनीता।।

अथ पाद्यदानम्

दायें हाथ की अनामिका अंगुष्ठ से दूर्वांकुर लेकर पात्र में दही, चन्दन, अक्षत, दूर्वा और जल लें। उसका आलोडन करें। देवताओं की पूजा के समान सव्य (दक्षिण कंधे पर यज्ञोपवीत) होकर कर्म करें।

ॐ सत्यवसुसंज्ञकाः विश्वेदेवा नान्दीमुखाः ॐ भूर्भुवः स्वः इदं वः पाद्यं पादावनेजनं पादप्रक्षालनं वृद्धिः।। 1।।

वृद्धि बोलकर पितृ आसन पर जल छोड़ें।

ॐ मातृपितामहीप्रपितामह्यः नान्दीमुखाः ॐ भूर्भुवः स्वः इदं वः पाद्यं स्वाहानामयं पादप्रक्षालनं च वृद्धिः।। 2।।

ॐ पितृपितामहप्रपितामहाः नान्दीमुखा ॐ भूर्भुवः स्वः इदं वः पाद्यं स्वाहानामयं पादप्रक्षालनं वृद्धिः।। 3।। (द्वितीयगोत्राः)

ॐ मातामहप्रमातामहवृद्धप्रमातामहाः सपत्नीकाः नान्दीमुखाः ॐ भूर्भुवः स्वः इदं व पाद्यं स्वाहानामयं च पादप्रक्षालनं वृद्धिः।।4।।

अथासनदानम्

ॐ सत्यवसुसंज्ञकाः विश्वेदेवाः नान्दीमुखाः ॐ भूर्भुवः स्वः इमे आसने वो नमो नमः नान्दीश्राद्धेक्षणौक्रियेतां यथा प्राप्नुवन्तो भवन्तः तथा प्राप्नुवामः।। 1।।

ॐ मातृपितामहीप्रपितामह्यः नान्दीमुखाः ॐ भूर्भुवः स्वः इमे आसने वो नमो नमः नन्दीश्राद्धेक्षणौ क्रियेतां यथा प्राप्नुवन्तो भवन्तः तथा प्राप्नुवन्तो भवन्तः तथा प्राप्नुवामः।। 2।।

ॐ पितृपितामहप्रपितामहाः नान्दीमुखाः ॐ भूर्भुवः स्वः इमे आसने वो नमो नमः नान्दीश्राद्धेक्षणो क्रियेतां यथा प्राप्नुवन्तो भवन्तः तथा प्राप्नुवामः।। 3।। (द्वितीयगोत्राः)

ॐ मातामहप्रमातामहवृद्धप्रमातामहाः सपत्नीकाः ॐ नान्दीमुखाः भूर्भुवः स्वः इमे आसने वो नमो नमः नान्दीश्राद्धेक्षणौ क्रियेतां यथा प्राप्नुवन्तो भवन्तः तथा प्राप्नुवामः।। 4।।

ततो गन्धादिदानम्

(गंधपुष्पधूपदीपताम्बूलपूगीफलवस्त्रयज्ञोपवीतानि दद्यात्)

ॐ सत्यवसुसंज्ञकाः विश्वेदेवाः नान्दीमुखाः ॐ भूर्भुवः स्वः इदं गन्धार्चनं स्वाहानामयं च वृद्धिः।। 1।।

ॐ मातृपितामहीप्रपितामह्यः नान्दीमुख्यः ॐ भूर्भुवः स्वः इदं गन्धार्चनं स्वाहानामयं च वृद्धिः।। 2।।

ॐ पितृपितामहप्रपितामहाः नान्दीमुखाः ॐ भूर्भुवः स्वः इदं गन्धार्चनं स्वाहानामयं च वृद्धिः।। 3।। (द्वितीयगोत्राः)

ॐ मातामहप्रमातामहवृद्धप्रमातामहाः सपत्नीकाः नान्दीमुखाः ॐ भूर्भुवः स्वः इदं गन्धार्चनं स्वाहानामयं च वृद्धिः।। 4।।

ततो युग्मब्राह्मणभोजनपर्याप्तमामान्ननिष्क्रयदानम्

ॐ सत्यवसुसंज्ञकाः विश्वेदेवाः नान्दीमुखाः ॐ भूर्भुवः स्वः इदं युग्मब्राह्मणभोजन पर्याप्तं दास्यमानमन्नं यथाशक्ति सोपस्करं स्वाहानामयं च वृद्धिः।। 1।।

ॐ मातृपितामहीप्रपितामह्यः नान्दीमुख्यः ॐ भूर्भुवः स्वः इदं युग्मब्राह्मणभोजन पर्याप्तं दास्यमानमन्नं यथाशक्ति सोपस्करं स्वाहान्नामयं च वृद्धिः।। 2।।

ॐ पितृपितामहप्रपितामहाः नान्दीमुखा ॐ भूर्भुवः स्वः इदं युग्मब्राह्मणभोजन पर्याप्तं दास्यमानमन्नं यथाशक्ति सोपस्करं स्वाहानामयं च वृद्धिः।। 3।। (द्वितीयगोत्राः)

ॐ मातामहप्रमातामहवृद्धप्रमातामहाः सपत्नीकाः नान्दीमुखाः ॐ भूर्भुवः स्वः इदं युग्मब्राह्मणभोजन पर्याप्तं दास्यमानमन्नं यथाशक्ति सोपस्करं स्वाहानामयं च वृद्धिः।।4।।

ततः सक्षीरयवमुदकदानम्

ॐ सत्यवसुसंज्ञकाः विश्वेदेवाः नान्दीमुखाः प्रीयन्ताम्।।1।।

ॐ मातृपितामहीप्रपितामह्यः नान्दीमुख्यः प्रीयन्ताम्।।2।।

ॐ पितृपितामहप्रपितामहाः नान्दीमुखाः प्रीयन्ताम्।।3।। (द्वितीयगोत्राः)

ॐ मातामहप्रमातामहवृद्धप्रमातामहाः सपत्नीकाः नान्दीमुखाः प्रीयन्ताम्।।4।।

ततो जलम् दद्यात्-- ॐ शिवा आपः सन्तु।। इति जलम्।।

ततः पुष्पम्-- ॐ सौमनस्यमस्तु।। इति पुष्पम्।।

ततः यवाः-- ॐ अक्षतं चारिष्टं चाऽस्तु।। इति यवाः।।

ततः पूर्वाग्रां जलधारां दद्यात् केचिन्मते- ॐ अघोराः पितरः सन्तु।।

ततो बद्धांजलिराशीर्ग्रहणम्

ॐ गोत्रन्नो वर्द्धताम्। दातारो नोऽभिवर्द्धन्ताम्। वेदाः सन्ततिरेव च। श्रद्धा च नो मा व्यगमद्। वहु देयं च नोऽस्तु। अन्नं च नो बहु भवेत्। अतिथींश्च लभेमहि। याचितारश्च नः सन्तु। मा च याचिश्म कञ्चन एताः सत्या आशिषः सन्तु।

विप्राः--सन्त्वेताः सत्या आशिषः।। इति।।

ततो दक्षिणादानम्

ॐ सत्यवसुसंज्ञकाः विश्वेदेवाः नान्दीमुखाः भूर्भुवः स्वः कृतस्य नान्दीश्राद्धस्य फलप्रतिष्ठासिद्ध्यर्थं द्राक्षामलकयवमूल-निष्क्रयणीं दक्षिणां दातुमहमुत्सृजे।। 1।।

ॐ मातृपितामहीप्रपितामह्यः नान्दीमुख्यः भूर्भुवः स्वः कृतस्य नान्दीश्राद्धस्य फलप्रतिष्ठासिद्ध्यर्थं द्राक्षामलकयवमूल-निष्क्रयणीं दक्षिणां दातुमहमुत्सृजे।। 2।।

ॐ पितृपितामहप्रपितामहाः नान्दीमुखाः भूर्भुवः स्वः कृतस्य नान्दीश्राद्धस्य फलप्रतिष्ठासिद्ध्यर्थं द्राक्षामलकयवमूल-निष्क्रयणीं दक्षिणां दातुमहमुत्सृजे।। 3।। (द्वितीयगोत्राः)

ॐ मातामहप्रमातामहवृद्धप्रमातामहाः सपत्नीकाः नान्दीमुखा भूर्भुवः स्वः कृतस्य नान्दीश्राद्धस्य फलप्रतिष्ठासिद्ध्यर्थं द्राक्षामलकयवमूलनिष्क्रयणौ दक्षिणां दातुमहमुत्सृजे।। 4।।

ततः अग्रे वक्षमाणमन्त्रौ पठेत्। अर्घदानं तु केचिन्मते

ॐ उपास्मैगायतानरः पवमानायेन्दवे। अभिदेवांऽइयक्षते।। 1।।

ॐ इडामग्नेपुरूदर्ठ० स ठं सनिङ्गोः शश्वत्तलर्ठ० हवमानायसाध। स्यान्नः सूनुस्तनयो विजावाग्नेसाते सुमतिर्भूत्वस्मे।। 2।।

(ततो यजमानः) अनेन नान्दीश्राद्धं सम्पन्नम्। सुसम्पन्नम्। (इति विप्राः)

(यजमानः) तेन श्रीकर्माङ्गदेवताः प्रीयन्ताम् वृद्धिः।।

ॐ विश्वेदेवाः प्रीयन्ताम्।।

हे मातृवंशा प्रमुदावतरा, हे पितृवंशा मम पावनाश्च पुष्पांजलिं मे सुमनोवदातुम् गृह्णन्तु दिव्यपितरं पुनीता।

ततो देवविसर्जनम्

ॐ व्याजेव्वाजेवतत्वाजिनोनोधनेषुविप्राऽअमृताऽऋतज्ञाः।
अस्यमध्वः पिबतमादयद्ध्वन्तृप्तायातपथिभिर्द्देवयानैः।।

ततो पितृअनुव्रजनम्

ॐ आमाव्वाजस्यप्रसवोजगम्यादेमेद्द्यावापृथिवीव्विश्वरूपे।
आमागन्तांपितरामातराचामासोमोऽअमृतत्वेनगम्याम् ।।

ततः कर्ता हस्ते जलमादाय

मयाऽऽचरितेऽऽस्मिन्साङ्कल्पिकनान्दीश्राद्धे न्यूनातिरिक्तो यो विधिः स उपविष्ट ब्राह्मणानां वचनाच्छ्रीनान्दीमुखप्रसादाच्च सर्वः परिपूर्णोऽस्तु।।

(विप्राः) अस्तु परिपूर्णः।

पुनः जलमादाय--

अनेन साङ्कल्पिकविधिना नांदीश्राद्धेन नांदीमुखाः
पितरः प्रीयन्ताम्।।

यदि साधक या यजमान नान्दीश्राद्ध संक्षिप्त रूप से करना चाहते हों तो पितरों को श्रद्धापूर्वक नमस्कार करें तथा सूखे आँवले व मुनक्का या दाख समर्पित करें। यथाशक्ति वस्त्रादि समर्पित करें तथा निम्न प्रार्थना करें-

ॐ पितृब्भ्यः स्वधायिब्भ्यः स्वधा नमः पितामहेब्भ्यः स्वधायिब्भ्यः स्वधा नमः प्प्रपितामहेब्भ्यः स्वधाभिब्भ्यः स्वधा नमः। अक्षन्पितरोमीमदन्त पितरोतीतृपन्त पितरः पितरः शुन्धध्वम्।

ॐ भूर्भुवः स्वः दिव्यपितृभ्यो नमः। ध्यायामि।

पूर्ववत् पूजा करें।

पुष्पाञ्जलि- हे मातृवंशा प्रभुदावतारा, हे पितृवंशा मम पावनाश्च।
पुष्पाञ्जलिं मे सुमनोवदातं गृह्णन्तु दिव्यपीतरः पुनीता।।

प्रार्थना- मातादियुक्ताः पितरोमदीया, मातामहाद्यामम मातृवंशाः।
दिव्यस्वरूपाः परमपवित्राः चिरं वितन्वन्तु कुलस्यतन्तुम्।।

अघोराः पितरः सन्तु। गोत्रं नो वर्धताम्। दातारो नोऽभिवर्द्धन्ताम्। वेदाश्च नोऽभिवर्द्धन्ताम्। सन्ततिर्नोऽभिवर्द्धताम्। श्रद्धा च नो माव्यगमत्। बहुदेयं च नोऽस्तु। अन्नं च नो बहु भवेत्। अतिथींश्च लभेमहि। याचितारश्च नः सन्तु। एता आशिष सत्याः सन्तु।

अनेन अर्चनेन दिव्यपितरः प्रीयन्ताम् न मम।

अथाचार्यदिवरणम्

इस उपक्रम में आचार्य का वरण महत्वपूर्ण क्रिया है। उनका वरण करने के उपरान्त ब्रह्मादि का वरण अपेक्षित है। तत्पश्चात् आचार्य को आसन प्रदान कर विधिवत् उनका सम्मान-अभिषेक करें। गन्ध पुष्पादि समर्पित करें।

ततः कर्ता हस्ते जलाक्षतफलपुष्पाण्यादाय सङ्कल्पं कुर्यात्। ब्राह्मणों के पाद प्रक्षालन भी करें।

ॐ अद्येत्यादि पूर्वोच्चारिततिथौ अमुकगोत्रः अमुकप्रवरान्वित अमुक शर्माहं (वर्माहं गुप्तोहं दासोहं) शनिग्रहशान्त्याख्यकर्मणि आचार्यब्रह्मसदस्यऋत्विजानां वरणमहं करिष्ये इति।

ततः प्राङ्मुखो यजमानः उदङ्मुखमाचार्यमुपवेश्य गन्धादिभिः सम्पूज्य वरणद्रव्यं चादाय।।

ॐ अद्येत्यादि० अमुकगोत्रः अमुकप्रवरान्वितः अमुकशर्माहं (वर्माहं गुप्तोहं दासोहं) अमुकगोत्रम् अमुकप्रवरान्वितं शुक्ल-यजुर्वेदान्तर्गतवाजसनेयमाध्यन्दिनीय शाखाध्यायिनममुकशर्माणं ब्राह्मणं अस्मिन् शनिग्रहयागकर्मणि एभिर्वरणद्रव्यैः आचार्यत्वेन

त्वामहं वृणे।। इत्युक्त्वा वरणद्रव्याणि दद्यात्। वृतोऽस्मि।। इति आचार्यः।।

ततः आचार्यहस्ते रक्तसूत्रबन्धनम्--

ॐ व्रतेन दीक्षामाप्नोति दीक्षयाप्नोति दक्षिणाम्।
दक्षिणाश्रद्धामाप्नोति श्रद्धया सत्यमाप्यते।।

ततः कर्ता कृताञ्जलिः आचार्याय प्रार्थयेत--

आचार्यस्तु यथा स्वर्गे शक्रादीनां वृहस्पतिः।
तथा त्वं मम यज्ञेऽस्मिन्नाचार्यो भव सुव्रत।।

यावत्कर्मसमाप्येत तावत्त्वंमाचार्यो भव। भवामि। इत्याचार्यो वदेत्। एवमेव ब्रह्मावरणम्।

यजमानः वरणद्रव्यञ्चादाय--

ॐ अद्येत्यादि० अमुकगोत्रोत्पन्नोऽमुकोहं अस्मिन् शनिग्रह शान्त्याख्यकर्मणि एभिः वरणद्रव्यैः अमुकगोत्रममुकप्रवरान्वित-ममुकवेदशाखाध्यायिनममुकशर्माणं ब्राह्मणं ब्रह्मत्वेन त्वामहं वृणे। वरणद्रव्याणि दद्यात्।

ततः ब्रह्माहस्ते रक्तसूत्रबन्धनम्--

ॐ व्रतेनदीक्षामाप्नोति दीक्षयाप्नोति दक्षिणाम्।
दक्षिणा श्रद्धामाप्नोति श्रद्धया सत्यमाप्यते।।

प्रार्थना-- यथा चतुर्मुखो ब्रह्मा सर्वलोकपितामहः।
तथा त्वं मम यज्ञेऽस्मिन्ब्रह्मा भव द्विजोत्तम।। 1।।

पावनाः सर्ववर्णानां ब्राह्मणाः ब्रह्मरूपिणः।
अनुगृह्णान्तु मामद्य शनिशान्ति यागारत्यकर्मणि।। 2।।

यावत्कर्म समाप्येत तावत्त्वं ब्रह्मा भव। भवामि इति प्रति०। ततः गाणपत्यसदस्य-ऋत्विगादीनां वरणं कार्यम्।। पूर्वोक्तरीत्या।।

स्वस्तिवाचन कलशस्थापनम्

इसके बाद स्वस्ति कलश स्थापन करें। पूर्व की ओर मुख कर पृथ्वीपूजन तथा देवपूजन करें। ताँबे का जल पूरित कलश लें, उसमें गंगा जल डालें। पलाश पत्ते पर अन्न बिछाकर कुमकुम द्वारा अष्टदल कमल बनायें एवं भूमि स्पर्श करें। मन्त्र बोलें-

महीद्यौः पृथिवीचनऽइमं यज्ञं मिमिक्षताम्।
पिपृतान्नोभरीमभिः।

ततः धान्यं प्रक्षिप्य

ॐ धान्यमसि धिनुहि देवान् प्राणायत्वोदानाय त्वा व्यानाय त्वा। दीर्घामनु प्रसति मायुषेधां देवो वः सविता हिरण्यपाणिः प्रतिगृभ्ण्णात्वछिद्रेण पाणिना चक्षुषेत्वा महीनाम्पयोसि।

ततः कलशं

ॐ आजिघ्रकलशं मह्यात्वा व्विशन्त्विन्दवः। पुनरूर्जा निवर्तस्वसानः। सहस्र धुक्ष्वोरुधारापयस्वतीपुनर्गाविशताद्रयिः। स्थापयेत्।

ततः कलशे जलम्

ॐ वरुणस्योत्तम्भनमसि वरुणस्य स्कंभसर्ज्जनीस्थो वरुणस्यऽऋत-सदन्यसि व्वरुणस्य ऋतसदनमसि व्वरुणस्यऽऋतसदनमासीद इति जलम्। पूरयेत्।

ततः कलशे गंधं

ॐ त्वां गंधर्वाऽअखनँस्त्वामिन्द्रस्त्वां वृहस्पतिः। त्वामोषधे सोमो राजा व्विद्वान्न्यक्ष्मादमुच्यत। इतिगंधं क्षिपेत्।

ततः कलशे सर्वोषधी निक्षिपेत्

ॐ याऽओषधीः पूर्व्वा जाता देवेभ्यस्त्रियुगम्पुरा। मर्नैनु वभ्रूणामहठँ० शतं धामानि सप्त च। इति सर्वो०।

ततः कलशे दूर्वांकुराणि प्रक्षेपः

ॐ काण्डात् काण्डात् प्ररोहन्ती परुषः परुषस्परि। एवानोदूर्वे प्रतनु सहस्रेण शतेन च। इति दूर्वा०।

ततः सप्तमृतिका कलशे क्षिपेत्

ॐ स्योनापृथिवोनोभवान्नृक्षरानिवेशनो यच्छानः शर्म सप्रथाः। इति०

ततः कलशे पूगीफलं क्षिपेत्

ॐ या फलनीर्याऽअफलाऽअपुष्पा याश्च पुष्पिणी। वृहस्पतिप्रसूतास्ता नो मुञ्चन्त्वर्ठं० हसः। इति फलं०।

ततः कलशे पंचरत्नानि क्षिपेत्

परिवाजपतिः कविरग्निर्हव्यान्न्यक्रमीत्। दधद्रत्नानिदाशुषे। इति०।

ततः कलशे सुवर्ण प्रक्षिपेत्

ॐ हिरण्यगर्भः समवर्तताग्रे भूतस्य जातः पतिरेकऽ आसीत्। सदाधार पृथिवीन्द्यामुतेमां कस्मै देवाय हविषा व्विधेम। इति सुवर्णं०।

ततः कलशे पंचपल्लवान् क्षिपेत्

अश्वत्थे वो निषदनं पर्णेवोव्वसतिष्कृता। गोभाजऽइत्किलासथ-यत्सनवथपूरुषम्। इति पंच०।

ततः कलशोपरि पूर्णपात्रन्न्यसेत्

ॐ पूर्णा दर्व्वि परापत सुपूर्णा पुनरापत। वस्नेव विक्रीणा वहाऽइषमूर्ज्जर्ठं० शतक्रतो। इति०।

ततः पूर्णपात्रोपरि नारिकेलं स्थापयेत्

ॐ श्रीश्चते लक्ष्मीश्च पत्न्यावहोरात्रेपार्श्वेनक्षत्राणि रूपमश्विनौ-व्यात्तम् इष्णन्निषाणमुम्मऽइषाण सर्वलोकम्मऽइषाण। इति नारिकेलं०।

ततः कलशं वस्त्रयुग्मेन वेष्टयेत्

ॐ सुजातो ज्ज्योतिषा सह शर्म वरुथमासदत्सवः। वासोऽअग्ने विश्वरूपर्ठं० संव्ययस्वव्विभावसो।। इति वस्त्रम्०।

ततः कृताञ्जलिः पठेत्

ॐ स्थां स्थीं स्थिरो भव। इतिपठित्वा हस्ते अक्षतानादाय कलशे वरुणं आवाहयेत्।। ॐ तत्त्वायामि ब्रह्मणा व्वन्दमानस्तदाशास्ते यजमानो हविर्भिः। अहेडमानो व्वरुणे हवोध्युरुशर्ठं० समानऽआयुः प्रमोषीः। अपांपतये वरुणाय नमः।

ततः पञ्चोपचारैर्वरुणं पूजयेत्

ॐ पादयोः पाद्यं, हस्तयोः अर्घ्यं, मुखे आचमनीयं, सर्वाङ्गे स्नानीय जलम् समर्पयामि। अपाम्पतये नमः। गंधं विलेपयामि, गन्धान्ते अक्षतान् समर्पयामिं। पुष्पाणि समर्पयामि। धूपम् आघ्रापयामि, दीपं संदर्शयामि, स्फटिकप्रभाय नमः। हस्तौ प्रक्षाल्य। नैवेद्यं परिकल्पयामि, नैवेद्यानन्तरं पानार्थोदकं समर्पयामि। मुखवासार्थे ताम्बूलं, पूगीफलं दक्षिणाद्रव्यं च समर्पयामि झषासनाय नमः। नमस्करोमि जलाधिनाथाय नमः।

ततः, अनामिकया कलशं स्पृष्ट्वा कलशे गंगाद्यावाहनं कुर्यात्।

कलशस्य मुखे विष्णुः कण्ठे रुद्रः समाश्रितः।
मूले चैव स्थितो ब्रह्मा मध्ये मातृगणाः स्मृताः।। 1।।

कुक्षौ तु सागराः सर्वे सप्तद्वीपा वसुन्धरा।
कृष्णा कावेरी च गङ्गा चैव महानदी।। 2।।
तापी गोदावरी चैव माहेन्द्री नर्मदा तथा।
नद्याश्च विविधा जाता नद्यः सर्वास्तथापराः।। 3।।

पृथिव्यां यानि तीर्थानि कलशस्थानि तानि वै।
सर्वे समुद्राः सरितस्तीर्थानि जलदा नदाः।। 4।।

आयान्तु यजमानस्य दुरितक्षयकारकाः।
ऋग्वेदोऽथ यजुर्वेदः सामवेदो ह्यथर्वणः।। 5।।

अङ्गैश्च सहिताः सर्वे कलशन्तु समाश्रिताः।
गायत्री चैव सावित्री शान्तिपुष्टिस्तथैव च।
आयान्तु मम शान्त्यर्थं दुरितक्षयकारकाः।। 6।।

ततः हस्ते अक्षतान् गृहीत्वा

ॐ मनोजूतिर्जुषतामाज्यस्य बृहस्पतिर्यज्ञमिमं तनोत्वरिष्टं यज्ञठं॰ समिमन्दधातु। विश्वेदेवा स इहमादयन्तामों ३ँम्प्रतिष्ठ।

अस्यै प्राणाः प्रतिष्ठन्तु अस्यै प्राणा क्षरन्तु च।
अस्यै देवत्वमर्चायै मामहेति च कश्चनः।।

कलशे वरुणाद्यावाहितदेवताः सुप्रतिष्ठिता वरदा भवन्तु। ततः मिलितोपचारैर्वा वरुणं संपूज्य। किंचिज्जलमुत्सृजेत्।

अनया पूजया वरुणाद्यावाहितदेवताः प्रीयन्ताम् न मम।

ततः प्रार्थना

ॐ देवदानवसंवादे मध्यमाने महोदधौ।
उत्पन्नोऽसि तदा कुम्भ विधृतो विष्णुना स्वयम्।।
त्वत्तोये सर्वतीर्थानि देवाः सर्वे त्वयि स्थिताः।
त्वयि तिष्ठन्ति भूतानि त्वयि प्राणाः प्रतिष्ठिताः।।
शिवः स्वयं त्वमेवासि विष्णुस्त्वं च प्रजापतिः।
आदित्या वसवो रुद्राः विश्वेदेवाः सपैतृकाः।।
त्वयि तिष्ठन्ति सर्वेऽपि यतः कामफलप्रदः।
त्वत्प्रसादादिमं यज्ञं कर्तुमीहे जलोद्भव।।
सान्निध्यं कुरु मे देव प्रसन्नो भव सर्वदा।।
नमो नमस्ते स्फटिकप्रभाय सुश्वेतहाराय सुमङ्गलाय।
सुपाशहस्ताय झषासनाय जलाधिनाथाय नमो नमस्ते।।

पाशपाणे नमस्तुभ्यं पद्मिनीजीवनायक!
यावत्कर्मसमाप्तिः तावत् त्वं सुस्थिरो भव।

अथवा

पुण्यावहवाचनं यावक्षावत्वं सन्निधो भव।
अनेन पूजनेन वरुणदेवता प्रीयताम् न मम।

अथ पुण्याहवाचनम्

ततो स्वस्ति पुण्याहवाचनार्थं युग्मविप्रान् उपस्थितविप्रान् वा संपूज्य। अवनिकृतजानुमण्डलः कमलमुकुलसदृशमञ्जलिं शिरस्याधायानन्तरं वामान्वारब्ध दक्षिणेन पाणिना स्वर्णपूर्णकलशं धारयित्वा आशिषः प्रार्थयेत्।

त्रीणिपदाव्विचक्रमे विष्णुर्गोपाऽअदाभ्यः। अतो धर्माणि धारयन्। दीर्घा नागा नद्यो गिरयस्त्रीणि विष्णुपदानि च। तेनायुः प्रमाणेन पुण्यं पुण्याहं दीर्घमायुरस्तु। अस्तु।

ततः विप्राः

एवं वारत्रयं पठित्वा कलशं भूमौ धान्यराश्युपरि संस्थाप्य।

ततो ब्राह्मणानां हस्ते जलम् दद्यात्

यजमानः अपाम्मध्ये स्थिता देवाः सर्वमप्सु प्रतिष्ठितम्।
ब्राह्मणानां करे न्यस्ता शिवा आपो भवन्तु नः।। 1।।

शिवा आपः सन्तु।
विप्राः सन्तु शिवा आपः।
(एवं सर्वत्र यजमानस्य वचनोत्तरं ब्राह्मणानां वचनम्)

ततः पुष्पम्

यजमानः लक्ष्मीर्वसति पुष्पेषु लक्ष्मीर्वसति पुष्करे।
सा मे वसतु वै नित्यं सौमनस्यं तथास्तु नः।। 2।।

सौमनस्यमस्तु ; इति ब्राह्मणानां करेषु पुष्पं दद्यात्।
विप्राः अस्तु सौमनस्यम्।

ततः अक्षताः

यजमानः **अक्षतं चास्तु मे पुण्यं दीर्घमायुर्यशोबलम्।**
यद्यच्छ्रेयस्करं लोके तत्तदस्तु सदा मम।। 3।।
(यजमानः) अक्षतंचारिष्टं चास्तु। (विप्राः) अस्तुअक्षतम् अरिष्टम्।
(यजमानः) गन्धाः पान्तु इतिगन्धं। (विप्राः) सुमङ्गल्यञ्चास्तु।
(यजमानः) अक्षताः पान्तु आयुष्यमस्तु। अस्तु आयुष्यम् इति विप्राः।
(यजमानः) पुष्पाणि पान्तु सौश्रियमस्तु। अस्तु सौश्रियम् इति विप्राः।
(यजमानः) ताम्बूलानि पान्तु ऐश्वर्यामस्तु। अस्तु ऐश्वर्यम् इति विप्राः।
(यजमानः) दक्षिणाः पान्तु आरोग्यमस्तु। अस्तु आरोग्यम् इति विप्राः।

(यजमानः कृताञ्जलिः वदेत्)

यजमानः **दीर्घमायुः श्रेयः शान्तिः पुष्टिस्तुष्टिः श्रीर्यशो विद्या विनयो वित्तं बहुपुत्रं बहुधनम् चारोग्यं चायुष्यञ्चास्तु॥** (विप्राः) **अस्तु इति।**

(यजमानः) **यंकृत्वा सर्ववेदयज्ञक्रियाकरणकर्मारम्भाः शुभाः शोभनाः प्रवर्त्तन्ते तमहमोङ्कारमादिं कृत्वा ऋग्यजुःसामाथर्वाशीर्वचनं बहुऋषिसम्मतं समनुज्ञातं भवद्भिरनुज्ञातः पुण्यं पुण्याहं वाचयिष्ये।।** (विप्राः) **वाच्यताम्।। वाच्यताम्।। वाच्यताम्।।**

इत्येता ऋचः पुण्याहे ब्रूयात्।
ततः (यजमानः कृताञ्जलिः पठेत्)

व्रतजपनियमतपःस्वाध्यायक्रतुशमदमदयादानविशिष्टानां सर्वेषां ब्राह्मणानां मनः समाधीयताम्।। (विप्राः) समाहितमनसः स्मः।

(यजमानः) प्रसीदन्तु भवन्तः। (विप्राः) प्रसन्ना स्मः।

ततो दानखण्डोक्तमते तु स्थापितकलशात् ताम्रपात्रे जलमादाय यजमानमूर्ध्नि दूर्वया सेचनं कुर्यात्। केषाञ्चिन्मते कलशजलम् पात्रान्तरे पातयेत्। केचित् अक्षतान्पातयन्ति।।

ततो यजमानो वक्ष्यमाणैकसप्ततिवाक्यानि पठन् प्रतिवाक्यं पात्रे

जलं पातयेत् ''तत्रारिष्टनिरसनमस्तु'' 'यत्पापं०' इति द्वाभ्यां, हताश्च ब्रह्मद्विषः इत्यादिभिः सप्तवाक्यैश्च पात्राद्बहिरुत्तरतो जलं पातनीयम्।।

(ततो यजमानो ब्रूयात्) ॐ शान्तिरस्तु (ब्राह्मणाः अस्तु सर्वत्र वदेयुः, ब्राह्मण अस्तु बोलें।) ॐ शान्तिरस्तु। ॐ पुष्टिरस्तु। ॐ तुष्टिरस्तु। ॐ वृद्धिरस्तु। ॐ ऋद्धिरस्तु। ॐ अविघ्नमस्तु। ॐ आयुष्यमस्तु। ॐ आरोग्यमस्तु। ॐ शिवमस्तु। ॐ शिवंकर्मास्तु। ॐ कर्मसमृद्धिरस्तु। ॐ धर्मसमृद्धिरस्तु। ॐ वेदसमृद्धिरस्तु। ॐ शास्त्रसमृद्धिरस्तु। ॐ धनधान्यसमृद्धिरस्तु। ॐ पुत्रपौत्रसमृद्धिरस्तु। ॐ इष्टसम्पदस्तु। (पात्रात् वहिः वा द्वितीयपात्रे) ॐ अरिष्टनिरसनमस्तु। यत्पापं रोगमऽशुभंऽकल्याणं तद्‌दूरे प्रतिहतमस्तु (अन्तः पात्रे प्रथमपात्रे वा) ॐ यच्छ्रेयस्तदस्तु। ॐ उत्तरे कर्मणि निर्विघ्नमस्तु। ॐ उत्तरोत्तरमहरहरभभिवृद्धिरस्तु। ॐ उत्तरोत्तराः क्रियाः शुभाः शोभनाः सम्पद्यन्ताम्। ॐ तिथिकरणेमुहूर्तेनक्षत्र ग्रहलग्न सम्पदस्तु। ॐ तिथिकरणे समुहूर्ते सनक्षत्रे सग्रहे सलग्ने साधिदैवते प्रीयेताम्। ॐ दुर्गापाञ्चाल्यौ प्रीयेताम्। ॐ अग्निपुरोगाः विश्वेदेवाः प्रीयन्ताम्। ॐ इन्द्रपुरोगाः मरुद्‌गणाः प्रीयन्ताम्। ॐ वशिष्ठपुरोगाः ऋषिगणाः प्रीयन्ताम्। ॐ माहेश्वरीपुरोगाः उमामातरः प्रीयन्ताम्। ॐ अरुन्धतिपुरोगाः एकपत्न्यः प्रीयन्ताम्। ॐ विष्णुपुरोगाः सर्वे देवाः प्रीयन्ताम्। ॐ ब्रह्मपुरोगाः सर्वे वेदाः प्रीयन्ताम्। ॐ ब्रह्मा च ब्राह्मणाश्च प्रीयन्ताम्। ॐ अम्बिका सरस्वत्यौ प्रीयताम्। ॐ श्रद्धामेधे प्रीयताम्। ॐ भगवती कात्यायनी प्रीयताम्। ॐ भगवती माहेश्वरी प्रीयताम्। ॐ भगवती ऋद्धिकरी प्रीयताम्। ॐ भगवती वृद्धिकरी प्रीयताम्। ॐ भगवती पुष्टिकरी प्रीयताम्। ॐ भगवती तुष्टिकरी प्रीयताम्। ॐ भगवन्तौ विघ्नविनायकौ प्रीयताम्। ॐ सर्वाः कुलदेवताः प्रीयताम्। ॐ सर्वाः ग्रामदेवताः प्रीयताम्। ॐ सर्वाः इष्टदेवताः प्रीयताम्।

(पात्राद् बहिः वा द्वितीयपात्रे) ॐ हताश्च ब्रह्मद्विषः। ॐ हताश्च परिपन्थिनः। ॐ हताश्च विघ्नकर्तारः। शत्रवः पराभवं यान्तु। ॐ शाम्यन्तु घोराणि। ॐ शाम्यन्तु पापानि। ॐ शाम्यन्त्वीतयः। ॐ शाम्यन्तु उपद्रवाः। (अन्तः प्रथमपात्रे) ॐ शुभानि वर्द्धन्ताम्। ॐ शिवा आपः सन्तु।

ॐ शिवा ऋतवः सन्तु। ॐ शिवा ओषधयः सन्तु। ॐ शिवा वनस्पतयः सन्तु। ॐ शिवा नद्यः सन्तु। ॐ शिवा अतिथयः सन्तु। ॐ शिवा अग्नयः सन्तु। ॐ शिवाहुतयः सन्तु। ॐ अहोरात्रे शिवे स्याताम्।।

सभी ब्राह्मण बोलें--

ॐ निकामे निकामेनः पर्जन्यो वर्षतु फलवत्योन औषधयः पच्यन्तां योगक्षेमो नः कल्पताम्। आदित्यादि सर्वेग्रहाः प्रीयन्ताम्। ॐ भगवान् स्वामी महासेनः प्रीयताम्। ॐ भगवान् नारायणः प्रीयताम्। ॐ भगवान् पर्जन्यः प्रीयताम्। ॐ पुरोऽनुवाक्यया यत्पुण्यंतदस्तु। ॐ याज्यया यत्पुण्यं तदस्तु। ॐ वषटकारेण यत्पुण्यं तदस्तु। ॐ प्रातः सूर्योदये यत्पुण्यं तदस्तु।

अथाभिषेकः

अभिषेके पत्नी वामतः। ततो प्रथमपात्रपातितवरुणकलशोदकं गृहीत्वा अविधुराश्चत्वारो ब्राह्मणाः दूर्वापल्लवैः सकुटुम्बं यजमानं अभिषिञ्चेयुः।।

ॐ पयः पृथिव्याम्पयऽओषधीषु पयो दिव्यन्तरिक्षे पयोधाः।
पयस्वतीः प्रदिशः सन्तु मह्यम्।। 1।।

ॐ पञ्चनद्यः सरस्वतीमपियन्ति सस्रोतसः।
सरस्वती तु पञ्चधा सोदेशे भवत्सरित्।। 2।।

ॐ व्वरुणस्योत्तम्भनमसि व्वरुणस्य
स्कम्भसर्जनीस्त्थोव्वरुणस्यऽऋतसदन्न्यसि व्वरुणस्य
ऋतसदनमसिव्वरुणस्यऽऋतसदनमासीद।। 3।।

ॐ पुनन्तु मा देवजनाः पुनन्तु मनसा धियः।
पुनन्तु व्विश्वाभूतानि जातवेदः पुनीहि मा।। 4।।

ॐ देवस्यत्वा सवितुः प्रसवेश्विनोर्बाहुभ्यां पूष्णो हस्ताभ्याम्।
सरस्वत्यैव्वाचोयन्तुर्यत्रियेदधामि बृहस्पतेष्ट्वा साम्राज्येना-
भिषिञ्चाम्यसौ।। 5।।

ॐ देवस्यत्वा सवितुः प्रसवेश्विनोर्बाहुभ्यां पूष्णो हस्ताभ्याम्।
सरस्वत्यैव्वाचोयन्तुर्यन्त्रेणाग्नेः साम्राज्येनाभिषिञ्चामि।। 6।।

ॐ देवस्य त्वासवितुः प्रसवेश्विनोर्बाहुभ्यां पूष्णो हस्ताभ्याम्।
अश्विनोर्भैषज्येनतेजसेब्रह्मवर्चसायाभिषिञ्चामि सरस्वत्यै-
भैषज्येनव्वीर्यायान्नाद्यायाभिषिञ्चामीन्द्रस्येन्द्रियेणबलायश्रियै-
यशसेभिषिञ्चामि।। 7।।

ॐ विश्वानिदेवसवितर्दुरितानि परासुव।
यद्भद्रन्तन्नऽआसुव।। 8।।

ॐ धामच्छदग्निरिन्द्रो ब्रह्मादेवोबृहस्पतिः।
सचेतसोव्विश्वेदेवा यज्ञं प्रावन्तुनः शुभे।। 9।।

ॐ त्वंयविष्ठदाशुषो नॄँः पाहिशृणुधीगिरः।
रक्षातोकमुतत्मना।। 10।।

ॐ अन्नपतेऽन्नस्यनोदेह्यनमीवस्य शुष्मिणः।
प्रप्रदातारन्तारिषऽऊर्ज्जन्नोधेहिद्विपदेचतुष्पदे।। 11।।

ॐ आपोहिष्ठामयोभुवस्तानऽऊर्ज्जेदधातना महेरणाय चक्षसे।
ॐ योवः शिवतमोरसस्क्षस्य भाजयते हनः। उशतीखिमातरः
ॐ तस्म्माऽरंग मामवोयस्य क्षयाय जिन्नवय। आपोजन
यथाचनः। ॐ द्यौः शान्तिरन्तरिक्षᳬ शान्तिः पृथिवीशान्तिरापः
शान्तिरोषधयः शान्तिः। वनस्पतयः शान्तिर्व्विश्वेदेवाः
शान्तिब्रह्म शान्तिः सर्वᳬ शान्तिः। शान्तिरेव शान्तिः
सामाशान्तिरेधि।। 12।।

ॐ यतोयतः समीहसे ततोनोऽभयंकुरु।
शन्नः कुरुप्प्रजाब्भ्योऽभयन्नः पशुभ्यः।। 13।।

सुरास्त्वामभिषिञ्चन्तु ब्रह्मविष्णुमहेश्वराः।
वासुदेवो जगन्नाथस्तथा सङ्कर्षणो विभुः।। 14।।

वरुणः पवनश्चैव धनाध्यक्षस्तथा शिवः।
ब्रह्मणा सहिताः सर्वे दिक्पाला पान्तु ते सदा।। 15।।

कीर्तिर्लक्ष्मीर्धृतिर्मेधा पुष्टिः श्रद्धा क्रिया मतिः।
बुद्धिर्लज्जा वपुः शान्तिः कान्तिस्तुष्टिश्च मातरः।। 16।।

एतास्त्वामभिषिञ्चन्तु देवपत्न्यः समागताः।
आदित्यश्चन्द्रमा भौमो बुधजीवसितार्कजाः।। 17।।

ग्रहास्त्वामभिषिञ्चन्तु राहुः केतुश्च तर्पिताः।
देवदानवगन्धर्वाः यक्षराक्षसपन्नगाः।। 18।।

ऋषयो मनवो गावो देवमातर एव च।
देवपत्न्यो द्रुमा नागा दैत्याश्चाप्सरसां गणाः।। 19।।

अस्त्राणि सर्वशस्त्राणि राजानो वाहनानि च।
औषधानि च रत्नानि कालस्यावयवाश्च ये।। 20।।

सरितः सागराः शैलास्तीर्थानि जलदा नदाः।
एते त्वामभिषिञ्चन्तु धर्मकामार्थसिद्धये।। 21।।

ॐ शान्तिः शान्तिः सुशान्तिर्भवतु। अमृताभिषेकोऽस्तु। ततो, कर्ता हस्ते जलं गृहीत्वा दक्षिणासंकल्पं कुर्यात--

ॐ अद्य अभिषेक कर्मणि पश्चात् ब्राह्मणेभ्यो यथोत्साहं दक्षिणां दद्यात्।

चतुःषष्टिपद वास्तुमण्डल देवता स्थापनम्

ॐ पूर्वोचारित गृहगुण विशिष्टायां शुभ पुण्यतिथौ चतुःषष्टिपद वास्तुमण्डलोपरि शिख्यादिदेवतानां सह वास्तुपुरुष देवता स्थापन पूजन बलिदानञ्च करिष्ये।

अग्निकोण, नैऋतकोण, वायव्य कोण, ईशान कोण में चार लोहे की खूँटी रोप दें। कच्ची मिट्टी को गीली करके भी उसमें चार कीलें अलग-अलग रोपी जा सकती हैं।

ॐ विशन्तु भूतले नागालोकपालश्च सर्वतः।
मण्डपेऽत्रावतिष्ठन्तु आयुर्बल कराः सदा।।

इन्हीं शंकुओं के पास एक-एक पत्ते पर चार बलि के रूप में प्रसाद अर्पण करें। पत्ते पर उड़द, दही, पापड़ या नमकीन तथा सिन्दूर पत्ते पर अलग-अलग रखें। चावल दायें हाथ में लेकर छोड़ें-

ईशान कोण से अग्निकोण पर्यन्त तक

1. ॐ शिखिने नमः, 2. ॐ पर्जन्याय नमः, 3. जयन्ताय नमः, 4. कुलिशायुधाय नमः, 5. ॐ सूर्याय नमः, 6. ॐ सत्याय नमः, 7. ॐ भृशाय नमः, 8. ॐ अन्तरिक्षाय नमः, 9. ॐ अनिलाय नमः।

अग्निकोण से नैऋत कोण तक-

10. ॐ पूष्णे नमः, 11. ॐ वितशाय नमः, 12. ॐ गृहताय नमः, 13. ॐ यमाय नमः, 14. ॐ गन्धर्वाय नमः, 15. ॐ भृगुराजाय नमः, 16. ॐ मृगाय नमः, 17. ॐ पितृन्य नमः, 18. ॐ दोवारिकाय नमः।

नैऋत से वायव्य कोण तक-

19. ॐ सुग्रीवाय नमः, 20. ॐ पुष्पदंताय नमः, 21. ॐ वरुणाय नमः, 22. ॐ असुराय नमः, 23. ॐ शोषाय नमः, 24. ॐ पापाय नमः, 25. ॐ रोगाय नमः, 26. ॐ सर्पाय नमः।

वायव्य से ईशान कोण तक-

27. ॐ मुख्याय नमः, 28. ॐ भल्लाराय नमः, 29. ॐ सोमाय नमः, 30. ॐ नागेभ्य नमः, 31. ॐ अदितये नमः, 32. ॐ दितये नमः, 33. ॐ अदृभ्य नमः।

ॐ आपवत्साय नमः, ॐ अर्यम्णे नमः, ॐ सावित्र्यै नमः, ॐ सवित्रे नमः, ॐ विवस्वते नमः, ॐ विवुधाधिपाय नमः, ॐ जयन्ताय

नमः, ॐ मित्राय नमः, ॐ राजयएमणे नमः, ॐ रुद्राय नमः, ॐ पृथ्वीधराय नमः, ॐ ब्राह्मणे नमः, ॐ चरक्यै नमः, ॐ विदारायै नमः, ॐ पूतनायै नमः, ॐ पापराक्षस्यै नमः, ॐ स्कन्दाय नमः, ॐ अर्यम्णे नमः, ॐ जृम्भकाय नमः, ॐ पिलिपिच्छाय नमः, ॐ इन्द्राय नमः, ॐ अग्नये नमः, ॐ यमाय नमः, ॐ निऋते नमः, ॐ वरुणाय नमः, ॐ वायवे नमः, ॐ सोमाय नमः, ॐ ईश्वराय नमः, ॐ ब्रह्मणे नमः, ॐ अनन्ताय नमः।

वास्तुमन्त्र बोलें-

ॐ वास्तोष्पते प्रतिजानी यस्मान्स्वावेशो ऽअनमीवोभवः।
यत्त्वेमहे प्प्रतितन्नो जुषस्व शं नो भव द्विपदे शं चतुष्पदे नमः।।

वास्तु के कोष्ठक का चित्र प्रस्तुत करें तथा इसमें जितने कोष्ठक हैं, उसमें देवता का नाम लिखें। यह चित्र वास्तु की पृथक पुस्तक में उपलब्ध रहता है।

अथ चतुःषष्टिदेवीपूजनम्

सुनिश्चित क्रम से चौंसठ देवियों की स्थापना कर आह्वान पूजनादि सम्पन्न करें।

अथ चतुःषष्टिदेवीपूजनम्। चतुःषष्टिदेव्यावाहनं स्थापनं च कृत्वा पाद्यादिभिः षोडशोपचारैः सम्पूज्य नतिं कुर्यात् तद्यथा–भो देवताः सायुधाः सपरिवाराः सवाहना इहागच्छत। आवाहिताभ्यः चतुःषष्टिदेवताभ्यः पूजिताभ्यो नमः।।

चतुषष्टिदेवी का पूजन करते समय महाकाली, महालक्ष्मी, महासरस्वती देवी का ध्यान करें। उसके पश्चात् जो 64 देवियों के नाम पृथक रूप से दर्शाये हैं, प्रत्येक नाम के अंत में 'आयै' बोलें, जैसे 'गजानन' से 'गजाननायै' बोलेंगे। इसी तरह से सिंहमुखार्य उच्चारण करेंगे।

अथ तासां नामानि।। गजानन 1, सिंहमुखा 2, गृहस्था 3, काकतुण्डिका 4, उग्रग्रीवा 5, हयग्रीवा 6, वाराही 7, शरभानना 8, उलूकी 9, शिवाख्या 10, मयूरा 11, विकटानना 12, अष्टवक्रा 13, कोटराक्षी 14, कुब्जा 15, विकटलोचना 16, शुष्कोदरा 17, ललज्जिह्वा

18, श्वदंष्ट्रा 19, वानरानना 20, ऋक्षाक्षी 21, केकराक्षी 22, बृहत्तुण्डा 23, सुराप्रिया 24, कपालहस्ता 25, रक्ताक्षी 26, शुकी 27, श्येनी 28, कपोतिका 29, पाशहस्ता 30, दण्डहस्ता 31, प्रचण्डा 32, चण्डविक्रमा 33, शिशुघ्नी 34, पापहन्त्री 35, काली 36, रुधिरपायिनी 37, वसोर्धारा 38, गर्भभक्षा 39, शवहस्ता 40, आन्त्रमालिनी 41, स्थूलकेशी 42, बृहत्कुक्षिः 43, सर्पास्या 44, प्रेतवाहना 45, दन्तशूकरा 46, क्रोञ्ची 47, मृगशीर्षा 48, वृषानना 49, व्यात्तास्या 50, धूमनिःश्वासा 51, व्योमैकचरणा 52, ऊर्ध्वदृक् 53, तापनी 54, शोषिणी 55, दृष्टिकोटरी 56, स्थूलनासिका 57, विद्युत्प्रभा 58, बलाकास्या 59, मार्जारी 60, कटपूतना 61, अट्टाट्टहासा 62, कामाक्षी 63, मृगाक्षी मृगलोचना 64, नामानीमानि यो मर्त्यश्चतुःषष्ट्या दिने दिने। जपेत् त्रिसन्ध्यं तस्येह दुष्टबाधा प्रशाम्यति।।

इसके पश्चात् शनि देवता का षोडशोपचार पूजन करना अपेक्षित है, क्योंकि वही प्रधान प्रयोजन देव हैं। दशरथकृत शनि स्तोत्र से भी अभिषेक किया जा सकता है। शनि की मूर्ति चौड़े लोहे के पात्र में रखी जानी चाहियें। शनि देवता का अभिषेक तिल्ली के तेल से करेंगे। शनि अष्टोत्तरनाम से या सहस्रनाम से करेंगे। तेल की धारा अविरल रूप से बिना अवरोध के मूर्ति के मस्तिष्क पर अभिषिक्त होनी चाहिये।

अथ प्रधानदेवतानाम् आवाहनं स्थापनं च। पाद्यादिभिः सम्पूज्य प्रतिमाया अग्न्युत्तारणं कृत्वा पंचगव्येन शुद्धिः कार्या। ततः पञ्चामृतैः स्नापयित्वा आवाहन-प्राणप्रतिष्ठे कार्ये। गन्धाक्षत पुष्पदीपधूप नैवेद्याचमनीयताम्बूलदक्षिणाभिः पूजयेत्।

अथ सर्वतोभद्रमण्डल-पूजनम्

आचम्य प्राणानायम्य। हस्ते जलाक्षतफलपुष्पदक्षिणादीन्यादाय–देशकालौ सङ्कीर्त्य अमुकगोत्रोत्पन्नः अमुकशर्माहं (वर्माहं गुप्तोहं दासोहं) करिष्यमाण .... ग्रहशान्त्याख्यकर्मणि सर्वतोभद्रमण्डले ब्रह्मादिषट्पञ्चाशद्देवतानां नाम मन्त्रेणावाहनं पूजनञ्च करिष्ये।

हस्ते अक्षतान् गृहीत्वा--

मध्ये - ॐ भूर्भुवः स्वः ब्रह्मणे नमः। ब्रह्माणमावाहयामि स्थापयामि।। 1।।

उत्तरे वाप्यां - ॐ भू० सोमाय नमः सोमं० ।। 2 ।।

ईशान्यां खण्डेन्दौ - ॐ भू० ईशानाय नमः। ईशानं० ।। 3 ।।

पूर्वे वाप्यां - ॐ भू० इन्द्राय नमः। इन्द्रमू० ।। 4 ।।

आग्नेय्यां खण्डेन्दौ - ॐ भू० अग्नये नमः। अग्निम्० ।। 5 ।।

दक्षिणे वाप्यां - ॐ भू० यमाय नमः। यममावा० स्थाप० ।। 6 ।।

नैर्ऋत्यां खण्डेन्दौ - ॐ भू० निर्ऋतये नमः। निर्ऋतिम्० ।। 7 ।।

पश्चिमे वाप्यां - ॐ भू० वरुणाय नमः। वरुणम् ।। 8 ।।

वायव्यां खण्डेन्दौ - ॐ भू० वायवे नमः। वायुं० ।। 9 ।।

वायुसोमयोर्मध्ये भद्रे - ॐ भू० अष्टवसुभ्यो नमः। अष्टवसून्० ।। 10 ।।

सोम-ईशानयोर्मध्ये भद्रे - ॐ भू० एकादशरुद्रेभ्यो नमः। एकादश रुद्रान्० ।। 11 ।।

ईशानपूर्वयोर्मध्ये भद्रे - ॐ भू० द्वादशादित्येभ्यो नमः। द्वादशादित्याना० ।। 12 ।।

पूर्वाग्न्योर्मध्ये भद्रे - ॐ भू० अश्विभ्यां नमः। अश्विनौ० ।। 13 ।।

अग्नियमयोर्मध्ये भद्रे - ॐ भू० सपैत्रिक विश्वेभ्यो देवेभ्यो०।

सपैत्रिकविश्वान्देवाना० ।। 14 ।।

यमनिर्ऋतिमध्ये भद्रे - ॐ भू० सप्तयक्षेभ्यो नमः। सप्तयक्षानावा० ।। 15 ।।

निर्ऋतिवरुणयोर्मध्ये भद्रे- भू० अष्टकुलनागेभ्यो नमः। अष्टकुलनागान्० ।। 16 ।।

वरुणव्क्युमध्ये भद्रे - ॐ भू० गन्धर्वाप्सरोभ्यो नमः। गन्धर्वाप्सरसः आ० ।। 17 ।।

ब्रह्मसोमयोर्मध्ये वाप्यां - ॐ भू० स्कन्दाय नमः। स्कन्दमावा० ।। 18 ।।

स्कन्दादुत्तरे - ॐ भू० वृषभाय नमः। वृषभमावा० ।। 19 ।।

वृषभोत्तरे - ॐ भू० शूलाय नमः। शूलमावा० ।। 20 ।।

शूलादुत्तरे - ॐ भू० महाकालाय नमः। महाकालमावा० ।। 21 ।।

ब्रह्मेशानयोर्मध्ये शृङ्खलायां - ॐ भू० दक्षादिसप्तगणेभ्यो०।

दक्षादिसप्तगणानावा० ।। 22 ।।

ब्रह्मेन्द्रयोर्मध्ये वाप्यां - ॐ भू० दुर्गायै नमः। दुर्गामावा० ।। 23 ।।

दुर्गापूर्वे - ॐ भू० विष्णवे नमः। विष्णुमावाहयामि ।। 24 ।।

ब्रह्माग्न्योर्मध्ये शृङ्खलायां - ॐ भू० स्वधायै नमः। स्वधामा० ।। 25 ।।

ब्रह्मयमयौर्मध्ये वाप्यां - ॐ भू० मृत्युरोगेभ्यो नमः। मृत्युरोगानावा० ।। 26 ।।

ब्रह्मनिर्ऋतिमध्ये शृङ्खलायां - ॐ भू० गणपतये नमः। गणपतिमावा० ।। 27 ।।

ब्रह्मवरुणयोर्मध्ये वाप्यां - ॐ भू० अद्भ्यो नमः। अपःआवा० ।। 28 ।।

ब्रह्मवायुमध्ये शृङ्खलायां - ॐ भू० मरुद्भ्यो नमः। मरुतः आवा० ।। 29 ।।

ब्रह्मणः पादमूले - ॐ भू० पृथिव्यै नमः। पृथिवीमावा० ।। 30 ।।

पृथिव्या उत्तरे - ॐ भू० गंगादिनदीभ्यो नमः। गङ्गादिनदीः आवा०।। 31।।
ब्रह्मणः पादमूले गंगोत्तरे- ॐ भू० सप्तसागरेभ्यो नमः। सप्तसागरानावा०।। 32।।
कणिकापरिधौ - ॐ भू० मेरवे नमः। मेरुमावाहयामि।। 33।।

उत्तरादिक्रमेण, सत्ववाह्यपरिधौ

उत्तरे - ॐ भू० गदायै नमः। गदामा०।। 34।।
ईशाने - ॐ भू० त्रिशूलाय नमः। त्रिशूलमावाहयामि।। 35।।
पूर्वे - ॐ भू० वज्राय नमः। वज्रमावाहयामि।। 36।।
आग्नेये - ॐ भू० शक्तये नमः। शक्तिमावाहयामि।। 37।।
दक्षिणे - ॐ भू० दण्डाय नमः। दण्डमावाहयामि।। 38।।
नैर्ऋत्ये - ॐ भू० खड्गाय नमः। खड्गमावाहयामि।। 39।।
पश्चिमे - ॐ भू० पाशाय नमः। पाशमावाहयामि।। 40।।
वायुकोणे - ॐ भू० अंकुशाय नमः। अंकुशमावाहयामि।। 41।।

तद्वाह्ये रजःपरिधौ--उत्तरादिक्रमेण

उत्तरे - ॐ भू० गौतमाय नमः। गौतमावाहयामि।। 42।।
ईशान्याम् - ॐ भू० भारद्वाजाय नमः। भारद्वाजमावाहयामि।। 43।।
पूर्वे - ॐ भू० विश्वामित्राय नमः। विश्वामित्रमावाहयामि।। 44।।
आग्नेयाम् - ॐ भू० कश्यपाय नमः। कश्यपमावाहयामि।। 45।।
दक्षिणे - ॐ भू० जमदग्नये नमः। जमदग्निमावाहयामि।। 46।।
नैर्ऋत्याम् - ॐ भू० वशिष्ठाय नमः। वशिष्ठामावाहयामि।। 47।।
पश्चिमे - ॐ भू० अत्रये नमः। अत्रिमावाहयामि।। 48।।
वायव्याम् - ॐ भू० अरुन्धत्यै नमः। अरुन्धतीमावाहयामि।। 49।।

तद्वाह्ये तमःपरिधौ--पूर्वादिक्रमेण

पूर्वे - ॐ भू० ऐन्द्र्यै नमः। ऐन्द्रीमावाहयामि।। 50।।
आग्नेयाम् - ॐ भू० कौमार्यै नमः। कौमारीमावाहयामि।। 51।।
दक्षिणे - ॐ भू० ब्राह्म्यै नमः। ब्राह्मीमावाहयामि।। 52।।
नैर्ऋत्याम् - ॐ भू० वाराह्यै नमः। वाराहीमावाहयामि।। 53।।
पश्चिमे - ॐ भू० चामुण्डायै नमः। चामुण्डामावाहयामि।। 54।।
वायव्ये - ॐ भू० वैष्णव्यै नमः। वैष्णवीमावाहयामि।। 55।।

उत्तरे - ॐ भू० माहेश्वर्यै नमः। माहेश्वरीमावाहयामि।। 56।।

ईशान्याम् - ॐ भू० वैनायक्यै नमः। वैनायकीमावाहयामि।। 57।।

ॐ मनोजूतिर्जुषतामाज्यस्य बृहस्पतिर्यज्ञमिमन्तनोत्वरिष्ठं यज्ञठं० समिमन्दधातु। विश्वेदेवासऽइहमादयन्तामों ३ प्रतिष्ठ।

अस्यै प्राणाः प्रतिष्ठन्तु अस्यै प्राणाः क्षरन्तु च।
अस्यै देवत्वमर्चायै मामहेति च कश्चन।।

ॐ भूर्भुवः स्वः सर्वतोभद्रमण्डलावाहितदेवताः सुप्रतिष्ठिताः वरदाः भवन्तु।।
पञ्चोपचारैः षोडशोपचारैः वा सम्पूज्य।

अथ अग्निस्थापनम्

ततः कर्ता हस्ते जलाक्षतपुष्पदूर्वादक्षिणादीन्यादाय संकल्पं कुर्यात्।

देशकालौ संकीर्त्य, अमुक गोत्रोत्पन्नोहं अमुकोहं करिष्यमाण .... ग्रहशान्त्याख्यकर्मणि पञ्चभूसंस्कारपूर्वकंमग्निस्थापनं करिष्ये।

त्रिदिर्दर्भैः परिसमूह्य-2 तान्कुशानैशान्यां परित्यज्य। गोमयोदकाभ्यामुपलिप्य। स्फ्येन श्रुवेण वा यज्ञकाष्ठेन प्रादेशमात्रमुत्तरोत्तरक्रमेण त्रिरुल्लिख्य। उल्लेखनक्रमेणा-नामिकांगुष्ठाभ्याम्पांशुमुद्धृत्य। तदैशान्यां प्रक्षिप्य। कुशोदकेनाभ्युक्ष्य। अग्निमुपसमाधाय।

ततः कांस्यपात्रे वह्निमपरकांस्यपात्रेण पिहितम् अग्निकोणादग्निमानीय। हस्ते अक्षतान् गृहीत्वा--

ॐ चत्वारि शृङ्गा त्रयोऽअस्य पादा द्वे शीर्षे सप्तहस्तासोऽअस्थ। त्रिधाबद्धो वृषभो रोरवीति महोदेवी मर्त्यां-2 ऽआविवेश।

ॐ अग्नये नमः। गंधपुष्पादिभिः सम्पूज्य। क्रव्यादांशंत्यक्त्वाआत्माभिमुखं संस्थाप्य। तद्रक्षणार्थं किञ्चिन्नियुज्य आनीताग्निपात्रे जलादिप्रक्षेपः। ततोऽग्निपूजनम्। पुनरक्षतान् गृहीत्वा--

ॐ अग्निंदूतं पुरोदधे हव्यवाहमुपब्रवे। देवाँ२ऽआसादयादिह। ॐ अग्नये नमः। इति सम्पूज्य प्रणमेत्।

ॐ अग्निं प्रज्वलितं वन्दे जातवेदं हुताशनम्।
सुवर्णवर्णममलं समृद्धं विश्वतोमुखम्।।

अग्नेत्वं "वरद" नामासि।
ततः, वायव्ये शान्तिकलशं स्थापयेत्।।

ग्रह स्थापन

1. अब नवग्रह का पूजन करता हूँ। हाथ में लाल पुष्प और अक्षत लेकर 'सप्तम्यां' से 'सूर्यमावाह्यामि' तक के मन्त्र को पढ़कर सूर्य का आह्वान करें और इस प्रकार कहें कि हे सूर्यदेव! यहाँ पधारिये, मेरे इस यज्ञ में स्थित होकर इसकी रक्षा कीजिये (इसी प्रकार नवग्रहों के आह्वान में कहें)। 'ॐ आकृष्णेन' से लेकर 'रवि' तक के मन्त्रों को पढ़कर गन्धादि से सूर्य की विधिवत् पूजा करके, फिर लाल पताका दान करें।

अथ ग्रहाणां स्थापनं पूजनप्रकारमाह। तद्यथा--रक्तपुष्पाक्षतान् गृहीत्वा आवाहयेत्। सप्तम्यां विशाखान्वितायां कलिंगदेशोद्भव कश्यपगोत्रं लोहितवर्णं वर्तुलाकृतिं मण्डलमध्यस्थं प्राङ्मुखं द्विभुजं पद्महस्तं सप्ताश्वरथवाहनं क्षत्रियापतिमीश्वराधि- देवतमग्निप्रत्यधिदैवत सहितं सूर्यमावाहयामि। ॐ भूर्भुवः स्वः भगवन् सूर्य इहागच्छ इह तिष्ठ इमं यज्ञमभिरक्ष। इत्यावाह्य--ॐ आकृष्णेन रजसा वर्तमानो निवेशयन्नमृतं मर्त्यं च। हिरण्ययेन सविता रथेना देवी याति भुवनानि पश्यन्।। पद्मासनः पद्मकरः पद्मगर्भसमद्युतिः। सप्ताश्वः सप्तरज्जुश्च द्विभुजः स्यात्सदा रविः।। इति मन्त्रेण पाद्यादिभिः सूर्यं सम्पूज्यानेनैव मन्त्रेण रक्तपताकादानम्। इति सूर्यपूजनम्।।1।।

2. फिर हाथ में श्वेत पुष्प और अक्षत लेकर 'ॐ चतुर्दश्यां' से 'चन्द्रमावाहयामि' तक मन्त्र पढ़कर चन्द्रमा का आह्वान और 'ॐ इमं देवेति' इस मन्त्र को पढ़कर उनका पूजन तथा श्वेत पताका दान करें।

अथ चन्द्रावाहनम् – श्वेत-पुष्पाक्षतान् गृहीत्वाऽऽवाहयेत्-ॐ चतुर्दश्यां कृत्तिकान्वितायां समुद्रजातमत्रिगोत्रं श्वेतवर्णं चतुरस्राकृतिं मण्डलात्पूर्वदक्षिणदिक्स्थं पश्चिमाभिमुखं दशाश्वरथवाहनं निशापतिमुमाधिदैवतं जलात्यधिदैवतसहितं चन्द्रमावाहयामि। ॐ भूर्भुवः स्वः चन्द्र इहागच्छ इह तिष्ठ इमं यज्ञमभिरक्ष इत्यावाह्य, ॐ इमन्देवा असपत्न ग्वं सुबध्व महते ज्येष्ठ्याय महते जानराज्या-येन्द्रस्येन्द्रियाय। इमममुष्य पुत्रममुष्यै पुत्रमस्यै विशऽएष वोऽमी राजा सोमोऽस्माकं ब्राह्मणाना ग्वं राजा। इति मन्त्रेण पाद्यादिभिश्चन्द्रं सम्पूज्यानेनैव मन्त्रेण श्वेतपताका दानम्।। इति चन्द्रपूजनम्।।2।।

3. लाल पुष्प और अक्षत लेकर 'दशम्यां' से 'यज्ञमभिरक्ष' तक के मन्त्र से

मंगल का आह्वान और 'अग्निर्मूर्धेति' इस मन्त्र से उनका पूजन करके रक्त पताका दान करें।

अथ भौमावाहनम्।। रक्तपुष्पाक्षतान्गृहीत्वा आवाहयेत्। दशम्यां पूर्वाषाढान्वितायां अवन्तिकादेशोद्भव भरद्वाजगोत्रं रक्तवर्णं त्रिकोणमण्डलाद्दक्षिणादिग्विभागस्थं दक्षिणाभिमुखं मेषवाहनं क्षत्रियाधिपतिं स्कन्दअधिदैवतं पृथिवीप्रत्यधिदैवतं भौमम् आवाहयामि। ॐ भूर्भुवः स्वः भौम इहागच्छ इहतिष्ठ इमं यज्ञमभिरक्ष इत्यावाह्य ॐ अग्निर्मूर्द्धा दिवः ककुत्पतिः पृथिव्या अयम्। अपाꣳ रेताꣳसिजिन्वति। इति मन्त्रेण पाद्यादिभिः भौमं संपूज्य अनेनैव मन्त्रेण रक्तपताकादानम्। इति भौमपूजनम्।।३।।

4. हरे रंग का फूल और अक्षत लेकर 'द्वादश्यां' इस मंत्र को पढ़कर बुध का आह्वान और ॐ 'उद्बुध्य' इस मंत्र के द्वारा उनका पूजन करके हरितपताका दान करें।

अथ बुधावाहनम्। हरितपुष्पाक्षतान् गहीत्वा आवाहयेत्। द्वादश्यां धनिष्ठान्वितायां मगधदेशजातमत्रिगोत्रं हरिद्वर्णं बाणाकृतिं मण्डलात्पूर्वोत्तरस्थमुत्तराभिमुखं शूद्राधिपतिं सिंहवाहनं नारायणाधिदैवतं विष्णुप्रत्यधिदैवतसहितं बुधमावाहयामि। ॐ भूर्भुवः स्वः बुध इहागच्छ इहतिष्ठ इमं यज्ञमभिरक्ष इत्यावाह्य, ॐ उद्बुध्यस्वाग्ने प्रतिजागृहित्वमिष्टापूर्ते सꣳ सृजेथामयञ्च। अस्मिन्त्सधस्थे अध्युत्तरस्मिन् विश्वेदेवा यजमानश्च सीदत।। इति मन्त्रेण पाद्यादिभिर्बुधं संपूज्य अनेनैव मन्त्रेण हरितपताकादानम्।। इति बुधपूजनम्।। 4।।

5. पीला पुष्प और अक्षत लेकर 'एकादश्यां' से 'इमं यज्ञमभिरक्ष' तक के मंत्र को पढ़कर, गुरुदेव का आह्वान और 'ॐ बृहस्पते' इत्यादि मंत्र से गुरु का पूजन और उनके लिये पीत पताका दान करें।

अथ गुर्वावाहनम्।। पीतपुष्पाक्षतान् गृहीत्वा आवाहयेत्। एकादश्यामुत्तराफाल्गुनीयुतायां सिन्धुदेशजातमाङ्गिरसगोत्रं गोरोचनाभं दीर्घचतुष्कोणाकृतिं मण्डलादुत्तरस्थितमुत्तराभिमुखं सिंहवाहनं ब्रह्माधिदैवतमिन्द्रप्रत्यधिदैवतसहितं गुरुमावाहयामि।। ॐ भूर्भुवः स्वः गुरो इहागच्छ इहतिष्ठ इमं यज्ञमभिरक्ष इत्यावाह्य, ॐ बृहस्पते अतियदर्यो अर्हाद्युमद्विभाति क्रतुमज्जनेषु।

यदीदयच्छ्वसऽऋतं प्रजात तदस्मासु द्रविणं धेहि चित्रम्।। इति मन्त्रेण पाद्यादिभिः गुरु संपूज्य अनेनैव मन्त्रेण पीतपताकादानम्।। इति गुरुपूजनम्।। 5।।

6. फिर हाथ में श्वेत पुष्प और अक्षत लेकर 'नवम्यां' से 'इमं यज्ञमभिरक्ष'

तक मंत्र पढ़कर शुक्र का आह्वान और 'ॐ अन्नात्परीति' इस मंत्र से गन्धादि द्वारा शुक्र का पूजन करके उन्हें श्वेत पताका दान करें।

अथ शुक्रावाहनम्।। श्वेतपुष्पाक्षतान् गृहीत्वा आवाहयेत्। नवम्यां पुष्ययुतायां भोजकटे जातं भार्गवगोत्रं शुक्लवर्णं पञ्चकोणं मण्डलात्पूर्वदिक्स्थं पूर्वाभिमुखं श्वेताश्ववाहनमिन्द्राधिदैवतमिन्द्राणिप्रत्यधिदैवतसहितं शुक्रमावाहयामि। ॐ भूर्भुवः स्वः शुक्र इहागच्छ इहतिष्ठ इमं यज्ञमभिरक्ष इत्यावाह्य ॐ अन्नात्परिस्रुतो रसं ब्रह्मणां व्यपिबत्क्षत्रम्पयः सोमम्प्रजापतिः। ऋतेन सत्यमिन्द्रियं विपानठं शुक्रमन्धस इन्द्रस्येन्द्रियमिदं पयोऽमृतम्मधु।। इति मन्त्रेण पाद्यादिभिः शुक्रं संपूज्य अनेनैव मंत्रेण श्वेतपताकादानम्।। इति शुक्रपूजनम्।।6।।

7. फिर बिल्वपत्र और अक्षत हाथ में लेकर 'अष्टम्यां' से 'इमं यज्ञमभिरक्ष' तक मंत्र पढ़कर शनि ग्रह का आह्वान करें और 'ॐ शन्नो देवीति' इस मंत्र से उसका पूजन तथा काली पताका दान करें।

अथ शन्यावाहनम्।। बिल्वपत्राक्षतान् गृहीत्वा आवाहयेत्।। अष्टम्यां रेवतीयुतायां सौराष्ट्रजातं कश्यपगोत्रं लौहवर्णं धनुर्आकृतिं मण्डलात्पश्चिमस्थं पश्चिमाभिमुखं गृध्रवाहनं संकरजातीयं यमाधिदैवतं प्रजापतिप्रत्यधिदैवतसहितं शनिमावाहयामि। ॐ भूर्भुवः स्वः शनैश्चर इहागच्छ इहतिष्ठ इमं यज्ञमभिरक्ष इति आवाह्य ॐ शन्नो देवीरभिष्टय आपो भवन्तु पीतये। शंय्योरभिस्रवन्तु नः। इति मन्त्रेण पाद्यादिभिः शनिं संपूज्य अनेनैव कृष्णपताकादानम्।। इति शनिपूजनम्।।7।।

8. काला पुष्प और अक्षत लेकर 'पौर्णमास्यां' से 'इमं यज्ञमभिरक्ष' यहाँ तक मंत्र पढ़कर राहु का आह्वान और 'ॐ कया नश्चित्रेति' इस मंत्र से उनका पूजन और इसी से उनके लिये काली पताका का दान करें।

अथ राह्वावाहनम्।। कृष्णपुष्पाक्षतान् गृहीत्वा आवाहयेत्।। पौर्णमास्या भरणीयुतायां बर्बरदेशजातं पैठोनसिगोत्रं कृष्णवर्णं शूर्पाकृतिं मण्डलात्पश्चिम-दक्षिणदिक्स्थं दक्षिणाभिमुखं शूद्राधिपतिं सिंहवाहनम् कालाधिदैवतं सर्पप्रत्यधि-दैवतसहितं राहुमावाहयामि। ॐ भूर्भुवः स्वः राहो इहागच्छ इहतिष्ठ इमं यज्ञमभिरक्ष इत्यावाह्य ॐ कया नश्चित्र आभुवदूतो सदावृधः सखा। कया सचिष्ठया वृता। इति मन्त्रेण पाद्यादिभिः राहुं संपूज्य अनेनैव कृष्णपताकादानम्। इति राहुपूजनम्।।8।।

9. काला पुष्प और अक्षत लेकर 'अमावास्यायां' से 'इमं यज्ञमभिरक्ष' तक मंत्र को पढ़कर केतु का आह्वान और 'ॐ केतुं कृण्वन्न' इस मंत्र से गन्धादि द्वारा विधिवत् उनका पूजन करके इसी मंत्र द्वारा केतु के लिए धूम्रपताका दान करें।

अथ केत्वावाहनम्।। कृष्णपुष्पाक्षतान् गृहीत्वा आवाहयेत्। अमावास्यायामाश्लेषान्वितायां अर्न्तवेदी समुद्भव जेमिनीगोत्र धूम्रवर्णं ध्वजाकृतिं कपोतवाहनमन्त्यजाधि पतिं मण्डलात्पश्चिमोत्तरस्थं दक्षिणाभिमुखं चित्रगुप्ताधिदैवतं ब्रह्मप्रत्यधिदैवत सहितं केतुमावाहयामि। ॐ भूर्भुवः स्वः केतो इहागच्छ इहतिष्ठ इमं यज्ञमभिरक्ष इत्यावाह्य ॐ केतुं कृण्वन्न केतवे पेशोमर्या अपेशसे समुषद्भिरजायथा। इति मन्त्रेण पाद्यादिभिः केतुं संपूज्यानेनैव मन्त्रेण धूम्रपताकादानम्। इति केतुपूजनम्।।9।।

अथ अधिदेवता

ततः ग्रहदक्षिणपार्श्वे (अधिदेवता) नाममन्त्रेण स्थापनम्

ॐ भूर्भुवः स्वः ईश्वराय नमः। ईश्वरं आवा०।। 1।।(त्र्यम्बकम् यजामहे...)

ॐ भू० उमायै नमः। उमामा०।। 2।। (जातवेदसे सुनवाम....)

ॐ भू० स्कन्दाय नमः। स्कन्दमा०।। 3।। (यत्क्रन्दः प्रथमंजायमान)

ॐ भू० विष्णवे नमः। विष्णुमा०।। 4।। (इदं विर्ष्णुविचक्रम मंत्र से)

ॐ भू० ब्रह्मणे नमः। ब्रह्माणं०।। 5।। (ब्रह्मयज्ञानं मंत्र से)

ॐ भू० इन्द्राय नमः। इन्द्रमा०।। 6।। (इन्द्र आसान्नेता मंत्र से)

ॐ भू० यमाय नमः। यम०।। 7।। (यमायत्वा मंत्र से)

ॐ भू० कालाय नमः। कालं०।। 8।। (कार्षिरसि मंत्र से)

ॐ भूर्भुवः स्वः चित्रगुप्ताय नमः। चित्रगुप्तं०।। 9।।

(चित्रावसो स्वस्ति ते मंत्र से)

अथ प्रत्यधिदेवता

ततो ग्रहाणां वामपार्श्वे (प्रत्यधिदेवता) स्थापनम्।

ॐ भूर्भुवः स्वः अग्नये नमः। अग्निमा०।। 1।। (अग्निदूतं मंत्र से)

ॐ भू० अद्भ्यो नमः। अपः०।। 2।। (आपोहिष्णमयोभुव मंत्र से)

ॐ भू० पृथिव्यै नमः। पृथिवीमा०।। 3।। (स्योना पृथिवी नो मंत्र से)

ॐ भू० विष्णवे नमः। विष्णुमा०।। 4।। (विष्णुरराट्मसि मंत्र से)

ॐ भू० इन्द्राय नमः। इन्द्रमा०।। 5।। (इन्द्र आसान्नेता मंत्र से)

ॐ भू० इन्द्राण्यै नमः। इन्द्राणीमा०।। 6।। (आदित्यै रास्नासीन्द्राण्या मंत्र से)

ॐ भू० प्रजापतये नमः। प्रजापतिं०।। 7।। (प्रजापते नत्वदेतान्यन्यो मंत्र से)

ॐ भू० सर्पेभ्यो नमः। सर्पान्०।। 8।। (नमोऽस्तु सर्पेभ्यो मंत्र से)

ॐ भूर्भुवः स्वः ब्रह्मणे नमः। ब्रह्माणमा०।। 9।। (ब्रह्मयज्ञानम् मंत्र से)

ततः विनायकादिपंचलोकपालदेवता वास्तोष्पति क्षेत्रपालसहिता। सूर्योत्तरे स्थापयेन्नामन्त्रेण।।

ॐ भू० गणेशाय नमः। गणेशम्०।। 1।। (गणानान्त्वा मंत्र से)

ॐ भू० दुर्गायै नमः। दुर्गाम्०।। 2।। (अम्बे अम्बिके मंत्र से)

ॐ भू० वायवे नमः। वायुम्०।। 3।। (आनोनियुद्भि मंत्र से)

ॐ भू० आकाशाय नमः। आकाशं०।। 4।। (घृतं घृतं वसापावानः मंत्र से)

ॐ भू० अश्विभ्यान्नमः। अश्विनौ०।। 5।। (याकांकशा मधुमत्यश्विनोमनु)

ॐ वास्तोष्पते प्रतिजानीह्यस्मान्स्वावेशोऽअनमीवो भवानः। यत्वेमहे प्रतितन्नो जुषस्व शन्नो भव द्विपदे शं चतुष्पदे।।

ॐ भूर्भुवः स्व। वास्तोष्पतये नमः।। वास्तोष्पतिम्०।।

ॐ नहिस्पशमविदन्नन्यमस्माद्वैश्वानरात्पुरऽएतारमग्नेः। एमेनमवृधन्नमृताऽ-अमत्यम्वैश्वानरङ्क्षैत्रजित्यायदेवाः।।

ॐ भू० क्षेत्राधिपतये नमः। क्षेत्राधिपतिम्०।।

ततः मण्डलाद्वाह्ये दशदिक्पालान् पूर्वादिक्रमेण आवाहयेत्।।

पूर्वे - ॐ भू० इन्द्राय नमः। इन्द्रम्०।। 1।।
अग्नि० - ॐ भू० अग्नये नमः। अग्निम्०।। 2।।
दक्षिणे - ॐ भू० यमाय नमः। यमम्०।। 3।।
निर्ऋतये - ॐ भू० निर्ऋतये नमः। निर्ऋतिम्०।। 4।।
पश्चिमे - ॐ भू० वरुणाय नमः। वरुणम्०।। 5।।
व्रायवे - ॐ भू० वायवे नमः। वायुं०।। 6।।
उत्तरे - ॐ भू० कुबेराय नमः। कुबेरं०।। 7।।
ईशाने - ॐ भू० ईशानाय नमः। ईशानं०।। 8।।
ॐ ईशानपूर्वयोर्मध्ये - ॐ भू० ब्रह्मणे नमः। ब्रह्माणं०।। 9।।

ॐ निर्ऋति पश्चिमयोर्मध्ये - ॐ भू० अनन्ताय नमः। अनन्तं०।। 10।।

ॐ मनोजूतिर्जुषतामाज्ज्यस्यवृहस्पतिर्यज्ञमिमन्तनोत्वरिष्टंयज्ञठं० समिमन्दधातु। विश्वेदेवासऽइहमादयंन्तामों ३ प्रतिष्ठ।

अस्यै प्राणाः प्रतिष्ठन्तु अस्यै प्राणाः क्षरन्तु च।
अस्यै देवत्वमर्चायै मामहेति च कश्चन्।।

ॐ भूर्भुवः स्वः सूर्यादि अनन्तान्तदेवताः सुप्रतिष्ठिताः वरदाः भवन्तु। सूर्यादि अनन्तान्तदेवताभ्यो नमः। पंचोपचारै षोडशोपचारैर्वा संपूज्य प्रार्थयेत्।

ॐ ब्रह्मा मुरारिस्त्रिपुरान्तकारी भानुः शशी भूमिसुतो बुधश्च।
गुरुश्च शुक्रः शनिराहुकेतवः सर्वे ग्रहाः शान्तिकरा भवन्तु।।

अथ कुशकंडिका

एक हाथ लम्बाई-चौड़ाई की वेदी शुद्ध भूमि पर निर्मित कर कुशों से प्रक्षालित करें। कुश ईशान कोण में फेंक दें। वेदी गोबर से लीपें। स्रुवा के अग्रभाग से पूर्व से उत्तरोत्तर क्रम से तीन रेखायें खींच कर आई मिट्टी अनामिका-अंगुष्ठ से लेकर ईशान कोण की ओर फेंक दें। जल से वेदी शुद्ध करें।

अग्नेर्दक्षिणतः शुद्धमासनं दत्त्वा, तदुपरि प्रागग्रान् कुशानास्तीर्य, ब्रह्माणमग्नि-प्रदक्षिणक्रमेणानीय, अत्र त्वं मे ब्रह्माभव, इत्यभिधाय कल्पितासने उपवेशयेत्।।

ततः प्रणीतापात्रं पुरतः कृत्वा, वारिणा परिपूर्य, कुशैः आच्छाद्य, ब्रह्मणो मुखमवलोक्य अग्नेरुत्तरतः कुशोपरि निदध्यात्।।

ततः परिस्तरणम्

वर्हिषश्चतुर्थभागमादाय, आग्नेयादीशानान्तम्, प्राच्याम्, ब्रह्मणोग्निपर्यन्तं, दक्षिणस्याम् नैर्ऋत्याद्वायव्यान्तम्, प्रतीच्याम्, अग्नितः प्रणीतापर्यन्तम्, उत्तरस्याम्।

अथ पात्रासादनम्

ततोग्नेरुत्तरतः पश्चिमदिशि, पवित्रछेदनार्थं, कुशत्रयं, पवित्रकरणार्थं साग्रमनन्त- गर्भकुशपत्रद्वयम्, प्रोक्षणीपात्रम्, आज्यस्थली, चरुस्थाली,

सम्मार्जनकुशाः तिस्र, उपयमन कुशाः सप्त, समिधस्तिस्र श्रुवः श्रुक्, आज्यम्, तण्डुलपूर्णपात्रम्। एतानि द्रव्याणि क्रमेणासादनीयानि।।

ततः त्रिभिः कुशैः द्वे कुशे छित्वा, पवित्रकरणम्। सपवित्रहस्तेन प्रणीतोदकम् त्रिः प्रोक्षणीपात्रे निक्षिप्य, व्यस्तहस्तयोः प्रोक्षणीपात्रजलम् पवित्रेण त्रिरुत्पवनम् प्रोक्षणीपात्रं सव्यहस्तकरणम् त्रिरुद्दिङ्गनम् पुनः प्रणीतोदकेन प्रोक्षणीप्रोक्षणम्, प्रोक्षणीजलेन यथासादितवस्तु सेचनम्, अग्निप्रणीतयोर्मध्ये प्रोक्षणीपात्रं निधाय।। आज्यस्थाल्यां, आज्यं निरूप्य, ततोऽधिश्रयणम् ज्वलदुल्मुकं आज्यस्योपरि-भ्रामयित्वा, वह्नौ क्षिपेत्।।

अधोमुखं श्रुवप्रतपनम्, सम्मार्जनकुशानां, अग्रैः अन्तरतः, मूलैर्बाह्यतः श्रुवं समृज्य, प्रणीतोदकेनाभ्युक्ष्य, पुनः प्रतप्य दक्षिणतो निदध्यात्।। एवं श्रुचमपि।।

आज्यस्याग्नेः अवतारणम्, प्रोक्षणीवत् उत्पवनम् सत्यपद्रव्येतन्निरसनम्, पुनः उत्पवनम्।।

ततः उपयमनकुशान् वामहस्तेनादाय, दक्षिणहस्तेघृताक्तास्तिस्रः समिधोभ्यादाय, उत्तिष्ठत् प्रजापतिंमनसाध्यात्वा, तूष्णीम्, अग्नौ घृताक्ताः समिधस्तिस्रः क्षिपेत्।।

ततः उपविश्य, प्रोक्षण्युदकेन (ईशानकोणादाराभ्य, ईशानकोणपर्यन्तं) अग्निं पर्युक्ष (इतरथावृत्ति) प्रणीतापात्रे पवित्रं निधाय, दक्षिणजान्वाच्य, ब्रह्मणान्वारब्धः समिद्धतमेऽग्नौ श्रुवेण आज्याहुतीर्जुहुयात्।। (तत्राधारादारभ्य द्वादशाहुतिषु तत्तदाहुत्यनन्तरं श्रुवावस्थितहुतशेषस्य प्रोक्षणीपात्रे प्रक्षेपः)।।

ॐ प्रजापतये स्वाहा। इदं प्रजापतये न मम।

ॐ इन्द्राय स्वाहा। इदमिन्द्राय न मम।। इत्याधारौ।।

ॐ अग्नये स्वाहा। इदमग्नये न मम।

ॐ सोमाय स्वाहा। इदं सोमाय न मम।। इत्याज्यभागौ।।

हस्ते जलाक्षतं गृहीत्वा-

इमानि हवनीयद्रव्याणि या या यक्षमाणदेवतास्ताभ्यस्ताभ्यः मया परित्यक्तानि यथादैवतानि सन्तु न मम।। इति कुशकण्डिका।।

ततः आवाहितानां, देवानाम्, हवनम्।। (नाममन्त्रेण वा वेदोक्तमन्त्रेण) तत्र नाममन्त्राः।।

ॐ गणानान्त्वा गणपति ॐ हवामहे प्रियाणान्त्वा प्रियपति ॐ हवामहे निधीनान्त्वा निधिपति ॐ हवामहे व्वसोमम। आहमजानि गर्भधमात्वमजासि गर्भधम् स्वाहा। इदं गणपतये न मम।।

ॐ अम्बेऽअम्बिकेऽम्बालिके न मानयति कश्चन।। ससस्त्यश्वकः सुभद्रिकां कांपीलवासिनीम् स्वाहा। इदमम्बिकायै न मम।।

ॐ वरुणाय स्वाहा। इदं वरुणाय०।

अथ षोडशमातृकानाम् हवनम्

ॐ गणपतये स्वाहा। इदं गणपतये०।। 1।।

ॐ गौर्यै स्वाहा। इदं गौर्यै०।। 2।।

ॐ पद्मायै स्वाहा। इदं पद्मायै०।। 3।।

ॐ शच्यै स्वाहा। इदं शच्यै०।। 4।।

ॐ मेधायै स्वाहा। इदं मेधायै०।। 5।।

ॐ सावित्र्यै स्वाहा। इदं सावित्र्यै०।। 6।।

ॐ विजयायै स्वाहा। इदं विजयायै०।। 7।।

ॐ जयायै स्वाहा। इदं जयायै०।। 8।।

ॐ देवसेनायै स्वाहा। इदं देवसेनायै०।। 9।।

ॐ स्वधायै स्वाहा। इदं स्वधायै०।। 10।।

ॐ स्वाहायै स्वाहा। इदं स्वाहायै०।। 11।।

ॐ मातृभ्यः स्वाहा। इदं मातृभ्यो०।। 12।।

ॐ लोकमातृभ्यः स्वाहा। इदं लोकमातृभ्यो०।। 13।।

ॐ धृत्यै स्वाहा। इदं धृत्यै०।। 14।।

ॐ पुष्ट्यै स्वाहा। इदं पुष्ट्यै०।। 15।।

ॐ तुष्ट्यै स्वाहा। इदं तुष्ट्यै०।। 16।।

ॐ आत्मनः कुलदेवतायै स्वाहा। इदं आत्मनः कुलदेवतायै न मम।। 17।।

अथ सप्तघृतमातृका हवनम्

ॐ श्रियै स्वाहा। इदं श्रियै न मम।। 1।।

ॐ लक्ष्म्यै स्वाहा। इदं लक्ष्म्यै०।। 2।।

ॐ धृत्यै स्वाहा। इदं धृत्यै०।।3।।
ॐ मेधायै स्वाहा। इदं मेधायै०।।4।।
ॐ स्वाहायै स्वाहा। इदं स्वाहायै०।।5।।
ॐ प्रज्ञायै स्वाहा। इदं प्रज्ञायै०।।6।।
ॐ सरस्वत्यै स्वाहा। इदं सरस्वत्यै न मम।।7।।

अथ पञ्चोङ्काराणां हवनम्

ॐ ब्रह्मणे स्वाहा। इदं ब्रह्मणे न मम।।1।।
ॐ विष्णवे स्वाहा। इदं विष्णवे०।।2।।
ॐ गायत्र्यै स्वाहा। इदं गायत्र्यै०।।3।।
ॐ पृथिव्यै स्वाहा। इदं पृथिव्यै०।।4।।
ॐ गोवर्धनाय स्वाहा। इदं गोवर्धनाय न मम।।5।।

अथ सर्वतोभद्रमण्डल देवतानां होमः

ॐ ब्रह्मणे स्वाहा। इदं ब्रह्मणे न मम।।1।।
ॐ सोमाय स्वाहा। इदं सोमाय०।।2।।
ॐ ईशानाय स्वाहा। इदमीशानाय०।।3।।
ॐ इन्द्राय स्वाहा। इदमिन्द्राय०।।4।।
ॐ अग्नये स्वाहा। इदमग्नये०।।5।।
ॐ यमाय स्वाहा। इदं यमाय०।।6।।
ॐ निर्ऋतये स्वाहा। इदं निर्ऋतये०।।7।।
ॐ वरुणाय स्वाहा। इदं वरुणाय०।।8।।
ॐ वायवे स्वाहा। इदं वायवे०।।9।।
ॐ अष्टवसुभ्यः स्वाहा। इदं अष्टवसुभ्यो०।।10।।
ॐ एकादशरुद्रेभ्यः स्वाहा। इदं एकादशरुद्रेभ्यो०।।11।।
ॐ द्वादशादित्येभ्यः स्वाहा। इदं द्वादशादित्येभ्यो०।।12।।
ॐ अश्विभ्यां स्वाहा। इदमश्विभ्यां०।।13।।
ॐ सपैतृकविश्वेभ्योदेवेभ्यः स्वाहा। इदं सपैत्रिकविश्वेभ्योदेवेभ्यो०।।14।।
ॐ सप्तयक्षेभ्यः स्वाहा। इदं सप्तयक्षेभ्यो०।।15।।
ॐ अष्टकुलनागेभ्यः स्वाहा। इदं अष्टकुलनागेभ्यो०।।16।।
ॐ गन्धर्वाप्सरोभ्यः स्वाहा। इदं गन्धर्वाप्सरोभ्यो०।।17।।
ॐ स्कन्दाय स्वाहा। इदं स्कन्दाय०।।18।।

ॐ वृषभाय स्वाहा। इदं वृषभाय०।। 19।।
ॐ शूलाय स्वाहा। इदं शूलाय०।। 20।।
ॐ महाकालाय स्वाहा। इदं महाकालाय०।। 21।।
ॐ दक्षादि सप्तगणेभ्यः स्वाहा। इदं दक्षादिसप्तगणेभ्यो०।। 22।।
ॐ दुर्गायै स्वाहा। इदं दुर्गायै०।। 23।।
ॐ विष्णवे स्वाहा। इदं विष्णवे०।। 24।।
ॐ स्वधायै स्वाहा। इदं स्वधायै०।। 25।।
ॐ मृत्युरोगेभ्यः स्वाहा। इदं मृत्युरोगेभ्यो०।। 26।।
ॐ गणपतये स्वाहा। इदं गणपतये०।। 27।।
ॐ अद्भ्यः स्वाहा। इदमद्भ्यो०।। 28।।
ॐ मरुद्भ्यः स्वाहा। इदं मरुद्भ्यो०।। 29।।
ॐ पृथिव्यै स्वाहा। इदं पृथिव्यै०।। 30।।
ॐ गङ्गादिनदीभ्यः स्वाहा। इदं गङ्गादिनदीभ्यो०।। 31।।
ॐ सप्तसागरेभ्यः स्वाहा। इदं सप्तसागरेभ्यो०।। 32।।
ॐ मेरवे स्वाहा। इदं मेरवे०।। 33।।
ॐ गदायै स्वाहा। इदं गदायै०।। 34।।
ॐ त्रिशूलाय स्वाहा। इदं त्रिशूलाय०।। 35।।
ॐ वज्राय स्वाहा। इदं वज्राय०।। 36।।
ॐ शक्तये स्वाहा। इदं शक्तये०।। 37।
ॐ दण्डाय स्वाहा। इदं दण्डाय०।। 38।।
ॐ खड्गाय स्वाहा। इदं खड्गाय०।। 39।।
ॐ पाशाय स्वाहा। इदं पाशाय०।। 40।।
ॐ अंकुशाय स्वाहा। इदं अंकुशाय०।। 41।।
ॐ गौतमाय स्वाहा। इदं गौतमाय०।। 42।।
ॐ भरद्वाजाय स्वाहा। इदं भरद्वाजाय०।। 43।।
ॐ विश्वामित्राय स्वाहा। इदं विश्वामित्राय०।। 44।।
ॐ कश्यपाय स्वाहा। इदं कश्यपाय०।। 45।।
ॐ जमदग्नये स्वाहा। इदं जमदग्नये०।। 46।।
ॐ वशिष्ठाय स्वाहा। इदं वशिष्ठाय०।। 47।।
ॐ अत्रये स्वाहा। इदमत्रये०।। 48।।
ॐ अरुन्धत्यै स्वाहा। इदं अरुन्धत्यै०।। 49।।
ॐ ऐन्द्र्यै स्वाहा। इदं ऐन्द्र्यै०।। 50।।

ॐ कौमार्यै स्वाहा। इदं कौमार्यै०।। 51।।
ॐ ब्राह्मयै स्वाहा। इदं ब्राह्मयै०।। 52।।
ॐ वाराह्यै स्वाहा। इदं वाराह्यै०।। 53।।
ॐ चामुण्डायै स्वाहा। इदं चामुण्डायै०।। 54।।
ॐ वैष्णव्यै स्वाहा। इदं वैष्णव्यै०।। 55।।
ॐ माहेश्वर्यै स्वाहा। इदं माहेश्वर्यै०।। 56।।
ॐ वैनायक्यै स्वाहा। इदं वैनायक्यै०।। 57।।

अथ ग्रहादिहोमः

तत्र तावद् गणपतये।। ॐ गणानान्त्वा गणपति ꣳ हवामहे प्रियाणान्त्वा प्रियपति ꣳ हवामहे निधीनान्त्वा निधिपति ꣳ हवामहे व्वसोमम। आहमजानि गर्भधमात्वमजासि गर्भधम् स्वाहा। इदं गणपतये न मम।। 1।।

ॐ अम्बेऽअम्बिकेऽम्बालिके न मानयति कश्चन।। ससस्त्यश्वकः सुभद्रिकां कांपीलवासिनीम् स्वाहा। इदमम्बिकायै न मम।। 2।।

ततो ग्रहादित्रिमध्वक्तसमित्तिलचर्वाज्यद्रव्यैः प्रत्येकमष्टोत्तरशतमष्टाविंशतिमष्टौ वा नाममंत्रेण जुहुयात्।।

ॐ सूर्याय स्वाहा। इदं सूर्याय०।। 1।।
ॐ चन्द्रमसे स्वाहा। इदं चन्द्रमसे०।। 2।।
ॐ भौमाय स्वाहा। इदं भौमाय०।। 3।।
ॐ बुधाय स्वाहा। इदं बुधाय०।। 4।।
ॐ बृहस्पतये स्वाहा। इदं बृहस्पतये०।। 5।।
ॐ शुक्राय स्वाहा। इदं शुक्राय०।। 6।।
ॐ मन्दाय स्वाहा। इदं मन्दाय०।। 7।।
ॐ राहवे स्वाहा। इदं राहवे०।। 8।।
ॐ केतवे स्वाहा। इदं केतवे०।। 9।।

अथाधिदेवता होमः

ॐ ईश्वराय स्वाहा। इदमीश्वराय०।। 1।।
ॐ उमायै स्वाहा। इदं उमायै०।। 2।।
ॐ स्कन्दाय स्वाहा। इदं स्कन्दाय०।। 3।।
ॐ विष्णवे स्वाहा। इदं विष्णवे०।। 4।।

ॐ इन्द्राय स्वाहा। इदमिन्द्राय०।।5।।
ॐ ब्रह्मणे स्वाहा। इदं ब्रह्मणे०।।6।।
ॐ यमाय स्वाहा। इदं यमाय०।।7।।
ॐ कालाय स्वाहा। इदं कालाय०।।8।।
ॐ चित्रगुप्ताय स्वाहा। इदं चित्रगुप्ताय०।।9।।

अथ प्रत्यधिदेवता होमः

ॐ अग्नये स्वाहा। इदमग्नये०।।1।।
ॐ अद्भ्यः स्वाहा। इदमद्भ्यो०।।2।।
ॐ पृथिव्यै स्वाहा। इदं पृथिव्यै०।।3।।
ॐ विष्णवे स्वाहा। इदं विष्णवे०।।4।।
ॐ इन्द्राण्यै स्वाहा। इदमिन्द्राण्यै०।।5।।
ॐ प्रजापतये स्वाहा। इदं प्रजापतये०।।6।।
ॐ सर्पेभ्यः स्वाहा। इदं सर्पेभ्यो०।।7।।
ॐ ब्रह्मणे स्वाहा। इदं ब्रह्मणे०।।8।।

अथ पञ्चलोकपाल होमः

ॐ गणपतये स्वाहा। इदं गणपतये०।।1।।
ॐ अम्बिकायै स्वाहा। इदं अम्बिकायै०।।2।।
ॐ वायवे स्वाहा। इदं वायवे०।।3।।
ॐ आकाशाय स्वाहा। इदं आकाशाय०।।4।।
ॐ अश्विभ्यां स्वाहा। इदमिश्वभ्यां०।।5।।
ॐ वास्तोष्पतये स्वाहा। इदं वास्तोष्पतये०।।6।।
ॐ क्षेत्रपालाय स्वाहा। इदं क्षेत्रपालाय०।।7।।

अथ दशदिक्पाल होमः

ॐ इन्द्राय स्वाहा। इदमिन्द्राय०।।1।।
ॐ अग्नये स्वाहा। इदमग्नये०।।2।।
ॐ यमाय स्वाहा। इदं यमाय०।।3।।
ॐ निर्ऋतये स्वाहा। इदं निर्ऋतये०।।4।।
ॐ वरुणाय स्वाहा। इदं वरुणाय०।।5।।
ॐ वायवे स्वाहा। इदं वायवे०।।6।।

ॐ सोमाय स्वाहा। इदं सोमाय०।। 7।।
ॐ ईशानाय स्वाहा। इदमीशानाय०।। 8।।
ॐ ब्रह्मणे स्वाहा। इदं ब्रह्मणे०।। 9।।
ॐ अनन्ताय स्वाहा। इदं अनन्ताय०।। 10।।

अथ बलि प्रदानम्

1. नीचे लिखे हुए मंत्रों द्वारा पूर्वादि क्रम से दीप सहित एक पत्ते पर पापड़, साबुत काला उड़द, दही, सिन्दूर, काजल, दक्षिणा तथा दीप से इन्द्रादि देवताओं के लिए बलि प्रदान करें। अथवा देशाचार के अनुसार बलि सामग्री से देवताओं के लिए बलि प्रदान करें। प्रत्येक दिशा के स्वामियों के वैदिक मन्त्र आचार्य बोलें।

अथ बलिप्रदानम्--तत्रादौ दशदिक्पालादीनां बलिदानम्। तद्यथा--पूर्वे - ॐ इन्द्राय साङ्गाय सपरिवाराय सवाहनाय सायुधाय सशक्तिकाय इमं सदीप दधिमाषभुंक्तबलिं समर्पयामि। भो इन्द्र! दिशं रक्ष बलिं भक्ष मम यजमानस्य सकुटुम्बस्य अभ्युदयंकुरु। आयुःकर्त्ता क्षेमकर्त्ता शान्तिकर्त्ता तुष्टिकर्त्ता पुष्टिकर्त्ता निर्विघ्नकर्ता वरदो भव। ॐ इन्द्राय नमः।। 1।।

2. अग्नि कोण (पूर्व एवं दक्षिण का कोना) में इसी क्रम से पत्ते के ऊपर पापड़, उड़द, दही, सिन्दूर, दक्षिणा, दीपक रखकर अग्नि कोण में अग्नि के लिए बलि प्रदान करें।

आग्नेय्याम्--ॐ अग्नये साङ्गाय सपरिवाराय सवाहनाय सायुधाय सशक्तिकाय इमं सदीप दधिमाषभुंक्तबलिं समर्पयामि। भो अग्ने! दिशं रक्ष बलिं भक्ष मम यजमानस्य सकुटुम्बस्य अभ्युदयंकुरु। आयुःकर्त्ता क्षेमकर्त्ता शान्तिकर्त्ता तुष्टिकर्त्ता पुष्टिकर्त्ता निर्विघ्नकर्ता वरदो भव। ॐ अग्नये नमः।। 2।।

3. दक्षिण दिशा में इसी क्रम से यमराज के लिए बलि प्रदान करें।

दक्षिणे--ॐ यमाय साङ्गाय सपरिवाराय सवाहनाय सायुधाय सशक्तिकाय मम सदीप दधिमाषभुंक्तबलिं समर्पयामि। भो यम! दिशं रक्ष बलिं भक्ष मम यजमानस्य अभ्युदयं कुरु। सकुटुम्बस्य आयुःकर्त्ता क्षेमकर्त्ता शान्तिकर्त्ता तुष्टिकर्त्ता पुष्टिकर्त्ता निर्विघ्नकर्ता वरदो भव। ॐ यमाय नमः।। 3।।

4. नैर्ऋत्य कोण (दक्षिण और पश्चिम का कोना) में इसी क्रम से निर्ऋति के लिए बलि प्रदान करें।

ॐ नैर्ऋतये--साङ्गाय सपरिवाराय सवाहनाय सायुधाय सशक्तिकाय इमं सदीप दधिमाषभुंक्तबलिं समर्पयामि। भो निर्ऋते! दिशं रक्ष बलिं भक्ष मम यजमानस्य अभ्युदयं कुरु। सकुटुम्बस्य आयुःकर्त्ता क्षेमकर्त्ता शान्तिकर्त्ता तुष्टिकर्त्ता पुष्टिकर्त्ता निर्विघ्नकर्ता वरदो भव। ॐ नैऋते नमः।। 4।।

5. पश्चिम दिशा में इसी क्रम से वरुण देवता के लिए बलि प्रदान करें।

पश्चिमे--ॐ वरुणाय साङ्गाय सपरिवाराय सवाहनाय सायुधाय सशक्तिकाय इमं सदीप दधिमाषभुंक्तबलिं समर्पयामि। भो वरुण! दिशं रक्ष बलिं भक्ष मम यजमानस्य अभ्युदयं कुरु। सकुटुम्बस्य आयुःकर्त्ता क्षेमकर्त्ता शान्तिकर्त्ता तुष्टिकर्त्ता पुष्टिकर्त्ता निर्विघ्नकर्ता वरदो भव। ॐ वरुणाय नमः।। 5।।

6. वायव्य दिशा (पश्चिम और उत्तर का कोना) में इसी क्रम से वायु देवता के लिए बलि प्रदान करें।

वायव्यां--ॐ वायवे साङ्गाय सपरिवाराय सायुधाय सवाहनाय सशक्तिकाय इमं सदीप दधिमाषभुंक्तबलिं समर्पयामि। भो वायवे! दिशं रक्ष बलिं भक्ष मम यजमानस्य अभ्युदयं कुरु। सकुटुम्बस्य आयुःकर्त्ता क्षेमकर्त्ता शान्तिकर्त्ता तुष्टिकर्त्ता पुष्टिकर्त्ता निर्विघ्नकर्त्ता वरदो भव।। 6।।

7. उत्तर दिशा में इसी क्रम से कुबेर देवता को बलि प्रदान करें।

उत्तरस्यां--ॐ कुबेराय साङ्गाय सपरिवाराय सायुधाय सवाहनाय सशक्तिकाय इमं सदीप दधिमाषभुंक्तबलिं समर्पयामि। भो कुबेर! दिशं रक्ष बलिं भक्ष मम यजमानस्य सकुटुम्बस्य आयुःकर्त्ता क्षेमकर्त्ता शान्तिकर्त्ता तुष्टिकर्त्ता पुष्टिकर्त्ता निर्विघ्नकर्त्ता अभ्युदयकर्ता वरदो भव।। 7।।

8. ईशान (पूर्व तथा उत्तर का कोना) दिशा में ईशान देवता के लिए बलि प्रदान करें।

ऐशान्याम्--ॐ ईशानाय साङ्गाय सपरिवाराय सायुधाय सवाहनाय सशक्तिकाय इमं सदीप दधिमाषभुंक्तबलिं समर्पयामि। भो ईशान! दिशं रक्ष बलिं भक्ष मम यजमानस्य सकुटुम्बस्य आयुःकर्त्ता क्षेमकर्त्ता शान्तिकर्त्ता तुष्टिकर्त्ता पुष्टिकर्त्ता निर्विघ्नकर्ता अभ्युदयकर्ता वरदो भव।। 8।।

9. ईशान और पूर्व दिशा के बीच में ब्रह्मा देवता के लिए इसी क्रम से बलि प्रदान करें।

ईशानपूर्वयोर्मध्ये—ॐ ब्रह्मणे साङ्गाय सपरिवाराय सायुधाय सवाहनाय सशक्तिकाय इमं सदीप दधिमाषभुंक्तबलिं समर्पयामि। भो ब्रह्मन्! दिशं रक्ष बलिं भक्ष मम यजमानस्य सकुटुम्बस्य आयुःकर्त्ता क्षेमकर्त्ता शान्तिकर्त्ता तुष्टिकर्त्ता पुष्टिकर्त्ता निर्विघ्नकर्ता अभ्युदयकर्ता वरदो भव।। 9।।

10. नैर्ऋत्य और पश्चिम दिशा के बीच में इसी क्रम से अनन्त देवता के लिए बलि प्रदान करें।

निर्ऋतिपश्चिमयोर्मध्ये—ॐ अनन्ताय साङ्गाय सपरिवाराय सायुधाय सवाहनाय सशक्तिकाय इमं सदीप दधिमाषभुंक्तबलिं समर्पयामि। भो अनन्त! दिशं रक्ष बलिं भक्ष मम यजमानस्य सकुटुम्बस्य आयुःकर्त्ता क्षेमकर्त्ता शान्तिकर्त्ता तुष्टिकर्त्ता पुष्टिकर्त्ता निर्विघ्नकर्ता अभ्युदयकर्ता वरदो भव।। 10।।

अथ नवग्रह बलिप्रदानम्

इसके बाद नीचे लिखे हुए मंत्रों से एक पत्ते के ऊपर पापड़, साबुत काला उड़द दही, सिन्दूर, काजल, दीपक, दक्षिणा सहित ग्रहों के लिए बलि देकर प्रार्थना करें।

ग्रहेभ्यः सांगेभ्यः सपरिवारेभ्यः सायुधेभ्यः सवाहनेभ्यः सशक्तिकेभ्यः इमं सदीपान् दध्यः माषान् बलिन् समर्पयामि, भो ग्रहाः! दिशान् रसन्तु बलिन् भक्षन्तु मम यजमानस्य सकुटुम्बस्य आयुःरूर्तारः शान्तिकर्तारः तुष्टिकर्तारः पुष्टिकर्तारः अभ्युदयकर्ताः निर्विघ्नकर्तारः वरदाभवन्तु।

अथ दुर्गा बलिः

इसी क्रम से दुर्गा देवी को बलि प्रदान करें।

साङ्गायै सपरिवारायै सायुधायै सवाहनायै सशक्तिकायै इमाम् सदीप दधिमाषभुंक्तबलिं समर्पयामि। भो दुर्गे! दिश रंक्ष बलिं भक्ष मम यजमानस्य सकुटुम्बस्य आयुःकर्त्री क्षेमकर्त्री शान्तिकर्त्री तुष्टिकर्त्री पुष्टिकर्त्री अभ्युदयकर्त्री निर्विघ्नकर्त्री वरदा भव।।

अथ क्षेत्रपाल बलिः

दही, उड़द, सिन्दूर, काजल, दीप (तेल का चौमुखा), 4 लड्डू द्रव्य के साथ, बलि को छिद्रित एक मिट्टी के पात्र में रखकर भूत, प्रेत, पिशाच, डाकिनी, शाकिनी आदि सहित क्षेत्रपाल के लिए बलि प्रदान कर कहें कि हे क्षेत्रपाल! सकुटुम्ब कल्याण हो (यजमान कहे) 'ॐ भूतार्यत्वा' इस मंत्र से क्षेत्रपाल की बलि ले जाने वाले पर चावल पीली सरसों छोड़ें। ले जाने वाला व्यक्ति पीछे मुड़कर न देखे और चौराहे पर रखकर लौटते समय बीच में किसी से बात न करे और द्वार पर ही हाथ मुँह धोकर अन्दर आयें।

दधिमाषसिन्दूरकज्जलदीपद्रव्यसहितं भक्तं (छिद्रितमृण्मये) पात्रे निधाय। इस प्रकार क्षेत्रपाल से अर्चना प्रार्थनापूर्वक करे- **ॐ क्षेत्रपालाय शाकिनी डाकिनी भूतप्रेत वैताल पिशाच सहिताय सांगाय सपरिवाराय सायुधाय सवाहनाय सशक्तिकाय इमं सदीप दधिमाष सिन्दूर कज्जलं द्रव्यसहितं मृण्मय पात्रे निधाय बलिं समर्पयामि। भो क्षेत्रपाल! दिशान् रक्ष बलिं भक्ष मम यजमानस्य सकुटुम्बस्य सपरिवारस्य आयुःकर्ता क्षेमकर्ता शान्तिकर्ता तुष्टिकर्ता पुष्टिकर्ता वरदो भव।। ततः ॐ भूताय त्वा नारातये स्वरभिविष्येषं दृठं हन्तां दुर्ष्यां: पृथिव्याभूर्वन्तरिक्ष-मन्वेमि पृथिव्यास्त्वा नाभौ सादयाम्यदित्या उपस्थेऽग्ने हव्यं रक्ष।। अनेन क्षेत्रपतिबलिनेतारं प्रति तण्डुलान्प्रक्षिपेत्। तदन्ते स्विष्टकृद्धोमः ओं अग्नये स्विष्टकृते स्वाहा इदमग्नये।।**

अथ ब्रह्मणे पूर्णपात्रदानम्

यज्ञ में पहले से रखे हुए पूर्णपात्र (ताँबे अथवा कांसे के पात्र) में यजमान के हाथ से 258 मुट्ठी चावल भर सुपारी, पान, जनेऊ, द्रव्य युक्त ब्रह्मा को दक्षिणा दें। इसके बाद ब्रह्मग्रंथि बोलें। 'ॐ सुमित्रिया' मंत्र से प्रणीता के जल से सिर को सिक्त करें। 'ॐ दुर्भित्रिया' मंत्र से प्रणीता का जल ईशान कोण में छोड़ दें। इसके बाद गोदान करें।

अद्येत्यादि कृतस्यास्य सांगतासिद्ध्यर्थमिदं पूर्णपात्रं प्रजापतिदैवतं ब्रह्मणे दातुमहमुत्सृजे। ततो ब्रह्मग्रन्थिविमोचनम्।।

ओं सुमित्रिया न ऽआप ओषधयः सन्तु, इति पवित्रकं गृहीत्वा प्रणीताजलेन शिरः संमृज्य, ओं दुर्मित्रियास्तस्मै सन्तु योऽस्मान्द्वेष्टि यं च वयं द्विष्मः। इति ऐशान्यां प्रणीतां न्युब्जीं कुर्यात्।। ततो गोदानम्।।

अथ पूर्णाहुति संकल्पः

'ॐ सुमित्रिया' इस मंत्र से प्रणीता के जल से यजमान के ऊपर मार्जन करके 'ॐ दुर्मित्रिया०' इस मंत्र से प्रणीता के जल को ईशान कोण में गिराकर प्रणीता को वहीं उलट कर रख दें और तत्पश्चात् गोदान करें। 'अद्येत्यादि' वाक्य को पढ़कर यजमान पूर्णाहुति का संकल्प करें। स्त्री सहित यजमान आचार्य का दाहिना कन्धा धुले हुए ताम्बूल पुंगीफल युक्त नारियल को घृत में डुबोकर स्रुवा में रखें और 'पूर्णादिविंपरापत' इस मंत्र द्वारा पूर्णाहुति दें।

अद्येत्याद्यमुकपक्षे अमुकमासे अमुकतिथौ अमुकवासरे मम मनोऽभिलषितधर्मार्थकामादि यथेप्सित आयुरारोग्यैश्वर्यपुत्रपशुसखिसुहृत्सम्बन्धि बान्धवादिप्राप्तये ब्राह्मणद्वारा मत्कारिते अमुकयज्ञकर्मणि गणपति-गौर्यादि-नवग्रहाद्यधिदेव-प्रत्यधिदेव-पञ्चलोकपाल दशदिक्पालाद्यावाहितेष्टदेवता प्रीतये च स्वैर्मन्त्रैर्यवतिलतण्डुलाज्याहुतिभिः परिपूर्णतासिद्धये पूर्णाहुति होममहं करिष्ये।

ततः यजमानः सपत्नीकः आचार्यस्य दक्षिणस्कन्धं स्पृशन् ताम्बूल-पूगीफलाक्षतं घृतं वा घृतपूर्णनारिकेलं वा स्रुवे कृत्वा पूर्णाहुतिं दद्यात्। तन्मन्त्रो यथा– ॐ पूर्णादर्विपरापत सुपूर्णा पुनरापत। वस्नेव विक्रीणावहाऽइषमूर्ज शतक्रतो स्वाहा।

अथ भस्मवन्दनं त्र्यायुषकरणञ्च

'ॐ त्र्यायुष' इस मंत्र द्वारा स्रुवा से भस्म लेकर अनामिका और अंगूठे से ललाट आदि प्रदेशों में त्र्यायुष करें। 'साज्य' इस मंत्र से घी की बत्ती बनाकर या कपूर से आरती करें।

ॐ त्र्यायुषं जमदग्नेरिति ललाटे। कश्यपस्य त्र्यायुषमिति ग्रीवायाम्। यद्देवेषु त्र्यायुषमिति दक्षिणबाहुमूले। तन्नोऽअस्तु त्र्यायुषमिति हृदि।

इति त्र्यायुषकरणम्। ततो नीराजनम्। साज्यं त्रिवर्तिसंयुक्तं वह्निना योजितं मया। दीपं गृहाण देवेश त्रैलोक्यतिमिरापहम्।।

अथ प्रार्थना

यजमान हाथ में पुष्प लेकर अपराधसहस्राणि आदि मंत्रों से प्रार्थना करें।

यान्तु देवगणाः सर्वे स्वशक्तया मया। इष्ट कामसिद्ध्यर्थं पुनरागमनाय च।। न विज्ञोऽहं ते स्वरूपं न शरीरं न वा गुणान्। अहं हि जानामि भक्तिं त्वच्चरणाम्बुजे।। अपराधसहस्राणि क्रियन्तेऽहर्निशं मया। दासोऽयिमिति मां मत्वा क्षमस्व शनिश्चर।। आवाहनं न जानामि न जानामि विसर्जनम्। पूजां चैव न जानामि क्षमस्व सौरिपुत्र।। अन्यथा शरणं नास्ति त्वमेश्व शरणं मम। तस्मात्कारुण्यभावेन रक्ष त्वं यमाग्रजः।। इति प्रार्थना।। अथ दक्षिणासङ्कल्पः। इदं ब्रह्मणं इदमाचार्याय इदमयजुर्वेदमूर्तये (यदि विप्र सामवेदी, अथर्ववेदी न हो तो सामवेदमूर्तये अथर्ववेदमूर्तये नहीं उच्चारण करना चाहिए। अधिकतर यजुर्वेदी विप्र ही उपलब्ध रहते हैं।) **हिरण्यान्नभूदानं कांस्यपात्रं सोमदैवतं ताम्रपात्रं सूर्यदैवत्तं हिरण्यमग्निदैवतं रजतं पितृदैवतमासनं कमण्डलुं वरुणदेवतं कङ्कणं वरुणदैवन्तं मुकुटं प्रजापति दैवतमुपनाहौ यमदैवते तूलिकशय्येन्द्रदैवते गावः षड्ऋत्विग्भ्यस्संप्रददे न मम॥ यद्दत्तं तेन यज्ञपुरुषः प्रजापतिः प्रीयताम्॥**

ततोऽभिषेकं कुर्यात्

'ॐ देवस्य त्वा' आदि मंत्रों द्वारा कलश के जल से पंचपल्लव द्वारा मार्जन करें।

अत्र पत्नी वामतः रुद्रकलशात्पल्लवोदकैः सकलत्रमभिषिंचेत्। तन्मन्त्रः देवस्य त्वा सवितुः प्रसवेऽश्चिनोर्बाहुभ्याम्पूष्णो हस्ताभ्याम्। सरस्वत्यै वाचो यन्तु यन्त्रिये दधामि बृहस्पतेष्ट्वा साम्राज्येनाभिषिञ्चाम्यसौ। ॐ देवस्य त्वा सवितुः प्रसवेऽश्विनोर्बाहुभ्यां पूष्णो हस्ताभ्याम्।। सरस्वत्यैवाचोयन्तु यन्त्रियेदधामि बृहस्पतेष्टवा साम्राज्येनाभिषिञ्चामि। ॐ देवस्य त्वा सवितुः प्रसवेऽश्चिनोर्बाहुभ्यां पूष्णो हस्ताभ्याम्।।

अश्विनों भैषज्येन तेजसे ब्रह्मवर्चसायाभिषिञ्चामि। सरस्वत्यै भैषज्येन वीर्यायान्नाद्यायाभिषिञ्चामीन्द्रस्येन्द्रियेण बलाय श्रियै यशसेऽभिषिञ्चामि।। ॐ पलाशो भवति तेन ब्रह्मणेऽभिषिञ्चति ब्रह्मपलाशो ब्रह्मणैनमेतद-भिषिञ्चति यद्देवकल्पां जुहोति प्राणायकल्पाऽअमृतमुपवे। प्राणाः अमृतेनैनमेतदभिषिञ्चति सर्व्वेषां वाऽएषवैनाना ॐ रसो यत्साम सर्वेषामेवैनमेतदूवेदानां ँ रसेनाभिषिञ्चति। आपोहिष्ठेति त्रिभिः। गणाधिपोऽअर्कशशी धरासुतो बुधो गुरुर्भार्गवसूर्य्यनन्दनः। राहुश्च केतुश्च परं नवग्रहाः कुर्वन्तु वः पूर्णमनोरथं सदा।। 1।। उपेन्द्र इन्द्रो वरुणो हुताशनस्त्रिविक्रमो भानुसखश्चतुर्भुजः। गन्धर्वयक्षोरगसिद्धचारणाः कुर्वन्तु वः पूर्णमनोरथं सदा।। 2।। नलो दधीचिः सगरः पुरुरवाः शाकुन्तलेयो भरतो धनंजयः। रामत्रयं वैन्यबली युधिष्ठिरः कुर्वन्तु वः पूर्णमनोरथं सदा।। 3।। मनुर्मरीचिर्भृगुदक्षनारदाः पाराशरो व्यासवशिष्ठ-भार्गवाः। वाल्मीकिकुम्भोद्भवगर्गगौतमाः कुर्वन्तु वः पूर्णमनोरथं सदा।। 4।। रम्भा शची सत्यवती च देवकी गौरी च लक्ष्मीश्च दितिश्च रुक्मिणी। कूर्मो गजेन्द्रः सचराचराधराः कुर्वन्तु वः पूर्णमनोरथं सदा।। 5।। गङ्गा च क्षिप्रा यमुना सरस्वती गोदावरी वेत्रवती च नर्मदा। चन्द्रभागा वरुणा कावेरी पयोष्णि कुर्वन्तु मंगलम्।। 6।। तुङ्गप्रभासो गुरुचक्रपुष्करं गया विमुक्तो वदरी वटेश्वरः। केदारपम्पासरश्च नैमिषं कुर्वन्तु वः पूर्णमनोरथं सदा।। 7।। शंखश्च दूर्वासितपत्रचामरं मणिः प्रदीपो वररत्नकांचनम्। सुपूर्णकुम्भः सुहुतो हुताशनः कुर्वन्तु वः पूर्णमनोरथं सदा।। 8।। प्रयाणकाले यदि वा सुमङ्गले प्रभातकाले च नृपाभिषेचने। धर्मार्थकामाय जयाय भाषितं व्यासेन कुर्यात्तु मनोरथं हि तत्।। 9।। इति व्यासविरचितोऽभिषेकः।।

अथ तिलकदानमन्त्रः

अग्रलिखित मन्त्र को पढ़कर यजमान के तिलक करें।

ॐ स्वस्ति नऽइन्द्रो वृद्धश्रवाः स्वस्ति नः पूषा विश्ववेदाः स्वस्ति नस्तार्क्ष्योरिष्टनेमिः। स्वस्ति नो बृहस्पतिर्दधातु।। 1।। मन्त्रार्थाः सफलाः

सन्तु पूर्णाः सन्तु मनोरथाः। शत्रूणां बुद्धिनाशोऽस्तु मित्राणामुदयस्तव।।2।। अथ मण्डलस्थदेवानां प्रार्थना विसर्जनञ्च।।

अक्षतानादाय

फिर यजमान हाथ में पुष्पाक्षत लेकर सब देवताओं पर छोड़ते जायें और प्रार्थना करके उनका विसर्जन करें। अंत में यथाशक्ति ब्राह्मणों को भोजन करा कर भोजनान्त दक्षिणा दें। आदरपूर्वक उनको विदा कर अपने भाई बन्धु के साथ स्वयं भोजन करें।

गच्छ त्वं भगवन्नग्ने स्वस्थाने कुण्डमध्यतः। हुतमादाय देवेभ्यः शीघ्रं देहि प्रसीद मे।।1।। गच्छ गच्छ सुरश्रेष्ठ स्वस्थानं परमेश्वर। यत्र ब्रह्मादयो देवास्तत्र गच्छ हुताशन।।2।। भूमध्ये गच्छ सिद्ध त्वं गोलोके त्वं प्रजापते। वरुण त्वं जले गच्छ सागरे कलशात् व्रज।।3।। हेमन्ते गच्छ गणप, ब्रह्माण्डे त्वं पितामह। विष्णो त्वं गच्छ वैकुण्ठे, कैलाशे त्वं महेश्वरः।।4।। लक्ष्मी त्वं हि महाविष्णुं स्वभर्तारमनुव्रज, रवे गच्छ कलिंगे, त्वं चन्द्र त्वं यमुनातटे।।5।। अवन्तीं गच्छ भौम त्वं, बुध त्वं मगधे व्रज। सिन्धुदेशे जीव गच्छ, कवे भोजकटे व्रज।।6।। शने त्वं गच्छ सौराष्ट्रे, राहो राठिनपुरं व्रज। अन्तर्वेदिम् गच्छ केतो त्वं, स्व स्व स्थानं नवग्रहाः।।7।। इन्द्रोऽमरावतीं गच्छ तथाऽऽग्नेयीं च पावक। व्रज संयमनीं धर्म नैर्ऋतिं व्रज नैर्ऋते।।8।। वरुणाम्भोनिधिं गच्छ सर्वत्र व्रज मारुत। गच्छाऽलकां कुबेर त्वं ईशैशानीं दिशं व्रज।।9।। माहेन्द्रं त्वं व्रजागस्त्य ध्रुवं त्वं मेरुपर्वते। तथा भवद्भिर्ऋषयो गन्तव्यं ऋषि मण्डले।।10।। वसवोऽष्टौ तु गङ्गायां रुद्र रुद्रपुरीं व्रज। गन्धर्वाः किन्नराः सर्वे स्व स्वस्थानं च गच्छत।।11।। यान्तु देवगणाः सर्वे पूजमादाय मामकीम्। इष्टकामप्रसिद्ध्यर्थं सर्वान् कामांश्च देहि मे।।12।। चतुर्भिश्च चतुर्भिश्च द्वाभ्यां पञ्चभिरेव च। हूयते च पुनर्द्वाभ्यां स मे विष्णुः प्रसीदतु।।13।। यस्य स्मृत्या च नामोक्त्या तपोयज्ञक्रियादिषु। न्यूनं सम्पूर्णतां याति सद्यो वन्दे तमच्युतम्।।14।। ततो ब्राह्मणान् भोजयित्वा कुटुम्बजनैः परिवृतः स्वयं भोजनं कुर्यात्।।

यहाँ पर हम शुद्ध संस्कृत में शनिदेव के मंत्र जप अथवा अनुष्ठान हेतु संकल्प का एक प्रारूप उद्धृत कर रहे हैं :

शनि ग्रह मंत्रजप हेतु संकल्प का प्रारूप

।। ॐ श्री गणेशाय नमः ।।

ॐ श्रीविष्णुर्विष्णुर्विष्णुः नमः परमात्मने पुराणपुरुषोत्तमस्य विष्णोः आज्ञया प्रवर्त्तमानस्य अद्य ब्रह्मणो द्वितीय प्रहरार्द्धे एकपञ्चाशत्तमे वर्षे प्रथम पक्षे प्रथम दिवसे अद्यो द्वितीये यामे तृतीयेमुहूर्ते रथन्तरादि द्वात्रिशत् कल्पानां मध्ये श्रीश्वेत वाराह कल्पे स्वायम्भुवादि मन्वन्तराणां मध्ये सप्तमे वैवस्वतमन्वन्तरे, कृत-त्रेता-द्वापर-कलि संज्ञकानां चतुर्युगानां मध्ये वर्तमाने अष्टाविंशतितमे कलियुगे तत्प्रथमचरणे पञ्चाशत् कोटि योजन विस्तीर्ण भूमण्डलान्तर्गते सप्तद्वीपमध्यवर्तिनि जम्बूद्वीपे तत्रापि नव खण्डानां मध्ये नवसहस्रयोजन विस्तीर्णे भरतखण्डे तत्रापि परं पवित्रे भारतवर्षे आर्यावर्त्तन्तर्गत ब्रह्मावर्त्तैक देशे पुण्यक्षेत्रे अमुक नाम्नि नद्यास्तरे अमुक मण्डले अमुक नगरे शनिदेव सन्निधौ, श्रीमन्नृपति वीरविक्रमादित्यस्य राज्यादतीत अमुक नाम्नि प्रवर्त्तमाने संवत्सरे प्रद्मवादि षष्ठिसंवत्सराणां मध्ये अमुक नाम्नि सम्वत्सरे, अमुक अयने श्रीभास्करे, अमुक ऋतौ, अमुक मासे, अमुक पक्षे, अमुक तिथौ, अमुक वासरे, अमुक नक्षत्रे, अमुक योगे, अमुक करणे, अमुक राशिस्थिते श्रीसूर्ये, अमुक राशिस्थिते श्रीचन्द्रे, अमुक राशिस्थिते श्रीभौमे, अमुक राशिस्थिते श्रीबुधे, अमुक राशिस्थिते श्रीदेवगुरौ, अमुक राशिस्थिते श्रीशुक्रे, अमुक राशिस्थिते श्रीशनौ, अमुक राशिस्थिते श्रीराहौ, अमुक राशिस्थिते श्री केतौ एवं ग्रहगुण गण विशेषण विशिष्टरायां शुभ पुण्यतिथौ अमुक गोत्रोत्पन्नः अमुक नाम शर्माऽहं, वर्माऽहं, गुप्तोहं शुद्रोऽहम। ममात्मनः सर्वेषां कुटुम्बिजनानां इह जन्मनि जन्मान्तरे वा वार्जित कायिक वाचिक मानसिक ज्ञाताज्ञात समस्त पापदुरितक्षय-पूर्वकम् जन्मलग्नात् वर्षलग्नात् मासलग्नात् चतुर्थ-अष्टम द्वादश त्रिक मारकादि स्थान स्थित शनिआदि क्रूरग्रह तज्जनित अरिष्ट निवृति-पूर्वकम् आधिदैविक आधिभौतिक आध्यात्मिक तापत्रयोन्मूलार्थम् आपत्ति विपत्ति आधि व्याधि प्रशमनपूर्वकम् शरीरे उत्पन्न उत्पत्स्यमाण अखिलारिष्ट निवृत्तिपूर्वकं सम्पूर्ण आरोग्यता प्राप्त्यर्थम् बल-पुष्टिपूर्वकं दीर्घायु प्राप्त्यर्थम् शनिग्रहकृत राजकृत शत्रुकृत समस्त पीड़ा बाधा क्लेश गतिरोध अवरोध व्यवधान अशान्ति परिहार पूर्वकम् समस्त शुभफल विकासार्थम् व्यापारे प्रचुरलाभप्राप्त्यर्थम्, व्यवसाये उत्तरोत्तर विकास प्राप्त्यर्थम् दाम्पत्य एवं

सन्ततिसुख वृद्धयर्थे, मान-सम्मानं पदप्रतिष्ठा, यश कीर्ति, वैभव अपार लक्ष्मी प्राप्त्यर्थे समस्त अभिष्टकामना संसिद्धये, सकल मनोभिलषित-कामना संसिद्धयर्थम् श्रीशनिग्रहदेवताप्रीतये प्रसन्नार्थम् वैदिकशनिमंत्र द्विनवति सहस्रं मंत्र जपम् (92 हजार) अमुकगोत्रेभ्यः अमुक नाम ब्राह्मणेभ्यः द्वारा कारयिष्ये, तथा जपं कर्त्तृत्वेन युष्मान् ब्राह्मणान वृणे।

1. पुनश्च यदि साधक शनि के वैदिक मन्त्र का जप स्वयं करे, तो अति उत्तम है। ऐसी स्थिति में उपरोक्त संकल्प के अन्तिम अंश में मात्र इतना ही उच्चारण करे -

शनिग्रहस्य द्विनवति सहस्रं मंत्र जपं करिष्ये

2. यदि आचार्य द्वारा मंत्र जप कराया जाए, तो आचार्य वरण करना भी अनिवार्य है। अतः मंत्र जप के संकल्प के साथ-साथ आचार्य के वरण सहित उपरांकित संकल्प का उच्चारण करें और हस्तगत सामग्री आचार्य के हाथ में रखें। उस समय आचार्य को अग्रांकित वाक्य का उच्चारण करना चाहिए -

उपरोक्त अहं वृत्तोऽस्मि, पूर्वोच्चारित संकल्प अनुसारेण सविधि मंत्र जपम् अहम करिष्यामि।

विनियोग : ॐ शन्नो देवीरिति मन्त्रस्य दध्यङ्गाथवर्ण ऋषिः, गायत्री छंदः, शनिर्देवता आपोबीजं वर्तमान इति शक्तिः शनैश्चरप्रीत्यर्थे जपे विनियोगः।

विनियोग बोलकर जल पृथ्वी पर गिरायें। तत्पश्चात् ऋष्यादिन्यास, करन्यास, अंगन्यास, हृदयादिषडंग न्यास आदि अग्रांकित प्रकार से करें :

ऋष्यादिन्यास-

1- ॐ दध्यङ्डाथर्वण ऋषये नमः शिरसि

2- ॐ गायत्री छन्दसे नमः मुखे

3- ॐ शनैश्चराय नमः हृदये

4- ॐ आपोबीजाय नमः गुह्ये

5- ॐ वर्तमानशक्तये नमः पादयोः

6- इति ऋष्यादिन्यासः।

करन्यास-

1- ॐ शन्नोदेवीः अत्यङ्गुष्ठाभ्यां नमः

2- ॐ अभीष्टये इति तर्जनीभ्यां नमः
3- ॐ आपोभवन्तु इति मध्यमाभ्यां नमः
4- ॐ पीतये इत्यनामिकाभ्यां नमः
5- ॐ शय्योः इति कनिष्ठिकाभ्यां नमः
6- ॐ अभिस्रवन्तु नः इति करतलकरपृष्ठाभ्यां नमः
7- इति करन्यासः।

हृदयादिषडंग न्यास-

1- ॐ शन्नोदेवीः इति हृदयाय नमः
2- ॐ अभिष्टये इति शिरसे स्वाहा
3- ॐ आपोभवन्तु इति शिखायै वषट्
4- ॐ पीतये इति कवचाय हुम्
5- ॐ शय्यो इति नेत्रत्रयाय वौषट्
6- ॐ अभिस्रवन्तु नः इत्यस्राय फट्। इति हृदयादिन्यासः।

मंत्राक्षर न्यास-

1- 'ॐ शन्न' इति शिरसि
2- 'ॐ देवीः' इति ललाटे
3- 'ॐ अभीष्टय' इति मुखे
4- 'ॐ आपो' इति हृदये
5- 'ॐ भवन्तु' इति नाभौ
6- 'ॐ पीतये' इति कट्याम् 'ॐ शंयोः' इति ऊर्वोः
7- 'ॐ अभिस्रवन्तु' इति जानुनोः
8- 'ॐ नः' इति पादयोः
9- इति मन्त्रन्यासः।

इस प्रकार से न्यास करके निम्न श्लोक द्वारा शनिदेव का ध्यान करें-

ध्यान-

ॐ नीलद्युतिः शूलधरः किरीटी गजस्थितस्त्रासकरो धनुष्मान्।
चतुर्भुजः सूर्यसुतः प्रशान्त सदाऽस्तु मह्य वरदो महात्मा।।

इस मंत्र का तेईस हजार जाप करें -

ॐ शन्नोदेवीरभिष्टय ऽआपोभवन्तुपीतये।
शय्योरभिस्रवन्तु नः।।

यह शनिदेव का वैदिक मंत्र है जिसके जप का विधान विनियोग, ऋष्यादिन्यास, अंगन्यास, करन्यास, हृदयादिषडंग न्यास आदि उपरांकित है।

शनि के वैदिक मंत्र के आदि और अन्त में व्याहृतियाँ लगाकर, मंत्र जप करने से उसाव और स्थायित्व में अत्याधिक वृद्धि होती है।

शनि देव का नाम ही व्यथा, चिन्ता और आतंक का आह्वान करता है। नवग्रह व्यवस्था का सर्वाधिक भयावह ग्रह शनि ही है जो कभी शनि की साढ़ेसाती के रूप में आकर जातकों को दुर्दमनीय दारुण दुःखों की वेदना से आक्रान्त करता है तो कभी ढाई वर्ष की शनि की लघु कल्याणी ढईया अथवा अष्टम शनि, कंटक शनि के रूप में जातकों की प्रसन्नता, आनन्द, आह्लाद पर भय, भ्रांति, करुणा, वेदना, अभाव, आपत्ति, विपत्ति, पराजय और व्याधि के विभिन्न आकारों को साकार स्वरूप प्रदान करता है। शनि देव की 19 वर्ष की महादशा यदि अनिष्टकारी है तो साम्राज्य के साम्राज्य धूल-धूसरित हो जाते हैं। अनिष्ट और अरिष्टकारी घटनाओं, दीर्घकालीन व्याधियों, असीमित विपत्तियों तथा व्यथाओं के साथ-साथ सम्बन्धित जातक के प्रयास निष्फल होते हैं। धन की हानि, न्यायालय तथा युद्ध में पराजय, निन्दा तथा अपमान ऐसी अवांछित स्थितियाँ अकारण ही उत्पन्न होती हैं जिसके कारण जातक का स्वयं पर से विश्वास प्रकंपित हो उठता है। ईश्वर के प्रति आस्था और विश्वास भी डगमगाने लगता है। अवसांद, प्रमाद, निद्रा में अवगाहित होता है। आर्थिक विषमता तथा संचित धन की निरन्तर हानि के कारण भी शनि की महादशा के 19 वर्ष व्यतीत होने की प्रतिक्षण प्रतीक्षा होती है। ऐसी स्थिति में शनिदेव का अग्रांकित अनुष्ठान विश्वास, निष्ठा और आस्था के साथ सविधि सम्पन्न करने से सभी संभावित कष्ट, व्याधियाँ तथा विपत्तियाँ स्वतः ही शनैः-शनैः शमन हो जाती हैं। जहाँ शनि का आतंक था, वहाँ विजय, सम्मान, स्वाभिमान, पदोन्नति, प्रगति, प्रचुर धनार्जन तथा धनसंचय के साथ-साथ आंतरिक आह्लाद, अपरिमित आनन्द, उत्साह, उल्लास और ऊर्जा का संचार होता है।

अतः इस विशिष्ट शनि पूजन विधान का अनुसरण करना चाहिए। शनि सम्बन्धी इस अनुष्ठान की प्रशंसा संदर्भित शास्त्रों में अत्याधिक सकारात्मक फल प्रदान करने वाले प्रयोग के रूप में की गई है। परीक्षित शनि पूजन पद्धतियों में इसका

विशिष्ट स्थान है। इसे स्वयं करें अथवा सुयोग्य आचार्य द्वारा सविधि सम्पन्न करायें। स्वयं करें, तो पूजनोपरान्त दक्षिणादि ब्राह्मण को दान कर दें। यह पूजन मंत्रजप से पूर्व करें। मंत्र अपनी सुविधानुसार चयन करें।

हमारे ऋषि-मुनि, मर्मज्ञ मनीषियों और शास्त्रज्ञों व प्रखर आचार्यों ने, सहस्रों वर्ष पूर्व शनि की इस जटिलता को समझ लिया था। समाज और मानव संस्कृति को शनि के आतंक, भय भ्रम, भ्रान्ति, असहनीय पीड़ा से मुक्ति प्रदान करने हेतु, शनि शमन और लोक कल्याण हेतु अनेक परिहारों से हमें परिचित कराया है जिनके निष्ठा, विश्वास और श्रद्धा के साथ अनुसरण करने से शनिकृत समस्त अरिष्ट और अनिष्ट का शमन होता है। समस्त परिहार यहाँ प्रस्तुत नहीं किये जा सकते। अतः हम प्रमुख एवं अनेक बार परीक्षित परिहारों का उल्लेख कर रहे हैं जिनका अनुकरण गंभीरता के साथ करने से शनिकृत समस्त वेदना का शमन होना सुनिश्चित है।

अध्याय–2

हनुमत् आराधना द्वारा शनि संताप शमन

यह सर्वविदित सत्य तथ्य है कि महाबली हनुमान जी का पूजन, मन्त्र जप तथा अनुष्ठान आदि करने से साधक शनिकृत पीड़ा से मुक्त हो जाता है। शनिदेव को महाबली हनुमान ने ही लंकेश्वर रावण के चंगुल से मुक्त कराया था। उसी समय शनिदेव ने हनुमान जी के प्रति आभार व्यक्त किया और वरदान दिया कि जो साधक हनुमान जी का पूजन पाठ करेंगे, वे शनि संदर्भित कष्टों से भी मुक्त रहेंगे।

अनेक ऋषियों-महर्षियों ने श्री हनुमान की प्रसन्नता के निमित्त पृथक्-पृथक् अनेक स्तोत्रों की संरचना की है, हनुमान जी की प्रीति के उद्देश्य से पाठ किये जाने वाले अनेक स्तोत्र अति सुगम हैं परन्तु अन्य स्तोत्र क्लिष्ट भी हैं। हनुमान उग्र देवता हैं अतः उनकी प्रसन्नता के लिए सम्पादित किये जाने वाले मन्त्र, जप, स्तोत्र पाठ, कवच साधना, यन्त्र आराधना, तन्त्र उपासना, तथा सुगम सांकेतिक साधनाओं में ही नहीं बल्कि उनके दर्शन करते समय भी मानसिक एवं शारीरिक शुद्धता अपेक्षित है। अपवित्र अवस्था में हनुमान मन्दिर में प्रवेश करने की भूल नहीं करनी चाहिए। मानसिक निर्मलता के साथ-साथ शारीरिक शुद्धता भी अनिवार्य है। ध्यान रहे कि हनुमत् पूजन में व्यतिक्रम होने पर भी हनुमान जी की प्रसन्नता के स्थान पर उनकी रुष्टता की ही संभावना रहती है। हनुमान भक्त का साधक होना अनिवार्य नहीं है परन्तु साधक का भक्त होना अनिवार्य है। एक मिथ्या धारणा बहु प्रचलित है कि कन्याओं, बालिकाओं, महिलाओं को हनुमान जी की आराधना की स्वीकृति नहीं प्रदान की गयी है, क्योंकि वे बालब्रह्मचारी हैं। यह मान्यता पूर्णतः मिथ्या व अशास्त्रसंगत है। हनुमान जी की उपासना प्रत्येक आस्थावान्, शुद्ध तन और मन के साथ कर सकता है। यहाँ पर श्री हनुमान के प्रसन्नार्थ कतिपय सर्वमान्य, सर्वसुलभ, सुगम, सरस, सहज व सुरुचिपूर्ण स्तोत्र अग्रांकित हैं इनमें से किसी भी स्तोत्र का पाठ अपनी रुचि के साथ चयन करके सम्पादित करना उपयुक्त है। इन सभी स्तोत्रों के सविधि सम्पादन से श्री हनुमान की प्रसन्नता असंदिग्ध होती है तथा समस्त

कामनाओं की संपूर्ति के साथ-साथ शत्रु का विनाश, व्यवधान का शमन व्याधि का विनाश, आयु एवं आरोग्य की संपुष्टि उपलब्ध होती है।

सर्वप्रथम पूर्वाभिमुख या उत्तराभिमुख होकर आसन पर बैठें। पवित्रीकरण **'ॐ अपवित्रः पवित्रो'** मंत्र से, इसके पश्चात् तीन बार आचमन करें, पुनः हाथ धो लें। गन्ध अर्थात् तिलक स्वयं के या यजमान के लगायें। भूमि पूजन एवं जल से भरा हुआ कलश जो कर्मपात्र है, उसका पूजन कर उसके जल से समस्त पूजा निमित्त सामग्रियों का प्रोक्षण करें।

कर्ता के दाहिने हाथ में जल, पुष्प, पुगीफल अर्थात् सुपारी, अक्षत तथा कुछ द्रव्य लेकर आचार्य उससे यह संकल्प करायें। उचित यही है कि उपरोक्त सामग्री जल दक्षिणमुखी शंख में जल में लेकर संकल्प करें। ध्यान, आह्वान, आसन के समय पुष्प चढ़ायें। देवता के स्नान, नैवेद्य तथा आरती के समय घंटा वादन करें। घंटा बायीं तरफ रहे और शंख हमेशा पूजार्थी के दायीं तरफ रहें।

संकल्प : देशकालौ संकीर्त्य-ममचतुर्विधपुरुषार्थसिद्धि द्वारा श्रीशनिग्रह पीड़ादोष निवारणार्थं सविधि हनुमत् पूजनं करिष्ये।

ध्यानम्- **मनोजवं मारुत-तुल्य वेगं जितेन्द्रियं बुद्धिमतां वरिष्ठम्।**
वातात्मजं वानरयूथ - मुख्यं श्रीरामदूतं शरण प्रपद्ये।।
ॐ सहस्रशीर्षा पुरुषः सहस्राक्षः सहस्रपात्।
स भूमिर्ठ० सर्व्वतः स्पृत्वात्त्यतिष्ठद्दशाङ्गुलम्।।
ध्यान के पश्चात् 'पुष्पं समर्पयामि' बोलकर पुष्प चढ़ायें।

आह्वानम्- **ॐ पुरुष एवेदर्ठ० सर्व्वं यद्भूतं यच्च भाव्यम्।**
उतामृत्वस्येशानो यदन्नेनातिरोहति।।
आह्वान के लिए 'पुष्पं समर्पयामि' बोलकर पुष्प चढ़ायें।

आसनम्- **ॐ पुरुषऽएवेदर्ठ० सर्व्वं यद्भूतं यच्चभाव्यम्।**
उतामृतत्वस्येशानो यद्दन्नेनातिरोहति।।
आसनार्थे पुष्पाणि समर्पयामि।

पाद्यम्- **सर्वतीर्थसमुद्भूतं पाद्यं गन्धादिभिर्युतम्।**
विघ्नराजगृहाणोदं भगवन्भक्त वत्सल।।

ॐ एतवानस्य महिमातो ज्यायाश्च पूरुषः।
पादोस्य विश्वा भूतानि त्रिपादस्यामृतं दिविः।।
ॐ हनुमते नमः पादयोः पाद्यं समर्पयामि।

अर्घ्यम्- **ॐ प्रजायतौ त्वा देवताया मुपोदके।**
लोकेनिदध्यभ्यसौ अयनः शोशुचदधम्।।
ॐ हनुमते नमः हस्तयोः अर्घ्यम् समर्पयामि।

अर्घ्य के पश्चात् आचमन करायें। ॐ हनुमते नमः मुखे आचमनीयम् जलं समर्पयामि। एक परात (बड़ा चौड़ा पात्र) में स्वस्तिक बनाकर पुष्प एवं तुलसी रखकर भगवान को विराजें। फिर स्नान करायें। पहले शुद्ध जल से स्नान करायें तथा बोलें **'ॐ हनुमते नमः स्नानीयं जलं समर्पयामि'**। इसके पश्चात् पंचामृत से स्नान करायें।

पंचामृतम्- **पयोदधि घृतं चैव मधु च शर्करान्वितम्।**
पंचामृतं यथाऽऽनीतं स्नानार्थं प्रतिगृह्यताम्।।
ॐ पंच नद्यः सरस्वती मपि यन्ति सस्त्रोतसः।
सरस्वती तु पंचधा सो देशो भवत्सरित्।।
ॐ हनुमते नमः पंचामृत स्नानं समर्पयामि।

शुद्धोदक के पूर्व गन्ध देकर चंदन केसर मिश्रित जल से स्नान करायें।

शुद्धोदक- **सुवर्णकलशानीतैर्गङ्गादि सरिदु वैः।**
शुद्धोदकैः कपीश ! त्वामभिषांमि मारुते।।
ॐ आपो हि ष्ट्ठा मयोभुवस्ता न ऽऊर्ज्जे दधातन।
महे रणाय चक्षसे।।

आचमनः- **शुद्धोदक स्नानान्ते आचमनीयं जलं समर्पयामि।**
घंटा वादन करें।

कटिसूत्रम्- **ग्रथिता नवभी रत्नैर्मेखलां त्रिगुणीकृताम्।**
मौञ्जंमोञ्जीमयं पीतां गृहाण पवनात्मज!।।
आचमनीयम् जलं समर्पयामि।

कौपीनम्- कटिसूत्रं गृहाणेदं कौपीनं ब्रह्मचारिणः।
कौशेयं कपिशार्दूल ! हरिद्रक्तं सुमंगलम्।।
आचमनीयम् जलं समर्पयामि।

उत्तरीयम्- ॐ पीताम्बर - सुवर्णाभमुत्तरीयार्थमेव च।
दास्यामि जानकी प्राण-त्राणकारण! गृह्यताम्।।
आचमनीयम् जलं समर्पयामि।

वस्त्रोपवस्त्रं- ॐ तस्माद्यज्ञातसर्व्वहुतः सम्भृतं पृषदाज्ज्यम्।
पशूँश्ताँश्चके व्वायव्यानारण्या ग्राम्याश्च ये।।
आचमनीयम् जलं समर्पयामि।

यज्ञोपवीतम्- नवभिस्तन्तुभिर्युक्तं त्रिगुणं देवतामयम्।
उपवीतं मया दत्तं गृहाण परमेश्वरः।।
यज्ञोपवीतं परमं पवित्रं प्रजापतेर्यत्सहजं पुरस्तात्।
आयुष्यमग्रयं प्रतिमुञ्चशुभ्रं यज्ञोपवीतं बलमस्तु तेजः।।
आचमनीयम् जलं समर्पयामि।

गन्धम्- श्री खण्डंचन्दनं दिव्यं गन्धाठ्य सुमनोहरम्।
विलेपनं सुरश्रेष्ठ ! चन्दनं प्रतिगृह्यताम्।।
ॐ ब्राह्मणोऽस्य मुखमासीद् बाहू राजन्यः कृतः।
उरू तदस्य यद्वैश्यः पद्भ्यार्ठ० शूद्रो ऽअजायतः।।
ॐ त्वां गन्धर्वा अश्व नैस्त्वामिन्द्रस्त्वां बृहस्पतिः।
त्वामोषधे सोमो राजा विद्वान् यक्ष्मादमुच्यत।।
ॐ हनुमते नमः गन्धं समर्पयामि।

अक्षतान्- अक्षताश्च सुरश्रेष्ठा कुङ्कुमाक्ताः सुशोभिताः।
मया निवेदिता भक्त्या गृहाण परमेश्वरः।।
ॐ अक्षन्नमीमदन्त ह्यव प्प्रियऽ ऽअधूषत।
अस्तोषत स्वभानवो व्विप्प्रानव्विष्ठया मतीयोजाविन्द्र
ते हरी।।

पुष्पाणि- माल्यादीनि-सुगन्धीनि मालत्यादीनि वै प्रभो।
मयाऽऽहृतानि पुष्पाणि पूजार्थं प्रतिगृह्यताम्।।
ॐ ओषधीः प्प्रतिमोदध्वं पुष्प्पवतीः प्रसूवरीः।
अश्वाऽइव सजित्त्वरीर्व्वीरुधः पारयिष्णवः।।

तुलसीपत्रम्- तुलसीपत्रम् समर्पयामि। इसके पश्चात् ईत्र अर्पित करें।

अबीरम्- अबीरं गुलालं च हरिद्रादिसमन्वितम्।
नाना परिमल द्रव्यं गृहाण परमेश्वर।।
ॐ हनुमते नमः नाना परिमल द्रव्याणि समर्पयामि।

सिन्दूरम्- सिन्दूरं शोभनं रक्तं सौभाग्य सुखवर्द्धनम्।
शुभदं कामदं चैव सिन्दूरं प्रतिगृह्यताम्।।
ॐ हनुमते नमः सिन्दूरं विलेपयामि।।

धूपम्- वनस्पतिरसोद्भूतो गंधाढ्यो गन्धोत्तमः।
आध्रेयः सर्व देवानां धूपोऽयं प्रतिगृह्यताम्।।
ॐ हनुमते नमः धूपम् आघ्रापयामि।

दीपम्- साज्यं च वर्तिसंयुक्तं वह्निना योजितं मया।
दीपं गृहाण देवेश ! तैलोक्यतिमिरापहम्।।
ॐ चन्द्रमा मनसो जातश्चक्षोः सूर्यो ऽअजायत।
श्रोत्राद्वायुश्च प्राणश्च मुखादग्निरजायत।।
ॐ हनुमते नमः दीपं दर्शयामि।

हस्तप्रक्षालनम्- ॐ हृषीकेशाय नमः कहकर हाथ धो लें।

नैवेद्यम्- नैवेद्यं गृह्यतां देव ! भक्तिं मे ह्यचलां कुरु।
इप्सितं मे वरं देहि परत्र च परां गतिम्।।

ॐ नाभ्या आसीदन्तरिक्षं मन्त्र बोलें। नैवेद्य में तुलसीदल छोड़ें। ग्रासमुद्रा दर्शायें। प्राणाय स्वाहा- कनिष्ठिका, अनामिका, अँगूठा मिलावें। ॐ अपानाय स्वाहा- अनामिका मध्यमा अँगूठा मिलायें।

व्यानाय स्वाहा- अंगूठा तर्जनी मध्यमा मिलायें। उदानाय स्वाहा- मध्यमा तर्जनी अनामिका अंगूठा मिलायें। समानाय स्वाहा- सभी अंगुलियाँ मिलायें। इसके बाद घंटा बजायें।

शर्कराखण्डखाद्यानि दधि-क्षीर-घृतानि च।
आहारं भक्ष्यभोज्यं च नैवेद्यं प्रतिगृह्यताम्।।

मध्ये आचमनीयं जलं समर्पयामि। घंटा बजायें।

ताम्बूल के पूर्व अखण्ड ऋतुफल अर्पित करें। मंत्र- **'इदं फलं मया देव स्थापितं पुरतस्तव। तेन मेन सफलवार्प्तिभवेजन्मनि जन्मनि। ॐ हनुमते नमः फलं समर्पयामि।'** पुनः आचमन करावें।

ताम्बूलम्- **पूगीफलं महद्दिव्यं नागवल्लीदलैर्युतम्।**
एलादिचूर्णसंयुक्तं ताम्बूलं प्रतिगृह्यताम्।।
ॐ यत्पुरुषेण हविषा देवा यज्ञमतन्वत।
व्वसन्तोऽस्यासीदाज्ज्यं ग्रीष्मऽइध्मः शरद्धविः।।
ॐहनुमते नमः एलालवं पूगीफलयुतं ताम्बूलं समर्पयामि।

दक्षिणा- **हिरण्यगर्भगर्भस्थं हेमबीजं विभावसोः।**
अनन्तपुण्यफलदमतः शान्तिं प्रयच्छ मे।।
दक्षिणा प्रेमसहिताय मयाशक्ति समर्पिता।
अनन्त फलदायकं गृहाण आंजनेयः।
ॐ हिरण्यगर्भः समवर्त्तताग्रे भूतस्य जातः पतिरेक आसीत्।
सदाधार पृथिवीन्द्यामुतेमाङ्कस्मै देवाय हविषा व्विधेम्।।

आरती करने के पूर्व थाली में स्वस्तिक बनायें, पुष्प चावल रखें। घी की बत्ती तथा कपूर रखें। घंटा बायें हाथ से बजायें। कुल सात बार आरती घुमायें भगवान की तरफ। फिर आरती मंत्र बोलें। आरती थाली भगवान के पास रखें। फिर शंख से आरती करें। जल छोड़ें।

आरती- **कदलीगर्भसंम्भूतं कर्पूरं तु प्रदीपितम्।**
आरार्तिकमहं कुर्वे पश्य मे वरदो भव।।
ॐ आ रात्रि पार्थिवर्ठ० रजः पितुरप्पायि धामभिः
दिवः सदार्ठ० सि बृहती व्वितिष्ठसऽआत्त्वे षं वर्त्तते तमः॥

ॐ इदर्ठ० हविः प्रजननं मेऽअस्तु दशवीरर्ठ० सर्व्वगणर्ठ०
स्वस्तये। आत्मसनि प्प्रजानि पशूसनि लोक-
सन्न्यअभयसनि अग्निः प्प्रजां बहुलां मे
करोत्त्वन्नम्पयोरेतोऽअस्मासु धत्त।।

पुष्पांजलि- नाना - सुगन्धि - पुष्पाणि यथाकालोद्भवानि च।
पुष्पाञ्जलिर्मया दत्तो गृहाण परमेश्वर!।।
ॐ यज्ञेन यज्ञमयजंत देवास्तानि धर्माणि प्रथमान्यासन्।
ते ह नाकं महिमानः सचंत यत्र पूर्वे साध्याः संतिदेवाः।।
ॐ हनुमते नमः पुष्पांजलिं समर्पयामि।

प्रदक्षिणा- पापोऽहं पापकर्माऽहं पापात्मा-पाप संभवः।
त्राहि मां आंजनेय! त्वमेव शरणं मम।।
यानि कानि च पापानि जन्मान्तर कृतानि च।
तानि सर्वाणि नश्यन्तु प्रदक्षिण पदे पदे।।

प्रणाम- मनोजवं मारुत-तुल्यवेगं जितेन्द्रियं बुद्धिमतां वरिष्ठम्।
वातात्मजं वानरयूथ-मुख्यं श्रीरामदूतं शरणं प्रपद्ये।।
नमस्तेऽतु महावीर ! नमस्ते वायुनन्दन।
विलोक्यं कृपया नित्यं त्राहि मां भक्तवत्सल !।।

प्रार्थना- नमो हनुमते तुभ्यं नमो मारुतसूनवे।
नमः श्रीरामभक्ताय श्यामश्यामाय ते नमः।।
सीताशोकविनाशाय राममुद्राधाराय च।
रावणादिकुलोच्छेदकारिणे ते नमो नमः।।
मेघनादवरध्वंसकारिणे भयहारिणे।
वायुपुत्राय वीराय आकाशोदरगामिने।।
प्रमदावनछिन्नै लङ्काप्रासादभञ्जिने।
रामायणमहामालारत्नं वन्दे अनिलात्मजम्।
अपराधसहस्राणि क्रियन्तेऽहर्निशं मया।
दासोऽयमिति मां मत्वा क्षमस्व परमेश्वर।।

अपराधो भवत्येव सेवकस्य पदे-पदे।
कोऽपरः क्षमतां लोके केवलं स्वामिनं बिना।।
त्वयि जातापराधनां त्वमेव शरणं प्रभो।
यदुक्तं भावेन पत्रं पुष्पं फलं जपम्।।

ध्यान- **मनोजवं मारुत-तुल्यवेगं जितेन्द्रियं बुद्धिमतां वरिष्ठम्।**
वातात्मजं वानरयूथ-मुख्यं श्रीरामदूतं शरणं प्रपद्ये।।

श्रीशनिग्रह पीड़ा निवारणार्थ हनुमत पूजन के उपरोक्त विधान के पश्चात् महाबली हनुमान जी के प्रसन्नार्थ कोई भी मंत्र अथवा स्तोत्र का निष्ठा और आस्थापूर्वक पाठ करना चाहिए। यहाँ पर हम शनिकृत समस्त दैहिक, मानसिक और भौतिक पीड़ा के निवारणार्थ हनुमान बाहुक का पाठ प्रस्तुत कर रहे हैं। हनुमान बाहुक गोस्वामी तुलसीदास ने उस समय रचा था, जब उनका शरीर अनेक प्रकार की व्याधियों से आक्रान्त हो उठा था। इसका पाठ करने से समस्त शारीरिक व्याधियों, भौतिक विपत्तियों, मानसिक विकृतियों, विषाद और अवसाद का शमन होता है।

2.1 श्री वीर भगवान बाहुक प्रयोग

यह अत्यंत प्रभावी प्रयोग है। सर्वप्रथम अग्रांकित 'श्री वीरभगवान यंत्र' का उत्कीर्णन स्वर्ण या चाँदी या ताम्रपत्र पर करायें। लाल वस्त्र पर संस्थापन करके सरयू जल या गंगा जल से कुछ द्वारा मार्जन करें। ततूपश्चात् यंत्र के मध्य दाहिने हाथ का अँगूठा रखकर प्रतिष्ठा का मंत्र पढ़ें। संपूर्ण श्रद्धा एवं विश्वास से इसे सम्पन्न करें-

ॐ आं ह्रीं क्रों यं रं लं वं शं षं सं हं सः अस्य प्राण इह प्राणाः पुनः ॐ आं ह्रीं क्रों यं रं लं वं शं षं सं हं सः अस्य सर्वेन्द्रियाणि वाङ्मनस्त्वक् चक्षुः श्रोत्रजिह्वाघ्राणपाणिपादपायूपस्थानि इहैवागत्य सुखं चिरं तिष्ठन्तु स्वाहा। ॐ मनोजूतिर्जुषतामाज्यस्य बृहस्पतिर्यज्ञमिमं तनोत्वरिष्टं यज्ञं समिमन्दधातु विश्वेदेवा स इहमादयान्तामों प्रतिष्ठ। प्रधानपीठादियन्त्ररूप श्रीहनुमानुदेवता सुप्रतिष्ठितो वरदो भवतु।।

षोडशोपचार पूजनोपरांत 'श्रीराम' मंत्र की न्यूनतम एक माला जप करें। नैवेद्य लड्डू या मालपुआ या पंचमेवा हो। देशी घी न मिले तो तिल के तेल का प्रयोग अपेक्षित है। गुग्गुल की धूप उचित है। तत्पश्चात् एक माला 'ॐ हं हनुमते नमः' जप करते हुए गोदुग्ध में निर्मित हविष्यान्न से 108 आहुतियाँ दें। इसके पश्चात् यन्त्रराज की उपस्थिति में एक माह हेतु नित्यप्रति 4 पाठ हनुमानबाहुक के करने हेतु विधिवत् संकल्प करें पाठारम्भ और पाठान्त में श्रीराम जप अभीष्ठ है। इससे सम्पूर्णतः शनिशमन होता है।

यन्त्रराज

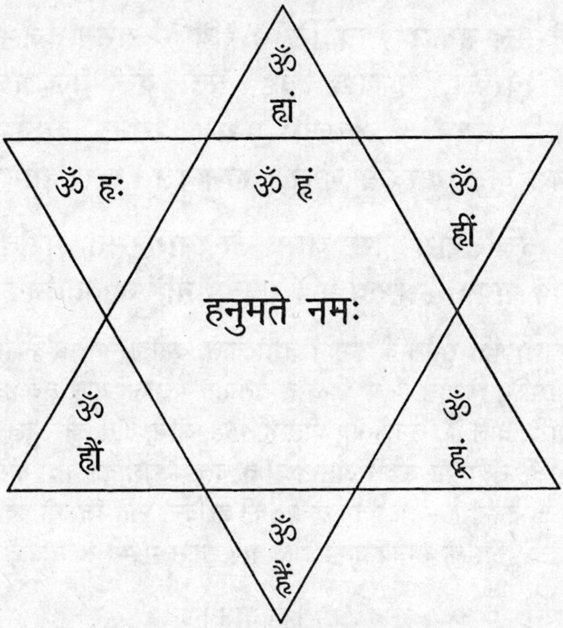

।। छप्पय ।।

सिंधु-तरन, सिय-सोच-हरन, रबि-बालबरन-तनु।
भुज बिसाल, मूरति कराल कालहु को काल धनु।।
गगन-दहन-निरदहन-लंक निःसंक, बंक-भुव।
जातुधान बलवान-मान - मद - दवन पवनसुव।।
कह तुलसिदास सेवन सुलभ, सेवक हित संतत निकट।
गुनगनत, नमत, सुमिरत, जपत, समन सकल-संकट-विकट ॥1॥

जिनके शरीर का रंग उदयकाल के सूर्य के समान है, जो समुद्र लांघकर श्री जानकीजी के शोक को हरने वाले, आजानुबाहु, डरावनी सूरत वाले और मानो काल के भी काल हैं। लंकारूपी गम्भीर वन को, जलाने योग्य नहीं था उसे जिन्होंने निशंक जलाया और जो टेढ़ी भौंहों वाले बलवान् राक्षसों के मान और गर्व को नाश करने वाले हैं। तुलसीदासजी कहते हैं- वे श्री पवनकुमार सेवा करने पर बड़ी सुगमता से प्राप्त होने वाले, अपने सेवकों की भलाई करने के लिए सदा समीप रहने वाले तथा गुण वाले, प्रणाम करने एवं स्मरण और नाम जपने से सब भयानक संकटों को नाश करनेवाले हैं।

स्वर्न-सैल-संकास कोटि - रबि - तरुन-तेज-धन।
उर बिसाल, भुजदण्ड चंड नख बज्र बज्र तन।।
पिंग नयन, भृकुटी कराल रसना दसनानन।
कपिस केस, करकस लँगूर, खल-दल बल भानन।।

कह तुलसिदास बस जासु उर मारुतसुत मूरति बिकट।
संताप पाप तेहि पुरुष पहिं सपनेहुँ नहिं आबत निकट।।2।।

वे सुवर्ण पर्वत सुमेरु के समान शरीर वाले, करोड़ों मध्याह्न के सूर्य के सदृश अनन्त तेजोराशि, विशाल हृदय, अत्यन्त बलवान भुजाओं वाले तथा वज्र के तुल्य नख और शरीर वाले हैं। उनके नेत्र पीले हैं, भौंह, जीभ, दाँत और मुख विकराल हैं, बाल भूरे रंग के तथा पूंछ कठोर और दुष्टों के दल के बल का नाश करने वाली है। तुलसीदास जी कहते हैं - श्री पवन कुमार की डरावनी मूर्ति जिसके हृदय में निवास करती हैं, उस पुरुष के समीप दुःख और पाप स्वप्न में भी नहीं आते।

।। झूलना ।।

पंचमुख-छमुख-भृगुमुख्य भट-असुर-सुर,
सर्व - सरि - समर समरत्थ सूरो।
बाँकुरो बीर बिरुदैत बिरुदावली,
बेद बंदी बदत पैजपूरो।।

जासु गुनगाथ रघुनाथ कह, जासु बल,
बिपुल-जल-भरित जग-जलधि झूरो।

दुवन-दल-दमनको कौन तुलसीस है,
पवन को पूत रजपूत रूरो।।3।।

शिव, स्वामी कार्तिक, परशुराम, दैत्य और देवतावृन्द सबके युद्ध नदी पार जाने में योग्य योद्धा हैं। वेदरूपी वन्दीजन कहते हैं- आप पूरी प्रतिज्ञा वाले चतुर योद्धा, बड़े कीर्तिमान् और यशस्वीं हैं। जिनके गुणों की कथा को रघुनाथजी ने श्रीमुख से कहा तथा जिनके अतिशय पराक्रम से अपार जल से भरा हुआ संसार-समुद्र सूख गया। तुलसी के स्वामी सुन्दर राजपूत पवनकुमार के बिना राक्षसों के दल का नाश करने वाला दूसरा कौन है? (कोई नहीं)।

।। घनाक्षरी ।।

भानुसों पढ़न हनुमान गये भानु मन-
अनुमानि सिसुकेलि कियो फेरफार सो।
पाछिले पगनि गम गगन मगन-मन,
क्रम को न भ्रम, कपि बालक-बिहार सो।।
कौतुक विलोकि लोकपाल हरि हर विधि
लोचननि चकाचौंधी चित्तनि खभार सो।
बल कैधौं वीररस, धीरज कै साहस कै
तुलसी सरीर धरे सबनि को सार सो।।4।।

सूर्य भगवान् के समीप में हनुमान् जी विद्या पढ़ने के लिए गये, सूर्यदेव ने मन में बालकों का खेल समझकर बहाना किया (कि मैं स्थिर नहीं रह सकता और बिना आमने-सामने के पढ़ना-पढ़ाना असम्भव है)। हनुमान् जी ने भास्कर की ओर मुख करके पीठ की तरफ पैरों से प्रसन्नमन आकाशमार्ग में बालकों के खेल के समान गमन किया और उससे पाठयक्रम में किसी प्रकार का भ्रम नहीं हुआ। इस अचरज के खेल को देखकर इन्द्रादि लोकपाल, विष्णु, रुद्र और ब्रह्मा की आँखें चौधिया गयी तथा चित्त में खलबली सी उत्पन्न हो गयी। तुलसीदास जी कहते हैं- सब सोचने लगे कि यह न जाने बल, न जाने वीररस, न जाने धैर्य, न जाने हिम्मत अथवा न जाने इन सबका सार ही शरीर धारण किये हैं।

भारत में पारथ के रथकेतु कपिराज,
गाज्यो सुनि कुरुराज हलबल भो।

कह्यो द्रोन भीषम समीरसुत महाबीर,
बीर-रस-बारि-निधि जाको बल जल भो।।
बानर सुभाय बालकेलि भूमि भानु लागि,
फलँग फलांगहूँतें घाटि नभ तल भो।
नाइ-नाइ माथ जोरि-जोरि हाथ जोधा जोहैं,
हनुमान देखे जगजीवन को फल भो।।5।।

महाभारत में अर्जुन के रण की पताका पर कपिराज हनुमानजी ने गर्जन किया, जिसको सुनकर दुर्योधन की सेना में घबराहट उत्पन्न हो गयी। द्रोणाचार्य और भीष्मपितामह ने कहा कि ये महाबली पवनकुमार हैं। जिनका बल वीर रस रूपी समुद्र का जल हुआ है। इनके स्वाभाविक ही बालकों के खेल के समान धरती से सूर्य तक के कुदान ने आकाश मण्डल को एक पग से भी कम कर दिया था। सब योद्धागण मस्तक नवा-नवाकर और हाथ जोड़-जोड़कर देखते हैं। इस प्रकार हनुमान जी का दर्शन पाने से उन्हें संसार में जीने का फल मिल गया।

गोपद पयोधि करि होलिका ज्यों लाई लंक,
निपट निसंक परपुर गलबल भो।
द्रोन-सो पहार लियो ख्याल ही उखारि कर,
कंदुक-ज्यों कपिखेल बेल कैसो फल भो।।
संकटसमाज असमंजस भो रामराज
काज जुग-पूगनिं को करतल पल भो।
साहसी समत्थ तुलसी को नाह जाकी बाँह,
लोकपाल पालन को फिर थिर थल भो।।6।।

समुद्र को गोखुर के समान करके निडर होकर लंका-जैसी (सुरक्षित नगरी को) होलिका के सदृश जला डाला, जिससे पराये शत्रु के पुर में गड़बड़ी मच गयी। द्रोण जैसा भारी पर्वत खेल में ही उखाड़ गेंद की तरह उठा लिया, वह कपिराज के लिए बेल-फल के समान क्रीड़ा की सामग्री बन गया। रामराज्य में अपार संकट (लक्ष्मण शक्ति) से असमंजस उत्पन्न हुआ (उस समय जिनके पराक्रम से) युगमसमूह में होने वाला काम पल भर में मुट्ठी में आ गया। तुलसी के स्वामी बड़े साहसी और सामर्थ्यवान् हैं, जिनको भुजाएँ लोकपालों को पालन करने तथा उन्हें फिर से स्थिरतापूर्वक बसाने का स्थान हुई।

कमठ की पीठि जाके गोड़नि की गाड़ैं मानो
नाप के भाजन भरि जलनिधि-जल भो।
जातूधान-दानव परावन को दुर्ग भयो,
महामीनबास तिमि तोमनि को थल भो।।
कुंभकर्न-रावन-पयोदनाद-ईंधन को
तुलसी प्रताप जाको प्रबल अनल भो।
भीषम कहत मेरे अनुमान हनुमान-
सरिखो त्रिकाल न त्रिलोक महाबल भो।। 7।।

कच्छप की पीठ में जिनके पाँव के गड्ढे समुद्र का जल भरने के लिए मानो नाप के पात्र (बर्तन) हुए। राक्षसों का नाश करते समय वह (समुद्र) ही उनके भागकर छिपने का गढ़ हुआ तथा वही बहुत से बड़े-बड़े मत्स्यों के रहने का स्थान हुआ। तुलसीदास जी कहते हैं-रावण, कुम्भकर्ण और मेघनाद रूपी ईंधन को जलाने के निमित्त जिनका प्रताप प्रचण्ड अग्नि हुआ। भीष्मपितामह कहते हैं-मेरी समझ में हनुमानजी के समान अत्यन्त बलवान् तीनों काल और तीनों लोक में कोई नहीं हुआ।

दूत रामराय को, सपूत पूत पौन को, तू
अंजनी को नंदन प्रताप भूति भानु सो।
सीय-सोच-समन, दुरित-दोष-दमन,
सरन आये अबन, लखनप्रिय प्रान सो।
दसमुख दुसह दरिद्र दरिबे को भयो,
प्रकट तिलोक ओक तुलसी निधान सो।
ज्ञान-गुणवान बलवान सेवा सावधान,
साहेब सुजान उर आनु हनुमान सो।। 8।।

आप राजा रामचन्द्र जी के दूत, पवनदेव के सुयोग्य पुत्र, अन्जनीदेवी को आनन्द देने वाले, असंख्य सूर्यो के समान तेजस्वी, सीताजी के शोकनाशक, पाप तथा अवगुण के नष्ट करने वाले, शरणागतों की रक्षा करनेवाले और लक्ष्मण जी को प्राणों के समान प्रिय हैं। तुलसीदास जी के दुस्सह दरिद्ररूपी रावण का नाश करने के लिए आप तीनों लोकों में आश्रयरूप प्रकट हुए हैं। अरे लोगों! तुम ज्ञानी, गुणवान्, बलवान् और सेवा (दूसरों को आराम पहुँचाने) में सजग हनुमान जी के समान चतुर स्वामी को अपने हृदय में बसाओ।

दवन-दुवन-दल भुवन-विदित बल,
बेद जस गावत बिबुध बंदीछोर को।
पाप-ताप-तिमिर तुहिन-विघटन पटु,
सेवक-सरोरुह सुखद भानु भोर को।।
लोक-परलोक तें बिसोक सपने न सोक,
तुलसी के हिये है भरोसो एक ओर को।
राम को दुलारो दास बामदेव को निवास,
नाम कलि-कामतरु केसरी-किसोर को।।9।।

दानवों की सेना को नष्ट करने में जिनका पराक्रम विश्वविख्यात है, वेद यश गान करते हैं कि देवताओं को कारागार से छुड़ाने वाला पवनकुमार के सिवा दूसरा कौन है? आप पापान्धकार और कष्टरूपी पाले को घटाने में प्रवीण तथा सेवकरूपी कमल को प्रसन्न करने के लिए प्रातःकाल के सूर्य के समान हैं। तुलसी के हृदय में एकमात्र हनुमान् जी का भरोसा है, स्वप्न में भी लोक और परलोक की चिन्ता नहीं, शोकरहित है, रामचन्द्र जी के दुलारे शिवस्वरूप (ग्यारह रुद्र में एक) केसरी नन्दन का नाम कलिकाल में कल्पवृक्ष के समान है।

महाबल-सीम, महाभीम, महाबानइत,
महाबीर बिदित बरायो रघुवीर को।
कुलिस-कठोर तनु जोर परै रोर रन,
करुना-कलित मन धारमिक धीर को।।
दुर्जन को कालसो कराल पाल सज्जन को,
सुमिरे हरनहार तुलसी की पीर को।
सीय-सुखदायक दुलारो रघुनायक को,
सेवक सहायक है साहसी समीर को।।10।।

आप अत्यन्त पराक्रम की हद, अतिशय कराल, बड़े बहादुर और रघुनाथ जी द्वारा चुने हुए महाबलवान् विख्यात योद्धा हैं। वज्र के समान कठोर शरीरवाले जिनके जोर पड़ने अर्थात् बल करने से रणस्थल में कोलाहल मच जाता है, सुन्दर करुणा एवं धैर्य के स्थान और मन से धर्माचरण करने वाले हैं। दुष्टों के लिए काल के समान भयावने, सज्जनों को पालने वाले और स्मरण करने से तुलसी के दुःख को हरने वाले

हैं। सीता जी को सुख देनेवाले रघुनाथ जी के दुलारे और सेवकों की सहायता करने में पवनकुमार बड़े ही साहसी हैं।

रचिबे को बिधि जैसे, पालिबे को हरि, हर
मीच मारिबे को, ज्याइबे को सुधापान भो।
धरिबे को धरनि, तरनि तम दलिबे को,
सेखिबे कृसानु, पोषिबे को हिम-भानु भो।।
खल-दुख-दोषिबे को, जनपरितोषिबे को,
माँगिबो मलीनता को मोदक सुदान भो।
आरत की आरति निवारिबे को तिहूँ पुर,
तुलसी को साहेब हठीलो हनुमान भो।। 11।।

आप सृष्टि रचना के लिए ब्रह्मा, पालन करने को विष्णु, मारने को रुद्र और जिलाने के लिए अमृतपान के समान हुए; धारण करने में धरती, अन्धकार को नसाने में सूर्य, सुखाने में अग्नि, पोषण करने में चंद्रमा और सूर्य हुए; खलों को दुःख देने और दूषित बनाने वाले, सेवकों को सन्तुष्ट करने वाले एवं मांगनारूपी मैलेपन का विनाश करने में मोदक दाता हुए। तीनों लोकों में दुखियों के दुःख छुड़ाने के लिए तुलसी के स्वामी श्री हनुमान् जी दृढ़प्रतिज्ञ हुए हैं।

सेवक स्योकाई जानि जानकीस मानै कानि,
सानुकूल सूलपानि नवै नाथ नाँक को।
देवी देव दानव दयावने ह्वै जोरैं हाथ,
बापुरे बराक कहा और राजा राँक को।।
जागत सोवत बैठे बागत बिनोद मोद,
ताकै जो अनर्थ सो समर्थ एक आँक को।
सव दिन रूरौ परै पूरो जहाँ-तहाँ ताहि,
जाके है भरोसो हिये हनुमान हाँक को।। 12।।

सेवक हनुमान् जी की सेवा समझकर जानकीनाथ ने संकोच माना अर्थात् एहसान से दब गये, शिवजी पक्ष में रहते और स्वर्ग के स्वामी इन्द्र नवते हैं। देवी-देवता, दानव सब दया के पात्र बन कर हाथ जोड़ते हैं, फिर दूसरे बेचारे दरिद्र-दुखिया राजा कौन चीज हैं। जागते, सोते, बैठते, डोलते, क्रीड़ा करते और आनन्द

में मग्न (पवन कुमार क़े) सेवक का अनिष्ट चाहेगा ऐसा कौन सिद्धान्त का समर्थ है? उसका जहाँ-तहाँ सब दिन श्रेष्ठ रीति से पूरा पड़ेगा, जिसके हृदय में अंजनी कुमार की हाँक का भरोसा है।

सानुग सगौरि सानुकूल सूलपानि ताहि,
लोकपाल सकल लखन राम जानकी।
लोक परलोक को बिसोक्त सो तिलोक ताहि,
तुलसी तमाइ कहा काहू बीर आन की।।
केसरी किसोर बन्दीछोर के नेवाजे सब,
कीरति बिमल कपि करुनानिधान की।
बालक-ज्यों पालिहैं कृपालु मुनि सिद्ध ताको,
जाके हिये हुलसति हाँक हनुमान की।। 13।।

जिसके हृदय में हनुमान् जी की हाँक उल्लसित होती हैं, उस पर अपने सेवकों और पार्वती जी के सहित शंकर भगवान्, समस्त लोकपाल, श्रीरामचन्द्र, जानकी और लक्ष्मण जी भी प्रसन्न रहते हैं। तुलसीदास जी कहते हैं फिर लोक और परलोक में शोकरहित हुए उस प्राणी को तीनों लोकों में किसी योद्धा के आश्रित होने की क्या लालसा होगी? दया निकेतन केसरीनन्दन निर्मल कीर्ति वाले हनुमान् जी के प्रसन्न होने से सम्पूर्ण सिद्ध मुनि उस मनुष्य पर दयालु होकर बालक के समान पालन करते हैं, उस करुणा निधान कपीश्वर की कीर्ति ऐसी ही निर्मल है।

करुना निधान, बलबुद्धि के निधान, मोद-
महिमानिधान, गुन-ज्ञान के निधान हौ।
बामदेव-रूप, भूप राम के सनेही, नाम
लेत-देत अर्थ धर्म काम निरबान ही।।
आपने प्रभाव, सीतानाथ के सुभाव सील,
लोक-बेद-बिधि के बिदुष हनुमान हौ।
मन की, बचन की, करम की तिहूँ प्रकार,
तुलसी तिहारो तुम साहेब सुजान हौ।। 14।।

तुम दया के स्थान, बुद्धिबल के धाम, आनन्दमहिमा के मन्दिर और गुण-ज्ञान के निकेतन हो; राजा श्रीरामचन्द्र के स्नेही, शंकर जी के रूप और नाम लेने से अर्थ,

धर्म, काम, मोक्ष के देने वाले हो। हे हनुमान् जी! आप अपनी शक्ति से श्री रघुनाथ जी के शील-स्वभाव, लोक-रीति और वेद-विधि के पण्डित हो! मन, वचन, कर्म तीनों प्रकार से तुलसी आपका दास है, आप चतुर स्वामी हैं। अर्थात् भीतर-बाहर की सब जानते हैं।

मनको अगम, तन सुगम किये कपीस,
काज महाराज के समाज साज साजे हैं।
देव-बंदीछोर रनरोर केसरीकिसोर,
जुग-जुग जग तेरे बिसद बिराजे हैं।।
बीर बरजोर, घटि जोर तुलसी की ओर,
सुनि सकुचाने साधु खलगन गाजे हैं।
बिगरी संवार अंजनीकुमार कीजे मोहिं,
जैसे होत आये हनुमान के निवाजे हैं।। 15।।

हे कपिराज! महाराज रामचन्द्र जी के कार्य के लिए सारा साज-समाब सजकर जो काम मन को दुर्गम था, उसको आपने शरीर से करके सुलभ कर दिया। हे केसरी किशोर! आप देवताओं को बन्दीखाने से मुक्त करने वाले, संग्राम भूमि में कोलाहल मचाने वाले हैं, और आपकी नामवरी युग-युग से संसार में विराजती है। हे जबरदस्त योद्धा! आपका बल तुलसी के लिए क्यों घट गया, जिसको सुनकर साधु सकुचा गये हैं और दुष्टगण प्रसन्न हो रहे हैं। हे अंजनी कुमार। मेरी बिगड़ी बात उसी तरह सुधारिये जिस प्रकार आपके प्रसन्न होने से होती आयी है।

।। सवैया।।

जानसिरोमनि हौ हनुमान सदा जनके मन बास तिहारो।
ढारो बिगारो मैं काको कहा केहि कारन खीझत हौं तो तिहारो।।
साहेब सेवक नाते ते हातो कियो सो तहाँ तुलसी को च चांरो।
दोष सुनाये तें आगेहुंको होशियार ह्वै हों मन तौ हिय हारो।। 16।।

हे हनुमान् जी! आप ज्ञान शिरोमणि हैं और सेवकों के मन में आपका सदा निवास है। मैं किसी का क्या गिराता व बिगाड़ता हूँ। फिर आप किस कारण अप्रसन्न हैं, मैं तो आपका दास हूँ। हे स्वामी! आपने मुझे सेवक के नाते से च्युत कर दिया इसमें तुलसी का कोई वश नहीं है। यद्यपि मन हृदय में हार गया है तो भी मेरा अपराध सुना दीजिये, जिससे मैं आगे के लिए होशियार हो जाऊँ।

तेरे थपे उथपै न महेस, थपै थिरको कपि जे घर घाले।
तेरे निवाजे गरीबनिवाज बिराजत वैरिन के उर साले।।
संकट सोच सबै तुलसी लिये नाम फटै मकरी के से जाले।
बूढ़ भये, बलि, मोरिहि बार, कि हारि परे बहुतै नत पाले।। 17।।

हे वानरराज! आपके बसाये हुए को शंकर भगवान् भी नहीं उजाड़ सकते और जिस घर को आपने नष्ट कर दिया उसको कौन बसा सकता है? हे गरीबनवाज! आप जिस पर प्रसन्न हुए, वे शत्रुओं के हृदय में पीड़ारूप होकर विराजते हैं। तुलसीदास जी कहते हैं आपका नाम लेने से सम्पूर्ण संकट और सोच मकड़ी के जाल के समान फट जाते हैं। बलिहारी! क्या आप मेरी ही बार बूढ़े हो गये अथवा बहुत से गरीबों का पालन करते करते अब थक गये हैं? (इसी से मेरा संकट दूर करने में ढील कर रहे हैं)।

सिंधु तरे, बड़े वीर दले खल, जारे हैं लंकसे बंक मवा से।
तैं रन-केहरि केहरि के बिदले अरि-कुंजर छैल छवा से।।
तोसों समत्थ सुसाहेब सेइ सहै तुलसी दुख दोष दवा से।
बानर बाज बढ़े खल-खेचर, लीजत क्यों न लपेटि लवा-से।। 18।।

आपने समुद्र लांघकर बड़े-बड़े दुष्ट राक्षसों का विनाश करके लंका जैसे विकट गढ़ को जलाया। हे संग्रामरूपी वन के सिंह! राक्षस शत्रु बने-ठने हाथी के बच्चे के समान थे, आपने उनको सिंह की भाँति विनष्ट कर डाला। आपके बराबर समर्थ और अच्छे स्वामी की सेवा करते हुए तुलसी दोष और दुःख की आग को सहन करे (यह आश्चर्य की बात है)। हे वानररूपी बाज! बहुत से दुष्टजन रूपी पक्षी बढ़ गये हैं, उनको आप बटेर के समान क्यों नहीं लपेट लेते?

अच्छ-बिमर्दन कानन-भानि दसानन आनन भा न निहारो।
बारिदनाद अकंपन कुम्भकरन्न से कुंजर केहरि-बारो।।
राम-प्रताप-हुतासन, कच्छ, बिपच्छ, समीर समीरदुलारो।
पाप तें, साप तें, ताप तिहूँ तें सदा तुलसी कहँ सो रखवारो।। 19।।

हे अक्षयकुमार को मारने वाले हनुमान जी! आपने अशोकवाटिका को विध्वंस किया और रावण जैसे प्रतापी योद्धा के मुख के तेज की ओर देखा तक नहीं अर्थात् उसकी कुछ भी परवाह नहीं की। आप मेघनाद, अकम्पन और कुम्भकर्ण सरीखे

हाथियों के मद को चूर करने में किशोरावस्था के सिंह हैं। विपक्षरूप तिनकों के ढेर के लिए भगवान् राम का प्रताप अग्नितुल्य है और पवनकुमार उसके लिये पवनरूप हैं। वे पवननन्दन ही तुलसीदास को सर्वदा पाप, शाप और संताप-तीनों से बचाने वाले हैं।

।। घनाक्षरी ।।

जानत जहान हनुमान को निवाज्यौ जन,
मन अनुमानि, बलि, बोल न बिसारिये।
सेवा-जोग तुलसी कबहुँ कहा चूक परी,
साहेब सुभाव कपि साहिबी संभारिये।।
अपराधी जानि कीजै सासति सहस भाँति,
मोदक मरै जो, ताहि माहुर न मारिये।
साहसी समीर के दुलारे रघुबीरजू के,
बाँह पीर महाबीर बेगि ही निवारिये।। 20 ।।

हे हनुमान् जी! बलि जाता हूँ, अपनी प्रतिज्ञा को न भुलाइये, जिसकी संसार जानता है, मन में बिचारिये, आपका कृपापात्र जन बाधारहित और सदा प्रसन्न रहता है। हे स्वामी कपिराज! तुलसी कभी सेवा के योग्य था? क्या चूक हुई है, अपनी साहिबी को संभालिये। मुझे अपराधी समझते हो तो सहस्रों भाँति की दुर्दशा कीजिये, किन्तु जो लड्डू देने से मरता हो उसको विष से न मारिये। हे महाबली, साहसी, पवन के दुलारे, रघुनाथ जी के प्यारे! भुजाओं की पीड़ा को शीघ्र ही दूर कीजिये।

बालक बिलोकि, बलि, बारेतें आपनो कियो,
दीनबन्धु दया कीन्हीं निरुपाधि न्यारिये।
रावरो भरोसो तुलसी के, रावरोई बल,
आस रावरीयै, दास रावरो बिचारिये।।
बड़ो बिकराल कलि, काको न बिहाल कियो,
माथे पगु बली को, निहारि सो निवारिये।
केसरीकिसोर, रनरोर, बरजोर वीर,
बाँहुपीर राहुमातु ज्यौं पछारि मारिये।। 21 ।।

हे दीनबन्धु! बलि जाता हूँ, बालक को देखकर आपने लड़कपन से ही अपनाया और मायारहित अनोखी दया की। सोचिये तो सही, तुलसी आप का दास है, इसको आपका भरोसा, आपका ही बल और आपकी ही आशा है। अत्यन्त भयानक कलिकाल ने किसको बेचैन नहीं किया? इस बलवान् का पैर मेरे मस्तक पर भी देखकर उसको हटाइये। हे केशरीकिशोर, बरजोर वीर! आप रण में कोलाहल उत्पन्न करने वाले हैं, राहु की माता सिंहिका के समान बाहु की पीड़ा को पछाड़ कर मार डालिये।

उथपे थपनथिर थपे उथपनहार,
केसरीकुमार बल आपनो संभारिये।
राम के गुलामनि को कामतरु रामदूत,
मोसे दीन दूबरे को तकिया तिहारिये।।
साहेब समर्थ तोसों तुलसी के माथे पर,
सोऊ अपराध बिनु वीर, बांधि मारिये।
पोखरी बिसाल बाँहु, बलि बारिचर पीर,
मकरी ज्यौं पकरिकै बदन बिदारिये।।22।।

हे केशरीकुमार! आप उजड़े हुए (सुग्रीव-विभीषण) को बसाने वाले और बसे हुए (रावणादि) को उजाड़ने वाले हैं, अपने उस बल का स्मरण कीजिये। हे रामदूत! रामचन्द्र जी के सेवकों के लिए आप कल्पवृक्ष हैं और मुझ-खरीखे-दीन दुर्बलों को आपका ही सहारा है। हे वीर! तुलसी के माथे पर आपके समान समर्थ स्वामी विद्यमान रहते हुए भी वह बाँधकर मारा जाता है। बलि जाता हूँ, मेरी भुजा विशाल पोखरी के समान है और यह पीड़ा उसमें जलचर के सदृश हैं, सो आप मकरी के समान इस जलचरी को पकड़कर इसका मुख फाड़ डालिये।

राम को सनेह, राम साहस लखन सिय,
राम की भगति, सोच संकट निवारिये।
मुद-मरकट रोग-बारिनिधि हेरि हारे,
जीव-जामवंत को भरोसो तेरो भारिये।।
कूदिये कृपाल तुलसी सुप्रेम-पब्बयतें,
सुथल सुबेल भालु बैठिकै बिचारिये।

महाबीर बाँकुरे बराकी बाँहपीर क्यों न
लंकिनी ज्यों लातघात ही मरोरि मारिये।।23।।

मुझमें रामचन्द्र जी के प्रति स्नेह, रामचन्द्र जी की भक्ति, रामलक्ष्मण और जानकी की कृपा से साहस (दृढ़तापूर्वक कठिनाइयों का सामना करने की हिम्मत) है, अतः मेरे शोक संकट को दूर कीजिये। आनन्दरूपी बन्दर रोगरूपी अपार समुद्र को देखकर मन में हार गए हैं, जीवनरूपी जामवन्त को आपका बड़ा भरोसा है। हे कृपालु! तुलसी के सुन्दर प्रेमरूपी पर्वत से कूदिये, श्रेष्ठ स्थान (हृदय) रूपी सुबेल पर्वत पर बैठे हुए जीव रूपी जामवन्त जी सोचते (प्रतीक्षा करते) हैं। हे महाबली बाँके योद्धा! मेरे बाहु की पीड़ारूपिणी लंकिनी को लात की चोट से क्यों नहीं मरोड़कर मार डालते हैं?

लोक-परलोकहूं तिलोक न बिलोकियत,
तोसे समरथ चष चारिहूँ निहारिये।
कर्म, काल, लोकपाल, अग जग, जीवजाल,
नाथ हाथ सय निज महिमा बिचारिये।।
खास दास रावरो, निवास तेरो तासु उर,
तुलसी सो देव दुखी देखियत भारिये।
बात तरुमूल बाँहूसूल कपिकच्छु-वेलि,
उपजी सकेलि कपिकेलि ही उखारिये।।24।।

लोक, परलोक और तीनों लोकों में चारों ओर नेत्रों से देखता हूँ, आपके समान योग्य कोई नहीं दिखाई देता है। हे नाथ! कर्म, काल, लोकपाल तथा सम्पूर्ण स्थावर-जंगम जीवसमूह आपके ही हाथ में है, अपनी महिमा को विचारिये। हे देव! तुलसी आपका निजी सेवक है, उसके हृदय में आपका निवास है और वह भारी दुखी दिखायी देता है। वातव्याधि जनित बाहु की पीड़ा केवांच की लता के समान है, उसकी उत्पन्न हुई जड़ को बटोरकर वानरी खेल से उखाड़ डालिये।

करम-कराल-कंस भूमिपाल के भरोसे,
बकी बकभगिनी काहूतें कहा डरैगी।
बड़ी बिकराल बालघातिनी न जात कहि,
बाँहुबल बालक छबीले छोटे छरैगी।।

आई है बनाइ वेष आप ही विचारि देख,
पाप जाय सब को गुनी के पाले परैगी।
पूतना पिसाचिनी ज्यौं कपिकान्ह तुलसी की,
बाँहपीर महावीर, तोरे मारे मरैगी।। 25।।

कर्मरूपी भयंकर कंसराज के भरोसे बकासुर की बहिन पूतना राक्षसी क्या किसी से डरेगी? बालकों को मारने में बड़ी भयावनी, जिसकी लीला कही नहीं जाती है, वह अपने बाहुबल से छोटे छबिमान शिशुओं को छलेगी। आप ही विचार कर देखिये, वह सुन्दर रूप बनाकर आयी है, यदि आप-सरीखे गुणी के पाले पड़ेगी तो सभी का पाप दूर हो जायेगा। हे महाबली कपिराज! तुलसी की बाहु की पीड़ा पूतना पिशाचिनी के समान है और आप बालकृष्यरूप हैं, यह आपके ही मारने से मरेगी।

भाल की कि काल की कि रोष की त्रिदोष की है,
बेदन विषम पाप-ताप छलछाँह की।
करमन कूट की कि जंत्रमंत्र बूट की,
पराहि जाहि पापिनी मलीन मनमाँह की।।
पैहहि सजाय नत कहत बजाय तोहि,
बावरी न होहि बानि जानि कपिनाँह की।
आन हनुमान की दोहाई बलवान की,
सपथ महावीर की जो रहै पीर बाँह की।। 26।।

यह कठिन पीड़ा कपाल की लिखावट है या समय, क्रोध अथवा त्रिदोष का या मेरे भयंकर पापों का परिणाम है, बुःख किंवा धोखे की छाया है। मारणादि प्रयोग अथवा यन्त्र मन्त्ररूपी वृक्ष का फल है; अरी मन की मैली पापिनी पूतना! भाग जा, नहीं तो मैं डंका पीटकर कहे देता हूँ कि कपिराज का स्वभाव जानकर तू पगली न बने। जो बाहु की पीड़ा रहे तो मैं महाबीर बलवान् जी की दुहाई और सौगन्ध करता हूँ अर्थात् अब वह नहीं रह सकती।

सिंहिका सँहारि बल, सुरसा सुधारि छल,
लंकिनी पछारि मारि बाटिका उजारी है।
लंक परजारि मकरी बिदारि बारबार,
जातुधान धारि धूरिधानी करि डारी है।।

तोरि जमकातरि मदोदरि कढ़ोरि आनी,
रावन की रानी मेघनाद की महँतारी है।
भीर बाँहपीर की निपट राखी महाबीर,
कौन के सकोच तुलसी के सोच भारी है।।27।।

सिंहिका के बल का संहार करके, सुरसा के छल को सुधारकर लंकिनी को मार गिराया और अशोकवाटिका को उजाड़ डाला। लंकापुरी को अच्छी तरह से जलाकर मकरी को विदीर्ण करके बारम्बार राक्षसों की सेना का विनाश किया। यमराज का खड्ग अर्थात् परदा फाड़कर मन्दोदरी को राजमहल से बाहर निकाल लाये। हे महाबली कपिराज! तुलसी को बड़ा सोच है, किसके संकोच में पड़कर आपने केवल मेरे बाहु की पीड़ा के भय को छोड़ रखा है।

तेरो बालकेलि बीर सुनि सहमत धीर,
भूलत सरीरसुधि सक्र-रबि-राहु की।
तेरी बाँह बसत बिसोक लोकपाल सब,
तेरो नाम लेत रहै आरती न काहु की।।
साम दान भेद विधि बेदहू लबेद सिधि,
हाथ कपिनाथ ही के चोटी चोर साहु की।।
आलस अनख परिहास कै सिखावन है,
एते दिन रही पीर तुलसी के बाहु की।।28।।

हे वीर! आपके लड़कपन का खेल सुनकर धीरजवान् भी भयभीत हो जाते हैं और इन्द्र, सूर्य तथा राहु को अपने शरीर की सुध भूल जाती है। आपके बाहुबल से सब लोकपाल शोकरहित होकर बसते हैं और आपका नाम लेने से किसी का दुःख नहीं रह जाता। साम दान और भेद नीति का विधान तथा वेद-लवेद से भी सिद्ध है कि चोर-साहु की चोटी कपिनाथ के ही हाथ में रहती है। तुलसीदास के जो इतने दिन बाहु की पीड़ा रही है सो क्या आपका आलस्य है अथवा क्रोध, परिहास या शिक्षा है।

टूकनि को घर-घर डोलत कँगाल बोलि,
बाल ज्यों कृपाल नतपाल पालि पोसो है।
कीन्हीं है संभार सार अंजनीकुमार बीर,
आपनो बिसारिहैं न मेरेहू भरोसो है।।

इतनो परेखो सब भाँति समरथ आजु,
कपिराज साँची कहौं को तिलोक तोसो है।
सासति सहत दास कीजे पेखि परिहास,
चीरी को मरन खेल बालकनिको सो है।। 29।।

हे गरीबों के पालन करने वाले कृपानिधान! टुकड़े के लिए दरिद्रतावश घर-घर में डोलता फिरता था, आपने बुलाकर बालक के समान मेरा पालन-पोषण किया है। हे वीर अंजनीकुमार! मुख्यतः आपने ही मेरी रक्षा की है, अपने जन को आप न भुलायेंगे, इसका मुझे भी भरोसा है। हे कपिराज! आज आप सब प्रकार समर्थ हैं, मैं सच कहता हूँ, आप के समान भला तीनों लोकों में कौन हैं? किन्तु मुझे इतना परेखा (पछतावा) है कि यह सेवक दुर्दशा सह रहा है, लड़कों का खेलवाड़ होने के समान चिड़िया की मृत्यु हो रही है और आप तमाशा देखते हैं।

आपने ही पापतें त्रितापतें कि सापतें,
बढ़ी है बाँहबेदन कही न सहि जाति है।
औषध अनेक जंत्र-मंत्र-टोटकादि किये,
बादि भये देवता मनाये अधिकाति है।।
करतार, भरतार, हरतार, कर्म, काल,
को है जगजाल जो न मानत इताति है।
चेरो तेरो तुलसी तू मेरो कह्यो रामदूत,
ढील तेरी बीर मोहि पीरतें पिराति है।। 30।।

मेरे ही पाप व तीनों ताप अथवा शाप से बाहु की पीड़ा बढ़ी हैं, वह न कही जाती और न सही जाती है। अनेक औषधि, यन्त्र-मन्त्र-टोटकादि किये, देवताओं को मनाया, पर सब व्यर्थ हुआ, पीड़ा बढ़ती ही जाती है। ब्रह्मा, विष्णु, महेश, कर्म, काल और संसार का समूह-जाल कौन है जो आपको न मानता हो। हे रामदूत! तुलसी आपका दास है और आपने इसको अपना सेवक कहा है। हे वीर! आपकी यह ढील मुझे इस पीड़ा से अधिक पीड़ित कर रही है।

दूत रामराय को, सपूत पूत बाय को,
समत्थ हाथपाय को सहाय असहाय को।
बॉकी बिरदावली बिदित बेद गाइयत,
रावन सो भट भयो मुठिका के घाय को।।

एते बड़े साहेब समर्थ को निवाजो आज,
सीदत सुसेवक बचन मन काय को।
थोरी बाँहपीर की बड़ी गलानि तुलसी को,
कौन पाप कोप, लोष प्रगट प्रभाय को।। 31।।

आप राजा रामचन्द्र के दूत, पवनदेव के सत्पुत्र, हाथ-पाँव के समर्थ और निराश्रितों के सहायक हैं। आपके सुन्दर यश की कथा विख्यात है, वेदगान करते हैं और रावण-जैसा त्रिलोकी विजयी योद्धा आपके घूसे की चोट से घायल हो गया। इतने बड़े योग्य स्वामी के अनुग्रह करने पर भी आपका श्रेष्ठ सेवक आज तन-मन-वचन से दुःख पा रहा है। तुलसी को इस थोड़ी सी बाहु पीड़ा की ग्लानि है, मेरे कौन-से पाप के कारण व क्रोध से आपका प्रत्यक्ष प्रभाव लुप्त हो गया है?

देवी देव दनुज मनुज मुनि सिद्ध नाग,
छोटे बड़े जीव जेते चेतन अचेत हैं।
पूतना पिसाची जातुधानी जातुधान बाम,
रामदूत की रजाइ माथे मानि लेत हैं।।
घोर जंत्र मंत्र कूट कपट कुरोग जोग,
हनूमान आन सुनि छाड़त निकेत हैं।
क्रोध कीजे कर्म को प्रबोध कीजे तुलसी को,
सोध कीजे तिनको जो दोष दुख देत हैं।। 32।।

देवी, देवता, दैत्य, मनुष्य, मुनि, सिद्ध और नाग आदि छोटे-बड़े जितने जड़ चेतन जीव हैं तथा पूतना, पिशाचिनी, राक्षसी-राक्षस जितने कुटिल प्राणी हैं, वे सभी रामदूत पवनकुमार की आज्ञा शिरोधार्य करके मानते हैं। भीषण यन्त्र-मन्त्र, धोखाधड़ी, छलबाज और दुष्ट रोगों के आक्रमण हनुमान जी की दुहाई सुनकर स्थान छोड़ देते हैं। मेरे खोटे कर्म पर क्रोध कीजिये, तुलसी को सिखावन दीजिये और जो दोष हमें दुःख देते हैं उनका सुधार कीजिये।

तेरे बल बानर जिताये रन रावनसों,
तेरे घाले जातुधान भये घर-घर के।
तेरे बल रामराज किये सब सुरकाज,
सकल समाज साज साजे रघुबर के।।

तेरो गुनगान सुनि गीरबान पुलकत,
सजल बिलोचन बिरंचि हरि हर के।
तुलसी के माथे पर हाथ फेरो कीसनाथ,
देखिये न दास दुखी तोसे कनिगर के।। 33।।

आपके बल ने युद्ध में वानरों को रावण से जिताया और आपके ही नष्ट करने से राक्षस घर-घर के (तीन तेरह) हो गये। आपके ही बल से राजा रामचन्द्रजी ने देवताओं का सब काम पूरा किया और आपने ही रघुनाथ जी के समाज का सम्पूर्ण साज सजाया। आपके गुणों का गान सुन कर देवता रोमांचित होते हैं और ब्रह्मा, विष्णु, महेश की आँखों में जल भर आता है। हे वानरों के स्वामी! तुलसी के माथे पर हाथ फेरिये, आप जैसे अपनी मर्यादा की लाज रखने वालों के दास कभी दुःखी नहीं देखे गये।

पालो तेरे टूक को परेहू चूक मूकिये न,
कूर कौड़ी दूको हौं आपनी ओर हेरिये।
भोरानाथ भोरेही सरोष होत थोरे दोष,
पोषि तोषि थापि आपनो न अवडेरिये।।
अंबु तू हौं अंबुचर, अंब तू हौं डिंभ, सो न,
बूझिये बिलंव अवलंब मेरे तेरिये।
बालक बिकल जानि पाहि प्रेम पहिचानि,
तुलसी की बाँह पर लामीलूम फेरिये।। 34।।

आपके टुकड़ों से पला हूँ, चूक पड़ने पर भी मौन न हो जाइये। मैं कुमार्गी दो कौड़ी का हूँ, पर आप अपनी ओर देखिये। हे भोलानाथ! अपने भोलेपन से ही आप थोड़े दोष से रुष्ट हो जाते हैं, सन्तुष्ट होकर मेरा पालन करके मुझे बसाइये, अपना सेवक समझकर दुर्दशा न कीजिये। आप जल हैं तो मैं मछली हूँ, आप माता हैं तो मैं छोटा बालक हूँ, देरी न कीजिये, मुझको आपका ही सहारा है। बच्चे को व्याकुल जानकर प्रेम की पहचान करके रक्षा कीजिये, तुलसी की बाँह पर अपनी लम्बी पूँछ फेरिये (जिससे पीड़ा निर्मूल हो जाये)।

घेरि लियो रोगनि कुजोगनि कुलोगनि ज्यौं,
बसर जलद घन घटा धुकि धाई है।

बरसत बारि पीर जारिये जवासे जस,
रोष बिनु दोष, धूम-मूल मलिनाई है।।
करुनानिधान हनुमान महाबलवान,
हेरि हँसि हाँकि फूँकि फौजें तैं उड़ाई है।
खाये हतो तुलसी कुरोग राढ़ राकसनि,
केसरीकिसोर राखे बीर बरिआई है।।35।।

रोगों, बुरे योगों और दुष्ट लोगों ने मुझे इस प्रकार घेर लिया है जैसे दिन में बादलों का घना समूह झपटकर आकाश में दौड़ता है। पीड़ारूपी जल बरसाकर इन्होंने क्रोध करके बिना अपराध यशरूपी जवासे को अग्नि की तरह झुलसाकर मूर्छित कर दिया है। हे दयानिधान महाबलवान् हनुमान जी! आप हंसकर निहारिये और ललकार कर विपक्षी की सेना को अपनी फूंक से उड़ा दीजिये। हे केसरीकिशोर वीर! तुलसी को कुरोगरूपी निर्दय राक्षस ने खा लिया था, आपने जोरावरी से मेरी रक्षा की है।

।। सवैया ।।

रामगुलाम तुही हनुमान गोसाँइ सुसाँइ सदा अनुकूलो।
पाल्यो हौं बाल ज्यों आखर दू पितु मातु सो मंगल मोद समूलो।।
बाँह की बेदन बाँहपगार पुकारत आरत आनँद भूलो।
श्रीरघुबीर निवारिये पीर रहौं दरबार परो लटि लूलो।।36।।

हे गोस्वामी हनुमान जी! आप श्रेष्ठ स्वामी और सदा श्रीरामचन्द्र जी के सेवकों के पक्ष में रहने वाले हैं। आनन्द-मंगल के मूल दोनों अक्षरों (राम नाम) ने माता पिता के समान पालन किया है। हे बाहुपगार (भुजाओं का आश्रय देने वाले)! बाहु की पीड़ा से मैं सारा आनन्द भुलाकर दुखी होकर पुकार रहा हूँ। हे रघुकुल के बीर! पीड़ा को दूर कीजिये, जिससे दुर्बल और पंगु होकर भी आपके दरबार में पड़ा रहूँ।

।। घनाक्षरी ।।

काल की करालता करम कठिनाई कीधौं,
पाप के प्रभाव की सुभाय बाय बावरे।
बेदन कुभाँति सो सही न जाति राति दिन,
सोई बाँह गही जो गही समीरडावरे।।

लायो तरु तुलसी तिहारो सो निहारि बारि,
सोचिये मलीन भो तयो है तिहूँ तावरे।
भूतनि की आपनी पराये की कृपानिधान,
जानियत सबही की रीति राम रावरे।। 37।।

न जाने काल की भयानकता है कि कर्मों की कठिनता है, पाप का प्रभाव है अथवा स्वाभाविक बात की उन्मत्तता है। रात-दिन बुरी तरह की पीड़ा हो रही है जो सही नहीं जाती और उसी बाँह को पकड़े हुए हैं जिसको पवनकुमार ने पकड़ा था। तुलसीरूपी वृक्ष आपका ही लगाया हुआ है। यह तीनों तापों की ज्वाला से झुलस कर मुरझा गया है, इसकी ओर निहारकर कृपारूपी जल से सीचिये। हे दयानिधान रामचन्द्रजी! आप भूतों की, अपनी और पराये की सबकी रीति जानते हैं।

पायँपीर पेटपीर बाँहपीर मुँहपीर,
जरजर सकल सरीर पीरमई है।
देव भूत पितर करम खल काल ग्रह,
मोहि पर दवरि दमानक सी दई है।।
हौं तो बिन मोल के विकानो बलि बारेही तें,
ओट रामनाम की ललाट लिखि लई है।
कुंभज के किंकर बिकल बूड़े गोखुरनि,
हाय रामराय ऐसी हाल कहूँ भई है।। 38।।

गाँव की पीड़ा, पेट की पीड़ा, बाहु की पीड़ा और मुख की पीड़ा--सारा शरीर पीड़ामय होकर जीर्ण शीर्ण हो गया है। देवता, प्रेत, पितर, कर्म, काल और दुष्टग्रह-सब साथ ही दौरा करके मुझ पर तोपों की बाढ़ सी दे रहे हैं। बलि जाता हूँ। मैं तो लड़कपन से ही आपके हाथ बिना मोल बिका हुआ हूँ और अपने कपाल में रामनाम का आधार लिख लिया है। हाय रामचन्द्र जी! कहीं ऐसी दशा भी हुई है कि अगस्त्य मुनि का सेवक गाय के खुर में डूब गया हो।

बाहुक-सुबाहु नीच लीचर-मरीच मिलि,
मुंहपीर-केंतुजा कुरोग जातुधान हैं।।
रामनाम जपजाग कियो चहों सानुराग,
काल कैसे दूत भूत कहा मेरे मान है।।

सुमिरे सहाय रामलखन आखर दोऊ,
जिनके समूह साके जागत जहान हैं।
तुलसी सँभारि ताड़का-सँहारि भारी भट,
बेधे बरगद से बनाइ बानवान हैं।। 39।।

बाहु की पीड़ारूप नीच सुबाहु और देह की अशक्तिरूप मारीच राक्षस और ताड़कारूपिणी मुख की पीड़ा एवं अन्यान्य बुरे रोग रूप राक्षसों से मिल हुए हैं। मैं रामनाम का जपरूपी यज्ञ प्रेम के साथ करना चाहता हूँ, पर कालदूत के समान ये भूत क्या मेरे काबू के हैं? (कदापि नहीं।) संसार में जिनकी बड़ी नामवरी हो रही है वे (रा और म) दोनों अक्षर स्मरण करने पर मेरी सहायता करेंगे। हे तुलसी! तू ताड़का का वध करने वाले भारी योद्धा का स्मरण कर वह इन्हें अपने बाण का निशाना बनाकर बड़ के फल के समान भेदन (स्थानच्युत) कर देंगे।

बालपने सूधे मन राम सनमुख भयो,
रामनाम लेत माँगि खात टूकटाक हौं।
पर्‌यो लोकरीति में पुनीत प्रीति रामराय,
मोहबस बैठो तोरि तरकितराक हौं।।
खोटे-खोटे आचरन आचरत अपनायो,
अंजनीकुमार सोध्यो रामपानि पाक हौं।
तुलसी गोसाई भयो भोड़े दिन भूलि गयो,
ताको फल पावत निदान परिपाक हौं।। 40।।

मैं बाल्यावस्था से ही सीधे मन से श्रीरामचन्द्रजी के सम्मुख हुआ, मुँह से रामनाम लेता टुकड़ा-टुकड़ी माँगकर खाता था। (फिर युवावस्था में) लोकरीति में पड़कर अज्ञानवश राजा रामचन्द्र जी के चरणों की पवित्र प्रीति को चटपट (संसार में) कूदकर तोड़ बैठा। उस समय खोटे-खोटे आचरणों को करते हुए मुझे अंजनीकुमार ने अपनाया और रामचन्द्रजी के पुनीत हाथों से मेरा सुधार करवाया। तुलसी गोसाई हुआ, पिछले खराब दिन भुला दिये, आखिर उसी का फल आज अच्छी तरह पा रहा हूँ।

असन-बसन-होन बिसम-बिषाद-लीन,
देखि दीन दूबरो करै न हाय-हाय को।
तुलसी अनाथ सो सनाथ रघुनाथ कियो,
दियो फल सीलसिंधु आपने सुभाय को।।

नीच यहि बीच पति पाइ भरुहाइगो,
बिहाइ प्रभु-भजन बचन मन काय को।
तातें तनु पेषियत घोर बरतोर मिस,
फूटि-फूटि निकसत लोन रामराय को।। 41॥

जिसे भोजन वस्त्र से रहित भयंकर विषाद में डूबा हुआ और दीनदुर्बल देखकर ऐसा कौन था जो हाय-हाय नहीं करता था, ऐसे अनाथ तुलसी को दयासागर स्वामी रघुनाथ जी ने सनाथ करके अपने स्वभाव से उत्तम फल दिया। इस बीच में यह नीच जन प्रतिष्ठा पाकर फूल उठा (अपने आपको बड़ा समझने लगा) और तन-मन-वचन से रामजी का भजन छोड़ दिया, इसी से शरीर में भयंकर बरतोर के बहाने रामचन्द्रजी का नमक फूट-फूट कर निकलता दिखाई दे रहा है।

जिओं जग जानकीजीवन को कहाइ जन,
मरिबे को बारानसी बारि सुरसरि को।
तुलसी के दुहूँ हाथ मोदक है ऐसे ठाउँ,
जाके जिये मुये सोच करिहैं न लरिको।।
मोको झूठौ साँचो लोग राम को कहत सब,
मेरे मन मान है न हर को न हरि को।
भारी पीर दुसह सरीरतें बिहाल होत,
सोऊ रघुबीर बिनु सकै दूर करि को।। 42।।

जानकी जीवन रामचन्द्र जी का दास कहलाकर संसार में जीवित रहूँ और मरने के लिए काशी तथा गंगाजल अर्थात् सुरसरितीर है। ऐसे स्थान में (जीवन-मरण से) तुलसी के दोनों हाथों में लड्डू है, जिसके जीने-मरने से लड़के भी सोच न करेंगे। सब लोग मुझको झूठा-सच्चा राम का ही दास कहते हैं और मेरे मन में भी इस बात का गर्व है कि मैं रामचन्द्र जी को छोड़कर न शिव का भक्त हूँ, न विष्णु का। शरीर की पीड़ा से विकल हो रहा हूँ, उसको बिना रघुनाथ जी के कौन दूर कर सकता है?

सीतापति साहेब सहाय हनुमान नित,
हित उपदेस को महेस मानो गुरुकै।
मानस बचन काय सरन तिहारे पाँय,
तुम्हरे भरोसे सुर मैं न जाने सुरकै।।

ब्याधि भूतजनित उपाधि काहू खल की,
समाधि कीजे तुलसी को जानि जन फुरकै।
कपिनाथ रघुनाथ भोलानाथ भूतनाथ,
रोगसिंधु क्यों न डारियत गाय खुरकै।। 43।।

हे हनुमान जी! स्वामी सीतानाथ जी आपके नित्य ही सहायक हैं और हितोपदेश के लिए महेश मानो गुरु ही हैं। मुझे तो तन, मन, वचन से आपके चरणों की ही शरण है, आपके भरोसे मैंने देवताओं को देवता करके नहीं माना। रोग व प्रेत द्वारा उत्पन्न अथवा किसी दुष्ट के उपद्रव से हुई पीड़ा को दूर करके तुलसी को अपना सच्चा सेवक जानकर इसकी शान्ति कीजिये। हे कपिनाथ, रघुनाथ, भोलानाथ और भूतनाथ! रोग रूपी महासागर को गाय के खुर के समान क्यों नहीं कर डालते?

कहों हनुमानसों सुजान रामरायसों,
कृपानिधान संकरसों सावधान सुनिये।
हरस विषाद राग रोष गुन दोषमई,
बिरची बिरचि सब देखियत दुनिये।।
माया जीव काल के करम के सुभाय के,
करैया राम बेद कहैं साँची मन गुनिये।
तुम्हतें कहा न होय हाहा सो बुझैये मोहि,
हौं हूं रहों मौन ही बयो सो जानि लुनिये।। 44।।

मैं हनुमान् जी से, सुजान राजा राम से और कृपानिधान शंकर जी से कहता हूँ, उसे सावधान होकर सुनिये। देखा जाता है कि विधाता ने सारी दुनिया को हर्ष, विषाद, राग, रोष, गुण और दोषमय बनाया है। वेद कहते हैं कि माया, जीव, काल, कर्म और स्वभाव के करने वाले रामचन्द्र जी हैं। इस बात को मैंने चित्त से सत्य माना है। मैं विनती करता हूँ, मुझे यह समझा दीजिये कि आप से क्या नहीं हो सकता। फिर मैं भी यह जानकर चुप रहूँगा कि जो बोया है वही काटता हूँ।

2.2 हनुमत् अष्टदशाक्षर मन्त्र

महाबली बजरंगबली के यह अष्टाक्षर मंत्र अत्यन्त सुगम हैं। जो साधक हनुमत् द्वादशाक्षर मंत्र या हनुमान जी के कठिन मंत्रों का जप कर सकने में असमर्थ हों अथवा उन्हें उसमें असुविधा अनुभव होती हो तो हनुमान जी के अष्टाक्षर मंत्र का

जप करना श्रेयस्कर सिद्ध होता है। उल्लेखनीय है कि हनुमान जी उग्र देवता हैं तथा उनके प्रसन्नार्थ जब तक अष्टाक्षर मंत्र का जप सम्पन्न किया जाये तब तक किसी प्रकार की असावधानी और पूजन की अवहेलना नहीं करना चाहिए। साधक को ब्रह्मचर्य व्रत अवश्य धारण करना चाहिए। यथासम्भव भूमि शयन करना चाहिए। यह आवश्यक है कि साधक समस्त प्रकार की विकृतियों से स्वयं को दूर रखे। निन्दा, घृणा, क्रोध, द्वेष, ईर्ष्या आदि से पृथक् रहना ही उपयुक्त है। सदाचार के साथ समर्पित भावना मन में सन्निहित करके हनुमत् उपासना शीघ्र फलप्रदाता सिद्ध होती है।

इस मंत्र के दस हजार की दस आवृत्ति करने से मंत्र सिद्ध होता है परन्तु मंत्र जप की संख्या प्रतिदिन समान होनी चाहिए। मंत्रजप के पश्चात् दशांश हवन, हवन का दशांश तर्पण, तर्पण का दशांश मार्जन और मार्जन का दशांश ब्राह्मण भोजन की व्यवस्था करनी चाहिए। हनुमान जी के अष्टाक्षर मंत्र प्रयोग से समस्त कामनाएँ पूरी होती हैं, शत्रु का विनाश और पराजय होती है तथा न्यायालय में विजयश्री अर्जित होती है, चुनाव में प्रतिद्वन्द्वी पराजित होते हैं।

मंत्र- **ॐ नमो भगवते आञ्जनेयाय महावलाय स्वाहा।**

विनियोग- ॐ अस्य श्री हनुमन्मन्त्रस्य ईश्वरऋषिः अनुष्टुप् छन्दः हनुमान देवता हुं बीजं स्वाहा शक्तिः ममाभीष्ट सिद्धये जपे विनियोगः।

हृदयादि षडङ्गन्यास- **ॐ आंजनेयाय नमः हृदयाय नमः।**
ॐ रुद्रमूर्तये नमः शिरसे स्वाहा।
ॐ वायुपुत्राय नमः शिखायै वषट्।
ॐ अग्निगर्भाय नमः कवचाय हुम्।
ॐ रामदूताय नमः नेत्रत्रयाय वौषट्।
ॐ ब्रह्मास्त्रनिवारणाय नमः अस्त्राय फट्।

हृदयादि षडङ्गन्यास- **ॐ ईश्वरऋषये नमः शिरसि।**
ॐ अनुष्टुपछंदसे नमः मुखे।
ॐ हनुमद्देवतायै नमः हृदि।
ॐ हुं बीजाय नमः गुह्ये स्वाहा।
ॐ नमः पादयोः विनियोगाय नमः सर्वांगे।

ध्यानम्- **दहनतप्तसुवर्णसमप्रभं भयहरं हृदये विहिताञ्जलिम्।**
श्रवणकुण्डलशोभिमुखाम्बुजं नमतवानरराजमिहाद्भुतम्।।

अयुतं प्रजपेन्मन्त्रं दशांशं जुहुयात्तिलैः।
वैष्णवे पूजयेत्पीठे पूर्ववत् कपिनायकम्।।

इस मंत्र का दस हजार जप तथा दशांश तिल से हवन करना चाहिए एवं पूर्ववत् वैष्णव पीठ पर पूजन (पीठ पूजा एवं आवरण पूजा) करना चाहिए।

प्रयोग- जितेन्द्रियो नक्तभोजी प्रत्यहं साष्टकं शतम्।
जपित्वा क्षुद्ररोगेभ्यो मुच्यते दिवसत्रयात्।।

भूतप्रेत पिशाचादि नाशायैवं समाचरेत्।
महारोग निवृत्यै तु सहस्रं प्रत्यहं जपेत्।।

एकाशनोऽयुतं नित्यं जपन्ध्यायन्कपीश्वरम्।
राक्षसौघं विनिघ्नं तमचिराज्जयति द्विषम्।।

सुग्रीवेण समं रामं संदधानं स्मरन्कपिम्।
प्रजप्यायुतमेतस्य संधिं कुर्याद्विरुद्धयोः।।

लंकां दहन्तं तं ध्यायन्नयुतं प्रजपेन्मनुम्।
शत्रूणां प्रदहेद्ग्रामानचिरादेव साधकः।।

प्रयाण समये ध्यायन्हनुमन्तं मनुं जपन्।
यो याति सोऽचिरात्स्वेष्टं साधयित्वा गृहं भजेत्॥

यः कपीशं सदागेहे पूजयेज्जपतत्परः।
आयुलक्ष्म्यौ प्रवर्द्धेतें तस्य नश्यन्त्युपद्रवाः।।

शार्दूलतस्करादिभ्यो रक्षेन्मनुरयं स्मृतः।
प्रस्वापकाले चौरेभ्यो दुष्टस्वप्नादपिध्रुवम्।।

जो साधक ब्रह्मचर्यपूर्वक केवल रात्रि में भोजन कर इस मन्त्र का नित्य 108 बार तीन दिन तक जप करता है वह क्षुद्र रोगों से मुक्त हो जाता है।

भूत-प्रेत पिशाचादि के नाश करने के लिए तथा महारोगों के नाश के लिए नित्य एक हजार जप करना चाहिए।

एक समय भोजन कर राक्षसादि को नाश करते हुए कपीश्वर का ध्यान कर जो साधक नित्य दस हजार जप करता है वह शीघ्र ही शत्रु को जीत लेता है।

सुग्रीव के साथ राम की मित्रता कराते हुए कपीश्वर का ध्यान कर दस हजार जप करने से शत्रुओं से सन्धि कराई जा सकती है। लंकादहन करते समय कपीश्वर का ध्यान करते हुए दस हजार जप करने से शत्रुओं के घरों को जलाया जा सकता है। यात्रा के समय कपीश्वर का ध्यान करके मन्त्र जप करते हुए प्रस्थान करने से अभीष्ट की प्राप्ति होती है और सकुशल घर के लिए वापस आ जाता है।

जो साधक अपने घर में हमेशा हनुमान जी का पूजन जपादि करता है उसकी आयु एवं सम्पत्ति की वृद्धि होती है एवं उपद्रवों का नाश हो जाता है। मंत्रजप से हिंसक जन्तुओं से रक्षा होती है, सोते समय मंत्रजप करने से, चोरों से रक्षा होती है तथा दुःस्वप्नों का नाश होता है।

2.3 द्वादशाक्षरी हनुमत् मंत्रम्

यह मंत्र अत्यन्त प्रभावशाली है। इस मंत्र के अनुष्ठान से जपकर्ता की समस्त वांछित मनोकामनायें पूर्ण हो जाती हैं। निष्ठा से जप करे तो साक्षात् हनुमानजी दर्शन देते हैं। मंत्र महार्णव में उद्धृत है।

मंत्र- **हं हनुमते रुद्रात्मकाय हुं फट्।**

यह **बारह** अक्षर का हनुमान् मंत्र है।

स्थान : नदी का तट, विष्णु मंदिर, पर्वत, वन, उद्यान, हनुमान मंदिर।

वार एवं मुहूर्त : मंगलवार अथवा शनिवार। **दिशा :** पूर्व अथवा उत्तर। **नक्षत्रः** मृगशिरा, पुनर्वसु, पुष्य, अनुराधा। **तिथि :** पूर्णातिथि (5, 10, 15)। **पक्षः** शुक्ल पक्ष। **चौघड़ियाः** अमृत, लाभ, शुभ। **होराः** मंगल या शनिवार। **लग्नः** स्थिर लग्न वृष, सिंह, वृश्चिक। **समयः** अभिजित मुहूर्त या अन्य शुभ समय। **आसनः** कुशासन के ऊपर ऊनी लाल कम्बल या रक्तवर्णीय आसन। चैत्र शुक्ल पक्ष पूर्णिमा या शारदीय या वासन्ती नवरात्रि। श्रावण मास इत्यादि।

सामग्रीः पंचपात्र, जल का ताँबे का लोटा, तुलसीदल, पुष्प(गुलाब या कनेर), कपूर मिश्रित जल, गंगाजल, गुलाब जल, पीतल की बाल्टी (जल युक्त), लौंग, इलायची, ऋतुफल (सेब, केले), **नैवेद्यः** गेहूँ की मोटी रोटी सिंकी हुई, शुद्ध गाय के घी से तर हो। उस पर गुड़ एवं चने रखे हुए हों, उसका भोग लगाया जावे। चूरमे का भी भोग लगाया जावे। शंख, घंटा, पाटा, चौकी, लाल वस्त्र पर चावल से अष्टदल बनाकर जल का भरा हुआ कलश रखें तथा पंचपल्लव से आच्छादित कर कटोरी में चावल रख कलश पर रखें, उस पर श्रीफल रखें। रक्तसूत्र (कलावा, मोली) से कलश और नारियल वेष्टित

करें एवं कलश पर स्वस्तिक बनायें। घी का दीपक स्वयं के बायीं तरफ मिट्टी की सराई में फूलबत्ती बनाकर प्रज्ज्वलित करें। दीपक के नीचे रोली से षटकोण बनाकर चावल रख तत्पश्चात् दीपक रखें। इसी तरह दायीं तरफ तेल का दीपक लम्बी बत्ती बनाकर उपरोक्त प्रकार से प्रज्ज्वलित करें। यदि बत्ती लाल सूत्र की बनायी जाये तो प्रभावशाली रहेगी। घी की बत्ती में इलायची रखें तथा तेल के दीपक की बत्ती में लौंग रखें। इसके पश्चात् पूजापद्धति, षोडशोपचार पद्धति से करें या किसी विद्वान ब्राह्मण से करायें।

ध्यानम्- ॐ महाशैलं समुत्पाटय धावन्तं रावणं प्रति।
तिष्ठ तिष्ठ रणे दुष्ट घोररावं समुच्चरन्।
साक्षारसारुणं गात्रं कालांतक यमोपमम्।
ज्वलदग्निलसन्नेत्रं सूर्य्य कोटि समप्रभम्।
अंगदाद्यैर्महावीरैर्वोष्ठितं रुद्ररूपिणम्।।

लाल चन्दन पीसकर लाल चन्दन की कलम बनाकर ताँबे के पतरे पर अष्टदलपत्र बनाकर उसके मध्य में मंत्र लिखें। षोडशोपचार रीति से पूजा करें। मूल मंत्र को ही हनुमान जी का स्वरूप समझें।

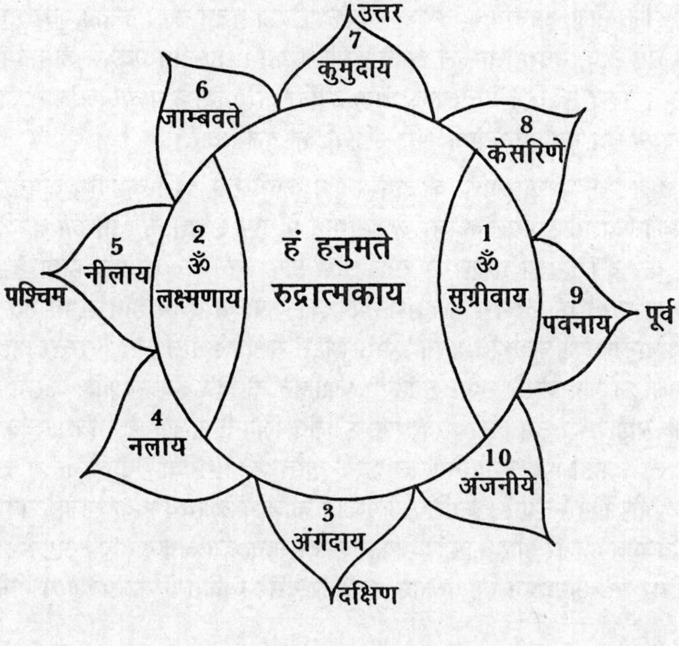

उपरोक्त यंत्र में क्रमानुसार 1 से 10 तक जितने नाम हैं, उन सबके आगे ॐ .... नमः नाम श्री पादुकां पूजयामि तर्पयामि नमस्करोमि इति सर्वत्र। 1 नम्बर पर सुग्रीवाय नमः। 1 का अंक पूर्वाभिमुख है, हम इस प्रकार बोलेंगे- **'ॐ सुग्रीवाय नमः सुग्रीव श्रीपादुकां पूजयामि तर्पयामि नमस्करोमि।'** इसी तरह दशों नाम बोलेंगे। रामरक्षा स्तोत्र का शुरू में पाठ करें। फिर मंत्र जपेंगे, अंत में रामरक्षा स्तोत्र पाठ करेंगे। कुल जपसंख्या सवा लाख जप करेंगे। हनुमानजी के दर्शन होंगे।

यंत्र में षट्कोण, आगे आठ कमल के पत्ते और तब चतुष्कोण हों। षट्कोण न बनायें तो आठ कमल के पत्तों में पूर्वादि प्रदक्षिणा क्रम से सुग्रीव, लक्ष्मण, अंगद, नल, नील, जाम्बवान् कुमुद और केशरी इन आठ की स्थापना करें। सुविधा के लिए पत्रों की कर्णिका में इनके नाम लिख लें। यंत्र बनाने के लिए लाल चन्दन घिस कर लाल चन्दन की लकड़ी से ही ताम्रपत्र अथवा स्वर्णपत्र व भोजपत्र पर यंत्र लिखें। यंत्र का पूजन करने से पहले मूल मंत्र, जो ऊपर लिखा गया है, से आठ पुष्पांजलि समर्पित करें। तदनन्तर सीता सहित राम का स्मरण करें, उनकी वन्दना करें और मन में ही प्रार्थना करके उनसे हनुमत् साधना की आज्ञा प्राप्त करें।

यंत्र के मध्य भगवान् पवनपुत्र का पाद्य अर्घ्य, आचमन, स्नान, वस्त्र, गंध, पुष्प, नैवेद्य आदि से पूजन करके अष्ट दलों की कर्णिका में क्रमशः सुग्रीव, लक्ष्मण, अंगद, नल, नील, जाम्बवान्, कुमुद और केशरी का पूजन करें। इनको पुष्प समर्पित करके धूप दीप, नैवेद्य, ताम्बूल आदि समर्पित करें। धूप-दीप एक से ही काम चल जाएगा। नैवेद्य सबके लिए पृथक्-पृथक् अर्पित करें। इसके पश्चात् यंत्र में दाहिनी ओर पवन देव का और बायीं और अंजनी का पूजन करें।

पूजन के पश्चात् पत्तों के अग्रभाग में कपये नमः जैसे कुमुदाय कपये नमः, इस प्रकार बोलते हुए प्रत्येक पत्ते के अग्रभाग में पुष्प अर्पित करें, प्रार्थना करके जप प्रारंभ कर दें। इसका पुरश्चरण सवा लाख जप करने पर सम्पन्न होता है। इस अनुष्ठान करने की अवधि में ही भगवान् की कृपा के दर्शन होने लगते हैं। जिस दिन अनुष्ठान की पूर्णाहुति करनी हो उस दिन से पहले वाले दिन निरन्तर अहर्निश इस मंत्र का जप करते रहना चाहिए। पूर्णाहुति के दिन हवन-दशांश करना होता है और ब्राह्मण भोजन भी। पुरश्चरण के लिए जितनी संख्या में सुविधापूर्वक जप किया जा सकता है, उतना निश्चित करके करता रहे। भगवान् मारुतनन्दन ब्राह्मण स्वरूप और जितेन्द्रिय हैं, इसलिए अनुष्ठान काल में ब्रह्मचर्यपूर्वक रहना आवश्यक है। हविष्यान्न आहार और कामादि विकारों से दूर रहना इस अनुष्ठान का अंग है। जिस स्थान पर यह अनुष्ठान किया जाए, वहाँ पर दूसरे व्यक्तियों का प्रवेश न होने दें।

अनुष्ठानकर्ता को रक्तवर्ण की धोती तथा उत्तरीय वस्त्र भी रक्तवर्ण के ही धारण करने चाहिए। ऊनी आसन भी रक्तवर्ण का हो। माला रुद्राक्ष की तथा गोमुखी रक्तवर्ण की होनी चाहिए। यज्ञोपवीत भी रक्तवर्ण का हो। इसके बाद मंत्र जप करे।

2.4 हनुमान् का अन्य द्वादशाक्षर मंत्र अनुष्ठान

मंत्र- **हं पवन नन्दनाय स्वाहा।**

द्वादशाक्षर हनुमान् मंत्र बहुत चमत्कारी है। हमारे सम्पर्क में आये व्यक्तियों ने यह प्रयोग किया है और भगवान् वज्रांग ने उन पर कृपावृष्टि की है। उनको प्रयोगकाल में क्या अनुभूति हुई, यह उनका सौभाग्य है और दूसरे के इस प्रकार के अनुभवों एवं सफलता को सार्वजनिक रूप से कहना हमारा स्वभाव नहीं है। हम इतना कह सकते हैं कि द्वादशाक्षरी मंत्र चमत्कारी है। इस मंत्र के तुल्य प्रभावशाली यह दशार मंत्र है, इतना अवश्य है कि यह प्रयोग शत्रुविजय के लिए अथवा घोर संकट से ग्रस्त व्यक्ति के संकटनाश के लिए किया जाता है। इसमें अंजनी नन्दन के वीर स्वरूप की आराधना की जाती है, किन्तु इसका अर्थ यह नहीं कि ऐसी परिस्थिति में ही यह प्रयोग किया जाए। इस मंत्र का पुरश्चरण करने पर भगवान् प्रसन्न होते हैं यह अन्य विषय है कि वे वीरभाव में रहें।

विधि- इस मंत्र के पुरश्चरण की विशेषता यह है कि छह हजार जप करने से एक पुरश्चरण सम्पन्न होता है। कलियुग में साधक का स्तर निर्मल नहीं हो पाता इसलिए हमारा मत है कि ये साप्ताहिक अनुष्ठान छह बार किये जायें। एक हजार जप के क्रम से छह दिन में छह हजार जप हुए। सातवें दिन निरन्तर जप करता रहे और उनका स्मरण करता रहे तो रात्रि में वीर हनुमान् के दर्शन हो जाते हैं- यह बात शास्त्र और साधक कहते हैं। इस शास्त्रीय व्यवस्था को इस तरह भी समझ सकते हैं कि छह हजार जप नित्य करने के क्रम से छह दिन करने पर छत्तीस हजार हो जाते हैं और सातवें दिन अहर्निश बिना गिने जप करते रहने पर सात दिन में ही भगवान् की कृपा दृष्टि हो जाती है। यह था इस हनुमान मंत्र का गणितीय स्वरूप, अब अनुष्ठान विधि पर विचार करते हैं।

अच्छा दिन देख कर किसी पवित्र तीर्थ में या घर के एकान्त कमरे को धोकर पूजागृह जैसा स्वरूप दे दें। जिस दिन अनुष्ठान करें उस दिन स्नान के जल में तीर्थों

का आह्वान करके स्नान करने के बाद मूल मंत्र से बारह बार सिर पर किसी पात्र से जल डाल कर शीर्षाभिषेक करें। नये अथवा शुद्ध वस्त्र पहनकर आसन पर बैठे अ, आ, इ, ई, ऋ, ॠ, लृ, ॡ, उ, ऊ, ए, ऐ, ओ, औ, अं, अः, इन सोलह स्वरों को बोलते हुए दाहिने नासाछिद्र को बन्द करके बायें नासाछिद्र से श्वास भीतर की ओर खीचें- यह पूरक प्राणायाम हुआ। इसके बाद नासाछिद्र को बन्द करके श्वास को रोकते हुए- क, ख, ग, घ, ङ, च, छ, ज, झ, ञ, ट, ठ, ड, ढ, ण, त, थ, द, ध, न, प, फ, ब, भ, म इन पच्चीस व्यंजनों को बोलते हुए श्वास रोके रहें। यह कुंभक प्राणायाम रहा। अब बायाँ नासाछिद्र बन्द करके दाहिने से श्वास को बाहर निकालें- यह रेचक प्राणायाम कहलाता है। श्वास बाहर निकालते समय- य, र, ल, व, श, ष, स, ह, इन आठ अक्षरों को बोलें। यह एक प्राणायाम हुआ। दूसरी आवृत्ति में दाहिने नासाछिद्र से पूरक प्राणायाम करें और यह क्रिया करते समय सोलह स्वरों को बोलता रहे। कुंभक में पच्चीस व्यंजन बोलने तक श्वास रोके रखना होता है, फिर शेष आठ अक्षर मन में बोलते हुए बायें नासाछिद्र से रेचक करना होता है। यह प्राणायाम की दूसरी आवृत्ति हुई, तीसरी आवृत्ति में प्रथम आवृत्ति को ही दुहराना होता है।

प्राणायाम करने के बाद ध्यान करना होता है--

ध्यान- **ध्यायेत् रणे हनुमन्तं कपि कोटि समन्वितम्।**
धावन्तं रावणं जेतुं दृष्ट्वा सत्वरमुत्थितम्।।

लक्ष्मणं च महावीरं पतितं रण भूतले।
गुरुं च क्रोधमुत्पाद्य गृहीत्वा गुरुपर्वतम्।।

हाहाकारैः सदर्पैश्च कम्पयन्तं जगत्त्रयम्।
आ ब्रह्मणाण्डं समावाप्य कृत्वा भीमं कलेवरम्।।

ध्यान के पश्चात् भगवान् का पूजन करें। पहले राम और सीता का पूजन करके भगवान् महावीर का पूजन करें। पूजन करने के बाद न्यास करें।

करन्यासः- हां-अंगुष्ठाभ्यां नमः, हीं तर्जनीभ्यां नमः, हूं मध्यमाभ्यां नमः, हैं अनामिकाभ्यां नमः, हौं कनिष्ठिकाभ्यां नमः, हः करतलकरपृष्ठाभ्यां नमः।

हृदयादि न्यासः- हां हृदयाय नमः, हीं शिरसे स्वाहा, हूं शिखायै वषट्, हैं कवचाय हुम्, हौं नेत्र त्रयाय वौषट्, हः अस्त्राय फट्।

2.5 द्वादशाक्षर हनुमन्मंत्र आराधना

महाबली हनुमान का द्वादशाक्षर मंत्र जो अत्यन्त प्रभावशाली है, यहाँ उद्धृत किया जा रहा है। हनुमान जी से पूर्व गणपति देवता का पंचोपचार या षोडशोपचार पूजन करें, तदुपरान्त हनुमान जी के द्वादशाक्षर मंत्र तथा पूजन हेतु संकल्प लें, तदनन्तर मंत्र का दस हजार जप अपनी समस्त कामनाओं की संसिद्धि हेतु करना चाहिए। उल्लेखनीय है कि महाबली हनुमान उग्र देवता हैं, उनके पूजन विधान के अन्तराल में कदाचित् कोई त्रुटि तथा उपेक्षा नहीं की जानी चाहिए। जिस अवधि में मंत्र जप किया जाये उतने दिनों तक ब्रह्मचर्य व्रत का अवश्य अनुपालन करना चाहिए। यदि भूमि शयन करें तो अधिक उत्तम है। हनुमान जी के पूजन के समय सभी प्रकार के विकारों एवं विकृत विचारों से स्वयं को अस्पृष्ट रखना चाहिए।

द्वादशाक्षर मंत्र के दस हजार जप के मंत्र का पुरश्चरण दस दिन में सम्पन्न करना चाहिए। तत्पश्चात् मंत्र जप का दशांश हवन, तर्पण, मार्जन, आदि विधि-विधान सहित सम्पन्न करना चाहिए।

द्वादशाक्षर मंत्र का जप करने से शक्ति की वृद्धि, भक्ति की पुष्टि और अभीष्ट की संसिद्धि होती है, शत्रु पराजित होते हैं और युद्ध में विजय प्राप्त होती है। इस हनुमन्त द्वादशाक्षर मंत्र के न्यास, ध्यान, मंत्र आदि अग्रांकित हैं।

मंत्र- **हौं ह्स्फ्रें ख्फ्रें हसौं ह्स्ख्फ्रें ह्सौं हनुमते नमः।**

विनियोग- ॐ अस्य श्री हनुमन्मंत्रस्य रामचन्द्र ऋषिः जगती छन्दः हनुमान देवता ह्सौं बीजं हस्फ्रें शक्तिः ममाभीष्ट कामना सिद्ध्यर्थ हनुमत् कृपा प्राप्त्यर्थं जपे विनियोगः।

षडङ्गन्यास- ॐ हौं हृदयाय नमः। ॐ ह्स्फ्रें शिरसे स्वाहा।
ॐ ख्फ्रें शिखायै वषट्। ॐ ह्सौं कवचाय हुं।
ॐ हस्ख्फ्रें नेत्रत्रयाय वौषट्। ॐ ह्सौ अस्त्राय फट्।

ऋष्यादिन्यास- ॐ रामचन्द्राय नमः शिरसि। ॐ जगतीछन्दसे नमः मुखे।
ॐ हनुमद्देवतायै नमः हृदि। ॐ ह्सौ बीजाय नमः गुह्ये।
ॐ ह्स्फ्रें शक्तये नमः पादयो। ॐ विनियोगाय नमः सर्वांगे।

वर्णन्यास- हौ नमः मूर्ध्नि, ह्स्फ्रें नमः ललाटे, ख्फ्रें नमः नेत्रयोः, हसौं नमः मुखे, हस्ख्फ्रें नमः कण्ठे, ह्सौं नमः वाह् वोः, हं नमः हृदि, नुं नमः, कुक्ष्योः, मं नमः नाभौ, तें नमः लिङ्गे, नं नमः, जान्वोः, मः नमः पादयोः।

पदन्यास- हौं नमः मूर्ध्नि, ह्स्फ्रें नमः ललाटे, ख्फ्रें नमः मुखे, हसौं नमः हृदि, हस्ख्फ्रें नमः नाभौ, ह्सौं नमः ऊर्वो, हनुमते नमः जंघयोः, नमः नमः पादयोः।

ध्यानम्- **बालार्कायुततेजसं त्रिभुवनप्रक्षोभकं सुन्दरं,**
सुग्रीवादिसमस्तवानरगणैः संसेव्यपादाम्बुजम्।
नादेनैव समस्तराक्षसगणान्संत्रासयन्तं प्रभुं,
श्रीमद्रामपदाम्बुजस्मृतिरतं ध्यायामि वातात्मजम्।।

उक्त ध्यान कर साधक एकाग्र मन से बारह हजार जप करे, तथा दूध, दही, घी एवं धान से बारह सौ हवन करना चाहिए।

पीठपूजा विधिः- वृत्ताकार कर्णिका अष्टदल भूपुर सहित बने यन्त्र पर हनुमान का पूजन करना चाहिए।

प्रथम ध्यान कर मानसोपचार से पूजन कर विधान से अर्घ्य स्थापित कर निम्न प्रकार से पीठपूजा करे।

पीठ के मध्य में -

ॐ आधार शक्तये नमः ॐ प्रकृतये नमः
ॐ कूर्माय नमः ॐ अनन्ताय नमः
ॐ पृथिव्यै नमः ॐ क्षीरसमुद्राय नमः
ॐ श्वेतद्वीपाय नमः ॐ मणिमण्डपाय नमः
ॐ कल्पवृक्षाय नमः ॐ मणिवेदिकायै नमः
ॐ रत्नसिंहासनाय नमः।

तदनन्तर आग्नेयादि कोणों में निम्नलिखित मंत्रों से धर्मादि का तथा पूर्वादि दिशाओं में अधर्मादि का पूजन करना चाहिए।

1. ॐ धर्माय नमः आग्नेये। 2. ॐ ज्ञानाय नमः नैर्ऋत्ये।
3. ॐ वैराज्ञाय नमः वायव्ये 4. ॐ ऐश्वर्याय नमः ईशान्ये।
5. ॐ अधर्माय नमः पूर्वे 6. ॐ अज्ञानाय नमः दक्षिणे।
7. ॐ अवैराज्ञाय नमः पश्चिमे। 8. ॐ अनैश्वर्याय नमः उत्तरे।

मध्य में -

ॐ अनन्ताय नमः। ॐ पद्माय नमः।
ॐ अं सूर्यमण्डलाय द्वादशकलात्मने नमः।
ॐ उं षोडशकलात्मने सोममण्डलाय नमः।

ॐ रं दशकलात्मने बह्निमण्डलाय नमः।

ॐ सं सत्वाय नमः। ॐ रं रजसे नमः।

ॐ तं तमसे नमः। ॐ आं आत्मने नमः।

ॐ अं अन्तरात्मने नमः। ॐ पं परमात्मने नमः।

ॐ ह्रीं ज्ञानात्मने नमः।

फिर केशरों में तथा मध्य में -

ॐ विमलायै नमः। ॐ उत्कर्षिण्यै नमः।

ॐ ज्ञानायै नमः। ॐ क्रियायै नमः।

ॐ योगायै नमः। ॐ प्रह्वयै नमः।

ॐ सत्यायै नमः। ॐ ईशानायै नमः।

मध्ये- **ॐ अनुग्रहायै नमः।**

फिर पीठ पर षोडशोपचार पूजन करे।

आवरण पूजा- प्रथम केशरों में आग्नेयादि क्रम से- हौं हृदयाय नमः। हृ स्फ्रें शिरसे स्वाहा। ख्फ्रें शिखायै वषट्। हसौं कवचाय हुम्। हृ सुख्फ्रें नेत्रत्रयाय वौषट्। हृ सौं अस्त्राय फट्। सबमें पादुकां पूजयामि तर्पयामि बोलेंगे।

फिर दलों में-

पूर्व - ॐ रामभक्ताय नमः। आग्नेय - ॐ महातेजसे नमः।

दक्षिण - ॐ कपिराजाय नमः। नैऋते - ॐ महाबलाय नमः।

पश्चिम - ॐ द्रोणाद्रिहारकाय नमः। वायव्य-ॐ मेरुपीठार्चन कारकाय नमः।

उत्तर- ॐ दक्षिणाशाभास्कराय नमः। ईशान- ॐ सर्वविघ्ननिवारकाय नमः।

सबमें पादुकां पूजयामि तर्पयामि बोलेंगे।

दलों के अग्र भाग पर-

पूर्वे - ॐ सुग्रीवाय नमः। आग्नये- ॐ अंगदाय नमः।

दक्षिणे - ॐ नीलाय नमः। नैऋते- ॐ जाम्बवते नमः।

पश्चिमे - ॐ नलाय नमः। वायव्ये- ॐ सुषेणाय नमः।

उत्तरे - ॐ द्विविदाय नमः। ईशाने- ॐ मयंदाय नमः।

भूपुर में- दशदिक्पालानि च आयुधानि पूजनम्

पूर्वे- ॐ लं इन्द्राय नमः। वज्राय नमः। ॐ रं अग्नये नमः। शक्तये नमः।

दक्षिणे- ॐ मं यमाय नमः। दण्डाय नमः। ॐ क्षं निऋतये नमः। खड्गाय नमः

पश्चिमे- ॐ वं वरुणाय नमः। पाशाय नमः। ॐ यं वायवे नमः। अंकुशाय नमः।
उत्तरे- ॐ सं सोमाय नमः। गदायै नमः। ॐ हं ईशानाय नमः। त्रिशुलाय नमः।
ऊर्ध्वे- ॐ आं ब्रह्मणे नमः। पद्माय नमः। ॐ ह्रीं अनंताय नमः। चक्राय नमः।

इस प्रकार आवरण पूजा कर धूपदीपादि उपचारों से पूजन करना चाहिए।

काम्य प्रयोगः

एवं सिद्धे मनौ मंत्री स्वपरेष्टं प्रसाधयेत्।
कदली वीजपूराम्र फलैर्हुत्वा सहस्रकम्।।

द्वाविंशति ब्रह्मचारी विप्रान्सम्भोजयेदथ।
एवं कृते महाभूतं विष चौराद्युपद्रवाः।।

नश्यन्ति क्षणमात्रेण विद्वेषिग्रहदानवाः।
अष्टोत्तरशतं वारि मन्त्रितं विषनाशनम्।।

रात्रौ नवशतं मंत्रं जपेद्दशदिनावधि।
योनरस्तस्य नश्यन्ति राजशत्रूत्थभीतयः।।

अभिचारोत्थ भूतोत्थ ज्वरे तन्मन्त्रितैर्जलैः।
भस्मभिः सलिलैर्वापि ताडयेज्ज्वरिणः क्रुधा।।

दिनत्रयाज्ज्वरान्मुक्तः स सुखं लभते नरः।
तन्मन्त्रितौषधं जग्धवा नीरोगो जायते ध्रुवम्।।

तन्मन्त्रितं पयः पीत्वा योद्धं गच्छेन्मनुं जपन्।
तज्जप्त भस्म लिप्तांगः शस्त्रसंघैर्न वाधते।।

शस्त्रक्षतं व्रणं शोफो लूतास्फोटोपि भस्मना।
त्रिमन्त्रितेन संस्पृष्टा शुष्यन्त्यचिरतो नृणाम्।।

सूर्यास्तमयमारभ्य जपेत्सूर्योदयावधि।
कीलकं भस्म चादाय सप्ताहावधि संयतः।।

निखनेद्भस्म कीलौ तौ विद्विषां द्वार्य्यलक्षितम्।
विद्वेषं मिथ आपन्नाः पलायन्तेऽरयोऽचिरात्।।

इस प्रकार मंत्र सिद्ध हो जाने के पश्चात् अपना या अन्य का इच्छित कार्य हेतु प्रयोग करना चाहिए।

2.6 वैरिदुष्टानां वंशविच्छेदकारक मंत्र

महाबली हनुमान ने रावण के वंश का विच्छेद किया था। शत्रुओं का संहार करने वाले, शत्रुओं के परिवार को तहस-नहस करके उन्हें समूल नष्ट कर देने वाले हनुमान जी को शत्रु संहारक स्वीकारा गया है। सभी शास्त्रों में शत्रु मर्दन, शत्रु संहारक, शत्रु दमन, शत्रु विच्छेदन आदि के लिए हनुमान जी से सम्बन्धित अनेक साधनाओं की विस्तार से व्याख्या की गयी है। अनेक ऋषियों ने रामभक्त हनुमान को प्रसन्न करने हेतु तपस्या का आयोजन किया। कुछ ऋषियों को सिद्धि भी प्राप्त हुई, अन्यान्य ऋषियों ने हनुमान जी के ऐसे विभिन्न अनुष्ठानों की संरचना की जिनके सविधि सम्पादन से शत्रुओं, विद्रोहियों, प्रतिद्वन्द्वियों, अपराधियों, अपर्हताओं, रिपुओं, ईर्ष्यालुओं एवं कष्ट प्रदान करने वाले व्यक्तियों का दमन किया जा सके। यहाँ तक कि महाबली हनुमान जी से सम्बन्धित ऐसे अनेक स्तोत्र भी हैं, जिनकी कठोर साधना करने से शत्रुओं और अपराधियों, हिंसकों, हत्यारों तथा विरोधियों को मृत्युदण्ड भी दिया जा सकता है।

वैरिदुष्टानां वंशविच्छेदकारक मंत्र का पाठ ऐसे ही शत्रुओं के विनाश की कामना से करने का प्रावधान है। इस स्तोत्र का पाठ करने से शत्रु का परिवार इससे छिन्न-भिन्न हो जाता है और उससे घृणा करने लगता है। शत्रु के अपराधयुक्त क्रिया-कलापों का रहस्य उद्‌घाटित हो जाता है। शत्रु स्वयं तो दण्डित होता ही है उसके परिवार को भी उसके पापों का फल भोगना पड़ता है।

ॐ ऐं श्रीं ह्रां ह्रीं ह्रूं ह् स्फ्रें ख्फ्रें ह् सौं ह् स्फ्रें ह् सौं नमो हनुमते राक्षस कुल दावानल द्वादशार्क कोट्यर्कप्रभ ज्वलत्तनूरुह भीमनाद मम परस्य च दुष्ट दुर्जन महापकारक वादि विवादि द्वेषकारक कार्य भंजनक क्रूरप्रकृतिक प्रवृद्ध कोपावेशक हन्तु कामुकादीन्दूरस्थान समीपस्थान् भूत भविष्य वर्त्तमानान् स्त्री नपुंसकाश्चातुर्वर्ण्यान्क्षणेन सत्वरं हन हन दह दह संहारय संहारय मोहय मोहय मर्दय मर्दय द्वेषय द्वेषय मार्जारमूषक-वत्सद्यः वियोजय प्राणैर्वियोजय विध्वंसय विध्वंसय हिल्लि हिल्लि मूकय मूकय जारय जारय वर्द्धय वर्द्धय जृंभय जृंभय पातय पातय मम परस्य च पादतलाक्रमितान् कुरु कुरु दासी भूतान् संपादय संपादय हा हा हा हुं हुं हुं घे घे घे हुं फट् स्वाहा।

विद्वेषिवैरिदुष्टानां वंशविच्छेदकारकः।
मंत्रोऽयं गदितः सत्यं मुनिभिमंत्र साधकैः।
विशिष्यते कलौ सत्यं प्रत्ययायाल्प वुद्धिभिः।
महारुद्रावतारस्य जगत्प्राणात्मजस्य हि।।

मतिं विद्धि वरिष्ठांच सर्वसिद्धिप्रदां नृणाम्।
वारिभस्माभिमंत्राणां सिकता सर्षपांस्तथा।।
अभिसंमंत्र्य विकिरेत्सर्वत्र च इतस्ततः।
तल्लंघनाद्भवन्त्येव सर्वेदुष्टास्तु वश्यकाः।।

मालामंत्र-

ॐ ऐं श्रीं ह्रां ह्रीं ह्रूं स्फ्रें ख्फ्रें ह्सौं ह्स्ख्फ्रें ह्सौं नमो हनुमते त्रैलोक्याक्रमण पराक्रम श्री रामभक्त मम सर्व शत्रून् चतुर्वर्णसम्भवान् पुंस्त्रीनपुंसकान् भूतभविष्यद्वर्तमानान् दूरस्थान् समीपस्थान् नानानामधेयान् नानासंकरजातीयान् कलत्रपुत्रमित्रभृत्यवन्धुसुहृत्समेतान् प्रभुशक्तिसहितान् धनधान्यादिसम्पत्ति संयुतानराज्ञोराजपुत्रसेवकान् मंत्रिसचिव सखीनात्यंतिकान् क्षणेन त्वरया एतद्दिनावधिनानोपायैर्मारय मारय शस्त्रैश्छेदय छेदय अग्निना ज्वालय ज्वालय दाहय दाहय अक्षयकुमारवत् पादतलाक्रमणेन शिलातले आत्रोटय आत्रोटय घातय घातय वध वध भूतसंघैः सह भक्षय भक्षय क्रुद्धचेतसाः नखैर्विदारय विदारय देशादस्मादुच्चाटय उच्चाटय पिशाचवत् भ्रंशय भ्रंशय भ्रामय भ्रामय भयातुरान् विसंज्ञान् सद्यः कुरु कुरु भस्मीभूतानुद्धूलय उद्धूलय भक्तजनवत्सल सीताशोकापहारक सर्वत्र मामएनं च रक्ष रक्ष हां हां हां हूं हूं हूं घे घे घे हूं फट् स्वाहा॥1॥ ॐ नमो भगवते हनुमते महाबलपराक्रमाय महाविपत्ति निवारणाय भक्तजनमनः कामनाकल्पद्रुमाय दुष्टजनमनोरथ स्तम्भनाय प्रभञ्जन प्राणप्रियाय स्वाहा॥2॥ ॐ ह्रां ह्रीं ह्रूं ह्रैं ह्रौं ह्रः मम शत्रून शूलेन छेदय छेदय अग्निना ज्वालय ज्वालय

दाहय दाहय उच्चाटय उच्चाटय हूं फट् स्वाहा॥3॥

वर्णानां गणनाज्ञेया दुष्टादिद्वेषिणस्तथा।
उच्चाटमृत्यु पैशाच करणीयो मनुर्ध्रुवम्।।
सत्प्रत्ययः समर्थश्च कलौ भक्तेप्सितार्थकृत।
श्रद्धया नियमेनाथ संस्मृतो जपितः खलु।।
कार्यं साधयते नूनं सत्यं सत्यं न संशयः।
हनुमद्वीरसामर्थ्या दुर्जयो मंत्रविद्भवेत्।।

मंत्रान्तर-

ॐ ऐं श्रीं ह्रां ह्रीं ह्रूं स्फ्रें ख्फ्रें ह्सौ हस्ख्फ्रें ह्सौं ॐ नमो भगवते प्रकटपराक्रम आक्रान्तदिङ्मण्डल यशोवितान धवलीकृतजगत्त्रितय वज्रदेह ज्वलदग्नि सूर्यकोटिसमप्रभ तनूरुह रुद्रावतार लङ्कापुरीदहन उदधिलंघन दशग्रीवशिरः कृतान्तक सीताश्वासन वायुसुत अञ्जनीगर्भसम्भूत श्रीरामलक्ष्मणानन्दकर कपिसैन्यप्राकार सुग्रीवसख्यकारण वालि निवर्हणकारण द्रोणपर्वतोत्पाटन अशोकवनविदारण अक्षयकुमारच्छेदन वनरक्षाकरसमूहविभंजन ब्रह्मास्त्र-ब्रह्मशक्तिग्रसन् लक्ष्मणशक्तिभेदनिवारण शल्यविशल्यौषधि समानयन वालोदितभानुमण्डलग्रसन मेघनादहोमविध्वंसन इन्द्रजिद्वधकारण सीतारक्षक राक्षससंघविदारण कुम्भकर्णादि-वधपरायण श्रीरामभक्तितत्पर समुद्रव्योमद्रुमलंघन महासामर्थ्य महातेजःपुंजविराजमान स्वामिवचनसम्पादित अर्जुनसंयुगसहाय कुमारब्रह्मचारिन् गंभीरशब्दोदय दक्षिणाशा मार्त्तण्ड मेरुपर्वतपीठिकार्चन सकलमंत्रागमाचार्य मम सर्वग्रहविनाशन सर्वज्वरोच्चाटन सर्वविषविनाशन सर्वापत्तिनिवारण सर्वदुष्टादिनिवर्हण सर्पव्याघ्रादिभयनिवारण सर्वशत्रूच्छेदन मम परस्य च त्रिभुवन पुंस्त्रीनपुंसकात्मक सर्वजीवजातं वशय वशय ममाशाकारकं संपादय संपादय नानानामधेयान्सर्वराज्ञः

सपरिवारान् ममसेवकान् कुरु कुरु सर्वशस्त्रास्त्रविषाणि विध्वंसय विध्वंसय ह्रां ह्रीं ह्रूं हा हा हा एहि एहि एहि ह् सौं ह् स्ख्रें ह् स्रौं ख्रें स्फ्रें मम शत्रून हन हन परवलानि पर सैन्यानि क्षोभय क्षोभय मम सर्वकार्यजातं साधय साधय सर्वं दुष्टजन मुखानि कीलय कीलय घे घे घे हा हा हा हुं फट् स्वाहा।

मंत्रोऽयं वायुपुत्रस्य महाबल यशस्विनः।
एकादशाख्यरूपस्य रामदूत पदात्मनः।।

सर्वकार्यार्थसंसिध्यै गदितः सर्वसिद्धिदः।
रक्षाविधौ प्रयोक्तव्यः क्षते शस्त्रभये तथा।।

वश्ये वा विजये वादे स्तंभे सर्वत्र नोदितः।
दुष्टग्रहे च संग्रामे व्याघ्रचौरभये द्युते।।

विषवंधविमोक्षे च क्रोधस्तंभो विशेषतः।
रिपुदुर्जनदुष्टानां निग्रहोच्चाटने तथा।।

प्रयोक्तव्यो विशेषेण सत्वरं लभते ध्रुवम्।
किमत्र बहुनोक्तेन वर्णितेन पुनः पुनः।।

यदीच्छेत्प्रत्ययं द्रष्टुं प्रयोक्तव्योऽयमद्भुतः।
कार्या संमोहने सत्यं सत्यं न संशयः।।

2.7 श्रीलांगूलास्त्र शत्रुंजय हनुमत्स्तोत्रम्

यह परमप्रभविष्णु प्रयोग श्रीलांगूलास्त्र माला मंत्र एवं शत्रुञ्जय हनुमत्स्तोत्र के समुच्चय से उद्भूत है। दोनों के योग से दुराक्रान्त शत्रुओं के सम्पूर्ण दल-बल का उच्छेद सम्भव होता है। यदि इस प्रयोग को सांगोपांग निर्विघ्नरूपेण सम्पन्न किया जाये तो चमत्कारिक परिणाम प्राप्त होते हैं। विपत्ति निवारण, दुष्टजनों के स्तम्भन, विद्वेषण, मारण एवं संक्रांति समय से सुरक्षा हेतु यह सर्वोपरि प्रयोग है।

श्रीहनुमान के विग्रह अथवा चित्र का श्रद्धासमन्वित षोडशोपचार अर्चन करने के उपरान्त संकल्प ग्रहण कर अग्रांकित विधि से अनुष्ठानरत होना चाहिए।

संकल्प- हनुमन्तं महावीरं वायुतुल्य-पराक्रमम्।
मम कार्यार्थमागच्छ प्रणमामि मुहूर्मुहुः।।

विनियोग- ॐ अस्य श्रीहनुमच्छत्रुञ्जयस्तोत्रमाला-मंत्रस्य श्रीरामचन्द्र-ऋषिः, नानाच्छन्दांसि, श्रीमन्महावीरो हनुमान् देवता, मारुतात्मज हसौं बीजम्, अञ्जनीसूनु हस्फ्रें शक्तिः, ॐ हांहांहां इति कीलकम्, श्रीरामभक्त ह्रां इति प्राणः, श्रीराम-लक्ष्मणानन्दकर ह्रां ह्रीं ह्रूं इति जीवः, ममाऽराति-पराजय-निमित्त शत्रुञ्जय-स्तोत्र-मालामंत्रजपे विनियोगः।

दाहिने हाथ में जल लेकर 'ॐ अस्य श्री हनुमच्छत्रुञ्जयस्तोत्र-मालामंत्रस्य से आरम्भ कर, 'मालामंत्रजपे विनियोगः' तक मंत्र पढ़कर जल छोड़ना चाहिए।

करन्यास- ॐ ऐं श्रीं ह्रां ह्रीं ह्रूं स्फें ख्फ्रें ह्सौं हस्ख्फ्रें हसौं नमो हनुमते अङ्गुष्ठाभ्यां नमः। ॐ ऐं श्रीं ह्रां ह्रीं ह्रूं स्फ्रें ख्फ्रें ह्सौं हस्ख्फ्रें हसौं रामदूताय तर्जनीभ्यां नमः। ॐ ऐं श्रीं ह्रां ह्रीं ह्रूं स्फ्रें ख्फ्रें ह्सौं हस्ख्फ्रें हसौं लक्ष्मणप्राणदात्रे मध्यमाभ्यां नमः। ॐ ऐं श्रीं ह्रां ह्रीं ह्रूं स्फ्रें ख्फ्रें ह्सौं हस्ख्फ्रें हसौं अञ्जनीसूनवे अनामिकाभ्यां नमः। ॐ ऐं श्रीं ह्रां ह्रीं ह्रूं स्फ्रें ख्फ्रें ह्सौं हस्ख्फ्रें हसौं सीताशोकविनाशनाय कनिष्ठिकाभ्यां नमः। ॐ ऐं श्रीं ह्रां ह्रीं ह्रूं स्फ्रें ख्फ्रें ह्सौं हस्ख्फ्रें हसौं लङ्काप्रासादभञ्जनाय करतलकरपृष्ठाभ्यां नमः।

हृदयादिन्यास- ॐ ऐं श्रीं ह्रां ह्रीं ह्रूं स्फ्रें ख्फ्रें हसौं हस्ख्फ्रें हसौं नमो हनुमते हृदयाय नमः। ॐ ऐं श्रीं ह्रां ह्रीं ह्रूं स्फें ख्फ्रें हसौं हस्ख्फ्रें हसौं रामदूताय शिरसे स्वाहा। ॐ ऐं श्रीं ह्रां ह्रीं ह्रूं स्फें ख्फ्रें हसौं हस्ख्फ्रें हसौं लक्ष्मणप्राणदात्रे शिखायै वषट्। ॐ ऐं श्रीं ह्रां ह्रीं ह्रूं स्फें ख्फ्रें हसौं हस्ख्फ्रें हसौं अञ्जनीसूनवे कवचाय हुम्। ॐ ऐं श्रीं ह्रां ह्रीं ह्रूं स्फ्रें ख्फ्रें हसौं हस्ख्फ्रें हसौं सीताशोकविनाशनाय नेत्रत्रयाय वौषट्। ॐ ऐं श्रीं ह्रां ह्रीं ह्रूं स्फ्रें ख्फ्रें हसौं हस्ख्फ्रें हसौं लङ्काप्रासादभञ्जनाय अस्त्राय फट्।

ध्यानम्- ध्यायेद् बालदिवाकरद्युतिनिभं देवारिदर्पापहं।
देवेन्द्रप्रमुखैः प्रशस्तयशसं देदीप्यमानं रुचा।।
सुग्रीवादिसमस्तवानरयुतं सुव्यक्ततत्त्वप्रियं।
संरक्तारुण-लोचनं पवनजं पीताम्बरालङ्कृतम्।।1।।

मनोजवं मारुततुल्यवेगं जितेन्द्रियं बुद्धिमतां वरिष्ठम्।
वातात्मजं वानरयूथमुख्यं श्रीरामदूतं शिरसा नमामि।।2।।

वज्राङ्गं पिङ्गकेशाढ्यं स्वर्णकुण्डलमण्डितम्।
नियुद्धउपसंगात्रंपारावारपराक्रमम् ।।3।।

वामहस्तं गदायुक्तं पाशहस्तं कमण्डलुम्।
उद्यद्दक्षिणदोर्दण्डं हनुमन्तं विचिन्तयेत्।।4।।

चारों श्लोकों को ध्यानपूर्वक पढ़कर श्री हनुमान् जी का ध्यान करें।

इस प्रकार हनुमान् जी का ध्यान कर, 'अरे मल्ल चटखे' ऐसा पढ़कर अथवा 'तोडरमल्ल चटखे' इसका उच्चारण कर श्री हनुमान् जी को कपिमुद्रा दिखायें।

मालामंत्र-

ॐ ऐं श्रीं ह्रां ह्रीं ह्रूं स्फ्रें ख्फ्रें ह्सौं ह्स्ख्फ्रें ह्सौं नमो हनुमते त्रैलोक्याक्रमण पराक्रम श्री रामभक्त मम सर्व शत्रून् चतुर्वर्णसम्भवान् पुंस्त्रीनपुंसकान् भूतभविष्यद्वर्तमानान् दूरस्थान् समीपस्थान् नानानामधेयान् नानासंकरजातीयान् कलत्रपुत्रमित्रभृत्यवन्धुसुहृत्समेतान् प्रभुशक्तिसहितान् धनधान्यादिसम्पत्ति संयुतानराज्ञोराजपुत्रसेवकान् मंत्रिसचिव सखीनात्यंतिकान् क्षणेन त्वरया एतद्दिनावधिनानोपायैर्मारय मारय शस्त्रैश्छेदय छेदय अग्निना ज्वालय ज्वालय दाहय दाहय अक्षयकुमारवत् पादतलाक्रमणेन शिलातले आत्रोटय आत्रोटय घातय घातय वध वध भूतसंघैः सह भक्षय भक्षय क्रुद्धचेतसाः नखैर्विदारय विदारय देशादस्मादुच्चाटय उच्चाटय पिशाचवत् भ्रंशय भ्रंशय भ्रामय भ्रामय भयातुरान् विसंज्ञान् सद्यः कुरु कुरु भस्मीभूतानुद्धूलय उद्धूलय भक्तजनवत्सल सीताशोकापहारक सर्वत्र मामएनं च रक्ष रक्ष हां हां हां हूं हूं हूं घे घे घे हूं फट् स्वाहा॥ 1॥ ॐ नमो भगवते हनुमते महाबलपराक्रमाय महाविपत्ति निवारणाय भक्तजनमनः कामनाकल्पद्रुमाय दुष्टजनमनोरथ

स्तम्भनाय प्रभञ्जन प्राणप्रियाय स्वाहा॥ 2॥ ॐ ह्रां ह्रीं ह्रूं ह्रैं ह्रौं ह्रः मम शत्रून शूलेन छेदय छेदय अग्निना ज्वालय ज्वालय दाहय दाहय उच्चाटय उच्चाटय हूं फट् स्वाहा॥ 3॥

ध्यानम्

।। ॐ हनुमते नमः ।।

श्रीमन्तं हनुमन्तमआर्तरिपुभृद् भूभृत्तरुभ्राजितं।
चाल्यद् बालधिबन्धवैरिनिचयं चामीकराद्रिप्रभम्।।
अष्टौ रक्त पिशङ्ग नेत्र नलिनं भ्रूभङ्गभङ्गस्फुरत्।
प्रोद्यच्चण्डमयूखमण्डलमुखं दुःखापहं दुःखिनाम्।।1।।

कौपीनं कटिसूत्र मौंज्यजिनयुग्देहं विदेहात्मजा-
प्राणाधीश पदारविन्द निरतं स्वान्तं कृतान्त द्विषाम्।।
ध्यात्वैवं समराङ्गणस्थितमथानीय स्वहृत्पङ्कजे।
सम्पूज्याऽखिल पूजनोक्त विधिना सम्प्रार्थये प्रार्थितम्।।2।।

इसके अलावा गीताप्रेस गोरखपुर से प्रकाशित हनुमान चालीसा के अंतिम पृष्ठों में **गोष्पदीकृत वारीशं, उल्लंघ्य सिन्धोः सलिलं सलीलं, मनोजवं मारुततुल्य वेगं** तथा **जयत्पति बलोरामो** इत्यादि का भी ध्यान में पाठ करना चाहिए।

।। स्तोत्रम् ।।

हनुमन्नंजनीसूनो महाबल पराक्रम।
लोलल्लांगूल पातेन ममारीन्निपातय निपातय।।3।।

मर्कटाधिप मार्त्तण्ड मण्डलग्रासकारक।
लोलल्लांगूल पातेन ममारीन्निपातय निपातय।।4।।

अक्षक्षपण पिङ्गाक्ष क्षितिजाशुक्क्षयंकर।
लोलल्लांगूल पातेन ममारीन्निपातय निपातय।।5।।

रुद्रावतार संसारदुःखभारापहारक।
लोलल्लांगूल पातेन ममारीन्निपातय निपातय।।6।।

श्रीरामचरणाम्भोज मधुपायित मानस।
लोलल्लांगूल पातेन ममारीन्निपातय निपातय।।7।।

बालिकालदर क्लांत सुग्रीवोन्मोचन प्रभो।
लोलल्लांगूल पातेन ममारीन्निपातय निपातय।।8।।

सीता-विरह-वारीशमग्न सीतेशतारक।
लोलल्लांगूल पातेन ममारीन्निपातय निपातय।।9।।

रक्षो राज प्रतापाऽग्नि दह्यमान जगद्धन।
लोलल्लांगूल पातेन ममारीन्निपातय निपातय।।10।।

ग्रस्ताऽशेष जगत्स्वास्थ्य राक्षसाम्बोधिमन्दर।
लोलल्लांगूल पातेन ममारीन्निपातय निपातय।।11।।

पुच्छ-गुच्छ स्फुरद् भूमानलदग्धारिपक्षन।
लोलल्लांगूल पातेन ममारीन्निपातय निपातय।।12।।

जगन्मनोदुरुल्लंघ्य पारावार विलंघन।
लोलल्लांगूल पातेन ममारीन्निपातय निपातय।।13।।

स्मृत मात्र समस्तेष्ट पूरक प्रणतप्रिय।
लोलल्लांगूल पातेन ममारीन्निपातय निपातय।।14।।

रात्रिंचर चमूराशि कर्त्तनैक विकर्त्तन।
लोलल्लांगूल पातेन ममारीन्निपातय निपातय।।15।।

जानकी जानकी जानि प्रेमपात्र परन्तप।
लोलल्लांगूल पातेन ममारीन्निपातय निपातय।।16।।

भीमादिक महावीर वीरवेशावतारक।
लोलल्लांगूल पातेन ममारीन्निपातय निपातय।।17।।

वैदेहीविरहक्लांत रामरोषैकविग्रह।
लोलल्लांगूल पातेन ममारीन्निपातय निपातय।।18।।

वज्रांगनखदंष्ट्रेश वज्रि वज्रावकुण्ठन।
लोलल्लांगूल पातेन ममारीन्निपातय निपातय।।19।।

अखर्व गर्व गन्धर्व पर्वतोद्भेदनस्वर।
लोलल्लांगूल पातेन ममारीन्निपातय निपातय।।20।।

लक्ष्मणप्राणसंत्राण त्रातस्तीक्ष्ण करान्वय।
लोलल्लांगूल पातेन ममारीन्निपातय निपातय।।21।।

रामाधि विप्रयोगार्त्त भरताद्यार्तिनाशन।
लोलल्लांगूल पातेन ममारीन्निपातय निपातय।।22।।

द्रोणाचल समुत्क्षेप समुत्क्षिप्तारि वैभव।
लोलल्लांगूल पातेन ममारीन्निपातय निपातय।।23।।

सीताशीर्वाद सम्पन्न समस्ताऽवयवाक्षत।
लोलल्लांगूल पातेन ममारीन्निपातय निपातय।।24।।

इत्येवमश्वत्थतलोपविष्टः, शत्रुञ्जयं नाम पठेत्स्वयं यः।
सशीघ्रमेवास्त समस्त शत्रुः, प्रमोदते मारुतजप्रसादात्।।25।।

लांगूलास्त्र मालामंत्र का जप करने के पश्चात् शत्रुंजय हनुमत्स्तोत्र का पाठ अवश्य करें। यह प्रयोग विकटतम रिपुओं का विनाश करने में सक्षम है। 'ध्यान' का विश्लेषण करने से ज्ञात होता है कि प्रस्तुत पाठ के समय श्रीहनुमान की जिस मानसिक मूर्ति का ध्यान निर्देशित है, वह युद्ध संकल्पित अस्त्रशस्त्र सुसज्जित पराक्रमसिन्धु वज्रांग विग्रह है।

मालामंत्र अपने भाव तथा प्रभाव में विलक्षण है। इसमें वर्णों का ध्वनिसंगठन प्रचंड है। परुषवृत्ति का अनुसरण करते हुए शत्रु के सपरिवार समूल उच्छेद का उत्तेजन है। शत्रुओं को शूल से छेदने एवं अग्नि से प्रदग्ध करने की प्रार्थना है। महाविपत्ति से आक्रान्त सीता को भयमुक्त करने का दृष्टान्त उपस्थित किया गया है।

शत्रुंजय स्तोत्र समरांगण में संस्थित प्रचंड वीर हनुमान की वन्दना से प्रारंभ होकर यह संकेत प्रदान करता है कि विपत्तियों के युद्ध क्षेत्र में पीड़ित व्यक्ति इस स्तोत्र के पाठानुष्ठान से विजय प्राप्त कर सकता है। श्लोक संख्या 3 से 24 तक श्लोकार्द्ध में यही निवेदन किया गया है कि लांगूल के वज्र प्रहार से मेरे शत्रुओं को

विनष्ट करो। अतः इस प्रयोग का अनुष्ठान अत्यन्त फलदायी है। 251 अथवा 125 की संख्या प्रयोग पाठ हेतु उत्तम है।

एक विशिष्ट विधान यह भी है कि इसका पाठ पीपल वृक्ष के तले अथवा हनुमद् मन्दिर में करें। शुभमुहूर्त में पूजनोपरांत पाठ प्रारंभ करें। 31 दिन तक नित्य 12, 15 अथवा 21 पाठ पूर्वाभिमुख होकर करें। इससे रिपुजनित कष्टों से मुक्ति प्राप्त होती है। पीपल के तले पाठ करें तो एक बार पाठ करते हुए जितनी प्रदक्षिणाएँ हों, उतनी सम्पन्न करें। आसन कुश अथवा ऊन का होना चाहिए। यह इतना अमोघ लांगूलास्त्र शत्रुंजय हनुमत्स्तोत्र एक अमोघ अनुष्ठान है। 'गोष्पदीकृतवारीशं' तथा 'मशकीकृथराक्षसम्' का उदाहरण उपस्थित करने वाले हनुमत् प्रणतजनों के कष्ट का सम्यक् संहार करते हैं, यह सत्य है। रुद्रात्मज श्रीहनुमान शत्रुशमन हेतु सर्वोपरि शक्तियों में अग्रगण्य हैं। ध्यान प्रथम बार ही बोलना चाहिए, जब इस स्तोत्र की आवृत्तियाँ करें तो ध्यान की बारम्बार पुनरावृत्ति करने की आवश्यकता नहीं है।

2.8 अथ हनुमद् वडवानल स्तोत्रम्

(शत्रुसंहार, ऐश्वर्य प्राप्ति, व्याधि विनाश, आयु-आरोग्य प्राप्ति, अर्थोद्‍गम, पदोन्नति पराजय पर विजय प्राप्ति हेतु)

वडवानल स्तोत्र महाबली हनुमान साधना से संदर्भित, अत्यन्त प्रचलित, प्रशंसित, बहुपरीक्षित एवं सुप्रतिष्ठित साधना है। वडवानल स्तोत्र का उपयोग शत्रु-विनाश के लिए किया जाता है। किसी जन्मांग में यदि पंचमभाव मंगल ग्रह द्वारा प्रभावित हो, अथवा मंगल ग्रह के कारण शत्रुपीड़ा व्यथित कर रही हो, तो हनुमद् वडवानल स्तोत्र त्वरित फल प्रदान करता है। श्री हनुमान ईर्ष्या और द्वेष, द्रोह एवं विद्रोह, प्रतिशोध अथवा द्वन्द्व के बिना ही शत्रु का विनाश करते हैं। इस स्तोत्र का पाठ समस्त व्याधियों का विनाश करके आयु और आरोग्य प्रदान करता है।

ऐश्वर्य, वैभव, यश, कीर्ति का विस्तार एवं प्रसार करने वाला यह स्तोत्र धनोपार्जन के साथ-साथ आय में वृद्धि करने वाला है। पदोन्नति में उत्पन्न होने वाले अन्यान्य अवरोधों का शमन करके मनोनुकूल पद, प्रतिष्ठा और अधिकार प्रदान करने वाला यह स्तोत्र अमोघ है। मात्र अविचल आस्था और अखण्डित विश्वास और अवशेष श्रद्धा अपेक्षित है। हनुमद् वडवानल स्तोत्र का नियमित पाठ करने से सभी प्रकार के अपराधजन्य पाप तथा कर्मज व्याधि का भी शमन होता है। यह स्तोत्र अमोघ है और हमने शताधिक अवसरों पर हनुमद् वडवानल स्तोत्र के चमत्कृत कर

देने वाले प्रभाव की अनुभूति की है। साधक को चाहिए कि इस स्तोत्र का पाठ करते समय सात्त्विक जीवन व्यतीत करें, ब्रह्मचर्य से रहें, माँस, मदिरा एवं तामसी भोजन का सेवन न करें, हिंसा, अपराध, हत्या, परनिन्दा, प्रतिशोध की भावना से अपने आपको पृथक् रखे, सात्त्विक और संयमित साधना शीघ्रफल प्रदान करती है। इसमें कदाचित् किसी को भी किंचित् संदेह और संशय नहीं हो सकता।

शनिवार या मंगलवार के दिन ब्राह्म मुहूर्त्त में या निशीथ काल में एकाग्रचित्त होकर लाल वस्त्र धारण करके घी एवं तेल का दीपक प्रज्वलित कर हनुमान जी की मूर्ति के सामने इस स्तोत्र का 108 बार पाठ करना चाहिए। हनुमद् पूजन के पूर्व गणेश स्मरण आवश्यक है। सहस्र पाठ से विजय एवं अभीप्सित कार्यों की सिद्धि होती है। साधक ब्रह्मचर्य व्रत का पालन करें। किसी भी अनुष्ठान की पूर्ण सफलता हेतु हनुमद् वडवानल स्तोत्र अथवा बटुक भैरव स्तोत्र अंत में करने का विधान है।

विनियोग- अस्य श्री हनुमद् वडवानलस्तोत्रमंत्रस्य श्रीरामचन्द्र ऋषिः श्री वडवानल हनुमान देवता मम समस्त रोग प्रशमनार्थ आयुरारोग्य ऐश्वर्यादि वृद्ध्यर्थं समस्त पापक्षयार्थं पाठमहं करिष्ये।

स्तोत्र-

ॐ ह्रां ह्रीं ॐ नमो भगवते श्री महाहनुमते प्रकट पराक्रम सकल दिङ्मण्डल यशोवितान् धवलीकृतजगत्त्रितय वज्रदेह रुद्रावतार लङ्कापुरीदहन उमा अनत मंत्र, उदधि बन्धन दशशिरकृतान्तक सीताश्वसन, वायुपुत्र अंजनीगर्भसम्भूत श्रीरामलक्ष्मणानन्दकर कपिसैन्यप्राकार सुग्रीवसहाय, रणपर्वतोत्पाटन कुमार ब्रह्मचारिन् गम्भीरनाद सर्वपापग्रहवारण सर्वज्वरोच्चाटन डाकिनीविध्वंसन ॐ ह्रां ह्रीं ॐ नमो भगवते महावीरवीराय सर्वदुःखनिवारणाय ग्रहमण्डल, सर्वभूतमण्डल, सर्वपिशाचमण्डलोच्चाटन, भूतज्वर, एकाहिकज्वर, द्व्याहिकज्वर, चातुर्थिकज्वर, संतापज्वर, विषमज्वर, तापज्वर, महेशज्वर, वैष्णवज्वरान् छिन्धि छिन्धि यक्षब्रह्मराक्षस-भूत-प्रेत पिशाचान् उच्चाटय उच्चाटय ॐ ह्रां ह्रीं ॐ नमो भगवते श्री महा हनुमते ॐ ह्रां ह्रीं ह्रूं ह्रैं ह्रौं ह्रः ॐ हां हां हां हां हां सौं एहि एहि एहि ॐ हं हं हं ॐॐॐ नमो भगवते श्री महा हनुमते श्रवणचक्षुर्भूतानां

शाकिनीडाकिनीनां विषमदुष्टानां सर्वविषं हर हर आकाश भुवमं भेदय भेदय छेदय छेदय मारय मारय शोषय शोषय मोहय मोहय ज्वालय ज्वालय प्रहारय प्रहारय सकलमायां भेदय भेदय ॐ ह्रां ह्रीं ॐ नमो भगवते महाहनुमते सर्वग्रहोच्चाटन परवलं क्षोभय क्षोभय सकल बन्धन मोक्षणं कुरु कुरु शिरःशूल गुल्मशूल सर्वशूलान्निर्मूलय निर्मूलय नागपाशानन्तवासुकी तक्षक कर्कोटक कालियान यक्षकुल जलगत विलगत रात्रिचर दिवाकर सर्पान्निर्विषान्कुरु कुरु स्वाहा। राजभय चोरभय परमंत्र परयंत्र परतंत्र परविद्याश्छेदय छेदय, स्वमंत्र स्वतंत्र स्वयंत्र स्वविद्याः प्रकटय प्रकटय सर्वारिष्टान्नाशय नाशय सर्वशत्रून्नाशय नाशय असाध्यं साधय साधय हुं फट् स्वाहा।

2.9 संकटमोचन हनुमत स्तोत्र

प्रस्तुत प्रसिद्ध स्तोत्र काशीपीठाधीश्वर जगद्गुरु शंकराचार्य स्वामी श्रीयुत महेश्वरानन्द सरस्वती विरचित है। इसकी प्रयोगविधि सरल है, किन्तु श्रद्धा-विश्वास की सम्पूर्णता अनिवार्य है। परिस्थिति जटिल होने पर विधिवत् पूजन अर्चन कर शुद्ध-बुद्ध मनोदशा के साथ स्तोत्र का अधिकाधिक पाठ व्यक्ति के संकटों को समूल नष्ट करता है। पाठ आरम्भ करने से पूर्व तथा पाठान्त में श्रीसीताराम स्तुति अनिवार्य है। सात्त्विक आचरण एवं समग्र समर्पण से संकटमोचन श्रीहनुमान रावणसदृश दुर्दमनीय रिपुओं को भी पराभूत करते हैं।

सिन्दूरपूररुचिरो बलवीर्यसिन्धुर्बुद्धिप्रवाहनिधिरद्भुतवैभवश्रीः।
दीनार्तिदावदहनो वरदो वरेण्यः सङ्कष्टमोचनविभुस्तनुतां शुभं नः।। 1।।

जो सिन्दूर-स्नान से सुन्दर देहयुक्त, बल-वीर्य के सागर, बुद्धि-प्रवाह के आकर और अद्भुत ऐश्वर्य के धाम हैं, जो दीनों के दुःखों का नाश करने लिए दारुण दावानल के समान हैं तथा जो वरदान-तत्पर, सर्वकामपूरक, संकटघटाविदारक और सर्वव्यापी हैं, वे संकटमोचन प्रभु हम लोगों के लिए मंगलकारी हों।

सोत्साहलङ्घितमहार्णवपौरुषश्रीर्लङ्कापुरीप्रदहनप्रथितप्रभावः।
घोराहवप्रमथितारिचमूप्रवीरः प्राभञ्जनिर्जयति मर्कटसार्वभौमः।। 2।।

उन वानरराज-चक्रवर्ती की जय हो, जो उत्साहपूर्वक महासिन्धु को लाँघ गए, जिनकी पुरुषार्थ-लक्ष्मी देदीप्यमान है, लंकानगरी के दहन से जिनकी प्रभाव-प्रभा दिग्दिगन्तव्याप्त है और जो घोर राम-रावण-युद्ध में शत्रु-सेना का मंथन करने में महान् वीर तथा प्रभंजन-पवन को आनन्द देने वाले-पवनकुमार हैं।

द्रोणाचलानयनवर्णितभव्यभूतिः श्रीरामलक्ष्मणसहायकचक्रवर्ती।
काशीस्थदक्षिणविराजितसौधमल्लः श्रीमारुतिर्विजयते भगवान् महेशः॥ 3॥

जो संजीवनी के लिए द्रोणगिरि को ही उठा लाये थे, जो सुन्दर भव्य विभूति सम्पन्न, श्रीराम-लक्ष्मण के सेवक-सहायकों में चक्रवर्ति शिरोमणि और मल्लवीर काशीपुरी के दक्षिण भाग-स्थित दिव्य भवन में विराजमान हैं, ऐसे महेश-रुद्रावतार भगवान् मारुति की जय हो।

नूनं स्मृतोऽपिदयते भजतां कपीन्द्रः संपूजितो दिशति वांछितसिद्धिवृद्धिम्।
सम्मोदकप्रिय उपैति परंप्रहर्षं रामायण श्रवणतः पठतां शरण्यः।।4।।

वे वानरराज स्मरणमात्र से भक्तों पर दया करने वाले हैं और विधिपूर्वक सम्पूजित होने पर सभी मनोरथों की तथा सुख-समृद्धि की पूर्ति-वृद्धि करनेवाले हैं। वे मोदक (लड्डू) प्रिय अथवा भक्तों को विशेष मुदित करने वाले हैं। रामायण-श्रवण से उन्हें परम हर्ष प्राप्त होता है और वे पाठकों की पूर्णतया रक्षा करने वाले हैं।

श्रीभारतप्रवरयुद्धरथोद्धतश्रीः पार्थैककेतनकरालविशालमूर्त्तिः।
उच्चैर्घनाघनघटाविकटाऽट्टहासः श्रीकृष्णपक्षभरणः शरणं ममाऽस्तु॥ 5॥

महाभारत-महायुद्ध में रथपर जिनकी शोभा समुद्यत हुई है, पृथानन्दन अर्जुन के रथ केतु पर जिनकी विकराल विशाल मूर्ति विराजमान है, घनघोर मेघ-घटा के गम्भीर गर्जन के समान जिनका विकट अट्टाहस है, ऐसे श्रीकृष्णपक्ष (पाण्डव-सैन्य) के पोषक (अद्भुत चन्द्र) मेरे शरणदाता हों।

जङ्घालजङ्घ उपमातिविदूरवेगो
मुष्टिप्रहारपरिमूर्च्छितराक्षसेन्द्रः।
श्रीरामकीर्तितपराक्रमणोद्भवश्रीः
प्राकम्पनिर्विभुरुदञ्चतु भूतये नः।।6।।

उन विशाल जंघावाले श्रीहनुमान का वेग उपमा से रहित-अनुपम है, जिनकी

मुष्टि के प्रहार से राक्षसराज रावण मूर्च्छित हो गया था, जिनके पराक्रम की अद्भुत श्री का कीर्तन स्वयं भगवान् श्रीराम करते हैं, ऐसे प्रकम्पन (मारुत) नन्दन, सर्वव्यापक श्री हनुमान हमें विभूति प्रदान करने के लिए तत्पर हों।

सीतार्तिदारणपटुः प्रबलप्रतापी
श्रीराघवेन्द्रंपरिरम्भवरप्रसादः।
वर्णीश्वरः सविधिशिक्षितकालनेमिः
पञ्चाननोऽपनयतां विपदोऽधिदेशम्।।7।।

सीता के शोक-संताप के विनाश में निपुण, प्रबल प्रतापी श्रीहनुमान भगवान् श्रीराघवेन्द्र के आलिंगनरूप दिव्य वर-प्रसाद से सम्पन्न हैं। जो वर्णियों- ब्रह्मचारियों के शिरोमणि तथा कपट-साधु कालनेमि को विधिवत् शिक्षा देनेवाले हैं, वे पंचमुख हनुमान जी हमारी विपत्तियों का सर्वथा अपसारण (दूर) करें।

उद्यद्भानुसहस्रसन्निभतनुः पीताम्बरालङ्कृतः
प्रोज्ज्वालानलदीप्यमाननयनो निष्पिष्टरक्षोगणः।
संवर्तोद्यतवारिदोद्धतरवः प्रौच्चैर्गदाविभ्रमः
श्रीमान् मारुतनन्दनः प्रतिदिनं ध्येयो विपद्भञ्जनः।।8।।

जिनका श्रीविग्रह उदीयमान सहस्र सूर्य के सदृश अरुण तथा पीताम्बर से सुशोभित है, जिनके नेत्र अत्यन्त प्रज्वलित अग्नि के समान उद्दीप्य हैं, जो राक्षस समूह को निःशेषतया पीस देने वाले हैं, प्रलयकालीन मेघ-गर्जना के तुल्य जिनकी घोर गर्जना है, जिनके मुद्गर (गदा) का भ्रमण अतिशय दिव्य है, ऐसे शोभा-प्रभा संवलित मारुतनन्दन विपद्विभंजन श्रीहनुमान जी का प्रतिदिन ध्यान करना चाहिए।

रक्षःपिशाचभयनाशनमामयाधिप्रोच्चैर्ज्वरापहरणं दमनं रिपूणाम्।
सम्पत्तिपुत्रकरणं विजयप्रदानं सङ्कष्टमोचनविभोः स्तवनं नराणाम्।।9।।

संकट-मोचन प्रभु श्रीहनुमान का स्तवन (गुण-गान) मानवमात्र के लिए राक्षस-पिशाच (भूत-प्रेत) के भय का विनाशक, आधि-व्याधि-शोक-संताप-ज्वर-दाहादि का प्रशमन करने वाला, शत्रु-दमन, पुत्र-सम्पत्ति का दाता एवं विजय प्रदान करने वाला है।

दारिद्र्यदुःखदहनं विजयं विवादे
कल्याणसाधनममङ्गलवारणं च।

दाम्पत्यदीर्घसुखसर्वमनोरथाप्तिं
श्रीमारुतेः स्तवशतावृतिरातनोति।। 10।।

श्रीमारुतनन्दन की इस स्तुति का सौ बार पाठ करने से दरिद्रता और दुःखों का दहन, वाद-विवाद में विजय-प्राप्ति, समस्त कल्याण-मंगलों की अवाप्ति तथा अमंगलों की निवृत्ति, गृहस्थ-जीवन में दीर्घकालपर्यन्त सुख-प्राप्ति तथा सभी मनोरथों की पूर्ति होती है।

स्तोत्रं य एतदनुवासरमस्तकामः
श्रीमारुतिं समनुचिन्त्य पठेत् सुधीरः।
तस्मै प्रसादसुमुखो वरवानरेन्द्रः
साक्षात्कृतो भवति शाश्वतिकः सहायः।। 11।।

जो कोई विवेकशील धीर मानव निष्काम भाव से श्रीमारुतनन्दन का विधिपूर्वक चिन्तन करते हुए इस स्तोत्र का पाठ करता है, उसके समक्ष प्रसादसुमुख-परम सौम्य वानरेन्द्र श्रीहनुमानजी साक्षात् प्रकट होते हैं और नित्य उसकी रक्षा-सहायता करते हैं।

सङ्कष्टमोचनस्तोत्रं शङ्कराचार्यभिक्षुणा।
महेश्वरेण रचितं मारुतेश्चरणेऽर्पितम्।। 12।।

भिक्षु (संन्यासी) शंकराचार्य श्रीमहेश्वर (श्रीमहेश्वरानन्द सरस्वती महाराज) ने इस 'संकष्टमोचनस्तोत्र' की रचना की है और वे इसे श्रीमारुति के चरणों में समर्पित कर रहे हैं।

शत्रुशमनार्थ उद्धृत विवेचित उपरिलिखित अनुष्ठानों का निष्ठा विधि संकल्प के साथ आयोजन करने से अभूतपूर्व परिणाम प्राप्त होते हैं। श्रीहनुमदुपासना के संदर्भ में कुछ तथ्य स्मरणीय हैं, जिनका परिपालन अनुष्ठान के प्रभाव को संवर्द्धित करता है-

1. पवित्रता एवं संयम का साग्रह पालन करें।
2. श्रीसीताराम से संबद्ध स्तवनों का संकीर्तन हनुमद् शक्ति को संजीवित करता है।
3. नैवेद्य में मोदक तथा पूआ को विशेषतः सम्मिलित करें।
4. अनुष्ठान के मध्य तिल के तेल में सिन्दूर मिश्रित कर मुद्रित हो श्रीहनुमद् विग्रह पर लेपन करने से विशेष कृपा प्राप्त होती है।
5. श्रद्धा विश्वास तो सर्वोपरि है।

श्री हनुमान परम कृपालु हैं। यदि व्यक्ति नितान्त असमर्थ हो तथा किसी दीर्घकालिक अथवा जटिल अनुष्ठान को करना सम्भव न हो तो मात्र हनुमान चालीसा का पाठ भी शत्रु संकट से मुक्ति प्रदान करता है। अप्रत्याशित उपस्थित भीषण परिस्थितियों को विनष्ट करने हेतु श्रीहनुमान की साधना परम हितकारी है-

हनुमन्नञ्जनीसूनो वायुपुत्र महाबल।
अकस्मादागतोत्पातं नाशयाशु नमोऽस्तु ते।।

2.10 सौभाग्य हनुमन्मंत्र

उत्तम भाग्य, हनुमत् सिद्धि एवं प्रसन्नता प्राप्ति हेतु सौभाग्य हनुमन्मंत्र जप करने का विधान है। इस मंत्र का बारम्बार जप करने से बजरंगबली का किसी रूप में दर्शन भी संम्भव हो जाता है।

लखनऊ के प्रसिद्ध ज्योतिर्विद आचार्य गिरिजाशंकर पाण्डेय अयोध्या में हनुमान गढ़ी में बैठकर इस मंत्र का जप नित्यप्रति प्रातः-सायं कई घण्टे तक करते थे। मन्दिर के पुजारी आकर उन्हें प्रसाद देकर चले जाते थे। इधर पण्डित जी ने अनुभव किया, कि जिस कामना से वह मंत्र जप कर रहे थे वह कामना बड़ी सुगमता से पूरी होने लगी, तभी पण्डित गिरिजा शंकर शास्त्री ने अयोध्या से लखनऊ जाने का विचार किया। मार्ग में उनका सम्पर्क हनुमान गढ़ी के महन्त जी से हुआ। पण्डित गिरिजा शंकर ने पूछा कि इधर आप कहाँ से आ रहे हैं और आप निर्बल भी बहुत दिख रहे हैं। तभी महन्त जी ने रहस्य उद्घाटित किया कि वह तो एक महीने से अपने गाँव बिहार गए हुए थे, उनका स्वास्थ्य शिथिल था और उसी दिन वह बिहार से लौट रहे थे, तभी पण्डित गिरिजा शंकर पाण्डेय उलटे पैर अयोध्या के लिए लौट पड़े। उन्हें समझ में आ गया था कि उन्हें प्रसाद देने वाले महन्त स्वयं बजरंग बली थे, जिन्होंने हनुमान गढ़ी के महन्त का रूप धारण कर रखा था। मन्दिर जाकर पण्डित गिरिजा शंकर पाण्डेय ने दर्जनों व्यक्तियों से हनुमानगढ़ी के महन्त जी के बारे में पूछा तो उन्हें ज्ञात हुआ कि महन्त जी तो पिछले एक महीने से अपने गाँव बिहार गए हुए हैं। पण्डित गिरिजा शंकर पाण्डेय के नेत्रों से अविरल जल धारा बह निकली कि उनके भक्त-वत्सल भगवान हनुमान उनके सामने थे और वे उन्हें पहचान नहीं पाये।

इस मंत्र का जप करने से पूर्व हनुमान जी का विधि-विधान से पूजन करें तदनन्तर संकल्प लेकर मंत्र जप करे। मंत्र जप संख्या दस हजार है। जप के उपरान्त दशांश हवन, तर्पण, मार्जन आदि विधिवत् सम्पन्न करना चाहिए।

विनियोग- ॐ अस्य श्री सौभाग्य हनुमन्मंत्रस्य श्री रामचन्द्र ऋषिः

अतिजगती छंदः श्री हनुमान परमात्मा रुद्रोदेवता हनुमान बीजं वायुर्देवता-शक्तिः अंजनीसुत कीलकं श्री हनुमत्प्रसाद सिद्ध्यर्थे जपे विनियोगः।

करन्यास- ॐ हं हनुमान् अंगुष्ठाभ्यां नमः।
ॐ वं वायुदेवतायै तर्जनीभ्यां नमः।
ॐ अं अंजनी सुताय मध्यमाभ्यां नमः।
ॐ रं रामदूताय अनामिकाभ्यां नमः।
ॐ हं हनुमते कनिष्ठिकाभ्यां नमः।
ॐ रुं रुद्रमूर्त्तये करतलकरपृष्ठाभ्यां नमः। एवं हृदयादिन्यासः।

ध्यानम्- एकवक्त्रं महाभीमं त्रिपञ्चनयनैर्युतम्।
वाहुभिर्दशभिः प्रोक्तं सर्वकामार्थ सिद्धिदम्।।
पूर्वं वानर प्रोक्तं कोटि सूर्य समप्रभम्।
दंष्ट्राकरालवदनं भ्रकुटी कुटिलेक्षणम्।।
तथैव दक्षिणं वक्त्रं नारसिंह महाद्भुतम्।
अत्युग्र तेजसंवर्यं भीषणं भयनाशनम्।।
पश्चिमे गरुडे वक्त्रं वज्रतुण्डं महावलम्।
पवनाद्रिप्रशमनं सर्वभूतनिकृन्तनम्।।
उत्तरे शूकरे वक्त्रं कृष्णदीप्ति नभोनिभम्।
पाताल निधि भेत्तारं ज्वर रोग निकृन्तनम्।।
कुर्वन् सन्तोषणं तेषां सर्वशत्रुहरं परम्।
मानसोपचारैः सम्पूज्य सप्तमुद्राः प्रदर्शयेत्।।
खड्गं त्रिशूलं खट्वाङ्गं पाशं चाङ्कुशमेव च।
चक्र मुद्गर मुद्रा च सप्तमुद्राः प्रकीर्तिताः।।

मंत्र- ॐ हनुमन वासुदेवताय अंजनीसुत रामदूत हनुमन् रुद्रमूर्तये स्वाहा।
यथाशक्ति जपेत्।

मालामंत्र- ॐ रामदूताय अंजनीवायुसुताय महावलाय सीता-शोकदुःखनिवारणाय लङ्कोपदहनाय वाहुलप्रचण्डाय

फाल्गुनसखाय कोलाहल ब्रह्माण्ड विश्वरूपाय सप्तसमुद्रनीरलंघनाय पिंगलनयनाय अमित-विक्रमाय सूर्यविंवफलसेविताय दृष्टिनिरालंकृताय संजीव संजीविन लक्ष्मणाङ्गदसुग्रीवमहाकपि-सैन्यप्राणनिर्वाहकाय दशकण्ठविध्वंसन कारण सेविताय श्री सीतासमेत श्रीरामचन्द्रमूर्त्तये स्वाहा।

पुनः मूलमंत्रं जपेत, पूर्वोक्त मुद्राः प्रदर्शयेत ध्यानं कराङ्गन्यासं च कुर्यात्।।

इस मंत्र का जप तन्मय होकर करने से हनुमान जी शीघ्र प्रसन्न होकर कामना को साकार स्वरूप प्रदान करते हैं। यह हमारे द्वारा ही नहीं बल्कि अनेक साधकों द्वारा अनुभूत मंत्र प्रयोग है।

2.11 सुदर्शनसंहितोक्त विभीषणकृत हनुमत् स्तोत्रम्

भगवान शंकर और हनुमान जी ऐसे ईश्वर हैं जिनको अपना आराध्य समझकर अनेक महर्षियों, योगियों, देवताओं तथा ऋषि-मनीषियों ने अनेक दुर्लभ एवं प्रभावशाली स्तोत्रों, सूक्तों अथवा मंत्रों की संरचना की है। यह तो तभी सम्भव है कि जब कोई अपने आराध्य से इतना अधिक प्रभावित हो कि भक्ति में तन्मय होकर काव्य की रचना कर डाले और भक्त-वत्सल भगवान हनुमान या शिव उस काव्य में, अभीष्ट की संसिद्धि की शक्ति को सन्निहित कर दे, सुदर्शन संहितोक्त में अग्रांकित हनुमत् स्तोत्र उपलब्ध है जिसकी संरचना राम और हनुमान भक्त विभीषण ने की है। इस स्तोत्र का पाठ करने से हनुमानजी शीघ्र प्रसन्न होते हैं और भक्त की कामना की संपूर्ति करते हैं। हनुमान जी का चित्र या विग्रह को सामने रखकर ध्यान केन्द्रित करें, ध्यान रहे कि हनुमान जी के किसी भी पूजन में तन-मन की पवित्रता, शुद्धता तथा ब्रह्मचर्य की अपरिहार्यता में संशय नहीं किया जा सकता है। हनुमान जी का सविधि पूजन करने के पश्चात् अपनी कामना की पूर्ति हेतु संकल्प का उच्चारण करें कि इस प्रयोजन से विभीषणकृत हनुमत् स्तोत्र का पाठ आप कर रहे हैं। तत्पश्चात् विभीषण कवच का पाठ अपनी श्रद्धा के अनुसार करें, एक पाठ प्रतिदिन करने से भी कामना पूर्ण होती है।

विनियोग- ॐ अस्य श्री हनुमत स्तोत्रमंत्रस्य विभीषण ऋषिः अनुष्टुप छन्दः हनुमान रुद्रो देवता श्री हनुमत् प्रसाद सिद्धयर्थे पाठे विनियोगः।

विभीषणऋषये नमः शिरसि।
अनुष्टुपछन्दसे नमः मुखे।।
हनुमान रुद्रो देवतायै नमः हृदि।
ह्रीं बीजाय नमः दक्षिणस्तने।
स्वाहाशक्तये नमः वामस्तने।
हाहेति कीलकाय नमः नाभौ।
देवदत्तस्य मुखस्तंभनार्थे विनियोगाय नमः सर्वाङ्गे

ॐ ह्रां ह्रीं ह्रूं अंगुष्ठाभ्यां नमः।
ॐ हनुमते तर्जनीभ्यां स्वाहा।
ॐ रुद्राय मध्यमाभ्यां वषट्।

ॐ सर्वदुष्टजन मुखस्तंभनं कुरु कुरु अनामिकाभ्यां हुं
ॐ सर्वकार्यसिद्धिं कुरु कुरु कनिष्ठिकाभ्यां वौषट्।
ॐ ॐ ह्रां ह्रीं ह्रं फट् स्वाहा करतलकरपृष्ठाभ्यां फट्।
एवं हृदयादिन्यासः।

ध्यानम्- **चन्द्राभं चरणारविन्दमधुरं कौपीनमौञ्जीधरम्।**
नाभ्यां सत्कटिसूत्रयुक्तवसनं यज्ञोपवीतप्रभम्।।
हस्ताभ्यामवलंव्यचाङ्गुलिपुटं हारावलिं कुंडलम्।
विभ्रद्दीर्घशिरः प्रसन्नवदनं तं चाञ्जनेयं भजे।।

मानसोपचारैः सम्पूज्य-

मंत्र- **ॐ ह्रां ह्रीं ह्रूं हनुमते रुद्राय सर्वदुष्टमुख स्तम्भनं कुरु**
कुरु मम सर्वकार्यसिद्धिं कुरु कुरु ह्रां ह्रीं ह्रूं फट् स्वाहा।
अष्टोत्तरशतं जपेत्।

विभीषण उवाच

आपनाखिल लोकार्त्तिहारिणे श्री हनुमते।
अकस्मादागतोत्पातनाशनाय नमोस्तुते।।

आधिव्याधि महामारी ग्रहपीडादि हारिणे।
प्राणापहन्त्र दैत्यानां रामप्राणात्मने नमः।।

संसारसागरागर्त गतोर्मिभ्रान्तचेतसाम् ।
शरणागत भक्तानां शरण्याय नमोऽस्तुते ।।

राजद्वारे विलद्वारे प्रवेशे भूत सङ्कुले ।
गजसिंह महाव्याघ्र चोर भीषण कानने ।।

शरण्यातिशरण्यायानिलात्मज नमोस्तुते ।
प्रदोषे च प्रवासे च ये स्मरन्त्यञ्जनी सुतम् ।।

अर्थसिद्धिः यशः कान्तिं प्राप्नुवन्ति न संशयः ।
कारागृहे प्रयाणे च संग्रामे देश विप्लवे ।।

ये स्मरंति हनूमन्तं तेषां नास्ति विपच्चयः ।
वज्रदेहाय कालाग्निरुद्राय अमिततेजसे ।।

दुष्टदैत्य महादर्प दलनाय महात्मने ।
ब्रह्मास्त्रस्तम्भिने तुभ्यं नमः श्रीरुद्रमूर्तये ।।

सीता वियुक्त श्रीराम शोक दुःख भयापह ।
तापत्रयोपसंहारिन्नाञ्जनेय नमोऽस्तुते ।।

जप्तत्वा स्तोत्रमिदं मंत्रं वसुवारं (8) जपेन्नरः ।
राजद्वारे सभास्थाने प्राप्ते वादे जयो भवेत् ।।

विभीषणकृतं स्तोत्रं यः पठेत्सततं नरः ।
सर्वसिद्धिमवाप्नोति सर्वत्र विजयी भवेत् ।।

यः पठेत् परया भक्त्या स गच्छेद् वैष्णवी पदम् ।
लिखित्वा पूजयेद्यस्तु सः पुमान् जयमाप्नुयात् ।।

ॐ नमो हनुमते रुद्राय सर्वदुष्टजन मुखस्तम्भनं कुरु कुरु उद्दण्ड दोर्द्दण्ड वृन्द सैन्येन्द्र वीर प्रताप प्रकट पराक्रम कृपालु रामदूत आञ्जनेय हरि मर्कट मर्कट आपदोद्धार श्री वीर हनुमत् मम शत्रून संहारय संहारयाद्य मां रक्ष रक्ष ।।

विभीषणकृत हनुमत् स्तोत्र का पाठ करने से शत्रुओं पर विजय प्राप्त होती है। न्यायालय में भी विजयश्री साधक के द्वार पर आ खड़ी होती है। अपराधी प्रवृत्ति के

पापी लोगों का विनाश होता है। यह स्तोत्र उन साधकों के लिए भी उपयोगी है जो साधना में इतना डूब जाना चाहते हैं कि स्वयं को विस्मृत कर दें।

2.12 सुदर्शनसंहितोक्त पंचमुखहनुमत्कवचम्

सुदर्शन संहिता में हनुमान जी को प्रसन्न करने के लिए अनेक साधनाएँ सन्निहित हैं, उनमें से पंचमुखहनुमत्कवच की महिमा सर्वविदित है। पंचमुखहनुमत्कवच का पाठ वहाँ करना आपेक्षित है जहाँ शक्ति और पुष्टि को आविष्ठित होने में किंचित् भी संदेह हो। भक्तिभाव से हनुमानजी के प्रसन्नार्थ उनकी शक्तियों को आवाहित करने के लिए, तन के पुष्टिवान होने के लिए, मन में भक्ति का संचार होने के लिए इस स्तोत्र का पाठ परमोपयोगी सिद्ध होता है। शत्रु का विनाश होता है तथा साधक को पराजय पर विजय प्राप्त होती है। हनुमान जी के पंचमुखी विग्रह या चित्र का पूजन विधिविधान सहित करने के उपरान्त संकल्प लें, संकल्प के उपरान्त अग्रांकित कवच का पाठ 1, 3, 5, 7, 9 अथवा 11 बार करें। एक सप्ताह पश्चात् जप संख्या का दशांश हवन, तर्पण, मार्जन आदि विधि विधान सहित करें।

विनियोग- **ॐ अस्य श्रीपंचमुखहनुमन्मंत्रस्य ब्रह्मा ऋषिः गायत्रीच्छन्दः पंचमुख-विराड्हनुमान् देवता ह्रीं बीजं श्रीः शक्तिः क्रौं कीलकं क्रूं कवच क्रैं अस्त्राय फट्। इति दिग्बन्धः।**

पंचमुख हनुमत्कवच

<u>श्रीगरुड उवाच</u>

अथ ध्यानं प्रवक्ष्यामि शृणु सर्वाङ्गसुन्दरि।
यत्कृतं देवदेवेन ध्यानं हनुमतः प्रियम्।।

पञ्चवक्त्रं महाभीमं त्रिपञ्चनयनैर्युतम्।
बाहुभिर्दशभिर्युक्तं सर्वकामार्थसिद्धिदम्।।

पूर्वं तु वानरं वक्त्रं कोटिसूर्यसमप्रभम्।
दंष्ट्राकरालवदनं भ्रुकुटीकुटिलेक्षणम्।।

अस्यैव दक्षिणं वक्त्रं नारसिंहं महाद्भुतम्।
अत्युग्रतेजोवपुषं भीषणं भयनाशनम्।।

पश्चिमं गारुडं वक्त्रं वक्रतुण्डं महाबलम् ।
सर्वरोगप्रशमनं विषभूतादि कृन्तनम् ।।

उत्तरं सौकरं कृष्णं दीप्तरूपं नभोपमम् ।
पातालसिंहवेतालज्वररोगादिकृन्तनम् ।।

उर्ध्वं हयाननं घोरं दानवान्तकरं परम् ।
येन वक्त्रेण विप्रेन्दं तारकाख्यं महासुरम् ।।

जघान शरणं तस्यात्सर्वशत्रुहरं परम् ।
ध्यायेत् पञ्चमुखं रुद्रं हनुमन्तं दयानिधिम् ।।

खङ्गं त्रिशूलं खट्वाङ्गं पाशमङ्कुशपर्वतम् ।
मुष्टिं कौमोदकीं वृक्षं धारयन्तं कमण्डलुम् ।।

भिन्दिपालं ज्ञानमुद्रां दशभिर्मुनिपुङ्गव ।
एतान्यायुधजालानि धारयन्तं भजाम्यहम् ।।

प्रेतासनोपविष्टं तं सर्वाभरणभूषितम् ।
दिव्यमाल्याम्बरधरं दिव्यगन्धानुलेपनम् ।
सर्वाश्चर्यमयं देवं हनुमद्विश्वतोमुखम् ।।

पञ्चास्यमच्युतमनेकविचित्रवर्णं,
वक्त्रं शशाङ्कशिखरं कपिराजवर्यम् ।
पीताम्बरादिमुकुटैरुपशोभिताङ्गं,
पिङ्गाक्षमाद्यमनिशं मनसा स्मरामि ।।

मर्कटेश महोत्साहं सर्वशत्रुहरेः परः ।
शत्रुं संहर मां रक्ष श्रीमन्नापदउद्धर ।।

ॐ हरिमर्कट मर्कट मंत्रमिमं
परिलिख्यति लिख्यति वामतले ।
यदि नश्यति नश्यति शत्रुकुलं
यदि मुञ्चति मुञ्चति वामलता ।।

ॐ हरिमर्कटमर्कटाय स्वाहा। ॐ नमो भगवते पञ्चवदनाय पूर्वकपिमुखाय सकलशत्रुसंहरणाय स्वाहा। ॐ नमो भगवते पञ्चवदनाय दक्षिणमुखाय करालवदनाय नरसिंहाय सकलभूतप्रमथनाय स्वाहा। ॐ नमो भगवते पञ्चवदनाय पश्चिममुखाय गरुडाननाय सकलविपद्धराय स्वाहा। ॐ नमो भगवते पञ्चवदनायोत्तरमुखायादिवराहाय सकलसम्पत्कराय स्वाहा। ॐ नमो भगवते पञ्चवदनायोर्ध्वमुखाय हयग्रीवाय सकलजनवशङ्कराय स्वाहा।

2.13 पंचमुख हनुमत् मंत्र

पंचमुखी हनुमत् कवच करने के पश्चात् पंचमुखी हनुमत् मंत्र जो अग्रांकित है का जप करना चाहिए। इस मंत्र का जप करने से शत्रुओं पर विजय प्राप्त होती है। बल, पुष्टि और बुद्धि का विकास होता है। पराजय पर विजय अर्जित होती है तथा शत्रु कदाचित् पुनः कभी सामने आने का साहस नहीं करता। इस मंत्र का जप करने से शत्रु के हृदय में साधक के प्रति एक भय सा व्याप्त हो जाता है। हनुमान जी के चित्र या विग्रह के समक्ष दीपक प्रज्वलित करके सर्वप्रथम गणपति मंत्र '**ॐ गं गणपतये नमः**' का एक माला जप कर तदनन्तर हनुमान जी का षोडशोपचार पूजन करे, तत्पश्चात् लाल चंदन की माला से पंचमुखी हनुमत् मंत्र का तीन माला जप करे, यदि भावना, तनमयता, श्रद्धा तथा आस्था में किंचित् भी न्यूनता नहीं उत्पन्न हो तो हनुमान जी की कृपा से शीघ्र ही कार्य की संसिद्धि होती है।

विनियोग- **ॐ अस्य श्रीपञ्चमुखहनुमन्मंत्रस्य श्रीरामचन्द्र ऋषिः। अनुष्टुप छन्दः। पञ्चमुखवीरहनुमान् देवता। हनुमानिति बीजम्। वायुपुत्र इति शक्तिः। अञ्जनीसुत इति कीलकम्। श्रीरामदूतहनुमत्प्रसादसिद्ध्यर्थे जपे विनियोगः।**

ऋषयादिन्यासः - ॐ रामचन्द्रऋषये नमः शिरसि। अनुष्टुपछन्दसे नमः मुखे। पञ्चमुखवीर हनुमद्देवतायै नमः हृदि। हनुमानिति बीजाय नमः गुह्ये। वायुपुत्र इति शक्तये नमः पादयोः। अंजनीसुत कीलकाय नमः नाभौ। विनियोगाय नमः सर्वाङ्गे।

करन्यासः - ॐ अञ्जनीसुताय अंगुष्ठाभ्यां नमः। ॐ रुद्रमूर्तये तर्जनीभ्यां नमः। ॐ वायुपुत्राय मध्यमाभ्यां नमः। ॐ अग्निगर्भाय अनामिकाभ्यां नमः। ॐ रामदूताय कनिष्ठिकाभ्यां नमः। ॐ पञ्चमुखहनुमते करतलकरपृष्ठाभ्यां नमः।

हृदयादिषडंग न्यासः - ॐ अञ्जनीसुताय हृदयाय नमः। ॐ रुद्रमूर्तये शिरसे

स्वाहा। ॐ वायुपुत्राय शिखायै वषट्। ॐ अग्निगर्भाय कवचाय हुम्। ॐ रामदूताय नेत्रत्रयाय वौषट्। ॐ पञ्चमुखहनुमते स्वाहा।

ध्यानम्- वन्दे वानरनारसिंह खगराट्क्रीडाश्ववक्त्रान्वितं,
दिव्यालङ्करणं त्रिपञ्चनयनं देदीप्यमानं रुचा।
हस्ताब्जैरसिखेट पुस्तकसुधाकुम्भां कुशाद्रीन् हलं,
खट्वाङ्ग फणिभूरुहं दशभुजं सर्वारिवीरापहम्।।

अथ मंत्र-

श्रीरामदूतायाञ्जनेयाय वायुपुत्राय महाबलराक्रमाय सीतादुःख-निवारणाय लङ्कादहनकारणाय महाबलप्रचण्डाय फाल्गुनसखाय कोलाहलसकलब्रह्माण्डविश्वरूपाय सप्तसमुद्रनीरालंघनाय पिङ्गलनयनायामितविक्रमाय सूर्यबिम्बफलसेवनाय दुष्ट-निबर्हणाय दृष्टिनिरालंकृताय संजीविनीसंजीविताङ्गदलक्ष्मण-महाकपि सैन्यप्राणदाय दशकण्ठविध्वंसनाय रामेष्टाय फाल्गुन महासखाय सीतासहितरामवरप्रदाय षट्प्रयोगागमपञ्चमुख वीर हनुमन्मंत्र जपे विनियोगः।

ॐ हरिमर्कटमर्कटाय वं वं वं वं वं वौषट् स्वाहा। ॐ हरिमर्कटमर्कटाय फंफंफं फंफं फट् स्वाहा। ॐ हरिमर्कटमर्कटाय खें खें खें खें खें मारणाय स्वाहा। ॐ हरिमर्कटमर्कटाय लुं लुं लुं लुं लुं आकर्षितसकलसम्पत्करायस्वाहा। ॐ हरिमर्कट-मर्कटाय धं धं धं धं धं शत्रुस्तम्भनाय स्वाहा। ॐ हरिमर्कट मर्कटाय ठं ठं ठं ठं ठं कूर्ममूर्तये पञ्चमुखवीरहनुमते परयन्त्रपरतन्त्रोच्चाटनाय स्वाहा। ॐ कं खं गं घं ङं चं छं जं झं ञं टं ठं डं ढं णं तं थं दं धं नं पं फं बं भं मं यं रं लं वं शं षं सं हं लं क्षं स्वाहा। इति दिग्बन्धः।

ॐ पूर्वकपिमुखाय पंचमुखहनुमते ठँ ठँ ठँ ठँ ठँ सकलशत्रु-संहारणाय स्वाहा। ॐ दक्षिणमुखाय पंचमुखहनुमते करालवदनाय नरसिंहाय। ॐ ह्रां ह्रीं ह्रूं ह्रैं ह्रौं ह्रः सकलभूत

प्रेतदमनाय स्वाहा। ॐ पश्चिममुखाय गरुडाननाय पंचमुखहनुमते मँ मँ मँ मँ मँ सकलविषहराय स्वाहा। ॐ उत्तरमुखायादिवराहाय लँ लँ लँ लँ लँ नृसिंहाय नीलकण्ठमूर्तये पंचमुखहनुमते स्वाहा। ॐ ऊर्ध्वमुखाय हयग्रीवाय रुँ रुँ रुँ रुँ रुँ रुद्रमूर्तये सकलप्रयोजन निर्वाहकाय स्वाहा। ॐ अंजनी सुताय वायुपुत्राय महाबलाय सीताशोकनिवारणाय श्री रामचन्द्रकृपापादुकाय महावीर्यप्रमथनाय ब्रह्माण्डनाथाय कामदाय पंचमुखवीरहनुमते स्वाहा। भूतप्रेतपिशाच ब्रह्मराक्षस शाकिनीडाकिन्यन्तरिक्षग्रह परयंत्रपरतंत्रोच्चाटनाय स्वाहा। सकलप्रयोजन निर्वाहकाय पंचमुखवीरहनुमते श्रीरामचन्द्र वरप्रदाय जँ जँ जँ जँ जँ स्वाहा।

एक आवृत्ति पठन से शत्रु विनाश, द्विआवृत्ति से पुत्रपौत्रवर्धनम्, त्रिआवृत्ति से सर्वसम्पतिप्राप्त, चतुर्वारं रोग निवारणम्, पंचवार सर्वलोक वशीकरणम्, छःआवृत्ति से देवकृपा, सप्तआवृत्ति सौभाग्यदायक, अष्ट आवृत्ति इष्टकामार्थ सिद्धम्, नववारं पठेन्नित्यं राज्यभोग, दशवारं त्रैलोक्यदर्शनम्, रुद्रावृत्ति सर्वसिद्धिदायकम्।

इस पंचमुख हनुमत्स्तोत्र का अनुष्ठान हमारे आचार्य दिनेश शास्त्री द्वारा अनेकों बार किया गया है। यह एक अनुभूत प्रयोग है। वे इस स्तोत्र का पाठ कर रहे थे, तभी सन् 1968 की एक रात्रि को शासकीय महाविद्यालय झालावाड़ में व्याख्याता पद ग्रहण करने हेतु उन्हें तार प्राप्त हुआ था।

2.14 श्रीमदाद्यशंकराचार्यकृत श्रीहनुमत्पंचरत्न स्तोत्रम्

इस स्तोत्र की संरचना आदि शंकराचार्य ने उस समय की थी जब हनुमान जी की अन्य साधनाएँ निष्फल हो रही थीं। हनुमान जी के चित्र अथवा विग्रह के समक्ष दीपक प्रज्वलित करके इस स्तोत्र का पाठ करना चाहिए। स्नान के उपरान्त पूर्णतः स्वच्छ वस्त्र धारण करके शुद्ध आसन पर विराजमान होकर हनुमान जी का षोडशोपचार पूजन करना चाहिए। तत्पश्चात् हनुमतपंचरत्नस्तोत्र पाठ करने का निमित्त संकल्प में उल्लिखित करना चाहिए। तदनन्तर पूरी मन, आस्था, विश्वास, श्रद्धा, तनमयता, तल्लीनता आदि के साथ साधनारत होकर हनुमत्पंचरत्न स्तोत्र का पाठ करने से

समस्त मनोकामना शीघ्र पूर्ण होती हैं। धन लाभ और व्यवसाय में लाभ हेतु यह स्तोत्र का पाठ परम उपयोगी सिद्ध होता है।

वीताखिलविषयेच्छं जातानन्दाश्रुपुलकमत्यच्छम्।
सीतापतिदूताद्यं वातात्मजमद्य भावये हृद्यम्।।1।।

तरुणारुणमुखकमलं करुणारसपूरपूरितापाङ्गम्।
संजीवनमाशासे मञ्जुलमहिमानमञ्जनाभाग्यम्।।2।।

शम्बरवैरिशराति गमम्बुजदलं विपुललोचनोदारम्।
कम्बुगलमनिलदिष्टं विम्बज्वलितोष्ठमेकमवलम्बे।।3।।

दूरीकृतसीतार्तिः प्रकटीकृतरामवैभवस्फूर्तिः।
दारितदशमुखकीर्तिः पुरतो मम भानुहनुमतो मूर्तिः।।4।।

वानरनिकराध्यक्षं दानवकुलकुमुदरविकरसदृशम्।
दीनजनावनदीक्षं पवनतपः पाकपुञ्जमद्राक्षम्।।5।।

एतत् पवनसुतस्य स्तोत्रं यः पठति पञ्चरत्नाख्यम्।
चिरमिह निखिलान् भोगान् भुक्त्वा श्रीरामभक्तिभाग् भवति।।6।।

विशेष ज्ञातव्य : यहाँ पर हमने महाबली हनुमान जी से संबंधित अनेक विशिष्ट एवं अनुभूत मंत्रों, साधनाओं, अनुष्ठानों एवं प्रयोगों का उल्लेख किया है। यह सभी प्रयोग एवं मंत्र उस अवसर पर भी त्वरित फलप्रदाता सिद्ध होते हैं जब शनिदेव के अशुभ, अनिष्टकारी प्रभाव से जातक अत्यन्त व्यथित और चिन्तित होता है। शनिदेव के प्रसन्नार्थ जब अन्य सभी साधन मनोनुभूत फल प्रदान न करें, तो श्री हनुमान जी से संबंधित उपरोक्त मंत्र स्तोत्र आदि का जप एवं पाठ करने से शनिकृत समस्त पीड़ा का समूल शमन होता है और साधक शनिकृत संत्रास से मुक्त होकर उल्लासपूर्ण जीवन व्यतीत करने में सफल होता है।

अध्याय–3

शनिवार व्रत विधान

3.1 व्रत का तत्त्वार्थ

शब्दों के व्यामोही वन्दनवार टाँग कर भावसंकुलता के दिग्भ्रामक आवर्तों में शक्ति के बाह्याभ्यन्तर उद्‌गमों का अपव्यय करने वाले, जड़ता के सर्वग्रासी आतंक से संत्रस्त इस युग में व्रत एक ऊर्जस्वल भाव निधि है। व्रत असंयम के विरुद्ध संयम का विजयसेतु है और संकल्प व्रत का प्रधान बिन्दु। तपश्चर्या व्रत की सांगोपांग विकसित साधनाचर्या है। साम्प्रतिक समाज एवं युग में व्रत अनादि काल़ से अप्रतिहत सत्संकल्प की उस तपःपूत परम्परा का घनीभूत अंश है जिसमें समस्त आर्यावर्त्त की सांस्कृतिक विरासत सुरभित-सुरक्षित है। भारतीय संस्कृति का समग्र विकास आदिपुरुषों एवं पूर्वपुरुषों के तप का ही प्रतिफल है। तप की भूरि-भूरि प्रशस्ति पुरासाहित्य में की गई है। विश्वविश्रुत काव्य रामचरितमानस में गोस्वामी तुलसीदास ने भी मत व्यक्त किया है–

तपबल रचइ प्रपंचु विधाता। तपबल विष्नु सकल जग त्राता।।
तपबल संभु करहिं संहारा। तपबल शेष धरइ महिभारा।।

व्रत तप का ही एक प्रासांगिक संक्षिप्त स्वरूप है। व्रत का विधान बहुधा आध्यात्मिक अथवा मानसिक शक्ति की प्राप्ति, चित्त अथवा आत्मा की शुद्धि, संकल्प शक्ति की दृढ़ता, भक्ति और श्रद्धा के विकास, वातावरण की पवित्रता, विचारों के उच्च एवं परिष्कृतीकरण तथा प्रकारान्तर से स्वास्थ्य की प्रगति के लिये होता है, ऐसा आचार्यों का अभिमत है। भारतीय व्रत तप का ही एक प्रासंगिक संक्षिप्त स्वरूप है। भारतीय जनजीवन प्रारम्भ से ही व्रत द्वारा अपने भौतिक एवं पारलौकिक संसार की सुव्यवस्था करता रहा है। दिवस, तिथि, मास, पर्व, देवता, ग्रह, पौराणिक पात्र-घटना-अवसर, लोक-विश्वास, शास्त्रानुशासन आदि के आधार पर भारतीय संस्कृति में इतने व्रतों का विधान है कि उसमें प्रत्येक वर्ण, वर्ग, आयु, जाति, विश्वास, साधना पद्धति, आश्रम, पुरुषार्थ और अभिलाषा के लिए समान अवसर हैं।

व्रत से अनेक अंशों में प्राणिमात्र का और विशेष रूप से मनुष्यों का अत्यधिक उपकार होता है। तत्त्वदर्शी ऋषि-महर्षियों ने इनमें विज्ञान के सैकड़ों अंश संयुक्त कर दिये हैं। ग्रामीण मनुष्य तक इस तथ्य से अवगत हैं कि अरुचि, अजीर्ण, उदरशूल, मलावरोध, सिरोपीड़ा तथा ज्वर जैसे स्वतःसंभूत साधारण व्याधियों के अतिरिक्त त्वचा संबंधी व्याधि, जलोदर, अग्निमान्द्य, राजयक्ष्मा, उपदंश जैसी असाध्य व्याधियाँ भी व्रत के पालन करने से निर्मूल हो जाती हैं और अपूर्व तथा स्थायी आरोग्यता प्राप्त होती है।

ज्ञातव्य है कि समय-असमय व्याधि से ग्रस्त होने के मूल में हमारा पाप और अपराध ही होता है परन्तु कायिक, वाचिक, मानसिक और संसर्गजनित पाप, उपपाप आर महापाप आदि भी व्रत के अनुसरण से नष्ट हो जाते हैं। पापों के समूल नाश का प्रत्यक्ष प्रमाण यही है कि व्रत आरम्भ करने से पूर्व पापयुक्त प्राणियों का मुख हतप्रभ रहता है तथा व्रत के पूर्ण होते ही साधना के अनन्तर में तन-मन में, अभिनव ऊर्जा और चेतना का संचार होता है और सक्रियता में वृद्धि होने के कारण उसके मुखमंडल पर विश्वास, आस्था और निष्ठा की चमक परिलक्षित होती है। यही व्रत का मर्म है। यह कथन सर्वथा उपयुक्त है कि व्रत, साधना, इस असार संसार से तारने हेतु भौतिक सुख-सुविधाओं की उपलब्धि हेतु, आकांक्षाओं तथा मनोकामनाओं की संपूर्ति हेतु एक स्वर्णिम सेतु है जिसपर प्रशस्त होने हेतु अखण्डित आस्था और सात्विक तन-मन के साथ ईश्वर के प्रति पूर्ण समर्पण की अनिवार्यता है।

ज्ञातव्य है कि -

- मनुष्यों के हित के लिए तपोधन ऋषि-महर्षियों ने अनेक साधन नियत किए हैं, जिनमें व्रत, दान, मंत्र जप, स्तोत्र पाठ, अनुष्ठान और उपवास आदि सम्मिलित हैं।
- 'निरुक्त' में व्रत को कर्म से शब्दांकित किया गया है तथा 'श्रीदत्त' ने अभीष्ट कर्म में प्रवृत्त होने के संकल्प को व्रत स्वीकारा है। इनके अतिरिक्त अन्य आचार्यों ने पुण्य प्राप्ति हेतु किसी पुण्य तिथि में उपवास करने या किसी उपवास के कर्मानुष्ठान द्वारा पुण्य संचय करने के संकल्प को व्रत की संज्ञा प्रदान की है।
- मानव जीवन की सफलता की साधना हेतु व्रत संपादन की अति महिमा स्वीकारी गयी है।

वेदोक्तेन प्रकारेण कृच्छ्रचान्द्रायणादिभिः।
शरीरशोषणं यत् तत् तप इत्युच्यते बुधैः।।

'देवल' का कथन है कि व्रत और उपवास के नियम-पालन से शरीर को तपाना ही तप है। व्रत अनेक हैं और अनेक व्रतों के प्रकार भी भिन्न-भिन्न हैं। ध्यातव्य है कि व्रत के अनुपालन से पूर्व उस व्रत से सम्बन्धित परिज्ञान की पूर्णता अपेक्षित है।

विभिन्न प्रकार के ग्रह दोष परिहार हेतु शास्त्रों में अनेक मार्गों के अनुसरण हेतु विवेचन किया गया है, जिनमें से व्रत भी एक सुगम और सहज परिहार विधान है। विवाह में विलम्ब अथवा विवाह के उपरान्त उत्पन्न होने वाली अनेक विघटनकारी स्थितियों के शमन तथा वैधव्य अथवा पार्थक्य की संभावनाओं को निर्मूल करने की कामना से व्रत परिहार का अनुसरण, एक प्रतिष्ठित, प्राचीन तथा परंपरागत विधान है। व्रत के विषय तथा विधान से प्रायः सामान्य नर-नारी अनभिज्ञ हैं। व्रत का प्रतिफल तभी प्राप्त होना संभव है, जब व्रत विधान के अपेक्षित अभिज्ञान के प्रति हम अनभिज्ञ न हों। व्रत सम्बन्धी कतिपय अनिवार्य एवं ज्ञातव्य तथ्यों को यहाँ प्रस्तुत किया जा रहा है, ताकि व्रत की परंपरा का अनुपालन करने वाले व्यक्तियों को व्रत का संपूर्ण फल तथा पुण्य प्राप्त हो। जिन कन्याओं अथवा युवकों के विवाह में निरन्तर अवरोध उत्पन्न हो रहे हों अथवा विवाह के पश्चात् दाम्पत्य जीवन क्लेश और निराशाओं से आक्रांत हो उठा हो अथवा पति और पत्नी के जन्मांग में मंगली दोष का असंतुलन विद्यमान हो, तो विवाह में विलम्ब तथा विघटन को प्रकंपित कर देने वाली संभावनाओं को निरस्त करने हेतु उपयुक्त व्रत का चयन तथा विधिपूर्वक उनका अनुसरण करना अत्यन्त हितकर और लाभप्रद होता है। उपयुक्त व्रत का चयन किसी योग्य ज्योतिर्विद अथवा गुरु के परामर्श के अनुसार ही करना चाहिए। उपयुक्त व्रत का चयन एक दुष्कर प्रक्रिया है परन्तु ध्यातव्य है कि अभीष्ट की संसिद्धि तभी संभव है, जब जन्मांग में विद्यमान अवांछित और अनिष्टकारी ग्रहस्थिति पर सम्यक् रूप से विचार करने के पश्चात् अनुकूल व्रत का ही अनुपालन किया जाए। यहाँ पर सातों वार के व्रत के अतिरिक्त अन्य अनेक उपयोगी व्रत और उनके विधान का उल्लेख भी किया जा रहा है जिनके अनुपालन से सभी प्रकार का कल्याण और पुण्यार्जन होता है।

3.2 व्रत एवं उपवास के पार्थक्य बिन्दु

व्रत का एक समानार्थी शब्द उपवास भी जनसामान्य में पर्याप्त प्रचलित है। प्रायः व्यक्ति व्रत और उपवास का प्रयोग एक ही अर्थ में करते हैं, परन्तु ये दोनों शब्द व्युत्पत्ति, भाव और प्रयोग की दृष्टि से नितान्त पृथक् हैं। उपवास भोजन ग्रहण न करने के अर्थ में प्रयोज्य है। व्रत का तात्पर्य है किसी विशिष्ट अभिलाषा की पूर्ति के उद्देश्य

से एक विशिष्ट विधि से प्रण अथवा संकल्प का ग्रहण। व्रत में भोजन न करने का कोई आत्यंतिक नियम नहीं है। व्रत और उपवास के नियम पृथक्-पृथक् हैं। उपवास का कोई भेद-प्रभेद नहीं प्राप्त होता, किन्तु व्रत के अनेकानेक भेद-उपभेद होते हैं।

व्रत के विषय में प्रायः जनसामान्य जितना जानते हैं, वह पर्याप्त नहीं है। व्रत का तात्पर्य है- किसी विशिष्ट अभिलाषा की पूर्ति हेतु तन और मन से शुद्ध रहते हुए एक दिन पूर्णतः अपने इष्ट को सात्विकता के साथ समर्पित करना। उस दिन मन में किसी प्रकार का दोष, असत्य, लोभ, क्रोध आदि उत्पन्न नहीं होना चाहिए। स्वाद के उद्देश्य से आहार ग्रहण नहीं करना चाहिए तथा अत्यन्त अल्पाहार ही लेना चाहिए, ताकि दिनचर्या में शारीरिक शिथिलता किसी प्रकार की बाधा उत्पन्न न करे। व्रतकाल में शारीरिक शुद्धता भी अनिवार्य है। अतः सूर्योदय से पूर्व उठकर स्नान-ध्यान करना चाहिए। दिन में शयन करना तामसी प्रवृत्ति है, इसलिए व्रत के समय दिवाशयन पूर्णतः वर्जित है। यहाँ तक कि शैय्या पर बैठना या लेटना भी व्रत में शारीरिक पवित्रता को आक्रान्त करता है। क्रोध करने से भी व्रत खण्डित हो जाता है। अतः व्रत के समय मन में धैर्य तथा शान्ति व्याप्त होनी चाहिए। किसी भी इच्छा शक्ति को प्रबल नहीं होने देना चाहिए। व्रत काल में अपने इष्ट का चिंतन करें तथा ईश्वर और सात्विक विषयों का अध्ययन, मनन, पठन आदि करें। अश्लील तथा हिंसात्मक उपन्यास तथा मनोरंजन हेतु इस प्रकार से दूरदर्शन के कार्यक्रम भी नहीं देखने चाहिए।

लोकप्रसिद्धि में व्रत और उपवास पृथक् हैं तथा ये कायिक, वाचिक, मानसिक, नित्य, नैमित्तिक, काम्य, एकभुक्त, अयाचित, मितभुक्, चान्द्रायण और प्राजापत्य के रूप में किये जाते हैं। इनके निम्नलिखित प्रकार हैं :

1. शस्त्राघात, मर्माघात तथा कार्यहानि आदि जनित हिंसा के त्याग से 'कायिक'·
2. सत्य वचन तथा प्राणिमात्र में निर्वैर रहने से 'वाचिक';
3. मन को शान्त रखने की दृढ़ता से 'मानसिक' व्रत होता है;
4. पुण्यसंचय के एकादशी आदि 'नित्य' व्रत;
5. पापक्षय के चान्द्रायणादि 'नैमित्तिक' व्रत;
6. सुख-सौभाग्यादि के वटसावित्री आदि 'काम्य' व्रत; इनमें द्रव्यविशेष के भोजन और पूजन आदि की साधना के द्वारा साध्य व्रत 'प्रवृत्तिरूप' होते हैं तथा मात्र उपवास आदि करने के द्वारा साध्य व्रत 'निवृत्तिरूप' हैं। इनका यथोचित उपयोग फल प्रदान करता है।

7. एकभुक्त व्रत के (1) स्वतंत्र, (2) अन्याङ्ग और (3) प्रतिनिधि, तीन भेद होते हैं। दिनार्ध व्यतीत होने पर 'स्वतंत्र' एकभुक्त होता है, मध्याह्न में 'अन्याङ्ग' किया जाता है और 'प्रतिनिधि' आगे-पीछे भी हो सकता है। 'नक्त व्रत' रात्रि में किया जाता है। इस व्रत की विशेषता यह है कि गृहस्थ को रात्रि होने पर उस व्रत को करना चाहिए तथा सन्यासी और विधवा को सूर्य रहते हुए करना चाहिए।

8. 'अयाचित व्रत' में बिना माँगे जो कुछ प्राप्त हो, उसी को निषेध काल बचा कर दिन या रात्रि में जब अवसर हो, तभी (मात्र एक बार) भोजन करना चाहिए।

9. 'मितभुक्' में प्रतिदिन दस ग्राम (अथवा एक नियत प्रमाण का) भोजन करना चाहिए। 'अयाचित व्रत' और 'मितभुक् व्रत' दोनों परम सिद्धि प्रदान करने वाले हैं।

10. चन्द्र की प्रसन्नता, चन्द्रलोक की प्राप्ति अथवा पापादि की निवृत्ति हेतु 'चान्द्रायण' व्रत करना चाहिए। यह चन्द्रकला के समान बढ़ता और घटता है। जैसे शुक्ल पक्ष की प्रतिपदा को एक, द्वितीया को दो और तृतीया को तीन, इस क्रम से वृद्धि करते हुए पूर्णिमा को पन्द्रह ग्रास भोजन करना चाहिए। तत्पश्चात् कृष्णपक्ष की प्रतिपदा को चौदह, द्वितीया को तेरह और तृतीया को बारह के उत्क्रम से घटाकर चतुर्दशी को एक और अमावस्या को निराहार रहने से एक चान्द्रायण होता है। यह 'यवमध्य' चान्द्रायण है। इसी व्रत का एक अन्य प्रकार अग्रांकित है -

शुक्लपक्ष की प्रतिपदा को चौदह, द्वितीया को तेरह और तृतीया को बारह के उत्क्रम से घटाकर पूर्णिमा को एक और कृष्णपक्ष की प्रतिपदा को एक, द्वितीया को दो और तृतीया को तीन के क्रम से बढ़ाकर चतुर्दशी को चौदह ग्रास भोजन करना चाहिए तथा अमावस्या को निराहार रहना चाहिए। यह दूसरा चान्द्रायण है। इसे 'पिपिलिकातनु' चान्द्रायण से नामांकित किया गया है।

11. 'प्राजापत्य' बारह दिनों में होता है। उसमें व्रत आरम्भ करने से पूर्व तीन दिनों में प्रतिदिन बाईस ग्रास भोजन करना चाहिए। तत्पश्चात् तीन दिन तक प्रतिदिन छब्बीस ग्रास भोजन करना चाहिए। तदुपरान्त, तीन दिन आपाचित (पूर्ण पकाया हुआ) अन्न चौबीस ग्रास भोजन करना चाहिए तथा तत्पश्चात् तीन दिन सर्वथा निराहार रहना चाहिए। इस प्रकार से बारह दिन में एक 'प्राजापत्य' होता है। ग्रास का प्रमाण जितना मुँह में आ सके, उतना है।

उपर्युक्त व्रत मास, पक्ष, तिथि, वार, नक्षत्र, योग, करण, समय और देवपूजा से सम्बन्ध रखते हैं। यथा- वैशाख, भाद्रपद, कार्तिक और माघ के 'मास' व्रत। शुक्ल और कृष्ण के 'पक्ष' व्रत। चतुर्थी, एकादशी और अमावस्या आदि के 'तिथि' व्रत। सूर्य, सोम तथा मंगल के 'वार' व्रत। श्रवण, अनुराधा और रोहिणी आदि के 'नक्षत्र' व्रत। व्यतीपातादि के 'योग' व्रत। भद्रा आदि के 'करण' व्रत और गणेश, विष्णु आदि के 'देव' व्रत स्वतंत्र व्रत हैं।

बुधाष्टमी-सोम, मंगल, शनि, त्रयोदशी और भानु सप्तमी आदि 'तिथि-वार' के, चैत्र शुक्ल नवमी मंगल, पुष्य मेषार्क और मध्याह्न की 'रामनवमी' तथा भाद्रपद कृष्ण पक्ष अष्टमी बुधवार रोहिणी सिंहार्क और अर्धरात्रि की 'कृष्ण जन्माष्टमी' आदि के सामूहिक व्रत हैं। कतिपय व्रत ऐसे हैं जिनमें उपर्युक्त तिथि-वार आदि के विभिन्न सहयोग यदा-कदा प्राप्त होते हैं।

3.3 तिथि आदि का निर्णय

1. उदयस्था तिथिर्या हि न भवेद् दिमध्यगा।
सा खण्डा न व्रतानां स्वादारम्भश्च समापनम्।।

(हेमाद्रि व्रतखण्ड सत्यव्रत)

सूर्योदय की तिथि यदि अपराह्न तक न रहे, तो वह 'खण्डा' होती है, उसमें व्रत का आरम्भ और समाप्ति दोनों वर्जित हैं।

2. खखण्डव्यापिमार्तण्डा यद्यखण्डा भवेत् तिथिः।
व्रतप्रारम्भणं तस्यामनस्तगुरुशुक्रयुक्।।

(हेमादि वृद्ध वसिष्ठ)

सूर्योदय से सूर्यास्तपर्यन्त रहने वाली तिथि 'अखण्डा' होती है। यदि गुरु और शुक्र अस्त न हुए हों, तो उसमें व्रत का आरम्भ शुभ है।

3. कर्मणो यस्य यः कालस्तत्कालव्यापिनी तिथिः।
तया कर्माणि कुर्वीत ह्रासवृद्धी न कारणम्।।

(वृद्ध याज्ञवल्क्य)

जिस व्रत सम्बन्धी कर्म के लिए शास्त्रों में जो समय नियत है, उस समय यदि व्रत की तिथि उपस्थित हो, तो उसी दिन उस तिथि के द्वारा व्रत सम्बन्धी कार्य

उचित समय पर करना चाहिए। तिथि का क्षय और वृद्धि व्रत का निश्चय करने में कारण नहीं हैं।

4. या तिथिर्ऋक्षसंयुक्ता या च योगेन नारद।
मुहूर्तत्रयमात्रापि सापि सर्वा प्रशस्यते।।

(गोभिल)

जो तिथि व्रत के लिए आवश्यक नक्षत्र और योग से युक्त हो, वह यदि तीन मुहूर्तों से संयुक्त हो, तो वह भी श्रेष्ठ होती है।

5. पारणे मरणे नृणां तिथिस्तात्कालिकी स्मृता।।

(नारदीय)

जन्म और मरण में तथा व्रतादि की पारणा में तात्कालिक तिथि ग्राह्य है; किन्तु अनेक व्रतों की पारणा में विशेष निर्णय किया जाता है।

6. यां तिथिं समनुप्राप्य उदयं याति भास्करः।
सा तिथिः सकला ज्ञेया स्नानदानजपादिषु।।

(देवल)

जिस तिथि में सूर्य उदय या अस्त हो, वह तिथि स्नान-दान-जपादि हेतु सम्पूर्ण उपयोगी स्वीकारी गयी है।

7. पूर्वाह्णो वै देवानां मध्याह्नो मनुष्याणामपराह्णः पितृणाम्।।

(श्रुति)

पूर्वाह्न देवों का, मध्याह्न मनुष्यों का तथा अपराह्न पितरों का समय है। जिसका जो समय निर्धारित हो, उसका पूजनादि कर्म उसी समय में करना चाहिए।

8. प्रदोषोऽस्तमयादूर्ध्वं घटिकाद्वयमिष्यते।

(तिथ्यादि तत्त्वम्)

प्रदोषकाल सूर्यास्त के बाद दो घड़ी अर्थात् 45 मिनट तक माना गया है और उषःकाल सूर्योदय से पूर्व रहता है।

9. पूर्वाह्णो दैविकः कालो मध्याह्नश्चापि मानुषः।
अपराह्णः पितृणां तु सायाह्नो राक्षसः स्मृतः।।

(व्यास)

दानादि में पूर्वाह्न देवों का, मध्याह्न मनुष्यों का, अपराह्न पितरों का तथा सायाह्न राक्षसों का समय है। अतः यथायोग्य काल में दानादि देने से यथोचित फल प्राप्त होता है।

34 व्रत के अधिकारी : ज्ञातव्य

1. निजवर्णाश्रमाचारनिरतः शुद्धमानसः।
अलुब्धः सत्यवादी च सर्वभूतहिते रतः।।

इस सम्बन्ध में धर्मशास्त्रों का कथन है कि जो अपने वर्णाश्रम के आचार-विचार में रत रहते हों, निष्कपट, निर्लोभ, सत्यवादी, सम्पूर्ण प्राणियों का हित चाहने वाले, वेदक अनुयायी, बुंद्धिमान तथा पूर्व से निश्चय करके यथावत् कर्म करने वाले हों, ऐसे मनुष्य व्रत के अधिकारी होते हैं।

2. पूर्व निश्चयमाश्रित्य यथावत्कर्मकारकः।
अवेदनिन्दको धीमानधिकारी व्रतादिषु।।

(स्कन्दपुराण)

उपर्युक्त गुणसम्पन्न ब्राह्मण, क्षत्रिय, वैश्य, शूद्र, स्त्री और पुरुष सभी व्रत के अंधिकारी हैं।

3. नास्ति स्त्रीणां पृथग् यज्ञो न व्रतं नाप्युपोषणम्।
भर्तृशुश्रूषयैवैता लोकानिष्टान् व्रजन्ति हि।।

(स्कन्दपुराण)

सौभाग्यवती स्त्रियों के लिए उल्लेख है कि पति की सेवा के अतिरिक्त उनके लिए न क़ोई यज्ञ है, न व्रत है तथा न उपासना है। वे पति की सेवा से ही स्वर्गादि अभीष्ट लोकों में जा सकती है।

4. पत्नी पत्युरनुज्ञाता व्रतादिष्ठधिकारिणी।

(व्यास)

पत्नी, पति की अनुमति प्राप्त करके व्रत कर सकती है क्योंकि पत्नी पति की आज्ञा का अनुसरण करने वाली होती है। अतः उसके लिए पति का व्रत ही कल्याणकारी है।

अतः शास्त्रकारों की व्रतादि के विषय में यह अनुमति है कि व्रत का आरम्भ श्रेष्ठ समय में किया जाना चाहिए।

5. **अस्तगे च गुरौ शुक्रे बाले वृद्धे मलिम्लुचे।**
उद्यापनमुपारम्भं व्रतानां नैव कारयेत्।।

(गार्ग्य)

बृहस्पति और शुक्र का अस्त तथा अस्त होने के पूर्व के तीन दिन वृद्धत्व के तथा उदय होने के पश्चात् के तीन दिन बालत्व के व्रतारम्भ में वर्जित हैं। ऐसे अवसरों में व्रतादि का आरम्भ और उत्सर्ग नहीं करना चाहिए। इसके अतिरिक्त भद्रादि कुयोग और मलमासादि भी त्याज्य हैं।

6. **सोमशुक्रगुरुसौम्यवासराः सर्वकर्मसु भवन्ति सिद्धिदाः।**

(रत्नमाला)

किसी भी व्रत के आरम्भ में सोमवार, शुक्रवार, बृहस्पतिवार और बुधवार हों, तो समस्त कार्यों में सफलता प्राप्त कराते हैं।

7. **हस्तमैत्रमृगपुष्यत्र्युत्तरा अश्विपौष्णशुभयोगसौख्यदाः।**

(मुक्तकसंग्रह)

यदि अश्विनी, मृगशिरा, पुष्य, हस्त, तीनों उत्तरा, अनुराधा तथा रेवती नक्षत्र, प्रीति, सिद्धि, साध्य, शुभ, शोभन और आयुष्मान योग हों, तो समस्त प्रकार का सुख प्रदान करते हैं।

3.5 व्रत हेतु संकल्प

ॐ विष्णुर्विष्णुर्विष्णुः ॐ स्वस्ति श्रीमन्मुकुन्दसच्चिदानन्दस्याज्ञया प्रवर्तमानस्याद्यपरार्द्धद्वयजीविनो ब्रह्मणो द्वितीये-परार्द्धे रथन्तरादिद्वात्रिशंत्कल्पानां मध्ये अष्टमे श्रीश्वेतवाराहकल्पे स्वायम्भुवादिमन्वन्तराणां मध्ये सप्तमे वैवस्वतमन्वन्तरे कृत-त्रेता-द्वापर कलिसंज्ञानां चतुर्युगानां मध्ये वर्तमाने अष्टाविंशतितमे कलियुगे तत्प्रथमचरणे तथापञ्चाशत्कोटियोजन विस्तीर्ण-भूमण्डलान्तर्गत सप्तद्वीपमध्यवर्तिनि जम्बूद्वीपे तत्रापि श्रीगंगादि-सरिद्भिः पाविते-परमपवित्रे भारतवर्षे आर्यावर्तान्तर्गत-काशी

कुरुक्षेत्र- पुष्कर- प्रयागादि- नानातीर्थयुक्तकर्मभूमौ अमुक - - - जनपदे अमुक - - - ग्रामे अमुक- - - स्थाने श्रीमन्नृपतिवीर विक्रमादित्यसमयतः अमुक- - -संख्यापरिमिते प्रवर्तमानवत्सरे प्रभवादिषण्ठिसम्वत्सराणां मध्ये अमुक- - -नाम सम्वत्सरे अमुक - - - अयने अमुक- - -ऋतौ अमुक- - -मासेअमुक- - -पक्षे अमुक- - -तिथौ अमुक- - -वासरे अमुक- - -नक्षत्रे अमुक - - - योगे अमुक- - -करणे अमुक- - -राशिस्थिते सूर्ये अमुक- - - राशिस्थितेचन्द्रे अमुक- - -राशिस्थितेदेवगुरौ शेषेषु ग्रहेषु यथा यथा राशिस्थानस्थितेषु सत्सु एवं ग्रहगुणविशेषणविशिष्टेक्षणे अमुक- - -गोत्रोऽहम् अमुक- - -शर्माऽहम् अमुकस्य पुत्रोऽहं सपत्नीकोऽहम् ममात्मनः श्रुतिस्मृतिपुराणोक्त फल-प्राप्त्यर्थ मम समस्त-पापक्षयपूर्वकं मम सकुटुम्बस्य आयुरारोग्यैश्वर्यादि-अभिवृद्धये प्राप्तलक्ष्मी चिरकालसंरक्षणाय अप्राप्तलक्ष्मीप्राप्त्यर्थ मम व्यापारे प्रचुरलाभप्राप्त्यर्थ राजद्वारे सभायां दशोदिक् यशोविजयप्राप्त्यर्थं पुत्रपौत्रादीनां दीर्घायुष्यनैरुज्यबलपुष्टि-सुखावाप्तये मम इह जन्मनि जन्मान्तरे वा अखण्डसौभाग्य-दाम्पत्यसुखप्राप्त्यर्थ ज्योतिश्शास्त्रोक्तग्रहसूचिता-रिष्टविनाशार्थम् सकलमनोरथ- कामनासंसिद्धये शुभफलप्राप्त्यर्थम् अमुक- - - देवताप्रीतिकामः अमुक- - -व्रतम् अहम् करिष्ये।

व्रत के विषय में कुछ उल्लेखनीय बिन्दु निम्नांकित हैं :

पूर्व व्रतं गृहीत्वा यो नाचरेत् काममोहितः।
जीवन् भवतिचांडालो मृतः श्वाचैव जायते।।

अर्थात् जो व्यक्ति पहले व्रत ग्रहण कर काम या प्रमादवश उसे अधूरा छोड़ देता है, वह इस जीवन में चाण्डाल के समान है और मर कर कुत्ते की योनि में उत्पन्न होता है।

पत्यौ जीवति या नारी उपोष्य व्रतमाचरेत्।
पत्युः संहरते चायुः सा नारी नरकं व्रजेत्।।

अर्थात् पति की उपस्थिति में उसकी आज्ञा प्राप्ति के बिना पत्नी को व्रत नहीं करना चाहिये। ऐसा करने पर पति की आयु क्षीण होती है अथवा वह नरकगामिनी होती है।

36 व्रत उद्यापन के निर्देश

व्रत एक संकल्पित अनुष्ठान है। संकल्प की पूर्ति के पूर्व उसे किसी भी चरण में खंडित अथवा उपेक्षित नहीं करना चाहिए। जिस व्रत के निमित्त संकल्प किया हो, उसे सर्वांगरूपेण पूर्ण करना चाहिए। यदि सोमवार व्रत के संदर्भ में 16 सोमवार के व्रत का संकल्प है तो उसकी पूर्ति करनी चाहिए। संभव है व्रत-मध्य में ही अभिलाषा की पूर्ति हो जाये अथवा पूर्ति की दिशा में उत्साहवर्द्धक अनुकूल संकेत प्राप्त होने लगें, परन्तु इस प्रमाद में संकल्प का कदापि खण्डन न करें। अन्यथा कोई न कोई अवांछित व्यवधान उत्पन्न हो सकता है।

व्रत समाप्ति पर उद्यापन का विधान है। उद्यापन एक विशिष्ट एवं शास्त्रसम्मत, आचार्यानुमोदित प्रक्रिया से व्रत का समापन है। व्रत का समापन उसके संपूर्ण होने की एवं फलीभूत होने की अत्यन्त घनीभूत अवस्था है।

व्रतपूर्ति के पश्चात् उद्यापन के लिए आराध्य का षोडशोपचार अर्चन करना चाहिए। षोडशोपचार में अर्चन क्रम निम्नांकित है :

1. आवाह्न	**5. आचमन**	**9. गन्ध**	**13. नैवेद्य**
2. आसन	**6. स्नान**	**10. पुष्प**	**14. नीराजन**
3. पाद्य	**7. वस्त्र**	**11. धूप**	**15. प्रदक्षिणा**
4. अर्घ्य	**8. यज्ञोपवीत**	**12. दीप**	**16. नमस्कार, मंत्र-पुष्पांजलि**

जिस आराध्य का उद्यापन अभीष्ट हो, उससे संबद्ध सामग्री एवं अन्यान्य निर्देशों का सम्यक् अवधान रखना चाहिए। यथा 16 सोमवार के व्रतान्त में उद्यापन के निमित्त नियमित पूजित शिवालय में रोली, चावल, बिल्वपत्र, चन्दन, पुष्प, धूप, दीप, शहद, यज्ञोपवीत, धतूरा फल व फूल, आक का फल व फूल, कमलगट्टा, भाँग के प्रयोग से अर्चन करना चाहिए। उद्यापन से पूर्व रात्रि को जागरण करना चाहिए। आराध्य को सुन्दर-स्वच्छ रेशमी वस्त्र अर्पित करें। पाँच ब्राह्मणों को भोजन करायें। नैवेद्य के निमित्त निर्मित चूरमा यदि स्वयं बनायें, तो अत्युत्तम होगा। भोजनोपरान्त ब्राह्मणों को दक्षिणा अवश्य दें।

तदनन्तर व्रत एवं उद्यापन में ज्ञात-अज्ञात अपराधों-त्रुटियों के लिए निश्छल चित्त से आराध्य के समक्ष प्रणत होकर क्षमायाचना करनी चाहिए।

उपरोक्त ज्ञातव्य तथ्यों का ध्यान प्रत्येक व्रत में रखना अनिवार्य है, अन्यथा व्रत खण्डित हो जाने की आशंका होती है। व्रत सम्बन्धी कुछ महत्त्वपूर्ण विषयों की ओर पाठकों का ध्यान आकर्षित करने का प्रयास किया जा रहा है।

3.7 महत्त्वपूर्ण बिन्दु

1. **व्रतारम्भे मातृपूजां नान्दीश्राद्धं च कारयेत्।**

(शातातप)

व्रत आरम्भ में गणपति, मातृका और पञ्चदेव का पूजन करके नान्दीश्राद्ध करना चाहिए और व्रत-देवता की सुन्दर मूर्ति निर्मित कराकर उसका पञ्चोपचार, दशोपचार अथवा षोडशोपचार पूजन करना चाहिए।

2. **स्नात्वा व्रतवता सर्वव्रतेषु व्रतमूर्तयः।**
पूज्याः सुवर्णमय्याद्या दानं दद्याद् द्विजानपि।।

(पृथ्वीचन्द्रोदय)

मास, पक्ष, तिथि, वार और नक्षत्रादि में जिसका व्रत हो, उसका अधिष्ठाता ही व्रत का देवता होता है। अतः प्रतिपदा के अग्नि, द्वितीया के ब्रह्मा, तृतीया के गौरी आदि तथा अश्विनी के नासत्य (अश्विनीकुमार), भरणी के यम और कृत्तिका के अग्नि आदि एवं वारों के सूर्य, सोम, मंगल आदि अधिष्ठाता हैं।

3. **कुर्यादुद्यापनं चैव समाप्तौ यदुदीरितम्।**
उद्यापनं विना यतु तद्व्रतं निष्फले भवेत्।।

(नन्दिपुराण)

उपर्युक्त प्रकार से (जिस अवधि का व्रत हो, उस अवधि तक) यथाविधि व्रत करके उसके पूर्ण होने पर वित्तानुसार उद्यापन करें। उद्यापन सम्पन्न किए बिना व्रत निष्फल होता है।

4. कौन सा व्रत किस प्रकार किया जाता है, किस व्रत की कितनी अवधि होती है तथा किस व्रत का कैसे उद्यापन किया जाता है, ये सभी तथ्य जानने के पश्चात् ही व्रत प्रारम्भ करना चाहिए।

5. उल्लेखनीय है कि कोई भी व्रत धारण करने से पूर्व संकल्प करना अति अनिवार्य है। संकल्पविहीन व्रत मात्र उपवास के समान होता है। किसी अभिलाषा की कामना से सात्विक मन तथा संयम के साथ व्रत रखने से पूर्व अपने इष्ट का षोडशोपचार से पूजन करना चाहिए। तत्पश्चात् संकल्प का उच्चारण करना चाहिए। एक ताँबा, चाँदी अथवा स्वर्ण का पात्र रखकर उसमें अक्षत, पुष्प, साबुत सुपारी, जल और कुछ मुद्रायें रखकर पूरे मनोयोग और निष्ठा के साथ संकल्प का उच्चारण करना चाहिए। संकल्प में अपनी मनोकामना एवं अभिलाषा भी स्पष्ट रूप से व्यक्त करनी चाहिये। व्रत में निम्न प्रकार से संकल्प का उच्चारण करना उचित है परन्तु अपनी अभिलाषा के अनुरूप इसमें आवश्यक परिवर्तन कर लेना चाहिए-

- ऋतुकाल में व्रत पूर्णतः वर्जित है। यहाँ तक कि व्रतार्क में उल्लेख है कि ऋतुकाल में व्रत रखने की भूल हो जाने पर 380 गायों के सींग में सोना मढ़वाकर उनका दान करने से इस पाप का प्रायश्चित होता है।

यहाँ यह उल्लेख करना अनुचित न होगा कि अनेक युवतियां ऋतुकाल में पूजन तो नहीं करती हैं परन्तु व्रत रख लेना उचित समझती हैं। यह भी उतना ही दोषपूर्ण है जितना कि ऋतुकाल में पूजन करना। इन तथ्यों का स्पष्ट संकेत व्रत सम्बन्धी ग्रंथों में किया गया है। अतः इस तथ्य को भलीभाँति समझ लेना अनिवार्य है कि ऋतुकाल में किसी स्थिति में व्रत, पूजन, दान, मंत्र जप, उपवास आदि करना पूर्णतः वर्जित है तथा इसे पाप की संज्ञा भी प्रदान की गई है। ऋतुकाल में पूजन, व्रत आदि करने से दोष मुक्ति के स्थान पर युवतियां दोषयुक्त हो जाती हैं। ऋतुकाल के बंधन से मुक्त होने से पूर्व इस विषय पर ध्यान देना अति आवश्यक है। इसी कारण ऋषियों ने युवतियों को ऋतुकाल के बंधन से मुक्त होने से पूर्व पवित्र नहीं माना है। इसलिये ॐ शब्द का उच्चारण करने की अनुमति भी नहीं प्रदान की है।

- व्रत के विषय में शास्त्रों में उल्लेख किया है कि -

क्रोधात् प्रमादाल्लोभाद् वा व्रतभंगो भवेद् यदि।
दिनत्रयं न भुञ्जीत।।

अर्थ - व्रतकाल में किसी प्रकार के आलस्य, क्रोध, आकर्षण, निद्रा आदि होने पर व्रत खण्डित हो जाता है। यदि व्रतकाल में ऐसी कोई भूल अनायास हो जाये, तो 3 दिनों तक निरंतर भोजन न करने से इसका प्रायश्चित हो जाता है।

- व्रत के दिन यथासंभव मौन का पालन करना चाहिए। वार्ता का अवसर आने पर भी रजस्वला स्त्री, म्लेच्छ, नास्तिक और आराध्य अथवा व्रत के निन्दक का परिहार करना चाहिए।

- व्रत मानसिक रूप से पवित्र रहने पर ही पूर्ण फलप्रदाता होता है। अतएव व्यावहारिक प्रपंचों (क्रोध, ईर्ष्या, द्वेष, घृणा, परनिन्दा, आलस्य) से स्वयं को विलग रखना चाहिए। असत्य-भाषण तो कदापि नहीं करना चाहिए।

- व्रत में एक समय किसी समकक्ष व्यक्ति (मित्र, सहेली, पति, पत्नी, ननद, भाभी, भाई, साली और साढ़ू) की उपस्थिति में अथवा एक ब्राह्मण का भोजनांश पहले पृथक् करें, तदुपरान्त भोजन ग्रहण करना चाहिए।

- सायंकाल भोजन से पूर्व शुद्धासन पर अवस्थित होकर, आराध्य से निवेदन करना चाहिए कि आज मैंने अमुक कामना से अमुक व्रत अमुक वार और तिथि को रखा और अब इसे समाप्त करता अथवा करती हूँ। व्रतकाल में ज्ञात-अज्ञात त्रुटियों के लिये क्षमायाचना करके व्रत समाप्त करना चाहिए।

  व्रत का तात्पर्य ही है कि हे आराध्य! मैं सर्वथा सात्विक नियम एवं धर्म का परिपालन करते हुए, उपवास अथवा अल्पाहार करते हुए, अवांछित निन्दनीय कार्य का बहिष्कार करते हुए, आपके प्रसन्न होने के लिए व्रतस्थ हूँ, जिससे आप तुष्ट होकर मेरी अभिलाषा को पूर्ण करें।

- 24 घंटे का व्रत दुष्कर प्रतीत होने पर संकल्प में उल्लेख करके सायंकाल तक का व्रत कर लेना चाहिए। प्रश्न समय का नहीं, आस्था और श्रद्धा का है।

- मार्कण्डेय पुराण, विष्णुवचन, स्कन्दपुराण और वेदव्यास का आग्रह है कि स्त्रियों को व्रत करते समय अपने से वरिष्ठ पिता अथवा पति की आज्ञा प्राप्त करनी चाहिए। सभर्तृका स्त्री को एकादशी का व्रत नहीं करना चाहिए, यद्यपि इसमें पति आज्ञा मुख्य है।

- बुद्ध वशिष्ठ के अनुसार व्रत में काष्ठ से दन्त धावन न करें।

- देवल ऋषि, विष्णुधर्मोत्तर निर्णयामृत प्रणेता व्यास आदि के मतानुसार शयन, स्त्रीप्रसंग, मांस भक्षण, औषधि पान आदि प्रसंगों का परिहार करना चाहिए अन्यथा व्रत-शुद्धि नष्ट हो जाती है।

- मार्कण्डेय पुराण के अनुसार सूर्योदय के अभाव में व्रत और दान का फल प्राप्त नहीं होता।

- छान्दोग्य उपनिषद् में अंकित है कि यज्ञोपवीत एवं ग्रंथित शिखा के अभाव में व्रत निष्फल हो जाता है।

- व्रत के समय किसी प्रकार की मुखशुद्धि अथवा स्वाद के विषय में कुछ भी सेवन करने के विषय में विष्णु पुराण में लिखा है-

असकृज्जलपानाच्च सकृत्ताम्बूल भक्षणात्।
उपवासः प्रणश्येत दिवास्वापच्च मैथुनात्।।

बार-बार जलपान करने से, एक बार भी पान इत्यादि खाने से, दिन में शयन करने से तथा मैथुन (स्त्री सहवास) करने से व्रत नष्ट हो जाता है। अतः व्रत में इसका अवश्य ध्यान दिया जाना चाहिए।

- **अष्टौ तान्यव्रताध्नि आपो मूलं फलं पयः।**
हविर्ब्राह्मणकाम्या च गुरोर्वचनमौषधम्।।

(पद्मपुराण)

जल, फल, मूल, दूध, हवि, ब्राह्मण की इच्छा, औषधि और गुरु (पूज्यजनों) के वचन--इन आठ से व्रत खण्डित नहीं होते।

- **चरुभैक्ष्यसक्तकणयावकशाकपयोदधिघृतमूलफलादीनि।**
हवींष्युत्तरोत्तरं प्रशस्तानि।।

(गौतम)

होमावशिष्ट खीर, भिक्षा का अन्न, सत्तू (सेंके हुए जौ का चूर्ण), कण (गोरैड़ या तृणपुष्प), यावक (जौ), शाक् (तोरी, ककड़ी, मेथी आदि), गोदुग्ध, दही, घी, मूल, आम, अनार, नारंगी और कदली फल आदि ग्रहण करने योग्य हविष्य हैं।

- **क्षमा सत्यं दया दानं शौचमिन्द्रियनिग्रहः।**
देवपूजाग्रिहवनं संतोषः स्तेयवर्जनम्।।
सर्वव्रतेष्वयं धर्मः सामान्यो दशधा स्थितः।

(भविष्यपुराण)

व्रत के दिनों में स्तेय (चोरी) आदि से वर्जित रहकर क्षमा, दया, दान, शौच, इन्द्रियनिग्रह, देवपूजन, अग्निहोत्र और संतोष के कार्य करना उचित और आवश्यक है।

- **गन्धालङ्कारवस्त्राणि पुष्पमालानुलेपनम्।**

(वृद्धशातातप)

व्रत में गन्ध, पुष्प, माला, वस्त्र तथा व्रत योग्य अलंकारादि ग्राह्य हैं।

- **नैकवासा जपेन्मन्त्रं बहुवासाकुलोऽपि वा।**

व्रत-पूजा या हवनादि में मात्र एक वस्त्र अर्थात् धोती आदि धारण कर या अनेक वस्त्र धारण कर मन्त्रादि के जप करना या होमादि करना उचित नहीं है।

- **सर्वेषु तूपवासेषु पुमान् वाथ सुवासिनी।**
  धारयेद् रक्तवस्त्राणि कुसुमानि सितानि च।।

(विष्णुधर्म)

व्रत करने वाला पुरुष हो अथवा सुवासिनी (स्त्री) हो, सम्पूर्ण व्रतों में लाल वस्त्र और सुगन्धित श्वेत पुष्प धारण करें।

- **ब्राह्मणस्य सितं वस्त्रं माञ्जिष्ठं नृपतेः स्मृतम्।**
  पीतं वैश्यस्य शूद्रस्य नीलं मलवदिष्यते।।

(मनु)

वर्णभेद से ब्राह्मणों के श्वेत, क्षत्रियों के मजीठ-यथा, वैश्यों के पीले और शूद्रों के नीले अथवा बिना रंग के वस्त्र अनुकूल होते हैं।

- **वामकुक्षौ च नाभौ च पृष्ठे चैव यथाक्रमम्।**
  त्रिकच्छेन समायुक्तो द्विजोऽसौ मुनिरुच्यते।।

(याज्ञवल्क्य)

धोती त्रिकच्छ (जिसमें नीचे का पल्ला पृष्ठ पर और आगे के पल्ले का ऊपर का भाग नाभि के नीचे और नीचे का भाग बायें पसवाड़े में लगाया जाता है) उत्तम स्वीकारी गयी है। ऐसी धोती बाँधने वाले ब्राह्मण मुनि होते हैं। इसके अतिरिक्त ध्वजप्रयुक्त, ग्रंथियुक्त और यवनों के समान दोनों पल्ले खुली हुई धोती वर्जित है।

- व्रत करने वाले मोहवश बिना आचमन किये क्रिया करें, तो उनका व्रत वृथा होता है।

- स्नात्वा पीत्वा क्षुते सुप्ते भुक्त्वा रथ्योपसर्पणे।
  आचान्तः पुनराचामेद् वासो विपरिधाय च।।

(याज्ञवल्क्य)

स्नान के समय, खाने-पीने के समय, सोते या छींक लेते समय और गलियों में घूमकर आने पर आचमन किया हुआ हो, तो भी पुनः आचमन करें। यदि जल उपलब्ध न हो, तो दक्षिण कर्ण का स्पर्श कर लें।

- अधोवायुसमुत्सर्गे आक्रन्दे क्रोधसम्भवे।
  मार्जारमूषकस्पर्शे प्रहासेऽनृतभाषणे।।
  निमित्तेष्वेषु सर्वेषु कर्म कुर्वन्नपः स्पृशेत्।

(बृहस्पति)

अधोवायु के निकल जाने, आक्रन्द, क्रोध करने, बिल्ली और मूषक से स्पर्श हो जाने, तीव्र स्वर में हँसने और असत्य वादन पर, जल स्पर्श करना आवश्यक होता है।

- उपवासे तथा श्राद्धे न स्वादेद् दन्तधावनम्। (स्मृत्यन्तर)
  अलाभे दन्तकाष्ठानां निषिद्धायां तिथौ तथा।
  अपां द्वादशगण्डूषैर्विदध्याद् दन्तधावनम्।।

उपवास में तथा श्राद्ध में दातौन करना वर्जित है। यदि अधिक आवश्यक हो, तो जल के बारह कुल्ले करें।

- पर्णोदकेनाङ्गुल्या वा दन्तान् धावयेत्......।

(स्मृत्यर्थसार)

उपवास में आम के पल्लव, जल अथवा अँगुली से दाँतों को स्वच्छ करना चाहिए।

- गोयानमुष्ट्रयानं च कथंचिदपि नाचरेत्।
  खरयानं च सततं व्रते चाप्युपसङ्करम्।।

(स्मृत्यन्तर)

व्रत करने वाले को बैल, ऊँट तथा गधे की सवारी नहीं करनी चाहिए।

- बहुकालिकसंकल्पो गृहीतश्च पुरा यदि।
  सूतके मृतके चैव व्रतं तन्नैव दुष्यति।।
  (शुद्धितत्त्व-विष्णु)

अधिक दिनों में पूर्ण होने वाले व्रत का पहले संकल्प कर लिया हो, तो उसमें जन्म और मरण का सूतक नहीं लगता।

- काम्योपवासे प्रकान्ते त्वन्तरा मृतसुतके।
  तत्र काम्यव्रतं कुर्याद् दानार्चनविवर्जितम्।।
  (कूर्मपुराण)

किसी कामना के व्रत में सूतक आ जाए, तो दान और पूजन के अतिरिक्त व्रत में बाधा नहीं आती। कई व्रत ऐसे हैं जिनमें दान, व्रत और पूजन तीनों होते हैं। यथा- गणेश-चतुर्थी, अनन्त-चतुर्दशी और अर्कसप्तमी आदि में व्रतेश्वर की पूजा, वायन आदि का दान और अभीष्ट का व्रत तीनों हैं। ऐसे व्रतों में सूतक लगने पर भी व्रत करते रहना चाहिए, परन्तु दान और पूजा नहीं करना चाहिए।

- प्रारब्धदीर्घतपसां नारीणां यद् रजो भवेत्।
  न तत्रापि व्रतस्य स्वादुपरोधः कदाचन।।
  (सत्यव्रत)

दीर्घकालीन व्रत का प्रारम्भ करने पर स्त्री रजस्वला हो जाए, तो उससे भी व्रत में कोई अवरोध नहीं होता।

- सूतक मानने में सपिण्ड, साकुल्य और सगोत्र--इन तीनों का निश्चय आवश्यक होता है। तीन पीढ़ी तक सपिण्ड, दस पीढ़ी तक साकुल्य और इससे आगे सगोत्र पीढ़ी स्वीकारे जाते हैं। इनमें सामान्य रूप से सपिण्ड में दस दिन, साकुल्य में तीन दिन और सगोत्र में एक दिन अथवा स्नानमात्र सूतक रहता है। दीर्घकालीन व्रत में इससे बाधा नहीं होती है।

- व्रते च तीर्थेऽध्यय ने श्राद्धेऽपि च विशेषतः।
  परान्नभोजनाद् देवि यस्यान्नं तस्य तत्फलम्।।
  (टोडरानन्द)

व्रत में, तीर्थयात्रा में, अध्ययनकाल में तथा विशेषकर श्राद्ध में दूसरे का अन्न लेने से, जिसका अन्न होता है, उसी को उसका पुण्य प्राप्त हो जाता है।

- भर्ता पुत्रः पुरोधाश्च भ्राता पत्नी सखापि च।
  यात्रायां धर्मकार्येषु कर्तव्याः प्रतिहस्तकाः।।

(मदनरत्न, प्रभासखण्ड)

पुत्राद वा कारयेदाद्याट् ब्राह्मणाद् वापि कारयेत्।।

(वायुपुराण)

आपत्ति अथवा असामर्थ्यवश यात्रा और व्रतादि धर्म कार्य स्वयं से न हो सके, तो पति, पत्नी, ज्येष्ठ पुत्र, पुरोहित, भाई या मित्र को प्रतिहस्तक (प्रतिनिधि) बनाकर उनके द्वारा धर्म कार्य कराना उपयुक्त होता है। उपर्युक्त प्रतिनिधि उपलब्ध न हो, तो यह कार्य किसी ब्राह्मण को प्रतिनिधि बनाकर करना चाहिए।

- संध्ययोरुभयोर्जप्ये भोजने दन्तधावने।
  पितृकार्ये च दैवे च तथा मूत्रपुरीषयोः।।
  गुरूणां संनिधौ दाने योगे चैव विशेषतः।
  एषु मौनं समातिष्ठन् स्वर्गं प्राप्नोति मानुषः।।

(अङ्गिरा)

प्रातः-सायं और संधियों में, जप, भोजन और दातुन में, मूत्र और पुरीष के त्याग में, पितृकार्य तथा देवकार्य में और दान, योग तथा गुरु के समीप में मौन रहने से मनुष्य को स्वर्ग प्राप्त होता है - 'मौनं सर्वार्थसाधकम्।'

- दानमाचमनं होमं भोजनं देवतार्चनम्।
  प्रौढपादो न कुर्वीत स्वाध्यायं पितृतर्पणम्।।

(शाट्यायन)

दान, होम, आचमन, देवार्चन, भोजन, स्वाध्याय तथा पितृतर्पण- ये 'प्रौढपाद' (ऊकडू) बैठकर नहीं करने चाहिए।

- कन्या शय्या गृहं चैव देयं यद् गोस्त्रियादिकम्।
  एका एकस्य दातव्या न बहुभ्यः कथंचन।।

(कात्यायन)

कन्या, शय्या (सुख शय्या), मकान, गौ और स्त्री - ये एक ही को देना शास्त्रसंगत है।

- अनेक व्रत ऐसे हैं जो व्रत, पूजा और दान - तीनों के सहयोग से सम्पन्न होते हैं। उनके विषय में कतिपय आवश्यक एवं ज्ञातव्य तथ्य अग्रांकित हैं -

❖ **शान्तः सन्तः सुशीलश्च सर्वभूतहिते रतः।**
क्रोधं कर्तुं न जानाति स वै ब्राह्मण उच्यते।।

(धन्वन्तरि)

'ब्राह्मण' शान्त, संत, सुशील, अक्रोधी और प्राणिमात्र का हित करने वाला श्रेष्ठ होता है।

❖ **अग्निहोत्रं तपः सत्यं वेदानां चैव पालनम्।**
आतिथ्यं वैश्वदेवश्च इष्टमित्यभिधीयते।।

(अंगिरा)

'ब्राह्मण' के कर्म अग्निहोत्र, तपश्चर्या, सत्यवाक्य, वेदाज्ञा का पालन, अतिथि सत्कार और वैश्वदेव-साधन मुख्य हैं।

❖ **कार्पासक्षौमगोबालशणवल्कतृणादिभिः।** (हरिहरभाष्य)
वामावर्तं त्रिगुणितं कृत्वा प्रदक्षिणावर्तं नवगुणं
निधाय तदेवं त्रिसरं कृत्वा ग्रन्थिं विद्ध्यात्। (ह०ह०)

'यज्ञोपवीत' त्रैवर्णिकों के और विशेषकर ब्राह्मणों के स्वरूप ज्ञान का आदर्श और धर्म-कर्मादि का साधन है। यह सूत, रेशम, गोबाल (सुरगौ के रोम), सन, वल्कल और तृणपर्यन्त से निर्मित किया जाता है। इनसे बने हुए यज्ञोपवीत कार्यानुसार उपयुक्त होते हैं। सूत का यज्ञोपवीत सर्वप्रधान है।

- व्रत, मंत्र जप, स्तोत्र पाठ, दान, अनुष्ठान संपादन एवं अन्य अनेक साधनाओं तथा आराधनाओं में कतिपय महत्त्वपूर्ण तथा तकनीकी शब्दों का उपयोग तो होता है परन्तु उनके विषय में प्रायः सामान्य पाठकों को किंचित संशय अथवा अर्द्धज्ञान होने की संभावना को अस्वीकार नहीं किया जा सकता है। अतः आवश्यक शब्दों के तत्त्वार्थ का विस्तार यहाँ पर अत्यन्त संक्षेप में कर देना हमें अनुपयुक्त नहीं प्रतीत होता।

❖ **गन्धपुष्पे धूपदीपौ नैवेद्यं पञ्च ते क्रमात्।।** (जाबालि)

'पंचोपचार' - गन्ध, पुष्प, धूप, दीप और नैवेद्य अर्पण करने से पंचोपचार पूजा होती है।

❖ **भागीरथी समाख्याता यमुना च सरस्वती।**
किरणा धूतपापा च पञ्चनद्यः प्रकीर्तिताः।। (वाचस्पति)

'पंचनदी' - भागीरथी, यमुना, सरस्वती, गोदावरी और नर्मदा - ये पाँच मुख्य नदियाँ हैं।

❖ **अश्वत्थोदुम्बरप्लक्षचूतन्यग्रोधपल्लवाः।** (ब्रह्माण्डपुराण)

'पंचपल्लव' - पीपल, गूलर, अशोक, आम और वट -- इनके पत्ते पंचपल्लव हैं।

❖ **चम्पकाम्रशमीपद्म करवीरं च पञ्चगम्।** (देवीपुराण)

'पंचपुष्प' - चमेली, आम, शमी (खेजड़ा), पद्म (कमल) तथा करवीर (कनेर) के पुष्प, पञ्चपुष्प हैं।

❖ **चूर्णीकृतो वा घृष्टो वा दाहकर्षित एव वा।**
रसः सम्मर्दजो वापि प्राण्यङ्गोद्भव एव वा।। (कालीपुराण)

'पंचगन्ध' - चूर्ण किया हुआ, घिसा हुआ, दाह से खींचा हुआ, रस से मथा हुआ और प्राणी के अंग से उत्पन्न हुआ (कस्तूरी) - ये पंचगन्ध हैं।

❖ **गोमूत्रं गोमयं क्षीरं दधि सर्पिः कुशोदकम्।** (पाराशर)
ताम्रारुणश्वेतकृष्णनीलानामाहरेद् गवाम्।
(वीरमित्रोदय-स्कन्दपुराण)
अष्ट षोडश अर्कांशा दश अष्ट क्रमेण च। (नृसिंह)
गायत्र्या गन्धद्वारां च आप्यायदधिक्रावणः।
तेजोऽसिशुक्रमन्त्रैश्च पञ्चगव्यमकारयेत्।। (स्कन्द)
यत् त्वगस्थिगतं पापं देहे तिष्ठति मामके।
प्राशनात् पञ्चगव्यस्य दहत्वग्निरिवेन्धनम्।। (ब्रह्मकर्म)

'पंचगव्यं' - ताँबे के वर्ण जैसी गौ का गोमूत्र 'गायत्री' से 8 भाग, लाल गौ का गोबर 'गन्धद्वारां' से 16 भाग, सफेद गौ का दूध 'आप्यायस्व' से 12 भाग, काली गौ का दही 'दधि क्राव्णो' से 10 भाग तथा नीली गौ का घी 'तेजोऽसि शुक्र' से 8 भाग लेकर मिश्रित करने तथा उन्हें

छान लेने से पंचगव्य होता है। इस प्रकार से तैयार किए हुए पंचगव्य को 'यत् त्वगस्थिगतं पापं' से तीन बार पीयें, तो देह के सम्पूर्ण पाप-ताप, रोग और वैर-भाव नष्ट हो जाते हैं।

❖ **गव्यमाज्यं दधि क्षीरं माक्षिकं शर्करान्वितम्।** (धन्वन्तरि)

'पंचामृत' - गौ के दूध, दही और घी में चीनी और शहद मिलाकर छानने से पचामृत निर्मित होता है तथा इसका यथाविधि उपयोग करने से शान्ति प्राप्त होती है।

❖ **कनकं हीरकं नीलं पद्मरागश्च मौक्तिकम्।** (बृहन्निघण्टु)

'पंचरत्न' - सोना, हीरा, नीलमणि, पद्मराग तथा मोती--ये पाँच रत्न हैं।

❖ **तिथिवारं च नक्षत्रं योगं करणमेव च।**
पञ्चाङ्गमिति विख्यातं....।। (धर्मसार)

'पंचाग'--तिथि, वार, नक्षत्र, योग और करण का ज्ञापक है। इससे व्रतादि निश्चय होते हैं।

❖ **स्नानं संध्या जपो होमः स्वाध्यायो देवतार्चनम्।**
वैश्वदेवातिथेयश्च षट् कर्माणि ....।।
(पराशर)

'षट्कर्म' - स्नान, संध्या-जप, होम, पठन-पाठन, देवार्चन तथा वैश्वदेव और अतिथि-सत्कार -- ये छः कर्म हैं। द्विजातिमात्र के लिए इनका करना परम आवश्यक है।

❖ **वक्षः शिरः शिखा बाहू नेत्रम् अस्राय फट् इति।**
(मुक्तक)

'षडंग' - हृदय, मस्तक, शिखा, दोनों नेत्र, दोनों भुजा तथा परस्पर कर-स्पर्श षडंग हैं।

❖ **शिक्षाकल्पव्याकरणनिरुक्तच्छन्दोज्योतीषि वेदषडङ्गानि।**
(कारिका)

'वेद-षडंग'--कल्प, व्याकरण, निरुक्त, छन्द, शिक्षा तथा ज्योतिष - ये छः शास्त्र वेद के अंग हैं।

❖ **कश्यपोऽथ भरद्वाजो गौतमश्चात्रिरेव च।**
जमदग्निर्वसिष्ठश्च विश्वामित्रो.......।। (वाचस्पति)

'सप्तर्षि - कश्यप, भारद्वाज, गौतम, अत्रि, जमदग्नि, वसिष्ठ तथा विश्वामित्र - ये सप्तर्षि हैं।

❖ **पितुर्मातुश्च भार्याया भगिन्या दुहितुस्तथा।**
पितृष्वसामातृष्वस्रोर्गोत्राणां सप्तकं स्मृतम्।। (धाता)

'सप्तगोत्र' - पिता, माता, पत्नी, बहन, पुत्री, बुआ तथा मौसी - ये सात गोत्र (कुटुम्ब) हैं।

❖ **गजाश्वरथ्यावल्मीकसङ्गमाद्ध्रदगोकुलात् ।**
राजद्वारप्रवेशशाच्च मृदमानीय निःक्षिपेत्।। (स्मृतिसंग्रह)

'सप्तमृद्'-- हाथी-घोड़े के चलने का मार्ग, संकुचित मार्ग, दीमक, सरिता-संगम, गोशाला और राजद्वार में प्रवेश करने का स्थान - इन स्थानों की मृत्तिका सप्तमद् हैं।

❖ **यवगोधूमधान्यानि तिलाः कङ्गुस्तथैव च।**
श्यामाकं देवधान्यं च सप्तधान्यमुदाहतम्।। (स्मृत्यन्तर)

'सप्तधान्य'- जौ, गेहूँ, धान, तिल, काँगनी, श्यामाक (सावाँ) और देवधान्य - ये सप्तधान्य हैं।

❖ **सुवर्णं राजतं ताम्रमारकूटं तथैव च।**
लौहं त्रपु तथा सीसं धातवः सप्त कीर्तिताः।।
(भविष्यपुराण)

'सप्तधातु' - सोना, चाँदी, ताँबा, आरकूट, लोहा, राँगा तथा सीसा - ये सप्तधातु हैं।

❖ दधिदूर्वाकुशाग्रैश्च कुसुमाक्षतकुङ्कुमैः।
सिद्धार्थोदकपूगैश्च अष्टाङ्गं ह्यार्घ्यमुच्यते।। (पूजापद्धति)

'अष्टांग' अर्घ्य - जल, पुष्प, कुशाका, अग्रभाग, दही, अक्षत, केसर, दूर्वा तथा सुपारी - इन आठ पदार्थों से अर्घ्य सम्पादन किया जाता है।

❖ कार्पासं लवणं सर्पिः सप्तधान्यं सुवर्णकम्।
लौहं चैव क्षितिर्गावो महादानानि चाष्ट वै।। (दानखण्ड)

'अष्ट महादान' - कपास, नमक, घी, सप्तधान्य, सुवर्ण, लौह, पृथ्वी तथा गौ - ये महादान हैं।

❖ माणिक्यं मौक्तिकं चैव प्रवालं हेम पुष्पकम्।
वज्रं नीलं च गोमेदं वैदूर्यं नवरत्नकम्।। (दानखण्ड)

'नवरत्न' - माणिक, मोती, मूँगा, सुवर्ण, पुखराज, हीरा, इन्द्रनील, गोमेद तथा वैदूर्यमणि - ये नवरत्न हैं। इनके धारण करने अथवा दान देने से सूर्यादि की प्रसन्नता में वृद्धि होती है।

❖ कुष्टं मांसी हरिद्रे द्वे मुरा शैलेयचन्दमनम्।
वचाचम्पकभुस्ताश्च सर्वौषध्यो दश स्मृताः।।
(छन्दोगपरिशिष्ट)

'दशौषधि' - कूट, जटामांसी, दोनों हल्दी, मुरा, शिलाजीत, चन्दन, बच, चम्पक तथा नागरमोथा - ये दस द्रव्य सर्वौषधि के हैं।

❖ गोभूतिलहिरण्याज्यवासोधान्यगुडानि च।
रौप्यं लवणमित्याहुर्दश दानान्यनुक्रमात्।। (कर्मसमुच्चय)

'दस दान' - गौ, भूमि, तिल, सुवर्ण, घी, वस्त्र, धान्य, गुड़, चाँदी तथा लवण - ये दस दान हैं।

❖ दूरस्थं जंलमध्यस्थं धावन्तं मदगर्वितम्।
क्रोधवन्तं चाशुचिकं नमस्कारं विवर्जयेत्।।

'नमस्कार' - अभिवादन के समय जो मनुष्य दूर हो, जल में हो, दौड़

रहा हो, धन से गर्वित हो, स्नान करता हो, मूढ़ हो अथवा अपवित्र हो, तो ऐसी अवस्था में उसे नमस्कार नहीं करना चाहिए।

❖ पुष्पहस्तो वारिहस्तस्तैलाभ्यङ्गो जलस्थितः।
आशीःकर्त्ता नमस्कर्त्ता उभयोर्नरकं भवेत्।। (कर्मलोचन)

इस प्रकार के आचार-विचार, व्रत-उपवास, पूजा-पाठ तथा हरिस्मरण - ये सब स्वर्गीय सुख प्राप्त होने के प्रधान साधन हैं।

3.8 शनिवार व्रत का वृत्तान्त एवं विधान

अथ श्रावणमन्दवारे शनैश्चरव्रतम्॥ अश्वत्थमूले वेदिकां कृत्वा तत्र धनुराकारं मण्डलं विलिख्य तत्र कृष्णायसनिर्मितां महिषासनां द्विभुजां दण्डपाशधरां शनैश्चरमूर्तिं स्थापयित्वा पूजयेत्॥ तत्र संकल्प : अद्येत्यादि मम समस्तरोग परिहारार्थं दृष्ट्युदरलत्तागत-शनैश्चरपीडानिरासार्थं शनैश्चरपूजनं करिष्ये॥ निर्विघ्नतासिद्ध्यर्थं गणपतिपूजनं कलशाराधनं च करिष्ये॥ इति संकल्प्य गणपत्यादि पूजनं कृत्वा शनैश्चरंपूजयेत्॥ तद्यथा-कृष्णाङ्गाय० आवाहयामि। नीलाय० आसनं०। श्वेतकण्ठाय० पाद्यं०। नीलमयूखाय० अर्घ्यं०। नीलोत्पलाय आचम०। नीलदेहाय० स्नानं० कुब्जाय० पंचामृत-स्नानम्०। शनैश्चराय० शुद्धोदकस्नान०। दीप्यमानजटाधराय० वस्त्रं०। पुरुष गात्राय० यज्ञोपवीतं०। स्थूलरोम्णे० अलंकारान्०। नित्याय० गन्धं०। नित्यधूर्ताय० अक्षतान०। सदातृप्ताय० पुष्पम्०। मन्दाय० धूपम०। निस्पृहाय० दीपम्०। तामसाय० नैवेद्यम्०। नीलोत्पलाय० आचमनम्० कृष्णवपुषे० करोद्वर्तनम्०। दीर्घदेहाय० ताम्बूलम्० मन्दगतये० दक्षिणाम्०। ज्ञाननेत्राय० प्रदक्षिणाम्०। सूर्यपुत्राय० नमस्कारम्॥ कोणस्थः पिङ्गलो बभ्रुः कृष्णोरौद्रोऽन्तको यमः॥ सौरिः शनैश्चरो मन्दः पिप्पलादेन संस्तुतः॥ एतानि शनिनामानि जपेदश्वत्थसन्निधौ॥ शनैश्चरकृता पीडा न कदाचिद्भविष्यति॥ इति जपित्वा॥ मूलतो ब्र० नमः। इत्यश्वत्थाय सप्त प्रदक्षिणाः सप्त नमस्कारान् कुर्यात्॥ इतिपूजा॥

अथ कथा--ईश्वर उवाच॥ रघुवंशेऽतिविख्यातो राजा दशरथः प्रभुः॥ बभूव चक्रवर्ती च सप्तद्वीपाधिपो बली॥1॥

शनैश्चर व्रत श्रावण शनिवार को होता है, अश्वत्थ के मूल में वेदी बनाकर उस पर धनुषाकार मण्डल लिखकर उस पर लोहे की बनी हुई भैंसे पर चढ़ी हाथों में दण्ड और पाश लिए हुए दुभुजी शनैश्चर की मूर्ति स्थापित करके पूजें। पूजा का संकल्प--आज अमुक दिन, अमुक समय एवं अमुक स्थान पर स्थल आदि में मेरे सारे रोगों के परिहार के लिए, दृष्टि, उदर और पैर में आई हुई शनैश्चर की पीड़ा को मिटाने के लिए शनैश्चर का पूजन मैं करूँगा। निर्विघ्नता की सिद्धि के लिए गणपति का पूजन और कलश की आराधना आदि भी करूँगा, यह संकल्प करके गणपति आदि की पूजा करके शनैश्चर की पूजा करें। पूजा कृष्णांग के लिए नमस्कार कृष्णांग का आह्वान करता हूँ, हे कृष्णांग! यहाँ आइए; यहाँ बैठिए इसी तरह सब समझना चाहिए। नील के लिए नमस्कार, आसन समर्पण करता हूँ, श्वेत कंठके० चरणों को पाद्य; नील मुख के० अर्ध्यः नीलोत्पल दल के० मुखशुद्धि के० आचमन; नील देह के० शरीर की शुद्धि के० स्नान, कुब्ज के० पंचामृत स्नान; शनैश्चर के लिए नमस्कार शुद्ध पानी का स्नान समर्पण करता हूँ। दीप्यमान जटाघर के० वस्त्र उढाता हूँ; पुरुषात्र के० यज्ञोपवीत पहनाता हूँ; स्थूलरोमा के० अलंकार धारण कराता हूँ; नित्य के लिए गंध सुंघाता हूँ; नित्यधूर्तके अक्षत०; सदातृप्त के० पुष्प; मंद के भूत०; निस्पृहके० दीप० तामसके० नैवेद्य, नीलोत्पलके० आचमन०; कृष्णवपुके० करोद्वर्तन० दीर्घदेहके० ताम्बूल०; मंदगितके० दक्षिणा०; ज्ञाननेत्रके० प्रदक्षिणा; सूर्य पुत्र के नमस्कार, नमस्कारों का समर्पण करता हूँ। कोणस्थ, पिंगल, बभ्रु, कृष्ण, रौद्र, अन्तक, यम, सौरि, शनैश्चर, मन्द, पिप्पलादसंस्तुत, शनिदेव के इन नामों को पीपल के पास जपें। उसे कभी भी शनैश्चर की पीड़ा नहीं होगी। इन्हें जपते हुए साथ में 'मूलतो ब्रह्म' इस मंत्र को बोलकर सात-सात प्रदक्षिणा और नमस्कार करें। इस प्रकार पूजा संपूर्ण हुई। **कथा**--ईश्वर बोले कि, रघुवंश में एक परम प्रसिद्ध दशरथ नाम के राजा हुए थे। वह चक्रवर्ती सातों द्वीपों का स्वामी था।

कृत्तिकान्ते शनिर्यातो दैवज्ञैर्ज्ञापितोहि सः।
रोहिणीं भेदयित्वा तु शनिर्यास्यति सांप्रतम्।।2।।

जब शनि कृत्तिका के अन्त में आया तो ज्योतिषियों ने बता दिया कि, अब अब शनि रोहिणी को भेदकर जायेगा।

शकटे भेदिते तेन सर्वलोकभयङ्करम्।
द्वादशाब्दं तु दुर्भिक्षं भविष्यति सुदारुणम्।।3।।

शकट के भेद कर देने पर बड़ा घोर बारह वर्ष का दुर्भिक्ष होगा।

इति श्रुत्वा तु तद्वाक्यं मंत्रिभिः सह पार्थिवः।
मंत्रयामास किमिदं भयङ्करमुपस्थितम्।।4।।

राजा ने सुनकर मंत्रियों के साथ विचार किया कि, यह क्या भयंकर काण्ड उपस्थित हो गया।

देशाश्च नगरग्रामा भयभीतास्तदाभवन्।
अब्रुवन्सर्वलोकाश्च क्षय एष समागतः।।5।।

देश नगर और ग्राम सब डरकर कहने लगे कि, यह क्या प्रलय आ रही है।

आकुलं च जगद्दृष्ट्वा पौरजानपदादिकम्।
प्रपच्छ प्रयतो राजा वसिष्ठं मुनिसत्तमम्।।6।।

पौर जानपद आदि सबको व्याकुल देखकर राजा ने वसिष्ठ जी से पूछा।

संविधानं किमस्यास्ति वद मां द्विजसत्तम।

।। वसिष्ठ उवाच।।

दूरे प्रजानां रक्षा च तस्मिन्भिन्ने कुतः प्रजाः।।7।।

हे ऋषिराज! इस समय का क्या कर्तव्य है? वह मुझे बताइये। दूर रहने से ही प्रजाओं की रक्षा रह सकती है। यदि वह टूट जायेगा तो प्रजा कहाँ जाएगी।

प्राजापत्यं स नक्षत्रं शनिर्यास्यति सांप्रतम्।
मन्ये योगमसाध्यं तु ब्रह्मशक्रादिभिः सुरैः।।8।।

अब शनि रोहिणीनक्षत्र पर जायेगा। इस योग को मैं ब्रह्मा इन्द्र आदि देवों से भी असाध्य समझता हूँ।

ततः संचिन्त्य मनसा साहसं कृतवान्नृपः।
समादाय धनुर्दिव्यं दिव्यायुधसमन्वितम्।।9।।

राजा ने सोच विचारकर साहस किया। दिव्य धनु और दिव्य आयुध लेकर।

रथमारुह्य वेगेन गतो नक्षत्रमण्डलम्।
रोहिणीं पृष्ठतः कृत्वा राजा दशरथस्तदा।।10।।

वेगवान् रथ पर बैठकर नक्षत्र मण्डल में जा पहुँचे। राजा दशरथ ने रोहिणी अपने पीछे कर ली।

रथे च काञ्चने दिव्ये मणिरत्नविभूषिते।
हंसवर्णैर्हयैर्युक्ते महाकेतुसमन्विते।।11।।

उस समय राजा मणिरत्नों से जड़े हुए जिसमें हंस के रंग के घोड़े जुते हुए एवं बड़ी-बड़ी ध्वजाएं जिस पर उड़ रही हैं, ऐसे दिव्य सोने के रथ में बैठे हुए थे।

दीप्यमानो महारत्नैः केयूरमुकुटोज्ज्वलः।
व्यराजत महाकाशे द्वितीय इव भास्करः।।12।।

उज्ज्वल केयूर और मुकुट पहने हुए थे, महारत्नों से दीप रहे थे, महाकाश में दूसरे सूर्य जैसे विराजमान हो रहे थे।

आकर्णपूरिते चापे संहारास्त्रं न्ययोजयत्।
कृत्तिकान्ते शनिः स्थित्वा प्रविशन्किल रोहिणीम्।।13।।

धनुष कान तक खींच रखा था। उस पर संहारास्त्र चढ़ा रखा था। कृत्तिका के अन्त में शनि ठहरकर रोहिणी में प्रविष्ट हुआ।

दृष्ट्वा दशरथं चाग्रे सरोषं भ्रुकुटीमुखम्।
संहारास्त्रं च तद्दृष्ट्वा सुरासुरभयङ्करम्।।14।।

तो क्या देखता है कि, क्रोध से आखें चढ़ाये हुए वीरवर दशरथ अगाड़ी ही रास्ते में खड़े हुए हैं एवं उनके धनुष पर देव असुर दोनों के लिए भयंकर संहारास्त्र चढ़ा हुआ देखा।

हसित्वा तद्भयात्सौरिरिदं वचनमब्रवीत्।
पौरुषं तव राजेन्द्र परं रिपुभयंकरम्।।15।।

उसके भय से हंसकर शनि देव बोले कि, हे राजेन्द्र! तेरा पुरुषार्थ बिल्कुल वैरियों को डरा देनेवाला है।

देवासुरमनुष्याश्च सिद्धविद्याधरोरगाः।
मया विलोकिता राजन् भस्मसाच्च भवन्ति ते।।16।।

हे राजन्! देव, असुर, मनुष्य, सिद्ध, विद्याधर, उरग, ये सब मेरे देखनेमात्र से भस्म हो जाते हैं।

तुष्टोऽहं तव राजेन्द्र तपसा पौरुषेण च।
वरं ब्रूहि प्रदास्यामि यथेष्टं रघुनन्दन।।17।।

पर हे राजेन्द्र! मैं तेरे इस तप और पौरुष से परम प्रसन्न हुआ हूँ। हे रघुनन्दन! मैं वर दूँगा जो इच्छा हो तो मांग ले।

सरितः सागरा यावच्चन्द्रार्को मेदिनी तथा।
रोहिणीं भेदयित्वा तु न गन्तव्यं त्वया शने।।18।।

यह सुन दशरथ जी बोले कि, जब तक नदी, समुद्र, चाँद, सूरज और जमीन हैं, हे शने! तब तक तुम रोहिणी को भेदकर न जाना।

याचितं तु मया सौरे नान्यमिच्छाम्यहं वरम्।
एवमस्तु शनिः प्राह कृतकृत्योऽभवन्नृपः।।19।।

हे सूर्यपुत्र! मैं यही वर चाहता हूँ, इस वर के सिवा दूसरा नहीं माँगता। जब शनि ने स्वीकार कर लिया कि, ऐसा ही होगा तो राजा कृतकृत्य हो गया।

द्वादशाब्दं न दुर्भिक्षं भविष्यति कदाचन।
कीर्तिरिषा मदीया च त्रैलोक्ये तु भविष्यति।।20।।

कि, अब कभी बारह वर्ष का दुर्भिक्ष्य न होगा एवं यह मेरा यश तीनों लोकों में सदा होता रहेगा।

ततो वरं च संप्राप्य हृष्टरोमा तु पार्थिवः।
उपतस्थे धनुस्त्यक्त्वा भूत्वा चैव कृताञ्जलिः।।21।।

राजा वर पाकर परम हर्षित हुआ रोमावली खड़ी हो गई। धनुष रख हाथ जोड़कर उपस्थान करने लगा।

भक्त्या दशरथः स्तोत्रं सौरेरिदमथाकरोत्।

।। दशरथ उवाच ।।

नमः कृष्णाय नीलाय शितिकण्ठनिभाय च ।। 22 ।।

भक्तिपूर्वक शनैश्चर जी का यह स्तोत्र दशरथ जी ने किया था। दशरथ कृत स्तोत्र कृष्ण के लिए नमस्कार; शितिकंठ निभ के लिए नमस्कार।

नमः पुरुषगात्राय स्थूलरोम्णे नमोनमः।
नमो नीलमणिग्रीव नीलोत्पलनिभाय च ।। 23 ।।
नमो नित्यं क्षुधार्ताय ह्यतृप्ताय नमोनमः।
नमः कालाग्निरूपाय कृतान्ताय नमोनमः ।। 24 ।।
नमो घोराय रौद्राय भीषणाय करालिने।
नमस्ते सर्वभक्षाय बलीमुख नमोऽस्तु ते ।। 25 ।।

पुरुषगात्रके०; स्थूलरोमाके०; नीलमणि है ग्रीवा में जिसके उसके०; नीले उत्पल की तरह चमक वालेके०; सदा भूख से आर्त रहनेवाले०; सदा अतृप्त रहनेवालेके०; कालाग्निरूपके०; घोरके०; रौद्रके०; भीषणके० करालीके०; सबका भक्षण करनेवालेके०; तुझ बलीमुख के लिए नमस्कार।

सूर्यपुत्र नमस्तेऽस्तु काश्यपाय नमो नमः।
नमो मन्दगते तुभ्यं कृष्णवर्ण नमोऽस्तु ते ।। 26 ।।

हे सूर्यपुत्र! तेरे लिए नमस्कार हो, काश्यपके०; हे मन्दगते! तेरे लिए नमस्कार; हे कृष्णवर्ण! तेरे लिए नमस्कार है।

तपसा दग्धदेहाय नित्यं योगरताय च।
ज्ञाननेत्र नमस्तेऽस्तु कश्यपात्मजसूनवे ।। 27 ।।

तप से दग्ध देहवालेके०; सदा योग में लगे रहनेवालेके०; हे ज्ञाननेत्र! तेरे लिए नमस्कार, काश्यप के पुत्र के पुत्र तेरे लिए नमस्कार।

तुष्टो ददासि राज्यं च रुष्टो हिरसि तत् क्षणात्।
देवासुरमनुष्याश्च पशुपक्षिमहोरगाः ।। 28 ।।

प्रसन्न हो उसी समय राज्य देते तथा रुष्ट होकर उसी समय हर लेते हो, देव, असुर, मनुष्य, पशु, पक्षी और बड़े-बड़े साँप।

त्वया विलोकताः सर्वे दैन्यमाशु व्रजन्ति ते।
शक्रादयः सुराः सर्वे मनुयः सप्ततारकाः।। 29।।

स्थानभ्रष्टा भवन्त्येते त्वया दृष्टिविलोकिताः।
देशाश्च नगरग्रामा द्वीपाश्चैव द्रुमास्तथा।। 30।।

त्वया विलोकिताश्चैव विनाशं यान्ति मूलतः।
प्रसादं कुरु मे सौरे वरार्थं त्वामुपागतः।। 31।।

आपके देखने मात्र से ही सब जल्दी ही दीन बन जाते हैं, आप अपनी बक्रदृष्टि से देखते हैं तो उसी समय इन्द्रादिक सब देव सप्तऋषि और तारे भ्रष्ट हो जाते हैं। देश, नगर, ग्राम, द्वीप, द्रुम आपके देखते ही जड़ से मिट जाते हैं, हे सूर्यदेव! मुझपर कृपाकर, मैं वर माँगने आया हूँ।

एवं स्तुतस्तदा सौरिर्ग्रहराजो महाबलः।
अब्रवीच्च शुभं वाक्यं हृष्टरोमा स भास्करिः।। 32।।

इस प्रकार राजा के स्तुति करने पर महाबली ग्रहराज सूर्यपुत्र परम प्रसन्न होकर शुभ वाक्य बोला कि।

।। शनिरुवाच।।

तुष्टोऽहं तव राजेन्द्र स्तवेनानेन सुव्रत।
दास्यामि ते वरं भद्रं निश्चयाद्रघुवंशज।। 33।।

हे राजेन्द्र! हे सुव्रत! मैं तेरे स्तव से परम प्रसन्न हुआ हूँ, मैं अपने निश्चय से हे रघुवंशराज और एक वर देता हूँ।

।। दशरथ उवाच।।

अद्यप्रभृति पिंगांक्ष पीडा कार्या न ते मम।
जगत्रये त्वया नाथ पीडिते दुःखितो जनः।। 34।।

दशरथ बोले कि हे पिंगलाक्ष! आज से आप मेरे तीनों लोकों में पीड़ा न करना, क्योंकि, हे नाथ! इससे जीव बड़े दुखी होते हैं।

तस्माज्जगत्रयं देव रक्षणीयं त्वयानघ।

।। शनिरुवाच ।।

ग्रहाणामहमेको हि मदधीना ग्रहाः सदा ।। 35 ।।

हे अनघ! आपको तीनों जगतों की रक्षा करनी चाहिए, शनि बोले कि ग्रहों में मैं एक ही हूँ सब ग्रह मेरे अधीन हैं।

स्तवेन तव तुष्टोऽहं पीडां न च करोम्यहम्।
जगत्रयं महाराज दुःखितं न भवेत्सदा ।। 36 ।।

मैं तुम्हारे स्तव से प्रसन्न हूँ पीड़ा न करूँगा, हे महाराज! इससे तीन जगत् कभी दुखी न होंगे।

।। दशरथ उवाच ।।

भगवन्केन विधिना त्वदीयाराधनं भवेत्।
येन तुष्यसि पिङ्गाक्ष तत्सर्वं वक्तुमर्हसि ।। 37 ।।

दशरथ बोले कि, हे भगवन्! आपका वह आराधन किस विधि से हो? हे पिंगाक्ष! जिससे आप प्रसन्न होते हैं, वह सब बता दें।

।। शनैश्चर उवाच ।।

श्रावणे मन्दवारेषु दन्तधावनपूर्वकम्।
स्नानं सुगन्धतैलेन नित्यकर्म समाचरेत् ।। 38 ।।

शनैश्चर जी बोले कि श्रावण शनिवार के दिन दातुन करें! सुगन्धित तेल से स्नान करके नित्यकर्म करें।

शुचिर्भूत्वा शमीवृक्षंगत्वा तत्रैव पूजयेत्।
तदभावेऽथ राजेन्द्र गत्वाश्वत्थं प्रपूजयेत् ।। 39 ।।

पवित्र हो जहाँ शमीवृक्ष हो वहीं जाकर उसका पूजन करे; हे राजेन्द्र! यदि शमी न हो तो अश्वत्थ का ही पूजन कर दें।

तत्र संपूज्य मां राजन् गन्धपुष्पाक्षतादिभिः।
धूपैर्दीपैश्च नैवेद्यैस्ताम्बुलप्रार्थनादिभिः ।। 40 ।।

हे राजन्! वहीं गंध, पुष्प, अक्षत, धूप, दीप, नैवेद्य, ताम्बूल और प्रार्थना, इनसे मेरी पूजा करें।

वेष्टयेत्सप्तसूत्रैश्च नमस्कारांस्तथैव च।
सप्त प्रदक्षिणाः कृत्वा श्रुत्वापुण्यकथामिमाम्।।41।।

पीपल को सात सूत्रों से लपेट दें, सात नमस्कार करें, सात प्रदक्षिणा करें, इस पवित्र कथा को सुनें।

एवंविधांस्त्रयस्त्रिंशन्मन्दवारान् कुरुष्व मे।
ततोऽन्यशनिवारे च कुर्यादुद्यापनं शुभम्।।42।।

ऐसे ही मेरे तैतीस शनिवार करें, अन्त के शनिवार के दिन उद्यापन करें।

आचार्यं वरयेत्तत्र श्रोत्रियं वेदपारगम्।
सुवर्णस्य शमीवृक्षं तदभावे तुपिप्पलम्।।43।।

श्रोत्रिय वेदवेत्ता आचार्य का वरण करें। सोने का शमीवृक्ष हो, उसके अभाव में पीपल का हो।

मदीयां प्रतिमां कुर्याल्लौहीं महिषसंयुताम्।
द्विभुजां दीर्घदेहां च दण्डपाशधरां तथा।।44।।
पिङ्गाक्षीं स्थूलदेहां च श्वेतग्रीवां ततोऽर्चयेत्।
रुक्म पत्रे तथा सप्त कृष्णवस्त्राणि वेष्टयेत्।।45।।
उपवीतादिभिर्द्रव्यैः पूर्ववद्देवमर्चयेत्।
शमग्निरिति मन्त्रेण हुनेदष्टाधिकं शतम्।।46।।

लोहे की भैंसे पर चढ़ी हुई मेरी प्रतिमा बनायें, वह द्विभुजी लम्बी और पाशदण्ड हाथों में हो, आँखें पिंगवर्ण की हों, मोटी हो, ग्रीवा श्वेत हो सोने के अश्वत्थ या शमी के पत्तों पर सात काले वस्त्र लपेटें, उपवीतादिक द्रव्यों से पहले की तरह पूजें 'शमग्नि' इस मंत्र से एक सौ आठ आहुति दें।

कृसरान्नं तदन्ते च तेनैव बलिमुद्धरेत्।
कृष्णधेनुं सवत्सां च दद्यादथ पयस्विनीम्।।47।।

ओम् शमग्निरग्निभिः करत्, शंनस्तपतु सूर्यः शंवातो वात्पर पाऽअपस्त्रिधः।

सबके अग्रणी शनिदेव दूसरे श्रेष्ठ देवों के साथ मेरा कल्याण करें, मेरे लिए सूर्य सुखरूप तपें, मेरे लिए वायु भी शुद्ध एवं रोगों को दूर करनेवाली चलें। अन्त में कृसरान्न की आहुति दें, उसी से बलि करें। दूध देने वाली काली बछड़े वाली गाय दें।

सप्त विप्रान् समभ्यर्च्य गन्धपुष्पफलादिभिः।
वस्त्राणि दक्षिणां चैव यथाशक्त्या प्रदापयेत्।।48।।

सात ब्राह्मणों को गन्ध, पुष्प, और फल आदि से पूजकर शक्ति के अनुसार वस्त्र और दक्षिणा दें।

तिलमाषविमिश्रान्नैर्भोजयेद्द्विजसत्तमान्।
तेषां गृह्याशिषं पश्चाद्भुञ्जीयाद्बन्धुभिः सह।।49।।

तिल और उड़द मिले हुए अन्न से उत्तम ब्राह्मणों को भोजन करायें। उनका आशीष लेकर भाई-बन्धुओं के साथ भोजन करें।

सवस्त्रां प्रतिमां चैव आचार्याय निवेदयेत्।
एवं कृतेऽथ राजेन्द्र सर्वाभीष्टं ददाम्यहम्।।50।।

वस्त्रों समेत प्रतिमा को आचार्य के लिए दे दें, हे राजेन्द्र! इस प्रकार करने पर मैं सब अभीष्टों को देता हूँ।

त्वया कृतं पठेत्स्तोत्रं भक्त्या चैव कृताञ्जलिः।
सप्तजन्मसु राजेन्द्र तस्यैश्वर्यं भविष्यति।।51।।

हाथ जोड़कर आपके किये स्तोत्र को पढ़ें, हे राजेन्द्र! उसे सात जन्म तक दरिद्रता नहीं होती, ऐश्वर्य ही होता है।

पुत्रपौत्रयुतो नित्यं ततो मोक्षमवाप्स्यति।
तुष्टोऽहं तस्य राजेन्द्र पीडां न च करोम्यहम्।।52।।
गोचरे वाष्टवर्गे वा विषमे वा स्थितोऽप्यहम्।
तुष्टौ राज्यप्रदः सद्यः क्रुद्धो राज्यपहारकः।।53।।

पुत्रपौत्र होते हैं, पश्चात् मोक्ष पा जाता है। मैं उस पर प्रसन्न होकर गोचर, अष्टवर्ग अथवा विषम रहता हुआ भी पीड़ा नहीं करता, खुश होकर राज्य देता तथा क्रुद्ध हो तो शीघ्र ही राज्य को हर लेता हूँ।

जन्मस्थो द्वादशस्थो वा अष्टमस्थोऽपि कुत्रचित्।
श्रावणे मन्दवारेषु पूजितोऽहं सुखप्रदः।।54।।

मैं जन्मस्थ, द्वादशस्थ और अष्टमस्थान में भी होऊं तो भी श्रावण शनिवार के दिन पूजाकर देने से सुख देनेवाला ही होता हूँ।

ब्रह्मा शिवो हरिश्चैव मुनयः सनकादयः।
लक्ष्मी रुमा च सावित्री मुनिपत्न्यश्च वै शुभाः।।55।।

ब्रह्मा, शिव, हरि, मुनि, सनकादिक, लक्ष्मी, उमा, सावित्री और पवित्र मुनिपत्नियां।

नृपा अन्ये मया सर्वेस्थानभ्रष्टाश्च पीडिताः।
देशाश्च नगरग्रामा गजोष्ट्रावथ वाजिनः।।56।।
रौद्रदृष्ट्या मया दृष्टा नाशमायान्ति तत्क्षणात्।
ततो मया पीडितानां मनुष्याणां नराधिप।।57।।

तथा और भी दूसरे-दूसरे राजा सब मैंने स्थान भ्रष्ट कर दिये, दुखी किये, देश, नगर, ग्राम, गज, ऊँट और घोड़े मेरी क्रूर दृष्टि के देखनेमात्र से उसी समय नाश को प्राप्त हो जाते हैं। हे राजन्! इस कारण मेरे सताये हुए को।

परिहर्तु न शक्ताश्च ब्रह्म विष्णुमहेश्वराः।
एतच्छ्रुत्वा शनैर्वाक्यं राजा परमहर्षितः।।58।।

ब्रह्मा, विष्णु और महेश भी नहीं बचा सकते। शनि देव के वे वचन सुनकर राजा बड़ा प्रसन्न हुआ।

नत्वा प्रदक्षिणी कृत्य वरं प्राप्य पुरं ययौ।
गत्वा स्वनगरं राज्ञा पूजितो वै शनैश्चरः।।59।।

नमस्कार प्रदक्षिणा कर वरदान पाकर अयोध्या को चल दिया। वहाँ आकर शनिदेव की पूजा की।

श्रावणादिषु वारेषु प्रसन्नोऽभूच्छनैश्चरः।
पृथ्वीपतिरभूद्राजा ग्रहराजप्रसादतः।।60।।

श्रावणादिक के शनिवार को विधिपूर्वक पूजने से शनिदेव प्रसन्न हुए, वह ग्रहराज की कृपा से पृथ्वीपति राजा हुआ।

य इमं प्रातरुत्थाय सौरिवारे सदार्चयेत्।
तस्याभीष्टप्रदो मन्दो भविष्यति न संशयः।। 61।।

जो प्रातः शनिवार के दिन इसकी अर्चना करेगा मैं उसे अभीष्ट फल दूँगा, इसमें सन्देह नहीं है।

स्त्रिया वा पुरुषेणापि कृतं येन शनिव्रतम्।
स मुक्तः सर्वपापेभ्यः सर्वाभीष्टं लभेत्क्षणात्।। 62।।

स्त्री व पुरुष कोई भी शनिवार के व्रत को करके सब पापों से उसी समय छूटकर अपने अभीष्ट को पा जाता है।

ब्राह्मणो वदसम्पूर्णः क्षत्रियो राज्यमाप्नुयात्।
वैश्यस्तु लभते वित्तं शूद्रः सुखमवाप्नुयात्।। 63।।

ब्राह्मण वेद का पूर्णज्ञान तथा क्षत्रिय को राज्य मिल जाता है, वैश्य को धन एवं शूद्र को सुख मिलता है।

कन्यार्थी लभते कामान् मोक्षार्थी लभते गतिम्।
मुच्यते सर्वपापेभ्यो ग्रहलोकं स गच्छति।। 64।।

कन्या के चाहनेवाले को कन्या तथा पुत्रार्थी को पुत्र, कामार्थी को काम एवं मोक्ष के चाहनेवाले को उत्तम गति मिलती है एवं वह सब पापों से छूटकर शनि के लोक में चला जाता है।

3.9 शनिवार व्रत विधान (अति संक्षेप में)

व्रत विधान से संबंधित सूक्ष्म परन्तु सभी महत्वपूर्ण तथ्यों का उल्लेख पूर्व पृष्ठों में किया जा चुका है। व्रत विधान का अनुसरण सभी प्रकार के व्रतों हेतु अपेक्षित है। शनिवार का व्रत विधान और शनिवार व्रत कथा व्रतराज के अनुसार पूर्व पृष्ठों में अंकित की गई है। यहाँ हम शनिवार व्रत विधान सामान्य पाठकों, साधकों, आराधकों एवं व्रत करने वाले व्यक्तियों के लिये प्रस्तुत कर रहे हैं।

शनिवार के दिन स्नान-ध्यान आदि करने के पश्चात शनिदेव की प्रतिमा या विग्रह के समक्ष तेल का दीपक प्रज्ज्वलित करना चाहिए। तत्पश्चात् षोडशोपचार पूजन विधान से शनिदेव का पूजन करना चाहिए। पूजन के उपरान्त शनिदेव का

व्रत रखने हेतु पूर्व पृष्ठों में उद्‌धृत संकल्प का उच्चारण करना चाहिए। तत्पश्चात् शनिवार के व्रत की कोई भी कथा कहने की सामान्य प्रचलित परम्परा है। यहाँ पर दो अन्य शनिवार की व्रत कथाएं प्रस्तुत की जा रही हैं जिनमें से किसी एक कथा या दोनों कथाओं को शनिवार के दिन पढ़ना या श्रवण करना चाहिए। व्रत के पश्चात् शनिवार का व्रत संयम एवं नियम पूर्वक रखना चाहिए।

ज्ञातव्य है कि शनिवार के व्रत में किसी भी प्रकार के नमक का सेवन नहीं करना चाहिये, परन्तु अन्न का सेवन वर्जित नहीं है। तिल, उड़द आदि के बने हुए पदार्थों का सेवन शुभ होता है। जब शनि अत्यन्त अशुभ फल प्रदान करने की स्थिति में हो तो शनिवार के दिन शनि का दान करना भी अत्यन्त शुभ फल प्रदान करने वाला होता है।

3.10 श्रीशनिदेव व्रत कथा – प्रथम

समस्त प्राणियों के हितचिन्तक अठ्ठासी हजार मुनियों ने एक समय नैमिषारण्य में एक सभा की। उस समय व्यासजी के परम प्रिय शिष्य श्रीसूतजी भी अपने शिष्यों के साथ श्रीहरि का स्मरण करते हुए वहाँ पर पधारे। सर्वशास्त्रमर्मज्ञ सूतजी को आया हुआ देखकर शौनकादि मुनि उनके स्वागत के लिए उठकर खड़े हो गये और उनका सादर अभिवादन किया।

मुनियों द्वारा प्रदान किये गये आसन पर सूतजी विराजमान हुए। श्रीसूतजी से शौनकादि मुनियों ने विनयपूर्वक पूछा कि हे मुने! इस कलिकाल में श्रीहरि की भक्ति किस प्रकार से होगी? क्योंकि सभी प्राणी पापकृत्य में ही तत्पर होंगे, मनुष्यों की वास्तविक आयु कम होगी, ग्रहजन्य कष्ट होंगे और मनुष्य धन रहित होकर नाना प्रकार की पीड़ाओं से युक्त होंगे। हे सर्वशास्त्र मर्मज्ञ! पुण्य बहुत ही परिश्रम से प्राप्त होता है। इस कारण कलियुग में कोई भी प्राणी विशेष पुण्य नहीं करना चाहेगा और पुण्य के नष्ट होने से ही प्राणियों की प्रकृति पापयुक्त होगी। घृणित एवं तुच्छ विचार करने वाले प्राणी अपना ही विनाश करेंगे और अपने वंश का भी स्वयं ही सर्वनाश करेंगे।

अतः हे सर्वशास्त्र विशारद! मानव कल्याण के लिए कोई ऐसा सरल उपाय आप हमें बताइये जिसमें थोड़ा सा परिश्रम लगे थोड़ा ही धन व्यय हो और थोड़े ही समय में प्राणी को उसका शुभ फल प्राप्त हो जाये।

हे महामुने! जो प्राणी रत्नरूपी ज्ञान द्वारा अन्य प्राणियों को सन्तुष्ट करते हैं, उन्हें मनुष्य रूप धारण किये हुए श्रीहरि ही समझना चाहिए।

हे मुने! कोई ऐसा सरल व्रतोपाय बताइये, जिसके करने से शनिदेव द्वारा प्रदत्त कष्ट प्राणियों को न भोगना पड़े और शनिदेव व्रत द्वारा यथाशीघ्र प्रसन्न हो जायें क्योंकि, शनि की ग्रह दशा में प्राणियों को बहुत ही घोर कष्ट सहन करने पड़ते हैं।

शौनकादि मुनियों की वार्ता सुनने के पश्चात् श्रीसूतजी ने कहा--मुनिश्रेष्ठ, तुम धन्य हो और तुम्हीं वैष्णवों में अग्रगण्य हो; क्योंकि तुम प्राणियों के शुभचिन्तक हो। अतः मैं उस उत्तम व्रत को कहता हूँ, जिसे ध्यान देकर सुनो, जिसके करने से भगवान् शंकर प्रसन्न होते हैं और शनि ग्रह से विशेष कष्ट भी प्राप्त नहीं होते।

सूतजी ने कहा जिस समय युधिष्ठिर अपने परिवार के अन्य सदस्यों के साथ वनवास में अनेकानेक कष्ट भोग रहे थे। उस समय उनके प्रिय सखा भगवान् श्रीकृष्णजी उनके पास पहुँचे। धर्मराज युधिष्ठिर ने श्रीकृष्ण जी को आया हुआ देखकर उनका बहुत ही आदर सत्कार किया। प्रेमपूर्वक सुन्दर आसन पर विराजमान होने के पश्चात् श्रीकृष्णजी ने धर्मराज युधिष्ठिर से पूछा हे युधिष्ठिर! सकुशल से तो हो?

युधिष्ठिर ने कहा--भगवान्! आपकी कृपा है। अब कृपा करके कोई ऐसा व्रत बताइये, जिसके करने से प्रभो! अब यह ग्रह कष्ट न आयें, विशेषकर शनि ग्रह प्रभु! जो बहुत कष्ट देते हैं।

अतः कोई इस प्रकार का व्रत बताइये जिससे इस कष्ट से छुटकारा मिल सके।

श्रीकृष्णजी बोले-- राजन्! आपने बहुत ही सुन्दर बात पूछी है। अतः मैं आपको एक उत्तमोत्तम व्रत बताता हूँ।

भक्ति और श्रद्धायुक्त होकर शनिवार के दिन व्यक्ति यदि भगवान् शंकर का व्रत करे तो उन्हें शनि की ग्रहदशा में कोई कष्ट नहीं होता है। उन्हें निर्धनता नहीं सताती है तथा इस लोक में वे अनेक प्रकार के सुखों को भोगकर अन्त में शिवलोक को ही प्राप्त करते हैं।

युधिष्ठिरजी ने भगवान् श्रीकृष्णजी से पूछा कि, हे प्रभो! सर्वप्रथम इस व्रत को किसने किया था। इस तथ्य को कृपा करके विस्तारपूर्वक बताइये तथा इस व्रत की सम्पूर्ण विधि भी सविस्तार समझाने की कृपा करें।

भगवान् श्रीकृष्ण ने कहा - विशेषकर श्रावण मास में शनिवार के दिन ही लोहे से ही निर्मित प्रतिमा को पंचामृत से स्नान कराकर नाना प्रकार के गन्ध, पुष्प, दशांग धूप, फल और उत्तम प्रकार के नैवेद्य आदि से पूजन कर शनिदेव के दस नामों का उच्चारण कर काला तिल, जौ, उड़द काली, गुड़, लौह, नीलवस्त्र और सरसों के तेल का दान करके भगवान् शंकर जी का विधिपूर्वक पूजन कर आरती और प्रार्थना करें- हे भोलेनाथ। मैं अब आपकी शरण में हूँ। मुझ दीन पर कृपा करें। मेरी रक्षा कीजिये। ऐसा करने से सभी प्रकार के अनिष्ट, कष्ट, दुख आदि सम्पूर्ण व्याधियों का सर्वथा नाश होता है।

इससे राहु, केतु और शनि जन्य दोष दूर होते हैं और नानाप्रकार के सुख साधन एवं पुत्र, पौत्रादि का सम्पूर्ण सुख प्राप्त होता है।

सर्वप्रथम पूर्वकाल में इस धरती पर एक राजा राज्य करता था। उसने अपने शत्रुओं को अपने वश में कर लिया था। दैवगति से राजा और राजा के पुत्र पर शनिग्रह की दशा आ गयी और राजा को उसके शत्रुओं ने समाप्त कर दिया तथा धर्मगुप्त राजकुमार के लिए कोई सहारा नहीं रह गया। राजगुरु की बेचारी विधवा ब्राह्मणी अपने पुत्र शुचिव्रत के साथ राजकुमार को लेकर उस नगरी को छोड़कर कहीं और चली गयी।

बेचारी निर्धना ब्राह्मणी दोनों कुमारों का बहुत ही कठिनाई से निर्वाह कर पाती थी। कभी किसी नगर तो कभी किसी नगर में उन दोनों सुकुमारों को अपने संग लिए घूमती रहती थी। एक दिन वह ब्राह्मणी दोनों कुमारों को लिए एक नगर से दूसरे नगर में जा रही थी तो मार्ग में महर्षि शाण्डिल्य मुनि जी के दर्शन हुए। ब्राह्मणी ने दोनों बालकों के साथ मुनि के चरणों में प्रणाम किया और बोली कि मैं आपके दर्शन से कृतार्थ हो गयी हूँ और यह मेरे दोनों कुमार आपकी शरण में हैं। अब आप ही इनकी रक्षा कीजिये।

मुनिवर! यह शुचिव्रत मेरा पुत्र है और यह धर्मगुप्त राजपुत्र है तथा मेरा धर्मपुत्र भी है। हमलोग इस समय घनघोर दरिद्रता से पीड़ित होकर नानाप्रकार के कष्टों को भोग रहे हैं। हमारा आप किसी भी प्रकार से उद्धार कीजिये।

शाण्डिल्य मुनि ने उस ब्राह्मणी की सम्पूर्ण बातें अत्यधिक ध्यान से सुनी और बोले- हे देवि! तुम्हारे ऊपर इस समय शनिदेव का पूर्ण प्रकोप है, अतः तुम शनिवार के दिन शनिव्रत करके ही भगवान् शिवजी की आराधना श्रद्धाभक्ति पूर्वक किया

करो। इस व्रत से तुम्हारा अवश्य ही कल्याण होगा।

ब्राह्मणी और दोनों कुमार शाण्डिल्य मुनि को प्रणाम करके चले गये। शनिवार के दिन दोनों कुमारों और ब्राह्मणी ने मुनि के उपदेशानुसार शनिदेव का व्रत किया तथा शिवजी का विधिवत् पूजन भी किया। इस प्रकार व्रत कर्म करते करते दोनों कुमारों को चार माह व्यतीत हो गये। एक दिन शुचिव्रत स्नानार्थ गया। उसके साथ उस समय धर्मगुप्त नहीं था। स्नान करते समय शुचिव्रत को कीचड़ में एक बहुत बड़ा कलश मिला। कलश को उठाकर देखा तो उसको उसमें अत्यधिक धन मिला। शुचिव्रत उस कलश को लेकर अपनी माँ के पास चला आया और बोला कि हे माते! भगवान् शंकर के इस प्रसाद को देखो, बाबा भोलेनाथ ने इस कलश के रूप में हमें धन प्रदान किया है।

शुचिव्रत की माँ ने शुचिव्रत को आदेश किया कि तुम दोनों इस धन को आपस में समान रूप से बाँट लो। माँ के वचन सुनकर शुचिव्रत बहुत प्रसन्न हुआ और राजकुमार धर्मगुप्त से बोला किन्तु, भक्ति व पूजा में अटल विश्वास रखने के कारण धर्मगुप्त ने कलश के धन को लेने से स्पष्ट इन्कार कर दिया साथ ही अपनी धर्ममाता से कहा कि हे माते मैं हिस्सा नहीं लेना चाहता हूँ क्योंकि जो कोई अपने सुकृत् से जो कुछ भी पाता है वह उसी का भाग होता है और उसका उपयोग उसे स्वयं ही करना चाहिए। भगवान् शंकर मुझ पर भी कभी कृपा करेंगे। धर्मगुप्त प्रेम और भक्ति के साथ शनि का व्रत और भगवान् शंकर की पूजा निरन्तर करता रहा और इस प्रकार से एक वर्ष और व्यतीत हो गया।

चैत्र मास में बसन्त का शुभागमन हुआ और धर्मगुप्त तथा शुचिव्रत दोनों ही एक साथ वन में भ्रमण करने के लिए वन में घूमते-घूमते काफी दूर निकल गये। मार्ग में उन दोनों को सैकड़ों गन्धर्व कन्याएँ नाना प्रकार की क्रीड़ाएँ करती हुई मिलीं जिन्हें देखकर राजकुमार धर्मगुप्त कुछ विचलित सा हुआ और गन्धर्व कन्याओं के द्वारा की जाने वाली क्रीड़ाओं को सन्निकट से देखने की इच्छा करने लगा। शुचिव्रत के समझाने पर भी वह नहीं माना और अकेला ही चला गया किन्तु उसके साथ ब्राह्मण कुमार शुचिव्रत नहीं गया।

क्रीड़ा करती हुई उन गन्धर्व कन्याओं के बीच एक अत्यन्त सुन्दरी कुमारी बाला ने जब राजकुमार को देखा तो वह उस पर मोहित हो गई और अपनी सखियों को फूल लाने के बहाने वहाँ से हटा दिया और राजकुमार को बैठने के लिए पल्लवों का आसन दिया। राजकुमार भी मन्त्रमुग्ध सा उस आसन पर बैठ गया। गन्धर्व कन्या

को राजकुमार ने अपना परिचय देते हुए कहा कि मैं विदर्भ देश के राजा का पुत्र धर्मगुप्त हूँ।

मेरे माता पिता इस संसार में नहीं हैं और मेरे शत्रुओं ने मेरा राज्य ले लिया और मैं वर्तमान समय में अपने राजगुरु की विधवा पत्नी और उनके पुत्र शुचिव्रत के साथ ही रह रहा हूँ। अपना परिचय देने के पश्चात् राजकुमार ने गन्धर्व कन्या का परिचय पूछा तो गन्धर्व कन्या ने अपना पूर्ण परिचय इस प्रकार देते हुए राजकुमार को बताया कि-

मैं गन्धर्वराज विद्रविक की कन्या हूँ और मेरा नाम अंशुमती है। आपको देखकर आपसे बात करने की मुझमें इच्छा जागृत हुई, इसी कारण से अपनी सखियों को यहाँ से पुष्प तोड़ने के लिए भेज दिया ताकि आपसे कुछ वार्तालाप कर सकूँ। गन्धर्व कन्याओं में मेरे समान कोई संगीत कला में निपुण नहीं है।

भगवान् शंकरज़ी की कृपा से आप मुझे मिले हैं और मेरी यही अभिलाषा है कि आपका और मेरा प्रेम कभी भी न टूटे। अपना इतना परिचय देने के बाद गन्धर्व कन्या अंशुमती ने अपने गले का मोतियों का अमूल्य हार राजकुमार धर्मगुप्त के गले में पहना दिया। गन्धर्वराज की कन्या से राजकुमार धर्मगुप्त ने कहा कि मेरे पास न राज्य है और न धन ही है। ऐसी अवस्था में मेरी भार्या अर्थात् पत्नी बनना क्या उचित है। तुम्हारे माता पिता हैं उनसे बिना आज्ञा लिये तुम्हारा यह किया गया निर्णय कदापि उचित नहीं है। राजकुमार की बातें सुनने के बाद गन्धर्व कन्या ने कहा कि अब आप अपने घर को जाइये और परसों प्रातःकाल यहाँ पधारें। इतना कहकर गन्धर्व कन्या चली गयी और राजकुमार धर्मगुप्त अपने धर्म भ्राता शुचिव्रत के पास चला आया और उसे सभी समाचार से अवगत कराया।

धर्मगुप्त तीसरे दिन शुचिव्रत को साथ लेकर उसी वन में आया। उसने देखा कि स्वयं गन्धर्वराज विद्रविक अपनी कन्या को साथ लेकर वहाँ उप्रस्थित हैं। गन्धर्वराज ने दोनों कुमारों का अभिवादन किया और दोनों को सुन्दर आसन पर बैठाकर राजकुमार से कहा कि मैं परसों कैलाश पर्वत पर पार्वती-शंकर के दर्शनार्थ वहाँ गया था।

भगवान् शंकरजी ने मुझे अपने पास बुलाकर कहा कि इस पृथ्वी पर धर्मगुप्त नामक राजविहीन राजकुमार है। उसके परिवार के लोगों को शत्रुओं ने समाप्त कर दिया है। वह बालक महर्षि शाण्डिल्य के कहने से शनिवार का व्रत करता है और

सर्वदा मेरी भक्ति में मग्न रहता है। गन्धर्वराज तुम उसकी सहायता करो, जिससे वह अपने शत्रुओं को अपने वश में कर सके। भगवान् भोलेनाथ की आज्ञा को शिरोधार्य कर मैं अपने घर वापस चला आया। मेरी कन्या अंशुमती ने भी बहुत प्रार्थना की।

भगवान् शंकर की आज्ञा तथा अंशुमती के मन की बात जानकर अंशुमती को लेकर आया हूँ। मैं अपनी इस कन्या को आपकी पत्नी के रूप में देता हूँ और आपके शत्रुओं को आपके वश में करके आपको आपका खोया हुआ राज्य भी वापिस दिलवा दूँगा।

गन्धर्वराज ने अपनी कन्या अंशुमती का शुभ विवाह राजकुमार धर्मगुप्त के साथ कर दिया तथा अंशुमती की सहेली का विवाह ब्राह्मण कुमार शुचिव्रत के साथ कर दिया और धर्मगुप्त की सहायतार्थ गन्धर्वराज ने गन्धर्वों की चतुरंगिणी सेना दे दी।

धर्मगुप्त के शत्रुओं ने जब यह समाचार सुना तो उन्होंने बिना किसी युद्ध प्रपंच के ही धर्मगुप्त की अधीनता को स्वीकार करके उसके पिता का राज उसे वापस कर दिया। धर्मगुप्त सिंहासन पर राजा के रूप में बैठा और राजगुरु के पुत्र शुचिव्रत को उसने अपना मंत्री नियुक्त किया तथा अपनी धर्ममाता को राजमाता बनाया।

शनिवार के व्रत के प्रभाव से और भगवान् शंकर की असीम कृपा से ही धर्मगुप्त इस प्रकार विदर्भ का राजा बना। भगवान् श्रीकृष्णजी ने पाण्डुनन्दन युधिष्ठिर जी से कहा कि- आप भी इस शुभ व्रत को करे निःसंदेह कुछ समय पश्चात् आपको भी आपका खोया हुआ राज्य पुनः प्राप्त हो जायेगा तथा सभी प्रकार के सुख वैभव की प्राप्ति भी होगी इसके साथ ही साथ आपके दुर्दिनों की यथाशीघ्र समाप्ति भी हो जायेगी।

धर्मराज युधिष्ठिर ने भगवान् श्रीकृष्णजी के आदेशानुसार नियमित रूप से शनिदेव का व्रत करना प्रारम्भ किया और शनिव्रत के प्रभाव से सभी विपत्तियों पर विजय प्राप्त की और महाभारत के युद्ध में पूर्ण विजय प्राप्त कर अपना खोया हुआ राज्य पुनः प्राप्त किया।

3.11 शनि देव के दोष निवारणार्थ कथा – द्वितीय

"राजा विक्रमादित्य की कथा"

प्राचीन समय की बात है सूर्य, चंद्रमा, मंगल, बुध, बृहस्पति, शुक्र, शनि, राहु और केतु में अर्थात् इन नवग्रहों में वाद-विवाद होने लगा कि, हम लोगों में सबसे बड़ा और श्रेष्ठ कौन ग्रह है। बहुत तर्कों के बाद भी यह सिद्ध नहीं हो पाया कि कौन सा ग्रह किससे बड़ा है?

अतः सभी ग्रह एकत्रित होकर अदिती के गर्भ से उत्पन्न देवराज इन्द्र के राज दरबार में गये और उनसे अपनी समस्या का समाधान करने को कहा। इन्द्र ने उनकी समस्या को सुनकर तत्काल कह दिया कि मैं इसका निर्णय करने में समर्थ नहीं हूँ।

आप नौ ग्र्हों में कौन बड़ा है और कौन छोटा? इसका फैसला आप लोग स्वयं पृथ्वी पर जाकर आज के समय के सुविख्यात सम्राट विक्रमादित्य जी से करवा लीजिये।

उस समय सम्राट विक्रमादित्य उज्जैन नगरी के राजा थे। वह धर्मात्मा, न्यायप्रिय तथा दानपुण्य तथा सदैव प्रजा के हित में लगे रहने वाले राजा थे। सभी ग्रह राजा की राजसभा में एक साथ उपस्थित हुए और उनके समक्ष अपनी समस्या प्रस्तुत की सभी ग्रहों की बातों को सुनकर राजा विक्रमादित्य अत्यन्त चिन्तित हो गये कि, अब इन लोगों में मैं किसे बड़ा कहूँ और किसे छोटा कहूँ क्योंकि मैं जिसे छोटा कहूँगा वही ग्रह मुझ पर क्रोधित होगा। अत्यधिक विचार के पश्चात् ग्रहों के आपसी इस विवाद को निपटाने के लिए राजा ने एक उपाय सोचा। उन्होंने स्वर्ण, चाँदी, पीतल, कांसा, ताँबा, सीसा, जस्ता, अभ्रक और लोहा, इन नव धातुओं से निर्मित नौ सिंहासन बनवाये उन सभी सिंहासनों को अपनी राज्य सभा में एक अच्छे स्थान पर स्थापित करवा दिया।

इसके उपरान्त उन्होंने अपने राजज्योतिष को आदेश देकर राजसभा में बुलवाया और उन ज्योतिष महोदय को यह आदेश दिया ज्योतिषशास्त्र में जिस क्रम से ग्रहों का स्थापन है, उसी क्रम से ही नौग्रहों को उनके आसन ग्रहण करने के लिए उनसे कहे-

इस कर्म में सर्वप्रथम आसन ग्रहण करने के लिए सूर्य से कहा गया। सूर्य को स्वर्ण का सिंहासन प्राप्त हुआ, चंद्रमा को चाँदी का सिंहासन प्राप्त हुआ, अन्य

सात ग्रहों को उनके अनुसार ही निर्मित धातुओं के सिंहासन क्रमानुसार प्राप्त हुए। सबसे पीछे लोहे का सिंहासन शनि ग्रह देव को प्राप्त हुआ, इसकारण सूर्यपुत्र शनि ने इस आसन को ग्रहण करने में अपना अपमान समझा तथा क्रोध से जलते हुए राजा विक्रमादित्य से कहने लगे हे मूर्ख राजा! क्या तू मेरे बल और पराक्रम को नहीं जानता। सूर्य एक राशि पर एक महीना, चन्द्रमा सवा दो दिन, मंगल डेढ़ महीने, बृहस्पति तेरह महीने, बुध और शुक्र एक-एक महीने, राहु और केतु उल्टी चाल से चलते हुए केवल मात्र अट्ठारह महीने ही एक राशि पर निवास करते हैं।

किन्तु अब मेरे विषय में सुन। मैं एक राशि पर ढाई वर्षों तक निवास करता हूँ। मेरे क्रोधित होने पर तथा मेरी अकृपा होने पर बड़े-बड़े देवताओं को असहनीय कष्ट उठाने पड़े हैं। मर्यादा पुरुषोत्तम भगवान् रामचन्द्रजी पर जब मेरी साढ़ेसाती आई तो उन्हें अपने राज्य का त्याग करके वन की ओर जाना पड़ा। अपने समय के अद्वितीय विद्वान् महापण्डितराज लंकाधिपति रावण पर मेरी साढ़ेसाती आई तो उसकी स्वर्ण लंका जल गई। साथ ही साथ राम और लक्ष्मण की सेनाओं द्वारा रावण के समस्त कुल का विनाश हो गया। इसलिए हे विक्रमादित्य! अब आज से तू सचेत रहना।

शनि की इन बातों को सुनकर विक्रमादित्य कहने लगे, हे शनिदेव! मैंने अपनी बुद्धि और विवेक के अनुसार आपके साथ पूर्ण न्याय किया है, किन्तु यदि आप इसे अपना अपमान समझते हैं तो यह आपकी इच्छा है। आपके महत्व को मैं भलीभाँति जानता हूँ, उसके उपरान्त भी मैं आपकी धमकी इत्यादि से किसी भी प्रकार से भयभीत नहीं हूँ क्योंकि जो मेरे भाग्य में लिखा है, उसका फल मुझे भोगना ही पड़ेगा, चाहे वह अच्छा हो अथवा बुरा हो। मैं इसके विषय में चिन्तित नहीं होता क्योंकि - 'भाग्य फलति सर्वतः' जो मेरे भाग्य में लिखा है वही मुझे भोगना है क्योंकि आपके कथनानुसार जब राम, रावण आपसे नहीं बच पाये तो फिर मैं कलयुग का यह प्राणी आपसे कैसे बचूँगा। फिर भी मैं आपसे डरता नहीं हूँ क्योंकि मैंने जो निर्णय किया है वह शास्त्रसम्मत ही है।

कुछ समय व्यतीत हुआ राजा विक्रमादित्य पर शनिग्रह की साढ़ेसाती का प्रवेश हुआ। साक्षात् शनि घोड़े के व्यवसायी का रूप धारण करके अनेकानेक सुन्दर-सुन्दर घोड़ों के साथ राजा विक्रमादित्य की राजधानी उज्जैन नगरी में आये। राजा द्वारा उनसे एक घोड़ा क्रय किया गया। राजा स्वयं सवारी करने के लिए उस घोड़े की पीठ पर बैठे, किन्तु उनके बैठते ही वह घोड़ा पवन वेग से भागने लगा, क्योंकि उसकी गति

पवन के सदृश्य ही थी। राजा उस वायु वेग घोड़े को अपने वश में नहीं रख सके। वह घोड़ा उन्हें लेकर एक घनघोर जंगल में जा पहुँचा, साथ ही साथ राजा विक्रमादित्य को अपनी पीठ से पृथ्वी पर गिराकर अदृश्य हो गया। क्षुधा और प्यास से व्याकुल राजा उस घनघोर जंगल में भटकने लगे। सहसा उन्हें एक ग्वाला दिखाई दिया, ग्वाले ने उन्हें पानी पिलाया और एक नगर का रास्ता भी दिखाया जो उस स्थान के निकट ही था। ग्वाले की इस सेवा से प्रसन्न होकर राजा ने उसे स्वर्ण की अपनी एक अंगूठी प्रदान की तथा ग्वाले के बताये स्थान की ओर अर्थात् नगर की ओर राजा चल पड़े।

उस नगर में पहुँचकर राजा एक स्वर्ण व्यवसायी सेठ की दुकान पर बैठ गये और उस सेठ से कहा- मैं उज्जैन नगरी का निवासी हूँ तथा मेरा नाम बीका है। उस सेठ ने राजा विक्रमादित्य को सुसम्पन्न घर का समझते हुए इनका स्वागत सत्कार किया। भाग्यवश उस दिन सेठ जी की दुकान पर पूर्व दिनों की अपेक्षा अत्यधिक बिक्री हुई। अतः सेठजी आये हुए मनुष्य को भाग्यवान् समझते हुए अपने गृह में भोजन करने हेतु स्वयं ही अपने साथ ले गये। भोजन करते समय राजा विक्रमादित्य ने स्वयं अपनी आँखों से यह अलौकिक आश्चर्य चकित दृश्य देखा कि, एक खूँटी पर स्वर्ण का नौलखा हार लटका हुआ है और वही खूँटी उस हार को निगल रही है।

इस दृश्य को देखकर उनके पैरों के नीचे से जमीन खिसकने लगी, लेकिन वे शान्त रहे। सहसा भोजन के उपरान्त जब सेठजी खूँटी पर से हार उतारने के लिए गये तो वहाँ हार नहीं था। उन्होंने बीका से पूछा कि हार कहाँ गया? किन्तु बीका ने स्पष्ट कहा कि वह हार के विषय में नहीं जानता है और उसने हार नहीं चुराया है। उस दिन उस सेठ के गृह में कोई भी अन्य व्यक्ति बीका के अतिरिक्त नहीं आया था। अतः सेठ का संदेह बीका पर होना स्वाभाविक ही था।

अतः उसने बीका को पकड़कर उस राज्य के राजा के सामने प्रस्तुत किया और कहा- हे राजन्! मैं इसे अतिथि समझकर अपने घर लाया था किन्तु इसने अतिथि शब्द का घोर अपमान किया है और मेरे हार की चोरी की है। राजा ने इस सभी बातों को सुनकर राजदरबार में आदेश दिया कि बीका के हाथ पैर काट दिये जायें, इसे चौरंगा बना दिया जाये।

राजा के आदेश के अनुसार राजा विक्रमादित्य के दोनों हाथ पैर काट दिये गये, अब वे दयनीय और असहनीय हालत में भूखे प्यासे पड़े रहते थे। कुछ दिन बीतने पर एक तेली की नजर उन पर पड़ी। उसने अपने कोल्हू पर उनको बैठा दिया, जहाँ

बीका मुँह से हाँक कर बैल को चलाता था। इस प्रकार से वह अपना जीविकोपार्जन करने लगे।

समय बीतता गया। बीका अपनी उदासी मिटाने के लिए कभी-कभी मलहार राग गाया करते थे। वह इतने अच्छे व कुशल ढंग से गाते थे कि उस शहर की राजकुमारी स्वयं उन पर मोहित हो गयी और उसने अपनी दासी से कहा- मैं तो उसी आदमी से विवाह करूँगी जो यह मलहार राग गा रहा है। राजकुमारी की इन बातों को सुनकर दासी ने कहा, मैं जा रही हूँ और पता लगा के आती हूँ कि यह आदमी कौन है। कुछ क्षणों के पश्चात् दासी ने आकर राजकुमारी से कहा- मैं जो कह रही हूँ आप उसे ध्यान से सुनें। जो यह व्यक्ति मलहार राग गा रहा है, उसके दोनों हाथ पैर काट दिये गये हैं और वह पूर्णतः अपाहिज है। क्या आप अपाहिज को अपना वरण करेंगी? इस पर उस राजकुमारी ने स्पष्ट कहा- कि मैं उसी से विवाह करूँगी जो यह मलहार राग गा रहा है। अपने इस दृढ़ निश्चय को पूरा करने के लिए राजकुमारी ने खानेपीने का परित्याग कर दिया। उसके माता पिता ने उसे बहुत समझाया कि तुम्हारा विवाह हम किसी राजकुमार से करेंगे, किन्तु उसने तो चौरंगे को अपने हृदय में पति का स्थान दे दिया था और उसने निश्चय कर लिया था कि वह किसी भी अन्य पुरुष से विवाह नहीं करेगी। अपनी कन्या के इस बदलते रूप को देखकर राजा क्रोधित हुए तथा झुंझलाये और उससे कहने लगे यदि तेरे भाग्य में ऐसा ही पति लिखा है, तो यह तेरी इच्छा है जैसा उचित समझे वैसा ही कर।

राजा ने तत्काल तेली को बुलाकर कहा--तेरे यहाँ जो चौरंगा कार्यरत है, उससे मेरी पुत्री विवाह करना चाहती है। अतः तुम जाकर विवाह का पूर्ण प्रबन्ध करो। इसके पश्चात् उस तेली ने सम्पूर्ण तैयारी की और उस कन्या का विवाह चारों अंग कटे हुए राजा विक्रमादित्य के साथ कर दिया गया। उसी रात्रि शनि ग्रह ने राजा विक्रमादित्य को स्वप्न दिया और कहा हे राजा! मुझे छोटा बताकर तूने कितने कष्ट और दुःख उठाये हैं, इसकी कल्पना कर? राजा ने स्वप्न में ही शनिदेव से क्षमा याचना की, जिसके परिणाम स्वरूप शनि ने प्रसन्न होकर राजा को पुनः हाथ पैर प्रदान किये। विक्रमादित्य कहने लगे- हे शनि महाराज! मेरी आप से एक ही प्रार्थना है जिस प्रकार से आपने मुझे असहनीय कष्ट दिये हैं। ऐसे दुःख इस कलियुग में किसी भी प्राणी को न दें। शनिदेव ने राजा की इस प्रार्थना को स्वीकार करते हुए कहा- हे राजन! जो भी व्यक्ति नित्य मेरा ध्यान व स्मरण करेगा, विशेषतः शनिवार को मेरी

कथा का श्रवण तथा मेरा पूजन-अर्चन करेगा उसको मेरी दशाकाल में भी कभी भी कोई क्लेश, कष्ट और दुःख प्राप्त नहीं होगा तथा उसके समस्त मनोरथ पूर्णतः पूर्ण होंगे।

रात्रि में जब राजकुमारी की आँख खुली तो उसने अपने पति के हाथ पैर देखे तो उसे अत्याधिक आश्चर्य होने लगा। उसके इस आश्चर्य को देखकर राजा ने अपने बीते हुए समस्त वृत्तान्तों को बताते हुए कहा कि, हे प्राणप्रिये! मैं उज्जैन नगरी का राजा विक्रमादित्य हूँ, मेरी यह जो दुर्दशा हो रही थी वह मात्र शनि ग्रह के कोपित होने के कारण ही हो रही थी। प्रातःकाल उस रानी ने अपनी सखि-सहेलियों को रात्रि का सारा वृतान्त सुनाया। यह बात जब उसी नगर के सेठ के कानों तक पहुँची तो वह दौड़ा दौड़ा विक्रमादित्य के पास आया और उनके दोनों पैरों में गिरकर क्षमा याचना करने लगा। हे राजन् मैं आपको नहीं जानता था मैंने आप पर चोरी का जो झूठा दोष लगाया है, इसका जो दण्ड आप चाहें वह मुझे प्रदान करें। किन्तु विक्रमादित्य ने धैर्य और संयम के साथ उस सेठ से कहा- इसमें तुम्हारा कोई अपराध नहीं है क्योंकि मेरे ऊपर शनि देव क्रोधित थे। उन्हीं के प्रकोप से मैं समस्त कष्टों को प्राप्त कर रहा था। पुनः उसी सेठ ने राजा विक्रमादित्य को अपने आवास पर प्रीतिभोज दिया। जिस समय विक्रमादित्य भोजन कर रहे थे तो उन्होंने स्वयं तथा वहाँ उपस्थित समूह ने पुनः यह देखा कि जो खूँटी हार निगल गई थी वही खूँटी हार उगल रही है। इसके उपरान्त ही उस सेठ ने भी अपनी रूप यौवन सम्पन्न कन्या का विवाह राजा विक्रमादित्य के साथ कर दिया।

कुछ दिनों के पश्चात् उस सेठ के गृह से विदा लेकर राजकुमारी मनभावती तथा उस सेठ की पुत्री श्रीकंवरी, उन दोनों के साथ तथा उनके परिवार से प्राप्त रत्न आभूषण तथा दास दासियों के साथ राजा विक्रमादित्य अपनी पूर्व राजधानी उज्जैन नगरी में लौट आये और उन्होंने अपने नगर में घोषणा की कि शनिदेव ही सभी ग्रहों में सर्वोपरि है, क्योंकि मैंने इन्हें छोटा बताकर अनेकानेक दुखों को प्राप्त किया है। इसके उपरान्त ही उज्जैन नगरी में उस दिन से शनिदेव की पूजा होने लगी, जिसके कारण उस नगरी के निवासी समस्त सुखों को प्राप्त करते रहे। जो भी स्त्री पुरुष इस शनिदेव की व्रत कथा को स्वयं पढ़ता है या किसी के द्वारा इसका श्रवण करता है उसके सभी कष्ट-क्लेश व दरिद्रता का नाश होता है। इसमें संशय नहीं है।

3.12 व्रत का उद्यापन

शनिवार के व्रत का उद्यापन अवश्य करना चाहिए। व्रतांत में 33 ब्राह्मणों को भोजन कराना उत्तम माना गया है।

1. प्रत्येक शनिवार को वट एवं पीपल के वृक्ष तले सूर्योदय से पूर्व कड़वे तेल का दीपक प्रज्ज्वलित करके शुद्ध दुग्ध, धूपादि अर्पित करना चाहिए।
2. काली गौ की सेवा करने से शनि प्रसन्न होते हैं। उसके शीश पर रोली लगाकर सींगों में मौलि बाँधकर धूप आरती करनी चाहिए। फिर परिक्रमा करके गाय को बूंदी के 4 लड्डू खिलाने चाहिए।
3. शनिवार को बंदरों और काले कुत्तों को लड्डू खिलाने चाहिए।
4. किसी शनिवार से प्रारम्भ करके 21 दिन में निम्नलिखित मंत्र का 23,000 जप करें या करायें--

'ॐ प्रां प्रीं प्रों सः शनैश्चराय नमः।'

विधि एवं सावधानियाँ पूर्व वर्णित हैं। अन्त में शनि की वस्तुओं का सामर्थ्यानुसार दान भी करना चाहिए।

●

अध्याय–4

शनि शमन हेतु सांकेतिक साधनाएँ

सुगम सांकेतिक साधना, जिन्हें आम भाषा में टोटके अथवा लघु उपाय कहते हैं, वह भी अति महत्त्वपूर्ण हैं तथा इन सुगम सांकेतिक साधनाओं के अनुकरण से भी साधकगण लाभान्वित होते हैं। इन सुगम सांकेतिक साधनाओं के अभाव में शनि शमन की सम्पूर्णता संदिग्ध है, इसलिए इन सांकेतिक साधनाओं को भी 'शनि शमन' में उपयुक्त स्थान प्रदान करना अति अपेक्षित है। यह सुगम सांकेतिक साधना किसी भी जाति, किसी भी धर्म तथा किसी भी अवस्था, किसी भी वर्ग के व्यक्ति द्वारा किसी भी समय की जा सकती हैं। सभी के लिए यह सुगम सांकेतिक साधनाएँ सामान्य रूप से प्रभावशाली होती हैं। सुगम सांकेतिक साधनाएँ, जो शनिदेव की प्रसन्नता के लिए सर्वाधिक प्रबल, प्रतिष्ठित और प्रसिद्ध हैं, उनका उल्लेख प्रबुद्ध पाठकों एवं साधकों हेतु, यहाँ किया जा रहा है।

1. हनुमान जी की प्रसन्नता से शनिदेव की कृपा प्राप्त होने में किसी प्रकार का सन्देह नहीं रहता है। गीताप्रेस, गोरखपुर से प्रकाशित होने वाली विश्वप्रसिद्ध पत्रिका ''कल्याण'' के 'हनुमान अंक' के पृष्ठ संख्या 480-481 पर एक अतिविशिष्ट तथा अनुभूत प्रयोग अंकित है, जो अग्रांकित है। इस प्रयोग का अनुकरण करने से शनिदेव की कृपा और प्रसन्नता प्राप्त होती है। यदि शनि ग्रह के कारण अनिष्टकारी स्थिति निरन्तर आघातित और व्यथित कर रही हो तथा कोई प्रार्थना, कोई साधना अपेक्षित फल न प्रदान कर रही हो, तो अग्रांकित साधना से अप्रत्याशित फल शीघ्र प्राप्त होता है -

   किसी भी परोपकार भावना या उचित एवं योग्य स्वकार्य की सिद्धि के लिए इस साधना का प्रयोग किया जा सकता है। किसी भी मास में शुक्ल पक्ष के मंगलवार को इस साधना का प्रारम्भ कर सकते हैं परन्तु उस दिन रिक्ता (4, 9, 14) तिथि एवं प्रयोग-कर्ता की जननाशौच या मरणाशौच में भी इस साधना को प्रारम्भ नहीं करना चाहिए। यदि प्रयोग-काल में ऐसा कोई संयोग आ ही जाए, तो किसी कर्मनिष्ठ कुलीन ब्राह्मण द्वारा इसे पूर्ण कराना चाहिए। इस प्रयोग को बीच में छोड़ना उचित नहीं है।

पुरुषों के अतिरिक्त स्त्रियाँ भी इस अनुष्ठान को कर सकती हैं जिनका प्रौढ़ावस्था के पश्चात् प्राकृतिक रूप से मासिक धर्म सदा के लिए बन्द हो चुका हो। प्रयोग के समय क्षौरादि कर्म का त्याग एवं सात्त्विक आहार के साथ ब्रह्मचर्य का पालन करना अनिवार्य है। एक ही समय भोजन किया जाए, तो अतिउत्तम है, परन्तु यह अनिवार्य नहीं है; परन्तु दो बार से अधिक अन्न ग्रहण करना वर्जित है।

प्रयोग काल के मध्य में ही यदि देव-कृपावश संकल्पित कार्य की सिद्धि हो जाए, तो भी प्रयोग को पूरा करना ही चाहिए, अन्यथा बने हुए कार्य के बिगड़ने की संभावना रहती है।

प्रयोग विधि : प्रयोग प्रारम्भ के लिए शुक्ल पक्ष के जिस मंगलवार का निश्चय किया जाए, उसके पहले दिन सोमवार को सवा पाव अच्छा गुड़, एक छटाँक भुने हुए अच्छे चने तथा सवा पाव गाय का शुद्ध घी संग्रह कर लें। गुड़ के छोटे-छोटे इक्कीस टुकड़े कर लें, शेष वैसे ही रहने दें। स्वच्छ रुई की 22 फूल-बत्तियाँ बनाकर घी में भिगो लें। तीनों वस्तुएँ अर्थात् गुड़, चने और बत्ती सहित घी पृथक्-पृथक् तीन स्वच्छ एवं शुद्ध पात्रों में रखकर घर के किसी एक स्वच्छ ऊँचे स्थान या आलमारी में ढककर रख दें, जहाँ बच्चों के हाथ न पहुँच सके। उनके पास ही एक दियासलाई और एक अन्य छोटा पात्र-छन्नी आदि, जिसमें प्रतिदिन उपर्युक्त वस्तुएँ ले जायी जा सके, भी रख दें, जिससे प्रतिदिन इधर-उधर पात्र की खोज न करनी पड़े। बस, सामग्री तैयार है। शेष मात्र एक स्वच्छ पवित्र श्रीहनुमान जी का मन्दिर, जो गाँव या शहर के कोलाहल से दूर जितने भी निर्जन एवं एकान्त स्थान में हो, उतना ही अच्छा है, अन्यथा अपने निवास-स्थान से कम से कम सवा-डेढ़ फर्लांग दूर होना तो अनिवार्य ही है।

जिस मंगलवार से प्रयोग आरम्भ करना हो, उस दिन हो सके तो ब्रह्ममुहूर्त में अन्यथा सूर्योदय के पहले अवश्य उठ जाना चाहिए। फिर शौचादि से निवृत्त होकर स्नान कर कपड़े पहन ललाट पर पर रोली-चन्दन आदि लगाकर सबसे पहले वहाँ जायें, जहाँ तीनों पात्रों में गुड़, चने और घी-बत्ती रखी है। वहाँ पहले से ही रखे हुए छन्नी आदि खाली पात्र में एक गुड़ की डली, 11 चने, एक घृत-बत्ती और दियासलाई लेकर पवित्र धुली हुई रूमाल आदि किसी स्वच्छ पवित्र वस्त्र से उसे ढक लें। वहाँ से लौटते समय मन्दिर में श्रीहनुमानजी की मूर्ति के सम्मुख पहुँचने तक न तो पीछे न दायें-बायें ही

घूमकर देखें और न छत्री उठाने के बाद घर में, रास्ते में या मन्दिर में किसी से एक शब्द भी बोलें, चाहे कोई कितने भी आवश्यक कार्य के लिए आवाज क्यों न देता हो। इस प्रकार पूर्णरूप से मौन रहें।

बिना जूता चप्पल पहले श्रीहनुमान जी के सम्मुख पहुँचकर बिना इधर-उधर देखे मौन धारण किये हुए ही पहले घी-बत्ती जलायें, फिर 11 चने और एक गुड़ की डली श्रीहनुमान जी के सामने रखकर साष्टांग प्रणाम कर हाथ जोड़ पूर्व संकल्पित अपनी मनोकामना की सिद्धि के लिए मन ही मन श्रद्धा, विश्वास, भक्ति एवं प्रेमपूर्वक उनसे प्रार्थना करें। फिर यदि कोई अन्य प्रार्थना, स्तुति, श्रीहनुमानचालीसा आदि का पाठ करना चाहे, तो मौन ही रह कर करें। घर की ओर जाने के लिए मूर्ति के सामने से हटने के बाद, जब तक अपने घर पहुँचकर वह खाली पात्र निश्चित स्थान पर न रख दें, तब तक पीछे या दायें-बायें घुमकर न तो देखें और न किसी से एक शब्द भी बोलें, मौनी ही बना रहें। फिर छत्री रखकर सात बार 'राम-राम' कहकर मौन भंग करें। इसी क्रम से 21 दिनों तक लगातार एक सा प्रयोग करते रहें। रात्रि में सोते समय श्रीहनुमानचालीसा का 11 पाठ करके अपनी मनःकामना सिद्धि के लिए प्रार्थना करना अनिवार्य है।

बाईसवें दिन मंगलवार को नित्यकर्म से निवृत्त होकर सवा सेर आटे का एक रोट बनाकर गोबर की अग्नि में सेंक कर पका लें, यदि असुविधा हो, तो पाव-पाव की पाँच रोटी बनाकर उनमें आवश्यकतानुसार गाय का शुद्ध घी और अच्छा गुड़ मिलाकर उनका चूरमा बना लें। 21 डलियों के बाद जो गुड़ बचा हो, उसे चूरमे में मिला दें। फिर चूरमे को थाली में रखकर बचे हुए सारे चने तथा शेष घी सहित 22वीं अन्तिम बत्ती लेकर प्रतिदिन की तरह ही मौनपूर्वक बिना पीछे या दायें-बायें देखे मन्दिर में जायें और बत्ती जलाकर श्रीहनुमानजी को चने एवं चूरमे का भोग लगाकर उसी प्रकार घर को वापस आयें और घर में प्रवेश करने के बाद ही मौन भंग करें। प्रयोगकर्ता उस दिन दोनों समय मात्र उसी चूरमे का भोजन करें। शेष चूरमे को प्रसाद रूप में बाँट दें।

ऐसा करने से श्रीहनुमानजी की कृपा से मनोरथ अवश्य सिद्ध होता है। किसी कारणवश प्रयोग में भूल भी हो जाए, तो निराश न हो, उसे फिर करें। श्री हनुमानजी श्रद्धालु, विश्वासी, आस्तिक, सच्चे साधक की मनःकामना अवश्य पूर्ण करते हैं यह परीक्षित अनुभवसिद्ध अचूक प्रयोग है।

2. महाबली हनुमान जी की एक अन्य साधना गीताप्रेस गोरखपुर से प्रकाशित 'कल्याण' के 'हनुमान अंक' के पृष्ठ संख्या-483 पर अंकित है। इसके प्रयोग के अनुकरण निःसंदेह शनिदेव की प्रसन्नता प्राप्त होती है -

इस अनुष्ठान के नियम अत्यन्त सुगम हैं। यह अनुष्ठान मात्र 81 दिन का है। शुभ मुहूर्त देखकर इसे प्रारम्भ करना चाहिए। अनुष्ठान काल में ब्रह्मचर्य पालन अनिवार्य है तथा क्षौर, नख-कृन्तन, मद्यपान और मांसाहार सर्वथा निषिद्ध है। अनुष्ठानारम्भ के दिन प्रातःकाल उठकर शौच, मुखमार्जन तथा स्नान के अनन्तर शुद्ध वस्त्र पहनकर एक लोटा जल लेकर हनुमानजी के मन्दिर में जायें और उस जल से हनुमानजी की मूर्ति को स्नान करायें। प्रथम दिन एक दाना उड़द श्रीहनुमानजी के सिर पर रखकर ग्यारह प्रदक्षिणा करें। बाद में नमस्कार करके मन-ही-मन अपनी कामना श्रीहनुमानजी के सामने रखें और उड़द का दाना लेकर घर लौट आयें और उसे अलग रख दें। दूसरे दिन से एक-एक उड़द का दाना बढ़ाते रहना चाहिये। 41वें दिन 41 दाने तक रखकर बाद में 42वें दिन से एक-एक दाना कम करते जाना चाहिए। जैसे- 42वें दिन 40, 43वें दिन 39 और 81वें दिन 1 दाना। 81 दिन का यह अनुष्ठान पूर्ण होने पर उसी दिन रात को श्रीहनुमान जी स्वप्न में दर्शन देकर साधक की कामनापूर्ति करते हैं। 81 दिन तक जो उड़द के दाने अलग जमा किये गये थे, उन्हें नदी में प्रवाहित कर देना चाहिए।

3. शनि प्रदत्त कष्टों के निवारणार्थ एक अन्य उपाय अत्यन्त सरल एवं सुगम है। शनि ही नहीं, अपितु किसी भी ग्रह के अनिष्ट फल को न्यून करने हेतु श्रीहनुमान जी की आराधना एवं उपासना अत्यन्त प्रभावकारी स्वीकारी गयी है। श्री हनुमान जी की उपासना हेतु किसी भी समय शुद्ध मन एवं एकाग्रचित्त होकर तुलसीकृत श्रीरामचरितमानस के सुन्दरकाण्ड का पाठ करना है जिसकी संक्षिप्त विधि अग्रांकित है :

विधि : सर्वप्रथम एक लकड़ी के पाटे पर लाल वस्त्र बिछा दें। यदि संभव हो, तो उस पर श्रीहनुमान जी की मूर्ति या चित्र रखकर, साथ में जल, पुष्प एवं दीपक रखकर प्रज्ज्वलित करें। तदुपरान्त श्रीहनुमान जी को पधारने का अनुरोध करें तथा सर्वप्रथम श्रीरामचरितमानस के किष्किन्धाकाण्ड के अन्तिम भाग का अग्रांकित प्रसंग पढ़ें :

अंगद कहइ जाऊँ मैं पारा। जिय संसय कछु फिरती बारा।।
जामवंत कह तुम्ह सब लायक। पठइअ किमि सबही कर नायक।।

कहइ रीछपति सुनु हनुमाना। का चुप साधि रहेहु बलवाना।।
पवन तनय बल पवन समाना। बुद्धि विवेक विग्यान निधाना।।
कवन सो काज कठिन जग माहीं। जो नहिं होत तात तुम्ह पाहीं।।
राम काज लगि तव अवतारा। सुनतहिं भयउ पर्वताकारा।।
कनक बरन तन तेज विराजा। मानहुं अपर गिरिन्ह कर राजा।।
सिंहनाद करि बारहिं बारा। लीलहिं नाघऊँ जलनिधि खारा।।
सहित सहाय रावनहिं मारी। आनहुँ इहाँ त्रिकूट उपारी।।
जामवंत मैं पूछऊँ तोही। उचित सिखावन दीजहु मोही।।
एतना करहु तात तुम्ह जाई। सीतहि देखि कहहु सुधि आई।।
तब निज भुजबल राजिव नैना। कौतुक लागि संग कपि सेना।।

छंद : कपि सेन संग संघारि निसिचर रामु सीतहि आनिहैं।
त्रैलोक पावन सुजसु सुर मुनि नारदादि बखानिहैं।।
जो सुनत गावत कहत समुझत परम पद नर पावई।
रघुवीर पद पाथोज मधुकर दास तुलसी गावई।।

दोहा : भव भेषज रघुनाथ जसु सुनिहि जे नर अरु नारि।
तिन्ह कर सकल मनोरथ सिद्ध करहिं त्रिसरारि।।

सोरठाः नीलोत्पल तन स्याम काम कोटि सोभा अधिक।
सुनिअ तासु गुन ग्राम जासु नाम अघ खग बधिक।।

इसके पश्चात श्रद्धा के साथ हनुमान जी को प्रणाम कर सुन्दरकाण्ड का पाठ करें। अन्त में पुनः उपरोक्त चौपाइयाँ पढ़कर संकट निवारण का अनुरोध करें।

4. शनिवार के दिन सूर्यास्त के पश्चात् जब अंधकार का वास हो, उस समय बिना प्रकाश की सहायता के पीपल के वृक्ष के पास जाना चाहिए तथा अग्रांकित जल बनाकर पीपल के वृक्ष की जड़ में अर्पित करें। (जल में दूध, शहद, शक्कर, गंगाजल, काले तिल तथा गुड़ का घोल बनाकर) पीपल के वृक्ष की जड़ में शनिदेव का नाम लेकर अथवा शनिदेव का मंत्र **ॐ शनैश्चराय नमः** का जप करते हुए समर्पित करना चाहिए तथा वहीं पर आटे के दीपक में सरसों का तेल भरकर प्रज्ज्वलित करना चाहिए। इसके अतिरिक्त आटे

का एक अन्य पात्र बनाकर कुछ उड़द के दाने, घर की कील तथा कुछ मुद्राएँ रखकर पीपल के वृक्ष पर चढ़ा दें। आटे के घोल के साथ कील, सरसों का तेल तथा उड़द के दाने मिलाकर पीपल के वृक्ष पर अर्पित करना चाहिए। इसके पश्चात् सात बार पीपल के वृक्ष की परिक्रमा करें। फिर श्रद्धापूर्वक पीपल की जड़ का स्पर्श करके मस्तक लगाते हुए शनिदेव को प्रणाम करें। यह सांकेतिक साधना पुरुष और महिलाएँ, दोनों समान रूप से कर सकते हैं परन्तु महिलाओं के लिए परिक्रमा वर्जित है।

5. चतुर्थ अथवा द्वादश भावगत शनि को अत्यधिक अशुभ स्वीकारा गया है। इन भावों में शनि होने से जीवन में बार-बार पतन की स्थिति उत्पन्न होती है। चतुर्थ भावगत शनि हो, तो रात्रि के समय दूध का सेवन नहीं करना चाहिए। इसी प्रकार से द्वादश भाव में शनि ग्रह हो, तो शनिवार के दिन सूर्योदय के शीघ्र पश्चात् मिष्ठान का सेवन नहीं करना चाहिए।

6. आँखों में काजल अथवा सुरमा लगाने से शनिदेव की प्रसन्नता में वृद्धि होगी।

7. प्रतिदिन के भोजन में काली मिर्च तथा काला नमक का उपयोग करने से भी शनिदेव प्रसन्न होते हैं।

8. पीपल के वृक्ष के नीचे प्रायः गोल पत्थर रखे हुए सभी लोगों ने देखे होंगे। इन्हें पिप्पलेश्वर महादेव कहते हैं। पीपल में देवाधिदेव महादेव का वास होता है। शनिवार के दिन पिप्पलेश्वर महादेव का पूजन करने से शनिदेव प्रसन्न होते हैं। शनिवार के दिन पीपल के वृक्ष में काले रंग का कच्चा सूत सात बार लपेटना चाहिए तथा सूत लपेटते समय शनिदेव के मंत्र **ॐ शनैश्चराय नमः** अथवा शनि के किसी अन्य मंत्र का जप करना चाहिए। सूत लपेटने के पश्चात् पीपल के वृक्ष का पंचोपचार पूजन करना चाहिए तथा अपनी कामना की संसिद्धि हेतु प्रार्थना करनी चाहिए।

9. सवा मीटर काला कपड़ा लेकर उसमें शनिवार के दिन सूखा नारियल, 800 ग्राम लकड़ी का कोयला रखकर उसे अपने सिर पर से उतारें तथा उसे बाँधकर बहते हुए जल में प्रवाहित करें। यह आठ शनिवार तक बिना किसी अवरोध के करते रहें। शनि देव की प्रसन्नता उपलब्ध होगी।

10. नारियल अथवा गोले के तेल को सिर में लगाने से भी शनिदेव प्रसन्न होते हैं परन्तु शनिवार तथा बृहस्पतिवार के दिन तेल नहीं लगाना चाहिए।

11. शनिवार के दिन शनिदेव या हनुमान जी को उड़द अर्पित करें एवं रुई की माला अर्पण करें।

12. शनिवार के दिन एक समय ही भोजन करना चाहिए तथा भोजन में नमक का सेवन नहीं करना चाहिए। हमारे कहने का तात्पर्य है कि किसी भी प्रकार की नमकीन वस्तु, सेंधा नमक अथवा काला नमक अथवा सोडियम साल्ट का भी सेवन नहीं करना चाहिए। ध्यान रहे कि जो साधक रक्तचाप की व्याधि से आक्रांत हैं, उन्हें शनिवार का यह व्रत नहीं करना चाहिए।

13. यदि शनि सप्तम भावगत हो, तो वैवाहिक जीवन के लिए अशुभ होता है। ऐसा शनि भाग्य, लग्न तथा चतुर्थ भाव पर दृष्टि निक्षेप करता है इसलिए प्रगति हेतु भी बाधक होता है। सप्तम भावगत शनि से सम्बन्धित जातक अथवा जातिकाओं को मदिरापान कदापि नहीं करना चाहिए, अन्यथा शनिदेव के आक्रोश को नियंत्रित करना असंभव होता है। ऐसे जातकों को मदिरा सेवन के अतिरिक्त किसी भी मादक वस्तु का सेवन नहीं करना चाहिए।

14. सूखे नारियल को ऊपर से काटकर मुँह बना लेना चाहिए। उसमें बूरा तथा पंचमेवा अथवा पंजीरी भरकर उसके ऊपर पुनः काटा हुआ भाग लगाकर पीपल के वृक्ष के नीचे कम से कम एक फिट गहरा गड्ढा खोदकर गाड़ देना चाहिए। यह प्रक्रिया जब भी अवसर मिले, तो शनिवार के दिन अथवा शनिवती अमावस्या अथवा शनि से सम्बन्धित नक्षत्रों में करना हितकर होता है। वर्ष में कम से कम एक अथवा दो बार अथवा महीने में एक बार यह क्रिया करने से शनिदेव की प्रसन्नता प्राप्त होती है। सूखे नारियल में बूरा तथा पंचमेवा इसलिए भरा जाता है कि चीटियाँ उसे खाने हेतु वहाँ आती हैं जिससे शनिदेव प्रसन्न होते हैं। कोई बालक अथवा युवक यदि शनि के कुपित हो जाने के कारण घर अथवा परिवार से भाग जाए अथवा उसका अपहरण कर लिया जाए अथवा खो जाए, तो भी यह प्रयोग अत्यन्त फलदायी सिद्ध होता है। मात्र अन्तर इतना है कि प्रत्येक 72 घंटे बाद दूसरा सूखे नारियल में बूरा तथा पंचमेवा भरकर उसे पीपल के वृक्ष के नीचे किसी अन्य स्थान पर गाड़ देना चाहिए। जब तक गया हुआ व्यक्ति वापस न आ जाए अथवा उसका पता न चल जाए, तब तक यह प्रक्रिया दोहराते रहना चाहिए। यह प्रयोग अनुभूत है।

15. निर्धनता हो, धनागम में अवरोध हो अथवा किसी प्रकार की आर्थिक विपत्ति हो, तो शनिवार के दिन भैरों जी के मन्दिर में जाकर उन्हें श्रद्धापूर्वक मदिरा अर्पित करने से शनिदेव प्रसन्न होते हैं।

16. षष्ठ स्थान में शनि, बृहस्पति दोनों स्थित हों, तो जातक पानी वाला नारियल नदी में प्रवाहित करें। जातक 28वें वर्ष के पश्चात ही विवाह करें। आयु के 48वें वर्ष के पूर्व भवन का निर्माण न करायें। संतति होने में बाधा हो, तो काले सर्प को दूध पिलाएं तथा काले सर्प का पूजन करें।

17. षष्ठ स्थान में शनि स्थित हो एवं द्वितीय स्थान में कोई ग्रह न हो, तो ऐसा जातक धन को ब्याज पर देने का व्यवसाय करता है। कारखाना, छापाखाना, तेल का व्यापार, लोहे की वस्तुओं का व्यापार, ऑयल मिल, पेट्रोल, घासलेट, मोबिल ऑयल, ग्रीस आदि से सम्बन्धित व्यापार करता है। व्यवसाय प्रारम्भ करने से पूर्व मिट्टी के घड़े में राई का तेल डालकर उसका मुँह काले कपड़े से बांधकर वह घड़ा तालाब या नदी में डाल दें। कृष्ण पक्ष की मध्यरात्रि में व्यवसाय का प्रारम्भ करें। व्यवसाय में अत्यधिक लाभ होगा।

18. संतति प्राप्ति में शनि अवरोध उत्पन्न करता हो, या अनिष्ट शनि के कारण गर्भपात हो रहा हो, तो ऐसी स्त्री भोजन से पूर्व भोजन की थाली में परोसे सभी पदार्थों में से थोड़ा-थोड़ा पृथक् निकालकर काले कुत्ते को खिलाएं।

19. एकादश स्थान में शनि एवं सप्तम स्थान में शुक्र हो, तो ऐसा जातक अत्यधिक भाग्यवान होता है। कोई भी कार्य प्रारम्भ करने से पूर्व जल से भरा घड़ा दान दें।

20. चतुर्थ स्थान में शनि स्थित हो, तो ऐसे जातक रात्रि के समय दूध का सेवन न करें, क्योंकि दूध विषैला बनाकर शनि की अनिष्टता में वृद्धि करता है।

21. पंचम स्थान में शनि स्थित हो एवं दशम स्थान रिक्त हो, तो ऐसे जातक को संतान सुख नहीं प्राप्त होता है। 48वें वर्ष में वह नवीन भवन का निर्माण कराता है या क्रय करता है, तब संतान तो होती है किन्तु वह अल्पायु होती है। इस दोष के निवारणार्थ गुड़, ताँबा, चावल एवं शहद एक लाल नये वस्त्र में बाँधकर घर में टांग दें। शहद गिर न जाए, इसलिए शहद भरी छोटी शीशी ही वस्त्र में बांधें।

22. अनिष्ट शनि होने पर उस जातक के भवन का प्रवेश द्वार पश्चिम दिशा में होता है। जातक की आयु के 36, 42, 45, 48वें वर्ष क्लेशदायक व्यतीत होते हैं। शिक्षा पूर्ण नहीं होती। अपचन की शिकायत रहती है। ऐसे जातक सुरमा क्रय करके भूमि में गाढ़ दें। सुरमा एवं बड़ की जड़ दूध में उबालकर उसका तिलक स्वयं के माथे पर करें। इससे मानसिक एवं आर्थिक अड़चनें दूर होती हैं।

23. सप्तम स्थान में शनि अशुभ स्थिति में हो और ऐसा जातक मदिरा का सेवन करता हो, तो तुरन्त मदिरा का सेवन त्याग दे, अन्यथा उसका सर्वनाश सुनिश्चित है।

24. शनिवार को शनि स्तोत्र का पाठ करें अथवा सुनें।

25. शुक्ल पक्ष के प्रथम शनिवार से वर्ष पर्यन्त या 19 शनिवार तक शनि का व्रत रखें। काले वस्त्र धारण करें। शनि-मंत्र का पूजन करें या शनि की एक माला फेरें। तत्पश्चात्, गंगाजल में काले तिल, लौंग का जोड़ा, दो बताशे, शक्कर, दूध (कच्चा) तथा पुष्प डालकर पश्चिम में मुंह करके पीपल की जड़ में चढ़ा दें और बिना पीछे देखे लौट आएं। तेल में पके पकवान व तेल में बने उड़द का कुछ अंश कुत्ते और निर्धन को देकर आप भोजन करें। रात को पीपल के नीचे तेल का दीपक जलाएं।

26. प्रत्येक शनिवार को सौंफ, खिरैटी लोध, खस, सुरमा, धमनी काला तिल, गोंद, शत कुसुम एवं खिल्ला डालकर जल स्नान करें।

27. एक मुट्ठी उड़द शनिवार को भिखारियों को दें।

28. काले कुत्ते को तेल में पके उड़द के पकौड़े शनिवार को दोपहर में खिलाएं।

29. शनिवार को 'मोती' दान करें। मोती से तात्पर्य काले चने, कच्चे कोयले और लोहे की पत्ती से है।

30. सवा सेर या सवा पाव उड़द काले वस्त्र में बांधकर नदी में प्रवाहित करें।

31. काले चने बनाकर शनिवार को गरीबों में बांटें।

32. पांव के अंगूठों या कलाई पर काले धागे बांधकर रखें।

33. रात्रि में शिव या हनुमान मन्दिर में दीपदान करें।

34. जल में मछली को आटे की गोली बनाकर खिलायें।

35. शनि के वृक्ष में नित्य जल दें।

36. अपने भोजन से प्रथम ग्रास निकालकर गाय को खिलायें।

37. शनिवार को अपने हाथ के नाप का उन्नीस हाथ काले धागे की माला बनाकर पहनें।

38. सौंफ, काले तिल, सुरमा, नागर मोथा और लोध पानी में मिलाकर शनिवार को उससे स्नान करें।

39. बिना तेल का चावल, उड़द की दाल भुनकर एक बोतल में रख लें। प्रत्येक शनिवार को शाम में थोड़ी सी स्वयं खा लें और जो भी लोग हों, सब को खिलायें या गाय को खिला दें।

40. रात को उड़द की दाल देकर खिचड़ी हर शनिवार को खानी चाहिये।

41. काली गाय को रोली तथा सींग में मौलि बाँधकर आरती कर बूँदी के चार लड्डू खिला दें।

42. शनिवार को तेल चुपड़ी रोटी काले कुत्ते को खिलायें।

43. काले घोड़े के अगले पाँव की नाल या सांढ़ा को दागने वाले लोहे की अथवा नॉव की पुरानी कील की या मछली मारने वाली जाल में लगे लोहे की अँगूठी बनवाकर शनिवार को मध्यमा धारण करें।

44. शनिवार को तेल-मालिश करके सुरमा लगाएं और नित्य गुग्गुल की धूप लें।

45. शुक्रवार को काले चने भिगों दें तथा शनिवार को इन चनों को कच्चे कोयले, हलकी लोहे की पत्ती को एक काले वस्त्र में बाँधकर जल में मछलियों के लिए डाल दें। यह क्रिया एक वर्ष तक करें।

46. शनि शुभ अथवा अशुभ होने पर विशिष्ट साधनायें :

शनि के शुभ होने पर अग्रांकित परिहार शीघ्र फलदायी सिद्ध होते हैं :

1- शनिवार के दिन सफेदे का पत्ता अपनी जेब में रखें।

2- अपने को तथा अपने निवास स्थान को नीले, काले तथा बैंगनी रंग से सुशोभित करना चाहिये। यहाँ तक कि बिस्तर, तकिये का गिलाफ तथा शयनगृह की रोशनी भी इन्हीं रंगों में से होनी चाहिये।

3- काले उड़द जल में प्रवाहित करें।

4- ताँबे, स्टील या लोहे के पात्र में रखा जल पिएं।

5- बिना तेल का चावल, उड़द की दाल भुनकर एक बोतल में रख लें। प्रत्येक शनिवार को शाम में थोड़ी सी स्वयं खा लें और जो भी लोग हों, सब को खिलायें या गाय को खिला दें।

6- नीलम धारण करना चाहिए।

7- 7 शनिवार अपने इष्टदेव पर सरसों के तेल का दीपक जलाना चाहिए।

8- शनि देव की लोहे की मूर्ति बनवाकर उस पर नीला रंग करके या काली मिट्टी की मूर्ति बनाकर और उसे नीला रंग करके घर में शनि के दिन या नक्षत्र में स्थापित करना चाहिए।

9- शनि के दिन या नक्षत्र में घर में भैंस रखना चाहिए।

10- शनि की वस्तुओं का व्यापार करना चाहिए। व्यापार का आरम्भ शनि के दिन या नक्षत्रों में करना चाहिए।

11- शनि के दिन या नक्षत्र में लोहे या स्टील का कड़ा पहनना चाहिए।

शनि के अशुभ होने पर अग्रांकित परिहार शीघ्र फलदायी सिद्ध होते हैं:

1- सात शनिवार 7 बादाम तथा काले उड़द अपने इष्ट धर्मस्थान में देना चाहिए।

2- काले उड़द के 7 दाने, 1 कालीमिर्च, 7 काले चने के दाने, पत्थर के कोयले का एक टुकड़ा, एक चमड़े का टुकड़ा नीले रंग के कपड़े में बाँधकर शनिवार के दिन बहते हुए जल में प्रवाहित करना चाहिए।

3- शराब तथा सिगरेट का प्रयोग नहीं करना चाहिए।

4- 7 शनिवार खाना खाने के पश्चात् बची हुई रोटी कौवों को डालना चाहिए।

5- शनि के नक्षत्र या दिन में भैंसे का दान करना चाहिए तथा सात शनिवार भैंसे को काले चने खिलाना चाहिए।

6- सात शनिवार पिंगलवाड़े में शनि की खाद्य वस्तुएं दान करना चाहिए।

7- शनिवार या शनि के नक्षत्रों में मकान बनाना प्रारम्भ नहीं करना चाहिए।

8- शनिवार को शमशान घाट में लकड़ी का दान करना।

47. राशियों के अनुसार परिहार

शनि की साढ़ेसाती के अशुभ प्रभाव से रक्षा हेतु, भिन्न-भिन्न राशियों के अनुसार परिहार अग्रांकित हैं :

मेष : मदिरा का सेवन न करें। सूखा नारियल, बादाम दान करें। मिट्टी के पात्र में सरसों का तेल भरकर पानी में रखें। आठ किलो उड़द जल में प्रवाहित करें।

वृष : मदिरा का सेवन न करें। सूखा नारियल, बादाम दान करें। मिट्टी के पात्र में सरसों का तेल भरकर पानी में रखें। आठ किलो उड़द जल में प्रवाहित करें। इसके अतिरिक्त हनुमान जी को सिंदूर चढ़ाएँ।

मिथुन : शनि स्तोत्र का पाठ, महामृत्युंजय का जप करें तथा सूखा नारियल और बादाम जल में प्रवाहित करें। मदिरा का सेवन न करें एवं हनुमान चालीसा का पाठ करें।

कर्क : जल में मदिरा प्रवाहित करें। भैरों जी के मंदिर में मदिरा अर्पित करें।

सिंह : हनुमान जी को सिंदूर चढ़ाएँ।

कन्या : हनुमान जी की उपासना करें तथा श्रीदुर्गा सप्तशती का पाठ करें।

तुला : कौए को रोटी खिलाएँ। सूखा नारियल और बादाम जल में प्रवाहित करें तथा हनुमान जी की उपासना करें।

वृश्चिक : मदिरा का सेवन न करें। शनि स्तोत्र का पाठ करें।

धनु : जल में मदिरा प्रवाहित करें। हनुमान जी की उपासना करें तथा श्री दुर्गासप्तशती का पाठ करें।

मकर : मदिरा का सेवन न करें। जल में मदिरा प्रवाहित करें। शनि स्तोत्र का पाठ करें।

कुंभ : मदिरा का सेवन न करें। जल में मदिरा प्रवाहित करें। शनि स्तोत्र का पाठ करें। इसके अतिरिक्त महामृत्युंजय का जप करें।

मीन : हनुमान जी की उपासना करें।

कतिपय अन्य सांकेतिक साधनाएँ (टोटके)

48. शनिदेव की प्रसन्नता के लिए घोड़े की नाल को रखने अथवा उसकी अँगूठी बनाने की परंपरा अत्यन्त प्रसिद्ध है। इसके लिए काले घोड़े की अगले पैर की नाल यदि स्वतः निकल जाये, तो शनिवार के दिन उसकी अँगूठी बनाकर धारण करना चाहिए अथवा फिर उस नाल को ही अपने पास रख लेना चाहिए। इसका एक अन्य प्रयोग, जो इंससे पर्याप्त भिन्न है, इस प्रकार से है-

किसी भी घोड़े के पैर की नाल किसी भी दिन मार्ग में दिख जाए, तो उसे

उठाकर ले आना चाहिए तथा घर के बाहर किसी उपयुक्त स्थान पर रख देना चाहिए। शनि के नक्षत्र (पुष्य, अनुराधा, उत्तराभाद्रपद) में उस नाल को सरसों के तेल में किसी मिट्टी/लोहे के पात्र में डुबोकर रख देना चाहिए। इसी पात्र में लोहे की आठ कील, आठ सिक्के तथा आठ सौ ग्राम तिल भी रख देने चाहिए। उसी नक्षत्र के पुनः आने पर 27 दिन बाद सरसों के तेल में डूबी हुई नाल को निकालकर साफ कर लेना चाहिए। तत्पश्चात् इस नाल को पंचगव्य अर्थात् जल, देशी घी, दूध, शहद तथा दही से धोकर विधिवत् शुद्ध कर लेनी चाहिए। यदि इनके मंत्र ज्ञात हों, तो मंत्रों का उच्चारण भी साथ-साथ करते रहना चाहिए। अन्यथा सर्वप्रथम जल से, तत्पश्चात् दूध, दही, शहद, देशी घी से बार-बार शुद्ध करना चाहिए तथा अन्त में गंगाजल से या शुद्ध जल से नाल को धो लेना चाहिए। अब इस प्रकार से शुद्ध की हुई नाल को अपने निवास के मुख्य द्वार पर उल्टा करके, इस प्रकार से लगायें कि नाल का U आकार भीतर की ओर हो। 27 दिन पर्यन्त इस नाल को यूँ लगा रहने दें। परिवार में समृद्धि, वैभव, धनार्जन, हर्ष, उल्लास तथा उत्साह आदि में वृद्धि हो, तो इस नाल को यूँ ही लगा रहने दें, अन्यथा 27 दिन पश्चात् उसी नक्षत्र में उसे उल्टा करके लगा दें। अर्थात् नाल का मुँह बाहर की ओर हो। ऐसा करने से अवश्य ही शनि देव की कृपा प्राप्त होती है तथा साधक को शनिकृत समस्त अनिष्ट, अरिष्ट तथा कष्ट से मुक्ति प्राप्त होती है।

यदि काले घोड़े की नाल उपलब्ध हो जाए, तो शनिवार के दिन उसे निवास के मुख्य द्वार के नीचे एक गड्ढा खोदकर उसमें गाड़ देना चाहिए अथवा दबा देना चाहिए।

49. किसी शनिवार की रात्रि को निवास में किसी शुद्ध व एकान्त स्थान पर गोबर से लीप कर आटे से अष्टदल कमल बनाना चाहिए। उस पर सवा मीटर काला कपड़ा बिछायें और कपड़े पर आठ सौ ग्राम साबुत काला उड़द रखें तथा उस उड़द पर सिन्दूर भी डालें। इस प्रकार से तैयार किये गये आसन पर पुरुषाकार शनि की लोहे अथवा तांबे की आकृति, जो पहले से बनवा लेनी चाहिए, को किसी काले कपड़े, उड़द तथा सिन्दूर के ऊपर रखना चाहिए। अच्छा यही होता है कि पुरुषाकार शनि, शनिवार को अनुकूल नक्षत्र में अथवा शनिवार के दिन जब गोचर का चन्द्रमा जन्मकालीन चन्द्रमा से अनुकूल स्थान पर हो, तब किसी लोहार अथवा शिल्पकार से तैयार करा लीजिए और शनि की इस मूर्ति को उपरांकित उल्लिखित आसन पर विराजमान किया जाए।

इस प्रकार से प्रतिष्ठित की गई शनि की मूर्ति का षोडशोपचार पूजन करें। उनका आह्वान करके उन्हें स्नान और आचमन् आदि करायें। तत्पश्चात् उन्हें वस्त्रादि समर्पित करें। पुष्प अथवा माला उनपर अर्पित करें तथा फिर शनिदेव के मस्तक पर तिलक लगायें। तत्पश्चात् धूप, दीप, नैवेद्य, फल, दक्षिणा आदि अर्पित करनी चाहिए। शनिदेव की मूर्ति के समक्ष काले कम्बल के आसन पर बैठकर शनिदेव के मंत्र का जप करना चाहिए। शनिदेव के दस नामों का उच्चारण करना चाहिए तथा शनिदेव की पत्नी के नामों का भी उच्चारण करना चाहिए। शनि स्तोत्र तथा शनिभार्या स्तोत्र का एक-एक पाठ कर सकें तो अति उत्तम होगा। स्तोत्र पाठ तभी करना चाहिए, जब शुद्ध संस्कृत के उच्चारण में किसी प्रकार की असुविधा न हो, अन्यथा अग्रांकित नामों का उच्चारण करें-

ध्वजिनी धामिनी, चैव ककाली, कलहप्रिया।
कंटकी, कलही, चाऽथ तुरंगी, महिषी अजा।।
शनेर्नामानि पत्नीनामेतानि संजपन पुमान।
दुःखानि नाशयेन्नित्यं सौभाग्यमेधते सुखम।।

इसके अतिरिक्त शनिदेव के वैदिक, तांत्रिक अथवा पौराणिक मंत्र का विधिवत् जप करना चाहिए।

शनिदेव की इस मूर्ति को इसी प्रकार से स्थापित रहने दें तथा प्रत्येक दिन पुनः शनिदेव का षोडशोपचार पूजन करके शनिदेव के मंत्र अथवा स्तोत्र का पाठ 23, 46 अथवा 92 दिन तक लगातार करने का विधान है जिसमें एक दिन की भी अनुपस्थिति इस प्रयोग को खण्डित कर देती है। इस प्रयोग के पूरा हो जाने के पश्चात्, जैसा कि हमने शनि की पाताल क्रिया में पूरा विधान लिखा है, उसका अनुसरण करें, तो शनि की पाताल क्रिया सकुशल सम्पन्न होती है। ध्यान रहे कि शनि की पाताल क्रिया नामक परिहार में अनेक अन्य तथ्यों तथा साधनाओ के प्रकार का उल्लेख किया गया है, उसका भी विधिवत् पालन करना अपेक्षित है।

यदि यह प्रयोग उस रूप में न करना चाहें, तो शनिदेव की आरती करके शनिदेव की मूर्ति एवं अन्य समस्त सामग्री को बहते हुए जल में प्रवाहित कर देना चाहिए। इस प्रयोग के पश्चात् किसी निर्धन या शूद्र व्यक्ति को भरपेट भोजन कराकर उसे दक्षिणा देनी चाहिए। शनिदेव की यह साधना अत्यधिक प्रभावशाली सिद्ध होती है तथा शनिकृत समस्त संकटों का शमन शीघ्र ही हो जाता है।

शनिवार के दिन ग्रहण पड़े अथवा पुष्य नक्षत्र और शनिवार एक साथ पड़ जायें, तो निवास के किसी शुद्ध स्थान पर गोबर लेप कर उस पर उड़द के दाने रख दें तथा उस पर सिंदूर भी चढ़ा दें। इसे एक काले चौकोर कपड़े से ढक दें। कपड़े के दोनों छोर पर एक आटे का तथा एक ताँबे का सरसों के तेल का दीपक प्रज्ज्वलित करें। ताँबे के दीपक में शनि मुद्रिका डाल दें। ध्यान रहे कि दोनों दीपक में से कोई भी बुझना नहीं चाहिए। उस अँगूठी के साथ-साथ थोड़ा सिंदूर भी ताँबे के दीपक में डाल दें। ध्यान रहे कि यह शनि की मुद्रिका, नाव के, जल में रहने वाले भाग से निकाली गई कील से, शनिवार के दिन अथवा पुष्य नक्षत्र में निर्मित कराई जाये तथा उसे शनि के मंत्रों से, किसी उपयुक्त मुहूर्त में अभिमंत्रित किया जाए। वही लोहे की अँगूठी इस प्रकार से शनिवार के दिन ग्रहण अथवा शनि पुष्य नक्षत्र के अवसर पर उपरोक्त व्यवस्था के साथ ताँबे की कटोरी में प्रज्ज्वलित दीपक के तेल में डाल देनी चाहिए। उसके सामने एक ऊनी आसन बिछाकर काले हकीक के मनकों से निर्मित माला अथवा स्फटिक अथवा रुद्राक्ष की माला से शनिदेव के किसी भी अग्रांकित मंत्र का कम से कम 11 माला जप करना चाहिए :

वैदिक मंत्र- **ॐ खां खीं खौं सः ॐ भूर्भुवः स्वः ॐ शन्नोदेवीरभिष्टय आपो भवन्तु पीतये। शंय्योरभिस्रवन्तु नः। ॐ स्वः भुवः भूः ॐ सः खौं खीं खां ॐ शनैश्चराय नमः।**

तांत्रिक मंत्र- **ॐ प्रां प्रीं प्रौं सः शनये नमः।** अथवा
ॐ खां खीं खौं सः शनये नमः।

पौराणिक मंत्र- **ॐ नीलांजनसमाभासं रविपुत्रं यमाग्रजम्।**
छायामार्तण्डसम्भूतं तं नमामि शनैश्चरम्।।

काले वस्त्र के ऊपर भी कुछ उड़द के दाने रखें तथा उसपर सिंदूर छिड़कें। इसके पश्चात् ही दीपक आदि प्रज्ज्वलित करें तथा मुद्रिका ताँबे की कटोरी में डालें। जब उपरोक्त शनि के मंत्रों का जप करें, तो यथासंभव प्रत्येक मंत्र के साथ उड़द का एक दाना काले वस्त्र पर रखी हुए उड़द के ऊपर डालते जाएं। ऐसा करने से मंत्र जप के प्रभाव में अधिक शक्ति समायोजित होती जाती है।

यदि इस प्रकार से मंत्र जप न कर सकें, तो स्फटिक की माला से सामान्य रूप से शनि के मंत्र का जप करना चाहिए। मंत्र जप समाप्त होने के पश्चात् ही, जब तक दीपक प्रज्ज्वलित रहें, उन्हें बुझाना नहीं चाहिए। जब दीपक स्वतः ही शान्त हो जाए, तब वहाँ बिछे काले वस्त्र में समस्त सामग्री लपेट कर बहते हुए जल में प्रवाहित कर दें।

यह सामग्री जल में प्रवाहित करने के बाद अपने निवास में लौटने से पूर्व किसी पीपल के वृक्ष के पास जाकर चीनी का शर्बत अर्पित करें तथा वहाँ सरसों के तेल का एक दीपक भी जलायें। यह दीपक लोहे, मिट्टी अथवा आटे का होना चाहिए।

50. शीशे की आठ बोतलों में काली सरसों अथवा तिल का तेल भरकर, प्रत्येक में आठ साबुत उड़द के दाने तथा एक कील डाल दें। सभी बोतलें समान आकार की होनी चाहिए। यह बोतलें छोटी हों अथवा बड़ी, परन्तु आकार एक प्रकार का ही होना चाहिए।

प्रत्येक शनिवार को इनमें से एक बोतल अपने सिर पर से आठ बार घुमाकर बहते हुए जल में प्रवाहित कर देनी चाहिए। इस प्रकार से आठ शनिवार तक लगातार यह क्रम विधिपूर्वक किया जाना चाहिए। ऐसा करने से सम्बन्धित समस्त कष्टों से मुक्ति प्राप्त होती है।

51. लग्नगत शनि को शुभ नहीं स्वीकारा गया है। यदि लग्न में शनि पापाक्रांत हो, तो पीपल के वृक्ष के नीचे गड्ढा खोदकर, काले कपड़े की एक पोटली में सुरमा बाँधकर गाढ़ देना चाहिए तथा 27 दिन पश्चात् शनि के ही नक्षत्र में उसे निकालकर दूध में उसी सुरमे के साथ उबालना चाहिए। इस तरह से तैयार किये गये लेप का तिलक मस्तक पर लगाना चाहिए।

52. प्रत्येक शनिवार को चोकर अर्थात् भूसी सहित तीन मोटी रोटियां अपने ही हाथों से बनानी चाहिए। एक रोटी के एक ओर सरसों व दूसरी ओर शुद्ध घी लगाना चाहिए। अन्य दो रोटियों में से एक पर घी और एक पर सरसों का तेल चुपड़ कर उस पर गुड़ रख देना चाहिए। दोनों ओर चुपड़ी रोटी काली गाय को, सरसों के तेल वाली रोटी कुत्ते को और घी चुपड़ी रोटी किसी गरीब मजदूर को खिला देनी चाहिए।

53. शनिवार को आठ मीटर काला कपड़ा, एक जटा नारियल, काले तिल, काली उड़द, गुड़, जौ, काली सरसों, काला नमक प्रत्येक सामग्री आठ सौ ग्राम, हवन

सामग्री, आठ बड़ी टोपीदार कील, रुपये के कुछ सिक्के तथा बोतल में आठ सौ ग्राम सरसों व चमेली का तेल, दो शीशी काजल तथा दो शीशी काले सुरमे को एकत्र करके सवा मीटर काले कपड़े में बांध देना चाहिए.। इस समस्त सामग्री को अपने सिर के चारों ओर घुमाकर, किसी शूद्र व्यक्ति को दान कर देना चाहिए अथवा बहते हुए जल में प्रवाहित कर देना चाहिए। यह उपाय लगातार आठ सप्ताह अथवा आठ माह तक करने का विधान है।

54. निवास में जहाँ कहीं अधिक अँधेरा हो तथा वह स्थान सुरक्षित हो, वहाँ पर किसी स्टील अथवा लोहे के पात्र में सरसों का तेल भरकर रखें। उसमें तांबे के आठ सिक्के डाल दें। आजकल ताँबे के सिक्के उपलब्ध नहीं हैं इसलिए ताँबे के आठ समान आकार के टुकड़े भी सरसों के तेल के पात्र में डाले जा सकते हैं। ऐसा करने से घर में समृद्धि की वृद्धि होती है तथा शनिदेव की कृपा प्राप्त होती है।

55. शनिवार की रात्रि में अपने पलंग के चारों पायों के नीचे कील रखें और साथ ही साथ सवा मीटर रेशमी काले कपड़े में आठ सौ ग्राम उड़द के साथ आठ लोहे की गोल आकृतियाँ बनाकर, सवा सौ ग्राम लौंग और काजल में चन्दन का इत्र मिलाकर सोते समय अपने सिर की ओर रख लें। प्रातःकाल उठने पर पलंग के पायों के नीचे दबी हुई कीलों को निकालकर, जिस कपड़े में समस्त सामग्री एकत्रित की गई है उसके चारों कोनों में उन कीलों को बाँध देना चाहिए। सभी सामग्री उसी कपड़े में बाँध दें। इसे अपने सिर पर से सात बार उतारकर बहते हुए जल में प्रवाहित कर दें। सिर पर से उतारने का तात्पर्य यह है कि शनिदेवकृत समस्त अनिष्ट इस बँधी हुई सामग्री को सिर के चारों ओर घुमाने से दूर हो जाते हैं।

56. काले घोड़े की पूँछ के आठ बाल शनिवार के दिन प्राप्त कर लें तथा उन्हें लकड़ी के किसी पात्र में, जो ऊपर से बन्द किया जा सके, में रख कर अपने शयनकक्ष में किसी सुरक्षित स्थान पर 46 दिन तक रखना चाहिए। 46 दिन पश्चात् 47वें दिन घोड़े के इन बालों को जलाकर सरसों के तेल में भलीभाँति मिला देना चाहिए तथा उसे बहते हुए जल में प्रवाहित कर देने से शनि देव के कोप का शमन होता है।

57. शनिवार के दिन हनुमान मंदिर में जाकर भक्तिभावना से हनुमान जी से प्रार्थना करने से भी शनिदेव कुपित नहीं होते। यह आख्यान अत्यन्त प्रसिद्ध है कि हनुमान भक्तों को शनिदेव किसी प्रकार से कष्ट नहीं देते हैं।

58. शनिदेव को प्रसन्न करने हेतु अज्ञानतावश कुत्ता पालने की प्राचीन परंपरा अत्यन्त भ्राँतिपूर्ण है। ऐसा करने से शनिकृत कष्टों को आमंत्रित करना है। शनिवार के दिन गुड़ अथवा चीनी मिलाकर मीठी रोटी पकानी चाहिए तथा वह किसी भी काले कुत्ते को खिला देनी चाहिए। यह क्रम नियमित रूप से करना चाहिए। ध्यान रहे कि रोटी मीठी ही होनी चाहिए। यदि मीठी रोटी न हो, तो रोटी के साथ गुड़ अथवा चीनी काले कुत्ते को प्रत्येक शनिवार को खिलानी चाहिए।

59. शनिवार की रात्रि को पीपल के वृक्ष पर चीनी का शर्बत श्रद्धापूर्वक चढ़ायें, परन्तु उससे पूर्व पीपल के वृक्ष के नीचे सरसों के तेल का दीपक प्रज्ज्वलित करें। धूप-दीप, नैवेद्य, पुष्प आदि से पीपल की पूजा करें। तत्पश्चात् पीपल के वृक्ष के पास बैठ कर शनि चालीसा, हनुमान भैरव अथवा महाकाल शनि मृत्युञ्जय स्तोत्र आदि का पाठ श्रद्धापूर्वक करने से शनिकृत समस्त समस्याओं का समाधान अतिशीघ्र उपलब्ध होता है। आठ पाठ करने के पश्चात् पीपल के वृक्ष की सात परिक्रमा करके उन्हें प्रणाम करके, पुनः अपने निवास पर वापस आ जायें।

60. शनिवार के दिन शनिदेव के मंदिर में जाकर पीपल के वृक्ष पर काला सूत सात बार लपेटना चाहिए।

61. शनिवार के दिन दूध, शहद, दही, शक्कर, सरसों का तेल, प्रत्येक सवा लीटर की मात्रा में तथा एक नील की बोतल, सफेद सुरमा, काला नमक, काली मिर्च, 11 लौंग, सवा मीटर काला कपड़ा, सवा किलो काले तिल, इतनी ही उड़द के साथ सवा किलो चावल शनिदेव का स्मरण कर पीपल पर धूप-दीप के साथ अर्पित करें। यही समस्त सामग्री पीपल के वृक्ष पर अर्पित करें अथवा शनि का दान लेने वाले किसी शूद्र को संकल्प करके दे दें। यह सांकेतिक साधना लगातार आठ शनिवार को करने से शनिदेव प्रसन्न होते हैं तथा शनि सम्बन्धी कष्टों से आराधक को मुक्ति मिलती है। विविध व्याधियों तथा विकृतियों का शमन होता है।

62. शनिवार के दिन उपयुक्त मुहूर्त में अथवा शनि अमावस्या को अथवा शनि पुष्य नक्षत्र में अथवा शनिवार के दिन ग्रहण पड़ने पर लोहे के किसी पात्र को, जिसमें ढक्कन कसकर लगाया जा सके, सरसों का तेल भरना चाहिए। इस तेल में आठ लोहे की कीलें तथा आठ लोहे के सिक्के अथवा आठ लोहे के टुकड़े डालने चाहिए। आजकल जो एक अथवा दो रुपये के सिक्के चलते हैं,

वह भी लोहे के ही होते हैं इसलिए लोहे के टुकड़े के स्थान पर लोहे के रुपये, सरसों के तेल में डाले जा सकते हैं। ऐसा करने के पश्चात् लोहे के पात्र का ढक्कन कसकर बन्द करके उसके चारों ओर किसी सुनार अथवा लोहार से टांका लगवा लेना चाहिए, ताकि ढक्कन किसी भी स्थिति में न खुले। लोहे के इस पात्र को किसी झरने के नीचे, तलहटी में गाड़ दें अथवा दबा दें अथवा फिर जहाँ से स्वच्छ जल प्रवाहित होता हो, वहाँ पर मिट्टी खोदकर इस पात्र को इस प्रकार से गाड़ दें कि लोहे के पात्र के ऊपर से सदा जल प्रवाहित होता रहे। ऐसा करने से शनिदेव की कृपा निरन्तर प्राप्त होती रहती है।

63. शनिकृत समस्याओं, कष्टों, अनिष्टों का उल्लेख किसी के समक्ष करना उपयुक्त नहीं होता है। शनिकृत पीड़ा का व्याख्यान करने से, शनिदेव कुपित होते हैं। शनिवार के दिन शनिदेव के मंदिर जाकर उनकी मूर्ति पर सरसों का तेल, तिल, उड़द तथा काली सरसों आदि अर्पित करना लाभप्रद सिद्ध होता है। वहाँ काले रंग का वस्त्र, ऊनी वस्त्र, स्वेटर आदि भी अर्पित करने से शनिदेव प्रसन्न होते हैं परन्तु ध्यान रहे कि शनिदेव के मंदिर में दर्शन करने के प्रयोजन से जब घर से बाहर निकलें, तो सीधे मंदिर जाकर दर्शन और दान आदि करना चाहिए। प्रायः शनि मंदिर के समक्ष अथवा आसपास पीपल का पेड़ अथवा पौधा भी होता है। वहाँ पर पीपल के वृक्ष के नीचे सरसों के तेल का दीपक प्रज्ज्वलित करना भी उपयुक्त होता है। अनेक व्यक्ति दिनभर का सारा काम पूरा करने के पश्चात् अपने निवास पर वापस आते समय शनिदेव के दर्शन करते हैं अथवा शनि के मंदिर जाते हैं। यह उपयुक्त नहीं है। इससे शनिदेव कुपित होते हैं। इस तथ्य का सदा ध्यान रखना चाहिए कि शनिदेव की प्रसन्नता हेतु निवास से जाते समय शनिदेव के दर्शन करें तथा उसके पश्चात् ही अन्य कार्य संपादित करें।

शनिदेव अत्यन्त अनुशासनप्रिय हैं अतः अनुशासन का अनुकरण करने से शनिदेव की कृपा शीघ्र ही उपलब्ध होती है। शनिदेव के दर्शन करने के पश्चात् शनिदेव के मंदिर में बैठे हुए भिक्षुकों को यथाशक्ति दान देना अत्यन्त उत्साहवर्द्धक है।

अमृतसर के श्री गुरमीत सिंह जी, जो शनि शासित व्यक्ति हैं तथा शनिदेव के प्रकोप के कारण उन्हें अपने जीवन में असीमित कष्ट, अवरोध, दुःख आदि से संघर्ष करना पड़ा है, उन्होंने हमारे परामर्श के पश्चात् प्रत्येक शनिवार को शनिदेव के मंदिर जाकर अपनी सामर्थ्य के अनुसार भरपूर दान देना प्रारम्भ

किया। मंदिर में उपस्थित सभी भिक्षुकों को वह यथाशक्ति दान देते हैं परन्तु दो उपयुक्त, वृद्ध अथवा विकलांग व्यक्तियों को पाँच वस्त्र, कम्बल, धन आदि भी प्रदान करते हैं। उन्होंने शनि पीड़ित कई कन्याओं का विवाह भी यथाशक्ति सम्पन्न कराया है तथा उन्हें सहयोग प्रदान किया है तथा ऐसा वह निरन्तर करते रहते हैं। मंदिर के पास उपस्थित समस्त भिक्षुकों को अपने और अपनी पत्नी के हाथ से बनाई हुई उड़द की खिचड़ी अथवा चने आदि का भोजन कराते हैं।

श्री गुरमीत सिंह अन्य सहयोगियों, साथियों, मित्रों और सम्बन्धियों को भी शनिदेव के मंदिर जाकर उनकी पूजा, अर्चना और आराधना करने के पश्चात् अपनी सामर्थ्य के अनुसार अधिक से अधिक दान देने हेतु उन्हें प्रेरित तथा उत्साहित करते हैं। यहाँ तक कि कई बार तो उन्हें अपने पास से पैसे देकर उनसे दान करवाते हैं। श्री गुरमीत सिंह ने दान की इस परंपरा का इतना विस्तार किया है कि वह आसपास के गाँव में दानी गुरमीत सिंह के नाम से प्रसिद्ध हो गये हैं तथा विपन्न लोग शनिवार के दिन उनकी शरण आते हैं और वह किसी को निराश नहीं करते तथा उनके पास जो कुछ भी संभव होता है, वह उन्हें देकर स्वयं संतोष का अनुभव करते हैं।

शनिकृत विकृतियाँ, व्याधियाँ, विपत्तियाँ, व्यवधान आदि के धीरे-धीरे विलुप्त हो जाने से श्री गुरमीत सिंह चमत्कृत हैं तथा वह अपने अनुभव शनिदेव के दर्शन करने आने वाले अनेक भक्तों को बताते रहते हैं। मध्याह्न के पश्चात् का आधा दिन तथा रात का प्रथम प्रहर शनिदेव की पूजा, अर्चना, दर्शन, दान आदि में ही व्यतीत करने के कारण उनके साथ जो घटनाएं हुई हैं, वह किसी चमत्कार से कम नहीं। उन चमत्कृत कर देने वाली घटनाओं का उल्लेख किसी अन्य कृति में करने की चेष्टा की जाएगी।

हमारे कहने का तात्पर्य यह है कि शनिदेव के मंदिर में जाकर शनिदेव के दर्शन करने के पश्चात्, वहाँ उपस्थित भिक्षुकों को यथाशक्ति दान आदि से अभिसिंचित करना चाहिए।

वस्तुतः उपरांकित सांकेतिक साधनाओं को सामान्य भाषा में टोटके कहने की परंपरा है परन्तु वास्तविकता यही है कि यह टोटके नहीं हैं बल्कि ऐसे लघु उपाय हैं जिन्हें अशिक्षित वर्ग भी सुगमता से संपादित कर सकता है। शनिदेव के आक्रांत होने पर सभी को कुछ न कुछ कष्ट होता है चाहे वह गाँव

में रहने वाला कृषक हो अथवा किसी राज्य का मुख्यमंत्री हो अथवा प्रान्त का सचिव अथवा मुख्य अभियन्ता या प्रमुख अभियन्ता हो या फिर परिवार में रहने वाला कोई बालक हो अथवा वृद्ध। यहाँ इस तथ्य पर विशेष ध्यान देना चाहिए कि शनिदेव ही एक ऐसे ग्रह हैं जिनकी आराधना किसी पण्डित अथवा आंचार्य से न कराकर यदि स्वयं की जाए, तो शीघ्र और उत्तम फल प्राप्त होता है। शनिदेव स्वयं सेवक हैं इसलिए स्वयं की सेवा करने वाले पर वह प्रसन्न होते हैं अतः शनिदेव के विभिन्न मंत्रों का जप अथवा स्तोत्र पाठ आदि यदि किसी आचार्य द्वारा सम्पन्न कराया जाए, तो भी कुछ न कुछ मंत्र का जप स्वयं भी करना चाहिए। ऐसा करने से आचार्यकृत शनि मंत्र जप अथवा शनि स्तोत्र के पाठ का भी फल जातक अथवा साधक को प्राप्त होता रहता है। धनवान और समृद्ध व्यक्तियों के लिए मंत्र जप अथवा कोई अनुष्ठान संपादित कराना अत्यन्त सुगम है क्योंकि अनेक आचार्यगण के जीवनयापन का मार्ग ही पांडित्य कृत्य है। इच्छुक जातकों के निवास पर जाकर अनुष्ठान संपादित करने से ही उनका जीवनयापन होता है। ध्यान रहे कि धन व्यय करने के साथ-साथ सम्पूर्ण निष्ठा, आस्था और समर्पण से जब तक साधक वंचित है, तब तक किसी भी साधना का फल अनुष्ठान संपादित कराने मात्र से नहीं होता है। विश्वासं फलम् दायकं, अर्थात् विश्वास ही फल प्रदान करने वाला होता है। सभी ने अनुभव किया होगा कि उसका निष्ठा और विश्वास के अभाव में किया हुआ अनुष्ठान असफल हो जाता है। अतः समस्त जातकों, आराधकों, साधकों तथा पाठकों को हम प्रबल परामर्श प्रदान करते हैं कि कम से कम शनिदेव से सम्बन्धित कोई भी अनुष्ठान इस प्रकार से भावना और आस्था विहीन होकर अविश्वास के साथ न संपादित करायें तथा न ही स्वयं करें। जब मन में पूरा विश्वास हो और बार-बार आंतरिक प्रेरणा प्राप्त हो, तभी शनिदेव से सम्बन्धित अनुष्ठान संपादित कराने चाहिए और साथ ही साथ शनिदेव का कोई भी मंत्र जप कम से कम 108 बार प्रतिदिन स्वयं भी करना चाहिए। ऐसा करने से शनिदेव की महान कृपा का अनुभव साधकों को शीघ्र ही उपलब्ध होता है।

हमारे उपरोक्त कथन और परामर्श पर ध्यान देने से शनिदेव की अद्भुत कृपा से सभी साधक और आराधकगण अभिषिक्त होंगे और होते रहेंगे तथा शनिकृत समस्त अरिष्ट का शमन होगा। यही हमारी मंगलकामना है और यही सदाशा है।

शनि के अशुभ प्रभाव तथा साढ़ेसाती के अरिष्टकारी फल के शमन हेतु अन्य सुगम सांकेतिक साधनाएं

1. काली गाय की सेवा करने से शनिदेव शीघ्र प्रसन्न होते हैं। उसके शीश पर रोली लगाकर, सींगों में कलावा बाँधकर धूप-आरती करनी चाहिए। फिर परिक्रमा करके गाय को बूँदी के चार लड्डू खिलाना चाहिए।

2. प्रत्येक शनिवार को पीपल के वृक्ष के नीचे सूर्योदय से पूर्व कड़वे तेल का दीपक प्रज्ज्वलित करके शुद्ध दूध एवं धूपादि अर्पित करना चाहिए।

3. शनिवार को पीपल के वृक्ष के चारों ओर सात बार कच्चा सूत लपेटें। इस समय शनि के किसी मंत्र का जप करते रहें। तत्पश्चात् वृक्ष का पूजन-दीपन करें। इस दिन केवल एक समय लवणरहित भोजन करना चाहिए।

4. शनिवार का व्रत करें। सूर्यास्त के पश्चात् हनुमानजी का पूजन करके व्रत परायण करें। पूजन में सिंदूर, काली तिल्ली का तेल, इसी तेल का दीपक एवं रक्तवर्णीय पुष्प मुख्य हैं। पाँच या सात शनिवार के इस व्रत से साढ़ेसाती का प्रभाव कम हो जाता है।

5. काले घोड़े की नाल अथवा नाव की सतह की कील से बना छल्ला धारण करना भी शुभ होता है।

6. शनिवार के दिन बंदरों और काले कुत्तों को लड्डू खिलाने से भी शनि के अशुभ प्रभाव का शमन हो जाता है।

7. शुक्रवार की रात में काले चने पानी में भिगो दें। शनिवार को ये चने, कच्चा कोयला, हल्की लोहे की पत्ती एक काले वस्त्र में बाँधकर मछलियों के मध्य डाल दें। पूरे एक वर्ष तक प्रत्येक शनिवार को यह क्रिया करें। इसके फलस्वरूप शनिजनित अनिष्ट का शमन होता है। जो व्यक्ति मछलीभक्षी हों, उन्हें प्रयोगकाल में भूलकर भी मछली का भक्षण नहीं करना चाहिए।

8. शनिवार को अपने हाथ के नाप का उन्नीस हाथ लंबा काला धागा लेकर, उसको बटकर माला की भाँति गले में पहनें। इस प्रयोग से शनि के अरिष्टकारी प्रभाव में न्यूनता आती है।

9. बिच्छू बूटी अथवा शमी की जड़ श्रवण नक्षत्रयुक्त शनिवार को प्राप्त कर काले

रंग के धागे के साथ दाएं हाथ में बाँधने से शनि का अशुभ प्रभाव कम होने लगता है।

10. शनिवार को काले कुत्ते को तेल चुपड़ी रोटी मिष्ठान रखकर खिलाने से भी शनि की शांति हो जाती है।

11. प्रत्येक शनिवार को बंदरों को केला, मीठी खील, गुड़ एवं काले चने खिलाने से शनि का शमन होता है।

12. चोकरयुक्त आटे की 2 रोटी लेकर एक पर तेल और दूसरी पर घी चुपड़ दें। तेल वाली रोटी पर थोड़ा मिष्ठान्न रखकर काली गाय को खिला दें। जब गाय वह रोटी खा ले तो उसे दूसरी घी वाली रोटी भी खिला दें। तत्पश्चात् शनिदेव के अग्रांकित मंत्र का पाठ करें-

नमो दीर्घाय शुष्काय कालदृष्टे नमो नमः।
नमोऽस्तु कीटरक्षाय दुर्भिक्षाय च वै नमः।।

नमो घोराय रौद्राय भीषणाय कपालिने।
नमो मन्दगते तुभ्यं भास्करे भयदायिने।।

अधोदृष्टे नमस्तेऽस्तु संवर्तकमयाय च।
तपसा दग्धदेहाय नित्यं योगरताय च।।

ज्ञानचक्षुर्नमस्तेऽस्तु कश्यपात्मजसूनवे।
तुष्टो ददासि वै राज्यं रुष्टो हरसि तत्क्षणात्।।

नमः कृष्णाय नीलाय शितिकण्ठनिभाय च।
नमः सुरुपगायात्र स्थूलरोम्णे नमो नमः।।

13. शनि सूर्य के पुत्र हैं, दोनों में शत्रुगत संबंध हैं तथापि शनि सूर्य से प्रभावित होते हैं। सूर्य को अर्घ्य देने से अपेक्षित लाभ होता है। सूर्य के मंत्र का 7000 की संख्या में जप करने से चमत्कारिक रूप से शनि का शमन होता है।

14. शनिदेव के प्रकोप को शांत करने के लिए उन्हें प्रसन्न करने का प्रयास करना चाहिए। प्रसन्न हो जाने पर शनि की शुभ कृपा प्राप्त होती है। इसके लिए

शनिदेव की पत्नी के नामों का, जो अग्रांकित श्लोक में उद्धृत हैं, जप करने से वे अति प्रसन्न होते हैं और जातक को उनका स्नेह-शीश प्राप्त होता है।

ध्वजिनी धामिनी चैव कंकाली कलहप्रिया।
कंटकी कलही चाऽथ तुरंगी महिषी अजा।।
शनेर्नामानि पत्नीनामेतानि संजपन् पुमान्।
दुःखानि नाशयेन्नित्यं सौभाग्यमेधत सुखम्।।

15. निम्नांकित मंत्र का नित्य 28 बार सूर्योदय के समय सूर्यदर्शन करते हुए जप करने से शनि अनुकूल प्रभाव वाले हो जाते हैं:

सूर्यपुत्रो दीर्घदेहो विशालाक्षः शिवप्रियः।
मन्दचारः प्रसन्नात्मा पीडां दहतु मे शनिः।।

अध्याय–5

शनि दान : दिव्य अनुष्ठान

'दान' का शब्दार्थ **'देना'** है और भावार्थ परोपकार अथवा कल्याण के उद्देश्य से आर्थिक अथवा श्रम सम्बन्धी सहायता करना। दान की महिमा को सीमाबद्ध नहीं किया जा सकता और न ही दान के कारण प्राप्त होने वाले पुण्य प्रताप की सही-सही व्याख्या की जा सकती है। दान से प्राप्त होने वाले पुण्य से देवताओं के सिंहासन का अस्तित्व भी प्रकम्पित हो जाता है। तभी तो जब कोई महान दानवीर, दान प्रदान करने की उदारता के कारण असीम पुण्य प्रताप से संयुक्त होने लगता है तो उसकी दान के प्रति सत्यनिष्ठा, असीमित आस्था, तीव्र गति को अवरुद्ध अथवा खण्डित करने हेतु ईश्वर को भी अवतार लेकर पृथ्वी पर आना पड़ा है। राजा बली की दान परंपरा के यशोगान से हमारे शास्त्र आज भी आलोकित हैं जिन्होंने अपने समक्ष किसी के पसरे हुए हाथों को कदाचित कदापि रिक्त नहीं छोड़ा। त्रिभुवन का आसन भी डोल उठा तथा तब भगवान विष्णु ने वामन अवतार लेकर महान दानवीर राजा बली के साथ छल किया और उन्हें पाताल भेज दिया। इसी प्रकार से महाप्रतापी दानवीर राजा हरिश्चन्द्र की भी कठोरतम परीक्षा विश्वामित्र ने ली और उन्हें अपने ही पुत्र रोहित के शव को अग्निदाह की अनुमति न प्रदान करने हेतु विवश होना पड़ा। अपने कार्य के प्रति असीम सत्यनिष्ठा तथा दान देने के अद्भुत साहस ने राजा हरिश्चन्द्र को, श्मशान के प्रहरी के स्थान पर लाकर खड़ा कर दिया तथा उस स्थिति में भी राजा हरिश्चन्द्र पूर्णतः अविचलित रहे। ऐसे दानवीर विभूतियों से ईश्वर भी विचलित होता है और किसी न किसी माध्यम से उनके सर्वस्व दान के कारण प्राप्त होने वाले पुण्य को क्षीण करने हेतु छलयुक्त योजनाओं का निरूपण करने के लिए विवश हो जाता है। दानवीर कर्ण को मृत्यु प्रदान करने हेतु भगवान कृष्ण ने छल द्वारा उसके कवच-कुण्डल प्राप्त करने की योजना बना डाली, जिनके रहते हुए उसका वध संभवतः असंभव था।

दान की महिमा एवं अनिवार्यता के विषय में मत्स्य-पुराण के अध्याय संख्या-224 में उद्धृत तथ्यों का उल्लेख, प्रबुद्ध पाठकों के, कल्याणार्थ करना अपेक्षित है।

5.1 दान महिमा

सर्वेषामप्युपायानां दानं श्रेष्ठतमं मतम्।
सुदत्तेनेह भवति दानेन उभयलोकजित्।।1।।

दान सभी उपायों में सर्वश्रेष्ठ है। प्रचुर दान देने से मनुष्य दोनों लोकों को जीत लेता है।

न सोऽस्ति राजन् दानेन वशगो यो न जायते।
दानेन वशगा देवा भवन्तीह सदा नृणाम्।।2।।

राजन्! ऐसा कोई नहीं है जो दान द्वारा वश में न किया जा सके। दान से देवता लोग भी सदा के लिए मनुष्यों के वश में हो जाते हैं।

दानमेवोपजीवन्ति प्रजाः सर्वा नृपोत्तम।
प्रियो हि दानवाँल्लोके सर्वस्यैवोपजायते।।3।।

नृपोत्तम ! सारी प्रजाएँ दान के बल से ही पालित होती हैं। दानी मनुष्य संसार में सभी का प्रिय हो जाता है।

दानवानचिरेणैव तथा राजा परान् जयेत्।
दानवानेव शक्नोति संहतान् भेदितुं परान्।।4।।

दानशील राजा शीघ्र ही शत्रुओं को जीत लेता है। दानशील ही संगठित शत्रुओं का भेदन करने में समर्थ हो सकता है।

यद्यप्यलुब्धगम्भीराः पुरुषाः सागरोपमाः।
न गृह्णन्ति तथाप्येते जायन्ते पक्षपातिनः।।5।।

यद्यपि निर्लोभ तथा समुद्र के समान गम्भीर स्वभाव वाले मनुष्य स्वयं दान को अङ्गीकार नहीं करते, तथापि वे भी (दानी व्यक्ति के) पक्षपाती हो जाते हैं।

अन्यत्रापि कृतं दानं करोत्यन्यान् यथा वशे।
उपायेभ्यः प्रशंसन्ति दानं श्रेष्ठतमं जनाः।।6।।

अन्यत्र किया गया दान भी अन्य लोगों को अपने वश में कर लेता है, इसलिये लोग सभी उपायों में श्रेष्ठतम दान की प्रशंसा करते हैं।

दानं श्रेयस्करं पुंसां दानं श्रेष्ठतमं परम्।
दानवानेव लोकेषु पुत्रत्वे ध्रियते सदा॥7॥
न केवलं दानपरा जयन्ति भूर्लोकमेकं पुरुषप्रवीराः।
जयन्ति ते राजसुरेन्द्रलोकं सुदुर्जयं यो विबुधाधिवासः॥8॥

दान पुरुषों का कल्याण करने वाला तथा परम श्रेष्ठ है। लोक में दानशील व्यक्ति की सर्वदा पुत्र की भाँति प्रतिष्ठा होती है। दानपरायण पुरुष श्रेष्ठ केवल एक भूलोक को ही अपने वश में नहीं करते, प्रत्युत वे अत्यन्त दुर्जय देवराज इन्द्र के लोक को भी, जो देवताओं का निवास स्थान है, जीत लेते हैं।

तात्त्पर्य यह है कि दान से अधिक महान कोई अन्य पुण्य नहीं है। दान की महिमा की व्याख्या करने के लिए शब्दों के समस्त समूह का संयुक्त उपयोग भी अत्यन्त अल्प है। दान की महिमा, गरिमा तथा उपयोगिता का उल्लेख तो दान प्राप्त करने वाले व्यक्ति के नेत्रों से प्रस्फुटित हो उठने वाली जलधारा ही व्यक्त कर सकती है। क्षुधा के कारण क्रन्दन करते हुए परिवार का विलय तथा रुदन जब दान के फलस्वरूप उल्लास तथा हर्ष में रूपांतरित हो उठता है, उस परिवार का संतप्त जीवन, जब आनन्द और आह्लाद से अभिषिक्त हो उठता है, उस अमूल्य क्षण में दान प्राप्त करने वाले परिवार अथवा व्यक्ति के हृदय में उपजने वाली भावनाओं की अंतरंगता, अनन्तता एवं अनवरतता का उल्लेख करने हेतु शब्दों की संरचना हुई ही नहीं है। प्रेम की भावनाओं की अनुभूति को तो शब्दों में व्याख्यायित किया जा सकता है परन्तु दान से प्राप्त होने के पश्चात् संताप तथा संत्रास के विलय के फलस्वरूप उत्पन्न होने वाले अंतरंग आभास को शब्दों की परिधि में बाँधना संभव नहीं है तथा सत्य के इस तथ्य को दान लेने वाला एक संतप्त व्यक्ति ही समझ सकता है तथा दान देने के सुख की श्रेष्ठतम अनुभूति दान प्रदान करने वाले को ही उपलब्ध हो सकती है।

दान की महिमा समझने के लिए अग्रांकित श्लोक में मनु कथन उपलब्ध है। महर्षि मनु ने स्पष्ट रूप से दान की महिमा की व्याख्या करते हुए कहा है कि कलियुग में मात्र दान ही एक ऐसा दिव्य अनुष्ठान है जिसके निर्मल और स्वार्थरहित अनुसरण से समस्त संकट, कष्ट, विपत्ति, विपदा तथा समस्याओं का उपयुक्त समाधान शीघ्र ही प्राप्त हो जाता है।

महर्षि मनु का कथन है कि दान अपनी क्षमता, शक्ति और श्रद्धा के अनुरूप प्रदान करना चाहिए। कोई करोड़पति व्यक्ति यदि दान के रूप में एक अथवा दो रुपये की राशि प्रदान करे, तो उसका प्रतिफल लगभग नगण्य होगा। यह अनुभूत

सत्य है कि आधुनिक युग में अत्यन्त अल्प राशि अथवा सामग्री का दान करके दाता समझते हैं कि उन्होंने अपार पुण्य अर्जित कर लिया है। यह उनकी भ्रान्ति है। अतः दान श्रद्धा और क्षमता के अनुरूप करना चाहिए। वह दान सर्वोत्तम है, जो बिना किसी के माँगे, अर्थात् बिना याचना के उपयुक्त पात्र को प्रदान किया जाए। इस विषय में अग्रांकित श्लोक उद्‌धृत है :

तत्र मनुः तपः पर कृतयुगे त्रेतायां ज्ञानमुत्तमम्।
द्वापरे यज्ञमेवाहुर्दानमेकं कलौ युगे।।
परितुष्टेन भावेन पात्रमासाद्य शक्तितः।
यत्किञ्चिदपि दातव्यं याचते नानुसूयया।।
परं श्रेष्ठं, कृतयुगे सत्ययुगे, शक्तितो वित्तानुसारेण,
अनसूयया परिगुणसहिष्णुतया। (व्यासः)

अब दान के सम्बन्ध में --मनु का वचन है--सत्य युग में तपस्या श्रेष्ठ, त्रेता में ज्ञान उत्तम, द्वापर में यज्ञ तथा कलियुग में मात्र दान का ही महत्त्व है। अच्छे पात्र को पाकर अपने विभव के अनुसार पूर्णरूपेण सन्तुष्ट होकर, जो कुछ भी बन सके दान देना चाहिए। परगुण सहिष्णुता के कारण याचना नहीं करने पर भी। व्यास ने कहा है।

दान की महिमा का विवेचन करते हुए महर्षि ने एक महत्त्वपूर्ण सत्य तथ्य अग्रांकित श्लोक में उद्‌घाटित किया है कि जो दान बिना किसी के बुलाये हुए, बिना किसी के माँगे हुए, पूरी श्रद्धा एवं आस्था के साथ बिना किसी स्वार्थ के किया जाता है, उस दान के फल का कभी अन्त नहीं होता। महर्षि ने तो यहाँ तक कहा है कि चाहे युग समाप्त हो जाए जीवन समाप्त हो जाए, परन्तु इस प्रकार से निःस्वार्थ भावना से किए जाने वाले दान के शुभ फल स्थायी होते हैं, जो बिना याचना के किसी व्यक्ति के पास जाकर उसको प्रदान किया जाए तथा वह व्यक्ति उस दान हेतु उपयुक्त पात्र भी हो :

अनाहूतेषु यद्दानं यच्च दत्तम्ऽयाचितम्।
भविष्यति युगस्यान्तः तस्यान्तो न भविष्यति।।

बिना बुलाये और बिन मांगे जो दान दिया जाता है उसका अन्त कभी नहीं होगा, युग का अन्त भले हो जाये।

इस विषय में महर्षि का स्पष्ट मत है कि अर्जित धन का संचय न करके उसका दान करना चाहिए। दान से अधिक महत्त्वपूर्ण कोई पुण्य नहीं है। जो धन हमारे नित्यकर्म, योजना की व्यवस्था तथा दान हेतु उपयोग किया जाता है उसी धन को, स्वयं का धन समझना चाहिए। शेष धन, जो संचय किया जाता है, उसी धन को स्वयं का धन समझना चाहिए। शेष धन, जो संचय किया जाता है वह मात्र दूसरों के लिए ही धनार्जन और धनसंचय करता है। इसे बुद्धिमत्ता नहीं कहा जा सकता है। अधिक से अधिक धन दान देना ही उपयुक्त और शास्त्रसंगत है। जो धन हम दान के रूप में, पूजा-पाठ में, परोपकार और उपकार में, धर्मस्थलों के निर्माण में, अशप्त, निर्बल और निरीह व्यक्तियों के सहयोग हेतु दान करते हैं। वह सारा का सारा धन हम अपने साथ परलोक ले जा सकते हैं। जो धन भूखण्ड क्रय करने और भवन के निर्माण में स्वर्ण एवं रजत के आभूषणों के, विभिन्न रत्नों के क्रय में व्यय करते हैं, वह हम नष्ट कर देते हैं परन्तु यह विडम्बना ही है कि इस नष्ट किए जाने वाले धन को हम अपनी उपलब्धि समझते हैं।

'कल्याण' में एक प्रसंग था कि एक अत्यन्त धनी महाजन, विपत्तियों और आपदाओं से आक्रान्त होने पर एक सन्त के पास पहुँचा। सन्त ने महाजन को अधिक से अधिक दान करने का परामर्श प्रदान किया। फलस्वरूप महाजन एक कुटिया में रहने वाले विपन्न व्यक्ति के पास बहुत सारा धन और अन्न लेकर पहुँचा। उस व्यक्ति ने उत्तर दिया कि अभी आज के भोजन की व्यवस्था तो हो चुकी है। मैं इस धन और अन्न का क्या करूँगा? महाजन ने उत्तर दिया कि इस धन और अन्न को अपने पास रखिये। आपको बहुत समय तक भोजन और अन्न की कोई अन्य व्यवस्था हेतु कहीं विचरना नहीं पड़ेगा। उस निर्धन व्यक्ति ने उत्तर दिया, जब व्यवस्था नहीं हो पायेगी, तब तुमसे थोड़ा सा अन्न ले लूँगा। कल के जीवन का तो कोई भरोसा नहीं है, फिर कल के लिए संचय क्यों करूँ।

उस निर्धन व्यक्ति का यह अर्थपूर्ण वक्तव्य सुनकर महाजन अवाक् रह गया, कि वह तो अपने पौत्र और पौत्रियों तक के जीवन हेतु धनसंचय करता जा रहा है जबकि यह निर्धन व्यक्ति कितने निष्काम भाव से जीवनयापन कर रहा है। इसे कल की भी चिन्ता नहीं। फिर भी यह व्यक्ति स्वस्थ है, निश्चिन्त है, सुखी है, प्रसन्न है तथा भगवत् कृपा से अभिपूरित है। यह विचार करने के पश्चात् महाजन ने समस्त संचित धन का उत्तरोत्तर दान करना प्रारम्भ कर दिया।

इस सन्दर्भ में अग्रांकित श्लोक में संचित धन, नष्ट धन के समान ही व्यर्थ है, का उल्लेख महर्षि ने किया है :

यद्ददाति विशिष्टेभ्यो यच्चाश्नासि दिने दिने।
तत्ते वित्तमहं मन्ये धृतं कस्यापि रक्षसि।।
आयासशतलब्धस्य प्राणेभ्योऽपि गरीयसः।
एकैव गतिरर्थस्य दानमन्या विपत्तयः।।

विशेषगुण सम्पन्न व्यक्ति के लिए तुम जो कुछ देते हो, प्रतिदिन स्वयं जो खाते पीते हो, उसी धन को मैं धन कहता हूँ और जो केवल धन संचित करता है, वह तों केवल दूसरों के लिए धन जुटाता है। सैकड़ों प्रयास से प्राप्त, प्राणों से भी अधिक प्रिय धन की केवल एक ही उत्तम गति दान है, इससे भिन्न तो विपत्ति ही है।

दान के विषय में एक अत्यन्त महत्त्वपूर्ण और ज्ञातव्य तथ्य को महर्षि ने अग्रांकित श्लोक में उद्घाटित किया है -

नाल्पत्वं वा बहुत्वं वा दानस्याभ्युदयावहम्।
श्रद्धाशक्तिश्च दानानां वृद्धिक्षयकरे हि ते।।
पात्रेभ्यो दीयते नित्यमनपेक्ष्य प्रयोजनम्।
केवलं धर्मबुद्ध्या यत् तञ्च धर्मः प्रचक्षते।।

जो दान न कम हो और न अधिक, वह अभ्युदय कारक होता है। श्रद्धा और शक्ति के अनुसार दिया गया दान विकास का आवास होता है। प्रयोजन की अपेक्षा किये बिना केवल धर्म बुद्धि से जो सत्पात्र को दान दिया जाता है, वही असली धर्म है।

अभिगत्य तु यद्दानं चच्च दानमयाचितम्।
विद्यते सागरस्यान्तस्तस्यान्तो नैव विद्यते।।
अभिगत्येति सम्प्रदानसमीपं स्वयमेव गत्वेत्यर्थः।
अन्यायाधिगतां गत्वा सकलां पृथिवीमपि।
श्रद्धावर्जमपात्राय न किञ्चिद्रतिमाप्नुयात्।।

ऐसे व्यक्ति को सौ तप के समतुल्य पुण्य प्राप्त होता है जो प्रतिग्राही के पास स्वयं जाकर दान देता है तथा बिना माँगे किसी सत् पात्र को दान देता है, सागरान्त हो जाता है, पर उस दान का अन्त नहीं होता है अर्थात् ऐसा व्यक्ति, जो उपयुक्त प्रतिग्राही के पास स्वयं जाकर उसे दान प्रदान करता है उसे इतना अधिक पुण्य प्राप्त होता है जितना सौ तप करने का प्रतिफल होता है और इस पुण्य का कभी अन्त

नहीं होता। अर्थात् ऐसे पुण्य प्रताप से व्यक्ति सदा प्रफुल्लित, आनन्दित, आह्लादित, प्रतिष्ठित, समृद्ध तथा निरोग रहता है और अपने कुटुम्बजनों में सम्मानित और प्रशंसित होता है। अभिगत्य = प्रतिग्राही के पास स्वयं जाकर-अन्याय से यदि सारी धरती भी उपार्जित कर श्रद्धा रहित होकर किसी अपात्र को दान में दे दिया जाये, तो वैसे दान से दानकर्त्ता को कुछ भी लाभ नहीं होता है।

उल्लेखनीय है कि परिश्रम द्वारा अर्जित धन का ही दान करने की महिमा शास्त्रों में बताई गई है। उपरोक्त श्लोक के उत्तरार्द्ध में स्पष्ट रूप से लिखा है कि यदि अन्याय द्वारा अर्जित धन का दान किया जाये, तो पुण्य फल नहीं प्राप्त होता है, चाहे समूची पृथ्वी को ही अपराध और अन्याय के मार्ग पर प्रशस्त होकर उसे प्राप्त करके किसी को दान में दे दिया जाए, तो भी दानदाता पुण्य फल नहीं प्राप्त कर सकता है।

इसके विपरीत यदि श्रद्धा और निष्ठा के साथ कुछ भी, कितना भी अल्प दान दिया जाए, तो भी समृद्धि और सुख का आधार निर्मित होता है। इस संदर्भ में महर्षि याज्ञवल्क्य का कथन है -

5.2 दान हेतु उपयुक्त पात्र

श्रद्धा और भक्ति के साथ किसी सत्पात्र को मुट्ठी भर साग ही यदि दान में दिया जाये तो वह दान प्रदाता के लिए हर तरह की समृद्धि का कारण बन जाता है। याज्ञवल्क्य का कथन है--गाय, धरती, तिल, सोना प्रभूति सत्पात्र की पूजाकर उन्हें दान में देना चाहिए। अपना कल्याण चाहने वाले तत्त्वज्ञ व्यक्ति अपात्र को दान नहीं देते। जो ब्राह्मण, विद्वान, धर्मनिष्ठ, तपस्वी, सत्यवादी, संयमी, ध्यानी और जितेन्द्रिय हो, वही दान के पात्र होते हैं।

प्रदाय मुष्टिशाकं वा श्रद्धाभक्तिसमन्वितः।
महते पात्रभूताय सर्वाभ्युदयमाप्नुयात्।।

याज्ञवल्क्यः-- गोभूतिलहिरण्यादि पात्रे दातव्यमर्चितम्।
नापात्रे विदुषा किञ्चिदात्मनः श्रेय इच्छता।।
विद्यावन्तश्च ये विप्राः सुव्रताश्च तपस्विनः।
सत्यसंयमसंयुक्ता ध्यानयुक्ता जितेन्द्रियाः।।

इस श्लोक से स्पष्ट है कि गौ दान, स्वर्ण दान, भू-दान, तिल दान तथा द्रव्य का दान श्रेष्ठ स्वीकारा गया है तथा यह दान अपात्र अर्थात् कुपात्र को न देकर सुपात्र को देने से ही दाता का कल्याण होता है।

दान-प्रदान करने की अपेक्षा कोई भी अन्य पुण्य श्रेयस्कर नहीं स्वीकारा जा सकता है। नैमित्तिक साधनाओं तथा अभिलाषाओं की संसिद्धि हेतु शास्त्रों में जिन संसाधनों के परिज्ञान की परिभाषा सन्निहित है, उनमें दान प्रदान करना सर्वाधिक श्रेष्ठ तथा अति उत्तम है। मनोकामनाओं की संपूर्ति हेतु मंत्र जप, व्रत, रत्न धारण करने की व्यवस्था की अपेक्षा, दान करने की परंपरा को सर्वश्रेष्ठ स्वीकारा गया है क्योंकि मंत्र जप, व्रत आदि में साधक का कुछ समय व्यय होता है, जबकि दान प्रदान करने में व्यक्ति समय की सत्ता के सम्यक् सदुपयोग द्वारा जो सम्पत्ति, समृद्धि एवं सम्पन्नता अर्जित करता है, उसका महत्त्वपूर्ण अर्थ दान में, किसी अन्य को प्रदान कर देता है। अतः दान देने की परंपरा, जो अनादिकाल से चली आ रही है, उसकी महिमा और गरिमा असीमित है तथा प्रत्येक व्यक्ति को यथाशक्ति दान अवश्य देना चाहिए। दान श्रद्धा भावना तथा सीमा के आधार पर करना सर्वथा उपयुक्त और शास्त्रसंगत है। दान परिहार का प्रबलतम प्रावधान है तथा दान कल्याण का सबलतम मार्ग है।

समस्त जाति, धर्म एवं परंपराओं आदि से सम्बन्धित ऋषि-मनीषियों ने दान को अत्यधिक कल्याणकारी मार्ग के रूप में उल्लिखित किया है। हमारे धर्म ग्रन्थ दान सम्बन्धी कथाओं से अभिपूरित हैं। दान के प्रतिफल के रूप में प्राप्त होने वाली प्रभु की अनुकम्पा, वर्तमान जन्म में ही नहीं, अपितु आने वाले जन्मों को भी सार्थकता प्रदान करती है।

मनुष्य के जन्म से लेकर मृत्यु तक दान एक आवश्यक संस्कार है। अन्य धर्मों से सम्बद्ध धार्मिक ग्रन्थों, कुरान एवं बाइबिल, में दान प्रदान करके ईश्वर की कृपा प्राप्त करने का मार्ग प्रशस्त किया गया है।

यज्ञ दानतपः कर्म न त्याज्यं कार्यमेव तत्।
यज्ञो दानं तपश्चैव पावनानि मनीषिणाम्।।

दान, ईश्वर को प्रसन्नता प्रदान करता है और जो व्यक्ति इस रहस्य से परिचित हैं, वे दान देने में कदापि संकोच नहीं करते हैं। वे व्यक्ति तो धनवान होने के उपरान्त भी कृपण हैं, उनकी कभी प्रशंसा नहीं होती है।

प्रत्येक धर्म प्रबन्ध में दान प्रदान करने की भूरि-भूरि प्रशंसा की गई है। **स्कन्द पुराण** के कौमारिका खण्ड में उल्लेख है -

मूर्खो हि न ददात्यर्थानिह दारिद्र्यशंकया।
प्राज्ञस्तु विसृजत्यर्थान् तयैव ननु शंकया।।

अज्ञानी व्यक्ति ही दरिद्रता के भय के कारण दान नहीं करते हैं जबकि बुद्धिमान व्यक्ति दान देने में किंचित् भी संकोच नहीं करते हैं, ताकि वे जन्म-जन्मान्तर तक प्रसन्नता और समृद्धि से सम्पन्न हो सकें।

इस सन्दर्भ में दान कितना भी अल्प क्यों न हो, उसका महत्त्व तो है ही, का वर्णन अग्रांकित श्लोक में किया गया है :

ग्रासादर्द्धमपि ग्रासमर्थिभ्यः किन्त दीयते।
इच्छाऽनुरूपो विभवः कदा कस्य भविष्यति।।

माँगने वाले को अपने एक कौर का आधा कौर भी क्यों न दे दिया जाये। क्योंकि, अपनी इच्छा के अनुसार भला, कब और किसे धन मिला है?

यदि कोई धन माँगे, तो उसे अपनी शक्ति और क्षमता के अनुरूप दान देना चाहिए और जो व्यक्ति धन होते हुए भी दान नहीं देते और याचक को वापस लौटा देते हैं, वह मृतक के समान हैं।

धनवन्तमदातारं दरिद्रं वाऽतपस्विनम्।
द्वावम्भसि निवेष्टव्यौ गले बद्ध्वा दृढां शिलाम्।।

जो व्यक्ति धनाढ्य होने के उपरान्त भी दान नहीं करते, उनके गले में एक बड़ा पत्थर बाँधकर उन्हें पानी में डुबो देना चाहिए।

महर्षि ने दान न देने वाले कृपण व्यक्ति का उपहास उड़ाते हुए लिखा है कि वही व्यक्ति त्यागी है, जो कृपणता के कारण दान तो नहीं देता, परन्तु मरणोपरांन्त अपना सारा अर्जित और संचित धन त्याग करके चला जाता है। इस संदर्भ में अग्रांकित श्लोक उद्धरणीय है :

दातारं कृपणं मन्ये मृतोऽप्यर्थं न मुञ्चति।
अदाता पुरुषस्त्यागी सर्वं सन्त्यज्य गच्छति।।
गच्छतीत्यस्य परलोकमिति शेषः।

कुछ देने वाले को तो मैं कृपण ही मानता हूँ, क्योंकि, मरने पर भी वह धन को नहीं छोड़ता है और जो कुछ भी नहीं देता है, वही असली त्यागी पुरुष है, क्योंकि, वह अपना सब कुछ यहीं छोड़कर परलोक सिधारता है।

प्रभु ऐसे व्यक्तियों से प्रसन्न होते हैं जो स्वच्छन्दता के साथ स्वतंत्र रूप से दान देने हेतु प्रवृत्त होते हैं। दानवीर की प्रशंसा भूतल के रक्षकों के रूप में की जाती रही है।

गोभिर्विप्रैश्च वेदैश्च सतीभिः सत्यवादिभिः।
अलुब्धैर्दानशीलैश्च सप्तभिर्धार्यते मही।।

गाय, ब्राह्मण, सती नारी, वैदिक विप्र, सत्यवादी, लोभरहित एवं दानी व्यक्तियों के कारण ही यह पृथ्वी स्थायी है।

धनार्जन का मुख्य उद्देश्य ही कल्याणकारी कार्य का संपादन करना है। श्रेष्ठ मार्ग द्वारा धनार्जन करने के उपरान्त सद्कार्यों में उसका व्यय किया जाना चाहिए। श्री बहगावतपडजी ने कहा है कि धन के उपार्जन का प्रमुख उद्देश्य दान के लिए ही किया जाना चाहिए।

भिन्न प्रकार के धार्मिक कार्यों में, रीतियों में एवं धार्मिक स्थलों में दान की महत्त्वता सभी ने स्वीकारी है। कोई भी संस्कार या यज्ञ आचार्य की दक्षिणा के अभाव में पूर्ण नहीं होता है। वही संस्कार फलीभूत माने जाते हैं, जहाँ ब्राह्मणों को भरपूर दक्षिणा प्राप्त होती है।

महाभारत के अनुशासन पर्व के 145वें अध्याय में व्यक्तियों के कर्मों के फलों का उल्लेख उपलब्ध है। हमारे जीवन में अनेक ऐसे अवसर आते हैं जब हम यह समझ नहीं पाते हैं कि जीवन में इतने आनन्द या इतने दुःख का कारण क्या है।

हमारे शास्त्रों के अनुसार मनुष्य अपने पूर्व जन्मों के कर्मों का फल इस जन्म में भोगता है।

इस अध्याय में स्पष्ट किया गया है कि किन कार्यों के कारण हमारे साथ (पूर्व जन्म के) शुभ अथवा अशुभ फल प्राप्त होते हैं। इसी अध्याय में उमा-महेश्वर संवाद के आधार पर दान एवं दक्षिणा के महत्त्व का भी वर्णन किया गया है।

उमोवाच

मानुषेष्वथ ये केचिद् धनधान्य समन्विताः।
भोगहीनाः प्रदृश्यन्ते सर्वभोमेषु सत्स्वपि।।
न भुन्जते किमर्थं ते तन्मे शंसितुमर्हसि।।

उमा पूछती हैं- हे प्रभु! कृपया मुझे बताएं कि धनाढ्य व्यक्तियों में अनेक ऐसे हैं जो समस्त वैभव, संपदा होते हुए भी उनका उपभोग नहीं कर पाते हैं? इसका क्या कारण है?

श्री महेश्वर उवाच

परैः संचोदिता धर्मं कुर्वते न स्वकामतः।
धर्मऽश्रद्धां बहिकृत्य कुर्वन्ति च रुदन्ति च।।
तादृशा मरणं प्राप्ताः पुनर्जन्मनि शोभने।
फलानि तानि समप्राप्य भुनजते न कदाचन।।
रक्षन्तो वर्धयन्तश्च आसते निधिपालवत्।।

महेश्वर- देवी! जो व्यक्ति शुभ कार्य दूसरों के कहने पर करते हैं, स्वेच्छा से नहीं करते हैं और दान भी बिना किसी विश्वास से करते हैं तथा बाद में पश्चाताप् करते हैं, वे व्यक्ति जब पुनः जन्म लेते हैं, तब उन सुविधाओं का उपभोग नहीं कर पाते हैं, जो उन्हें पूर्वजन्म में किये सद्कर्मों के कारण प्राप्त होते हैं। वे कोष के सैनिकों की भाँति अपनी सम्पत्ति की रक्षा करते हैं और उसमें वृद्धि करते रहते हैं।

उमोवाच

केचिद् धनवियुक्ताश्च भोगयुक्ता महेश्वर।
मानुषाः सम्पदृश्यन्ते तन्मे शंसितुमर्हसि।।

उमा- महेश्वर! अनेक व्यक्ति ऐसे भी हैं, जो निर्धन होने के उपरान्त भी सुख-सुविधाओं का भोग करते हैं। ऐसा किस प्रकार से है? कृपया मुझे बतायें।

श्री महेश्वर उवाच

नित्यं ये दातुमनसो नरा ये वित्तश्चऽभावाः।
कालधर्मवशं प्राप्ताः पुनर्जन्मनि ते नराः।।
एवे धनविहीनाश्च भोगयुक्ता भवन्तयुत।।

महेश्वर- देवी! वे व्यक्ति, जो धनी न होने पर भी दान तथा परोपकार के कार्य करने को तत्पर रहते हैं, वे पुनः जन्म लेने पर निर्धन होने पर भी सुखों का उपभोग करते हैं।

उमोवाच

भगवन देवदेवेश त्रियक्ष वृषभध्वज।
मानुषास्त्रिविधा देव दृश्यन्ते सततं विभे।।

आसीना एव भुन्जन्ते स्थानैश्वयैपरिग्रहे।
अपरे यत्नपूर्वं तु लभन्ते भोगसंग्रहम।।
अपरे यतमानाश्च न लभन्ते तु किंचन।
केनकर्मविपाकेन तन्मे शंसितुमर्हसि।।

उमा- हे देव ! तीन प्रकार के व्यक्ति होते हैं। एक, जो बिना किसी परिश्रम के सर्वोत्तम स्थान, सम्पन्नता एवं धन प्राप्त करते हैं। दूसरे वह जो परिश्रम करके यह सब प्राप्त करते हैं तथा तीसरे वह, जो अत्यधिक परिश्रम करके भी कुछ नहीं प्राप्त कर पाते। यह किन कर्मों का फल है? कृपया बतायें।

श्री महेश्वर उवाच

पात्राणि विधिवज्ज्ञात्वा दूरतोऽप्यनुमानतः।
अभिगम्य स्वयं तत्र गृहणाति प्रसाघ च।।
दानादि चेगिंतैरेव तैरविज्ञातमेव वा।
पुनर्जन्मनि ते देवि तादृशाः शेभना नराः।।
अयत्नतस्तु तान्येव फलानि प्राप्नुवन्त्युत।
आसीना एव भुन्जन्ते भोमान् सुकृतभागिनः।।

महेश्वर- देवी! वह व्यक्ति, जो दान करने को इच्छुक रहते हैं तथा बिना अपना परिचय दिये हुए, दान प्राप्त करने योग्य व्यक्तियों को दान देकर, उन्हें प्रसन्नता प्रदान करते हैं। उस प्रकार के व्यक्ति अपने पिछले जन्म के शुभ कर्मों का उपभोग अपने अगले जन्म में बिना परिश्रम किये प्राप्त करते हैं। शास्त्रों में इसे गुप्त दान की संज्ञा प्रदान की गई है।

गुप्त दान को श्रेष्ठतम दान स्वीकारा गया है। ऐसा व्यक्ति सचमुच कितना महान होता है जो दान देने के उपरान्त भी स्वयं को गुप्त रखने का प्रयास करता है। वह कभी नहीं चाहता कि जिस व्यक्ति को उसने दान प्रदान किया है उसे कदाचित् यह ज्ञात हो कि यह दान किसने किया है।

ऐसे अनेक उदाहरण हमने इस प्रपत्र में देने का प्रयास किया है कि दान बिना माँगे, बिना बुलाए, अपने व्यक्तित्व को बिना उद्घाटित किए हुए चुपचाप इस प्रकार से देना सर्वोत्तम है जिस प्रकार से दान देने वाले दाहिने हाथ के विषय में बायें हाथ को भी ज्ञात न हो सके। यह गुप्त दान तो सदा संभव नहीं होता, परन्तु दान किसी भी रूप में किया जाए, वह पुण्य फल तो प्रदान करता ही है। यह अनुभूत सत्य है

कि निश्छल और निर्मल मन से दान प्रदान करने से व्यक्ति पर आई विपत्ति का शमन होता है, समस्याओं का उपयुक्त समाधान प्राप्त होता है, विपदाएँ दूर होती हैं तथा अभीष्ट की संसिद्धि होती है। संतानहीन दम्पतियों के यहाँ कुलदीपक का जन्म होता है। अविवाहित कन्याओं को शीघ्र ही सुखद दाम्पत्य जीवन में प्रवेश प्राप्त होता है। वैधव्य अथवा पार्थक्य से सम्बन्धित ग्रहदोष से आक्रांत जातिकाओं को अखण्ड सौभाग्य तथा सुखद दाम्पत्य जीवन तथा पति का प्रेमपूर्ण सानिध्य भी प्राप्त होता है, आवश्यकता है जन्मांग में विद्यमान ग्रहदोष का सम्यक् विश्लेषण करने के उपरान्त सम्बन्धित ग्रह शान्ति के निमित्त दान प्रविधि द्वारा परिहार प्रावधान तथा अनुष्ठान के संपादन की। दान को दिव्य अनुष्ठान कहने का मुख्य अभिप्राय यही है कि दान की अपेक्षा कोई भी परिहार प्रावधान, मंत्र जप, स्तोत्र पाठ, यज्ञ संपादन, व्रत, उपवास तथा पूजन पाठ और किसी अन्य प्रकार का अनुष्ठान भी श्रेष्ठ नहीं होता है। सर्वाधिक श्रेष्ठ अनुष्ठान, जो वाह्यान्तर से हमें पूर्णतः निर्मल और स्वच्छ कर देता है तथा हमारी समस्त मनोकामनाओं को पूर्णता का स्वरूप प्रदान करता है, वह दान प्रदान करना ही है। दान के विषय में आत्मबोध होना अत्यधिक अपेक्षित है। मात्र तुलादान, गोदान, भू-दान आदि सम्पन्न करने से ही पूर्ण फल प्राप्त होने में संशय होता है परन्तु यदि दान की प्रवृति तथा दान के प्रति आत्मबोध हो तथा दान देने की प्रविधि से अनभिज्ञ न हो, तो दान का सर्वाधिक तथा सर्वोत्तम फल अवश्य प्राप्त होता है।

इंजिल ने कहा है कि "गुप्त दान ही श्रेष्ठ दान होता है। तुम्हारा दायाँ हाथ जो देता है, उसे बायाँ हाथ न जानने पाए।"

हमें स्मरण है कि बाल्यकाल में हम मिर्जापुर की एक छोटी सी पाठशाला में पढ़ते थे। उसी समय कहीं से एक बैलगाड़ी में गेहूँ के कुछ बोरे आए। पाठशाला के अध्यापकगण प्रसन्न हुए कि किसी ने गेहूँ दान के रूप में विद्यार्थियों के भोजनार्थ भिजवाए हैं। गेहूँ का एक बोरा उसी समय खोला गया, तो उसमें गेहूँ के साथ-साथ सोने की कुछ मुहरें भी थीं। सभी आश्चर्यचकित और भावाविभूत हो उठे। दूसरा बोरा खोला गया, उसमें भी इस प्रकार गेहूँ के साथ-साथ सोने की मुहरें थीं। तीसरे बोरे में अरहर की दाल के साथ सोने की मुहरें थीं। चौथे और पाँचवे बोरों में भी दूसरी दालों के साथ सोने की मुहरें थीं। फिर कुछ बोरों में चावल के साथ सोने की मुहरें थीं। कुल मिलाकर ग्यारह अन्न से भरे हुए बोरों में सब मिलाकर लगभग एक बोरा मुहरें थीं। जो लोग गेहूँ के बोरों की बैलगाड़ी लेकर आए थे, उनसे पूछने पर ज्ञात हुआ कि एक अन्जान व्यक्ति ने इस बैलगाड़ी में यह बोरे भरवा दिये और आपके

स्कूल के प्राध्यापक को देने के लिए कहा। बहुत प्रयास करने पर भी यह ज्ञात न हो सका कि गेहूँ के बोरे किसने भिजवाये थे। एक बोरा सोने की मुहरों से पाठशाला का नवीनीकरण ही नहीं हुआ, बल्कि उस आठवीं कक्षा तक की पाठशाला को माध्यमिक शिक्षा की पाठशाला में रूपांतरित कर दिया गया। उसके लिए नवीन भवनों का निर्माण कराया गया तथा ऐसी ही अनुभूति हुई, जैसे कि कृष्ण के पास से लौटकर जब सुदामा अपने निवास पर पहुँचे, तो झोपड़ी के स्थान पर अपना महल दिखाई दिया। सब कुछ कायाकल्प हो चुका था। इस गुप्तदान देने वाले व्यक्ति के दान के कारण पाठशाला का जीर्णोद्धार ही नहीं हुआ, बल्कि पूरी तरह कायाकल्प हो गया। यह श्रेष्ठतम दान का सर्वाधिक प्रशंसनीय विधान है।

अपरे ये च दानानि ददत्येव प्रयाचिताः।।
यदा यदार्थिने दत्त्वा पुनर्दानं च याचिताः।
तावत्कालं ततो देवि पुनर्जन्मनि ते नराः।
यत्नतः श्रमसंयुक्ताः पुनस्तान् प्राप्नुवन्ति च।।

दूसरे व्यक्ति उस प्रकार के होते हैं जो माँगने पर ही दान करते हैं। उन व्यक्तियों को परिश्रम करके ही अपने पूर्वजन्म के शुभ कर्मों का फल प्राप्त होता है।

याचिता अपि केचित् तु न ददत्येव किंचन।
अभ्यसूयापरा मर्त्या लोभोपहतचेतसः।।
ते पुनर्जन्मनि शुभे यतन्तो बहुधा नराः।
न प्राप्नुवन्ति मनुजा मार्गन्तस्तेऽपि किंचन।।

ऐसे भी व्यक्ति होते हैं जो कहे जाने पर भी दान नहीं करते। उनकी अन्तरात्मा में लोभ व्याप्त होता है और वे दूसरे की कमियाँ निकालते हैं। उस प्रकार के व्यक्तियों को पुनः जन्म प्राप्त होने पर परिश्रम करने के उपरान्त भी कुछ प्राप्त नहीं होता है।

नानुप्तं रोहते सस्यं तद्वद्दानफलं विदुः।
यद् यद् ददाति पुरूषस्तत् तत् प्राप्नोति केवलम्।।
इति ते कथितं देवि भूयः श्रोतुं किमिच्छसि।।

हमें वही प्राप्त होता है, जो हम देते हैं।

उमोवाच

भगवन् भगनेत्रध्न केचिद् वार्धक्यसंयुताः।
अभोगयोग्यकाले तु भोगांश्चैव धनानि च।।
लभन्ते स्थविरा भूता भोगैश्वर्यं यतस्ततः।
केन कर्मविपाकेन तन्मे शंसितुमर्हसि।।

उमा- हे महेश्वर ! कुछ व्यक्ति ऐसे भी होते हैं जिन्हें धन-सम्पत्ति वृद्धावस्था में प्राप्त होती है। तब उस धन का उपभोग करने हेतु उनके पास न तो आयु शेष होती है, न ही समय उपलब्ध होता है।

श्री महेश्वर उवाच

हन्त ते कथयिष्यामि श्रृणु तत्त्वं समाहिता।।
धर्मकार्ये चिरं कालं विस्मृत्य धनसंयुता।
प्राणान्तकाले संप्राप्तेव्याधिभिश्च निपीडिताः।।
आरभन्ते पुनर्धर्मान् दातुं दानानि व नराः।।
ते पुनर्जन्मनि शुभे भूत्वा दुः खपरिप्लुताः।
अतीतयौवने काले सीविरत्वमुपागताः।।
लभन्ते पूर्वदत्तानां फलानि शुभलक्षणैः।
एतत् कर्मफलं देवि कालयोगाद् भवत्युत।।

महेश्वर- देवी ! वह व्यक्ति जो सम्पन्न होने के उपरान्त भी दीर्घ अवधि तक अच्छे कार्य करना विस्मृत कर जाते हैं, और व्याधिग्रस्त होने पर या अन्तिम समय निकट होने पर दान करते हैं, उन व्यक्तियों की युवावस्था निर्धनता में व्यतीत होती है तथा उन्हें अपने पूर्वजन्म के दान का पुण्य वृद्धावस्था में प्राप्त होता है।

उमोवाच

भोगयुक्ता महादेव केचिद् व्याधिपरिप्लुताः।
असमर्थाश्च तान् भेक्तुं भवन्ति किम् कारणम्।।

उमा- हे महेश्वर! कुछ व्यक्ति अल्पायु में ही समस्त सुख-सुविधाएं, धन,सम्पत्ति प्राप्त कर लेते हैं परन्तु उनका स्वयं की व्याधि के कारण उनका उपभोग नहीं कर पाते हैं। ऐसा क्यों है?

श्री महेश्वर उवाच

व्याधियोगपरिक्लिष्टा ये निराशाः स्वजीवते।
आरभन्ते तदा कर्तुं दानानि शुभलक्षणे।।
ते पुनर्जन्मनि शुभे प्राप्य तानि फलान्युत।
असमर्थाश्च तान् भोक्तुं व्याधितास्ते भवन्त्युत।।

महादेव- शुभलक्षणे! वह व्यक्ति, जो व्याधिग्रस्त होने पर या जीवन से निराश होने के उपरान्त दान देना आरम्भ करते हैं, वह पुनः जन्म होने पर अपने किये दान का फल तो प्राप्त करते हैं परन्तु व्याधियों के कारण उसका उपभोग नहीं कर पाते हैं।

हमारे धर्म ग्रन्थों में दान के महत्त्व की भूरि-भूरि प्रशंसा की गई है और वह आज भी उतना ही महत्त्वपूर्ण है जितना अनादिकाल में था। एक महत्त्वपूर्ण सत्य यह भी है कि दान के लिए किसी प्रकार की संस्कृत की शिक्षा-दीक्षा की आवश्यकता नहीं है। दान तो दूसरों की सहायता करने की भावना से प्रेरित होकर किया जाता है, उसका रूप चाहे कुछ भी हो।

किसी को दान देना, किसी असहाय व्यक्ति की सहायता करना, अपने अगले जन्म के लिए पुण्य संचित करने के समान है।

दान करने के भिन्न-भिन्न समय में दान प्रदान करने के पृथक्-पृथक् फलों की व्याख्या शास्त्रों में वर्णित है।

माघमासे तिलान् यस्तुं ब्राह्मणेभ्यः प्रयच्छति।
सर्व सत्व समाकीर्ण नरकं स न पश्चति।।

जो व्यक्ति माघ के महीने में ब्राह्मणों को तिल दान करते हैं, उन्हें कभी भी नरक नहीं देखना पड़ता है।

माघेमासे महादेव यो दद्यात् घृतकम्बलम्।
स भुक्त्वा सकलान् भोगान् अन्ते मोक्षं च विन्दति।।

मकर संक्रांति के दिन किये दान का फल सौ गुना होकर मनुष्य को प्राप्त होता है। घी एवं कम्बल का दान इस दिन विशेष महत्त्व रखता है। उस प्रकार के व्यक्तियों को सभी सुख-सुविधायें भोगने के उपरान्त मोक्ष प्राप्त होता है।

5.3 दान पदार्थ एवं ग्रहों का परिहार चरितार्थ

ज्ञातव्य है कि सभी वस्तुएँ दान योग्य नहीं होती हैं और न ही सभी व्यक्ति दान हेतु उपयुक्त पात्र होते हैं जिसके उल्लेख के अभाव में दान सम्बन्धी चर्चा अपूर्ण ही रह जायेगी।

उत्तम दान

उत्तमादिनानान्याह--
अन्नं मधु दधि त्राणं गोभूरत्नाश्वहस्तिनः।
दानान्युत्तमदानानि उत्तमद्रव्यदानतः।।

उत्तमादिदान के सम्बन्ध में कहते हैं--अन्न, मधु, दही, रक्षण, गाय, धरती, रत्न, घोड़ा, हाथी, ये पान उत्तम द्रव्य दान की अपेक्षा अधिक उत्तम दान हैं।

ग्रहों के शुभ फल प्राप्त करने हेतु एवं अशुभ फलों के शमन हेतु भी दान किया जाता है। विभिन्न प्रकार की सामग्री प्रत्येक ग्रह से संयुक्त है जिनके दान के द्वारा ग्रहों के अत्यधिक शुभ फल प्राप्त किये जा सकते हैं।

मंगल ग्रह के लिए दान की वस्तुएँ अग्रांकित हैं :

प्रवालगोधूममसूरिकाश्रच रक्तं वृषं चापिः गुडं सुवर्णम्।
आरक्त वस्त्रं करवीरपुष्पम् ताम्रं दक्षिणाश्च वदन्ति दानम्।।

रक्त चन्दन, मसूर, गेहूँ, लाल बैल, भूमि, मूँगा, गुड़, रक्त वस्त्र, रक्तपुष्प (कनेर के), स्वर्ण, ताम्र, केसर, कस्तूरी, वर्ण दक्षिणा आदि।

इसी प्रकार से नवग्रहों के अशुभता के शमन हेतु तथा शुभफलों में वृद्धि हेतु भिन्न-भिन्न पदार्थों के दान का प्राव्धान है। पुनरावृत्ति दोष से रक्षा हेतु, दान पदार्थ यहाँ उद्धृत् नहीं किए जा रहे हैं क्योंकि प्रारम्भ में ''ग्रह परिहार'' में प्रत्येक ग्रहों से संदर्भित दान पदार्थों का उल्लेख किया जा चुका है।

दान के सम्बन्ध में हमारे धर्म ग्रन्थों में अनेक ऐसे कथन उपलब्ध हैं जो प्राणी मात्र के कल्याण का मार्ग प्रशस्त करते हैं। इनका ध्यानपूर्वक मनन और चिंतन करने से आज के आक्रान्त मानव का कल्याण पथ प्रारूपित होगा, इसमें सन्देह नहीं।

अदत्तवा विषमश्नुत

विष्णु पुराण के उपरोक्त श्लोक में दान के महत्त्व का स्पष्ट उल्लेख है कि जो

व्यक्ति दान प्रदान किये बिना भोजन करता है, वह भोजन विष के समतुल्य होता है। अतः दान करने के पश्चात् ही भोजन ग्रहण करना चाहिए।

दान के विषय में जैन पंचतंत्र में लिखा गया है कि यदि कुछ अधिक दान देना सामर्थ्य में समाहित नहीं है तो अपने निवाले में से ही आधा निवाला क्यों नहीं दे देते? अर्थात् कुछ न हो, तो अपने भोजन का आधा भाग ही दान कर देना चाहिए।

मनुस्मृति में कितना सत्य कथन है कि दान देने से शत्रुता का भी अन्त हो जाता है। यह आवश्यक नहीं है कि शत्रु को दान देने से ही शत्रुता का अन्त होता है परन्तु यदि इस भावना से दान दिया जाये कि शत्रुता का अन्त हो जाए, तो दान के प्रभाव से शत्रुता का शमन सुगमता से संभव होता है।

स्वामी विवेकानन्द ने सच ही कहा है कि सर्वोत्तम दान आध्यात्मिक ज्ञान का दान है। विद्या के दान को भी श्रेष्ठ माना गया है तो अध्यात्म के ज्ञान के दान का कहना ही क्या है। कितना अमूल्य ज्ञान हमारे अनेक साधक अपने साथ ही लेकर चले गये, जिनके अभाव में आज विश्व विकृत अवस्था में पहुँच चुका है। अध्यात्म तो साधना के प्रताप का प्रतिफल है तथा अध्यात्म का दान सर्वश्रेष्ठ होता है और उससे भी श्रेष्ठ होता है अध्यात्म बल, तप बल अथवा साधना बल का दान, जो शक्ति साधना के संपादन के फलस्वरूप अर्जित की जाती है। दूसरे के कल्याण के लिए उस शक्ति के उपयोग करने से बड़ा कोई अन्य दान नहीं है। जिस प्रकार से रामकृष्ण परमहंस जैसे महानतम योगियों ने अपनी साधना शक्ति का दान करके व्याधिग्रस्त व्यक्तियों की कैंसर जैसी असाध्य व्याधि से भी उन्हें मुक्त किया तथा ऐसी निकृष्ट असाध्य व्याधि से स्वयं ग्रस्त हुए।

समस्त संप्रदायों तथा धर्मों में दान श्रेष्ठता की अभिव्यक्ति उपलब्ध है। हजरत मोहम्मद ने भी कहा है कि "दान देने से सम्पत्ति कम नहीं होती है।"

गरुड़ पुराण में वर्णित है-

अददत् दानं भवेत्दरिदः, दरिद्र भावात् करोति पापम्।
पापम् करोति नरकं प्रयाति, पुनः दरिदः पुनरेव पापी।।

अर्थ : जो दान नहीं करता है वह दरिद्री होता है। दरिद्रता के कारण वह पाप करता है, जिसके फलस्वरूप नरक में जाता है। पुनः दरिद्र के घर में जन्म लेता है, फिर पाप करता है। यह क्रम चलता रहता है। इसलिए दान अवश्य करना चाहिए।

दान के विषय में शेख सादी ने कहा है कि "जो भाग्यवान है वह दानशीलता अपनाता है तथा दानशीलता से ही व्यक्ति भाग्यवान होता है।"

रहीम खानखाना ने भी दान के विषय में कितनी श्रेष्ठ सत्य की अभिव्यक्ति अग्रांकित दोहे में की है -

तब ही लगि जीबो भलो, दीबो परै न धीम।
बिन दीबो जीवो जगत् हमें न रुचै रहीम।।

अर्थात् तभी तक जीना अच्छा है जब तक दान देना कम न हो। बिना दान दिए जीवित रहना हमको अच्छा नहीं लगता।

कबीर जैसे सूफी सन्त ने भी दान के महत्त्व के सम्बन्ध में लिखा है कि -

जो जल बाढे नाव में, घर में बाढ़े दाम।
दोऊ हाथ उलीचिए, यही सयानो काम।।

अर्थात्- जिस प्रकार से नाव में जल बढ़ने से यदि उसे बाहर उलच न दिया जाए, तो नाव डूब जाती है। उसी प्रकार से यदि अधिक धन हो तथा उसका दान न किया जाए, तो उस धन का नाश हो जाता है।

धन की तीन अवस्थाएँ बताई गई है। पहली अवस्था है कि यदि धन है तो उसका अधिक से अधिक दान करना चाहिए, दूसरी अवस्था में जो धन शेष रहे, उसका भोग करना चाहिए तथा यदि धन का भोग भी नहीं होगा, तो उस धन की तीसरी दशा नाश है अर्थात् वह धन नष्ट हो जाता है।

गोस्वामी तुलसीदास ने दान के विषय में सत्य उद्‌घाटित करते हुए कहा है कि-

तुलसी दान जो देत है, जल में हाथ उठाय।
प्रतिग्राही जीवै नहीं, दाता नरकै जाय।।

अर्थात् हाथ में जल लेकर उसका दान करना, अपराध के समान निंदनीय है क्योंकि हाथ में जल लेकर उसका दान करने से जल तो हाथ से नीचे गिर जाता है। इस प्रकार जल हाथ में लेकर दान करने से दान देने वाला व्यक्ति नरक में जाता है तथा दान ग्रहण करने वाला व्यक्ति जीवित नहीं रहता। इस तथ्य को भलीभाँति समझना आवश्यक है कि दान को उपहास के रूप में ग्रहण करने अथवा प्रदान करने की भूल कदापि नहीं करनी चाहिए।

दादू दीया है भला, दिया करो सब कोय।
घर में धरा न पाइए, जो कर दिया न होय।।

दादू ने उपरांकित दोहे में दान के सम्बन्ध में अभिव्यक्ति करते हुए स्पष्ट लिखा है कि दूसरों को देना भला है। सभी को देना चाहिए। जहाँ दूसरों को दिया नहीं जाता, वहाँ घर में भी कुछ शेष नहीं रह जाता है।

हमारे मार्गदर्शक तुलसीदास, कबीरदास, रहीमदास आदि सभी ने दान के महत्त्व की अभिव्यक्ति अपने-अपने शब्दों में की है। दान देने की प्रशंसा पर ही नहीं बल दिया गया है बल्कि दान देने की अनिवार्यता को गंभीर रूप से स्वीकारा गया है। गोस्वामी तुलसीदास ने लिखा है कि -

तुलसी कर पर कर करो, कर तर कर न करो।
जा दिन कर तर कर करो, ता दिन मरण करो।।

(तुलसीदास)

साधु ऐसा दीजिए, जा में कुटुम्ब समाए।
मैं भी भूखा न रहूँ, साधु न भूखा जाए।।

(कबीरदास)

रहिमन वे नर मर चुके, जो कहुँ माँगन जाहिं।
उनसे पहले वे मुए, जिन मुख निकसत नाहिं।।

(रहीमदास)

इन दोहों के आधार पर दान देने से पूर्व एक सत्य को समझना अनिवार्य है कि दान प्रचुर होना चाहिए। किसी को अपनी सामर्थ्य के अनुसार दान दिया जाना चाहिए तथा दान की मात्रा इतनी होनी चाहिए कि दान देने वाले व्यक्ति को ऐसा प्रतीत हो कि उसके पास कुछ कम हुआ है तथा जिसे दान प्राप्त हो, उसे ऐसा प्रतीत हो कि उसे बहुत कुछ मिला है। दान लेने वाले व्यक्ति का कार्य एक ही स्थान से दान लेने से चल जाना चाहिए। उसकी आवश्यकताएँ पूरी हो जानी चाहिए तथा उसके कुटुम्ब के लिए पर्याप्त व्यवस्था होनी चाहिए। प्रायः देखने में आता है कि शनि दान की कामना से दान माँगने वाले व्यक्ति एक पात्र में तेल तथा शनिदेव की एक लोहे की मूर्ति रखकर घर-घर शनि दान हेतु विचरण करते हैं। वैसे तो यह दान है ही नहीं। इस दान को भिक्षा का स्वरूप प्रदान कर दिया गया है। जहाँ तक शनि के दान का प्रश्न है, उसे यदि भिक्षा के रूप में भी ग्रहण किया जाए, तो कोई आपत्तिजनक विषय नहीं है क्योंकि शनि भिक्षा का कारक है। यहाँ हास्यास्पद, परन्तु दुःख का विषय यह है कि जो लोग शनि का दान देकर पुण्य अर्जित करने की कामना से शनि के पात्र में मुद्राएं डालते हैं, वह प्रायः एक, दो अथवा पाँच रुपये

का सिक्का होता है जबकि प्रायः उनकी सामर्थ्य हजारों रुपयों से भी अधिक होती है। ऐसे साधक शनिदेव को दो अथवा पाँच रुपये देकर उनसे लाखों-करोड़ों रुपये की अपेक्षा रखते हैं। यह अत्यन्त भ्रामक और अज्ञानता का विषय है। दान प्रचुर होना चाहिए तथा अपनी सामर्थ्य के अनुरूप किया जाना चाहिए। यदि शनि का दान करना है तो कम से कम एक दिन की आय के समतुल्य राशि का दान अवश्य किया जाना चाहिए। यदि एक महीने में एक लाख रुपये की आय है तो महीने भर में कम से कम तीन-साढ़े तीन हजार रुपये का दान देना आवश्यक है। वास्तविकता यह है कि दान को हमने भिक्षा का रूप प्रदान कर दिया है तथा अपेक्षा हमें दान के प्रताप से मिलने वाले सुफल की है।

यहाँ यह संज्ञान भी अनिवार्य है कि दान ऐसे व्यक्ति को देना चाहिए, जो दान के उपयुक्त हो। किसी करोड़पति व्यक्ति को दान देने का कोई औचित्य नहीं होता है। जिस प्रकार किसी स्वस्थ व्यक्ति को औषधि देने से कोई लाभ नहीं, उसी प्रकार से धनवान व्यक्ति को दान देने से कोई प्रयोजन नहीं सिद्ध होता है। न ही दान देने का पुण्य प्राप्त होता है। वृन्द ने इस विषय में लिखा भी है कि -

दान दीन को दीजिए, मिटे दरिद्र की पीर।
औषध ताको दीजिए, जाके रोग शरीर।।

एक बार पुनः यह कहना अनुचित नहीं है कि दान से बड़ा कोई अन्य पुण्य नहीं है तथा व्यक्ति का पुण्य प्रताप ही समस्त समस्याओं के समाधान का सर्वाधिक सशक्त साधन है।

दान के विषय में अग्रांकित श्लोक उद्धरणीय है जिसमें दान की महिमा की व्याख्या की गई है -

गौरव प्राप्यते दानान्न तु वित्तस्य संचयात्।
स्थितिरुच्चैः पयोदानां पयोधीनामधः स्थितिः।।

(अज्ञात)

अर्थात् दान करने से गौरव प्राप्त होता है, धन संचय करने से नहीं। जल दान करने वाले मेघ की स्थिति सबसे ऊपर होती है और जल संचय करने वाले समुद्र की स्थिति नीचे होती है।

5.4 दान लेने से पाप में वृद्धि

शास्त्रों में स्पष्ट रूप से उल्लेख प्राप्त होता है कि अनेक ऐसे व्यक्ति हैं जिनसे प्राप्त किया हुए अन्न ग्रहण करने योग्य नहीं होता। ऐसा अन्न ग्रहण करने से पाप में वृद्धि होती है। अतः दान लेने से पूर्व यह ध्यान अवश्य रखना चाहिए कि कहीं दान दाता ऐसे कतिपय कर्मियों में तो नहीं सम्मिलित है, जिनका उल्लेख अग्रांकित श्लोक में किया गया है, अर्थात् जिन व्यक्तियों का अन्न ग्रहण करने योग्य नहीं होता है, वह तो दान नहीं दे रहा है -

यमः-

नटनर्तकतक्षाणश्चर्मकारः सुवर्णकृत्।
शौण्डिकाः कण्डिकाः षण्ढा अभोज्यान्नाः प्रकीर्तिताः।।
गन्धर्वो लौहकारश्च सूचिकस्तन्तुवायकः।
चक्रोपजीवी रजकः कितवस्तस्करस्तथा।।
ध्वजी मालोपजीवी च शूद्राध्यापकयाजकौ।
कुलालश्च कुकर्मा च वार्द्धुषिश्चर्मविक्रयी।।
अप्रतिग्राह्या इत्यनेनैषां सम्बन्धः।।

यम का कहना है-- नट (तमाशा दिखलाने वाली एक जाति) नचनिया, बढ़ई, चमार, सुनार, कलाल, धान कूटने वाली जाति और नपुंसक, इनके अन्न खाने योग्य नहीं कहे गये हैं। गवैया, लुहार, दर्जी, जुलाहा, तेली, धोबी, जुआरी, चोर, पताका वाहक या मद्य विक्रेता, माली, शूद्र अध्यापक एवं याजक, कुम्भार, कुकर्मी और सूदखोर और चर्म विक्रेता, इनके अन्न ग्रहण करने योग्य नहीं होते हैं। 'अप्रतिग्राह्याः' इसके साथ ही इनका सम्बन्ध है।

अप्रतिग्राह्यानाह सुमन्तुः- 'शौकाविकव्याधनिषादरजक बुरुडचर्मकाराः अभोज्यान्ना अप्रतिग्राह्याः।'

नहीं ग्रहण करने योग्य वस्तु के सम्बन्ध में सुमन्तु का कथन है--चिड़ीमार, गड़ेरिया, बहेलिया, जंगली आदिम जाति, धोबी, बुरुड़, बूचड़ तथा चमार के अन्न अखाद्य होने के कारण अप्रतिग्राह्य है।

5.5 दान की श्रेणी

दान की महिमा के विषय में तो हमने यहाँ पर्याप्त चर्चा की है परन्तु यह जानना भी आवश्यक है कि उत्तम दान क्या है? महर्षि ने द्रव्य दान अर्थात् धन सम्बन्धी दान को ही सर्वश्रेष्ठ बताया है। उन्होंने यह भी उल्लेख किया है कि विद्या, औषधि, भवन, उपभोग की वस्तुएँ आदि मध्यम श्रेणी का दान होते हैं तथा सबसे निकृष्ट और अधम कोटि का दान जूते, झूला, अधिराज्य, वर्त्तन, आसन, दीप, काठ फल आदि होते हैं। इस तथ्य को अग्रांकित श्लोक में उद्धृत किया गया है-

विद्यासंच्छादनावासपरिभोगौषधानि च।
दानानि मध्यमानीति मध्यमद्रव्यदानतः।।
उपानत्प्रेङ्खयानानि क्षत्रपात्रासनानि च।
दीपकाष्ठफलादीनि चरमं बहुवार्षिकम्।।

विद्या, छिपाय या गोपन, घर, उपभोग और औषधि का दान मध्यम द्रव्य दान की अपेक्षा, मध्यम कोटि का दान कहलाता है। जूते, झूला, अधिराज्य, वर्त्तन, आसन, दीप, काठ फल, इनका दान बहुत वर्षो तक रहने वाला अधम कोटि का दान कहलाता है।

5.6 सरोवर अथवा बावली खुदवाने का पुण्य फल

ब्रह्मवैवर्त पुराण में उद्धृत है कि सरोवर खुदवाने से परम पुण्य प्राप्त होता है क्योंकि सरोवर अथवा जलाशय से न जाने कितने प्यासे व्यक्तियों की क्षुधा तृप्ति होती है तथा कितनों को जीवन मिलता है। कुछ ऐसे पापी और उद्यम व्यक्ति भी होते हैं, जो किसी पूर्व सरोवर में ही अपना नया सरोवर खुदवाने की धृष्टता करते हैं ताकि उन्हें यश और कीर्ति प्राप्त हो, परन्तु ऐसा करने वाले व्यक्ति को मृत्यु के उपरान्त अत्यधिक कष्ट और दुःख प्राप्त होता है। ऋषियों का मत है कि सरोवर अथवा जलाशय खुदवाने से निश्चित रूप से अपार पुण्य प्राप्त होता है। जो पुण्यात्मा गन्दे कीचड़ युक्त जलाशय को स्वच्छ कराते हैं, ताकि शुद्ध जल उपलब्ध हो सके, उन्हें भी जलाशय खुदवाने का पुण्य प्राप्त होता है। उसी प्रकार से बावली खुदवाने वाले अथवा बावली साफ करवाने वाले श्रेष्ठ व्यक्ति होते हैं। उन्हें इन परहित से सम्बन्धित जलाशय तथा बावली के खुदवाने और स्वच्छ करवाने से अपार पुण्य प्राप्त होता है। अग्रांकित श्लोक में यही तथ्य उद्घाटित किया गया है

ब्रह्मवैवर्त्ते प्रकृतिखण्डे--

परकीयतडागे च तडागं यः करोति वै।
उत्सृजेत्देवदोषेण मूत्रकुण्डं पतति सः।।

तत्रैव--

यत्फलं च तडागेन पङ्कोद्धारेण तत्फलम्।
पङ्कोद्धारेण वाप्याश्च वापीतुल्यफलं लभेत्।।

ब्रह्मवैवर्त के प्रकृति खण्ड में लिखा है--दूसरों के सरोवर में जो अपना सरोवर बनाता है और दुर्भाग्य से यदि उसे वह दान कर दे, तो दाता मरणोपरान्त मूत्रकुण्ड में गिरता है। इसके अतिरिक्त तालाब खुदवाने का जो फल होता है, उतना ही फल किसी के तालाब से कीचड़ निकलवाने पर मिलता है। इसी तरह किसी की बावड़ी से कीचड़ निकलवाने पर उसे बावड़ी खुदवाने का फल मिलता है।

इसी सन्दर्भ में मत्स्य पुराण का अग्रांकित श्लोक भी उद्धरणीय है -

वापीकूपतडागेषु देवतायतनेषु च।
पुनः संस्कारकर्त्ता च लभते मौक्तिकं फलम्।।

बावड़ी, कुआँ, तालाब एवं देव मन्दिरों का जो पुनरुद्धार करवाता है, उसे मौक्तिक फल मिलता है अर्थात् उसे मोतियों के दान के समान पुण्य फल प्राप्त होता है।

5.7 दान करने का समय

बुधस्य घटिका पंच, शौरिमध्यान्ह मेव च।
चन्द्रे जीवे संन्धायां, भौमे च घटिका द्वयम्।।
राहु केतु अर्ध रात्रौ, सूर्य शुक्र अरुणोदये।
अन्य काले च कर्तव्यं, कृते दानन्तु निष्फलम्।।

दान ग्रहण करने हेतु प्रत्येक ग्रह के लिए एक समय निर्धारित है। सूर्य और शुक्र के लिए सूर्योदय का समय श्रेष्ठ है, चन्द्रमा व बृहस्पति के लिए सायंकाल का समय, मंगल के लिए प्रातःकाल 7 बजे एवं बुध के लिए प्रातः 8 बजे का समय श्रेष्ठ है। शनि के दान के लिए सर्वश्रेष्ठ समय दोपहर का है। राहु व केतु के लिए मध्य रात्रि का समय श्रेष्ठ है। वर्णित समय के अतिरिक्त किया गया दान फलरहित होता है।

जिस दिन दान दिया जाये, उस दिवस का क्षेत्रीय पंचांग से सूर्योदय देख लें, उसी अनुरूप समय के अनुसार दान करें। एक घटी में 24 मिनट होते हैं। सूर्य शुक्लः प्रातःकाल स्थानीय सूर्योदय काल, भौम : सूर्योदय से 48 मिनट बाद, बुध : सूर्योदय से 2 घंटे पश्चात्, चन्द्र बृहस्पति : स्थानीय सूर्यास्त समय, शनि : स्थानीय दिनार्ध काल (दिनमान को आधा करके उसके घटी पल बनायें तथा घंटा मिनट करके स्थानीय सूर्योदय में जोड़ें।) राहु केतु : अर्धरात्रि।

5.8 दान प्रविधि

ग्रहों के अशुभ प्रभाव को समाप्त करने का सर्वाधिक प्रभावशाली उपाय है दान। अपनी क्षमता अनुकूल किये गये दान के समान कुछ भी नहीं है। कलियुग में हम दान के प्रभाव के प्रति अनभिज्ञ हो गये हैं। प्राचीन समय में व्यक्ति गाँव, स्वर्ण, रजत, रत्न इत्यादि दान में दिया करते थे। दान सदैव अधिक होना चाहिए। दान में दी जाने वाली वस्तु की मात्रा इतनी अधिक हो कि दान करने वाले व्यक्ति को आभास हो कि उसने अपना कुछ दिया है तथा दान प्राप्त करने वाले व्यक्ति को भी आभास हो कि उसे अत्यधिक मात्रा में दान प्राप्त हुआ है।

दान करने से पूर्व संकल्प लेना चाहिए। संकल्प का उच्चारण दान करने वाले व्यक्ति को किसी भी भाषा में करना चाहिए। संकल्प में वह व्यक्ति स्वयं का नाम, पिता का नाम, गोत्र, दिनांक, उद्देश्य, स्थान का नाम स्पष्ट रूप से उच्चारित करे तथा किस व्यक्ति को क्या वस्तु दान में भेंट कर रहा है इसका भी समावेश संकल्प में किया जाना चाहिए। जिस व्यक्ति को दान प्राप्त हो रहा है उसे भी तीव्र स्वर में स्पष्ट शब्दों में कहना चाहिए कि मैं अमुक----अमुक दान---अमुक व्यक्ति से----अमुक दिनांक----को अमुक स्थान-----पर स्वीकार करता हूँ।

संकल्प का प्रारूप, संस्कृत भाषा में अग्रांकित है :

दान हेतु संकल्प

ॐ विष्णुर्विष्णुर्विष्णुः ॐ नमः परमात्मने पुराणपुरुषोत्तमाय, तत्सदद्य भूर्लोके जम्बूद्वीपे भारतवर्षे आर्यावर्तान्तर्गत-ब्रह्मवर्तैकदेशे प्रजापति क्षेत्रे (अवध या काशी इत्यादिक्षेत्रे) श्रीमद्‌भगवतो महापुरुषस्य विष्णोराज्ञया प्रवर्तमानस्य ब्रह्मणो द्वितीय परार्धे श्रीश्वेतवाराहनाम्नि प्रथमकल्पे सप्तमे वैवस्वतमन्वन्तरे

अष्टाविंशतितमे कलियुगे कलिप्रथमचरणे बौद्धावतारे प्रभवादिषष्टि संवत्सराणां मध्ये अमुक- - -सम्वत्सरे अमुक- - -अयने अमुक- - - ऋतौ महामाङ्गल्यप्रदे अमुक- - -मासे अमुक- - -पक्षे अमुक- - - तिथौ अमुक- - -वासरे अमुक- - -नक्षत्रे अमुक- - -योगे अमुक - - - करणे अमुक- - -राशिस्थिते सूर्ये अमुक- - -राशिस्थिते चन्द्रे अमुक- - -राशिस्थिते देवगुरौ शेषेषु ग्रहेषु यथा यथाराशिस्थान स्थितेषु सत्सु एवं ग्रहगुणविशेषणविशिष्टे क्षणे अमुक- - - गोत्रोऽहम् अमुक- - -शर्माऽहम् अमुकस्य-पुत्रोऽहम् सपत्नीकोऽहं ममात्मनः श्रुतिस्मृतिपुराणोक्त फल-प्राप्त्यर्थ मम समस्त पापक्षयपूर्वकं मम सकुटुम्बस्य आयुरारोग्यैश्वर्यादि-अभिवृद्धये प्राप्तलक्ष्मी चिरकालसंरक्षणाय अप्राप्तलक्ष्मीप्राप्त्यर्थ मम व्यापारे (अमुक कार्यक्षेत्रे) प्रचुरलाभप्राप्त्यर्थं राजद्वारे सभायां दशोदिक् यशोविजयप्राप्त्यर्थ पुत्रपौत्रादीनां दीर्घायुष्यनैरुज्यबलपुष्टि सुखावाप्तये मम इह जन्मनि जन्मान्तरे च अखण्डसौभाग्य दाम्पत्यसुखप्राप्त्यर्थं ज्योतिश्शास्त्रोक्तग्रहसूचितारिष्टविनाशार्थम् सकलमनोरथकामनासंसिद्धये शुभफलप्राप्त्यर्थम् अमुक- - - देवताप्रीतये अमुक-अमुक (वस्तुओं का नाम) वस्तूनि (ब्राह्मण को देना हो, तो उसका गोत्र नाम) दीनेभ्यः असक्तजनेभ्यः (गरीबों के लिए) दानम् अहम् करिष्ये।

दान सर्वदा योग्य व्यक्ति को ही देना चाहिए। इसके लिए विशेष प्रयास करना पड़ता है कि दान ग्रहण करने हेतु सुयोग्य व्यक्ति मिले। मंगल का दान ब्राह्मण व क्षत्रिय को देना चाहिए। शनि के दान के लिए वृद्ध, विकलांग एवं शूद्र व्यक्ति, बुध के दान के लिए मूक व बधिर, राहु के दान के लिए व्याधिग्रस्त एवं विकलांग तथा बृहस्पति का दान पण्डित, पुजारी, ज्ञानी व्यक्ति को देना चाहिए।

दान सर्वदा सम्पूर्ण आस्था एवं विश्वास के साथ, खुले हाथ से करना चाहिए, ताकि सौभाग्य, वैवाहिक सुख, धन, सन्तान, सम्पन्नता, उत्तम स्वास्थ्य प्राप्त हो सके तथा शत्रुओं का शमन, विरोधियों, प्रतिद्वंदियों पर विजय और असमय मृत्यु व व्याधियों से रक्षा हो सके।

वास्तव में दान परिहार से सम्बन्धित एक प्रभावशाली तथा प्रबल आधार स्तम्भ है। अपनी समस्त चिंताओं, आपत्तियों, विपत्तियों, आपदाओं, असफलताओं, व्याधि, संशय के शमन हेतु दान किया जाता है, परन्तु हमें दान करने का विधान ज्ञात होना चाहिए। दान देने से पूर्व, दान के उपयुक्त मुहूर्त पर भी विचार करना लाभप्रद सिद्ध होता है। दान देने का उपयुक्त पात्र भी होना चाहिए। जैसाकि ऊपर लिखा गया है कि किसी धनवान तथा समृद्ध व्यक्ति को दान देना उचित नहीं होता है। निर्धन ब्राह्मण से लेकर निर्धन शूद्र तक सभी दान के पात्र हैं परन्तु ध्यान रखना चाहिए कि किस प्रकार का दान, किस व्यक्ति को देना उत्तम है। बृहस्पति और शुक्र ग्रह से सम्बन्धित दान किसी ब्राह्मण को, तो शनि से सम्बन्धित दान किसी शूद्र को दिया जाना चाहिए, जिसका विस्तार ऊपर किया जा चुका है। दान देने से पूर्व संकल्प का ध्यान अवश्य रखना चाहिए, तभी दान का पूर्ण प्रतिफल प्राप्त होता है। दान प्रचुर होना चाहिए तथा दान प्रसन्नचित्त से किया जाना चाहिए।

दान तो इस धरती की सर्वाधिक प्राचीन परंपरा है जो कई बार त्रैलोक्य के इतिहास का आधारभूत सत्य सिद्ध हुई है। दानवों का वध करने हेतु जब देवताओं के समस्त अस्त्र विफल तथा असफल हो गये, तो देवताओं ने महर्षि दधीचि से उनकी अस्थियों का दान प्राप्त किया। उनकी असाधारण तपस्या, साधना तथा आत्मबल के कारण उनकी अस्थियों में अभूतपूर्व शक्ति समाहित थी जिसका वज्र बनाकर देवताओं ने दानवों से युद्ध किया तथा उन्हें पराजित होने के लिए विवश कर दिया। हमारे कथन का तात्पर्य यह है कि दान के महत्त्व की शब्दों में व्याख्या नहीं की जा सकती है क्योंकि जहाँ भी असाधारण दान प्रदान करने की स्थिति उपस्थित होती है, वहाँ दानकर्ता प्राणों का दान देने हेतु भी विवश हुआ है। महर्षि दधीचि के अतिरिक्त दानवीर कर्ण, महादानी बली आदि भी इसी श्रेणी के शिखरस्थ दान प्रदान करने वाले महानायक के रूप में सदा प्रशंसित तथा उल्लेखनीय रहेंगे।

दान प्रधान विधान एवं विमर्श से सम्बन्धित उपरोक्त अध्ययन के उपरान्त दान की महिमा तथा गरिमा के परिहार-परिज्ञान से कदाचित सभी भलीभाँति परिचित हो गये होंगे। जिस प्रकार से दान प्रदान करना एक महत्त्वपूर्ण तथा सशक्त परिहार है उसी प्रकार से दान स्वीकार करने वाले उपयुक्त पात्र को प्राप्त करना भी एक दुष्कर तथा कष्टकर कार्य है। यूँ ही दान देना शास्त्रसंगत नहीं है। दान के विषय में विचार करने के उपरान्त दान से सम्बन्धित वस्तु अथवा धन का निर्णय करना चाहिए। तदन्तर उपयुक्त मुहूर्त में संकल्प का उच्चारण करने के उपरान्त ही दान देना उत्तम प्रविधि है। यथाशक्ति दान देते समय गोचर का चन्द्रमा चतुर्थ, अष्टम तथा द्वादश

भावगत नहीं होना चाहिए। यदि गोचर का चन्द्रमा शुक्ल पक्ष का हो, तृतीय, षष्ठ, सप्तम, दशम अथवा एकादश भावगत हो, तो दान प्रदान करने का उत्तम फल प्राप्त होता है। यदि धनकारक बृहस्पति भी द्वितीय, पंचम, सप्तम, नवम अथवा एकादश भावगत हो, तो दान देने के श्रेष्ठ फल में भी अभिवृद्धि होती है। दान देने से सम्बन्धित मुहूर्त जन्मकालीन चन्द्रमा के आधार पर ही निश्चित किया जाना चाहिए।

हमारे यहाँ तुलादान देने की भी परंपरा है। यदि किसी शिशु का स्वास्थ्य आक्रान्त हो उठे तथा मंत्र जप आदि के उपरान्त भी शिशु स्वस्थ न हो, तो तुलादान देना चाहिए। तुलादान यथाशक्ति जन्म नक्षत्र में देना अधिक लाभप्रद सिद्ध होता है। यदि वर्ष में एक बार तुलादान दें, तो जन्म दिनांक के आस-पास जब जन्म नक्षत्र आए, तब तुलादान देना चाहिए, परन्तु दान में रुचि और विश्वास रखने वाले ऐसे भी कुछ दानी हैं जो प्रत्येक मास तुलादान करना चाहते हैं तो उन्हें अपने जन्म नक्षत्र के आने पर तुलादान देना चाहिए। तुलादान में शिशु को तुला के एक पलड़े पर रखा जाता है तथा दूसरे पलड़े पर उसके भार के समतुल्य सात अन्न रखकर, उसके साथ कुछ धनराशि किसी ब्राह्मण को देने का प्रावधान है। सात अन्न से तात्त्पर्य है- गेहूँ, चावल, जौ, चना, मटर, बाजरा, दाल। यदि यह अनाज न उपलब्ध हों, तो अनेक प्रकार की जो दालें उपलब्ध हों, सप्तधान में उन्हें सम्मिलित कर लेना चाहिए। तुलादान का विधिविधान विस्तार में यहाँ नहीं लिखा जा रहा है क्योंकि तुलादान किसी योग्य आचार्य द्वारा ही सम्पन्न कराया जाना चाहिए, परन्तु तुलादान के मूलभूत विधान पाठकों के हितार्थ यहाँ संक्षेप में प्रस्तुत करने की चेष्टा की गई है। तुलादान किसी शिशु के लिए ही नहीं, बल्कि किशोर, व्यस्क, युवा तथा वृद्ध व्यक्तियों के लिए भी करने का प्रावधान है तथा तुलादान को श्रेष्ठ स्वीकारा गया है। आधुनिक युग में यह संभव नहीं है परन्तु पूर्वकाल में स्वर्ण, रजत, रत्न आदि द्वारा भी तौले जाने की परंपरा थी। अर्थात् जिस व्यक्ति के लिए तुलादान दिया जाना है उसके भार के बराबर स्वर्ण अथवा रजत अथवा रत्न दिया जाता था। संप्रति, इस प्रकार का दान राजा-महाराजा के समतुल्य धनवान, उद्योगपति, मंत्री, जमींदार आदि ही कर सकने में समर्थ हैं।

प्रत्येक व्यक्ति को दान अवश्य देना चाहिए। चाहे वह अल्प हो अथवा अधिक। दान देने का पुण्य प्रताप, प्राप्त करने का अवसर सभी को उपलब्ध है, उसका लाभ अपनी क्षमता के अनुरूप सबको प्राप्त करना चाहिए। हमारा मानना है कि यदि अपनी मासिक आय की 10 प्रतिशत राशि दान तथा अन्य पुण्य कार्यों

में व्यय की जाए, तो आय और सुख में निरन्तर वृद्धि होती है। ऐसे व्यक्ति सुखमय तथा स्वस्थ जीवन व्यतीत करते हुए सदा प्रगति पथ पर प्रशस्त होते हैं।

5.9 श्रेष्ठ दान : गुप्त दान

ज्ञातव्य है कि गुप्त दान को सर्वश्रेष्ठ दान स्वीकारा गया है जबकि एक ही वस्तु के पुनर्दान को सर्वाधिक अधम दान कहा गया है।

अदृष्टमश्रुते दानमुक्त्वा दानं न दृश्यते।
पुनरागमनं नास्ति पुनर्दानमनर्थकम्।।
अदृष्टं कुत्रापि स्मृतौ न दृष्टम्।
अश्रुते विद्याशून्ये। देवलः।

जिस दान के सम्बन्ध में कहीं भी स्मृति अंकित न हो, जो दान विद्या शून्य हो, अर्थात् जिसमें किसी प्रकार की गणित न लगाई जाए तथा जिसका कहीं उल्लेख न किया जाए तथा जिस दान को किसी को देखा अथवा दिखाया नहीं, जातक अर्थात् जिसकी चर्चा नहीं की जाती है, वही दान श्रेष्ठ होता है परन्तु दान की हुई वस्तु का पुनः दान देना, भले ही वह त्रुटिवश हो, अत्यन्त अनर्थक और पाप प्रदायक होता है। इस तथ्य का अवश्य ही ध्यान रखना चाहिए कि कहीं दान देने में पुनरागमन दान जैसी कोई अवांछित स्थिति त्रुटिवश भी निर्मित न हो। ऐसा दान देखा नहीं जाता है, इसका पुनरागमन नहीं होता है क्योंकि पुनर्दान अनर्थक होता है। अदृष्टम= कहीं भी स्मृति में जो न देखा गया हो।

इस विषय में ध्यान रखने योग्य तथ्य है कि दान देने वाला व्यक्ति, यदि स्वयं दान लेने वाले व्यक्ति के पास जाकर दान दे, तो सर्वश्रेष्ठ फल प्राप्त होता है। इस संदर्भ में अग्रांकित श्लोक उद्धरणीय है :

अभिगम्योत्तमं दानमाहूतञ्चैव मध्यमम्।
अधमं याचमानं स्यात्सेवादानं तु निष्फलम्।।

किसी के घर पर जाकर देना उत्तम दान है, बुलाकर देना मध्यम, माँगने पर देना अधम है और सेवा करने पर दिया गया दान निष्फल होता है।

हमारे कहने का तात्पर्य यह है कि अपने सेवक को, दास-दासियों को, कर्मियों अथवा सहयोगियों को दान देना उपयुक्त नहीं होता है। उसका कोई फल प्राप्त नहीं प्राप्त होता है क्योंकि ऐसे दान में स्वार्थ सन्निहित होता है। यदि सेवक को दान दिया

जाए, तो उसके परोक्ष में यह धारणा भी बनी रहती है कि इस दान को प्राप्त करने के पश्चात् सेवक पूर्व की अपेक्षा कहीं अधिक मन और तन से सेवा करेगा।

भिक्षुओं को दान देना अथवा किसी के माँगने पर उसकी आर्थिक सहायता करना अधम दान की श्रेणी में आता है। उस दान का फल तो अवश्य प्राप्त होता है परन्तु जिस भावना और पुण्य प्राप्त करने की कामना से भिक्षुओं को दान देने की परम्परा है। शास्त्रों में उसकी प्रशंसा नहीं की गई है। यहाँ विचार करने योग्य तथ्य यह है कि हमारे द्वार पर आए हुए भिक्षुक को अथवा अपने पास सहायता माँगने हेतु आने वाले याचकों को जब हम तिरस्कृत करके बिना कुछ दिए वापस कर देते हैं तो वह कितना निंदनीय और घृणित कृत्य होता है।

मध्यम श्रेणी का दान उसे स्वीकारा गया है जो किसी व्यक्ति विशेष को बुलाकर, उसे प्रदान किया जाए। अर्थात् याचक को अपने पास बुलवाकर दान देना मध्यम है जबकि उसके पास स्वयं जाकर दान देना उत्तम है और सर्वोत्तम है वह दान, जो याचक के पास इस प्रकार से पहुँचाया जाये, जोकि उसे किंचित भी यह ज्ञात न हो सके कि यह दान किसने भिजवाया है। इस दान को देने वाला कौन है अथवा दान देने वाले से याचक का क्या सम्बन्ध है? ऐसे गुप्त दान देने वाले महापुरुष होते हैं और इस प्रकार के सर्वोत्तम दान से जन्मों तक उन्हें पुण्य के स्थायित्व का लाभ प्राप्त होता रहता है। निष्काम भाव से दान प्रदान करना सर्वश्रेष्ठ धर्म है तथा एक ऐसा पुण्य है जो कभी क्षीण नहीं होता, परन्तु दान देने वाले के हृदय में किसी प्रकार का किंचित भी विकार अथवा अभिमान कदापि नहीं आना चाहिए।

दान के विषय में तो बहुत कुछ लिखा गया है परन्तु एक श्लोक में तो यहाँ तक कहा है कि पाप अथवा अन्याय से अर्जित धरती का भी दान दिया जाए, तो भी कोई फल नहीं मिलता। हम इस तथ्य से सहमत नहीं हैं। एक बार एक डाकू डाका डालकर जा रहा था कि उसकी जेब से एक रुपया गिर गया। एक वृद्ध महिला को वह रुपया मिला, तो उसने उस रुपये के पुष्प क्रय करके भगवान के विग्रह पर चढ़ा दिये। डाकू की मृत्यु के पश्चात् धर्मराज ने न्याय करते हुए उसे सूचित किया कि उसे एक दिन का स्वर्ग मिला है तथा शेष सारा जीवन नरक में ही व्यतीत करना है। वह पहले स्वर्ग में रहना चाहता है अथवा नरक में। डाकू ने उत्तर दिया कि जब एक ही दिन का स्वर्ग है तो पहले वह स्वर्ग में ही रहना उपयुक्त समझता है। धर्मराज ने उसे स्वर्ग में भेज दिया। वहाँ अनेकों रुपवती देव कन्याएँ आकर उस डाकू की सेवा करने लगीं। नाना प्रकार के भोजन की व्यवस्था की गई, परन्तु डाकू ने उन देव कन्याओं से विनती की, कि वह उसे वहाँ ले जायें, जहाँ पुष्प वाटिका है। ऐसा ही

हुआ और पुष्पवाटिका में पहुँचकर डाकू ने अधिक से अधिक फूल अपने हाथों से तोड़े तथा देव कन्याओं से भी फूल तोड़कर एकत्र करने हेतु विनती की। यह सारे के सारे पुष्प लेकर वह डाकू भगवान विष्णु के पास पहुँचा तथा उनपर सभी पुष्प अर्पित कर दिये। अगले दिन जब धर्मराज ने उस डाकू को नरक ले जाने का निर्देश दिया, तो उसने कहा कि जब मेरी जेब से गिरे हुए एक रुपये के पुष्प भगवान की मूर्ति पर चढ़ाने से एक दिन का स्वर्ग प्राप्त हुआ है तो उसने तो साक्षात भगवान विष्णु पर पुष्पवाटिका के समस्त पुष्प स्वयं चढ़ाये हैं। धर्मराज मुस्कराये और बोले कि हाँ, यह तो सत्य है। तुमने अपने इस कार्य द्वारा इतना पुण्य अर्जित कर लिया है कि तुम्हारे नरकवास को स्वर्ग में रूपांतरित किया जाता है।

यह तो एक कथा है परन्तु इसका तात्पर्य यह है कि यदि पुण्य अथवा दान अनजाने और अनचाहे भी किया जाये, तो भी उसका पुण्य फल अवश्य प्राप्त होता है। हमने कई स्थान पर इस बात का उल्लेख किया है कि यदि अन्याय से किया हुआ धनार्जन अथवा रिश्वत से प्राप्त धन का भी दशाँश दान कर्म में व्यय किया जाए, तो शेष धन भी शुद्ध हो जाता है। अर्थात् अन्याय द्वारा अर्जित काला धन, श्वेत धन में रूपांतरित हो उठता है तथा उस धन से किया गया पुण्य और दान सदा ही श्रेष्ठ फल प्रदान करता है। व्याधियों का विनाश करता है। समस्त दोषों को दूर करता है तथा अभीष्टों की संसिद्धि करता है।

सम्राट अकबर के राज्य में अब्दुल रहीम खानखाना की गणना श्रेष्ठ कवियों तथा दार्शनिकों में की जाती थी। रहीमदास प्रतिदिन अपनी शक्ति और सामर्थ्य के अनुरूप दान देते थे। उनकी स्पष्टवादिता सम्राट अकबर को रास नहीं आई। उन्हें अकबर के कोप का भाजन बनना पड़ा, जिसके परिणामस्वरूप उनकी आय के स्त्रोत भी अत्यधिक सीमित हो गये। अब्दुल रहीम ने दान देने की परंपरा को खण्डित नहीं होने दिया। तब भी वह प्रत्येक दिन अपनी सामर्थ्य के अनुरूप विपन्न व्यक्तियों तथा याचकों को दान देते थे। दान देते समय रहीमदास का सिर तथा नेत्र दोनों बिलकुल झुके हुए होते थे। वह याचक को देखते तक न थे। एक बार किसी याचक ने उनसे पूछ ही लिया कि आपके नेत्र सदा झुके रहते हैं। जब आप दान देते हैं तो याचक का चेहरा तक नहीं देखते हैं। ऐसा आप क्यों करते हैं? रहीमदास जी के नेत्रों से अश्रुधारा बह निकली और आर्तस्वर में वह बोले -

देनहार कोई और है, देत रहत दिन रैन।
लोग भरम हम पर करे, ताते नीचे नैन।।

रहीमदास जी ने कहा कि देने वाला मैं कौन होता हूँ। मैं तो एक माध्यम हूँ। देने वाला तो प्रभु है। वही सबको देता है परन्तु लोगों को भ्रम होता है कि मैं उन्हें दान दे रहा हूँ, इसीलिए लज्जा के कारण मेरी आँख झुकी हुई हैं।

इस उदाहरण से तात्पर्य यही है कि अहम् से पूर्णतः पृथक् होकर ही दान देना चाहिए और यह नहीं सोचना चाहिए कि प्रभु ने हमें दान देने योग्य इसीलिए बनाया है कि हम अधिक से अधिक धन अथवा सामग्री उन्हें दान के रूप में प्रदान करें, जिन्हें उसकी अत्यधिक आवश्कता है तथा वह याचक के रूप में भी हमारे समक्ष नहीं आते हैं। ऐसे विनम्र और श्रेष्ठ व्यक्तियों को खोजकर उनकी सहायता इस प्रकार से करना कि उन्हें ज्ञात भी न हो सके कि इसके पीछे कौन है, सर्वश्रेष्ठ पुण्य तथा दान से रेखांकित किया जाता है।

द्वापर युग में युधिष्ठिर ने श्रीकृष्ण से कहा कि "मैं अपने द्वार पर आने वाले आगंतुकों को प्रत्येक दिन प्रचुर दान प्रदान करता हूँ। कोई भी याचक मेरे द्वार से खाली हाथ वापस नहीं जाता, परन्तु मुझे दानी युधिष्ठिर संबोधित नहीं किया जाता है जबकि कर्ण को दानी कर्ण कहा जाता है। कर्ण के पास तो इतना धन भी नहीं है जितना मेरे पास है। अतः मेरे द्वारा दिया हुआ दान की मात्रा तथा मूल्य भी कर्ण द्वारा दिये गये दान की अपेक्षा कहीं अधिक है। फिर कर्ण को दानी कर्ण के नाम से क्यों संबोधित किया जाता है और मुझे क्यों नहीं?" श्रीकृष्ण ने मुस्कराकर उत्तर दिया, "हे आर्यश्रेष्ठ युधिष्ठिर! समय आने पर इसका उत्तर तुम्हें स्वतः ही प्राप्त हो जायेगा।"

कुछ समय व्यतीत हुआ कि हस्तिनापुर में तीव्र वर्षा होने लगी, जो रुकने का नाम ही नहीं लेती थी। कई दिन व्यतीत हो गये। उसी समय एक दुखी याचक युधिष्ठिर के द्वार पर आया और बोला, "हे पाण्डव शिरोमणि, मेरे पिताश्री का निधन हो गया है। पारिवारिक प्रतिष्ठा तथा परंपरा के अनुसार उनके दाह-संस्कार के लिए चन्दन की लकड़ी की आवश्यकता है। अतः मुझे नौ मन चन्दन की लकड़ी का दान देकर कृतज्ञ करें।" युधिष्ठिर ने अविलम्ब नौ मन चन्दन की सूखी लकड़ी लाने का आदेश महामंत्री को दिया। महामंत्री ने अपने अधीनस्थ अधिकारियों, सैनिकों को शीघ्र ही चन्दन की नौ मन लकड़ी की व्यवस्था करने का निर्देश दिया, परन्तु चन्दन की सूखी लकड़ी कहीं भी नहीं मिली। महामंत्री ने युधिष्ठिर के समक्ष नतमस्तक होकर क्षमायाचना की तथा उन्हे इस सत्य से अवगत कराया कि निरन्तर वर्षा के कारण कहीं भी चन्दन की सूखी लकड़ी उपलब्ध नहीं हो पा रही है। अंततः युधिष्ठिर ने ब्राह्मण से अपनी विवशता प्रदर्शित करते हुए क्षमायाचना की। युधिष्ठिर के यहाँ से ब्राह्मण खाली हाथ वापस आ गया।

उसके पिता का शव चन्दन की सूखी लकड़ी की प्रतीक्षा कर रहा था। ब्राह्मण व्याकुल हो उठा कि अब क्या होगा? पिता का दाह-संस्कार कैसे होगा? सूखी चन्दन की लकड़ी तो कहीं भी उपलब्ध नहीं है। तभी उस ब्राह्मण को दानी कर्ण का ध्यान आया और कर्ण के द्वार पर पहुँच कर उसने नौ मन चन्दनी सूखी लकड़ी की याचना की तथा प्रयोजन बताया। कर्ण ने भी अपने महामंत्री आदि को चन्दन की सूखी लकड़ी की व्यवस्था करने हेतु आदेश दिया। जब कही भी लकड़ी उपलब्ध नहीं हुई, तो महामंत्री सिर झुकाकर कर्ण के समक्ष खड़ा हो गया। कर्ण ने महामंत्री से कहा, "कोई याचक मेरे द्वार से खाली हाथ चला जाए, यह तो मेरे लिए आत्मघात से भी तीक्ष्ण वेदना है।" तभी कर्ण ने महामंत्री से पूछा कि हमारे महल का मुख्य द्वार किस लकड़ी से निर्मित हुआ है। उन्हें बताया गया कि मुख्य द्वार में तो चन्दन की लकड़ी का ही उपयोग हुआ है। दानी कर्ण ने मुख्य द्वार तुड़वाकर उसे विधिवत् कटवाकर चन्दन की सूखी लकड़ी, जो नौ मन से भी कहीं अधिक थी, उस ब्राह्मण को दे दी और इस कार्य में होने वाले विलम्ब के लिए क्षमायाचना की। ब्राह्मण की आँखों में आँसू छलक आये। दानी कर्ण को बारंबार प्रणाम करके उस ब्राह्मण ने चन्दन की लकड़ी पाकर अपने पिता का अंतिम संस्कार करने में सफलता प्राप्त की।

यह वृतान्त युधिष्ठिर के कानों तक पहुँचा। तभी श्रीकृष्ण ने युधिष्ठिर से पूछा, कि "......तुम्हारे महल का भी मुख्य द्वार चन्दन की लकड़ी से निर्मित है। तुम भी तो अपना द्वार तुड़वाकर ब्राह्मण की याचना पूर्ण कर सकते थे, परन्तु तुमने ऐसा नहीं किया। इसीलिए कर्ण को दानी कर्ण से संबोधित किया जाता है।" युधिष्ठिर यह सुनकर बड़े लज्जित हुए और बोले, "हाँ माधव, आप और सभी सत्य ही कहते हैं कि दानी कहलाने का अधिकार तो कर्ण को ही है। उन्हीं को दानी कर्ण कहना न्यायोचित है।"

नियमित रूप से दान, अनुष्ठान प्रतिपादित, संपादित करने वाले साधक जीवनपर्यन्त समृद्ध, कीर्तिमान और सम्पत्ति, संपदा, सम्मान और सौभाग्य से अभिसिंचित होते रहते हैं।

5.10 शनि दान : श्रेष्ठ दान

शनि देव की प्रसन्नता ही, समस्त व्यवधानों, समस्याओं, व्याधियों, विपत्तियों, विषाद, अवसाद और निरन्तर दंशाघात करने वाले दुर्दमनीय दारुण दुःखों की वेदना का सुगम समाधान है। मंत्र जप, स्तोत्र पाठ, शनिवार व्रत, शनि रत्न--नीलम,

लाजवर्त, फिरोजा अथवा जमुनिया (कटहला) आदि धारण करना, नाव की कील या घोड़े की नाल की अँगूठी धारण करना, शनिदेव का कोई भी अनुष्ठान करना या आचार्यों द्वारा संपादित कराना, अनेक सांकेतिक साधनाओं या लघु उपायों का प्रतिपादन करना या कोई भी अन्य प्रयोग, शनिदेव की महान कृपा प्राप्त करने का सुगम साधन है। शनि देव की अनुकम्पा प्राप्ति हेतु अनेक अलौकिक आराधनाओं के सविधि और सतर्क सम्पादन से, आलोकित जीवन, अन्तरंग आह्लाद, अनुपम आनन्द और अशेष अनुराग से आराधक का जीवन, हर्षोल्लास और उपलब्धियों से आन्दोलित हो उठता है।

शनि देव की प्रसन्नता का सन्निहित रहस्य प्रचुर दान है। दान प्रदान करने से शनि देव सर्वाधिक शीघ्र प्रसन्न होते हैं और दानकर्ता दानदाता की समस्त आकांक्षाएँ, अपेक्षाएँ साकार आकार में रूपान्तरित करते हैं। दान की महिमा की विस्तृत व्याख्या के उपरान्त यह सत्य उद्‌घाटित करना अपेक्षित है कि विपन्न, विकलांग, विषादाक्रान्त, वृद्ध व्यक्तियों, शूद्रों आदि को दान देने से शनि देव की प्रसन्नता की अविलम्ब संसिद्धि होती है। हमारे नवग्रह व्यवस्था में दान प्रदान करने से अन्य आठ ग्रह, अपेक्षाकृत विलम्ब से प्रसन्न होते हैं, परन्तु शनि देव को शीघ्र प्रसन्न करने हेतु सर्वाधिक सुगम साधना अपनी क्षमता और सामर्थ्य के अनुरूप अधिक से अधिक दान करना है।

शनि का दान, शनिवार के दिन, पुष्य, अनुराधा एवं उत्तराभाद्रपद नक्षत्र में या शनि अमावस्या के दिन करना सर्वाधिक हितकारी है।

5.11 शनि के दान हेतु सामग्री

उपरांकित दिन और समय पर अग्रांकित सामग्री या इनमें से कुछ पदार्थ अथवा कोई भी एक वस्तु का दान करने से शनि देव प्रसन्न होते हैं, परन्तु दान हेतु ली गई सामग्री में किसी प्रकार की कृपणता नहीं करनी चाहिए। अधिक से अधिक दान-सामग्री, दान ग्रहण करने वाले को दी जानी चाहिए। ध्यान रहे कि कोई भी दान सामर्थ्य के अनुरूप अधिक से अधिक मात्रा में दिया जाना चाहिए तथा दान की सामग्री के साथ-साथ कुछ न कुछ धन अवश्य होना चाहिए। धन के बिना दिया गया दान, पूर्ण पुण्य से दाता को वंचित रखता है।

शनिवार के दिन तिल, उड़द, तेल, कृष्ण वस्त्र, लोहा, ऊन, कम्बल, खड़ाऊ, भैंस (महिषी), कृष्णा गौ (काली गाय), कृष्ण पुष्प-फल, कस्तूरी,

नीलम, स्वर्ण, कुलथी, जूता, गुड़, अंगीठी, चिमटा, तवा, बाल्टी तथा धन आदि का दान गरीबों और शूद्रों को यथाशक्ति अपनी क्षमता के अनुरूप करना चाहिये।

5.12 वस्तुओं को क्रय करने का समय

शनिवार का दान देने वाली सामग्री अथवा वस्तुएँ शनिवार के दिन नहीं क्रय की जानी चाहिए। इसके लिए सर्वाधिक उपयुक्त दिन है बुधवार और शुक्रवार। इन दोनों दिनों में शनि हेतु दान की सामग्री का क्रय कर लिया जाना चाहिए।

5.13 शनि दान एवं संकल्प

शनिवार के दिन मध्याह्न के समय शनि का दान सर्वाधिक श्रेष्ठ स्वीकारा गया है। अतः शनिवार के दिन अथवा किसी उपयुक्त मुहूर्त में, जैसाकि ऊपर लिखा गया है, दाहिने हाथ में दान दी जाने वाली सामग्री, जल, अक्षत, पुष्प तथा धन लेकर, अग्रांकित संकल्प का उच्चारण करें। यह संकल्प किसी भी भाषा में उच्चारित किया जा सकता है। यथाशक्ति संकल्प पुस्तक में पढ़कर नहीं बोलना चाहिए। संकल्प का उच्चारण करने से पहले संकल्प को पूरी तरह से आत्मसात् अर्थात् कंठस्थ कर लेना चाहिए तथा अपनी आकांक्षा, अभिलाषा, अपेक्षा तथा मनोकामना की पूर्ति हेतु प्रार्थना करनी चाहिए। संकल्प का उच्चारण करते समय दाहिने हाथ में लोहे के पात्र में भी जल, अक्षत, पुष्प, साबुत सुपारी तथा मुद्राएं ली जा सकती हैं अथवा दाहिने हाथ में यह सामग्री लेकर दान देने वाली वस्तुओं को भी ले लेना चाहिए। दान की वस्तुओं को पकड़ने के लिए दोनों हाथों का उपयोग किया जाना चाहिए। जिस व्यक्ति को दान देना हो, संकल्प में उसका नाम भी अवश्य उच्चारित किया जाना चाहिए। संकल्प उच्चारण करने के पश्चात् दान हेतु हाथ में ली गई समस्त सामग्री, धन आदि, दान लेने वाले व्यक्ति को हस्तगत कर देनी चाहिए तथा उसी समय दान ग्रहण करने वाले व्यक्ति को बोलना चाहिए कि शनि का यह दान उसने स्वीकार किया। जब तक दान लेने वाला व्यक्ति, दान की सामग्री को स्वीकार नहीं करता है, वह दान न होकर भिक्षा के समतुल्य होता है। प्रायः दान लेने वाला व्यक्ति उच्चारण करने में असमर्थ होता है, इसलिए दान देने से पूर्व ही उसको बता देना चाहिए कि शनि का यह दान लेने के पश्चात् उसे अग्रांकित वाक्य बोलना होगा।

जब दान लेने वाला व्यक्ति निम्नलिखित वाक्य बोलने हेतु अपनी सहमति

और स्वीकृति प्रदान कर दे, तभी दान देना चाहिए - **''मैं (अमुक) आज शनिवार के दिन (अमुक) तारीख को (अमुक) नगर में (अमुक) व्यक्ति द्वारा शनिदेव का यह दान स्वीकार करता हूँ।''**

ॐ श्री गणेशाय नमः

ॐ स्वस्ति श्रीमद् मुकुन्द सच्चिदानन्दस्य आज्ञया प्रवर्त्तमानस्य अद्य ब्रह्मणो द्वितीय प्रहरार्द्धे एकपञ्चाशत्तमे वर्षे प्रथम पक्षे प्रथम दिवसे अह्नो द्वितीये यामे तृतीयेमुहूर्ते रथन्तरादि द्वात्रिशत् कल्पानां मध्ये श्रीश्वेत वाराहकल्पे स्वायम्भुवादि मन्वन्तराणां मध्ये सप्तमे वैवस्वतमन्वन्तरे, मध्ये वर्तमाने अष्टाविंशतितमे कलियुगे तत्प्रथमचरणे पञ्चाशत् कोटि योजन विस्तीर्ण भूमण्डलान्तर्गते सप्तद्वीपमध्यवर्तिनि जम्बूद्वीपे तत्रापि नव खण्डानां मध्ये नवसहस्रयोजन विस्तीर्णे भरतखण्डे तत्रापि परं पवित्रे भारतवर्षे आर्यावर्त्तन्तर्गत ब्रह्मावर्त्तैक देशे पुण्यक्षेत्रे अमुक नाम्नि नद्यास्तरे अमुक प्रान्ते प्रान्तार्गत अमुक मण्डले मण्डलान्तर्गत अमुक नगरे, वा ग्रामे वा पंचायत क्षेत्रे क्षेत्रान्तर्गत अमुक भवने क्रमसंख्या भूखण्डे अक्षांशे-रेखांशे प्रथमतले द्वितीयतले पूर्वाऽमुखे या उदीची दिशायां मुखे शनिदेव सन्निधौ, श्रीमन्नृपति वीरविक्रमादित्यस्य राज्यादतीत अमुक नाम्नि प्रवर्त्तमाने संवत्सरे प्रह्मवादि षष्ठिसंवत्सराणां मध्ये अमुक नाम्नि सम्वत्सरे, अमुक अयने श्रीभास्करे, अमुक ऋतौ, अमुक मासे, अमुक पक्षे, अमुक तिथौ, अमुक वासरे, अमुक नक्षत्रे, अमुक योगे, अमुक करणे, अमुक राशिस्थिते श्रीसूर्ये, अमुक राशिस्थिते श्रीचन्द्रे, अमुक राशिस्थिते श्रीभौमे, अमुक राशिस्थिते श्रीबुधे, अमुक राशिस्थिते श्रीदेवगुरौ, अमुक राशिस्थिते श्रीशुक्रे, अमुक राशिस्थिते श्रीशनौ, अमुक राशिस्थिते श्रीराहौ, अमुक राशिस्थिते श्री केतौ एवं ग्रहगुण गण विशेषण विशिष्टायां शुभ पुण्यतिथौ अमुक गोत्रोत्पन्नः अमुक

नाम शर्माऽहं, वर्माऽहं, गुप्तोहं शुद्रोऽहम। ममात्मनः सर्वेषां कुटुम्बिजनानां इह जन्मनि जन्मान्तरे वार्जित कायिक वाचिक मानसिक ज्ञाताज्ञात समस्त पापदुरितक्षयपूर्वकम् जन्मलग्नात् वर्षलग्नात् मासलग्नात् चतुर्थ-अष्टम द्वादश त्रिक मारकादि स्थान स्थित शनिआदि क्रूरग्रह तज्जनित अरिष्ट निवृत्तिपूर्वकम् आधिदैविक आधिभौतिक आध्यात्मिक तापत्रयोन्मूलार्थम् आपत्ति विपत्ति आधि व्याधि प्रशमनपूर्वकम् शरीरे उत्पन्न उत्पत्स्यमाण अखिलारिष्ट निवृत्तिपूर्वकं सम्पूर्ण आरोग्यता प्राप्त्यर्थम् बल-पुष्टिपूर्वकं दीर्घायु प्राप्त्यर्थम् शनिग्रहकृत राजकृत शत्रुकृत समस्त पीड़ा बाधा क्लेश गतिरोध अवरोध व्यवधान अशान्ति परिहार पूर्वकम् समस्त शुभफल विकासार्थम् व्यापारे प्रचुरलाभप्राप्त्यर्थम्, व्यवसाये उत्तरोत्तर विकास प्राप्त्यर्थम् दाम्पत्य एवं सन्ततिसुख वृद्ध्यर्थे, मान-सम्मानं पदप्रतिष्ठा, यश कीर्ति, वैभव अपार लक्ष्मी प्राप्त्यर्थे समस्त अभिष्टकामना संसिद्धये, सकल मनोभिलषित-कामना संसिद्ध्यर्थम् श्रीशनिग्रहदेवताप्रीतये प्रसन्नार्थम् एतानि तिलमाषान्नानि, अनेकफलानि, कम्बलसहित नानावस्त्राणि, तिलसर्षपतैलम् नानाविध लौहपात्राणि अन्यानि वस्तूनि सद्रव्यसहितानि नाना नाम गोत्रेभ्यः दीनदुःखीभ्यः याचकेभ्यः यथासम्भवं विभज्य दानम् कर्तत्वेन अहं सश्रद्धया मनसा वाचा कर्मणा शुद्धया संकल्पं करिष्ये।

अध्याय-6

शनि यंत्र प्रयोग

6.1 विशिष्ट यंत्र

विशिष्ट मंत्रों के जप से उत्पन्न होने वाली ध्वनि तरंगों का प्रारूप ही यंत्र का स्वरूप होता है जिसे रेखांकित या ग्राफ द्वारा प्रदर्शित करने की प्राचीन परम्परा बारम्बार प्रतिष्ठित और प्रशंसित होती रही है। मंत्र ध्वनि के साथ प्रतिध्वनि का आकार भी यंत्र के स्वरूप के निर्माण में सहायक सिद्ध होता है। विभिन्न अभीष्टों की संसिद्धि हेतु पृथक्-पृथक् मंत्र जप का विधान है और पृथक् मंत्रों के जप से उत्पन्न होने वाली ध्वनि तंरगों के कारण निर्मित होने वाले रेखाचित्रों में मंत्रशक्ति को समाहित करने का शास्त्रोक्त विधान है, जिसके अनुकरण के उपरान्त विभिन्न यंत्रों के निर्माण काल में विशिष्ट अनुष्ठान के विधिवत् सम्पादन के उपरान्त, यन्त्र में कार्य को साकार स्वरूप में रूपान्तरित करने की शक्ति का समावेश हो जाता है और यंत्र में सन्निहित यह शक्ति, व्यवधान उत्पन्न करने वाले ग्रहों को निरस्त करने का कार्य करती है। इस तरह अभीष्ट की सिद्धि में उत्पन्न होने वाले विविध व्यवधानों का स्वतः ही शमन होता है और कार्य के पूर्ण होने में कोई अवरोध शेष नहीं रहता। यन्त्र जितना शक्ति सम्पन्न होता है, उसमें प्रभाव शक्ति का उतना ही अधिक विस्तार उतनी ही गहनता और स्थायित्व सन्निहित होता है।

यंत्र शक्ति से अपरिचित जिज्ञासु, उसकी उपयोगिता से अनभिज्ञ होते हैं जिस तरह से वास्तुकला और विज्ञान से अनभिज्ञ व्यक्ति, किसी भवन के निर्माण का रेखाचित्र देखकर यह नहीं जान पाता कि द्वार की दिशा इस ओर क्यों है, भवन के दूसरी ओर इस तरह का कक्ष क्यों बनाया गया है। जल की सुविधा और संकलन का पृथक् स्थान है। परन्तु ऐसा क्यों है, इसका कारण विशेषज्ञ ही जानता है। इसी प्रकार विभिन्न ग्रहों के रेखाचित्र का विस्तृत संज्ञान, उसके निर्माण का विधान तथा अनुष्ठान का ज्ञान अनिवार्य है।

अनेक प्रयोजनों के लिए, अन्यान्य मंत्रों के जप का विधान है। उसी प्रकार से विभिन्न कार्यों की सम्पन्नता हेतु अनेक यंत्रों के निर्माण तथा प्रयोग का प्रावधान है। एक ही व्याधि के लिए अनेक औषधियाँ होती है परन्तु औषधियों के परिमाण

और परिणाम का प्रमाण उनके उपयोग के उपरान्त ही ज्ञात होता है। इसी तरह से अनेक प्रयोजनों की संसिद्धि हेतु यंत्रों का लाभदायक प्रभाव दृष्टिगत होता है, परन्तु यंत्र के प्रकार का निर्णय करना एक दुष्कर प्रक्रिया है जो अध्ययन, अनुभव, अनुसंधान आराधना के आधार पर निर्भर करता है। यंत्र विद्या से सम्बन्धित रहस्य को समझना अनिवार्य है, तभी उसमें निहितार्थ शक्ति के उपयोग और अर्थ का संज्ञान संभव है।

यंत्र एक रेखाचित्र है जिसमें सन्निहित शक्ति के उपयुक्त दिशा में उपयोग करने से कार्यसिद्धि होती है। यंत्र के रेखाचित्र में शक्ति के संचार के अभाव में, वह प्रभावहीन होता है। जिस प्रकार से बल्व में स्वयं कोई प्रकाश नहीं होता। जब बल्व में विद्युत का संचार किया जाता है, तभी वह प्रज्वलित होकर प्रकाश उत्पन्न करता है। विद्युत के अभाव में बल्ब प्रकाशहीन होता है। विद्युत के उपयोग हेतु बल्ब माध्यम है। वास्तविक विद्युत उत्पादन का तो पृथक् विज्ञान है जो जल विद्युत, ऊष्मा विद्युत, सूर्य की किरणों द्वारा निर्मित विद्युत, बैटरी द्वारा उत्पादित विद्युत आदि द्वारा निर्मित किया जाता है। विद्युत का निर्माण ही विज्ञान का अनुसंधान है। विद्युत के उपयोग से विभिन्न विद्युत उपकरणों का प्रयोग संभव है। यदि बल्ब के निर्माण में किंचित् भी त्रुटि होगी तो विद्युत के संचार के पश्चात् भी बल्व प्रकाशित नहीं हो पाएगा। किसी भी विद्युत उपकरण के निर्माण का पृथक् विज्ञान है जिसका अनुकरण करने में कोई भूल, समस्त प्रयासों को विफल कर देती है और कदाचित् किसी अशुभ अवसर पर त्रुटिपूर्ण उपकरण के द्वारा हानि भी सम्भव होती है जो आये-दिन हमें व्यवहारिक जगत् में दृष्टिगत होती रहती है।

इसी प्रकार विशिष्ट यंत्र के रेखाचित्र की तुलना, किसी बल्ब या विद्युत् उपकरण द्वारा की जा सकती है जिसमें शक्ति के समन्वय के पश्चात् ही, उस यंत्र में कार्य को सम्पन्न करने की शक्ति और सामर्थ्य उत्पन्न होता है।

यंत्रों का वर्गीकरण भी संदर्भित कार्यों के आधार पर किया जाता है, इसलिए इन यन्त्रों के विभिन्न स्वरूप होते हैं। यंत्रों के निर्माण में रेखायें, अंक, बीज, आदि का उपयोग, उनके उद्देश्यों के आधार पर किया जाता है। पंचतत्त्वों से संयुक्त होकर ही यंत्र में शक्ति का आविर्भाव होता है। इच्छित कार्य की संसिद्धि हेतु, संदर्भित यंत्र में शक्ति और गति का समावेश किया जाता है। किसी भोजवृक्ष के प्रपत्र पर, स्वर्ण, रजत, या ताम्रपत्र पर, यंत्र का निर्माण कर देने मात्र से कोई मन्तव्य सम्पूर्ण नहीं होता जब तक कि पंचतत्त्वों को उसमें समाहित करके, उसे जीवन्त अर्थात् शक्ति स्वरूप न किया जा सके। प्राणी देह पंचतत्त्वों का समन्वय है। जब तक यंत्र में पंचतत्त्वों का प्रवेश नहीं होता है, वह फलहीन ही रहता है। पंचतत्त्वों का समन्वय

करने हेतु, इन यंत्रों को जागृत करने का विशेष विधानयुक्त विज्ञान है।

विद्युत् को संचित् करने के लिए बैटरी अथवा इसी प्रकार के साधन की अनिवार्यता है। मंत्र शक्ति को संचित करके उपयोग हेतु यंत्र के निर्माण का विधान है। यंत्र में मंत्रशक्ति को संचित् किया जाता है। सुरक्षित एकत्रित संचित् मंत्रशक्ति एक औषधि के समतुल्य है जो व्यक्ति विशेष और व्याधि विशेष के लिए निर्मित की जाती है और प्रयोजन की सिद्धि हेतु, उपयुक्त अवसर पर उस औषधि के उपयोग से व्याधिग्रस्त व्यक्ति को आरोग्यता प्राप्त होती है।

मंत्रजप जिस प्रयोजन हेतु किया जाता है, उसी की सम्पूर्ति करता है जबकि यंत्र का स्वतन्त्र अस्तित्व होता है। मंत्र साधक की शक्ति का विकास है जबकि यंत्र साधक की साधृत प्रतीक है। जिस प्रकार से केवड़े गुलाब या रातरानी का पौधा लगाने पर, उसकी सुगन्ध समस्त वातावरण और हमारे घर-आँगन को प्रभावित सुगन्धित और हर्षित करती है, उसीप्रकार से यंत्र धारण करने से हमारे कार्यकलाप, गति, दिशा चिन्तन मन्थन आदि अनुकूलता प्राप्त करते हैं। स्वर्ण, रजत, ताम्रपत्र को संस्कारित करके उसमें शक्ति का समावेश किया जाता है और उसमें पंचतत्त्वों का संचार सूक्ष्म रूप से किया जाता है। सशक्त सघन साधना के प्रतिफल स्वरूप, यंत्र देवता तुल्य हो जाता है जिसमें चेतना जागृत हो उठती है। यंत्र के अनेक अंगों में चेतना का उद्भव होता है और उसके कार्य करने की क्षमता का निषेचन होता है और उसकी विलक्षण उपादेयता साधक अथवा धारक के अभीष्ट की संसिद्धि करती है। यंत्र धारण करने से हमारा आत्मीय जगत् एवं संयुक्त सूक्ष्म वातावरण प्रभावित होता है। इसे दूसरे शब्दों में सुगमता से समझने हेतु यह कहना पर्याप्त है कि मंत्रजप द्वारा उत्पन्न होने वाली शक्ति, यंत्र शक्ति में रूपान्तरित होकर सुरक्षित हो जाती है।

यंत्र रचनाकाल में हमारा एकाग्रचित्त मन जो शक्तिशाली चुम्बकीय विद्युत् का उत्पादन और विसर्जक होता है, अभीष्ट व्यक्ति या स्थिति को, काल्पनिक रूप से साकार स्वरूप अथवा मूर्तरूप प्रदान करने लगता है। ये विद्युत तरंगें निश्चित दिशा में प्रक्षेपित होकर विशेष रूप से अपने प्रभाव का विस्तार करने लगती है।

इस सिद्धान्त के निगूढ़ रहस्य को समझने के लिए विश्वास का होना अति आवश्यक है, फिर भी यदि परीक्षण करके आश्वस्त होने की आवश्यकता हो तो चक्रव्यूह यंत्र अथवा ज्वरनाशक यंत्र की सत्यता का परीक्षण करके अपने विश्वास को स्थायित्व और श्रद्धा में रूपान्तरित कर लेना चाहिए। चक्रव्यूह यंत्र और कुछ नहीं यह मात्र महाभारत में रचे गए सैन्य व्यूह का चित्र ही है। परन्तु इस चित्र के देखने या लिखकर पिलाने मात्र से ही सुखपूर्वक प्रसव हो जाता है। तो ज्वरनाशक

यंत्र से मलेरिया जैसे ज्वर का शमन अविलम्ब हो जाता है। ये यंत्र प्रत्यक्ष प्रभावकारी होते हैं, ज्वरनाशक यंत्र पीतल के पत्ते पर और चक्रव्यूह यंत्र कांसे की थाली पर लिखा जाता है तथा दोनों की इन दो भिन्न कार्यों में संगति भी रहती है।

यंत्र का निर्माण तीन विधियों से किया जाता है--रेखीय, अंकीय और बीजीय, किन्तु रेखा इनमें समान धर्म के रूप में प्रयुक्त होती है। अंकों को परस्पर विभक्त या संयुक्त करने के लिए एवं बीजों को एक नियत रूप प्रदान करने के लिए, रेखा अनिवार्य आधार का निर्माण करती है। रेखा वास्तविक रूप से प्रकृति का मूल स्वरूप है। अक्षुब्ध शिव में जब विक्षोभ उत्पन्न होता है तो वह तरंगायित विधि से ही होता है, उनकी क्रियामय अवस्था विविध रूपों में विस्तारित अभिव्यक्त होती चली जाती है। ये रेखायें शिव और शक्ति के यतिबद्ध लास्य को अभिव्यक्त करती हैं। शब्द से भिन्न है इसका संसार फिर भी शब्द जितने ही मुख्य है, अन्तर यही है कि ये कान का विषय न होकर आँखों से सम्बन्धित विषय है अथवा चेतना के स्तर से व्यक्ति के मानस पर सीधा प्रभाव प्रतिष्ठित करती हैं।

यंत्रों की रेखाओं में ऋजु कोणिक और वर्तुल गति प्रदर्शित की जाती है। ये आकृतियाँ तत्त्वों के सूक्ष्म स्वरूप गुणों का रेखीय चित्रण करती है। त्रिभुजीय आकार या त्रिकोण सृष्टि के मूलभूत बिन्दु का विकास है तथा अधिकांश यंत्रों में वर्तुल या अष्टदल कमल के मध्य षट्कोण का निर्माण किया जाता है। इस षट्कोण में मंत्र के छह अंगों की प्रतिष्ठा की जाती है। ये अंग वे और वैसे ही होते हैं जैसे हमारे अर्थात् हृदय, शिरशिखा, कवच, नेत्रत्रय और इनका समग्र मंत्र के जिन पदों से हमारे अंग न्यास करते हैं। उन्हीं पदों से मंत्र का न्यास एवं अंग रचना करते हैं। यह त्रिकोण अकेले रहने पर तमोगुण प्रधान महाकाल शिव के रुद्रमय रूप का प्रतीक प्रदर्शित करता है। अकेलापन सृष्टि का प्रवर्तन नहीं कर सकता, इसलिए अभिचार कर्मों के निमित्त की जाने वाली यांत्रिक आवृत्तियों में त्रिकोण की रचना की जाती है। षट्कोण या षड्ग चित्त यंत्र के बाहर अष्टदल कमल का आवरण होता है, यह सत्वगुण प्रधान विष्णु के रक्षक रूप का प्रतीक है, विष्णु का परमास्त्र सुदर्शन इसी आरे जैसी आकृति का होता है। सबसे अन्त में चतुष्कोण होता है, जो हमारे भूपुर का प्रतीक है और प्रतीकात्मकता में तमोगुण का प्रतीक है अर्थात् यंत्ररचना की सामान्य प्रक्रिया में मध्य भाग में रचा गया षट्कोण रजोगुणी प्रतीक है, बाहर से बनाया गया अष्टदल या षोडशदल कमल सत्व का प्रतीक है और चतुष्कोण रजोगुण का प्रतीक है।

किसी भी वस्तु के अस्तित्व में आने से लेकर उसके पुनः स्वभाव में चले जाने तक तीन अवस्थाएँ रहा करती हैं, जिन्हें हम ब्रह्मा, विष्णु और शंकर के रूप में एक

अधिष्ठाता के आधार पर पूजा करते हैं। ब्रह्मा का अर्थ होता है किसी भी वस्तु की उद्भव की अवस्था, उद्भव के पश्चात् आती है, विकासमय स्थिति जिसे विष्णु के रूप में स्थापित किया करते हैं, विष्णु शब्द का अर्थ है विकसित होना। यंत्रों में चतुष्कोण तक विस्तारित से कमल अपने प्रसार का चरम सूचित करते हैं। यही विष्णुमय अवस्था है। अन्तिम आवरण के रूप में भूपुर अथवा चतुष्कोण में दिक्पालों की और उनके आयुधों तथा वाहनों की पूजा करने में तमोगुण की प्रतीक विधि काम में ली जाती है। चतुष्कोण पृथ्वी की अथवा तदाधारित तमोगुण का सूचक है। तमोगुण की ही अभिव्यक्ति है और इसीलिए कहा जाता है कि मृत्यु ही प्रकृति है, जीवन तो विकृति है।

इस तरह अधिकांश शास्त्रीय यंत्रों की रचना पद्धति में, ब्रह्मा, विष्णु, महेश के प्रतीक रूप में रज, सत्व, तमोगुण की तरंगायित आवृत्ति षट्कोण, वर्तुलकोणिक एवं चतुर्भुज के रूप में निर्मित की जाती है। षट्कोण के मध्य में मूलमंत्र का अथवा मंत्र के स्वरूपभूत देवता का प्राण रहता है जो ब्रह्मा का अंश है। उसी ब्रह्ममय अंश की आंगिक पूर्णता अथवा क्रियाशील अवस्था छह अंगों से पूर्ण होती है, यह व्यक्ति का अथवा मंत्र की ईकाई का नियत विकास है, इसके बाद मंत्र के कार्यकारी स्वरूप का निर्माण होता है, जिसमें उसका परिकर, परिवार अथवा बहुआयामी शक्ति का विकास हुआ करता है।

यह था दूसरा आवरण या स्तर! इसके बाद आता है अन्तिम स्तर, जो लोक प्रकृति का है अथवा वह स्तर जो असन्तुलन होने पर समग्र अन्तस्थ को लील जाता है और सन्तुलित करने पर रक्षा किया करता है। इस तमोगुण की परिधि में सब कुछ पनपता रहता है और यह एक प्रकार के बल के रूप में रक्षा करता है। भौतिक जगत् में और हमारे जीवन में भी तमोगुण एक प्रच्छन्न बल रहता है। उदाहरण के लिए, मल हमारे शरीर का स्थूल तमोगुण है, उसकी एक निश्चित मात्रा हमें स्वस्थ सबल रखने के लिए आवश्यक होती है यदि उस मात्रा में ह्रास हो जाए तो हमारा जीवन समाप्त हो जाता है और उससे अधिक संचित हो जाता है जो एक प्रकार की म्लानता छा जाती है। ऐसे ही निद्रा एक तमोगुणी प्रवृत्ति है निद्रा के आधार पर और उसकी मात्रा पर ही हमारा शारीरिक बल निर्भर किया करता है।

यों तो दूसरे और तीसरे आवरण के बीच अन्य आवरण और हो सकते हैं, पर प्रमुख रूप से ये तीन आवरण ही होते हैं।

6.2 यंत्र संरचना के ज्ञातव्य तथ्य

अन्य प्रकार के यंत्रों में जिनमें केवल अंक और कोष्ठक ही होते हैं उनकी प्रतीकात्मकता और बढ़ जाती है। अंक शब्द की ही परिमाणात्मक अभिव्यक्ति है और संख्या वाले यंत्रों में हम प्रकृति में अवस्थित या प्रकृति के विविध रूपों को अंकित किया करते हैं।

ज्योतिष शास्त्र के अध्येता जानते हैं कि किसी भी व्यक्ति के अथवा व्यक्ति और स्थान के बीच जुड़ने वाले संबंधों का भावी स्वरूप जानने के लिए काकणी विचार किया जाता है। यह काकणी वास्तव में अक्षरों को बीजों को संख्यात्मक रूप देकर फिर विचार किये जाने की पद्धति ही है। काकणी निर्णय करने में ध्रुवांक बनाने की विधि इस प्रकार रहती है-अवर्ग अथवा स्वरों का ध्रुवांक 1. हुआ, कवर्ग का 2. चवर्ग का 3, टवर्ग का 4, नवर्ग का 5, पवर्ग का 6, य र ल व का 7, श ष स ह का 8, इनमें दो व्यक्तियों या किन्हीं दो वस्तुओं का परस्पर ध्रुवांक जोड़कर दोनों की पृथक्-पृथक् काकणी से सम्बन्धित गणना की जाती है। इसमें 8 का भाग देने पर जिसके अधिक अंक होते हैं, वह ऋणी रहता है। मंत्र साधना करने पर भी मंत्र और साधक के बीच के सम्बन्ध ऋणात्मक हो रहे हैं या धनात्मक-इस बात का निश्चय करने के लिए काकणी पद्धति से विचार किया जाता है।

तंत्र में (शब्द) बीजों के माध्यम से अंकों को व्यक्त करने की ऐसी ही एक पद्धति और है पर उसमें यत्किंचित् अन्तर है। उससे भी ध्रुवांक बनाये जाते हैं। इस विधि में स्वरों की संख्या स्वरानुसार ही रहती है अर्थात् अ=1, आ=2, इ=3, ई=4, उ=5, ऊ=6 (ऋ, ॠ, लृ, लॄ कहीं-कहीं इन नपुंसक स्वरों को छोड़ने की बात भी कही गई है) ए, ऐ इत्यादि फिर दूसरे वर्ग में कवर्ग के 5 और चवर्ग के ञ को छोड़कर शेष चार इस तरह दूसरे वर्ग में 9 अक्षरों का प्रत्येक का एक-एक अंक तीसरे वर्ग में टवर्ग के 5 अक्षर-अ को छोड़ दिया जाता है और तवर्ग के 4 अक्षर इस प्रकार 9 अक्षर चौथे वर्ग में पवर्ग, पाँचवें वर्ग में य र ल व और श ष स ह। जहाँ संयुक्त अक्षर आ जाए, वहाँ अन्तिम वर्ण से बनने वाला अंक ही ग्राह्य होगा।

व्यवहार में हम देखते हैं कि पहले वस्तु का विस्तार होता है, फिर उसका गणनात्मक अथवा परिणामगत रूप निर्धारित होता है। यंत्र पद्धति में जहाँ संख्या के इतिहास का प्रश्न आता है, वहाँ तंत्र ग्रंथ कहते हैं कि संसार का यह विस्तार शक्ति का ही विस्तार है, जो पहले शब्द के स्तर में होता है फिर उसकी गणना की जाती है। इस विस्तार में जब शक्ति एक से गुणित होती है, जो विश्व का प्रवर्तन

करने वाली बनती है। व्यावहारिक दृष्टि से एक से गुणित होने पर कोई अन्तर नहीं पड़ता, इससे संख्या के मूलरूप में कोई परिवर्तन नहीं होता यह तो ऐसी संख्या है, जो ऋणात्मक और धनात्मक संबंधों अर्थात् युति-वियुति से ही प्रभावित होता है। गुण और व्यवकलन से प्रभावित नहीं होता, न कर ही पाता है फिर भी गुणित कहने से आशय यह है कि शक्ति शिव से गुणित होती है इन दोनों में (निर्गुण अथवा गुणातीत शिव के साथ गुणमयी प्रकृति का संबंध गुणकर्ता के रूप में ही कहा जाता है, यौगिक नहीं, क्योंकि योग एक अवस्था है और गुणकर्ता उन अवस्थाओं का सम्बन्ध है)।

एक से गुणित होकर शक्ति प्रणव मंत्र को, श्रीबीज को, भुवनेश्वरी बीज को, कामबीज को, प्रासाद बीज को, चिन्तारत्न बीज को, गणपति बीज, दुर्गाबीज, मार्तण्ड बीज, भैरव बीज, नृसिंह बीज, वराह बीज, वासुदेव बीज, हयग्रीव बीज, पुरुषोत्तम बीज आदि को निर्मित करती है।

तंत्र में एकाक्षरक बीज को कूट कहते हैं कूट का अर्थ होता है विहित, गुप्त। ऐसे बीज मंत्रों में अर्थस्वरूप शिव प्रच्छन्न रहा करता है। यही प्रकृति दो से गुणित होकर हं सः इस प्रकार के मंत्र की सृष्टि करती है, शब्द और अर्थ के द्वित्व को अभिव्यक्त करती है। प्रकृति और पुरुष के रूप में व्यक्त द्वैत इस द्विगुणित प्रकृति का ही रूप है।

तीन से गुणित प्रकृति त्रिपुरा यंत्र की, शक्ति विनायक मंत्र की पासादिव्यक्षर मंत्र की त्रिपुटी मंत्र, चण्डनायक सूर्य, मृत्युंजय, शक्ति, शिव, गरुड़, वागीश्वरी के त्र्यक्षर मंत्रों की रचना करती हैं। इन मंत्रों के साथ ही त्रिलोकी, सत्व, रज, तम रूप गुणत्रय; वेदत्रयी (वेद चार ही हैं किन्तु होत्र, अध्वर्यु, उद्गात्र रूप तीन पदार्थों का विवेचन करने से वेदत्रयी कहलाती हैं); वर्णत्रय प्रणव मंत्र में (प्रयुक्त अकार, डकार, मकार); ज्येष्ठ, मध्यम, कनीय रूप में त्रिपुष्कर; तीन स्वर उदात्त, अनुदात्त, स्वरित; त्रिदेव ब्रह्मा, विष्णु, महेश; तीन प्रकार की अग्नि दक्षिण, गर्हपत्य, आवहनीय; तीन काल अतीत, वर्तमान, अनागत; तीन शक्ति वाम, ज्येष्ठा, रौद्री; तीन वृत्तियाँ यज्ञ, अध्यापन, प्रतिग्रह, अथवा कृषि, पशुपालन, व्यापार; तीन नाड़ियाँ इड़ा, पिंगला, सुषुम्ना; तीन वर्ग धर्म, अर्थ, काम की सृष्टि करती हैं।

चार से गुणित होकर पद्मिनीबंध (ओं ह्रीं हं सः) के चतुर्बीजात्मक मंत्र, चार वर्ण, चार समुद्र, चार अन्तःकरण, परा, पश्यन्ती, मध्यमा, वैखरी रूप चार वृत्तियाँ, धर्म अर्थ, काम, मोक्ष रूप चार पुरुषार्थ अथवा धर्म, ज्ञान, वैराग्य, ऐश्वर्य, विष्णु की चार मूर्तियाँ, गणपति के चार रूप, चार दिशाओं के दिग्गज उड़चाण, जालंधर, पूर्णगिरी,

कामरूप ये चार पीठ, इनके अलावा और दूसरे चार के रूप में विख्यात जो पदार्थ हैं उनकी सृष्टि करती हैं।

पाँच से गुणित प्रकृति सर्वार्थदायिनी के रूप में पंचकूट (ह स क ल र इन पाँचों वर्णों को एकीकृत करने पर पंचकूट कहलाते हैं), पंचाक्षरी मंत्र, सर्व मनोरथों को पूर्ण करने वाला पंचरत्न मंत्र- (ग्लूं, म्लूं, स्लूं, प्लूं, क्लूं), शिव का पंक्षाक्षरी मंत्र, गरुड़ का पंचाक्षर मंत्र, पाँच कल्पवृक्ष मन्दार-पारिजात-सन्तान-कल्पद्रुम-हरिचन्द, कामदेव के पाँच बाण कमल-अशोक-आम-नवमल्लिका-नीलकमल, पाँच रंग सफेद, काला नीला, पीला, लाल, पाँच प्रकार के वायु प्राण-अपान-व्यान-समान-उदान, शिव की पाँच मूर्तियाँ, पाँच कलायें, पाँच ब्रह्म ऋचायें, पंच तत्व, पाँच तन्मात्रायें, इनका सृजन करती हैं।

छह से गुणित होने पर प्रकृति षडक्षर मंत्रों का यथा-शिव, कृष्ण, चन्द्रमा, नृसिंह के मंत्रों को, छह ऋतुओं को, गणपति की छह मूर्तियों को, छह रसों- मधुर, अम्ल, कटु, कषाय, तिक्त, खारा, छह कोश अन्नमय, प्राणमय, ज्ञानमय, मनोमय, चैतन्मय, आनन्दमय को, गणपति की छह मूतियों की छह शक्तियों, शाकिनी-डाकिनी-लाकिनी आदि छह शक्तिस्वरूपों तथा अन्य विख्यात छह पदार्थ समूह को रूप प्रदान करती हैं।

सात से गुणित होकर वह प्रकृति सप्ताक्षरी त्रिपुरा मंत्र, गणपति मंत्र, सात व्याहृतियों, सप्ताक्षर, अंकुश मंत्र को, सात पर्वतों-विंध्या-अरावली-सह्य-कृष्ण-मलय-महेन्द्र-शक्तिमान् को सात लोकों को, सात स्वरों षड्ज ऋषभ-गान्धार-मध्यम-पंचम-धैवत्-निषाद् को, सात ऋषियों--वशिष्ठ-कश्यप-अत्रि-गौतम-यमदग्नि-विश्वामित्र-भारद्वाज को सात द्वीपों-जम्बु प्लक्ष-शल्मिक-कुश- क्रौच-शाक-पुष्कर को, सात ग्रहों (राहु केतु को छोड़कर) को, सात समिधाओं आक-पलाश-खैर-अपामार्ग-पीपल-गूलर-खेजड़ा को, अग्नि की सात जिह्वाओं को तथा अन्य सात में सीमित पदार्थों को अभिव्यक्ति प्रदान करती है।

प्रकृति आठ से गुणित होकर श्रीकर नाम के अष्टाक्षर मंत्र को, शक्ति के अष्टाक्षर मंत्र को, सूर्य, दुर्गा, परमात्मा, नीलकंठ, वासुदेव के अष्टाक्षर मंत्रों को, अष्टपत्र में लिखे जाने वाले कामार्गल और घटार्गल यंत्रों को, अष्टगंध में प्रयुक्त द्रव्यों को रक्त चन्दन-श्वेत चन्दन-कपूर-कस्तूरी-केसर -अगरु-गौरोचन-गंध आठ भैरव स्वरूपों असितांग -रुरु-चण्ड क्रोध-उन्मत्त-कपाली-भीषण, संहार को, आठ सर्पों शेष-वासुकि, तक्षक-कर्पुटक-पद्म-महापद्म- शंखमाला-कुलिक को, आठ दिशाओं को, आठ वसुओं घर-ध्रुव-सोम-आप-अनिल-अनल-प्रत्यूष-प्रभास को, आठ प्रकृतियों

अशाक्त-महत्-अहंकार-पाँच तन्मात्रा को गणपति के आठ रूपों– वक्रतुण्ड-एकदन्त-महोवर-गजानन -लम्बोदर-विकट-विघ्नराज-धूर्मवर्ण को, आठ सिद्धियों अणिमा-महिमा-लघिमा-गरिमा-प्राप्ति प्राकाम्य-ईशित्व-वशित्व को, अग्नि की आठ मूर्तियों जातवेदा-पावजिह्व-हव्यवाहन-अश्वोदर-वैश्वनर -कुमार-तेज-विश्वमउख-देख मुख को, तथा अन्य विख्यात आठ पदार्थ जाति को अभिव्यक्ति देती है।

नौ से गुणित हुई प्रकृति नवार्ण मंत्रों को, नौ शक्ति तत्वों, प्रकृत-नाद बिन्दु-नाद-बीज-वामा-ज्येष्ठा-रौद्री को, नौ रसों श्रृंगार-हास्य-करुणा-वीभत्स-अद्‌भुत-रौद्र-वीर-भयानक-शान्त को, नौ निधियों को, नौ रत्नों-माणक मोती, पन्ना-पुखराज-हीरा-नीलम-मूँगा-गोमेद-लहसुनिया को, नौ वर्णों अकार से ऋकार तक एक, लृकार से अः तक दूसरा, क-च-ट-त-प वर्ग के पाँच- यवर्ग (य र ल व) श वर्ग (श ष स ह) इस प्रकार वर्ण मालिका के नौ वर्गों को तथा अन्य जो नौ से बनने वाले हैं, उनको व्यक्त करती है।

दस से गुणित हुई प्रकृति सांसारिक दुःखों को नष्ट करती हुई गणपति के, त्वरिता के, सरस्वती के, यक्षिणी के, वासुदेव के, अश्वारूढ़ के दशाक्षर मंत्र को, त्रिपुरा के, पद्‌मावती के, रमा के दशाक्षर मंत्रों को, दश नाड़ियों को, विष्णु के दस अवतारों को, दश लोकपालों को रूप प्रदान करती है।

ग्यारह में अभिव्यक्त हो रही प्रकृति ग्यारह रुद्रों– हर-बहुरूप-त्र्यंबक-अपराजित-वृषाकपि-शंभु-कपर्दी-रैवत-मृगव्याध-शर्व-कपाली को, आद्‌यशक्ति, शक्ति विनायक, सरस्वती मंत्रों को तथा अन्य ग्यारह को ईकाई से ख्यात पदार्थों अथवा मंत्रों को उत्पन्न करती हैं।

बारह से गुणित होकर नित्या, वज्र, प्रस्तारिणी, वासुदेव मंत्रों को, बारह राशियों, मासों, सूर्यों, विष्णु मूर्तियों को तथा अन्य ख्यात बारह को प्रकट करती है।

जब यह शक्तिस्वरूपा प्रकृति चौबीस से गुणित होती है तब सविता-शंभु-काम-विष्णु-त्रिपुरा-दक्षिणा मूर्ति-उमा-गायत्री मंत्रों को चौबीस तत्वों को अभिव्यक्ति देती है।

बत्तीस से गुणित होकर प्रकृति मृत्युंजय, नृसिंह, लोण, वरुण, हयग्रीव, दुर्गा, वराह, अग्न्युपस्थापन, गणपति, अन्नाधिप, दक्षिणामूर्ति, कामदेव, अघोर, बनवासिनी, भद्रकाली, महालक्ष्मी, वासुदेव, पुरुषोत्तम, तारा, पृथिवी, भूतेश्वर, क्षेत्रपाल, आपन्निवारण, मातंगिनी, सिद्धविदचा मंत्रों को अभिव्यक्ति प्रदान करती है।

बयालीस और पचास से होती हुई वह संसार को विविध रूपाकार प्रदान करती रहती है।

यंत्र विज्ञान में इस विवेचन की प्रासंगकिता उपयुक्त प्रतीत होती है क्योंकि किसी विषय के रहस्य को जाने बिना उसे करते रहना केवल मूर्खता ही नहीं, उसे करने में त्रुटियों की संभावना भी बनी रहती है।

सार के रूप में यह समझ लेना चाहिए कि संसार का विस्तार पहले सूक्ष्म में होता है अर्थात् भावात्मक जगत् की रचना पूर्व होती है और पदार्थ रूप की पश्चात् में। यद्यपि इस पूर्व एवं पश्चात् में कोई अधिक अन्तर नहीं रहता, तदापि क्रम तो रहता ही है। ऊपर दिया गया विस्तारक्रम और गणित सूत्र पद्धति से विकसित होता है। होने को गुणित भी एक प्रकार से युति ही है किन्तु गणित शास्त्र में इसे गुणित या हत कहते हैं अर्थात् एक पक्ष पर दूसरे को आघात और यह आघात दोनों की शक्ति को आनुपातिक रूप में प्रतिफलित करता है, यह द्वि-आयामी न होकर बहु-आयामी हो जाता है।

ऊपर जिन स्थितियों का आकलन किय़ा गया है, वे मंत्रों के रूप में हैं। यहाँ मंत्र का अर्थ ज्ञान से है, क्योंकि कोई भी वस्तु पहले ज्ञानमय स्तर पर ही प्रकट होती है। जिस प्रकार भौतिक रूप एवं आकार लेने से पहले प्रत्येक पदार्थ गैसीय अवस्था में रहता है उसी प्रकार पदार्थ की स्थूल अवस्था से पहले वह तन्मात्रा के रूप में संघटित होता है, हम तन्मात्रा को भी स्थूल मानते हैं, क्योंकि उससे भी पहले वह कई स्तरों को पार करके उन-उन गुणों से युक्त हो लिया करता है। ये मूल विकासमयी स्थितियाँ शब्दमय हुआ करती हैं और ये इतनी पवित्र एवं शक्तिशाली होती हैं कि इनको हम देवता के रूप में स्वीकार करते हैं।

शब्दरूप शक्ति और अर्थरूप शिव के सप्रयोजन मिलन से उनके विविध रूप और आकारों का विस्तार होता चला जाता है। यों देवता मूल रूप में एक ही शक्ति का प्रस्तारित रूप हैं, किन्तु उनके रूप के अनुसार उनकी शक्ति की प्रयोजनीयता स्थापित हो जाती है। जैसे एक ही दूध से निर्मित विविध पदार्थ अनेक रूप, गुण और उपयोगिता के आधार पर भिन्न-भिन्न नामों से ज्ञात हैं। पहले पदार्थ फिर उनका गणित। यद्यपि गणित अपने रूप-प्रकृति में स्पष्ट और सत्य है, पर प्रतीक बोध में वह गूढ़ हो जाता है। जैसे तीन या छह या नौ। ये परिमाणात्मक संकेत विशेषण बनने पर अधिक स्पष्ट हो जाते हैं, जैसे गुणत्रय षड्रिपु किन्तु एकमात्र रहने पर गूढ़ अथवा अस्पष्ट संकेतक रहते हैं। इसके उपरान्त संख्या का अपना महत्त्व रहता ही है। तीन कहने से प्रकृति में अवस्थित जितनी भी तीन से बनने वाली ईकाई हैं, वे सब आ जाती हैं। संख्या से बनाये जाने वाले यंत्रों में उन संख्याओं का संयोजन किसी समग्र संदर्भ को सूचित करता है और उनके सम्मिलित रूप से हमारा प्रयोजन संयुक्त है।

मंत्र शास्त्र में वर्णों के अनुसार मंत्रों का नाम दिया रहता है और वर्णों की संख्या के अनुसार उनके गुण-दोषादोष का विचार किया जाता है। जैसे चौपड़ में या शतरंज में या ताश खेलने वालों की एक नियत संख्या होती है और तदनुसार ही वे खेलों में सम्मिलित हो सकते हैं, ऐसी ही किन्तु इससे अधिक उपयोगी व्यवस्था यंत्रों की संख्यापरकता में हुआ करती है।

संख्या वाले यंत्र अधिकतर कोष्ठकों में लिखे जाते हैं। यह संख्या बायें, दायें तथा ऊपर-नीचे समान रहती है। अधिकतर यन्त्रों में संख्या एक नियत क्रम से प्रयुक्त होती है जैसे सत्तर के यंत्र में सोलह कोष्ठकों से बनने वाले यंत्र में आठ कोष्ठकों में एक से नौ तक (पाँच को छोड़कर) और शेष आठ में अट्ठाइस से पैंतीस तक की संख्याओं को इस प्रकार लिखा जाता है कि उनको किधर से भी जोड़ा जाए उनका योग सत्तर ही बना रहेगा।

सामान्यतया यंत्र रचना में एक संख्या को दो बार नहीं लिखा जाता किन्तु यह कोई ध्रुव नियम नहीं है, कई यंत्र इस पद्धति से लिखे जाते हैं कि उनमें एक ही संख्या की दो या अधिक बार आवृत्ति होती है। कोष्ठक वाले यंत्रों में योग एक-सा होता है। सब तरफ से योग समान होता है किन्तु यह भी अचल सिद्धान्त नहीं है, प्रयोजनवश ऐसे यंत्र भी संख्याओं से बनाये जाते हैं, जिनका योग प्रत्येक पंक्ति में एक-सा नहीं होता, तो भी उनके यंत्र में एक संगति अवश्य रहा करती है।

विविध आकृति परक यंत्रों में कोणिक और वर्तुल आकृतियाँ रहा करती हैं। ये आकृतियाँ भी सूचक हैं, एक प्रकार के संकेत हैं। यह सूचकता पंच तत्वों को आधार मानकर निर्मित की जाती हैं, जो इस तत्वमय संकेतार्थकता पर आधारित यंत्र निर्मित किये जाते हैं उनमें चौकोर आकृति पृथिवी तत्व की एवं तदाश्रित तमोगुण होती हैं। अर्धचन्द्र और उसके दोनों तरह कमल जैसी आकृति जल तत्व का सांकेतिक चिह्न-अग्नि अथवा तेजस् तत्व का चिह्न ऊर्ध्वशिरा त्रिभुज होता है। वायु तत्व का सांकेतिक षट्कोण रहता है तथा आकाश का वर्तुल रहा करता है। यंत्रों की रचना देख एक समय हमें ज्ञान होगा कि ये चिह्न ही हमारे प्रयोजन की सैद्धांतिक एवं व्यावहारिक व्याख्या करते हैं। कुछ यंत्र ऐसे होते हैं कि ये सारे संकेतक संयुक्त रहते हैं और कुछ में अभिलाषा के अनुसार अभिचार-मारण, उच्चाटन, विद्वेषण, आकर्षण में केवल एक त्रिकोण सबके भीतर बनाया जाता है। प्रतीक बोध की दृष्टि से यह अग्नि तत्व का प्रतीक है, पर अग्नि या तेजस् तत्व मृत्यु सत्व और तमोगुण का मिश्रित रूप है। तत्वों की पारस्परिक अनुलोम् एवं प्रतिलोम विधि एक पृथक् प्रक्रिया है किन्तु लोक व्यवहार में हम देखते हैं कि अग्नि या तेजस तत्व विनाश में अधिक पटु हैं।

इन प्रतीकों के अलावा वृत्त को पंखुड़ियों से युक्त करना अति प्रचलित पद्धति है। इस रचना से यह आकृति कमल का स्वरूप प्राप्त करती है। कमल भारत का अविभाज्य प्रतीक है, यह सुख-समृद्धि, उन्नति आध्यात्मिक वैभव का सूचक है। हमारे शरीर में स्थित चक्रों-मूलाधार, स्वाधिष्ठान, मणिपुर, अनाहत, विशुद्ध, आज्ञा और सहस्रार जैसे चक्र पद्म के समान पत्रमय हो जाते हैं। हमारे कतिमय देवी-देवता भी पद्म पर आसीन हैं, इस कल्पना के मूल में यही शास्त्रीय आधार है कि मंत्र के बीजों तथा स्वरूप के अनुसार वे मुख्यतया किस तत्त्व से संबंधित चक्र में कितने दल हैं। कई बार तत्त्व पर आधारित पद्धति सीधे और स्पष्ट रूप में तथा कई बार निगूढ़ रूप में प्रदर्शित की जाती है।

यंत्र में जिस किसी भी देवता अथवा मंत्र की पूजा की जाती है, उसमें वह सांग-सपरिवार प्रतिष्ठित किया जाता है तथा उसमें से हमारी शक्ति को निक्षेपित कर जागृत करते हैं।

यंत्र रचना और उसकी प्राण प्रतिष्ठा तथा पुरश्चरण में भी यही पद्धति अपनायी जाती है, जो मंत्र के सिद्ध करने में। शारदातिलक जैसे ग्रंथ के अनुसार मंत्र के अनुष्ठान में यंत्र की रचना और साक्षी के रूप में उसकी स्थापना आवश्यक होती है। ऐसा न करने पर दोष लगता है। अधिक विस्तार तो विशिष्ट मंत्रों का होता है अन्यथा चतुष्कोण के भीतर अष्टदल कमल और उसके भीतर षट्कोण में मंत्र लिखकर यंत्र की संरचना का विधान है। छह कोणों में देवता के मंत्र के पदों के अनुसार अंग बनाये जाते हैं।

6.3 यति, गति एवं यंत्र संरचना

यंत्ररचना में गति और यति ये दो महत्त्वपूर्ण स्थितियाँ हैं। गति का अर्थ है क्रियाशीलता, और यति है उस गति का एक नियोजित क्रम, जिसे रिद्म कहा जाता है। संगीत में निर्वाह की जाने वाली यति से हम परिचित हैं। स्वरों का आरोह अवरोह द्रुत और विलंबित तथा षड्ज आदि क्रम को ही परिभाषित करते हैं। संसार के इस दृश्य अतएव स्थूल विस्तार को हम रहस्यदर्शी आँखों से, जिन्हें प्रज्ञा चक्षु कहा जाता है, देखें तो हमें ज्ञात होगा की प्रकृति त्रिगुणात्मक होकर सप्त स्वरों से नियंत्रित हो रही है, उसका यह नाद ही विकसित होते हुए षट्कर्मों में व्यक्त हो रहा है। जिस तरह प्रकृति की यह निनाद क्रिया शाश्वत क्रिया है, उसी तरह संसार में मारण, वशीकरण, षट्कर्म नादाश्रित होने के कारण शाश्वत हैं। ये निरंतर होते रहते हैं। हम उनके प्रभाव क्षेत्र में जाकर उनका अनुभव मात्र करते हैं। इन क्रियामय स्तरों का संस्पर्श पाकर इन स्थितियों का भोक्ता नहीं, द्रष्टा बन जाता है।

हमारी इन्द्रियों का बहिर्मुखी प्रसार हमें सत् का ज्ञान नहीं होने देता इसलिए अज्ञान के प्रदेश में ही हमारी गति होती रहती है। रेडियो सुनने वाले और विद्युत शास्त्र के जानने वाले अच्छी तरह जानते हैं कि यति का भेद अनेक प्रकार के कार्यों का सम्पादन करता है। ऐसी ही व्यवस्था हमारे स्वर-तंत्र की है, जिसके कारण इतने व्यक्तियों की वाणी में एक रूपता नहीं आती और सभी अपने स्वर भेद में पहचान लिए जाते हैं। यंत्र में हम कितनी संख्याओं और बीजों का प्रयोग करते हैं, उनका संयोजन एक नियत प्रकार की यति को प्रकट करता है और हमारी साधना उस यति की अभीष्ट दिशा व व्यक्ति तक प्रक्षेपित करती है। साधना के इस प्रक्षेपण में साध्य व्यक्ति की निकटस्थता या दूरस्थता का कोई प्रभाव नहीं पड़ता, क्योंकि साधना में होने वाली एकाग्रता तथा हमारे द्वारा किया जा रहा जप सूक्ष्म होने के कारण इलैक्ट्रान्स में दोलन उत्पन्न करता है तथा मन के माध्यम से उत्पादित कर्णातीत तरंगें 'कण्डक्शन' विधि से सब कुछ प्रभावित करती हैं।

साधना में अथवा किसी मंत्र को मशीन की तरह कार्यक्षम बनाने के लिए, जो श्रम किया जाता है उसमें हम हमारी शक्ति विशेष प्रकार से संयोजित करने की तकनीकी कुशलता प्राप्त करते हैं, यह इसलिए आवश्यक होता है कि प्रत्येक व्यक्ति भले ही वह कितना दुर्बल हो, उसका एक प्रभामंडल होता है। प्रभामंडल प्रकृति ने प्रत्येक पदार्थ को दिया है। गर्भस्थ शिशु के चारों ओर जिस प्रकार एक जल पूर्ण जरायु रहती है, हमारी पृथ्वी पर्यावरण का कवच है, उसी प्रकार प्रत्येक व्यक्ति का एक पर्यावरण होता है, उस पर्यावरण को भेदकर हमारी उत्सर्जित शक्ति उस व्यक्ति को प्रभावित कर सके यही हमारी साधना की प्रखरता है और इस प्रखरता को प्राप्त करना ही हमारी साधना की आवश्यकता है। व्यक्ति के पर्यावरण को प्रभामंडल कहा गया है और यह अणु से लेकर ब्रह्माण्ड तक छाया हुआ है। वैसे प्रभामंडल धनात्मक विद्युत के लिए आता है। यद्यपि विज्ञान (जहाँ तक मैं समझ सका हूँ और मेरी यह समझ अल्पज्ञता भी हो सकती है) विद्युत के ऋणात्मक एवं धनात्मक आवेश में और आवेश की कार्यशैली तथा प्रभाव में कोई स्पष्ट अन्तर नहीं पाया है, फिर भी जैसा भारतीय ज्ञान को वैज्ञानिक शब्दावली एवं शैली में रखकर देखने-समझने की चेष्टा करें तो यह माना जा सकता है कि धनात्मक आवेश में सत्वगुण की प्रबलता रहती है। रजोगुण में इन दोनों की कार्यकारी अवस्था रहती है।

जो लोग सत्वगुणी अतएव सत् के उपासक होते हैं, उनका यह प्रभामंडल बहुत सौम्य होकर भी शक्तिशाली होता है। अनेक यंत्र उच्च कार्यक्षमता वाले होते हैं, वे अपना कार्य करते ही हैं, पर उनको भी सिद्ध करना होता ही है।

प्रसंगवश बीजों पर (वर्णों पर) विचार कर लें। भौतिक विज्ञान भले ही न माने (क्योंकि उसके पास इसे परीक्षण से प्रमाणित करने की शक्ति नहीं है) किन्तु यह अनुभव सिद्ध ऋषियों द्वारा उपदिष्ट तथ्य है कि शब्द नाद रूप में प्रकट होता है और नादमय होने के कारण प्रत्येक वर्ण की लय स्वतन्त्र रूप से स्वभावतः होती है, वर्णमाला के उनचास (ज, व क्ष को छोड़कर) वर्ण सात को सात से गुणित करने के फल ही हैं।

यति का यह विलास ही शब्द को अनेक रूपों में और पदार्थों तथा स्थितियों में व्यक्त करता है। शब्द की तत्वात्मकता ही शब्द संसार का बहिर्मुखी रूप है। प्रकृति का स्थूलतम रूप पंचतत्व में आकर सम्पन्न होता है। प्रकृति की इस रचना पद्धति को अविकल रूप से प्रस्तुत करने के लिए ही हमारी वर्णमाला में पाँचवर्ग हैं और प्रत्येक तत्व में अन्य बीज रूप में रहने के कारण पंजीकरण सिद्धांत की उपेक्षा नहीं कर पाते, इसलिए प्रत्येक वर्ग में पाँच अक्षर होते हैं। शब्द का तांत्रिक दृष्टि से विवेचन एवं विश्लेषण इस विधि पर अधिक प्रकाश डालता है।

प्रत्येक अक्षर अपनी यति एवं लय के कारण विशेष प्रकार का प्रभाव डालता है और इसी यति के कारण हमारे मंत्रों में प्रयोजन के अनुसार वर्णों का संयोजन किया जाता है। आकर्षण के लिए जिस प्रकार के वर्णों का संयोजन किया जाता है, विद्वेषण के लिए भिन्न प्रकार के (शब्दों) वर्णों का संयोजन किया जाता है, क्योंकि उन शब्दों की यति में स्वभावतः अन्तर होता है। यंत्रों में रेखा गणितीय पद्धति पर जो आकृतियाँ बनती हैं, वे भी इसी यति की अभिव्यक्ति हैं।

यति का जो रूप हम समझते हैं, वह उसका स्थूल स्वरूप है। उसका मूलस्वरूप यत्किंचित् भी हम समझने लग जायें, तो विवेक और सत् के द्वार खुल जाते हैं। सामान्यतया हम यंत्रों को जागतिक कार्यों, आकर्षण-विद्वेषणादि षट्कर्मों के लिए ही प्रयोग करते हैं, परन्तु प्रयास करने पर हम इनको समाधि एवं मुक्ति की संसिद्धि करने योग्य बना सकते हैं। इसके लिए यति के मूल अतएव अव्यय रूप नाद को समझने का प्रयास करें, तो ये भौतिक विचित्रताएँ सत् के साक्षात्कार का उपादान बन जायेंगी।

वास्तव में सत् अविकृत रहने के कारण सर्वव्याप्त है, किन्तु जगत् असत् होने के कारण नाना रूपों में व्यक्त है। उसके ये रूप नश्वर इसलिए हैं कि इनमें सत् तिरोहित है अर्थात् संसार का यह बाह्य रूप भी सत् की निषेक-परक अवस्था ही है। इसका कोई स्वतन्त्र रूप नहीं हो सकता अर्थात् सत् का एक आविष्कृत रूप उसके अभाव में नाना रूप हो जाता है।

ब्रह्म के लिए सत्, चित् और आनन्द ये तीन शब्द कहे जाते हैं और इन तीनों का विलोम शब्द कोई होता ही नहीं, यदि होता है तो वह इनके विलय की इस 'अभाव' भाव में विलीन हो जाने की सूचना होती है। सत् का विपरीतार्थक मिथ्या, चित् का जड़ और आनन्द का विषाद होता है, पर इस शब्दों का तात्विक अर्थ विपरीत स्थिति का सूचक नहीं होता क्योंकि इससे विपरीत कोई तीसरी स्थिति होती ही नहीं, जैसे भाव और अभाव। अभाव शब्द में सत्ता के भाव निषेध है, इस निषेध में कौन-सी स्थिति व्यक्त होती है, यह व्यक्त करने के लिए कोई शब्द नहीं हैं। इसी तरह सत् का विस्तार असत् में होता है, जैसे शुद्ध का विस्तार अशुद्ध में और धन का विस्तार ऋण में। उदाहरण के लिए दो और दो का जोड़ शुद्ध अथवा सत् रूप चार है। इससे भिन्न जितने भी उत्तर हैं वे अशुद्ध असत् हैं। इसी तरह असत् की व्यापकता भी अनन्त है, पर इस अशुद्ध-असत् में छुपे सत् से अस्वीकार भी नहीं हो सकता है।

यति के आह्लाद को समझना ही आत्मदर्शन है। यही मुक्ति का राजमार्ग बन जाता है। प्रत्येक वर्ण (अक्षर) के साथ जुड़े उसके संगीत को समझ पाना यंत्रों को आत्मलाभ के लिए प्रयोग करने का उपक्रम है। अक्षर के विस्तार से पहले बिन्दुमय और बिंदु के पहले नादमय अवस्था होती है। नाद भी भगवान के गुण और क्रिया तीन रूप में इच्छा के उदय से उत्पन्न होता है। परमशिव में उठा हुआ यह इच्छा का विलोम परम शून्य के एकत्व में स्वभावतः और उसी अव्यक्त की एक द्वित्वम अवस्था है। मूल स्थिति में हो रहा स्पन्दन ही अपनी मुद्राओं के कारण युगल-क्रिया या मिथुन का विलास बनता है।

इस सुकुमार क्रिया का उदात्त रूप देखने के लिए मन का आग्रह मुक्त और आवेश रहित होना आवश्यक है, क्योंकि मन के कल्मष और किल्विषपूर्ण रहते हुए बुद्धि की निर्दोष महिमा और चित् का वैभव प्रकट नहीं हो सकता। शब्द अपने नादमय रूप के कारण हमें संगीत के आनन्दातिरेक से परिपूर्ण करता है और जब तक हम शब्द की मूल यति को सुनने से वंचित हैं, तब तक शब्द हमें जड़ विस्तार की भौतिक स्थितियों का ही प्रतीक बोध कराता है।

जिन लोगों ने अपने मन को निर्मूल किया है, उन्होंने विश्व प्रकृति के संगीत को सुना है, वेद उनके लिए स्वयंभू ज्ञान के रूप में निनादित हुए हैं, उसका परम उन पर प्रकाशित हुआ है।

यंत्र के भौतिक रूप और सांसारिक बोधत्व से थोड़ा ऊपर उठकर हम उनके वैश्विक स्वरूप को समझ सकें, तो ये हमारे लिए मुक्ति का द्वार प्रदान कर सकते

हैं। सरलता यह है कि इसमें शब्द की मूल चेतना, रेखा, अंक और बीजों के आसरे व्यक्त की जाती है, पर वह हमारे लिए संगीत लिपि की तरह रहस्यपूर्ण एवं अज्ञेय ही बनी रहती है।

हमारा सौभाग्य और हमारे जन्म की कितनी कृतार्थता होती यदि हम यंत्रों का साधन करते हुए अंकों और बीजों के नृत्य को, उनके गोपन को वास्तविक रूप में समझ पाते। चाहे हमारा यह आयोजन किसी काम्य-कर्म के निमित्त किये जा रहे अनुष्ठान से ही प्रारम्भ होता, पर एक बार माँ का दिव्य रूप दिख जाए।

6.4 यंत्र लेखन प्रक्रिया एवं प्रविधि

यंत्र अंकात्मक और रेखात्मक दोनों ही प्रकार के होते हैं। अंकों में भी इकाईयों को विभाजित करने के लिए कोष्ठक निर्मित किये जाते हैं। अधिकतर संख्या से बनने वाले यंत्र कोष्ठकों में ही निर्मित किये जाते है। इन संख्याओं के विन्यास में एक प्रकार की गति और यति रहा करती है। संख्या लिखने में हम 'अंकान वामतो गति' वाला क्रम मानते हैं, अर्थात् इकाई, दहाई, सैकड़ा, जबकि अंकों से बनने वाले यंत्रों में यह सिद्धांत आवश्यक नहीं रहता। कभी-कभी इनको लिखने में पहाड़े लिखने जैसे विधि अपनाई जाती है, कभी नागरी लिखने वाली पद्धति अर्थात् उर्ध्वाधः (ऊपर से नीचे) और उत्तर दक्षिण (बायें से दायें)।

अंकों के कोष्ठक नियत रहते हैं और नियत कोष्ठक में नियम अंक ही लिखे जाते हैं। किन्तु लिखने के क्रम में परिवर्तन करने से यंत्र की प्रयोजनशीलता में भी परिवर्तन हो जाता है। जैसे प-र-हि-त ये चार अक्षर हैं। इनको इस क्रम से लिखने पर परहित बना; हित और पर का स्थान विपर्यय करने पर हितपर ऐसे ही वर्णों का परिवर्तन करने पर 'परहित' 'रहितप' आदि सोलह शब्द बनते हैं। हमारे शब्द-शास्त्र के अनुसार इन संयोजनों में अधिकांश शब्द निरर्थक रहते हैं, क्योंकि हम सार्थक शब्द तक ही सीमित हैं, जबकि प्रत्येक शब्द का मूलरूप बीज से प्रारम्भ होता है और प्रत्येक बीज स्वयं में सार्थक व सम्पूर्ण इकाई रहा करता है। यही स्थिति अंक के यंत्र में अंकों की रहती है। प्रत्येक अंक स्वयं के रूप में एक स्वतंत्र प्रतीक है। उनके संयोजन से बनने वाली आकृति उनके लिखने की चाल में परिवर्तन करने के लिए प्रभावित होती है जैसे यंत्र में एक से लेकर नौ तक की संख्याओं को विभिन्न कोष्ठकों में लिखना है, कोष्ठकों की संख्या का क्रम एवं तदाश्रित स्थानीय मान परिवर्तित हो जाता है। श्रोता उस क्रम को सुनकर एक भिन्न संख्या का ज्ञान करेगा, भले ही उनको लिखे जाने वाले स्थान नियत हो।

इस स्थान विधि को क्रम कहते हैं। यांत्रिक यंत्रों में क्रम का परिवर्तन नहीं होता, वहाँ मंत्र मूल स्वरूप में प्रयोजन के अनुसार परिवर्तन किया जाता है। उनके लिए लिखने के क्रम में कोई बदलाव नहीं होता अर्थात् क्रम का वहाँ भाव नहीं होता।

लिखने की पद्धति से अनुष्ठान की मूल प्रक्रिया में अन्तर आता है। यद्यपि अक्षर जो वर्ण कहा जाता है, वह उसके पश्यन्ती क्षेत्र में प्रवेश करने का सूचक है, किन्तु भौतिक दृष्टि से जब उसे दृश्य-रूप किसी आधार पर लिखकर या उकेरकर दे दिया जाता है, तो उसमें एक तत्त्व और सम्मिलित हो जाता है तथा वह केवल कान का विषय न रहकर आँख का भी विषय हो जाता है। लिखित को समग्र कर उसे मूर्त रूप दे दिए जाने से उसंमें वस्तु और अभिव्यक्ति शक्ति प्राप्त हो जाया करती है एवं इस रूप में वह अपनी स्थिति से ही वातावरण निर्मित कर लेता है।

यंत्र को साक्षी रखकर मंत्र का जप करना प्रायः आवश्यक हो जाता है, क्योंकि यंत्र के भी वैसे ही पाँच अंग होते हैं, जैसे मंत्र के और उसका भी देवता होता है। आशय यह है कि जिस प्रकार देवता मंत्र का स्वरूप होता है, उसी प्रकार यंत्र भी देवता की रूप रचना होती है। इस रूप परिकल्पना में अनेक प्रकार की आंतरिक रचनायें की जाती हैं, यद्यपि इस रचना विधि में कोण, वृत्त और चतुर्भुजीय ऋजु और वक्र प्रकृति की रेखायें ही आधार बनती हैं, तदापि यह रचना-विस्तार अनन्त प्रकार का हो जाता है। एक ही देवता की कोई सुनिश्चित आकृति नहीं रहती। इसका अर्थ यह नहीं की मूल आकृति में कोई अन्तर आ जाता है, पर उसकी प्रकृति में परिवर्तन अवश्य हो जाता है।

एक देवता का भी ऐसा ही स्वभाव होता है अर्थात् उसके षड्क्षर, एकादशाक्षर, पंचदशाक्षर जैसे मंत्रों की रचना में उनका मूल रूप अविकृत रहता है फिर भी उसकी प्रकृति एवं सज्जा में अन्तर आ ही जाता है और इसी अन्तर के कारण इस मंत्र से बनने वाले यंत्र की आकृति में भी अन्तर आ जाता है, क्योंकि तदनुसार उसका वातावरण बदल जाता है, उसके प्रतीकों में वृद्धि या संक्षेप हो जाता है।

माना, मंत्रों की तरह यंत्र भी सिद्ध होते हैं। वे केवल लिखने मात्र से ही कार्य सिद्ध करने वाले रहते हैं, किन्तु उनकी सिद्धि करने वाले की पात्रता पर निर्भर करती है। अग्नि के स्पर्श से प्रत्येक वस्तु अग्निमय हो जाती है, किन्तु यह सिद्धान्त पात्रता पर निर्भर करता है। कई पदार्थ ऐसे होते हैं, जो स्पर्श से अप्रभावित रहते हैं। ऐसी स्थिति में बलाबल अथवा संवाहकता की क्षमता का उपयोग होता है। यही

स्थिति सिद्ध यंत्र की सिद्धि एवं उसकी कार्य शक्ति के प्रकट होने में भी लागू होती है। इसमें कोई संदेह नहीं है कि सिद्ध यंत्र केवल प्रयोग करने पर ही अपना प्रभाव प्रदर्शित करते हैं, पर उनका प्रभाव भी कार्य की योग्यता के अनुसार फलीभूत होता है।

यह साधना अन्तर्मुखी है, इसमें व्यक्ति का सुन्दर रूप, बलिष्ठ देह, साधना, सम्पन्नता आदि आयाम कोई अर्थ नहीं रखते। साधना व्यक्ति के अन्तःकरण या आन्तरिक व्यक्तित्व पर निर्भर करती है। वह जितना सरल, निश्छल, विश्वासी, संकल्पशाली होगा, उतनी ही और वैसी ही सिद्धि उसे मिलेगी। साधना के लिए पात्रता प्राप्त करने के लिए आवश्यक गुणों में मन की निर्मलता, मंत्र के प्रति निष्ठा, गुरू की कृपा, समत्वभाव, संयम और सफलता के प्रति विश्वास माने जाते हैं। यह आधार भूमि है। इसके बाद मन की एकाग्रता आती है संकल्प और विनियोग तो मंत्र के ही अंग हैं। यंत्र साधन में भी साधक यंत्र की कल्पना ध्यान करता हुआ अपने को यंत्रमय कर लेता है। मंत्र में न्यास विधि से साध्य और साधक में एकत्व का विषय है। यंत्र के तंत्र-शास्त्र में दोनों-साध्य और साधक-में एकत्व स्थापित करने के लिए विशेष प्रकार का आयोजन किया जाता है।

यंत्र साधना करने वालों को भी इस क्रिया की तकनीक व पद्धति की आवश्यक विधियों को समझ लेना चाहिए। ये विधियाँ यंत्र साधना के आधार हैं, उनके निर्माण के सिद्धान्त सूत्र हैं और इनका रहस्य जानने से विषय सरल हो जाता है।

प्रकृति की क्रिया विधि के रहस्यों को समझने तथा उनके अनुसार अपने प्रयोजन को सिद्ध करने के लिए अनेक निगूढ़ पद्धतियाँ आविष्कृत कीं। बाल-क्रीड़ा या मालाकार के पुष्प गुंथन में जो फूलों के क्रमिक संयोजन से एक यति बनती है, उसका विशेष अर्थ और प्रभाव भी होता है।

यंत्र लेखन के लिए कलम, पत्र और स्याही आवश्यक होती है। काम्य कर्मों में जिस प्रकार का हमारा प्रयोजन होता है, तदनुसार ही पत्र प्रयोग में लिया जाता है। उद्देश्य के अनुसार पत्रों में - स्तम्भन के लिए सिंह या मनुष्य का चर्म, विद्वेषण के लिए गधे की खाल, वशीकरण या आकर्षण के लिए-भोजपत्र, मारण के लिए श्मशान का कपड़ा-प्रेतवस्त्र, उच्चाटन के लिए आँधी या बगुले के कारण उड़ा हुआ कोई वस्त्र काम में लिया जाता है।

लेखनी वशीकरण के लिए दूब, आकर्षण के लिए मोरपंख, संतापन के लिए बहेड़े की लकड़ी, मारण के लिए मनुष्य की हड्डी या चिता का अंगारा, उपद्रव नाश

के लिए त्रिलोह, शान्ति कर्मों में सोने की, पुष्टि कर्मों में चाँदी की अथवा अपामार्ग और चमेली की एवं सभी प्रकार के आसुरी कामों में मंगलवार के दिन विष्टि भद्रा और उस दिन तीक्ष्ण लोहे से बनाई गई लेखनी उपयुक्त रहा करती है।

स्याही के रूप में अष्टगंध और अष्टविष अधिकतर काम में आते हैं। अष्टगंध में दोनों चन्दन, केशर, कस्तूरी, गौरोचन, अगरु और कुंकुम आती है। अष्टविष में बाज की बीट, चीता नमक, धतूरे का रस, घर का धुआं, सौंठ, मिर्च, पीपल, यह माने जाते हैं।

यंत्र साधना के लिए षट्कर्मों के अनुसार तिथि एवं वार का निश्चय किया जाता है। इस अनुकूलता के लिए कर्मानुसार व्यवस्था इस प्रकार है-शान्ति कर्म शुक्ल पक्ष की दोज, तीज, पंचमी, सप्तमी, में से किसी भी तिथि बुधवार अथवा बृहस्पतिवार पड़ता हो तो अति उत्तम रहता है। पुष्टिकर कर्मों के लिए चौथ, छठ, नवमी, तेरस का शुक्ल पक्ष उत्तम रहता है। विद्वेषण के लिए कृष्ण पक्ष की अष्टमी, नवमी, दशमी, एकादशी को शुक्रवार या शनिवार हो, तो उत्तम माना जाता है। उच्चाटन कृष्ण पक्ष की अष्टमी, चतुर्दशी को शनिवार पड़ने पर किया जाना चाहिए, मारण कार्य कृष्णपक्ष की अष्टमी, चतुर्दशी, अमावस्या के दिन शनिवार पड़ता हो, तो अनुकूल रहता है। स्तम्भन भी इन्हीं दिनों में किया जाए तो ठीक रहता है।

शान्ति पुष्टिकर कर्म एवं सम्मोहन-वशीकरण जैसे प्रयोग करने से पहले साधक को अपनी नाम राशि से चन्द्रमा का विचार कर लेना चाहिए। उपासना में चन्द्रबल अवश्य देख लिया जाना चाहिए, क्योंकि चन्द्रमा का सीधा सम्बन्ध हमारे मन से है और साधना करने में मन एकमेव आधार है। अपनी राशि से अनुकूल राशि पर चन्द्रमा स्थित हो और तिथि-वार अथवा नक्षत्रों का योग आगे लिखी रीति के अनुरूप हो, तो प्रयोग प्रारम्भ करने का श्रेष्ठ फल प्राप्त होता है-ज्योतिष में इनको स्वार्थ सिद्धि और अमृत सिद्धि योग कहा जाता है।

रविवार को हस्त, मूल, पुष्य, अश्विनी, उत्तरा फाल्गुनी, उत्तराभाद्रपद नक्षत्र हो, सोमवार को श्रवण, रोहिणी, मृगशिरा, अनुराधा, पुष्य नक्षत्र हो, मंगलवार को अश्विनी, अश्लेषा, कृतिका, उत्तराभाद्रपद नक्षत्र हो, बुधवार को रोहिणी, मृगशिरा, अनुराधा, हस्त, कृतिका हो, बृहस्पतिवार को अश्विनी, अनुराधा, पुनर्वसु, पुष्य, रेवती हो, शुक्रवार को अश्विनी, अनुराधा, पुनर्वसु, श्रवण, रेवती हो, शनिवार को श्रवण, रोहिणी, स्वाति नक्षत्र हो तो, स्वार्थ सिद्धि और अमृत सिद्धि योग बनते हैं। विशेष बात यह कि मंगल कृतिका रहने से स्वार्थ सिद्धि योग भी बनता है और यमदृष्ट

योग भी बनता है। बुध को रोहिणी और बृहस्पति को अश्विनी नक्षत्र रहने पर चर योग बनता है। अच्छा रहे- ऐसे दिनों को छोड़ दिया जाए, जिस दिन सुयोग और दुर्योग दोनों बन रहे हों।

अभिचार या दुष्कर्म करने के लिए क्रूर योग उत्तम फल देने वाले होते हैं, किन्तु क़िसी भी प्रयोग को सिद्ध करने के लिए इन दुर्योग वाले दिनों को नहीं चुनना चाहिए, भले ही वे प्रयोग क्रूर ही क्यों न हों? दुर्योग बनने की स्थिति इन तिथियों, वारों एवं नक्षत्रों से बनती है-रविवार को चौथ या बरस तिथि रहे अथवा मघा, भरणी, घनिष्ठा नक्षत्र, सोमवार को छठ या ग्यारस तिथि हो अथवा चित्रा, विशाखा, मूल नक्षत्र रहे अथवा मंगलवार को पंचमी, सप्तमी दशमी तिथि रहे अथवा आद्रा, उत्तराषाढ़ा, कृतिका, भरणी नक्षत्र रहे, बुधवार को मूल, घनिष्ठा पूर्वाषाढ़ा, पुनर्वसु नक्षत्र रहे अथवा दोज, तीज, अष्टमी, नवमी तिथि हो, बृहस्पतिवार को छठ, अष्टमी, नवमी दशमी तिथि रहे अथवा कृतिका, अश्विनी, उत्तराषाढ़ा, उत्तराफाल्गुनी नक्षत्र रहे, शुक्रवार को सप्तमी, अष्टमी, नवमी, दशमी तिथि रहे अथवा रोहिणी, ज्येष्ठा, अनुराधा नक्षत्र रहे, शनिवार को षष्ठी, सप्तमी, नवमी, एकादशी तिथि हो अथवा हस्त, रेवती, श्रवण, शतभिषा नक्षत्र रहे तो क्रकच, दग्ध, विषहुताशन, यमघंट और यमदृष्ट्र नामक योग हुआ करते हैं। अपने नाम के अनुसार ही ये फल दिया करते हैं।

इन दिनों के अलावा कुछ सिद्ध मुहूर्त भी होते हैं, जैसे सूर्यग्रहण अथवा चन्द्रग्रहण, महारात्रि (शिवरात्रि, होलिका, दीपमालिका) सिद्धपीठ एवं गुरु कृपा कर जिस भी दिन साधना प्रारंभ करने की आज्ञा प्रदान करें।

प्रयोग साधन करने के लिए दैनिक रूप से नियत संख्या या मात्रा में कार्य किया जाता है, इसलिए जिस प्रकार का प्रयोग हो, उसी के अनुसार प्रयोग साधना काल में तथा सिद्ध कर लेने के बाद उसका प्रयोग जिस दिन करना हो, उस दिन भी षट्कर्मों की आधार शक्तियों की पूजा एवं एक माला जप कर लेना आवश्यक होता है।

शान्ति, वशीकरण, स्तंभन, विद्वेषण, उच्चाटन, मारण ये छह कर्म कहलाते हैं (आकर्षण, सम्मोहन, वशीकरण के ही अन्तर्गत हैं इसलिए इनकी अलग से गणना नहीं की गई है)। क्रमशः इनकी आधार शक्तियाँ रति, वाणी, रमा, ज्येष्ठा, दुर्गा और काली हैं। इन कर्मो के रंग इस प्रकार हैं--स्तम्भन का पीला, आकर्षण का नीला, वशीकरण का लाल, उच्चाटन का धुएँ जैसा, शान्ति का सफेद और मारण का काला रंग। कृष्ण का रंग सघन अतएव नील था इसलिए वे आकर्षण के मूर्त्त रूप थे तथा कंस जैसे के लिए मारक होने के कारण काले रंग के थे। रंग लिखने के पीछे उद्देश्य

यह रहा है कि इनमें से जो भी करना हो, उसी के अनुसार वातावरण बनता है तथा तारतम्य निर्मित होता है।

दिशा-षट्कर्मों के लिए दिशाओं की तरफ मुख कर बैठना भी महत्त्वपूर्ण है। इसकी व्यवस्था शास्त्रों ने इस तरह की है-वशीकरण में पूर्व दिशा, मारण में दक्षिण दिशा, बंधन में अथवा स्तंभन में पश्चिम वा दक्षिण, पुष्टिकर कर्म में उत्तर, आकर्षण में आग्रेय, मारण में नैऋत्य, उच्चाटन में वायव्य और मुक्ति साधना या निष्काम उपासना में ईशान की तरफ मुँह कर साधना सम्पन्न होती है।

6.5 शनि यंत्र का पूजन

शनि यंत्र का निर्माण भोजपत्र पर अष्टगंध से अग्रांकित प्रकार से करना चाहिए। सर्वप्रथम समबाहु त्रिभुज बनाकर उसी आकार का ऊर्ध्वमुख त्रिभुज का निर्माण करें। दोनों त्रिभुज एक वृत्त के भीतर इस तरह से बनायें कि उसके छः शीर्ष बिन्दु, वृत्त को समान दूरी पर स्पर्श करें। इस वृत्त के चारों ओर अष्टदल कमल का निर्माण करके पुनः वृत्त का निर्माण करें, ताकि अष्टदल कमल की आठों पंखुड़ियों के शीर्ष बिन्दु वृत्त का स्पर्श करें। इसके पश्चात् पुनः अष्टदल कमल की रचना करके शनि यंत्र का निर्माण करें।

यंत्र निर्माण का विधान स्वयं करने का प्रयास नहीं करना चाहिए। यंत्र निर्माण के लिए साधक को सम्यक संज्ञान के साथ-साथ सिद्धि भी अपेक्षित है। इसलिए शनिदेव के यंत्र का निर्माण उपयुक्त मुहूर्त में किसी योग्य आचार्य द्वारा कराकर उसे प्राण प्रतिष्ठा से अभिषिक्त करना चाहिए। यंत्र निर्माणकर्ता को शनिदेव के प्रीत्यर्थ शनि के वैदिक मंत्र का कम से कम 23000 जप अथवा कलियुग में इसका चार गुना अर्थात् 120,000 जप निष्ठापूर्वक करना चाहिए। ऐसा करने से यंत्र में शनि की शक्ति इस प्रकार से संचित हो जाती है कि जन्मांग में विद्यमान शनिग्रह के सभी अरिष्ट और अनिष्टकारी प्रभाव निरस्त हो जाते हैं। शनि यंत्र धारण करने पर उसमें समाहित शक्ति अन्यान्य नकारात्मक ग्रहों के प्रभाव को परास्त करके, जातक की सभी प्रकार की अशुभता, अनिष्ट, अरिष्ट, दुर्गति, दुर्दशा तथा दुखों से मुक्त करती है। शनि की अशुभता, उत्तरोत्तर शुभता में रूपान्तरित होने लगती है।

ज्ञातव्य है कि शनिदेव के यंत्र का निर्माण करने से पूर्व साधना और सिद्धि तथा यंत्र निर्माण तथा प्रतिष्ठा का संज्ञान अपेक्षित है।

विधान

यंत्र मध्य पीठ पूजा करें। ॐ सर्वात्मने शनि योगपीठाय नमः। आसन पीठ पूजा करें। ॐ स्वर्ण पीठाय नमः। ॐ रौप्य पीठाय नमः। ॐ ताम्रपीठाय नमः। ॐ लोहपीठाय नमः। ॐ कांस्यपीठाय नमः। ॐ पीत्तलासनाय नमः। ॐ कत्तीरासनाय नमः। ॐ रत्नपीठाय नमः।

ॐ प्रां प्रीं प्रूं सः शनवे नमः से शनि का आह्वान करें।

शनि पूजन यंत्रम्

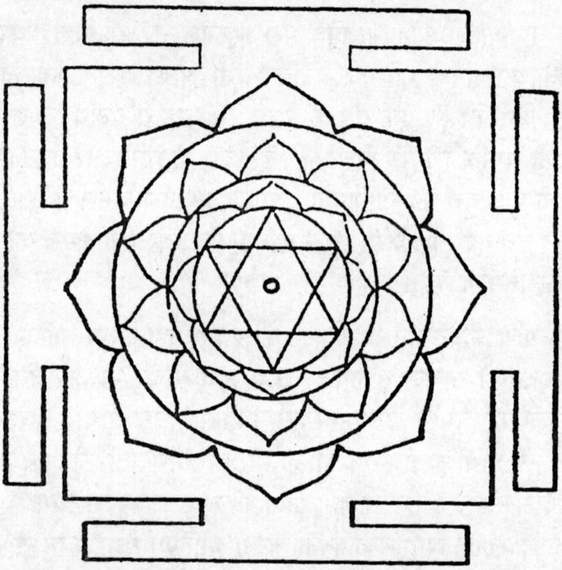

प्रथमावरणम् (षट्कोणे) - **ॐ हृदयशक्त्यै नमः। ॐ प्रीं शिरसे स्वाहा। ॐ प्रूं शिखायै वौषट्। ॐ प्रें कवचाय हुं। ॐ प्रौं नेत्रत्रयाय वौषट्। ॐ प्रः अस्त्राय फट्।**

द्वितीयावरणम् (अष्टदले)- **ॐ ध्वाजिन्यै नमः। ॐ धामिन्यै नमः। ॐ कंकाल्यै नमः। ॐ कलहप्रियायै नमः। ॐ कलह्यै नमः। ॐ कण्टक्यै नमः। ॐ अजायै नमः। ॐ तुरङ्गमायै नमः। मध्ये - ॐ महिष्यै नमः।**

तृतीयावरणम् (दशदले)- शनि के नामों से पूजन करें। **ॐ कोणसंस्थाय**

नमः। ॐ पिङ्गलाय नमः। ॐ बभ्रुरूपाय नमः। ॐ कृष्णाय नमः। ॐ रोद्रदेहाय नमः। ॐ अन्तकाय नमः। ॐ यमाय नमः। ॐ सौरये नमः। ॐ मंदाय नमः। ॐ क्रोडाय नमः।

चतुर्थावरणम् (अष्टदले)- पूर्वादिक्रम से ग्रहों का पूजन करें। ॐ राहवे नमः। ॐ केतवे नमः। ॐ भृगवे नमः। ॐ गुरवे नमः। ॐ बुधाय नमः। ॐ भौमाय नमः। ॐ चन्द्रमसे नमः। ॐ सूर्याय नमः।

पंचमावरणम् (भूपुरे-प्रथम रेखायाम्) - पूर्वादि 10 दिशाओं में शनि वाहनों का आह्वान करें। ॐ गंधर्वाय नमः। ॐ आश्वाय नमः। ॐ गजाय नमः। ॐ अजाय नमः। ॐ जंबूकाय नमः। ॐ सिंहाय नमः। ॐ कागाय नमः। ॐ मृगाय नमः। पूर्व ईशानयोर्मध्ये- ॐ मयूराय नमः। नैऋत्य पश्चिमायोर्मध्ये- ॐ महिषाय नमः।

षष्टमावरणम् (भूपुरे द्वितीय रेखायाम्) पूर्वादिक्रमेण- ॐ इन्द्राय नमः। ॐ आग्नेय नमः। ॐ यमाय नमः। ॐ नैऋत्यै नमः। ॐ वरुणाय नमः। ॐ वायवे नमः। ॐ कुबेराय नमः। ॐ ईशानाय नमः। पूर्व ईशानयोर्मध्ये- ॐ ब्रह्मणे नमः। नैऋत्य पश्चिमायोर्मध्ये- ॐ अनन्ताय नमः।

सप्तमावरणम् (भूपुरे तृतीय रेखायांम्) पूर्वादिक्रमेण- ॐ वज्राय नमः। ॐ शक्त्यै नमः। ॐ दण्डाय नमः। ॐ खड्गाय नमः। ॐ पाशाय नमः। ॐ अंकुशाय नमः। ॐ गदायै नमः। ॐ त्रिशूलाय नमः। ॐ पद्माय नमः। ॐ चक्राय नमः।

इस तरह पूजा कर शनि के तांत्रिक या वैदिक मंत्र का जाप करें।

6.6 शनि शांति के तांत्रिक प्रयोग

।। अथ शनैश्चर तांत्रिक मंत्रः।।

अष्टाक्षर मंत्र- **ॐ शनैश्चराय नमः।**

ध्यानम्-

वन्दे शनैश्चर वक्रदृंष्ट्रं नीलविभूषणम्।
वामानुजस्थितं वामकरं दक्षे वरं दधत्।।

नवाक्षर मंत्र- **ॐ शं शनैश्चराय नमः।**

इसके ऋषि ब्रह्मा हैं, छन्द गायत्री है, देवता शनैश्चर हैं, शं बीजं हैं तथा 'आप' शक्ति हैं।

दशाक्षर मंत्र- **ॐ प्रां प्रीं प्रौं सः शनये नमः।**

द्वादशाक्षर मंत्र- **ॐ प्रां प्रीं प्रौं सः शनैश्चराय नमः।**

6.7 पुरुषाकार शनि यन्त्र

समस्त परिहार सम्बन्धित शास्त्रों में स्पष्ट रूप से अंकित हैं कि परिहार के निमित्त (1) मंत्र जप; (2) तंत्र साधना; (3) यन्त्र निर्माण एवं धारण; (4) व्रत विधान; (5) रत्न धारण तथा कुछ अन्य सांकेतिक साधनाओं का अनुसरण करना चाहिए। यहाँ पर हमने शनिदेव के प्रसन्नार्थ उनके पूजन हेतु अनेक स्तोत्र, मंत्र जप आदि का उल्लेख किया है, अतएव यह आवश्यक है कि हम शनिदेव के यन्त्र के निर्माण का भी उल्लेख करें।

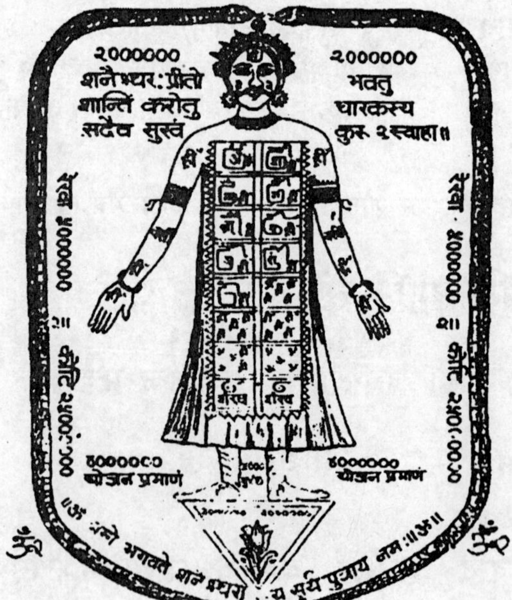

इस यन्त्र को भोजपत्र अथवा लौह पत्र पर (लोहे की चादर) पर शनिवार के दिन अष्टगन्ध अथवा गुलाब जल मिश्रित काली स्याही से अंकित कर विधिवत् प्रतिष्ठित करना चाहिए। काले घोड़े की नाल अथवा नाव की पुरानी कील से बने पत्र पर इसे उत्कीर्ण भी कराया जा सकता है।

तत्पश्चात् विधिपूर्वक अभ्यर्थना करें। काले कपड़े में रखकर यन्त्र की भाँति धारण करें। उत्कीर्ण यन्त्र का प्रतिदिन पूजन भी शुभ होता है। प्रत्येक शनिवार यन्त्र को तेल से स्नान कराना चाहिए। शनि जनित विपत्तियाँ शान्त होती हैं। शनिदेव के इस यन्त्र को जन्मराशि से जब चन्द्रमा तृतीय, षष्ठ, सप्तम, दशम अथवा एकादश भाव में भ्रमण कर रहा हो और उस भ्रमणकाल में जब शनिवार के दिन पुष्य, अनुराधा अथवा उत्तराभाद्रपद नक्षत्र हो, तो शनि के इस यन्त्र को लोहे की चादर पर उत्कीर्ण कराकर प्राण-प्रतिष्ठा करनी चाहिए। किसी योग्य आचार्य द्वारा प्राण-प्रतिष्ठा सम्पन्न कराकर इस पुरुषाकार लौह यन्त्र को घर में पूजन स्थल पर स्थापित करें और नियमित रूप से उनका पूजन तथा मंत्र जप करने से शनिदेवता प्रसन्न होते हैं।

पुरुषाकार शनि यंत्र के अनेक उपयोग हैं। शनि की दशा, शनि की साढ़ेसाती, शनि की ढैय्या अथवा अष्टम शनि के गोचर काल में, अथवा मारकेश की दशान्तर दशा के समय, पुरुषाकार शनि का विधिवत निर्माण कराकर पूजन स्थल पर स्थापित करना चाहिए। पूजा के समय, शनिदेव का षोडशोपचार पूजन करना चाहिए। शनिदेव के इस विग्रह के समक्ष निष्ठा और आस्था के साथ शनिदेव के वैदिक, पौराणिक अथवा तांत्रिक मंत्रों में से किसी भी एक मंत्र का, पूरे विश्वास और एकाग्रता के साथ जाप करना चाहिए। पुरुषाकार शनिदेव के विग्रह का पूजन, पुरुष और महिलायें समान रूप से कर सकती हैं। अनेक स्थलों पर उद्धृत है कि पुरुषाकार शनि यंत्र का निर्माण कराकर अथवा भोजपत्र या नीले कागज पर काली स्याही से लिखकर दाहिनी भुजा पर धारण करना चाहिए। यह सही नहीं है। यंत्र का निर्माण अन्य प्रकार से करने का विधान है, जो नीचे उद्धृत किया जा रहा है।

शनिदेव की अनुकूलता तथा प्रसन्नता हेतु शनि के अंक यंत्रों का निर्माण करके कण्ठ अथवा भुजा पर धारण करना शास्त्रसंगत है। यंत्र निर्माण से पूर्व निर्माण की कला तथा संज्ञान परम आवश्यक है। यंत्र निर्माण विज्ञान के अध्ययन हेतु आचार्य गोविन्द शास्त्री तथा आचार्य रुद्रदेव त्रिपाठी के यंत्र विज्ञान तथा यंत्र शक्ति का अध्ययन करना उपयुक्त है। कोई भी साधक काले या नीले कागज पर शनि या किसी भी ग्रह का यंत्र लिखकर धारण कर ले तो कोई लाभ नहीं होगा। यंत्र निर्माण विधि-विधान सहित करना चाहिए, जिसका सम्यक् उल्लेख इस कृति की परिधि में

सीमाबद्ध करना संभव नहीं है। पाठकों के संज्ञान हेतु शनिदेव के अंक यंत्रों के अग्रांकित प्रकार यहाँ उद्धृत किये जा रहे हैं।

1. शनिदेव के 33 अंकों का यंत्र, 2. शनिदेव के 39 अंकों का यंत्र तथा 3. शनिदेव के 15 अंकों का यंत्र।

6.8 शनि अंक यंत्र

12	7	14
13	11	9
8	15	10

इस यन्त्र की रचना लोहे या जस्ते के पत्र अथवा नीले कागज पर काली स्याही से करनी चाहिए। यन्त्र रचना का दिन शनिवार हो एवं व्याघात कारक योग नहीं हो। संख्या आरोह क्रम से हो, जैसे 7,8,9,10,11,12,13,14,15; पहले 7 लिखें फिर 8, इस प्रकार उत्तरोत्तर वृद्धिरूपेण हो।

शेष विधि पूर्ववर्णित ही है। दीपक के नीचे कड़वे तेल युक्त पीपल के साक्ष्य में शनिवार की संध्या को यन्त्र पूजन सर्वोत्तम है। दीर्घ अनुष्ठान में प्रतिदिन यन्त्र को पीपल में सुरक्षित रखें अथवा घर में पवित्र स्थल पर रखें। अनुष्ठान सम्पन्न होने पर यन्त्र जल में प्रवाहित कर देना श्रेयस्कर है।

6.9 शनि की ढैया शांति के लिए अंक यंत्र

14	9	16
15	13	11
10	17	12

श्री शनिदेव का समय जब किसी के जीवन में ढाई वर्ष के लिए प्रवेश करता है तो उसे शनि का ढैया कहते हैं। ढैया, दो वर्ष छः माह की समय अवधि को कहते हैं। शनि का ढैया शनि की साढ़ेसाती की तरह प्रत्येक राशि पर आता है। जब कभी किसी व्यक्ति की राशि से गोचर का शनि चतुर्थ स्थान पर या आठवें स्थान पर आता है तो उस राशि वाले व्यक्ति को शनि का ढैया तब तक लगा रहता है जब तक कि शनि चतुर्थ या अष्टम से निकल कर आगे नहीं चले जाते।

इस यंत्र का भी पूर्व वर्णित विधि के अनुसार ही यंत्र का निर्माण करके यंत्र पूजन एवं अनुष्ठान सम्पन्न करना चाहिए।

6.10 एक अन्य शनि यंत्र

अग्रांकित यंत्र को लोहे के पत्र पर उत्कीर्ण करवा कर प्राण प्रतिष्ठित करने के पश्चात् धारण करना अपेक्षित है। साढ़ेसाती से उत्पन्न कष्टों का शमन होता है।

4	9	2
3	5	7
8	1	6

शनिवार को व्रतस्थ रहना चाहिए। सूर्यास्त के पश्चात् हनुमान जी का पूजन करके व्रत सम्पन्न करना चाहिए। पूजन में सिन्दूर, काली तिल्ली का तेल इसी का दीपक एवं लाल फूल मुख्य हैं।

शनिवार को पीपल के वृक्ष के चारों ओर सात बार कच्चा सूत लपेटें। इस समय शनि के किसी मन्त्र का जप करते रहें। तत्पश्चात् पीपल का पूजन-दीपन करें। इस दिन एक समय लवण रहित भोजन करें।

अध्याय–7

शनि शान्ति स्तोत्र

भारत सदृश सांस्कृतिक सत्ताधारी राष्ट्र में मन्त्र साधना की वर्चस्वी परम्परा है। जीवन के प्रत्येक क्षेत्र में इनका प्रयोग शताब्दियों से होता आया है। देवोपासना अथवा ग्रहाराधना के क्षेत्र में मन्त्र अमोघ अस्त्र के समान हैं। वर्तमान युग में भी इनकी महिमा पूर्ववत् अक्षुण्ण है।

संक्षिप्ततः यह कि मन्त्र सिद्धि में श्रद्धा-कर्मठता-शुद्ध-सांगोपांग प्रक्रिया एवं प्रसन्न उच्चारण का अनिवार्य महत्त्व है। अतः मात्र पुस्तकों से ज्ञान प्राप्ति की अपेक्षा सद्गुरु की शरण-ग्रहण करना भी अपेक्षित है।

7.1 दशरथकृत शनिस्तोत्र

किसी भी स्तोत्र या मंत्र जप के पूर्व षडक्षर गणपतिमंत्र **'ॐ वक्रतुण्डाय हुम्'** की एक माला अवश्य जपना चाहिए। इसके अभाव में कोई भी मंत्र सफल नहीं होता है। इस मंत्र की विस्तृत जपविधि निम्नलिखित है-

गणपति षडक्षरमंत्र जप विधि

विनियोगः **ॐ अस्य श्रीगणपतिषडक्षरमंत्रस्य भार्गव ऋषिः अनुष्टुप् छन्दः विघ्नेशो देवता वं बीजं यं शक्तिः हुँ कीलकं श्रीगणपति प्रसादात्सकल कामनासिद्ध्यर्थे जपेविनियोगः।**

ऋष्यादिन्यासः **ॐ भार्गवऋषये नमः शिरसि। ॐ अनुष्टुप्छन्दसे नमः मुखे। ॐ विघ्नेशोदेवतायै नमः हृदये। ॐ वं बीजाय नमः गुह्ये। ॐ यं शक्तये नमः पादयोः। ॐ हुं कीलकाय नमः नाभौ। ॐ विनियोगाय नमः सर्वाङ्गे।**

करन्यासः ॐ वं अंगुष्ठाभ्यां नमः। ॐ क्रं तर्जनीभ्यां नमः। ॐ तुं मध्यमाभ्यां नमः। ॐ डां अनामिकाभ्यां नमः। ॐ यं कनिष्ठिकाभ्यां नमः। ॐ हुं करतलकरपृष्ठाभ्यां नमः।

हृदयादिन्यासः ॐ वं हृदयाय नमः। ॐ क्रं शिरसे स्वाहा। ॐ तुं शिखायै वषट्। ॐ डां कवचाय हुम्। ॐ यं नेत्रत्रयाय वौषट्। ॐ हुं अस्त्राय फट्।

अंगन्यासः ॐ वं नमः भ्रुवोर्मध्ये। ॐ क्रं नमः कण्ठे। ॐ तुं नमः हृदि। ॐ डां नमः नाभौ। ॐ यं नमः लिङ्गे। ॐ हुं नमः पादयोः। ॐ वक्रतुण्डाय हुम् नमः सर्वाङ्गे।

ध्यानम्: उद्यद्दिनेश्वररुचिं निजहस्तपद्मैः,
पाशांकुशाऽभयवरान्दधतं गजास्यः।
रक्ताम्बरं सकलदुखहरं, गणेशं
ध्यायेत्प्रसन्नमखिलाभरणाभिरामम्।।

मन्त्रः ॐ वक्रतुण्डाय हुम्।

इस मंत्र का 108 जप करके, उक्त प्रकार से पुनः उत्तरन्यास करें।

नमस्कारः विघ्नेश्वरायवरदाय सुरप्रियाय,
लम्बोदराय सकलाय जगद्धिताय।
नागाननाय श्रुतियज्ञविभूषिताय
गौरिसुताय गणनाथ नमो नमस्ते।।

अनेन जपेन श्रीगणपतिदेवता प्रीयताम् न मम।

ज्योतिर्विदों का अभिमत है कि यदि शनि रोहिणी का अतिक्रमण करता है तो 'रोहिणी शकट भेदन योग' उपस्थित होता है। इसके फलस्वरूप भूतल पर बारह वर्ष का घोरतम दुर्भिक्ष पड़ता है, जिसका अन्त प्रलय में होता है। जब इक्ष्वाकुवंश में उत्पन्न महाराज दशरथ राज्य कर रहे थे, तब यह योग उपस्थित होने वाला था। महर्षियों के निर्देशानुसार प्रजावत्सल दशरथ, शनि को इस संहार से विपथित करने के हेतु रथारूढ़ होकर नक्षत्रलोक में जा पहुँचे। जब वार्तालाप से शनि अनुकूल नहीं हुए तो क्षत्रियधर्म

का पालन करते हुए दशरथ ने शनि पर आक्रमण कर दिया। शनि दशरथ की कर्तव्यनिष्ठा और वीरता से बहुत प्रभावित हुए। उन्होंने वर देना चाहा। दशरथ ने कहा कि सूर्यादि के होते हुए आप कभी शकट भेदन न करें, शनि ने यह वचन दिया।

तत्पश्चात् कृतार्थ महाराज दशरथ ने अत्यन्त मनोहारी वचनों से शनिदेव की स्तुति की। प्रसन्न होकर शनि ने एक वरदान और माँगने को कहा। दशरथ ने कहा कि आप अकारण किसी को कष्ट न दें। वरदान प्रदान करते हुए शनि ने कहा कि यदि किसी जन्मांग या गोचर में प्रथम भावस्थ, चतुर्थ भावस्थ, अष्टम भावस्थ होऊँगा तो उसे मृत्युतुल्य कष्ट दे सकता हूँ। किन्तु यदि वह जातक मेरी प्रतिमा की अर्चना कर तुम्हारे द्वारा विरचित स्तोत्र से मुझे प्रसन्न करेगा तो मैं उसे त्रास नहीं दूँगा और उसकी रक्षा करूँगा। अग्रांकित दशरथकृत शनि स्तोत्र का पाठ करने से शनिप्रदत्त पीड़ा और कष्टों से मुक्ति मिलती है।

इस शनि स्तोत्र का पाठ करने से पूर्व शनिदेव का विधिवत् षोडशोपचार पूजन करना चाहिए। उसके पश्चात् संकल्प का उच्चारण करना चाहिए। तदुपरान्त हाथ में जल लेकर अग्रांकित विनियोग पढ़ना चाहिएः

विनियोग : श्री गणेशाय नमः। ॐ अस्य श्रीशनिस्तोत्रमन्त्रस्य कश्यप ऋषिस्त्रिष्टुप्छन्दः, सौरिर्देवता, शं बीजम्, निःशक्तिः, कृष्णवर्णेति कीलकम्, धर्मार्थ-काम-मोक्षात्मक-चतुर्विधपुरुषार्थसिद्ध्यर्थे जपे विनियोगः।

दाहिने हाथ में शुद्ध जल लेकर 'श्री गणेशाय नमः .... जपे विनियोगः' पर्यन्त पढ़ कर भूमि पर जल छोड़ दें।

करादिन्यास : शनैश्चराय अंगुष्ठाभ्यां नमः। मन्दगतये तर्जनीभ्यां नमः। अधोक्षजाय मध्यमाभ्यां नमः। कृष्णाङ्गाय अनामिकाभ्यां नमः। शुष्कोदराय कनिष्ठिकाभ्यां नमः। छायात्मजाय करतलकरपृष्ठाभ्यां नमः।

'शनैश्चराय अंगुष्ठाभ्यां नमः' से दोनों अँगुठे का स्पर्श करें। 'मन्दगंतये तर्जनीभ्यां नमः' से दोनों अँगूठे की बगल वाली तर्जनी अँगुली का स्पर्श करें। 'अधोक्षजाय मध्यमाभ्यां नमः' से बीच की अँगुली का, 'कृष्णाङ्गाय अनामिकाभ्यां नमः' से बीच की अँगुली के बगलवाली अँगुली का स्पर्श करें। 'शुष्कोदराय कनिष्ठिकाभ्यां नमः' से कानी अँगुली का, 'छायात्मजाय करतलकरपृष्ठाभ्यां नमः' से दोनों हाथों की हथेलियों तथा पीठों का स्पर्श करें।

हृदयादिन्यास : शनैश्चराय हृदयाय नमः। मन्दगतये शिरसे स्वाहा।

अधोक्षजाय शिखायै वषट्। कृष्णाङ्गाय कवचाय हुं। शुष्कोदराय नेत्रत्रयाय वौषट्। छायात्मजाय अस्त्राय फट्।

'शनैश्चराय हृदयाय नमः' से हृदय, 'मन्दगतये शिरसे स्वाहा' से सिर, 'अधोक्षजाय शिखायै वषट्' से शिखा, 'कृष्णाङ्गाय कवचाय हुं' से दोनों हाथों की भुजाओं तथा 'शुष्कोदराय नेत्रत्रयाय वौषट' से दोनों नेत्रों का स्पर्श करें। 'छायात्मजाय अस्त्राय फट्' कहकर दाहिने हाथ की तर्जनी और मध्यमा से बायें हाथ से ताली बजायें।

दिग्बन्धन : ॐ भूर्भुवः स्वः इति दिग्बन्धनम्।

ध्यान : इसके पश्चात् हाथ में पुष्प लेकर सूर्यपुत्र भगवान शनि का ध्यान अपेक्षित है -

नीलद्युतिं शूलधरं किरीटिनं गृध्रस्थितं त्रासकरं धनुर्धरम्।
चतुर्भुजं सूर्यसुतं प्रशान्तं वन्दे सदाऽभीष्टकरं वरेण्यम्।।

नीलम के सदृश कान्तिमान्, हाथों में शूल और धनुष को धारण करने वाले, मुकुटधारी गीध पर विराजमान, शत्रुओं को भय देने वाले, चार भुजाओं वाले, शान्त वर को देने वाले तथा सदा भक्तों के हितकारक सूर्यसुत (शनैश्चर) को मैं प्रणाम करता हूँ।

मनसा-वाचा-कर्मणा अर्थात् समग्र चेतना को शनि के चरणों में केन्द्रित करने के उपरान्त स्तोत्र एवं इससे सम्बद्ध कथा का पारायण करना चाहिए।

कथारम्भ

प्रणम्य देवदेवेशं सर्वग्रहनिवारणम्।
शनैश्चरप्रसादार्थं चिन्तयामास पार्थिवः।।1।।

सभी ग्रहों के कष्टों को दूर करने वाले देवताओं के भी स्वामी गणेश को प्रणाम करके शनि देवता को प्रसन्न करने के लिए राजा सोचने लगे।

रघुवंशेषु विख्यातो राजा दशरथः पुरा।
चक्रवर्ती स विज्ञेयः सप्तद्वीपाधिपोऽभवत्।।2।।

प्राचीन काल में रघुवंश में सुप्रसिद्ध सातों द्वीपों के स्वामी दशरथ नाम के एक चक्रवर्ती राजा हुए।

कृत्तिकान्ते शनिं ज्ञात्वा दैवज्ञैर्ज्ञापितो हि सः।
रोहिणीं भेदयित्वा तु शनिर्यास्यति साम्प्रतम्।।3।।

एक बार ज्योतिषियों ने कृत्तिका के अन्तिम चरण में शनि को देखकर राजा से कहा कि अब यह शनि रोहिणी का भेदन कर जायेगा।

शकटं भेद्यमित्युक्तं सुरासुरभयङ्करम्।
द्वादशाब्दं तु दुर्भिक्षं भविष्यति सुदारुणम्।।4।।

इसको रोहिणी शकटभेदन कहते हैं। यह देव-दानवों के लिए भयप्रद होता है और इसके बाद 12 वर्ष तक भयंकर अकाल पड़ता है।

एतच्छ्रुत्वा तु तद्वाक्यं मन्त्रिभिः सह पार्थिवः।
व्याकुलं च जगद् दृष्ट्वा पौरजानपदादिकम्।।5।।

ज्योतिषियों की इस बात को मन्त्रियों के साथ राजा सुनकर नगर और जनपद वासियों को व्याकुल देखकर।

ब्रुवन्ति सर्वलोकाश्च भयमेतत् समागतम्।
देशाश्च नगरग्रामा भयभीताः समागताः।।6।।

उसी समय नगर एवं ग्रामवासी भी सभी लोग भयभीत होकर कहने लगे।

प्रपच्छ प्रयतो राजा वसिष्ठप्रमुखान् द्विजान्।
समाधानं किमत्रास्ति ब्रुवन्तु! द्विजसत्तमाः।।7।।

प्रजा वर्ग की व्याकुलता को देखकर राजा दशरथ ने वसिष्ठ आदि ब्राह्मणों से पूछा- हे ब्राह्मणों! इसका क्या समाधान है, मुझे उसका उपदेश दीजिये।

वसिष्ठ उवाच

प्राजापत्ये तु नक्षत्रे तस्मिन् भिन्ने कुतः प्रजाः।
अयं योगो ह्यसाध्यश्च ब्रह्मशक्रादिभिः सुरैः।।8।।

इस प्रजापति के नक्षत्र (रोहिणी) में यदि शनि शकट भेदन करता है तो प्रजाओं का शुभ कैसे हो सकता है। यह योग तो ब्रह्मा, इन्द्र आदि देवताओं के द्वारा भी असाध्य है।

तदा सञ्चिन्त्य मनसा साहसं परमं ययौ।
समाधाय धनुर्दिव्य दिव्यायुधसमन्वितम्।।9।।

तब विचार कर राजा परम साहस को प्राप्त कर दिव्य धनुष तथा दिव्य आयुधों से युक्त होकर -

रथमारुह्य वेगेन गतो नक्षत्रमण्डलम्।
सपादयोजनं लक्षं सूर्यस्योपरि संस्थितम्।।10।।

रथ में चढ़कर सूर्य के ऊपर सवा लाख योजन पर स्थित नक्षत्र मण्डल में अत्यन्त वेग से गया।

रोहिणीपृष्ठमासाद्य स्थितो राजा महाबलः।
रथे तु काञ्चने दिव्ये मणिरत्नविभूषिते।।11।।

मणि तथा रत्नों से सुशोभित सोने के रथ में बैठकर महाबली वह राजा रोहिणी पृष्ठ को पाकर स्थित-

हंसवर्णहयैर्युक्ते महाकेतुसमुच्छ्रिते।
दीप्यमानो महारत्नैः किरीटमुकुटोज्ज्वलैः।। 12।।
व्यराजत तदाऽऽकाशे द्वितीय इव भास्करः।

सफेद घोड़ों से युक्त ऊँची ध्वजाओं से सुशोभित मुकुट आदि से जड़े हुये बहुमूल्य रत्नों से प्रकाशमान वह राजा उस समय आकाश में दूसरे सूर्य के समान चमक रहा था।

आकर्णं चापमाकृष्य सह शस्त्रं नियोजितम्।।13।।
कृत्तिकान्तं शनिर्ज्ञात्वा प्राविशत्तां च रोहिणीम्।
दृष्ट्वा दशरथं चाग्रे तस्थौ तु भ्रुकुटीमुखः।।14।।
संहारास्त्रं शनिर्दृष्ट्वा सुरासुरनिषूदनम्।
प्रहस्य च भयात् सौरिरिदं वचनमब्रवीत्।।15।।

शनि को कृत्तिका नक्षत्र के बाद रोहिणी नक्षत्र में प्रवेश का इच्छुक देखकर दशरथ बाणयुक्त धनुष को कान तक खींचकर भौहों को कुटिल करके सामने खड़ा हो गया। देव-दानवों के विनाशक संहारास्त्र को देखकर शनि ने डर कर किन्तु कुछ हंसकर उनसे कहा।

शनिरुवाच

पौरुषं तव राजेन्द्र! मया दृष्टं न कस्यचित्।
देवासुरमनुष्याश्च सिद्धविद्याधरोरगाः।।16।।
मया विलोकिताः सर्वे भयं गच्छन्ति तत्क्षणात्।
तुष्टोऽहं तव राजेन्द्र! तपसा पौरुषेण च।।17।।
वरं ब्रूहि प्रदास्यामि स्वेच्छया रघुनन्दन!।

शनि ने कहा- हे राजेन्द्र! मैंने तुम्हारे सदृश पुरुषार्थ किसी में नहीं देखा। क्योंकि देवता, असुर, मनुष्य सिद्ध विद्याधर तथा सर्वजाति के प्राणी मेरे देखने मात्र से ही आतंकित हो जाते हैं। हे राजेन्द्र! मैं तुम्हारी तपश्चर्या एवं पुरुषार्थ से प्रसन्न हूँ। अतएव हे रघुवंशविभूषण! अपनी अभिलाषा से वर माँगो। मैं प्रदान करूँगा।

दशरथ उवाच

प्रसन्नो यदि मे सौरे! एकश्चास्तु वरः परः।।18।।
रोहिणीं भेदयित्वा तु न गन्तव्यं कदाचन।
सरितः सागरा यावद् यावच्चन्द्रार्कमेदिनी।।19।।
याचितं तु महासौरे! नान्यमिच्छाम्यहं वरम्।
एवमस्तु शनिप्रोक्तं वरं लब्ध्वा तु शाश्वतम्।।20।।
प्राप्यैवं तु वरं राजा कृतकृत्योऽभवत्तदा।
पुनरेवाऽब्रवीत्तुष्टो वरं वरय सुव्रत।।21।।

हे शनिदेव! यदि आप मुझ पर प्रसन्न हैं तो मैं केवल एक ही वर माँगता हूँ। आप जब तक नदी, समुद्र, चंद्रमा, सूर्य और पृथ्वी रहें तब तक रोहिणी शकट का भेदन करके न जायें। यही मेरा वर है, मैं और कुछ नहीं चाहता हूँ। शनि ने 'एवमस्तु' कहा। इस प्रकार शनि से वर पाकर राजा सफल मनोरथ हुआ। शनिदेव ने उससे पुनः प्रसन्न होकर वर माँगने के लिए कहा।

प्रार्थयामास हृष्टात्मा वरमन्यं शनि तदा।
न भेतव्यं न भेतव्यं त्वया भास्करनन्दन! ।।22।।
द्वादशाब्दं तु दुर्भिक्षं न कर्तव्यं कदाचन।
कीर्तिरिषा मदीया च त्रैलोक्ये तु भविष्यति।।23।।

एवं वरं तु सम्प्राप्य हृष्टरोमा स पार्थिवः।
रथोपरि धनुःस्थाप्य भूत्वा चैव कृताञ्जलिः।।24।।
ध्यात्वा सरस्वतीं देवीं गणनाथं विनायकम्।
राजा दशरथः स्तोत्रं सौरेरिदमथाऽकरोत्।।25।।

प्रसन्न होकर राजा ने शनि से दूसरा वर माँगा, तब शनि ने कहा- हे सूर्यवंशियों के पुत्र! तुम निर्भय रहो, निर्भय रहो, बारह वर्षों तक तुम्हारे राज्य में अकाल नहीं होगा। मेरा यह यश तीनों लोकों में होगा। ऐसा वर पाकर प्रसन्न राजा ने अपना धनुषबाण रथ के ऊपर रख दिया और हाथ जोड़कर सरस्वती तथा गणेश जी का ध्यान करके शनि की इस प्रकार की स्तुति की।

दशरथ उवाच

नमः कृष्णाय नीलाय शितिकण्ठनिभाय च।
नमः सुरूपगात्राय स्थूलरोम्णे नमो नमः।।26।।
नमो नित्यं क्षुधार्ताय ह्यतृप्ताय च वै नमः।
नमः कालाग्निरूपाय कृष्णाङ्गाय च वै नमः।।27।।

दशरथ ने कहा- कृष्ण एवं नीलवर्ण वाले तथा शिवरूप धारी तुमको नमस्कार है। सुरूप शरीर वाले, स्थूल रोमों वाले तुमको नमस्कार है। सदा भूखे तथा अतृप्त रहने वाले तुमको नमस्कार है।

नमो दीर्घाय शुष्काय कालदृष्टे नमो नमः।
नमोऽस्तु कीटरक्षाय दुर्भिक्षाय च वै नमः।।28।।
नमो घोराय रौद्राय भीषणाय कपालिने।
नमो मन्दगते तुभ्यं भास्करे भयदायिने।।29।।
अधोदृष्टे नमस्तेऽस्तु संवर्तकमयाय च।
तपसा दग्धदेहाय नित्यं योगरताय च।।30।।
ज्ञानचक्षुर्नमस्तेऽस्तु कश्यपात्मजसूनवे।
तुष्टो ददासि वै राज्यं रुष्टो हरसि तत्क्षणात्।।31।।

दीर्घ, शुष्क, कालदृष्टि, कीटरक्षक, दुर्भिक्षकारक, घोर, रौद्र, भीषण, खप्परधारी, मन्दगति, सूर्यपुत्र, प्राणियों को भय देने वाले तथा अधोदृष्टि वाले तुमको नमस्कार

है। प्रलयकारक, तपस्या से जिसने शरीर को जला दिया है, सदा तपस्या में लगे रहने वाले, दिव्यदृष्टि वाले और कश्यप के पुत्र सूर्य, उसके पुत्र को नमस्कार है। तुम प्रसन्न होने पर राज्य देते हो और रुष्ट होने पर सभी सम्पत्तियों का विनाश कर देते हो।

सूर्यपुत्र ! नमस्तेऽस्तु सर्वभक्षाय वै नमः।
देवासुरमनुष्याश्च पशुपक्षिसरीसृपाः।। 32।।
त्वया विलोकिताः सर्वे दैन्यमाशु व्रजन्ति ते।
ब्रह्मा शक्रो हरिश्चैव ऋषयः सप्ततारकाः।। 33।।
राज्यभ्रष्टाः पतन्त्येते त्वया दृष्ट्याऽवलोकिताः।
देशाश्च नगरग्रामा द्वीपाश्चैव तथा द्रुमाः।। 34।।
त्वया विलोकिताः सर्वे विनश्यन्ति समूलतः।
प्रसादं कुरु हे सौरे ! वरदो भव भास्कर।। 35।।

सभी का विनाश करने वाले हे सूर्यपुत्र! तुम्हें नमस्कार है। देवता, असुर, मनुष्य, पशु, पक्षी, सर्प आदि प्राणी तुम्हारी दृष्टि मात्र से दुःखी हो जाते हैं। ब्रह्मा, इन्द्र, विष्णु, सप्तर्षि, इन पर भी जब तुम्हारी दृष्टि जाती है तो ये भी अपने पदों से च्युत हो जाते हैं। देश, नगर, गाँव द्वीप तथा वृक्ष आदि भी तुम्हारी दृष्टि पड़ने पर समूल नष्ट हो जाते हैं। अतः हे सूर्यपुत्र! हमारे ऊपर प्रसन्न होकर और शुभ वर दो।

एवं स्तुतस्तदा सौरिर्ग्रहराजो महाबलः।
अब्रवीच्च शनिर्वाक्यं हृष्टरोमा च पार्थिव।। 36।।
तुष्टोऽहं तव राजेन्द्र! स्तोत्रेणानेन सुव्रत।
एवं वरं प्रदास्यामि यत्ते मनसि वर्तते।। 37।।

इस प्रकार दशरथ द्वारा स्तुति किये जाने पर महा बलवान् ग्रहों के राजा शनि ने प्रसन्न होकर कहा- हे राजेन्द्र! मैं तुम्हारे इस स्तोत्र से प्रसन्न हूँ, अब मैं तुमको ऐसा वर दूँगा जो तुम्हारे मन में है।

दशरथ उवाच

प्रसन्नो यदि मे सौरे ! वरं देहि ममेप्सितम्।
अद्य प्रभृति पिङ्गाक्ष ! पीडा देया न कस्यचित्।। 38।।
प्रसादं कुरु मे सौरे ! वरोऽयं मे महेप्सितः।

दशरथ ने कहा- हे शनिदेव! यदि तुम मुझ पर प्रसन्न हो तो मेरा इच्छित वर दो। तुम आज से किसी को कष्ट नहीं देना। हे शनिदेव! यही मेरा प्रिय वर है।

शनिरुवाच

अदेयस्तु वरोऽस्माकं तुष्टोऽहं च ददामि ते।।39।।
त्वया प्रोक्तं च मे स्तोत्रं ये पठिष्यान्ति मानवाः।
देवासुरमनुष्याश्च सिद्धविद्याधरोरगाः।।40।।
न तेषां बाधते पीडा मत्कृता वै कदाचन।
मृत्युस्थाने चतुर्थे वा जन्मव्ययद्वितीयगे।।41।।
गोचरे जन्मकाले वा दशास्वन्तर्दशासु च।
यः पठेद् द्वित्रिसन्ध्यं वा शुचिर्भूत्वा समाहितः।।42।।
न तस्य जायते पीडा कृता वै मम निश्चलम्।
प्रतिमां लोहजां कृत्वा मम राजन् चतुर्भुजाम्।।43।।

शनि ने कहा- यद्यपि ऐसा वर मैं किसी को देता नहीं हूँ किन्तु प्रसन्न होने के कारण तुमको दे रहा हूँ। तुम्हारे द्वारा कहे गये इस स्तोत्र को जो मनुष्य, देवता, असुर, सिद्ध, विद्याधर तथा सर्प आदि पढ़ेंगे, उनको शनि बाधा नहीं होगी। जिनके जन्मकाल में, गोचर में, महादशा में या अन्तर्दशा में अथवा लग्न, द्वितीय, चतुर्थ, अष्टम, द्वादश स्थान में शनि हो वे पवित्र होकर यदि प्रातः, मध्याह्न और सायंकाल इस स्तोत्र को ध्यानपूर्वक पढ़ेंगे, उनको निश्चित ही मेरी पीड़ा नहीं होगी।

वरदां च धनुःशूलबाणाङ्कितकरां शुभाम्।
अयुतमेकजप्यं च तद्दशांशेन होमतः।।44।।
कृष्णैस्तिलैः शमीपत्रैर्घृताक्तैर्नीलपङ्कजैः।
पायसं शर्करायुक्तं घृतमिश्रं च होमयेत्।।45।।
ब्राह्मणान् भोजयेत् तत्र स्वशक्त्या घृतपायसैः।
तैले वा तिलराशौ वा प्रत्यक्षं वा यथाविधि।।46।।

हे राजन्! वर देनेवाली लोहे की एक प्रतिमा को बनायें, उसके चार हाथ हों और उनमें धनुष, शूल, बाण धारण किये हों। तदनन्तर दस हजार जप करें, इसका नवांश काले तिल, शमी पत्र, घी, नीलकमल, खीर, चीनी मिलाकर होम करें।

तत्पश्चात् घी और दूध से बने पदार्थों से ब्राह्मणों को भोजन करायें। उक्त शनि की लौह मूर्ति को तिल के तेल में या तिलों के ढेर में रखकर विधिपूर्वक -

पूजनं चैव मन्त्रेण कुंकुमाद्यं च लेपयेत्।
नील्या वा कृष्णतुलसीशमीपत्रादिभिः शुभैः।।47।।
दद्यान्मे प्रीतये यस्तु कृष्णवस्त्रादिकं शुभम्।
धेनुं वा वृषभं चापि सवत्सां च पयस्विनीम्।।48।।
एवं विशेषपूजां च मद्द्वारे कुरुते नृप।
मन्त्रोद्धारविशेषेण स्तोत्रेणानेन पूजयेत्।।49।।
पूजयित्वा जपेत् स्तोत्रं भूत्वा चैव कृताञ्जलिः।
तस्य पीडां न चैवाहं करिष्यामि कदाचन।।50।।
रक्षामि सततं तस्य पीडां चान्यग्रहस्य च।
अनेनैव प्रकारेण पीडामुक्तं जगद्भवेत्।।51।।

मन्त्र के द्वारा पूजन करें कुंकुम आदि को चढ़ायें। नीली काली तुलसी, शमीपत्र आदि मेरी प्रसन्नता के लिए अर्पित करें। काला वस्त्र, बैल, दूध देने वाली गाय इनको दान में दें। इस प्रकार हे राजन्! मेरे द्वार पर जो विशेष पूजा मन्त्रोद्धारपूर्वक इस स्तोत्र से करता है और पूजा करके इस स्तोत्र का हाथ जोड़कर पाठ करता है, उसको किसी प्रकार की भी मैं पीड़ा नहीं होने दूँगा। अपितु मैं अन्य ग्रहों की पीड़ा से भी उसकी रक्षा करता हूँ। इस प्रकार करने से सम्पूर्ण जगत् पीड़ा से मुक्त हो जाता है।

वरद्वयं तु सम्प्राप्य राजा दशरथस्तदा।
मत्वा कृतार्थमात्मानं नमस्कृत्य शनैश्चरम्।।52।।
शनैश्चराभ्यनुज्ञातो रथमारुह्य वीर्यवान्।
स्वस्थानं च गतो राजा प्राप्तकामोऽभवत् तदा।।53।।
सर्वसिद्धिमवाप्याथ विजयी सर्वदाऽभवत्।
कोणस्थः पिङ्गलो बभ्रुःकृष्णो रौद्राऽन्तको यमः।।54।।
सौरिः शनैश्चरो मन्दः पिप्पलाश्रयसंस्थितः।
एतानि शनिनामानि जपेदश्वत्थसन्निधौ।।55।।
शनैश्चरकृता पीडा न कदाचित् भविष्यति।
अल्पमृत्युविनाशाय दुःखस्योद्धारणाय च।।56।।

शनि से दो वर प्राप्त कर राजा दशरथ अपने को धन्य समझकर और शनि को प्रणाम कर उससे अनुमति पाकर रथ में चढ़कर अपने राज्य में आकर सफल मनोरथ हुए। सभी प्रकार की सिद्धि को प्राप्त कर सदा विजयी हुए। 1. कोणास्थ, 2. पिंगल, 3. वभ्रुः, 4. कृष्णः, 5. रौद्रान्तकः, 6. यमः, 7. सौरि, 8. शनैश्चरः, 9. मन्दः, 10 पिप्पलाश्रयसंस्थितः, इन दस नामों को पीपल वृक्ष के समीप जो जपेगा उसको शनि का कष्ट कभी नहीं होगा।

स्नातव्यं तिलतैलेन धान्यमाषादिकं तथा।
लौहं देयं च विप्राय सुवर्णेन समन्वितम्।।57।।
शनिस्तोत्रं पठेद् यस्तु शृणुयाद् वा समाहितः।
विजयं चार्थकामौ च सुखमारोग्यमाप्नुयात्।।58।।

अल्पमृत्यु के नाश के लिए और दुःखों को दूर करने के लिए तिल तैल से स्नान करें। धान्य, उड़द, लोहा, सुवर्ण इनका दान करें। इस शनि स्तोत्र का स्वयं पाठ करें या ब्राह्मण द्वारा इस स्तोत्र को सावधान होकर सुनें, ऐसा करने से सब जगह विजय, अर्थ, काम, आरोग्य और सुख की प्राप्ति होती है।

अपनी प्रभविष्णुता में यह स्तोत्र अद्वितीय है। दशरथकृत शनिस्तोत्र का निरंतर पाठ करने से अकाल मृत्यु, विपत्ति, व्याधि, व्यवधान, विसंगति तथा विघटनकारी स्थितियों के साथ-साथ निर्धनता का शमन होता है। उपयुक्त पद, प्रतिष्ठा प्राप्त होती है। अपमानजनक स्थितियों, परिस्थितियों तथा विपन्नता के समाधान का मार्ग प्रशस्त होता है। दशरथकृत शनि स्तोत्र चमत्कारी परिणाम प्रदान करता है।

7.2 दशरथकृत शनि स्तवन

• दशरथकृत शनि स्तोत्र के साथ-साथ शनि स्तवन का पाठ करना अत्याधिक लाभदायक सिद्ध होता है। स्तवन से तात्पर्य है अत्यन्त विनम्र भाव से पूर्णतः समर्पित होकर स्तुति करना। शनि स्तवन का नियमित रूप से पाठ करने से शनि सम्बन्धी कष्टों से मुक्ति तो प्राप्त होती ही है परन्तु विशेष ज्ञातव्य तथ्य यह है कि शनि स्तोत्र के साथ शनि स्तवन का पाठ करने वाले साधक के जीवन में शनिकृत संकट पुनः कभी नहीं उत्पन्न होता। ऐसा व्यक्ति सभी कष्टों, व्याधियों, विपत्तियों, आपत्तियों तथा दुर्गतियों से मुक्त रहता है।

विनियोग : ॐ अस्य श्रीशनैश्चरस्तोत्रमंत्रस्य दशरथऋषिः। त्रिष्टुपछन्दः श्रीशनैश्चरो देवता शनैश्चरप्रीत्यर्थे पाठे विनियोगः।

देशाश्च दुर्गाणि वनानी यत्र सेनानीवेशाः पुरपत्तनानि।
पीड्यन्ति सर्वे विषमस्थितेन तस्मै नमः श्रीरविनन्दनाय।।

दशरथ उवाच

कोणोऽन्तको रौद्रयमोऽथ बभ्रुः कृष्णः शनिः पिंगलमन्दसौरीः।
नित्यं स्मृतो यो हरते च पीडां तस्मै नमः श्रीरविनन्दनाय।।1।।

दशरथ ने कहा - कोणः, अन्तकः, रौद्रयमः, बभ्रुः, कृष्णशनिः, पिंगलः, मन्दः, सौरिः, इन नामों का नित्य स्मरण करने से जो पीड़ा का नाश करता है, उस शनिदेव को नमस्कार है।

सुराऽसुराः किं पुरुषोरगेन्द्रा गन्धर्व विद्याधरपन्नगाश्च।
पीड्यन्ति सर्वे विषमस्थितेन तस्मै नमः श्रीरविनन्दनाय।।2।।

देवता, असुर, किन्नर, उरगेन्द्र (सर्पराज), गन्धर्व, विद्याधर, पन्नग, ये सभी जिस शनि के विपरीत होने पर पीड़ित होते हैं, ऐसे शनि को नमस्कार है।

नरानरेन्द्राः पश्वो मृगेन्द्रा वन्याश्च ये कीटपतंगभृंगाः।
पीड्यन्ति सर्वे विषमस्थितेन तस्मै नमः श्रीरविनन्दनाय।।3।।

राजा, मनुष्य, सिंह, पशु और भी जो वनचर हैं, इसके अतिरिक्त कीड़े, पतंगे, भौंरे ये सभी जिस शनि के विपरीत होने पर पीड़ित होते हैं, ऐसे शनिदेव को नमस्कार है।

देशाश्च दुर्गाणि वनानी यत्र सेनानीवेशाः पुरपत्तनानि।
पीड्यन्ति सर्वे विषमस्थितेन तस्मै नमः श्रीरविनन्दनाय।।4।।

देश, किले, वन, सेनायें, नगर, महानगर भी जिस शनि के विपरीत होने पर पीड़ित होते हैं, ऐसे शनिदेव को नमस्कार है।

तिलैर्यवैर्माषगुडान्नदानैर्लोहेन नीलाम्बरदानतो वा।
प्रीणाति मन्त्रैर्निजवासरे च तस्मै नमः श्रीरविनन्दनाय।।5।।

तिल, जौ, उड़द, गुड़, अन्न, लोहा, नीला वस्त्र के दान और शनिवार के दिन अपने स्तोत्र के पाठ से जो प्रसन्न होता है, उस शनि को नमस्कार है।

प्रयागकूले यमुना तटे च सरस्वती पुण्य जले गुहायाम्।
यो योगिनां ध्यानगतोऽपि सूक्ष्मस्तस्मै नमः श्रीरविनन्दनाय॥6॥

प्रयाग में, यमुना तट में, सरस्वती के पवित्र जल में या गुहा में जो योगियों के ध्यान में गया हुआ सूक्ष्मरूपधारी शनि है, उसको नमस्कार है।

अन्य प्रदेशात्स्वगृहं प्रविष्टस्तदीयवारे स नरः सुखी स्यात्।
गृहाद्गतो यो न पुनः प्रयाति तस्मै नमः श्रीरविनन्दनाय।।7।।

दूसरे स्थान से यात्रा करके शनिवार के दिन अपने घर में जो प्रवेश करता है, वह सुखी होता है और जो अपने घर से बाहर जाता है वह शनि के प्रभाव से पुनः लौटकर नहीं आता, ऐसे शनिदेव को नमस्कार है।

स्रष्टा स्वयं भूर्भुवनत्रयस्य त्राता हरीशो हरते पिनाकी।
एकस्त्रिधा ऋग्यजुः साममूर्तिस्तस्मै नमः श्रीरविनन्दनाय।।8।।

यह शनि स्वयंभू हैं, तीनों लोकों के स्रष्टा (सृष्टिकर्ता) और रक्षक हैं, विनाशक हैं तथा धनुषधारी हैं। एक होने पर भी ऋग्, यजुः तथा साममूर्ति हैं, ऐसे सूर्यसुत के लिए नमस्कार है।

शन्यष्टकं यः प्रयतः प्रभाते नित्यं सुपुत्रै पशुबान्धवैश्च।
पठेत्तु सौख्यं भुवि भोगयुक्तः प्राप्नोति निर्वाणपदं तदन्ते।।9।।

शनि के इन आठ श्लोकों को जो अपने पुत्र, पत्नी, पशु और बान्धवों के साथ प्रतिदिन पढ़ता है, वह इस लोक में सुखभोग प्राप्त कर अंत में मोक्ष को प्राप्त करता है।

कोणस्थः पिङ्गलो बभ्रुः कृष्णो रौद्रोऽन्तको यमः।
सौरिः शनैश्चरो मन्दः पिप्पलादेन संस्तुतः।।10।।
एतानि दश नामनि प्रातरुत्थाय यः पठेत्।
श्नैश्चरकृता पीडा न कदाचि विष्यति।।11।।

1. कोणस्थः, 2. पिंगलः, 3. बभ्रुः, 4. कृष्णः, 5. रौद्रान्तकः, 6. यमः, 7. सौरिः, 8. शनैश्चरः, 9. यमः, 10. पिप्पलादेन संस्तुतः।

इस प्रकार इन दस नामों का प्रातःकाल पाठ करने से शनि जनित कष्ट कभी नहीं होता।

यह स्तोत्र उन सभी के लिए है, जिन पर शनिदेव की कृपा अथवा अकृपा है। इस स्तोत्र का एकाग्रचित एवं पवित्रता से जो भी प्राणी पाठ करता है, वह सभी प्रकार के सुखों को प्राप्त करता है और अन्त में मोक्ष को ही प्राप्त करता है। शनिदेव के इन दश नामों का जो भी मनुष्य पाठ करता है उस पर शनिग्रहदेव की कृपा निःसंदेह होती है, और उसे कभी भी कष्ट नहीं प्राप्त होता है।

7.3 स्कन्द पुराणोक्त शनि स्तोत्र

शनि ग्रह भयावह कष्ट और अशान्ति, अरिष्ट तथा अनिष्टकारी परिस्थितियाँ उत्पन्न करता है तथा कई बार तो शनि की साढ़ेसाती, शनि की लघु कल्याणी ढईया, अष्टम शनि अथवा कंटक शनि जातक के जीवन का स्वरूप ही विकृत कर देते हैं। शनि पीड़ित जातक अथवा जातिकाओं के लिए स्कन्द पुराण में एक अति उत्तम स्तोत्र का उल्लेख है। स्कन्द पुराणोक्त शनि स्तोत्र का पाठ, अपनी जन्मराशि से जब गोचर का चन्द्रमा तृतीय, षष्ठ, सप्तम, दशम अथवा एकादश भाव में भ्रमण करे तथा उस समयांतर में शनिवार का दिन भी हो, तो करना चाहिए तथा इस स्तोत्र का पाठ दिन में तीन बार प्रतिदिन अगले शनिवार तक करते रहना चाहिए। ध्यान रहे कि किसी भी स्थिति में शनि स्तोत्र के पाठ का क्रम खण्डित होने पर इस प्रयोग को पुनः प्रारम्भ करना चाहिए। युवतियाँ, शनि स्तोत्र का पाठ ऋतुकाल से निवृत्त होने के पश्चात् ही प्रारम्भ करें, ताकि किसी प्रकार का व्यवधान न उत्पन्न हो। फिर भी कोई अपरिहार्य स्थिति उत्पन्न होने पर इस शनि स्तोत्र का पाठ पुनः शनिवार को उसी प्रकार से दिन में तीन बार प्रारम्भ करना चाहिए तथा आठ दिनों तक लगातार अगले शनिवार तक करते रहना चाहिए।

इस स्तोत्र का पाठ करने से लग्नस्थ शनि अथवा अष्टम शनि अथवा शनि के अशुभ गोचर अथवा फिर शनि की कष्टकारक दशा अथवा अंतर्दशा से सम्बन्धित समस्या का सुगम समाधान स्वतः ही उपलब्ध होता है अथवा फिर शनि प्रदत्त कष्टों में अत्यधिक अल्पता का समावेश होता है। जातक को शनि से सम्बन्धित कष्ट और पीड़ा से मुक्ति प्राप्त होती है।

दशरथो उवाच

नमः कृष्णाय नीलाय, शिति कण्ठ निभाय च।
नमो नील मयूखाय, नीलोत्पल निभाय च।।1।।

नमो निर्मांस देहाय, दीर्घश्मश्रु जटाय च।
नमो विशाल नेत्राय, स्थूल रोम्णे नमो नमः।।2।।

नमो दीर्घाय शुष्काय, कालदंष्ट्र नमोऽस्तुते।
नमस्ते कोटरस्थाय, दुर्निरीक्ष्याय ते नमः।।3।।

नमो घोराय रौद्राय, भीषणाय करालिने।
नमस्ते सर्व भक्ष्याय, बली मुख नमोऽस्तुते।।4।।

सूर्यपुत्र नमस्तेऽस्तु, सर्वातर्क्य नमोऽस्तुते।
नमः कालाग्नि रुद्राय, कृतान्ताय च वै नमः।।5।।

नमो मन्दगते तुभ्यं, निस्त्रिंशाय नमो नमः।
तपसा दग्ध देहाय, नित्यं योगरताय च।।6।।

ज्ञानचक्षुर्नमस्तेऽस्तु, कश्यपात्मज सूनवे।
तुष्टो ददासि वै राज्यं, रुष्टौ वै हरसि क्षणात्।।7।।

देवासुर मनुष्याश्च सिद्ध विद्याधरोरगाः।
त्वया विलोकिताः सर्वे, दैन्यमाशु व्रजन्ति ते।।8।।

ब्रह्मा शक्रो मनु श्चैव, ऋषयः सप्त तारकाः।
भ्रष्टाराज्याः पतन्त्येते तव दृष्ट्यावलोकिताः।।9।।

देशा श्च नगरग्रामाः, दिश श्चैव द्रुमास्तथा।
त्वया विलोकिताः सर्वे, नाशं यान्ति समूलतः।।10।।

प्रसादं कुरु मे सौरे, वरार्थे तव संस्थितः।
एवं स्तुत स्तदा सौरिर्ग्रहराजो महाबलः।।11।।
अब्रवीच्च शनिर्वाक्यं, हृष्ट रोमा स पार्थिवम्।

।। शनिरुवाच।।

तुष्टोऽहं तव राजेन्द्र, स्तवेनानेन मानद।
वरं ब्रूहि प्रदास्यामि, स्वेच्छया रघुनन्दन।।12।।

।। दशरथ उवाच ।।

प्रसन्नस्त्वं यदा सौरे, वरं देहि ममेप्सितम्।
अद्य प्रभूति सौरे ते, पीड़ा कार्या न कस्यचित् ।। 13 ।।
देवासुर मनुष्याणां, पशु पक्षि शरीरिणाम्।

।। शनिरुवाच ।।

ग्रहाणां स ग्रहो ज्ञेयो, यस्तु पीड़ाकरः स्मृतः।
अदेयो हि वरो यस्तु, तुभ्यं चैव ददामि तम् ।। 14 ।।

त्वया प्रोक्तं च मे स्तोत्रं, यः पठिष्यति मानवः।
एककालं द्विकालं वा, पीड़ां मुञ्चामि तस्य वै ।। 15 ।।

देवासुर मनुष्याणां, सिद्ध विद्याधर राक्षसाम्।
मृत्युस्थान स्थितो वापि, जन्मस्थानगतोपि वा ।। 16 ।।

यः पुनः श्रद्धया युक्तः, शुचिः स्नातः समाहितः।
भक्त्योपचारैः संपूज्य प्रतिमां लोहजां मम ।। 17 ।।

मद्दिने तु विशेषेण, स्तोत्रेणानेन पूजयेत्।
पूजयित्वा जपः स्तोत्रं, भूत्वा चैव कृताञ्जलिः ।। 18 ।।

माषौदनं तिलैर्मिश्र, दद्यात् लोहं च दक्षिणाम्।
कृष्णांगां वृषभं वापि, दद्याद् विप्राय धीमते ।। 19 ।।

तस्य पीड़ा न चैवाहं, करिष्यामि कदाचन।
गोचरे जन्मलग्ने वा, दशास्वन्तदशासु च ।। 20 ।।

रक्षामि सततं तस्य, पीड़ा मन्यग्रहैः कृताम्।
अनेनैव विधानेन पीड़ामुक्तं जगद् भवेत् ।। 21 ।।

वरद्वयं तु सम्प्राप्य राजा दशरथ स्तदा।
स्वस्थानं च ततो गत्वा, प्राप्त कामोऽभवन्नृपः ।। 22 ।।

इस स्तोत्र का पाठ करने से शनिकृत पीड़ा का विनाश होता है। जन्मलग्न में, लग्न चक्र में, यदि शनि अशुभ स्थिति में हो अथवा पापाक्रान्त हो या गोचर का शनि क्रूर फल एवं अरिष्ट प्रभाव प्रदान कर रहा हो तो इस स्तोत्र का पाठ करने से सभी विघ्न,

अरिष्ट, समस्याएँ एवं बाधाएँ नष्ट हो जाती हैं अथवा उनका समाधान सुगमता से हो जाता है। शनि की महादशा हो या अंतर्दशा हो उसकी अशुभता, शुभता में रूपांतरित हो जाती है। इस स्तोत्र के पाठ से शनिदेव की अद्‌भुत कृपा प्राप्त होने में किसी प्रकार का संदेह नहीं समझना चाहिए। स्तोत्र के प्रभाव से साधक जहाँ भी रहें अथवा कहीं भी जाये, उसे सफलता प्राप्त होती है और उस पर शनिदेव सदा कृपान्वित होते हैं।

7.4 पिप्पलाद ऋषिकृत शनिस्तोत्रम्

प्राचीनकाल में पिप्पलाद ऋषि अति विख्यात और प्रतिष्ठित थे। उन्होंने इस युग में होने वाली समस्याओं और कष्टों को भलीभाँति जान लिया था तथा उनके निदान हेतु भिन्न-भिन्न स्तोत्रों आदि की संरचना की। ऋषि को ज्ञात था कि शनिकृत पीड़ा ने तो ईश्वर के अवतारों को भी विचलित और व्यथित किया है। इस प्रकार उन्होंने शनि के कष्टों के निवारण हेतु शनि के प्रकोप से रक्षा के लिए शनिकृत विविध विपत्ति, व्याधि, विनाश, व्यवधान और विकृति के अशुभ और अवांछित दुर्दमनीय दारुण दुःखों की व्यथा के परिहार हेतु अग्रांकित स्तोत्र की संरचना की। शनिदेव के प्रसन्नार्थ पिप्लाद ऋषिकृत यह शनि स्तोत्र अत्यन्त प्रभावशाली है, जिसके प्रभाव से शनि की दशाभुक्ति, प्रत्यंतर के अतिरिक्त गोचर के शनि का जातक अथवा जातिका पर पीड़ादायक प्रभाव समाप्त हो जाता है। सभी प्रकार के कष्टों से मुक्ति प्राप्त होती है। यहाँ तक कि अपना खोया हुआ सम्मान और प्रतिष्ठा पुनः लौट आती है। राजा नल ने इसी स्तोत्र के पाठ से अपना खोया हुआ राज्य पुनः प्राप्त कर लिया था तथा उनकी राजलक्ष्मी भी लौट आई थीं। शनिकृत कष्टों से आक्रांत जातक अथवा जातिका को शनि के नक्षत्र पुष्य, अनुराधा अथवा उत्तराभाद्रपद में जब शनिवार पड़े, तब इस स्तोत्र का पाठ प्रारम्भ करना चाहिए।

सर्वप्रथम शनिदेव का आवाह्न करने के पश्चात् उनका विधिवत षोडशोपचार पूजन करना चाहिए। संवत्, मास, तिथि, वार आदि का उच्चारण करते हुए संकल्प का उच्चारण करने हेतु हाथ में जल, चावल, नीले अथवा बैंगनी पुष्प तथा साबुत सुपारी और कुछ मुद्राएं (धन) हाथ में लेकर संकल्प का उच्चारण करने के साथ-साथ शनिकृत कष्टों से मुक्ति हेतु प्रार्थना करनी चाहिए। इस स्तोत्र का पाठ करते समय मानसिक रूप से शनिदेव का ध्यान बना रहना चाहिए तथा यह विचार करना चाहिए कि उत्तरोत्तर हमें सभी कष्टों से मुक्ति प्राप्त हो रही है।

यः पुरा नष्टराज्याय, नलाय प्रददौ किल।
स्वप्ने तस्मै निजं राज्यं, स मे सौरिः प्रसीद तु।।1।।

केशनीलाञ्जन प्रख्यं, मनश्चेष्टा प्रसारिणम्।
छाया मार्तण्ड संभूतं, नमस्यामि शनैश्चरम्।।2।।

नमोऽर्कपुत्राय शनैश्चराय, नीहार वर्णाञ्जनमेचकाय।
श्रुत्वा रहस्यं भव कामदश्च, फलप्रदो मे भवे सूर्य पुत्र।।3।।

नमोऽस्तु प्रेतराजाय, कृष्णदेहाय वै नमः।
शनैश्चराय ते तद्व शुद्धबुद्धि प्रदायिने।।4।।

य एभिर्नामाभिः स्तौति, तस्य तुष्टो ददात्य सौ।
तदीयं तु भयं तस्यस्वप्नेपि न भविष्यति।।5।।

कोणस्थः पिङ्गलो बभ्रूः, कृष्णो रोद्रोऽन्तको यमः।
सौरिः शनैश्चरो मन्दः, प्रीयतां मे ग्रहोत्तमः।।6।।

नमस्तु कोणसंस्थाय, पिङ्गलाय नमोऽस्तुते।
नमस्ते बभ्रूरूपाय कृष्णाय च नमोऽस्तुते।।7।।

नमस्ते रौद्र देहाय, नमस्ते बालकाय च।
नमस्ते यज्ञ संज्ञाय, नमस्ते सौरये विभो।।8।।

नमस्ते मन्दसंज्ञाय, शनैश्चर नमोऽस्तुते।
प्रसादं कुरु देवेश, दीनस्य प्रणतस्य च।।9।।

शनिदेव के पिप्पलाद ऋषिकृत इस स्तोत्र का पाठ करते समय उन्हें बार-बार प्रणाम करना चाहिए। उनके विभिन्न रूपों का स्मरण करते हुए शनिदेव के विग्रह पर, प्रत्येक श्लोक बोलते हुए पुष्प अर्पित करते रहना चाहिए। ध्यान रहे कि अपनी आस्था और निष्ठा को केन्द्रित करने हेतु शनिदेव का चित्र, पुरुषाकार शनियंत्र अथवा अंक सदंर्भित शनियंत्र पर पुष्प अर्पित करना चाहिए और अपने कल्याण की कामना करनी चाहिए। यदि पुष्प नीले अथवा बैंगनी रंग के हों तो शनिदेव की प्रसन्नता में वृद्धि होती है।

7.5 शनैश्चर स्तवराज स्तोत्र

भविष्य पुराण में शनि स्तवराज स्तोत्र का उल्लेख मिलता है। इस स्तोत्र का नियमित पाठ करने से साधक समस्त व्याधियों और विपत्तियों से मुक्त होता है। विशेष रूप से असाध्य व्याधियों से ग्रसित व्यक्तियों के लिए शनैश्चर स्तवराज स्तोत्र का पाठ अत्यंत प्रभावशाली सिद्ध होता है। यदि साधक स्वयं इसका पाठ कर सकने में समर्थ न हो अथवा उसका संस्कृत का उच्चारण शुद्ध न हो, तो किसी योग्य, विद्वान व अनुभवी आचार्य द्वारा संकल्प देकर इस स्तोत्र के 1100 पाठ सम्पन्न कराये जाने चाहिए। यदि 1100 पाठ संभव न हों, तो 125 पाठ अवश्य सम्पन्न करायें। जो साधक इस स्तोत्र का एक बार नियमित पाठ निरंतर करते हैं, वे सभी प्रकार के दैहिक, दैविक और भौतिक कष्टों तथा व्याधियों से मुक्त रहते हैं। व्याधिग्रस्त व्यक्तियों को इस स्तोत्र का कम से कम एक पाठ स्वयं अवश्य करना चाहिए। यदि व्याधिग्रस्त व्यक्ति संस्कृत का उच्चारण कर सकने में असमर्थ हो, तो उसके समक्ष ही सम्बन्धित आचार्य को इस स्तोत्र का पाठ सस्वर करना चाहिए, ताकि वह इस स्तोत्र का श्रवण कर सके।

विनियोग - अस्य श्रीशनैश्चरस्तवराजस्य सिन्धुद्वीपऋषिः, गायत्री-छन्दः, आपो देवता, शनैश्चरप्रीत्यर्थं पाठे विनियोगः।

नारद उवाच

ध्यात्वा गणपतिं राजा धर्मराजो युधिष्ठिरः।
धीरः शनैश्चरस्येमं चकार स्तवमुत्तमम्।।1।।

शिरो मे भास्करः पातु भालं छायासुतोऽवतु।
कोटराक्षो दृशौ पातु शिखिकण्ठनिभः श्रुती।।2।।

घ्राणं मे भीषणः पातु मुखं बलिमुखोऽवतु।
स्कन्धौ संवर्त्तकः पातु भुजौ मे भयदोऽवतु।।3।।

सौरि मे हृदयं पातु नाभिं शनैश्चरोऽवतु।
ग्रहराजः कटिं पातु सर्वतो रविनन्दनः।।4।।

पादौ मन्दगतिः पातु कृष्णः पात्वखिलं वपुः।
रक्षामेतां पठेन्नित्यं सौरेर्नामबलैर्युताम्।।5।।

सुखी पुत्री चिरायुश्च स भवेन्नात्र संशयः।
सौरिः शनैश्चरः कृष्णो नीलोत्पलनिभः शनिः।।6।।

शुष्कोदरो विशालाक्षो दुर्निरीक्ष्यो विभीषणः।
शिखिकण्ठनिभो नीलच्छायाहृदयनन्दनः।।7।।

कालदृष्टिः कोटराक्षः स्थूलरोमावलीमुखः।
दीर्घो निर्मांसगात्रस्तु शुष्को घोरो भयानकः।।8।।

नीलांशुः क्रोधनो रौद्रो दीर्घश्चश्रुर्जटाधरः।
मन्दो मन्दगतिः खंजो तृप्तः संवर्त्तको यमः।।9।।

ग्रहराजः कराली च सूर्यपुत्रो रविः शशी।
कुजो बुधो गुरुः काव्यो भानुजः सिंहिकासुतः।।10।।

केतुर्देवपतिर्बाहुः कृतान्तो नैर्ऋतस्तथा।
शशी मरुत् कुबेरश्च ईशानः सुर आत्मभूः।।11।।

विष्णुर्हरो गणपतिः कुमारः काम ईश्वरः।
कर्त्ता-हर्त्ता पालयिता राज्येशो राज्यदायकः।।12।।

छायासुतः श्यामलाङ्गो धनहर्त्ता धनप्रदः।
क्रूरकर्मविधाता च सर्वकर्मावरोधकः।।13।।

तुष्टो रुष्टः कामरूपः कामदो रविनन्दनः।
ग्रहपीडाहरः शान्तो नक्षत्रेशो ग्रहेश्वरः।।14।।

स्थिरासनः स्थिरगतिर्महाकायो महाबलः।
महाप्रभो महाकालः कालात्मा कालकालकः।।15।।

आदित्यभयदाता च मृत्युरादित्यनन्दनः।
शतभिरुक्षदयिता त्रयोदशीतिथिप्रियः।।16।।

तिथात्मा च तिथिगणो नक्षत्रगणनायकः।
योगराशिर्मूहुर्तात्मा कर्ता दिनपतिः प्रभुः।।17।।

शमीपुष्पप्रियः श्यामस्त्रैलोक्याभयदायकः।
नीलवासः क्रियासिन्धु र्नीलाञ्जनचयच्छविः।। 18 ।।

सर्वरोगहरो देवः सिद्धो देवगणस्तुतः।
अष्टोत्तरशंत नाम्ना सौरेश्छायासुतस्य यः।। 19 ।।

पठेन्नित्यं तस्य पीडा समस्ता नश्यति धुव्रम्।
कृत्वा पूजां पठेन्मर्त्यो भक्तिमान् यः स्तवं सदा।। 20 ।।

विशेषतः शनिदिने पीडा तस्य विनश्यति।
जन्म लगने स्थितिर्वापि गोचरे क्रूरराशीगे।। 21 ।।

दशासु च गते सौरेस्तदा स्तवमिमं पठेत्।
पूजयेद्यः शनिं भक्त्या शमी पुष्पाक्षतांवरैः।। 22 ।।

विधाय लोहप्रतिमां नरो दुःखाद्विमुच्यते।
बाधा याऽन्यग्रहाणां च यः पठेत्तस्य नश्यति।। 23 ।।

भीतो भयाद्विमुच्येत वद्धो मुच्येत बन्धनात्।
रोगौ रोगाद्विमुच्येत नरः स्तवमिमं पठेत्।। 24 ।।
पुत्रवान् धनवान् श्रीमांन् जायते नात्र संशयः।। 25 ।।

स्तवं निशम्य पार्थस्य प्रत्यक्षोऽभूत् शनैश्चरः।
दत्वा राज्ञे वरः कामं शनिश्चान्तर्दधे तदा।। 26 ।।

इस स्तोत्र का पाठ उन सभी को करना चाहिए, जिन पर शनि ग्रह की ग्रहदशा या महादशा चल रही हो। इसका पाठ करने से सभी रोगों का नाश होता है। जो भी प्राणी इसका पाठ प्रतिदिन या शनिवार को करता है, उसके सभी कष्ट समाप्त हो जाते हैं। विशेषतः इसका पाठ शनिवार के दिन अवश्य ही करना चाहिए। रोगी व्यक्ति को इसका पाठ स्वयं ही करना चाहिए। अन्य लोग किसी दूसरे से भी इसका पाठ करवा कर श्रवण कर सकते हैं। इसका पाठ करने वाला या इसको श्रवण करने वाला, पुत्रवान्, धनवान् होता है।

7.6 श्रीशनि वज्रपंजर कवच

सम्पूर्ण चराचर, शनिदेव के शुभ अथवा अशुभ प्रभाव से आनन्दित अथवा आतंकित है। अनुकूल शनि यदि योगकारक है, तो जातक को साम्राज्य प्रदान करता है। दशम भावगत प्रबल शनि शासक अथवा सम्राट के समतुल्य गरिमा गौरव और वैभव प्रदान करता है। यदि शनि चतुर्थ, द्वादश अथवा द्वितीय भावगत हो और साथ ही मारकेश, सप्तमेश अथवा द्वितीयेश हो, तो शनि पद्च्युत करता है। शनि का दशम भाव पर अशुभ प्रभाव, जातक के पतन का कारण बनता है। शनि की महादशा के अन्तर्गत यदि शनि की साढ़ेसाती या शनि का ढईया का भी अशुभ प्रभाव संयुक्त हो जाए, तो अपार और असहनीय कष्ट प्राप्त होता है। मृत्यु के समतुल्य वेदना जीवन को आक्रान्त कर देती है और तब प्रारम्भ होता है विविध अनिष्टकारी स्थितियों, बाधाओं और अवरोध के साथ-साथ भय भ्रांति की भयावह दर्दनाक शृंखला। शनि संदर्भित समस्त विपदाओं, आपदाओं, व्यवधानों का शमन करने के उद्देश्य से की जाने वाली अनेक नैमित्तिक साधनाओं का उल्लेख किया गया है। यह सभी साधनाएँ स्वयं में अमोघ फल प्रदान करने वाली हैं। इनके सविधि संपादन से, साधक शनि संदर्भित समस्त कष्टों से मुक्त होकर स्वस्थ, स्वतंत्र तथा समृद्ध जीवन व्यतीत करता है। इसी क्रम में शनिपंजर कवच के पाठ का भी विधान है। शनिपंजर कवच अत्यन्त गहराई से पापाक्रांत शनि की वेदना युक्त संत्रास को, हर्षोल्लास में रूपांतरित करता है।

।। श्रीब्रह्मोवाच ।।

शृणुध्वमृषयः सर्वे शनि पीडाहरं महत्।
कवचं शनिराजस्य सौरेरिदमनुत्तमम्।।
कवचं देवतावासं वज्रपञ्जर संज्ञकम्।
शनैश्चर प्रीतिकरं सर्वसौभाग्य दायकम्।।

।। मूल पाठ ।।

विनियोग : ॐ अस्य श्रीशनैश्चर वज्रपञ्जर कवचस्य कश्यप ऋषिः, अनुष्टुप् छन्दः, श्रीशनैश्चरः देवता, श्रीशनैश्चर प्रीत्यर्थे पाठे विनियोगः।

ऋष्यादिन्यास : शिरसि कश्यप ऋषये नमः। मुखे अनुष्टुप् छन्दसे नमः। हृदि श्रीशनैश्चरः देवतायै नमः। सर्वाङ्गे श्रीशनैश्चर प्रीत्यर्थे पाठे विनियोगाय नमः।

।। ध्यानम् ।।

नीलाम्बरो नीलवपुः किरीटी गृध्रस्थितः त्रासकः धनुष्करो।
चतुर्भुजः सूर्यसुतः प्रसन्नः सदा ममस्यात् वरदः प्रशान्तः।।

।। श्रीब्रह्मोवाच ।।

शृणुध्वमृऋषय सर्वे शनिपीड़ाहरं महत्।
कवचं शनिराजस्य सौरेरिद मनुत्तमम।।1।।

कवचं देवतावासं वज्रपञ्जर अंशकम्।
शनैश्चर प्रीतिकरं सर्वसौभाग्यदायकम्।।2।।

शिरः शनैश्चरः पातु भालं मे सूर्य नन्दनः।
नेत्रे छायात्मजः पातु पातु कर्णौ यमानुजः।।3।।

नासां वैवस्वतः पातु मुखं मे भास्करः सदा।
स्निग्ध कण्ठश्च मे कण्ठं भुजौ पातु महाभुजः।।4।।

स्कन्धौ पातु शनिश्चैव करौ पातु शुभप्रदः।
वक्षः पातु यमभ्राता कुक्षिं पात्वसितस्तथा।।5।।

नाभिं ग्रह पतिः पातु मन्दः पातु कटिं तथा।
ऊरू ममान्तकः पातु यमो जानु युगं तथा।।6।।

पादौ मन्द गतिः पातु सर्वाङ्गं पातु पिप्पलः।
अङ्गोपाङ्गानि सर्वाणि रक्षेत् मे सूर्यनन्दनः।।7।।

।। फलश्रुति ।।

इत्येतत् कवचं दिव्यं पठेत् सूर्यसुतस्य यः।
न तस्य जायते पीडा प्रीतो भवति सूर्यजः।।1।।

व्यय जन्म द्वितीयस्थो मृत्युस्थान गतोऽपि वा।
कालस्थ गतो वाऽपि सुप्रीतस्तु सदा शनिः।।2।।

अष्टमस्थे सूर्यसुते व्यये जन्म द्वितीयगे।
कवचं पठतो नित्यं न पीडा जायते क्वचित्।।3।।

इत्येतत् कवचं दिव्यं सौरेर्यन्निर्मितं पुरा।
द्वादशाष्टम जन्मस्थ दोषान्नाशयते सदा।
जन्मलग्नस्थितान् दोषान् सर्वान् नाशयते प्रभु।।4।।

इस श्रीशनि वज्रपञ्जर कवच का नित्य पाठ करने से शनिकृत पीड़ा संभव नहीं होती है। शनि ग्रह यदि मारकेश हो, द्वितीय अथवा सप्तम अथवा अष्टम भाव से सम्बद्ध होकर मृत्युप्रदायक हो, तो भी श्रीशनि वज्रपञ्जर कवच का पाठ करने से शनि के मारकत्व का शमन होता है। इस तरह से श्रीशनि वज्रपञ्जर कवच का नित्य पाठ करने वाले साधकगण सभी प्रकार के कष्टों, पीड़ाओं, दुःखों और बाधाओं से मुक्त हो जाते हैं।

7.7 महाकाल शनि मृत्युंजय स्तोत्र

शनि ग्रह काल का पर्याय बन गया है। वस्तुतः मृत्यु का कारक ग्रह भी शनि है। दूसरे शब्दों में शनि ग्रह जीवन का कारक है। महाकाल शनि मृत्युंजय स्तोत्र का आस्था और विश्वास के साथ पाठ करने से साधक की कभी अकाल मृत्यु नहीं होती। किसी दुर्घटना के कारण उसकी मृत्यु की संभावना निर्मूल हो जाती है। जो साधक इस स्तोत्र का पाठ करते हैं, उन पर शनिदेव की विशेष कृपा होती है तथा वे व्याधिग्रस्त नहीं होते हैं। विपत्तियों से मुक्त रहते हैं। शरीर में ऊर्जा तथा शक्ति का निरन्तर संचार होता है। वे प्रमाद और तन्द्रा के कुप्रभाव से मुक्त रहते हैं तथा दीर्घ जीवन तक पूर्णतः स्वस्थ, सक्रिय तथा सम्पन्न रहते हुए जीवनयापन करते हैं।

एक बार माता पार्वती ने मेरु पर्वत के पृष्ठ भाग स्थित भगवान शंकर से आग्रह किया कि पृथ्वी पर रहने वाले जीवों की अकाल मृत्यु या अल्पकाल में मृत्यु न हो, इसका कोई शक्तिशाली उपाय बतायें। माता पार्वती के इस जगहितकारी प्रश्न के प्रत्युत्तर में, देवाधिदेव महादेव ने उन्हें इस महाकाल शनि स्तोत्र के विषय में बताया और वहीं से यह संसार वासियों को उपलब्ध हुआ।

इस स्तोत्र के 11वें से 13वें श्लोक में करन्यास, हृदयन्यास, अंगन्यास दर्शाया है, जिसका विस्तार दिया जा रहा है। 18वें श्लोक से 23वें श्लोक तक श्रावण मास से आषाढ़ मास पर्यन्त शनि के विभिन्न नाम दिये हैं। 24वां श्लोक पक्ष से संबंधित

है। 27 से 38वें श्लोक तक नक्षत्र के आधार पर शनि के नाम दर्शाये हैं तथा अंगों में वास बतलाया गया है। श्लोक 38 से 51 तक योग के आधार पर नाम दर्शाये हैं। श्लोक 52 से 57 तक करण व मुहूर्त के नाम पर शनि के नाम हैं। श्लोक 66 से 69 तक वार के आधार पर शनि नाम हैं। श्लोक 70 से 87 तक विशिष्ट शनि स्तुति है। श्लोक 85 से 101 तक स्तोत्र का माहात्म्य है। समयाभाव हो तो पाठक 70 से 87 तक श्लोक का पठन करें तो शनि देवता प्रसन्न होंगे। ऋषिन्यास, करन्यास, इत्यादि करने के पश्चात् 1 से 10 तक श्लोकों का वाचन करें, उसके पश्चात् 70 से 101 तक संख्या के श्लोकों का वाचन करें।

श्री मार्तण्ड भैरव तंत्र में इस स्तोत्र की अद्भुत महिमा का उल्लेख है। विशिष्टता यह है कि श्रद्धा और उच्चारण शुद्धि के अतिरिक्त किसी शास्त्रीय विधान की अनिवार्यता नहीं है।

विनियोग : ॐ अस्य श्रीमहाकाल शनिमृत्युञ्जय स्तोत्रमंत्रस्य पिप्पलाद ऋषिः अनुष्टुपछन्दः महाकालशनिदेवता शं बीजम् आयसीशक्तिः कालपुरुषम् इति कीलकं मम अथवा मम यजमानस्य अकालअपमृत्युनिवारणार्थे पाठे विनियोगः।

पंचपात्र में रखा हुआ शुद्ध जल पृथ्वी पर आचमनी के द्वारा छोड़ें।

ऋष्यादिन्यासः ॐ पिप्पलादऋषये नमः शिरसि। ॐ अनुष्टुपछन्दसे नमः मुखे। ॐ महाकालशनि देवतायै नमः हृदे। ॐ शं बीजाय नमः गुह्ये। ॐ आयसी शक्तये नमः पादयोः। ॐ कालपुरुषं कीलकाय नमः नाभौ। ॐ विनियोगाय नमः सर्वाङ्गे।

करन्यासः ॐ खां अंगुष्ठाभ्यां नमः। ॐ खीं तर्जनीभ्यां नमः। ॐ खौं मध्यमाभ्यां नमः। ॐ सः अनामिकाभ्यां नमः। ॐ भूर्भुवः स्वः कनिष्ठिकाभ्यां नमः। ॐ शन्नोदेवीरभिष्टय आपोभवन्तु पीतये। शंय्योरभिस्त्रवन्तु नः ॐ शनैश्चराय नमः करतलकरपृष्ठाभ्यां नमः।

अथवा

करन्यासः ॐ पिप्पलादऋषये नमः अंगुष्ठाभ्यां नमः। ॐ अनुष्टुपछन्दसे नमः तर्जनीभ्यां नमः। ॐ महाकालशनिदेवतायै नमः मध्यमाभ्यां नमः। ॐ शं बीजाय नमः अनामिकाभ्यां नमः। ॐ आयसी शक्तये नमः कनिष्ठिकाभ्यां नमः। ॐ कालपुरुषं कीलकाय नमः करतलकरपृष्ठाभ्यां नमः।

हृदयन्यासः ॐ खां हृदयाय नमः। ॐ खीं शिरसे स्वाहा। ॐ खौं शिखायै वषट। ॐ सः कवचाय हुम्। ॐ भूर्भुवः स्वः नेत्रत्रयाय वौषट। ॐ शन्नोदेवीरभिष्टय आपोभवन्तु पीतये। शंय्योरभिस्त्रवन्तु नः ॐ शनैश्चराय नमः अस्त्राय फट्।

अथवा

हृदयन्यासः ॐ पिप्पलादऋषे हृदयाय नमः। ॐ अनुष्टुपछन्दसे शिरसे स्वाहा। ॐ महाकालशनिदेवतायै शिखायै वषट्। ॐ शं बीजे कवचाय हुम्। ॐ आयसी शक्तये नेत्रत्रयाय वौषट्। ॐ कालपुरुषाय अस्त्राय फट्।

यदि शनि मंत्र का जाप करना हो तो करन्यास और हृदयन्यास **'ॐ खां खीं खौं सः'** मंत्र के द्वारा किया जाना चाहिए। केवल स्तोत्र का पठन ही है तो विनियोग में निहित शब्दों का प्रयोग करन्यास एवं हृदयन्यास में किया जाना चाहिए।

देहन्यासः ॐ महोग्रं मूर्ध्नि। ॐ वैवस्वतं मुखे। ॐ मन्दं गले। ॐ महाग्रहं बाहवोः। ॐ महाकालं हृदये। ॐ कृशतनुं गुह्ये। तुडुचरं जान्वो। ॐ शनैश्चरम् पादयोः। एतानि न्यासविधिं कृत्वा पश्चात् कालात्मकाः शनै पाठं कुर्यात्।

हमारी दृष्टि में उचित यही रहेगा कि श्लोक 11, 12, 13, 14 का पाठ न किया जाये क्योंकि विनियोग, ऋषिन्यास, करन्यास, हृदयन्यास, देहन्यास आदि प्रारम्भ में प्रस्तुत किया जा चुका है और इन श्लोकों में यही वर्णित है।

नीलाद्रिशोभान्वित दिव्य मूर्तिः खड्गी त्रिदण्डी शरचापहस्तः।
शम्भुर्महाकाल-शनिः त्रिपुरार्रिजयत्य शेष असुर नाशकारी॥1॥

मेरुपृष्ठे समासीनं सामरस्ये स्थितं शिवम्।
प्रणम्य शिरसा गौरी पृच्छतिस्म जगत्हितम्।।2।।

पार्वतीउवाच

भगवन् ! देवदेवेश! भक्ताअनुग्रहकारक !।
अल्पमृत्युविनाशाय यत्त्वया पूर्व सूचितम्।।3।।

तदेव त्वं महाबाहो ! लोकानां हितकारम्।
तव मूर्तिप्रभेदस्य महाकालस्य साम्प्रतम्।।4।।

शनैर्मृत्युञ्जय स्तोत्रं ब्रूहि मे नेत्र जन्मनः।
अकाल मृत्युहरणमऽपमृत्यु निवारणम्।।5।।

शनिमन्त्रप्रभेदा ये तैर्युक्तं यत्स्तवं शुभम्।
प्रतिनाम चतुर्थ्यन्तं नमोऽन्तं मनुनायुतम्।।6।।

ईश्वर उवाच

नित्ये प्रियतमे गौरि सर्वलोकहितेरते।
गुह्याद्गुह्यतमं दिव्य सर्वलोक उपकारकम्।।7।।

शनिमृत्युञ्जयस्तोत्रं प्रवक्ष्यामि तवा ऽधुना।
सर्वमङ्गलमाङ्गल्यं सर्व - शत्रु विमर्दनम्।।8।।

सर्व रोगप्रशमनं सर्वाआपदविनिवारणम्।
शरीरआरोग्यकरणम् आयुर्वद्धिकरं नृणाम्।।9।।

यदि भक्तासि मे गौरी गोपनीयं प्रयत्नतः।
गोपितं सर्वतन्त्रेषु तच्छृणुष्व महेश्वरी !।।10।।

ऋषिन्यासं करन्यासं देहन्यासं समाचरेत्।
महोग्रं मूर्ध्नि विन्यस्य मुखे वैवस्वतं न्यसेत्।।11।।

गले तु विन्यसेन्मन्दं बाह्वोर्महाग्रहं न्यसेत्।
हृदिन्यसेत् महाकालं गुह्ये कृशतनुं न्यसेत्।।12।।

जान्वो स्तूडुचरं नयस्य पादयोस्तु शनैश्चरम्।
एवं न्यासविधिं कृत्वा पश्चात् कालात्मनः शनैः।।13।।

न्यासं ध्यानं प्रवक्ष्यामि तनौ ध्यात्वा पठेन्नरः।
कल्पादियुगभेदांश्च कराङ्गन्यासरूपिणः।।14।।

कालात् मनोन्यसेद् गात्रे मृत्युञ्जय! नमोऽस्तुते।
मन्वन्तराणि सर्वाणि महाकालस्वरूपिणः।।15।।

भावयेत्प्रति प्रत्यङ्गे महाकालाय ते नमः।
भावयेत् प्रभवाद्यब्दान् शीर्षे कालजिते नमः।।16।।

नमस्ते नित्यसेव्याय विन्यसेदयने भ्रुवोः।
सौरये च नमस्तेऽस्तु गण्डयोर्विन्यसेदृतून्।।17।।

श्रावणं भावयेदक्ष्णोनर्मः कृष्णनिभाय च।
महोग्राय नमो भाद्रं तथा श्रवणयोर्न्यसेत्।।18।।

नमो वै दुर्निरीक्ष्याय चाश्विनं विन्यसेन् मुखे।
नमो नीलमयूखाय ग्रीवायां कार्तिकं न्यसेत्।।19।।

मार्गशीर्ष न्यसेदबाह्वोर्महारौद्राय ते नमः।
ऊर्ध्वलोकनिवासाय पौषं तु हृदये न्यसेत्।।20।।

नमः कालप्रबोधाय माघं वै चउदरे न्यसेत्।
मन्दगाय नमो मेढ्रे न्यसेद्वै-फाल्गुनं तथा।।21।।

ऊर्वोर्न्यसेच्चैत्रमासं नमः शिवोद्भवाय च।
वैशाखं विन्यसेज्जान्वोर्नमः संवत्सराय च।।22।।

जंघयोर्भावयेज्ज्येष्ठं भैरवाय नम-स्तथा।
आषाढ़ पादयोश्चैव शनये च नम-स्तथा।।23।।

कृष्णपक्षं च क्रूराय नमः आपाद-मस्तके।
न्यसेदाशीर्षपादान्ते शुक्लपक्षं ग्रहाय च।।24।।

न्यसेन् मूलं पादयोश्च ग्रहाय शनये नमः।
नमः सर्वजिते चैव तोयं सर्वांगुलौ न्यसेत्।।25।।

न्यसेत्-गुल्फद्वये विश्वं नमः शुष्कतराय चः।
विष्णुभं भावयेज्जङ्घोभये शिष्टतमाय ते।।26।।

जानुद्वये धनिष्ठां च न्यसेत् कृष्णरुचे नमः।
ऊरुद्वये वारुणर्क्षं न्यसेत् कालभृते नमः।। 27।।

पूर्वभाद्रं न्यसेन्मेढ्रे जटा-जूट-धराय च।
पृष्ठ उत्तर-भाद्रं च करालाय नमस्तथा।। 28।।

रेवतीं च न्यसेत् नाभौ नमो मन्दचराय च।
न्यसेद्ऽश्विन्यौ गर्भदेशे नमः श्यामतराय च।। 29।।

नमो भोगिस्रजे नित्यं यमं स्तनयुगे न्यसेत्।
न्यसेत् कृत्तिकां हृदये नमस्तैलप्रियाय च।। 30।।

रोहिणीं भावयेद्हस्ते नमस्ते खड्ग-धारिणे।
मृगं न्यसेद्वामस्ते त्रिदण्डोल्लसिताय च।। 31।।

दक्षोद्र्ध्वे भावयेद्आद्राम् नमो वै बाणधारिणे।
पुनर्वसुमउर्ध्ववाये नमो वै चापधारिणे।। 32।।

पुष्यं न्यसेद्दक्षबाहौ नमस्ते हर मन्यवे।
अश्लेषा न्यसेद्वामबाहौ चोग्रचापाय ते नमः।। 33।।

मघां विभावयेत्कण्ठे नमस्ते भस्मधारिणे।
मुखे न्यसेद्भगर्क्ष च नमः क्रूरग्रहाय च।। 34।।

भावयेद्दक्षना-सायामर्यमाणश्च योगिने।
भावयेद्वामनासायां हस्तर्क्ष धारिणे नमः।। 35।।

चित्रा न्यसेद्दक्षकर्णे नमो ब्रह्ममयाय ते।
स्वार्ति न्यसेद्वामकर्णे नमस्ते शुभकारिणे।। 36।।

विशाखां च दक्ष नेत्रे नमस्ते ज्ञानदृष्टये।
अनुराधां वामनेत्रे नमस्ते क्रूरदृष्टये।। 37।।

ज्येष्ठां न्यसेत् नासाग्रे सर्वज्येष्ठाय ते नमः।
विष्कुम्भं भावयेच्छीर्ष-सन्धौ कालाय ते नमः।। 38।।

प्रीतियोगं भ्रुवोः सन्धौमहामन्द ! नमोऽस्तुते।
नेत्रयोः सन्धावायुष्मोद्योगं भीष्माय ते नमः।।39।।

सौभाग्यं भावयेन् नासासन्धौ फलाशनाय च।
शोभनं भावयेत् कर्णे सन्धौ पुण्यात्मने नमः।।40।।

नमः कृष्णा यातिगण्डं हनुसन्धौ विभावयेत्।
नमो निर्मासदेहाय सुकर्माणं शिरोधरे।।41।।

धृतिं न्यसेद् दक्षबाहौ पृष्ठे छाया-सुताय च।
तन् मूलसन्धौ शूलं च न्यसेदुग्राय ते नमः।।42।।

तत्कूर्परं न्यसेद् गण्डे नित्यानन्दाय ते नमः।
वृद्धिं तन् मणिबन्धे च कालज्ञाय नमो न्यसेत्।।43।।

ध्रुवं तदङ्गुलीमूलसन्धौ कृष्णाय ते नमः।
व्याघातं भावयेद्वाम बाहुपृष्ठे कृशाय च।।44।।

हर्षणं तन्मूलसन्धौ भूतसन्तापिने नमः।
तत्कूर्परे न्यसेद्वज्रं सानन्दाय नमोऽस्तुते।।45।।

सिद्धिं तन्मणिबन्धे च न्यसेत् कालाग्नये नमः।
व्यतीपातं कराग्रेषु न्यसेत् कालकृते नमः।।46।।

वरीयान् सं दक्षपार्श्वसन्धौ कालात्मने नमः।
परिघं भावयेद्वामपार्श्वसन्धौ नमोऽस्तुते।।47।।

न्यसेद् दक्षोरुसन्धौ च शिवं वै कालसाक्षिणे।
तज्जानौ भावयेत्सिसिद्धिं महादेवाय ते नमः।।48।।

साध्यं न्यसेच्च तद्गुल्फसन्धौ घोराय ते नमः।
न्यसेत्तदङ्गुलीसन्धौ शुभं रौद्राय ते नमः।।49।।

न्यसेद्वामोरुसन्धौ च शुक्लकालविदे नमः।
ब्रह्मयोगं च तज्जानौ न्यसेतद्योगिने नमः।।50।।

ऐन्द्रं तद्गुल्फसन्धौ च योगाऽधीशाय ते नमः।
न्यसेत्तदङ्गुलीसन्धौ नमो भव्याय वैधृतिम्।।51।।

चर्मणि बवकरणं भावयेद्यज्ञिने नमः।
बालवं भावयेद्रक्ते संहारक ! नमोऽस्तुते।।52।।

कौलवं भावयेदस्थिने नमस्ते सर्वभक्षिणे।
तैतिलं भावयेन्मांसे आममांसप्रियाय ते।।53।।

गरं न्यसेद्वसायां च सर्वग्रासाय ते नमः।
न्यसेद्वणिजं मज्जायां सर्वान्तक! नमोऽस्तुते।।54।।

वीर्येभावयेद्विष्टिं नमो मन्यूग्रतेजसे।
रुद्रमित्र! पितृवसुवारीण्येतांश्च पञ्च च।।55।।

मुहूर्तांश्च दक्षपादनखेशु भावयेन् नमः।
खगेशाय च खस्थाय खेचराय स्वरूपिणे।।56।।

पुरुहूतशतमखे विश्ववैधो विधूंस्तथा।
मुहूर्त्तांश्च वामपादनखेषु भावयेन्नमः।।57।।

सत्यव्रताय सत्याय नित्यसत्याय ते नमः।
सिद्धेश्वर! नमस्तुभ्यं योगेश्वर! नमोऽस्तुते।।58।।

वह्निनक्तं चरांश्चैव वरुण यम अयोनिकान्।
मुहूर्तांश्च दक्षहस्तनखेषु भावयेन् नमः।।59।।

लग्नोदयाय दीर्घाय मार्गिणे दक्षदृष्टये।
वक्राय चातिक्रूराय नमस्ते वामदृष्टये।।60।।

वामहस्तनखेष्वन्त्यवर्णेशाय नमोऽस्तुते।
गिरिशाहिर्बुध्न्यपूषा जपाद् सदांश्च भावयेत्।।61।।

राशिभोक्त्रे राशिगाय राशिभ्रमणकारिणे।
राशिनाथाय राशिनां फलदात्रे नमोऽस्तुते।।62।।

यमाग्निचन्द्रादितिकविधतृंश्च विभावयेत्।
ऊर्ध्वहस्तदक्षनखेष्वन्त्य कालाय ते नमः।।63।।

तुलोच्चस्थाय सौम्याय नक्र कुम्भगृहाय च।
समीरत्वष्ट जीवांश्च विष्णुतिग्म द्युतीन् न्यसेत्।।64।।

ऊर्ध्ववाम-हस्त-नखेष्वन्य ग्रह-निवारिणे।
तुष्टाय च वरिष्ठाय नमो राहु सखाय च।।65।।

रविवारं ललाटे च न्यसेद्भीमदृशे नमः।
सोमवारं न्यसेदास्ये नमो मृतप्रियाय च।।66।।

भौमवारं न्यसेत् स्वान्ते नमो ब्रह्मस्वरूपिणे।
मेढ्रे न्यसेत् चन्द्रवारं नलो जीवस्वरूपिणे।।67।।

वृषणे गुरुवारं च नमो मन्त्रस्वरूपिणे।
भृगुवारं मलद्वारे नमः प्रलयकारिणे।।68।।

पादयोः शनिवारं च निर्मांसाय नमोस्तुते।
घटिकां न्यसेत् केशेषु नमस्ते सूक्ष्मरूपिणे।।69।।

कालरूपिन् नमस्तेऽस्तु सर्वपाप-प्रणाशक!।
त्रिपुरस्य वधार्थाय शम्भुजाताय ते नमः।।70।।

नमः कालशरीराय कालपुरुषाय ते नमः।
कालहेतो ! नमस्तुभ्यं कालानलाय वै नमः।।71।।

अखण्ड-दण्ड-मानाय त्वमाद्यंताय वै नमः।
कालदेवाय कालाय कालकालाय ते नमः।।72।।

निमेषादिमहाकल्प-कालरूपं च भैरवम्।
मृत्युञ्जयं महाकालं नमस्यामि शनैश्चरम्।।73।।

दातारं सर्वभव्यानां भक्तानामऽभयंकरम्।
मृत्युञ्जयं महाकालं नमस्यामि शनैश्चरम्।।74।।

कर्त्तारं सर्वदुःखानां दुष्टानां भयवर्धनम्।
मृत्युञ्जयं महाकालं नमस्यामि शनैश्चरम्।।75।।

हर्त्तारं ग्रहकष्टानां शीघ्र फलप्रदानाम्।
मृत्युञ्जयं महाकालं नमस्यामि शनैश्चरम्।।76।।

सर्वेषामेव भूतानां सुखद शान्तिमव्ययम्।
मृत्युञ्जयं महाकालं नमस्यामि शनैश्चरम्।।77।।

कारणं सुखदुःखानां भावाऽभावस्वरूपिणम्।
मृत्युञ्जयं महाकालं नमस्यामि शनैश्चरम्।।78।।

अकालमृत्यु-हरण अपमृत्यु-निवारणम्।
मृत्युञ्जयं महाकालं नमस्यामि शनैश्चरम्।।79।।

कालरूपेण संसारं भक्षयन्तं महाग्रहम्।
मृत्युञ्जयं महाकालं नमस्यामि शनैश्चरम्।।80।।

दुर्निरीक्ष्यं स्थूलरोमं भीषणं दीर्घलोचनम्।
मृत्युञ्जयं महाकालं नमस्यामि शनैश्चरम्।।81।।

ग्रहाणां ग्रहभूतं च सर्वग्रह-निवारणम्।
मृत्युञ्जयं महाकालं नमस्यामि शनैश्चरम्।।82।।

कालस्य वशगाः सर्वे न कालः कस्यचिद्वशः।
तस्मात्त्वां कालपुरुषं प्रणतोऽस्मि शनैश्चरम्।।83।।

कालदेव जगत्सर्वं काल एव विलीयते।
कालरूपः स्वयं शम्भुः कालात्मा ग्रहदेवता।।84।।

चण्डीशो रुद्रडाकिन्या-क्रान्तश्चण्डीश उच्यते।
विद्युदाकलितो नद्या समारुढो रसाधिपः।।85।।

चण्डीशः शुकसंयुक्तो जिह्वया ललितः पुनः।
क्षतजस्तामसी शोभी स्थिरात्मा विद्युत-द्युतः।।86।।

नमोऽन्तो मनुरित्येष शनितुष्टिकरः शिवे।
आद्यन्तेष्टोत्तरशतं मनु-मेनं जपेन्नरः।।87।।

य पठेच्छृणुयाद्वाऽपि ध्यात्वा सम्पूज्य भक्तितः।
तस्य मृत्योर्भयं नैव शतवर्षावधिप्रिये!।।88।।

ज्वराः सर्वे विनश्यन्ति दद्रु विस्फोटकच्छुकाः।
दिवा सौरि स्मरेत् रात्रौ महाकाल यजन् पठेत्।।89।।

जन्मर्क्षे च यदा सौरिर्जपेदेतत् सहस्रकम्।
वैधगे वामवेधे वा जपेदर्द्धसहस्रकम्।।90।।

द्वितीये द्वादशे मन्दे तनौ वा चाष्टमेऽपि वा।
तत्तद्राशौ भवेद्यावत् पठेत्तावद्दीनावधि।।91।।

चतुर्थे दशमे वाऽपि सप्तमे नवपञ्चमे।
गोचरे जन्मलग्नेशे दशास्वन्तर्दशासु च।।92।।

गुरुलाघवज्ञानेन पठेदावृतिसंख्यया।
शतमेकं त्रयं वाऽथ शतयुग्मं कदाचन।।93।।

आपदस्तस्य नश्यन्ति पापानि च जयं भवेत्।
महाकालालये पीठे ह्यथ्वा जल सन्निधौ।।94।।

पुण्यक्षेत्रेऽश्वत्थमूले तैलकुम्भाग्रतो गृहे।
नियमेनैकभक्तेन ब्रह्मचर्येण मौनिना।।95।।

श्रोत्तव्यं पठितव्यं च साधकानां सुखावहम्।
परं स्वस्त्ययनं पुण्यं स्तोत्रं मृत्युञ्जयाभिधम्।।96।।

कालक्रमेण कथितं न्यास-क्रम-समन्वितम्।
प्रातःकाले शुचिर्भूत्वा पूजायां च निशामुखे।।97।।

पठतां नैव दुष्टेभ्यो व्याघ्रसर्पादितो भयम्।
नाग्नितो न जलाद्वायोर्देशे देशान्तरेऽथवा।।98।।

नाऽकाले मरणं तेषां नाअपमृत्युभयं भवेत्।
आयुर्वर्षशतं सायं भवन्ति चिरजीविनः।।99।।

नाऽतः परतरं स्तोत्रं शनितुष्टिकरं महत्।
शान्तिकं शीघ्रफलदं स्तोत्रमेतन् मयोदितम्।।100।।

तस्मात् सर्वप्रयत्नेन यदीच्छेदात्मनो हितम्।
कथनीयं महादेवि नैवअभक्तस्य कस्यचित्।।101।।

उपरोक्त स्तोत्र का पाठ करने अथवा सुनने से अकाल मृत्यु का हरण होता है तथा साधक को सौ वर्ष की आयु प्राप्त होती है। समस्त प्रकार के ज्वरों का नाश होता है और दाद, चेचक एवं महामारी रोग का विनाश होता है। इसका जप एवं स्तोत्र का पठन महाकालेश्वर मन्दिर में अथवा द्वादशज्योर्तिलिंग स्थान में, नदी के समीप, पुण्य क्षेत्र में अश्वत्थ वृक्ष के नीचे, मिट्टी के कलश में तिल्ली का तेल पूरित कर नियमपूर्वक मौन रहकर एक समय हविष्यान्न का आहार कर ब्रह्मचर्य व्रत से पाठ करे तथा पूजा संध्या के समय करे तो संसार के समस्त सुख प्राप्त होते हैं। नास्तिक व्यक्ति को यह स्तोत्र कदापि नहीं देना चाहिए।

7.8 शनि मृत्युंजय स्तोत्र

इस स्तोत्र का पाठ करने अथवा सुनने से अकाल मृत्यु का हरण होता है तथा साधक को सौ वर्ष की आयु प्राप्त होती है। समस्त प्रकार के ज्वरों का नाश होता है। आपदाओं एवं पापों का अन्त होकर जय की प्राप्ति होती है। इसके पठन से व्याघ्र एवं सर्प का भय कदापि नहीं होता है क्योंकि यह स्तोत्र स्वयं में ब्रह्मास्त्र के तुल्य है। ब्रह्मचर्य के द्वारा मौन होकर नियम एवं भक्ति से जो इसे सुनता एवं पढ़ता है, उसे अपमृत्यु का भय कदापि नहीं होता। इस स्तोत्र का पाठ करने से यथाशीघ्र फल की प्राप्ति होती है। ऐसा इस स्तोत्र के विषय में मार्तण्ड भैरव तंत्र के अन्तर्गत महाकाल शनि मृत्युंजय स्तोत्र में वर्णित है।

अतः सभी जातकों को, जिन पर शनिग्रह की दशा या महादशा चल रही है, उनको अपने हित का ध्यान रखते हुए इस स्तोत्र का पाठ अथवा इसका श्रवण अवश्यमेव शनिवार को तो करना ही चाहिए। यदि संभव हो, तो प्रतिदिन इस स्तोत्र का पाठ कम से कम एक बार अवश्य करें।

।। ॐ नमो मृत्युंजयाय।।

नन्दिकेश्वर उवाच

कैलाशस्योत्तरे शृङ्गे, शुद्ध स्फटिक सन्निभे।
तमोगुण विहीने तु, जरा मृत्युविवर्जिते।।1।।

सर्वार्थसम्पदाधारे सर्वज्ञान कृतालये।
कृताञ्जलि पुटो ब्रह्मा, ध्यानासीनं सदाशिवम्।।2।।

प्रपच्छ प्रणतो भूत्वा, जानुभ्यामवनिंगतः।
सर्वार्थ सम्पदाधारो, ब्रह्म लोक पितामहः।।3।।

ब्रह्मोवाच

केनोपायेन देवेश, चिरायुर्लोमशोऽभवत्।
तन्मे ब्रूहि महेशान, लोकानां हितकाम्यया।।4।।

श्रीसदाशिव उवाच

शृणु ब्रह्मन्! प्रवक्ष्यामि चिरायुर्मुनि सत्तमः।
सञ्जातः कर्मणा येन मृत्युव्याधि विवर्जितः।।5।।

तस्मिन्नेकार्णवेघोरे, सलिलौघ परिप्लुते।
कृतान्त भयनाशाय, स्तुतो मृत्युञ्जयः शिवः।।6।।

तस्य संकीर्तनान्नित्यं, मुनिमृत्युर्विवर्जितः।
तमेव कीर्तयन् ब्रह्मन्, मृत्युञ्जय! नमोस्तु ते।।7।।

श्रीलोमश उवाच

देवाधिदेव देवेश सर्वप्राण भृतांवर।
प्राणिनामपि नाथस्त्वं, मृत्युञ्जय! नमोऽस्तुते।।8।।

देहिनां जीव भूतोऽसि जीवो जीवस्य कारणम्।
जगतां रक्षकस्त्वं वै, मृत्युञ्जय! नमोस्तु ते।।9।।

हेमाद्रि शिखराकारं, सुधावीचि मनोहरम्।
पुण्डरीक परंज्योतिर्मृत्युञ्जय! नमोस्तु ते।।10।।

ध्यानाधार महाज्ञान सर्व ज्ञानैककारण।
परित्रातासिलोकानां, मृत्युञ्जय! नमोस्तु ते।।11।।

निहता येन कालेन, सदेवासुर मानुषाः।
गन्धर्वाप्सरसश्चैव सिद्धविद्याधरास्तथा।।12।।

साध्याश्च सववो रुद्रास्तथाशिवनिसुतावुभौ।
मरुतश्च दिशो नागाः, स्थावरजंगमास्तथा।।13।।

मदनो दहनार्थं हि, प्राक्षिपत् बाणराशयः।
जितः सोऽपित्त्वया ध्यानान्मृत्युञ्जय नमोस्तु ते।।14।।

ये ध्यायन्ति परां मूर्ति पूजयन्त्यमरादयः।
न ते मृत्युवशं यान्ति, मृत्युञ्जय! नमोस्तु ते।।15।।

त्वमोङ्कारोऽसि वेदानां देवानां च सदाशिवः।
आधार शक्तिः शक्तीनां, मृत्युञ्जय! नमोस्तु ते।।16।।

स्थावरे जंगमे वापि, यावत्तिष्ठति देहगः।
जीवत्यपत्यलोकोऽयं मृत्युञ्जय ! नमोस्तु ते।। 17।।

सोम सूर्याग्निमध्यस्थ व्योमव्यापिन् सदाशिव।
कालत्रयं महाकाल मृत्युञ्जय ! नमोस्तु ते।। 18।।

प्रबुद्धचाप्रबुद्धं च त्वमेव सृजसे जगत्।
सृष्टि रूपेण देवेश मृत्युञ्जय ! नमोस्तु ते।। 19।।

व्योम्नि त्वं व्योम रूपोऽसि तेजः सर्वत्र तेजसि।
ज्ञानिनां ज्ञान रूपोऽसि मृत्युञ्जय! नमोस्तु ते।। 20।।

जगज्जीवो जगत्प्राणः स्रष्टात्वं जगतः प्रभुः।
कारणं सर्व तीर्थानां मृत्युञ्जय! नमोस्तु ते।। 21।।

नेतात्वमिन्द्रियाणां च सर्व ज्ञान प्रबोधकः।
सांख्य योगश्चहंसश्च मृत्युञ्जय! नमोस्तु ते।। 22।।

रूपातीतः सुरूपश्च पिण्डस्थ पदमेव च।
चतुर्योग कलाधार मृत्युञ्जय! नमोस्तु ते।। 23।।

रेचके वह्नि रूपोऽसि मृत्युञ्जय! नमोस्तु ते।
कुम्भके शिव रूपोऽसि मृत्युञ्जय! नमोस्तु ते।। 24।।

क्षयं करोऽषि पापानां पुण्यानामभि वर्द्धनम्।
हेतुस्त्वं श्रेयसां नित्यं मृत्युञ्जय! नमोस्तु ते।। 25।।

सर्वमाया कलातीतः सर्वेन्द्रिय परावरः।
सर्वेन्द्रिय कलाधीशः मृत्युञ्जय! नमोस्तु ते।।। 26।।

रूपं गन्धो रसः स्पर्शः शब्दः संस्कार एव च।
त्वत्तः प्रकाश एतेषां मृत्युञ्जय! नमोस्तु ते।। 27।।

चतुर्विधानां सृष्टीनां हेतुस्तवं कारणेश्वर।
भावाभाव परिच्छिन्न मृत्युञ्जय! नमोस्तु ते।। 28।।

त्वमेको निष्कलो लोके सकलं भुवनत्रयम्।
अति सूक्ष्मातिरूपस्त्वं मृत्युञ्जय! नमोस्तु ते।।29।।

त्वं प्रबोधस्त्वमाधारस्त्वद्वीजं भुवनत्रयम्।
सत्वं रजस्तमस्त्वं हि मृत्युञ्जय! नमोस्तु ते।।30।।

त्वं सोमस्त्वं दिनेशश्च त्वमात्मा प्रकृतेः परः।
अष्टत्रिंशत् कलानाथ मृत्युञ्जय! नमोस्तु ते।।31।।

सर्वेन्द्रिय समाधारः सर्वभूतगुणाश्रयः।
सर्वज्ञान मयानन्त मृत्युञ्जय! नमोस्तु ते।।32।।

त्वमात्मा सर्व भूतानां गुणानां त्वमधीश्वरः।
सर्वानन्द मयाधार मृत्युञ्जय! नमोस्तु ते।।33।।

त्वं यज्ञः सर्व यज्ञानां त्वं बुद्धिर्बोधलक्षणम्।
शब्द ब्रह्म त्वमोङ्कार मृत्युञ्जय! नमोस्तु ते।।34।।

श्रीसदाशिव उवाच

।।फलश्रुतिः।।

एवं संकीर्तयेद् यस्तु शुचिस्तद्गत मानसः।
भक्त्या शृणोति यो ब्रह्मन्! न सः मृत्युवशोभवेत्।।35।।

न च मृत्युभयं तस्य प्राप्तकालं च लंघयेत्।
अपमृत्यु भयं तस्य प्रणश्यति न संशयः।।36।।

व्याधयो नोप्रपद्यन्ते नोपसर्ग भयं भवेत्।
प्रत्यासन्नान्तरे काले शतैकावर्तने कृते।।37।।

मृत्युर्न जायते तस्य रोगान्मुञ्चति निश्चितम्।
पञ्चम्यां वा दशम्यां वा पौर्णमास्यामथापि वा।।38।।

शतमावर्तयेद्यस्तु शत वर्षं स जीवति।
तेजस्वी बल सम्पन्नो लभते श्रियमुत्तमाम्।।39।।

त्रिविधं नाशयेत् पापं मनोवाक्काय संभवम्।
अभिचाराणि कर्माणि कर्माण्याथर्वणानि च।।40।।

क्षीयन्ते नात्रसन्देहो दुःस्वप्नं च विनश्यति।
सर्व कार्याणि सिद्ध्यन्ति इदमेव च मद्वचः।।41।।

इदं रहस्यं परमं देव देवस्य शूलिनः।
दुःस्वप्न नाशनं पुण्यं सर्वविघ्न विनाशनम्।।42।।

अथान्यत्मृत्युञ्जय स्तोत्रम्

ततो विष्णवेऽर्पितमना मार्कण्डेयो महामतिः।
तुष्टावप्रणतो भूत्वा देव देवं जनार्दनम्।।1।।

विष्णुना एव उपदिष्टं तु स्तोत्रं कर्णे महात्मना।
सम्भावितेन मनसा तेन तुष्टाव माधवम्।।2।।

ॐ नमो भगवते वासुदेवाय

नारायणं सहस्राक्षं पद्मनाभं पुरातनम्।
प्रणतोऽस्मि हृषीकेशं किं मे मृत्युः करिष्यति?।।3।।

गोविन्दं पुण्डरीकाक्षमनन्तमजमव्ययम्।
केशवं च प्रपन्नोऽस्मि किं मे मृत्युः करिष्यति।।4।।

वाराहं वामनं विष्णुं नारसिंहं जनार्दनम्।
माधवं च प्रपन्नोऽस्मि किं मे मृत्युः करिष्यति।।5।।

पुरुषं पुष्करं पुण्यं क्षेमबीजं जगत्पतिम्।
लोकनाथं प्रपन्नोऽस्मि किं मे मृत्युः करिष्यति।।6।।

भूतात्मानं महात्मानं जगद्योनिमयोनिजम्।
विश्वरूपं प्रपन्नोस्मि किं मे मृत्युः करिष्यति।।7।।

सहस्त्र शिरसं देवं व्यक्ताव्यक्तं सनातनम्।
महायोगं प्रपन्नोऽस्मि किं मे मृत्युः करिष्यति।।8।।

इत्युदिरितमाकर्ण्य स्तोत्रं तस्यमात्मनः।
अपयातस्ततो मृत्युर्विष्णुदूतैश्चपीडितः।।9।।

इति तेन जितो मृत्युर्मार्कण्डेयेन धीमता।
प्रसन्ने पुण्डरीकाक्षे नृसिंहे नास्ति दुर्लभम्।।10।।

मार्कण्डेय हितार्थाय स्वयं विष्णुरुवाच ह।
इदं मृत्युञ्जय स्तोत्रं मृत्यु व्याधि विनाशनम्।।11।।

य इदं पठते भक्त्या त्रिकालं प्रयतः शुचिः।
नाऽकाले तस्य मृत्युः स्यात् नरस्याच्युत चेतसः।।12।।

हृत्पद्ममध्ये पुरुषं पुराणम्, नारायणं शाश्वतमादिदेवम्।
सञ्चिन्त्य सूर्यादपि राजमानम्, मृत्युं सरोगी जितवांस्तदैव॥13॥

7.9 शनि कवच

कवच से तात्पर्य ढाल अथवा रक्षा से होता है। शनि कवच का पाठ करने वाले साधक को शनिकृत अनिष्ट प्रभावित तथा आतंकित नहीं करते हैं। ऐसा व्यक्ति शनिकृत कष्टों से मुक्त रहता है। शनि की साढ़ेसाती, शनि का ढईया अथवा शनि की अशुभ दशा-भुक्ति के अन्तर्गत संभावित कष्ट, अनिष्ट, अरिष्ट, व्याधि, विपत्ति, आपत्ति, आतंक, अपमान, आरोप, प्रत्यारोप, पराजय, पराश्रय, विपन्नता तथा सभी प्रकार के आर्थिक, मानसिक, शारीरिक कष्टों से व्यक्ति मुक्त रहता है। ऐसा व्यक्ति, जो निरन्तर इस कवच का पाठ करता है, उसे अकाल मृत्यु अथवा हत्या का भय कदापि नहीं होता। न ही ऐसा व्यक्ति कभी आघातित हो जाने के उपरान्त भी विकलांग होता है। उसके हाथ-पैरों अथवा शरीर के किसी अंग में कोई आघात, शस्त्र अथवा अस्त्र द्वारा लग भी जाए, तो वह चिकित्सा के पश्चात् पुनः पूर्णतः पूर्ववत् हो जाता है तथा किसी प्रकार की विकलांगता की संभावना नहीं होती।

अस्त श्रीशनैश्चरकवचस्तोत्रमंत्रस्य कश्यप ऋषिः। अनुष्टुप् छंदः। शनैश्चरो देवता। शीं शक्तिः। शूं कीलकम्। शनैश्चरप्रीत्यर्थ जपै विनियोगः।।

नीलांबरो नीलवपुः किरीटी गृघ्रस्थितस्त्रासकरो धनुष्मान्।
चतुर्भुजः सूर्यसुतः प्रसन्नः सदा मम स्याद्वरदः प्रशान्तः।।

।। ब्रह्मोवाच ।।

शृणुध्वगृषयः सर्वे शनिपीडाहरं महत्।
कवचं शनिराजस्य सौरेरिदमनुत्तमम्।।

कवचं देवतावासं वज्रपंचरसंशकम्।
शनैश्चरप्रीतिकरं सर्वसौभाग्यदायकम्।।

ॐ श्रीशनैश्चरः पातु भालं मे सूर्यनंदनः।
नेत्रे छायात्मजः पातु पातु कर्णौ यमानुजः।।

नासां वैवस्वतः पातु मुखं मे भास्करः सदा।
स्निग्धकंठश्च मे कंठ भुजौ पातु महाभुजः।।

स्कंधौ पातु शनिश्चैव करौ पातु शुभप्रदं।
वक्षः पातु यमभ्राता कुक्षिं पात्वसितस्तथा।।

नाभिं ग्रहपतिः पातु मंदः पातु कटिं तथा।
ऊरु ममांतक पातु यम्रो जानुयुंग तथा।।

पादौ मंदगतिः पातु सर्वांगं पातु पिप्पलः।
अङ्गोपाङ्गानि सर्वाणि रक्षेन्मे सूर्यनंदनः।।

इत्येतत्कवचं दिव्यं पठेत्ससूर्यसुतस्य यः।
न तस्य जायते पीडा प्रीतो भवति सूर्यजः।।

व्ययजन्मद्वितीयस्थो मृत्युस्थानगतोऽपि वा।
कलत्रस्थे गतो वापि सुप्रीतस्तु सदा शनिः।।

अष्टमस्थे सूर्यसुते व्यये जन्मद्वितीयगे।
कवचं पठतो नित्यं न पीडा जायते क्वचित् ।।
इत्येतत्कवचं दिव्यं सौरेर्यन्निर्मितं पुरा।
द्वादशाष्टमजन्मस्थदोषान्नाशयते सदाः।
जन्मलग्नस्थितान्दोषान्सर्वान्नाशयते प्रभुः।।

विनियोग : अस्य श्रीशनैश्चर कवच स्तोत्रमंत्रस्य कश्यप ऋषिः, अनुष्टुपूछन्दः शनैश्चरो देवता, श्रीं शक्तिः शूं कीलकम्, शनैश्चर प्रीत्यर्थे पाठे विनियोगः।

यह कवच ब्रह्माण्ड पुराण से उद्धृत है। इस कवच का पाठ उन सभी साधकों के लिए परम आवश्यक है, जिन पर शनि देवता की ग्रह दशा चल रही है। जो भी मनुष्य इस कवच का प्रतिदिन पाठ करता है, उसके सभी कष्ट दूर होते हैं। इस कवच के पाठ से जो भी जातक शनिग्रह देव को प्रसन्न कर लेता है उसकी सभी इच्छायें निःसन्देह पूर्ण होती हैं। इस कवच का नियम से पाठ करने से जन्म लग्न के सभी दोष पूर्णतः नष्ट हो जाते हैं।

7.10 शनि सहस्रनाम स्तोत्र

शनि, नवग्रह व्यवस्था का सर्वाधिक रहस्यमंडित ग्रह है जो महाकाय, महाकाल, तिमिराकार, कृष्ण वर्ण का साकार आकार है जिसका नाम ही आतंक, कलह, विच्छेद, विकर्षण, वाद-विवाद, दुर्दमनीय दारुण दुःखों की व्यथा, क्लेश, विपत्ति, व्याधि, विसंगतियों, विषमताओं, विकृतियों का आह्वान करने वाला प्रतीत होता है। शनि ग्रह का अशुभ प्रभाव धन की हानि तो कराता ही है, अपमानजनक स्थितियाँ अकारण ही उत्पन्न करता है। आरोप, विश्वासघात, निर्बलता, शिथिलता, शक्तिहीनता तथा उत्साह हीनता आदि ऐसे अनेक कारण उत्पन्न हो जाते हैं कि मनुष्य का स्वयं पर से विश्वास उठ जाता है तथा वह शनिदेव की कृपा प्राप्ति हेतु विभिन्न शनि मंदिरों में दर्शन हेतु जाना प्रारम्भ करता है। दान, व्रत, मंत्र जप, स्तोत्र पाठ आदि करने से जातक को शनिकृत अरिष्ट तथा कष्टों से मुक्ति प्राप्त होती है तथा ऐसा साधक उल्लासपूर्वक जीवन व्यतीत करने लगता है तथा सभी चिंताएं, व्यथाएं लुप्त हो जाती हैं और वह अकारण कष्ट प्रदान करने वाली व्याधियों से मुक्त हो जाता है। ऐसे जातक के लिए सर्वाधिक उपयोगी तथा स्थायी प्रभाव प्रदान करने वाला शनि सहस्रनाम स्तोत्र अग्रांकित है। शनि के इस दुर्लभ स्तोत्र में शनि देव के एक हजार

नामों का उल्लेख है जिसका पूरे ध्यान, आस्था, विश्वास के साथ पाठ करने से शनिदेव की विशेष कृपा से साधक अवश्य लाभान्वित होता है।

विनियोग - अस्य श्रीशनिसहस्रनामस्तोत्र मन्त्रस्य कश्यपऋषिः अनुष्टुप्छन्दः, शनैश्चरो देवता। शं बींज, नं शक्तिः, मं कीलकं, शनिप्रसादात् सिद्ध्यर्थे जपे विनियोगः।

न्यास - शनिश्चराय अङ्गुष्ठाभ्यां नमः, मन्दगतये तर्जनीभ्यां नमः, अधोक्षजाय मध्यमाभ्यां नमः, सौरये अनामिकाभ्यां नमः, शुष्कोदराय कनिष्ठिकाभ्यां नमः, छायात्मजाय करतलकरपृष्ठाभ्यां नमः, शनैश्चराय हृदयाय नमः, मन्दगतये शिरसे स्वाहा, अधोक्षजाय शिखायै वषट्, सौरये कवचाय हुम्, शुष्कोदराय नेत्रत्रयाय वौषट्, छायात्मजाय अस्त्राय फट्, भूर्भुवस्सुवरोमिति दिग्बन्धः।

ध्यानम्-

चपासनो गृध्रधरस्तु नीलः प्रत्यङ्मुखः काश्यपगोत्रजातः।
स शूलचापेषु गदाधरो ऽव्यात् सौराष्ट्रदेशप्रभवश्च शौरिः।।1।।

नीलाम्बरो नीलवपुः किरीटी गृध्रासनस्थो विकृताननश्च।
केयूरहारादिविभूषिताङ्ग स्सदाऽस्तु मे मन्दगतिः।।2।।

स्तोत्रम्-

ॐ अमिताभाष्यघहरः अशेषदुरितापहः।
अघोररूपोऽतिदीर्घकायो ऽशेषभयानकः।।

अनन्तो अन्नदाता चाश्वत्थमूलजपे प्रियः।
अतिसम्पत्प्रदोऽमोघः अन्यस्तुत्या प्रकोपितः।।

अपराजितो अद्वितीयः अतितेजो ऽभयप्रदः।
अष्टमस्थोञ्जननिभः अखिलात्मार्कनन्दनः।।

अतिदारुण अक्षोभ्यः अप्सरोभिः प्रपूजितः।
अभीष्टफलदो ऽरिष्टमथनो ऽमरपूजितः।।

अनुग्राह्यो अप्रमेय पराक्रम विभीषणः।
असाध्ययोगो अखिल दोषघ्नः अपराकृतः।।

अप्रमेयोऽतिसुखदः अमराधिपपूजितः।
अवलोकात् सर्वनाशः अश्वत्थाम द्विरायुधः।।

अपराधसहिष्णुश्च अश्वत्थाम सुपूजितः।
अनन्तपुण्यफलदो अतृप्तोतिबलोपिच।।

अवलोकात् सर्ववन्द्यः अक्षीणकरुणानिधिः।
अविद्यामूलनाशश्च अक्षय्यफलदायकः।।

आनन्दपरिपूर्णश्च आयुष्कारक एवच।
आश्रितेष्टार्थवरदः आधिव्याधिहरोपिच।।

आनन्दमय आनन्दकरो आयुध-धारकः।
आत्मचक्राधिकारी च आत्मस्तुत्यपरायणः।।

आयुष्करो आनुपूर्व्यः आतायत्तजगत्त्रयः।
आत्मनामजपप्रीतः आत्माधिकफलप्रदः।।

आदित्यसम्भवो आर्तिभञ्जनो आत्मरक्षकः।
आपद् बान्धव आनन्दरूपो आयुःप्रदोपिच।।

आकर्णपूर्णचापश्च आत्मोद्दिष्ट द्विजप्रदः।
आनुकूल्यो आत्मरूप प्रतिमादान सु प्रियः।।

आत्मारामो आदिदेवो आपन्नार्ति विनाशनः।
इन्दिरार्चितपादश्च इन्द्रभोगफलप्रदः।।

इन्द्रदेव स्वरूपश्च इष्टेष्टवरदायकः।
इष्टापूर्तिप्रदो इन्दुमतीष्टवरदायकः।।

इन्दिरारमणः प्रीतः इन्द्र-वंश-नृपार्चितः।
इहामुत्रेष्टफलदः इन्दिरारमणार्चितः।।

ईद्रियो ईश्वरप्रीतः ईषणात्रयवर्जितः।
उमास्वरूपउद्‌बोध्यः उशना उत्सव-प्रियः।।

उमादेव्यर्चनप्रीतः उच्चस्थोच्चफलप्रदः।
उरुप्रकाशो उच्चस्थ योगदः उरुपराक्रमः।।

ऊर्ध्वलोकादिसञ्चारी ऊर्ध्वलोकादिनायकः।
ऊर्जस्वी ऊनपादश्च ऋकाराक्षरपूजितः।।

ऋषिप्रोक्त पुराणज्ञः ऋषिभिः परिपूजितः।
ऋग्वे दवन्द्यो ऋग्रूपी ऋजुमार्ग प्रवर्तकः।।

लुलितोद्धारको लूत भवपाश प्रभञ्जनः।
लूकाररूपकोलब्धर्ममार्ग प्रवर्तकः।।

ऐकाधिपत्यसाम्राज्यप्रदो एनौघनाशनः।
एकपाद्येक ऐकोनविंशतिमासभुक्तिदः।।

एकोनविंशतिवर्षदशो एणाङ्कपूजितः।
ऐश्वर्यफलदो ऐन्द्र ऐरावतसुपूजितः।।

ओंकार जपसुप्रीतः ओंकार परिपूजितः।
ओंकारबीजो औदार्य हस्तो औन्नत्यदायकः।।

औदार्यगुण औदार्य शीलो औषधकारकः।
करपङ्कजसन्नद्धधनुश्च करुणानिधिः।।

कालः कठिनचित्तश्च कालमेघसमप्रभः।
किरीटी कर्मकृत्कारयिताकालसहोदरः।।

कालाम्बरः काकवाहः कर्मठः काश्यपान्वयः।
कालचक्रप्रभेदी च कालरूपी च कारणः।।

कारिमूर्तिः कालभर्ता किरीटमुकटोज्वलः।
कार्यकारण कालज्ञः काञ्चनाभरथान्वितः।।

कालदंष्ट्रः क्रोधरूपः कराली कृष्णकेतनः।
कालात्मा कालकर्ता च कृतान्तः कृष्णगोप्रियः।।

कालाग्निरुद्ररूपश्च काश्यपात्मजसम्भवः।
कृष्णवर्णहयश्चैव कृष्णगोक्षीरसु-प्रियः।।

कृष्णगोघृतसुप्रीतः कृष्णगोदधिषु-प्रियः।
कृष्णगावैकचित्तश्च कृष्णगोदानसुप्रियः।।

कृष्णगोदत्तहृदयः कृष्णगोरक्षणप्रियः।
कृष्णगोग्रासचित्तस्य सर्वपीडानिवारकः।।

कृष्णगोदान शान्तस्य सर्वशान्त फलप्रदः।
कृष्णगोस्नान कामस्य गंगास्नान फलप्रदः।।

कृष्णगोरक्षणस्यद्यु सर्वाभीष्टफलप्रदः।
कृष्णगावप्रियश्चैव कपिलापद्युषु प्रियः।।

कपिलाक्षीरपानस्य सोमपानफलप्रदः।
कपिलादानसुप्रीतः कपिलाज्यहुतप्रियः।।

कृष्णश्च कृत्तिकान्तस्थः कृष्णगोवत्ससुप्रियः।
कृष्णमाल्याम्बरधरः कृष्णवर्णतनूरुहः।।

कृष्णकेतुः कृशकृष्णदेहः कृष्णाम्बरप्रियः।
क्रूरचेष्टः क्रूरभाव क्रूरद्रष्ट्रः कुरूपि च।।

कमलापति सं सेव्यः कमलो वपूजितः।
कामितार्थप्रदः कामधेनु पूजनसुप्रियः।।

कामधेनुसमाराध्यः कृपायुष विवर्धनः।
कामधेनू वैकचित्तश्च कृपराज सुपूजितः।।

कामदोग्धा च क्रुद्धश्च कुरुवंशसुपूजितः।
कृष्णाङ्गमहिषीदोग्धा कृष्णेन कृतपूजनः।।

कृष्णाङ्गमहिषीदानप्रियः कोणस्थ एव च।
कृष्णाङ्गमहिषीदानलोलुपः कामपूजितः।।

क्रूरावलोकनात् सर्वनाशः कृष्णाङ्गदप्रियः।
खद्योतः खण्डनः खङ्गधरः खेचरपूजितः।।

खरांशुतनयश्चैव खगानां पतिवाहनः।
गोसेवासक्तहृदयः गोचरस्थानदोषहृत्।।

गृहराश्याधिपश्चैव गृहराज महाबलः।
गृध्रवाहो गृहपतिः गोचरो गानलोलुपः।।

घोरो घर्मो घनतमो घर्मी घन-कृपान्वितः।
घननीलाम्बरधरो डादिवर्ण सुसंज्ञितः।।

चक्रवर्तिसमाराध्यः चन्द्रमत्या समर्चितः।
चन्द्रमत्यार्तिहारी च चराचर सुखप्रदः।।

चतुर्भुजश्चापहस्तः चराचरहितप्रतः।
छायापुत्रः छत्रधरः छायादेवी-सुतस्तथा।।

जयप्रदो जगन्नीलो जपतां सर्व-सिद्धिदः।
जपविध्वस्तविमुखो जम्भारिपरिपूजितः।।

जंभारिवन्द्यो जयदो जगज्जनमनोहरः।
जगत्त्रप्रकुपितो जगत्त्राणपरायणः।।

जयो जयप्रदश्चैव जगदानन्दकारकः।
ज्योतिश्च ज्योतिषां श्रेष्ठो ज्योतिष्शास्त्र प्रवर्तकः।।

झर्झरीकृतदेहश्च झल्लरीवाद्यसुप्रियः।
ज्ञानमूर्तिर्ज्ञानगम्यो ज्ञानी ज्ञानमहानिधिः।।

ज्ञानप्रबोधकश्चैव ज्ञानदृष्ट्यावलोकितः।
टङ्किताखिललोकश्च टङ्कितैन-स्तमोरविः।।

टङ्कारकारकश्चैव टिङ्कृतो-टाम्भदप्रियः।
ठकारमय सर्वस्वः ठकारकृतपूजितः।।

डक्कावाद्यप्रीतिकरः डमडुमरुकप्रियः।
डम्भरप्रभवो डम्भः डक्कानादप्रियङ्करः।।

डाकिनी शाकिनी भूत सर्वोपद्रवकारकः।
डाकिनी शाकिनी भूत सर्वोपद्रवनाशकः।।

ढकाररूपो डाम्भीको णकारजपसुप्रियः।
णकारमयमन्त्रार्थः णकारैकशिरोमणिः।।

णकारवचनानन्दः णकारकरुणामयः।
णकारमय सर्वस्वः णकारैकपरायणः।।

तर्जनीधृतमुद्रश्च तपसां फलदायकः।
त्रिविक्रमनुतश्चैव त्रयीमयवपुर्धरः।।

तपस्वी तपसा दग्धदेहः ताम्राधरस्तथा।
त्रिकालवेदितव्यश्च त्रिकालमतितोषितः।।

तुलोच्चयः त्रासकरः तिलतैलप्रियस्तथा।
तेलान्न सन्तुष्टमनाः तिलदानप्रियस्तथाः।।

तिलभक्ष्यप्रियश्चैव तिलचूर्णप्रियस्तथा।
तिलखण्डप्रियश्चैव तिलापूपप्रियस्तथा।।

तिलहोमप्रियश्चैव तापत्रयनिवारकः।
तिलतर्पणसन्तुष्टः तिलतैलान्नतोषितः।।

तिलैकदत्तहृदयः तेजस्वी तेजसान्निधिः।
तेजसादित्यसंकाशः तेजोमय वपुर्धरः।।

तत्वज्ञः तत्वगस्तीव्रः तपोरूपः तपोमयः।
तुष्टिदस्तुष्टिकृत् तीक्ष्णः त्रिमूर्तिः त्रिगुणात्मकः।।

तिलदीपप्रियश्चैव तस्य पीडानिवारकः।
तिलोत्तमामेन कादिनर्तनप्रियएवच।।

त्रिभागमष्टवर्गश्च स्थूलरोमा स्थिरस्तथा।
स्थितः स्थायी स्थापकश्च स्थूलसूक्ष्म-प्रदर्शकः।।

दशरथार्चितपादश्च दशरथस्तोत्रतोषितः।
दशरथप्रार्थनाक्लप्त दुर्भिक्ष विनिवारकः।।

दशरथ प्रार्थनाक्लप्त वरद्वय प्रदायकः।
दशरथस्वात्मदर्शी च दशरथाभीष्टदायकः।।

दोर्भिर्धनुर्धरश्चैव दीर्घश्मश्रुजटाधरः।
दशरथस्तोत्रवरदः दशरथाभीप्सितप्रदः।।

दशरथस्तोत्रसन्तुष्टः दशरथेन सुपूजितः।
द्वादश-ऽष्टमजन्मस्थो देवपुङ्गवपूजितः।।

देवदानवदर्पघ्नो दिनं प्रतिमुनि स्तुत।
द्वादशस्थो द्वादशात्मा सुतो द्वादश नामभृत्।।

द्वितीयस्थो द्वादशार्कसूनुः दैवज्ञपूजितः।
दैवज्ञचित्तवासी च दमयन्न्या सुपूजितः।।

द्वादशाब्दन्तु दुर्भिक्षकारी दुस्स्वप्ननाशनः।
दुराराध्यो दुराधर्षः दमयन्ती वरप्रदः।।

दुष्टदूरो दुराचार शमनो दोषवर्जितः।
दुस्सहो दोषहन्ता च दुर्लभो दुर्गमस्तथा।।

दुःखप्रदो दुःखहन्ता दीप्तरन्जित दिङ्मुखः।
दीप्यमान मुखाम्भोजः दमयन्त्याशिवप्रदः।।

दुर्निरोक्षो दृष्टमात्र दैत्यमण्डलनाशकः।
द्विजदानैकनिरतो द्विजाराधनतत्परः।।

द्विजसर्वार्तिहरी च द्विजराज समर्चितः।
द्विजदानैकचित्तश्च द्विजराज प्रियङ्करः।।

द्विजो द्विजप्रियश्चैव द्विजराजेष्टदायकः।
द्विजरूपो द्विजश्रेष्ठः दोषदो दुस्सहोपिच।।

देवादिदेवो देवेशो देवराज सुपूजितः।
देवराजेष्ट वरदो देवराज प्रियंकरः।।

देवादिवन्दितो दिव्यतनुर्देवशिखामणिः।
देवगानप्रियश्चैव देवदेशिकपुङ्गवः।।

द्विजात्मजसमाराध्यः ध्येयो धर्मी धनुर्धरः।
धनुष्मान् धनदाता च धर्मा धर्म विवर्जितः।।

धर्मरूपो धनुर्दिव्यो धर्मशास्त्रात्मचेतनः।
धर्मराज प्रियकरो धर्मराज सुपूजितः।।

धर्मराजेष्टवरदो धर्माभीष्टफलप्रदः।
नित्यतृप्तस्वभावश्च नित्यकर्मरतस्तथा।।

निजपीडार्तिहारी च निजभक्तेष्टदायकः।
निर्मांसदेहो नीलश्च निजस्तोत्र बहुप्रियः।।

नलस्तोत्र प्रियश्चैव नलराजसुपूजितः।
नक्षत्रमण्डलगतो नमतां प्रियकारकः।।

नित्यार्चितपदाम्भोजो निजाज्ञा परिपालकः।
नवग्रहवरो नीलवपुर्नलकरार्चितः।।

नलप्रियानन्दितश्च नलक्षेत्रनिवासकः।
नलपाक प्रियश्चैव नलप ञ्जनक्षमः।।

नलसर्वार्तिहारी च नलेनात्मार्थपूजितः।
निपाटवीनिवासश्च नलाभीष्टवरप्रदः।।

नलतीर्थसकृत् स्नान सर्वपीडानिवारकः।
नलेशदर्शनस्याशु साम्राज्यपदवीप्रदः।।

नक्षत्रराश्याधिपश्च नीलध्वजविराजितः।
नित्ययोगरतश्चैव नवरत्नविभूषितः।।

विधा भज्यदेहश्च नवीकृत-जगत्त्रयः।
नवग्रहाधिपश्चैव नवाक्षरजपप्रियः।।

नवात्मा नवचक्रात्मा नवतत्वाधिपस्तथा।
नवोदन प्रियश्चैव नवधान्यप्रियस्तथा।।

निष्कण्टको निस्पृहश्च निरपेक्षो निरामयः।
नागराजार्चिपदो नागाराजप्रियंकरः।।

नागराजेष्टवरदो नागाभरण भूषितः।
नागेन्द्रगान निरतः नानाभरणभूषितः।।

नवमित्र स्वरूपश्च नानाश्चर्यविधायकः।
नानाद्वीपाधिकर्ता च नानालिपिसमावृतः।।

नानारूप जगत् स्रष्टा नानारूपजनाश्रयः।
नानालोकाधिपश्चैव नानाभाषाप्रियस्तथा।।

नानारूपाधिकारी च नवरत्नप्रियस्तथा।
नानाविचित्रवेषाढ्यः नानाचित्र विधायकः।।

नीलजीमूतसंकाशो नीलमेघसमप्रभः।
नीलाञ्चनचयप्रख्यः नीलवस्त्रधरप्रियः।।

नीचभाषा प्रचारज्ञो नीचे स्वल्पफलप्रदः।
नानागम विधानज्ञो नानानृपसमावृतः।।

नानावर्णाकृतिश्चैव नानावर्णस्वरार्तवः।
नानालोकान्तवासी च नक्षत्रत्रयसंयुतः।।

नभादिलोकसम्भूतो नामस्तोत्रबहुप्रियः।
नामपारायणप्रीतो नामार्श्चनवरप्रदः।।

नामस्तोत्रैकचित्तश्च नानारोगार्तिभञ्जनः।
नवग्रहसमाराध्यः न शग्रह भयापहः।।

नवग्रहसुसंपूज्यो नानावेद सुरक्षकः।
नवग्रहाधिराजश्च नवग्रहजपप्रियः।।

नवग्रहमयज्योतिः नवग्रह वरप्रदः।
नवग्रहाणामधिपो नवग्रह सुपीडितः।।

नवग्रहाधीश्वरश्च नवमाणिक्यशोभितः।
परमात्मा परब्रह्म परमैश्वर्यकारणः।।

प्रपन्नभयहारी च प्रमत्तासुरशिक्षकः।
प्रासहस्तः पङ्गुपादो प्रकाशात्मा प्रतापवान्।।

पावनः परिशुद्धत्मा पुत्र-पौत्र प्रवर्धनः।
प्रसन्नात् सर्वसुखदः प्रसन्नेक्षण एव च।।

प्रजापत्यः प्रियकरः प्रणतेप्सितराज्यदः।
प्रजानां जीवहेतुश्च प्राणिनां परिपालकः।।

प्राणरूपी प्राणधारी प्रजानां हितकारकः।
प्राज्ञः प्रशान्तः प्रज्ञावान् प्रजारक्षणदीक्षितः।।

प्रावृषेण्यः प्राणकारी प्रसन्नोत् सर्ववन्दितः।
प्रज्ञानिवासहेतुश्च पुरुषार्थैकसाधनः।।

अजाकरः प्रानुकूल्यः पिङ्गलाक्षः प्रसन्नधीः।
प्रपञ्चात्मा प्रसविता पुराण पुरुषोत्तमः।।

पुराण पुरुषश्चैव पुरुहूतः प्रपञ्चधृत्।
प्रतिष्ठितः प्रीतिकरः प्रियकारी प्रयोजनः।।

प्रीतिमान् प्रवरस्तुत्यः पुरूरवसमर्चितः।
प्रपञ्चकारी पुण्यश्च पुरुहूत समर्चितः।।

पाण्डवादि सुसंसेव्यः प्रणवः पुरुषार्थदः।
पयोदसमवर्णश्च पाण्डुपुत्रार्तिभञ्जनः।।

पाण्डुपुत्रेष्टदाता च पाण्डवानां हितङ्करः।
पञ्चपाण्डवपुत्राणां सर्वाभीष्टफलप्रदः।।

पञ्चपाण्डवपुत्राणां सर्वारिष्ट निवारकः।
पाण्डुपत्राद्यर्चितश्च पूर्वजश्च प्रपञ्चभृत्।।

परचक्रप्रभेदी च पाण्डुवेषु वनप्रदः।
परब्रह्म स्वरूपश्च पराज्ञा परिवर्जितः।।

परात्परः पाशहन्ता परमाणु प्रपञ्चकृत्।
पातङ्गी पुरुषाकारः परशम्भु-समु वः।।

प्रसन्नात् सर्वसुखदः प्रपञ्चो वसम्भवः।
प्रसन्नः परमोदारः पराहङ्कारभञ्जनः।।

परः परमकारुण्यः परब्रह्म-मयस्तथा।
प्रपन्नभयहारी च प्रणतार्तिहरस्तथा।।

अप्रसादकृत् प्रपञ्चश्च पराशक्ति समुद्भवः।
प्रदानपावनश्चैव प्रशान्तात्मा प्रभाकरः।।

प्रपञ्चात्मा प्रपञ्चो-पशमनः पृथिवीपतिः।
परशुराम समाराध्यः परशुराम - वरप्रदः।।

परशुराम चिरञ्जीविप्रदः परमसावनः।
परमहंसस्वरूपश्च परमहंससुपूजितः।।

पंचनक्षत्राधिपश्च पंचनक्षत्रसेवितः।
प्रपञ्च रक्षितश्चैव प्रपञ्चस्य भयंकरः।।

फलदानप्रियश्चैव फलहस्तः फलप्रदः।
फलाभिषेकप्रियश्च फल्गुनस्य वरप्रदः।।

पुटच्छमित पापौघः फल्गुनेन प्रपूजितः।
फणिराजप्रियश्चैव पुल्लाम्बुज विलोचनः।।

बलिप्रियो बलीबभ्रुः ब्रह्मविष्णवीश क्लेशकृत्।
ब्रह्मविष्णीशरूपश्च ब्रह्मशक्रादिदुर्लभः।।

बासदष्ट्र्या प्रमेयाङ्गो बिभ्रत् कवच-कुण्डलः।
बहुश्रुतो बहुमतिः ब्रह्मण्यो ब्राह्मणप्रियः।।

बलप्रमथनो ब्रह्मा बहुरूपो बहुप्रदः।
बालार्कद्युतिमान् बालो बृहद्वक्षो बृहत्तमः।।

ब्रह्मण्डभेदकृंचैव भक्तसर्वार्थसाधकः।
भव्यो भोक्ता भीतिकृञ्च-भक्तानुग्रहकारकः।।

भीषणो भैक्षकारी च भूसुरादि सुपूजितः।
भोग-भाग्य-प्रदश्चैव भस्मीकृत जगत् त्रयः।।

भयानको भानुसूनुः भूतिभूषित विग्रहः।
भास्वद्रतो भक्तिमतां सुलभो भ्रकुटीमुखः।।

भवभूत गणैस्स्तुत्यो भूतसङ्घसमावृतः।
भ्राजिष्णुर्भगवान् भीमो भक्ताभीष्टवरप्रदः।।

भवभक्तैकचित्तश्च भक्तिगीत-स्तवोन् मुखः।
भूतसन्तोषकारी च भक्तानां चित्तशोधकः।।

भक्तिगम्यो भयहरो भावज्ञो भक्तसुप्रियः।
भूतिदो भूतिकृत् भोज्यो भूतात्मा भुवनेश्वरः।।

मन्दो मन्दगतिश्चैव मासमेव प्रपूजितः।
मुचुकुन्द समाराध्यो मुचुकुन्द वरप्रदः।।

मुचुकुन्दार्चितपदो महारूपो महायशाः।
महाभोगी महायोगी महाकायो महाप्रभुः।।

महेशो महदैश्वर्यो मन्दार-कुसुमप्रियः।
महाक्रतुर्महामानी महाधीरो महाजयः।।

महावीरो महाशान्तो मण्डलस्थो महाद्युतिः।
महासुतो मेहादारो महनीयो महोदयः।।

मैथिलीवरदायी च मार्ताण्डस्य द्वितीयजः।
मैथिलीप्रार्थनाकल्प्त दशकण्ठ शिरोपहृत्।।

मरामरहराराध्यो महेन्द्रादि सुरार्चितः।
महारथो महावेगो मणिरत्नविभूषितः।।

मेषनीचो महाघोरो महासौरि र्मनुप्रियः।
महादीर्घो महाग्रासो महदैश्वर्यदायकः।।

महाशुष्को महारौद्रो मुक्तिमार्ग प्रदर्शकः।
मकर-कुम्भाधिपश्चैव मृकण्डुतनयार्चितः।।

मन्त्राधिष्ठानरूपश्च मल्लिका-कुसुमप्रियः।
महामन्त्र स्वरूपश्च महायन्त्र-स्थितस्तथा।।

महाप्रकाशदिव्यात्मा महादेवप्रियस्तथा।
महाबलि समाराध्यो महर्षिगणपूजितः।।

मन्दचारी महामायी माषदानप्रियस्तथा।
माषोदन प्रीतचित्तो महाशक्तिर्महागुणः।।

यशस्करो योगदाता यज्ञाङ्गोऽपि युगन्धरः।
योगी योग्यश्च याम्यश्च योगरूपी युगाधिपः।।

यज्ञभृद्यजमानश्च योगो योगविदां वरः।
यक्ष-राक्षस-वेताल कूष्माण्डादिप्रपूजितः।।

यमप्रत्यधिदेवश्च युगपत् भोगदायकः।
योगप्रियो योगयुक्तो यज्ञरूपो युगान्तकृत्।।

रघुवंश समाराध्यो रौद्रो रौद्राकृति स्तथा।
रघुनन्दन सल्लापो रघुप्रोक्त जपप्रियः।।

रौद्ररूपी रथारूढो राघवेष्ट वरप्रदः।
रथी रौद्राधिकारी च राघवेण समर्चितः।।

रोषात् सर्वस्वहारी च राघवेण सुपूजितः।
राशिद्वयाधिपश्चैव रघुभिः परिपूजितः।।

राज्यभूपाकरश्चैव राजराजेन्द्र वन्दितः।
रत्नकेयुरभूषाढ्यो रमानन्दनवन्दितः।।

रघुपौ षसन्तुष्टो रघुस्तोत्रबहुप्रियः।
रघुवंशनृपै पूज्यो रणन्मञ्जीरनूपुरः।।

रविनन्दन राजेन्द्रो रघुवंशप्रियस्तथा।
लोहजप्रतिमादानप्रियो लावण्यविग्रहः।।

लोकचूडामणिश्चैव लक्ष्मीवाणीस्तुतिप्रियः।
लोकरक्षो लोकशिक्षो लोकलोचनरञ्जितः।।

लोकाध्यक्षो लोकवन्द्योक्ष्मणाग्रजपूजितः।
वेदवेद्यो वज्रदेहो वज्राङ्कुशधरस्तथा।।

विश्ववन्द्यो विरूपाक्षो विमलाङ्गविराजितः।
विश्वस्थो वायसारूढो विशेषसुखकारका।।

विश्वरूपी विश्वगोप्ता विभावसु सुतस्तथा।
विप्रप्रियो विप्ररूपो विप्राराधन तत्परः।।

विशालनेत्रो विशिखो विप्रदानबहुप्रियः।
विश्वसृष्टि समुद्भूतो वैश्वानरसमद्युतिः।।

विष्णुर्विरिञ्चिर्विश्वेशो विश्वकर्ता विशाम्पतिः।
विराडाधारचक्रस्थो विश्वभुग्विश्वभावनः।।

विश्वव्यापारहेतुश्च वक्र क्रूर-विवर्जितः।
विश्वो वो विश्वकर्मा विश्वसृष्टि विनायकः।।

विश्वमूलनिवासी च विश्वचित्रविधायकः।
विश्वधारविलासी च व्यासेन कृतपूजितः।।

विभीषणेष्ट वरदो वाञ्चितार्थ-प्रदायकः।
विभीषणसमाराध्यो विशेषसुखदायकः।।

विषमव्ययाष्ट जन्मस्थोप्येकादशफलप्रदः।
वासवात्मजसुप्रीतो वसुदो वासवार्श्चितः।।

विश्वत्राणैकनिरतो वाङ्भनोतीतविग्रहः।
विराण्मन्दिरमूलस्थो वलीमुखसुखप्रदः।।

विपाशो विगतातङ्को विकल्पपरिंवर्जितः।
वरिष्ठो वरदो वन्द्यो विचित्राङ्गो विरोचनः।।

शुष्कोदरः शुक्लवपुः शान्तरूपी शनैश्चरः।
शूली शरण्यः शान्तश्च शिवायामप्रियङ्करः।।

शिवभक्तिमतां श्रेष्ठः शूलपाणिश्युचिप्रियः।
श्रुतिस्मृतिपुराणज्ञः श्रुतिजालप्रबोधकः।।

श्रुतिपारग संपूज्यः श्रुतिश्रवणलोलुपः।
श्रुत्यन्तर्गतमर्मज्ञः श्रुत्येष्टवरदायकः।।

श्रुतिरूपः श्रुतिप्रीतः श्रुतीस्प्सितफलप्रदः।
शुचिश्रुतः शांतमूर्तिः श्रुतिः श्रवण कीर्तनः।।

शमीमूलनिवासी च शमीकृतफलप्रदः।
शमीकृतमहाघोरः शरणागत-वत्सलः।।

शमीतरुस्वरूपश्च शिवमन्त्रज्ञमुक्तिदः।
शिवागमैकनिलयः शिवमन्त्रजपप्रियः।।

शमीपत्रप्रियश्चैव शमीपर्णसमर्चितः।
शतोपनिषदस्तुत्यो शान्त्यादिगुणभूषितः।।

शान्त्यादिषड्गुणोपेतः शङ्खवाद्यप्रियस्तथा।
श्यामरक्तसितज्योतिः शुद्धपञ्चाक्षरप्रियः।।

श्रीहालास्यक्षेत्रवासी श्रीमान् शक्तिधरस्तथा।
षोडशद्वयसम्पूर्णलक्षणः षण्मुखप्रियः।।

षड्गुणैश्वर्यसंयुक्तः षडङ्गावरणोज्वलः।
षडक्षरस्वरूपश्च षट्चक्रोपरि संस्थितः।।

षोडसी षोडशांतश्च षट्छक्तिव्यक्त-पूर्तिमान्।
षड्भावरहितश्चैव षडङ्गश्रुतिपारगः।।

षट्कोणमध्यनिलयः षट्छास्त्रस्मृतिपारगः।
स्वर्णेन्द्रनीलमुकुटः सर्वाभीष्टप्रदायकः।।

सर्वात्मा सर्वदोषघ्नः सर्वगर्वप्रभञ्जनः।
समस्तलोकाभयदः सर्वदोषाङ्गनाशकः।।

समस्तभक्तसुखदः सर्वदोषनिवर्तकः।
सर्वनाशक्षमस्सौम्यः सर्वक्लेशनिवारकः।।

सर्वात्मा सर्वदा तुष्टः सर्वपीडानिवारकः।
सर्वरूपी सर्वकर्मा सर्वज्ञः सर्वकारकः।।

सुकृती सुलभश्चैव सर्वाभीष्टफलप्रदः।
सूरात्मजस्सदातुष्टः सूर्यवंशप्रदीपनः।।

सप्तद्वीपाधिपश्चैव सुरा-सुरभयङ्करः।
सर्वसंक्षोभहारी च सर्वलोकहितङ्करः।।

सर्वौदार्यस्वभावश्च सन्तोषात् सकलेष्टदः।
समस्तऋषिभिसंस्तुत्यः समस्तगणपावृतः।।

समस्तगणसंसेव्यः सर्वारिष्टविनाशनः।
सर्वसौख्यप्रदाता च सर्वव्याकुलनाशनः।।

सर्वसंक्षोभहारी च सर्वारिष्ट-फलप्रदः।
सर्वव्याधिप्रशमनः सर्वमृत्युनिवारकः।।

सर्वानुकूलकारी च सौन्दर्यमृदुभाषितः।
सौराष्ट्रदेशोद्भवश्च स्वक्षेत्रेष्ट्रवरप्रदः।।

सोमयाजि समाराध्यः सीताभीष्ट वरप्रदः।
सुखासनोपविष्टश्च सद्यः पीडानिवारकः।।

सौदामनीसन्निभश्च सर्वानुल्लङ्घ्यशासनः।
सूर्यमण्डलसंचारी संहाराश्त्रनियोजितः।।

सर्वलोकक्षयकरः सर्वारिष्टविधायकः।
सर्वव्याकुलकारी च सहस्र-जपसुप्रियः।।

सुखासनोपविष्टश्च संहारास्त्रप्रदर्शितः।
सर्वालङ्कार संयुक्तकृष्णगोदानसुप्रियः।।

सुप्रसन्नस्सुरश्रेष्ठ सुघोषः सुखदस्सुहृत्।
सिद्धार्थः सिद्धसङ्कल्पः सर्वज्ञस्सर्वदस्सुखी।।

सुग्रीवस्सुधृतिस्सारस्सुकुमार स्सुलोचनः।
सुव्यक्तस्सच्चिदानन्दः सुवीरस्सुजनाश्रयः।।

हरिश्चन्द्रसमाराध्यो हेयेपादेयवर्जितः।
हरिश्चन्द्रेष्टवरदो हन्समन्त्रादि संस्तुतः।।

हन्सवाह समाराध्यो हन्सवाहवरप्रदः।
हृद्यो हृष्टो हरिसखो हन्सो हन्सगतिर्हविः।।

हिरण्यवर्णोहितकृद्धर्षदो हेमभूषणः।

हविर्होता हन्सगति हंसमन्त्रादिसंस्तुतः।।

हनूमदर्चितपदो हलधृत् पूजितसदा।
क्षेमदः क्षेमकृत्क्षेम्यः क्षेत्रज्ञः क्षामवर्जितः।।

क्षुद्रघ्न क्षान्तिदः क्षेमः क्षितिभूषः क्षमाश्रयः।
क्षमाधरः क्षयद्वारो नाम्नामष्टसहस्रकम्।।

वाक्येनैकेन वक्ष्यामि वाञ्चितार्थ प्रयच्छति।
तस्मात् सर्वप्रयत्नेन नियमेन जपेत्सुधीः।।

उपरोक्त शनिसहस्रनामस्तोत्र में शनि के एक हजार नामों का उल्लेख श्लोकबद्ध क्रम से है। शनिग्रह से पीड़ितजनों को इन स्तोत्र का प्रत्येक शनिवार को मध्याह्नकाल के समय स्वयं या किसी सुयोग्य ब्राह्मण से पाठ करवा के श्रवण करना चाहिए। इसके पाठ से शनि पीड़ित जनों को अनेकानेक प्रकार के कार्यों की सफलताएँ उनके रुके हुये कामों का पूर्ण होना तथा व्यवसाय की वृद्धि व परिवार की सम्पन्नता का होना निश्चित है।

7.11 श्रीशनि एवं शनिभार्या स्तोत्र

श्रीशनि एवं शनिभार्या स्तोत्र का पाठ करने वाले साधक सभी प्रकार से सुखी और समृद्ध होते हैं और उन्हें शनिदेव सभी प्रकार की दरिद्रता तथा दुःख से भी मुक्त रखते है। एक अन्य दुर्लभ स्तोत्र पाठकों के लाभार्थ प्रस्तुत है। शनि स्तोत्र के साथ-साथ इस स्तोत्र का पाठ करने वाले आराधक शीघ्रातिशीघ्र समृद्ध और सुखी होते हैं। प्राचीनकाल में राजा नल ने शनि एवं शनिभार्या स्तोत्र के पाठ के प्रबल प्रभाव द्वारा, अपना छीना हुआ राज्य पुनः प्राप्त किया था और राज्यलक्ष्मी की पुनः स्थापना हुई थी।

यः पुरा राज्यभ्रष्टाय नलाय प्रददो किल।
स्वप्ने शौरिः स्वयं मन्त्रं सर्वकामफलप्रदम्।।1।।

क्रोडं नीलाञ्जनप्रख्यं नीलजीमूत सन्निभम्।
छायामार्तण्ड-संभूतं नमस्यामि शनैश्चरम्।।2।।

ॐ नमोऽर्कपुत्रायशनैश्चराय नीहार वर्णाञ्जननीलकाय।
स्मृत्वा रहस्यं भुवि मानुषत्वे फलप्रदो मे भव सूर्यपुत्र।।3।।

नमोऽस्तु प्रेतराजाय कृष्ण वर्णाय ते नमः।
शनैश्चराय क्रूराय सिद्धि बुद्धि प्रदायिने।।4।।

य एभिर्नामभिः स्तौति तस्य तुष्टो भवाम्यहम्।
मामकानां भयं तस्य स्वप्नेष्वपि न जायते।।5।।

गार्गेय कौशिकस्यापि पिप्पलादो महामुनिः।
शनैश्चर कृता पीड़ा न भवति कदाचनः।।6।।

क्रोडस्तु पिङ्गलो बभ्रुः कृष्णो रौद्रोऽन्तको यमः।
शौरिः शनैश्चरो मन्दः पिप्पलादेन संयुतः।।7।।

एतानि शनि नामानि प्रातरुत्थाय यः पठेत्।
तस्य शौरेः कृता पीड़ा न भवति कदाचन।।8।।

।। शनिभार्या नामानि।।

ध्वजनी धामनी चैव कङ्काली कलहप्रिया।
क्लही कण्टकी चापि अजा महिषी तुरङ्गमा।।9।।

नामानि शनि-भार्यायाः नित्यं जपति यः पुमान्।
तस्य दुःखाः विनश्यन्ति सुखसौभाग्यं वर्द्धते।।10।।

श्रीशनि एवं शनिभार्या स्तोत्र का नियमपूर्वक पाठ करने से व्यक्तियों के समस्त दुःख, शोक, कष्ट, पीड़ा आदि का विनाश होता है तथा साधकगण सुख, शान्ति, समृद्धि के मार्ग पर प्रशस्त होते हैं। शनि की पत्नी के नाम हैं-- ध्वजनी, धामनी, कंकाली, कलहप्रिया, कलही, कण्टकी, चापि, अजा, महिषी, तुरंगमा। जो साधक शनिदेव की विस्तृत साधना न कर सके, उन्हें शनिदेव के दस नाम के साथ-साथ शनि की पत्नी के दस नामों का उच्चारण प्रतिदिन अवश्य करना चाहिए। यह सर्वविदित है कि पत्नी की प्रसन्नता से पतिदेव स्वतः ही प्रसन्न हो जाते हैं। इसी प्रकार से शनिदेव भी अपनी पत्नी के दस नामों का उच्चारण करने वाले साधकों पर अत्यन्त कृपालु होते हैं तथा उन्हें सुख और समृद्धि प्रदान करते हैं और दुःख व दरिद्रता से मुक्त करते हैं।

परिशिष्ट

शनि की पाताल क्रिया

सूर्य पुत्र शनि की वास्तविक जटिलता, उसके गर्भ में ही जाकर ज्ञात होती है। शनि ग्रह के शुभ अथवा अशुभ प्रभाव के विषय में, हम जितना जानते हैं, वह नितांत अपर्याप्त और अधूरा ज्ञान है। शनिदेव से संदर्भित दुर्गम सूत्रों पर केन्द्रित सात पृथक्-पृथक् कृतियों की संरचना के उपरांत भी, हम यही समझ पाये हैं कि शनि ग्रह के प्रभाव के विषय में, अभी हम मात्र एक कण के समतुल्य संज्ञान अर्जित कर पाये हैं।

'शनि शमन' में शनिदेव से संदर्भित अनेक अनुष्ठान, मंत्र जप, स्तोत्र पाठ, पुरश्चरण विधान, यन्त्र संरचना तथा अनेक सांकेतिक साधनाओं के साथ शनि के दान, शनि के व्रत, शनि के रत्न, शनि के पदार्थ आदि का सम्यक उल्लेख करने के उपरान्त भी शनिदेव के अनिष्टकारी फल के शमन हेतु शनि की पाताल-क्रिया का उल्लेख करना अनिवार्य प्रतीत होता है।

सर्वप्रथम शनि की पाताल क्रिया का तात्पर्य समझ लेना अनिवार्य है। जब 'शनि शमन' का प्रथम संस्करण 1991 में प्रकाशित किया जा रहा था, तो संस्कृत के महान विद्वान आचार्य डा. जनार्दन पाण्डेय को संस्कृत की शुद्धियों तथा वर्तनी की त्रुटियों को सुधारने का कार्य दिया गया। डा. जनार्दन पाण्डेय ने ही 'शनि शमन' के प्रथम संस्करण का सुयोग्य संपादन करके, इस कृति की महत्ता में अपार वृद्धि की। शनि की पाताल क्रिया का शीर्षक देखकर पाण्डेय जी चौंक गये और जब मुझसे सम्पर्क हुआ, तो उन्होंने कहा कि शनि जैसे उग्र ग्रह की पाताल क्रिया करने से तो वह असंतुष्ट और कुद्ध होंगे तथा उनके अनिष्टकारी प्रभाव में अप्रत्याशित वृद्धि होगी। आचार्य पाण्डेय की शंका अपने स्थान पर सही प्रतीत होती है, इसलिए यहाँ हम स्पष्ट करना चाहते हैं कि शनि की पाताल क्रिया का तात्पर्य मात्र इतना है कि शनिदेव के अरिष्टकारी तथा अशुभ प्रभाव अथवा शनिदेव द्वारा प्रदत्त कष्ट, व्यथा, चिन्ता, करुणा, व्यवधान, बाधा, आतंक, पीड़ा, विषाद, अवसाद, विपत्ति, आपत्ति, असफलता और समस्याओं से सम्बन्धित अशुभ प्रभाव की पाताल क्रिया अर्थात् जातक के ऊपर शनि ग्रह का जो उपरांकित अशुभ प्रभाव पड़ रहा है, उसे शनि की पाताल क्रिया के माध्यम से हटा कर पाताल में डालने की क्रिया सम्बन्धी अनुष्ठान को शनि की पाताल क्रिया के नाम से रेखांकित किया गया है।

शनि ग्रह के प्रभाव से मृत्युलोक के प्राणी प्रभावित होते हैं तथा साढ़ेसाती के समय तो प्रकम्पित तथा प्रताड़ित हो जाते हैं। ऐसी स्थिति में शनिश्चर ग्रह द्वारा जो आर्थिक, मानसिक, सामाजिक स्थिति से पीड़ित होकर दैन्य अवस्था में आने के पश्चात् अवसादजन्य स्थिति में हो जाते हैं, उनके लिए शनि पाताल क्रिया वरदान स्वरूप है।

शनि मंत्र- **ॐ खां खीं खौं सः ॐ भूर्भुव स्वः ॐ शन्नोदेवीरभिष्टय आपो भवन्तु पीतये शंय्योरभिस्त्रवन्तु नः। ॐ स्वः भुवः भूः ॐ सः खौं खीं खां ॐ शनैश्चराय नमः।**

शनि एकाक्षरी
बीज मंत्र- **ॐ शं शनैश्चराय नमः।**

शनि तांत्रिक मंत्र- **ॐ प्रां प्रीं प्रौं शः शनये नमः।**

जप संख्या- 23000 किंतु कलियुग में 12000 जप आवश्यक है।

**ध्यान- नीलद्युतिं शूलधरं किरीटिनं गृघस्थितं त्रासकरं धनुर्धरम्।
चतुर्भुजं सूर्यसुतं प्रशान्तं वन्दे सदाऽभीष्टकरं मोचनम्।।**

सामग्री : षोडशोपचार पूजन से सबंधित सभी सामग्री, दक्षिणावर्ती शंखमय आधारपीठिकायुक्त, घंटा (गरुड़), पंचपात्र, शनि की लोहमय (शुद्ध) कृष्णवर्ण की मूर्ति जिसमें चार हाथ हों, धनुष, शूल, बाण धारण किये हों, एक हाथ से वरदमुद्रा दर्शायी गई हो। काले तिल, तिल्ली का तेल, चौड़ा लोहे का प्याला जिसमें शनि की मूर्ति विराजित की जाती हो तथा प्याला आधा तिल्ली के तेल से पूरित हो। शमी पत्र, नीलकमल, नीली पीताम्बरी (रेशमी), नीला उत्तरीय वस्त्र (रेशमी), नीली गोमुखी हो, नीला रेशमी वस्त्र सवा मीटर प्रधान कलश हेतु। पूजा में लौह मूर्ति को तिल के तेल या तिलों के ढेर में रखकर विधिपूर्वक करें। नीली काली तुलसी भी अर्पित करें।

मुहूर्तः शनि पाताल क्रिया हेतु एवं अनुष्ठान हेतु दिन शनिवार, शनिवार की होरा, पुष्य अनुराधा, उत्तरा भाद्रपद नक्षत्र, दिशा पश्चिम, समय सायंकाल होना चाहिए।

विधिः प्रथम प्रधानमण्डल पर सर्वतोभद्र निर्माण कर कलश स्थापित कर दें। गणेश, नवग्रह, षोडशमातृका, सप्तघृतमातृका, रुद्रकलश, स्वस्ति कलश, वास्तुपीठ, चतुःषष्ठियोगिनी पीठ, क्षेत्रपाल पीठ पर मण्डल निर्माण कर कलश विधिवत स्थापित कर दें।

आसन : कुशासन का प्रयोग करना चाहिए। उसके ऊपर नीला कम्बल बिछा देना चाहिए।

सर्वप्रथम पवित्रीकरण, आचमनीयम्, प्राणायाम, तिलकम्, ग्रन्थि बन्धनम्, भद्रसूक्तम, गणपति स्मरणम्, सर्वदेवतान् नमस्कारम् (**ॐ श्री मन्महागणाधिपतये नमः से एतत्कर्म प्रधानदेवताभ्यो नमः**), कर्मपात्र पूजनम्, प्रोक्षणम्, दिग्रक्षणम्, प्रायश्चित संकल्प, प्रधानसंकल्पः, गणपति पूजनम्, षोडशमातृका पूजनम्, सप्तघृतमातृका पूजनम्, नान्दीश्राद्धकरणीयम्, आचार्यादि वरणम्, वास्तु पूजनम्, चतुःषष्टियोगिनी पूजनम्, क्षेत्रपाल पूजनम्, सर्वतोभद्र पूजनम्, अग्नि स्थापने उपरान्तं नवग्रहाः पूजनम्। यदि हवन नहीं करना हो तो बिना अग्नि स्थापन के नवग्रह पूजा की जा सकती है। सर्वदेवतान् नमस्कारान् षोडशोपचार रीति से सभी देवताओं की पूजा करें।

शनिश्चर देवता की पूजा या हवन अष्टोत्तरशत नाम से काले तिल, काली तुलसी, कृष्ण कमल 108 संख्या में नामोच्चारण के साथ अर्पित करें। हवन निम्न सामग्रियों से किया जाना चाहिए : काले तिल, शमीपत्र, घी, नील कमल, खीर, चीनी मिलाकर हवन करें। घी भैंस का ही उपयोग करना चाहिये।

माला : नीले रंग के रत्न की माला से या काली तुलसी की माला से जप करें। ये मालाएं उपलब्ध न हों तो जीरो नम्बर की रुद्राक्ष की माला से गोमुखी में माला रखकर जप करना चाहिए।

जप पूर्ण होने के पश्चात् उपरोक्त दर्शाए गए मुहूर्त में दशांश हवन, तर्पण, मार्जन इत्यादि करें। इसके पश्चात् पाताल क्रिया हेतु निर्जन जंगल में जायें।

पाताल क्रिया : शुभ मुहूर्त में यजमान किसी सेवक के साथ एवं आचार्य के साथ पूजा की थाली, शनि की मूर्ति तथा चौड़ा पात्र जिसमें तेल भरा हो तथा मूर्ति उस पात्र में रखी हुई हो, काले तिल, काली तुलसी, काले कमल के पुष्प, तेल के बने हुए पूए, उड़द साबुत, दही, सिन्दूर, काजल की डिब्बी, एक मीटर नीला वस्त्र, लोटा, कपूर, रुई, माचिस लेकर निर्जन जंगल में जायें।

सर्वप्रथम गड्ढा खोदने के पहले भूमि पूजन करें। इसके पश्चात् फावड़ा गेंती की पूजा करें, मजदूर को राखी तिलक कर दक्षिणा दें एवं पहला फावड़ा से यजमान खोदें, दूसरा पंडित से करायें या पाँच व्यक्तियों के हाथ स्पर्श करवा दें। गड्ढा कम से कम 6 फीट गहरा होना चाहिए। इतना चौड़ा होना चाहिए कि कम से कम एक या दो पुरुष बैठ सकते हों। नींव में राहू का मुख व पूँछ की दिशा का भी ध्यान रखें। पश्चिम की तरफ मुँह यजमान का हो, शनि की मूर्ति भी पश्चिम की तरफ हो। शनि की मूर्ति को पाँच व्यक्ति हाथ से छूकर गड्ढे में प्रवेश करायें। मूर्ति का शिर नीचे, पैर ऊपर होना चाहिए। वहाँ भूमि पूजन, शनि देवता की पूजा कर क्षमा प्रार्थना, पुष्पांजलि व आरती कर मूर्ति एवं तेल भरा प्याला व सभी सामग्री खोदी हुई मिट्टी से भर दें। जब जमीन समतल हो जाये, उस पर पत्थर रख कर सीमेन्टेड कर दें तथा एक दीपक सिन्दूर से षट्कोण बनाकर तेल का दीपक प्रज्ज्वलित कर दें। दीपक के ऊपर दूसरी सराई में छेद करके रख दें जिससे दीपक शान्त नहीं होगा। यदि उस निर्जन स्थान पर पीपल का पेड़ हो तो उसके पास ही यह क्रिया करनी चाहिए।

लाभ : शनि से प्रभावित समस्त दोषों का शमन, धनधान्यवृद्धि, रिपुक्षय होंगे।

शनि की पाताल क्रिया का प्रारम्भ करने से पूर्व इस तथ्य को भलीभाँति समझ लेना अपेक्षित है कि जन्मांग में विद्यमान शनि के अशुभ प्रभाव की पाताल क्रिया के उपरान्त शनि मात्र शुभ फल प्रदान करता है तथा जातक सभी दोषों तथा अपराधों, प्रताड़नाओं तथा दण्ड आदि से मुक्त होकर शनि देव के शुभ प्रभाव से लाभान्वित होता है। उसके जीवन में दुःख और क्लेश के स्थान पर सुख, उल्लास और उत्साह की स्थिति उसे आनन्दित और आह्लादित करती है। शनि की साढ़ेसाती अधिकांश स्थितियों में कुछ न कुछ समस्याएँ, व्यथाएँ, व्यवधान, विपत्ति, विषाद, विनाश, विकृति और अवांछित स्थिति को जन्म देने वाली होती है। इसका उल्लेख इस कृति में अन्यत्र विस्तार में किया गया है। शनि की साढ़ेसाती के प्रारम्भ होने से पूर्व शनि की पाताल क्रिया सविधि सम्पन्न कराने से जातक सभी प्रकार के अनिष्टकारी प्रभाव से मुक्त हो जाता है।

विस्तृत विधान के अनुसार शनिदेव की निर्दोष लौह प्रतिमा का निर्माण अनुराधा, उत्तराभाद्रपद अथवा पुष्य नक्षत्र में अपने समक्ष करायें। उपयुक्त है कि यदि शनिवार के दिन इन तीनों नक्षत्रों में से कोई एक नक्षत्र हो तथा गोचर का चन्द्रमा उस दिन जन्मकालीन चन्द्रमा से तृतीय, षष्ठ, सप्तम अथवा एकादश भाव में भ्रमण कर रहा हो। शनि की निर्दोष प्रतिमा का निर्माण कराकर उसकी प्राण-प्रतिष्ठा सविधि

करें। तत्पश्चात् विधि-विधान के अनुसार पूजन तथा अर्चना करें। यदि शनिदेव की प्रतिमा किसी बड़े आकार के लोहे के पात्र में सरसों के तेल में आधा डुबोकर रखी हो तो शनि देव के वैदिक मंत्र का जप करते समय शनिदेव की प्रतिमा पर तिल, उड़द, तेल, कस्तूरी आदि श्रद्धापूर्वक अर्पित करते रहें। शनिदेव के मंत्र की जप संख्या 23,000 है परन्तु कलियुग में निर्दिष्ट मंत्र जप की संख्या के चार गुणा मंत्र जप करने से ही फल प्राप्त होता है इसलिए 23000 के स्थान पर 92,000 मंत्र जप करना अपेक्षित है। शनि की पाताल क्रिया कराने के साथ-साथ भोजपत्र पर शनिदेव के अंक यंत्र का निर्माण भी अष्टगंध से सविधि कर लेना चाहिए। यंत्र का पूजन भी प्रतिदिन विधिपूर्वक तब तक करें, जब तक कि शनि की पाताल क्रिया पूर्ण न हो। 92,000 मंत्र जप के पश्चात् 9200 मंत्रों से हवन करना अत्यंत अनिवार्य है। हवन के पश्चात् दशांश तर्पण तथा तर्पण के उपरांत दशांश मार्जन करना चाहिए। इसके पश्चात् विधि-विधान सहित बलि प्रदान करना, शनि की पाताल क्रिया के लिए अति आवश्यक है।

इस प्रकार से शनि की पाताल क्रिया से सम्बन्धित सभी औपचारिकताएं पूर्ण हो जाएं, तो शनि के अंक यंत्र को उपरांकित मुहूर्त के अनुसार चाँदी के यंत्र में अथवा कवच में रखकर उसे भलीभाँति शुद्ध मोम से बन्द कर दें तथा काले धागे में उस यंत्र को अपने गले अथवा दाहिनी भुजा पर शनिवार के दिन अथवा शनि के नक्षत्र में धारण करें। यह शनि यंत्र अत्यन्त प्रभावशाली होता है तथा इसे धारण करने वाले जातक के ऊपर जब भी शनिदेव का कोई भी अनिष्टकारी प्रभाव का किंचित भी अंश उसे कष्ट प्रदान करने के लिए आता है तो एक शक्ति पुंज की भाँति वह अनिष्टकारी प्रभाव का शमन कर देता है।

शनि के वैदिक मंत्र का व्याहतियों सहित जप करने से अधिक गहरा और स्थायी लाभ अवश्य होता है :

शनि का वैदिक मन्त्र

ॐ खां खीं खौं सः ॐ भूर्भुवः स्वः ॐ शन्नोदेवीरभिष्टय
आपो भवन्तु पीतये। शंय्योरभिस्रवन्तु नः। ॐ स्वः
भुवः भूः ॐ सः खौं खीं खां ॐ शनैश्चराय नमः।

उल्लेखनीय है कि शनि की पाताल क्रिया अनुभवी और योग्य आचार्य द्वारा ही सम्पन्न कराई जानी चाहिए, क्योंकि यह अत्यन्त उग्र प्रयोग है। यदि शनि की

पाताल क्रिया सम्पन्न करते समय आचार्य से किसी प्रकार की असावधानी अथवा त्रुटि हो, तो आचार्य को भीषण दण्ड का भागी बनना पड़ता है।

सर्वप्रथम शनि की पाताल क्रिया का अनुभव हमें फरवरी, 1984 में हुआ था। लखनऊ में हमारे निवास से लगभग एक किमी. दूरी पर एक भव्य शिवालय है। उस शिवालय में ही आचार्यवर रहते थे। उनका रूप और रक्ताभ गौरवर्ण, लम्बा कद, अत्यन्त सुडौल और आनुपातिक देह किसी को भी सुगमता से आकर्षित कर लेती थी। उनका व्यवहार और वार्तालाप करने का प्रकार भी अत्यन्त प्रभावशाली था जो उनके यजमानों को अन्दर तक छू जाता था। हमारे ऊपर शनि की महादशा का प्रारम्भ हुआ। अष्टम भावगत शनि राहु के नक्षत्र में स्थित है। गोचर का शनि भी उस समय तुला राशि में भ्रमण कर रहा था तथा शनि की महादशा में शनि की अंतर्दशा के अशुभ प्रभाव के कारण हम किसी अप्रत्याशित शारीरिक कष्ट की संभावना के कारण भयभीत थे। हमने आचार्य भगवती चरण मिश्र से सम्पर्क किया, जिनका उल्लेख हमने ऊपर किया है तथा उनसे शनि की पाताल क्रिया सम्पन्न करने हेतु विनम्रतापूर्वक प्रार्थना की। उन्होंने अपनी स्वीकृति प्रदान की तथा हमें तभी आभास हुआ, जैसे कि हम अब शनि संदर्भित समस्त कष्टों से मुक्त हो जायेंगे। आचार्यवर ने शनि की पाताल क्रिया से सम्बन्धित अनुष्ठान सम्पन्न किया।

तभी हमें ज्ञात हुआ कि इस अनुष्ठान में उन्होंने भारी भूल की तथा वह भूल अज्ञानतावश नहीं हुई। उन्होंने अनुष्ठान काल में ब्रह्मचर्य का भी पालन करना उचित नहीं समझा। जैसे ही हमें ज्ञात हुआ कि आचार्यवर ने शनि की पाताल क्रिया के संपादन में अपराध के समतुल्य जो कुछ उन्होंने किया, वह अत्यधिक अवांछित था तथा एक दण्डनीय अपराध के समतुल्य था। हमने उनसे कहा कि आपने शनि की पाताल क्रिया में अक्षम्य भूल की है, जो अज्ञानतावश नहीं हुई है। अतः आप अविलम्ब इसका प्रायश्चित कर लें, अन्यथा शनिदेव आपको अवश्य दण्डित करेंगे। आचार्यवर ने हमारे इस कथन को गंभीरता से नहीं लिया। शनि की पाताल क्रिया का शुभ फल और शनि की अनुकूलता के दिव्य प्रसाद से हम वंचित रह गये और 17 फरवरी, 1984 को हम चिकित्सालय में अत्यन्त वेदनापूर्ण स्थिति में पहुँचा दिए गये। शनिकृत पीड़ा के कारण हमारा तन फटा जा रहा था। हम चिकित्सालय में बिस्तर पर लेटे हुए कराह रहे थे। हमारी चीख का दर्द आसपास के सभी जनों को प्रकंपित कर रहा था तथा हमें ऐसा आभास हो रहा था कि अब जीवन शेष नहीं है। हम इसी प्रकार से प्राण त्याग देंगे तथा कोई भी चिकित्सक कुछ नहीं कर पायेगा। लखनऊ के के.जी.एम.सी. के अत्यन्त योग्य शल्यक्रिया विशेषज्ञ तथा अनेक

चिकित्सक हमारी परीक्षा सभी प्रकार से करने के पश्चात् यह समझ सकने में असमर्थ थे कि हमें क्या हुआ है? फोर्टविन के इन्जेक्शन का प्रभाव भी हमारी शारीरिक पीड़ा तथा उदरशूल को किंचित भी कम नहीं कर पा रहा था।

तभी हमारे गुरुवर आचार्य नरेन्द्र नारायण द्विवेदी को हमारे ऊपर शनि के अशुभ प्रभाव का संज्ञान हुआ तथा उन्होंने शनि की पाताल क्रिया विधिवत् अविलम्ब प्रारम्भ कर दी। आश्चर्य का विषय है कि जिस दिन उन्होंने शनि की पाताल क्रिया प्रारम्भ की, उसी दिन रात्रि को 12 बजे के समय के लगभग डा. के.डी. वर्मा, जो हमारी चिकित्सा लखनऊ के नीरा नर्सिंग होम में कर रहे थे, उन्हें एक विशेष औषधि सहसा समझ में आई और वह उसी समय नर्सिंग होम में आए और ग्लूकोज की बोतल में वह औषधि डाल दी। जैसे ही वह औषधि ग्लूकोज के माध्यम से हमारी रक्तवाहिनियों में प्रवाहित होने लगी, वैसे ही हमारी पीड़ा तथा उदर शूल में अनुकूलता का आभास होता गया। दो दिन के भीतर ही हम सभी कष्टों से मुक्त हो गये। हमारे गुरुवर ने शनि की पाताल क्रिया विधिवत् सम्पन्न की तथा उसका प्रतिफल हमें अविलम्ब प्राप्त हुआ।

शनि की महादशा के 19 वर्ष अत्यन्त लाभदायक, उन्नतिकारक तथा यश व सफलता प्रदान करने वाले सिद्ध हुए। जबकि अष्टम भावगत शनि राहु के नक्षत्र में स्थित होकर राहु के साथ विनिमय परिवर्तन योग का निर्माण कर रहा था। राहु शनि के नक्षत्र में स्थित है तथा शनि और राहु के मध्य विनिमय नक्षत्र परिवर्तन योग अष्टम भाव के संदर्भ में पक्षाघात ऐसी व्याधि से प्रताड़ित करने वाला होता है। शनिदेव की महान कृपा और शनि की पाताल क्रिया के सविधि संपादन से हम शनिकृत अरिष्ट तथा पीड़ा से मुक्त हुए।

नीरा नर्सिंग होम से एक सप्ताह बाद निवास पर वापस आने के पश्चात् हमने सर्वप्रथम आचार्यवर भगवती चरण मिश्र को अपने यहाँ आने का संदेश भिजवाया। वह उसी समय आ गए और हमने अनायास पूछा कि क्या उन्होंने अपनी भूल का प्रायश्चित कर लिया है? उन्होंने प्रायश्चित जैसे शब्द की वास्तविकता को न समझ कर उसकी उपेक्षा की और बस इतना बोले, अभी तो नहीं किया है। आप कहते हैं, तो बाद में कर लेंगे। उस दिन के पश्चात् दूसरा शनिवार था। आचार्यवर सत्य नारायण की कथा करके आये और उन्हें अपना स्वास्थ्य शिथिल प्रतीत होने लगा। उनका पूरा शरीर ऐंठने लगा तथा उसी प्रकार की पीड़ा तथा उदरशूल से वह व्यथित हो उठे। तभी उन्हें प्रतीत हुआ कि शनि की पाताल क्रिया में हुई त्रुटियों के कारण उन्हें यह दण्ड प्राप्त हो रहा है, परन्तु शनिदेव ने उन्हें इतना अवसर देने के पश्चात् कोई अन्य

अवसर नहीं दिया तथा उसी दिन उसी समय दो घंटे के भीतर आचार्यवर का स्वर्गवास हो गया। उनकी पत्नी ने बाद में बताया कि मृत्यु के समय वह बार-बार 'हे शनिदेव, हे शनि महाराज, हे शनि.........' इस प्रकार से चिल्ला रहे थे तथा चिल्लाते-चिल्लाते ही उनकी मृत्यु हो गई। मृत्यु के समय उनकी आयु मात्र 45 वर्ष थी। इसलिए हम यहाँ बार-बार इस तथ्य पर बल देना चाहते हैं कि शनि की पाताल क्रिया किसी ऐसे अनुभवी आचार्य द्वारा ही सम्पन्न कराई जानी चाहिए, जिसने किसी गुरु के निर्देशन में शनि की पाताल क्रिया का संपादन करने का बार-बार अभ्यास किया हो।

शनि कृपा प्राप्ति हेतु सरल उपाय

अधिकांश पाठक एवं शनिग्रह पीड़ित व्यक्ति संस्कृत भाषा का शुद्ध उच्चारण कर सकने में असमर्थ हैं तथा ऐसे भी अनेक जातक हैं जो शनि के क्रूर प्रभाव से पीड़ित हैं परन्तु सुयोग्य आचार्य या तो उन्हें उपलब्ध नहीं हैं अथवा धनाभाव के कारण सुयोग्य आचार्य से मंत्र जप, स्तोत्र पाठ करा सकने में असमर्थ हैं। ऐसे जातकों के लिए शनि-चालीसा, शनि आरती तथा अनेक अन्य सुगम सांकेतिक साधनाओं का उल्लेख किया जा रहा है। इन उपायों में शास्त्रीय अथवा कर्मकाण्डीय जटिलता नहीं है। ये उपाय श्रद्धापूर्वक सम्पन्न करने पर संपूर्ण फल प्रदान करते हैं।

शनि प्रार्थना

जयति जयति जय-जय शनि देवा। करत सिद्ध मुनि तुम्हरी सेवा।।
श्यामल तन कर लोह विराजे। शीश मुकुट कटि करधनि छाजे।।
जो तोहि ध्यावे, सो फल पावे। सर्व सिद्धि ताके घर आवे।।
भानु पुत्र, यम कर है भ्राता। गिरिजापति गुरु, सब फल दाता।।
लंकहि भयेहु कोलाहल भारी। जाय पवन सुत नगर मझारी।।
स्वर्ण भवन चमकेउ बहुथाती। सूझि न परेउ दिवस अरु राती।।
दृष्टि खोलि निज देखेउ जबहीं। स्वर्ण भयेहु श्यामल रंग तबहीं।।
अस क़ो जीव जन्तु जग माहीं। जापर दृष्टि परत तव नाहीं।।
कृपा दृष्टि जापर तब होई। सकल सुमङ्गल पाइअ सोई।।
जो हनुमत कर भक्त कहावे। कृपा दृष्टि शनि कर जग पावे।।
पिप्पलेश्वरहिं ध्यान जेहि होई। शनिहिं कुदृष्टि न व्यापहिं सोई।।
जो यह पाठ करहिं मन लाई। होइ देव शनि सदा सहाई।।
साढ़े साति अढ़ैया नाशे। ज्ञान ज्योति जग सदा प्रकाशे।।

श्री शनि चालीसा

दोहा

जय गणेश गिरिजा सुवन, मंगल करण कृपाल।
दीनन को दुःख दूर करि, कीजै नाथ निहाल।।
जय-जय श्रीशनिदेव प्रभु, सुनहु विनय महराज।
करहु कृपा हे रवि तनय, राखहु जन की लाज।।

चौपाई

जयति-जयति शनिदेव दयाला। करत सदा भक्तन प्रतिपाला।।
चारि भुजा तन श्याम विराजै। माथे रतन मुकुट छबि छाजै।।
परम विशाल मनोहर भाला। टेढ़ी दृष्टि भृकुटि विकराला।।
कुण्डल श्रवण चमाचम चमकै। हिये भाल मुक्तन मणि दमकै।।
कर में गदा त्रिशूल कुठारा। पल विच करैं अरिहिं संहारा।।

पिंगल कृष्णो छाया नन्दन। यम कोणस्थ रौद्र दुख भंजन।।
सौरी मन्द शनी दश नामा। भानु पुत्र पूजहिं सब कामा।।
जापर प्रभु प्रसन्न ह्वै जाहीं। रंकहु राउ करें क्षण माहीं।।
पर्वतहू तृण होई निहारत। तृणहू को पर्वत करि डारत।।
राज मिलन बन रामहि दीन्हा। कैकेइहुँ की मति हरि लीन्हा।।
बनहूँ में मृग कपट दिखाई। मातु जानकी गयी चुराई।।
लखनहि शक्ति विकल करि डारा। मचिगे दल में हाहाकारा।।
रावण की गति मति बौराई। रामचन्द्र सों बैर बढ़ाई।।
दियो कीट करि कंचन लंका। बजि बजरङ्ग बीर को डंका।।
नृप विक्रम पर जब पगु धारा। चित्र मयूर निगिल गै हारा।।
हार नौलखा लाग्यो चोरी। हाथ पैर डरवायो तोरी।।
भारी दशा निकृष्ट दिखायो। तेलिहुँ घर कोल्हू चलवायो।।
विनय राग दीपक महँ कीन्ह्यो। तब प्रसन्न प्रभु ह्वै सुख दीन्ह्यो।।
हरिचन्द्रहुँ नृप नारि बिकानी। आपहुँ भरे डोम घर पानी।।
वैसे नल पर दशा सिरानी। भूंजी मीन कूद गई पानी।।
श्री शंकरहि गह्यो जब जाई। पारवती को सती कराई।।
तनिक बिलोकत ही करि रीसा। नभ उड़ि गयो गौरि सुत सीसा।।
पाण्डव पर भै दशा तुम्हारी। बची द्रोपदी होति उघारी।।
कौरव के भी गति मति मार्‌यो। युद्ध महाभारत करि डार्‌यो।।
रवि कहँ मेह मुख धरि ततकाला। लेकर कूदि पर्‌यो पाताला।।
शेष देव लखि विनती लाई। रवि को मुख ते दियो छुड़ाई।।
वाहन प्रभु के सात सुजाना। गज दिग्गज गर्दभ मृग स्वाना।।
जम्बुक सिंह आदि नख धारी। सो फल ज्योतिष कहत पुकारी।।
गज वाहन लक्ष्मी गुह आवैं। हय ते सुख सम्पत्ति उपजावै।।
गर्दभ हानि करै बहु काजा। सिंह सिद्धकर राज समाजा।।
जम्बुक बुद्धि नष्ट करि डारै। मृग दे कष्ट प्राण संहारै।।
जब आवहिं प्रभु स्वान सवारी। चोरी आदि होय डर भारी।।
तैसहिं चारि चरण यह नामा। स्वर्ण लौह चाँदी अरु तामा।।

लौह चरण पर जब प्रभु आवैं। धन जन सम्पत्ति नष्ट करावैं।।
समता ताम्र रजत शुभकारी। स्वर्ण सर्व सुख मंगल भारी।।
जो यह शनि चरित्र नित गावै। कबहुँ न दशा निकृष्ट सतावै।।
अद्‌भुत नाथ दिखावै लीला। करैं शत्रु के नशि बल ढीला।।
जो पंडित सुयोग्य बुलवाई। विधिवत शनिग्रह शांति कराई।।
पीपल जल शनि-दिवस चढ़ावत। दीप दान दै बहु सुख पावत।।
कहत राम सुन्दर प्रभु दासा। शनि सुमिरत सुख होत प्रकाशा।।

शनि आरती

जय शनिदेव दीनदयाल।।
प्रेम युत तव करउँ आरती, साज प्रेम की थाल।
सकल मम अपराध प्रभु छमि होउ बेगि दयाल।।1।।

वेद विदित अपार महिमा, रूप परम विशाल।
करत पल विच शत्रु नाशन, भक्त जन प्रतिपाल।।2।।

अति प्रखण्ड प्रकोप तेरो, होत है जेहि काल।
लोप करत न देर लागत, कोष से धन माल।।3।।

प्रेम करि जो तुमहि बिनवत, निशि दिवस प्रतिकाल।
धारि तेहिं गृह चरण कंचन, करहिं तोहि निहाल।।4।।

करि कपट छल जो भुलावत, करत नेक न ख्याल।
नष्ट बुधि बल करत ताकहँ, हरत बस्तर घाल।।5।।

भक्ति युत संपति तिनहिं पूजन करत 'सुंदर' लाल।
सकल सुज जो तुमहिं प्रभु देत भरि तत्काल।।6।।

नीलाम्बरः शूलधरः किरीटी गृध्रस्थितस्त्रासकरो धनुष्मान्।
चतुर्भुजः सूर्यसुतः प्रशान्तः सदाऽस्तु मह्यं वरदोऽल्पगामी।।

श्रीमती मृदुला त्रिवेदी तथा टी.पी. त्रिवेदी के प्रकाशित ग्रंथ

मृदुला त्रिवेदी तथा टी.पी. त्रिवेदी के अब तक प्रकाशित, प्रशंसित, प्रमाणिक, प्रतिष्ठित, प्रसिद्ध तथा प्रमुख शोध प्रबन्ध अग्रांकित हैं :

क्र. सं.	शोध प्रबन्ध का शीर्षक	प्रकाशक का नाम	मूल्य सजिल्द	मूल्य अजिल्द
1.	शक्ति कुंज (द्वितीय संस्करण)	मै. अल्फा पब्लिकेशन्स	425/-	350/-
2.	समृद्धि सूत्र (भाग-1) (Astrological Principles of Wealth and Prosperity) (द्वितीय संस्करण)	मै. अल्फा पब्लिकेशन्स	450/-	—
3.	समृद्धि सूत्र (भाग-2) (Astrological Evaluation of Prosperity and Poverty with Observations & Illustrations) (द्वितीय संस्करण)	मै. अल्फा पब्लिकेशन्स	475/-	—
4.	समृद्धि सुधा (Spiritual Measures for Financial Prosperity and Progress) - द्वितीय संस्करण	मै. अल्फा पब्लिकेशन्स	500/-	—
5.	समृद्धि सिन्धु (Remedies for Increase in Income and Recognition) - द्वितीय संस्करण	मै. अल्फा पब्लिकेशन्स	500/-	—
6.	मंत्र मंजरी (द्वितीय संस्करण)	मै. अल्फा पब्लिकेशन्स	—	275/-
7.	मंत्र मधुवन	मै. अल्फा पब्लिकेशन्स	—	325/-
8.	A Compendium of Marriage, Vol.-I (IInd Edition)	M/s. Alpha Publications	450/-	350/-
9.	A Compendium of Marriage, Vol.-II (IInd Edition)	M/s. Alpha Publications	450/-	350/-
10.	An Insight into Kuja Dosh	M/s. Alpha Publications	400/-	—
11.	Healing Touch of Medical Astrology	मै. अल्फा पब्लिकेशन्स	—	250/-
12.	व्रत विधान : विवाह एवं संतान	मै. अल्फा पब्लिकेशन्स	—	350/-
13.	वैवाहिक सुख में शनि प्रमुख	मै. अल्फा पब्लिकेशन्स	—	400/-
14.	सुरभित साधना सेतु	मै. अल्फा पब्लिकेशन्स	500/-	—
15.	दीपावली एवं महालक्ष्मी पूजन विधान	मै. अल्फा पब्लिकेशन्स	80/-	—
16.	आयु आकलन	मै. अल्फा पब्लिकेशन्स	500/-	
17.	वित्त वृद्धि	मै. अल्फा पब्लिकेशन्स	—	300/-
18.	वित्त विचार	मै. अल्फा पब्लिकेशन्स	—	350/-
19.	गीता मंत्र गंगोत्री	मै. अल्फा पब्लिकेशन्स	—	350/-
20.	साधना सरोवर	मै. अल्फा पब्लिकेशन्स	—	300/-
21.	शनि दशा दिग्दर्शन	मै. अल्फा पब्लिकेशन्स	—	150/-
22.	व्रत व्यावहारिका	मै. अल्फा पब्लिकेशन्स	प्रेस में	—
23.	व्रत निहारिका	मै. अल्फा पब्लिकेशन्स	प्रेस में	—
24.	शारदा सुदीप	मै. अल्फा पब्लिकेशन्स	प्रेस में	—
25.	शारदा प्रदीप	मै. अल्फा पब्लिकेशन्स	प्रेस में	—

क्र. सं.	शोध प्रबन्ध का शीर्षक	प्रकाशक का नाम	मूल्य सजिल्द	मूल्य अजिल्द
26.	व्याधि विमावरी	मै. अल्फा पब्लिकेशन्स	प्रेस में	–
27.	पुत्र प्रतिष्ठा	मै. अल्फा पब्लिकेशन्स	प्रेस में	–
28.	योग पारिजात	मै. अल्फा पब्लिकेशन्स	प्रेस में	–
29.	**Proven Principles of Prediction**	मै. अल्फा पब्लिकेशन्स	प्रेस में	–
30.	**Tried & Tested Techniques of Prediction**	मै. अल्फा पब्लिकेशन्स	प्रेस में	–
31.	**Astrological Dimensions & Diseases**	मै. अल्फा पब्लिकेशन्स	प्रेस में	–
32.	वैवाहिक विलम्ब के विविध आयाम एवं मंत्र (षष्ठ संस्करण)	मै. मोतीलाल बनारसी दास	695/-	395/-
33.	सन्तान सुख : सर्वांग चिन्तन (पंचम संस्करण)	मै. मोतीलाल बनारसी दास	445/-	245/-
34.	वैवाहिक सुखः ज्योतिषीय संदर्भ (पंचम संस्करण)	मै. मोतीलाल बनारसी दास	395/-	195/-
35.	शत्रु शमन (द्वितीय संस्करण)	मै. मोतीलाल बनारसी दास	295/-	195/-
36.	कालसर्प योग : शोध संज्ञान (द्वितीय संस्करण)	मै. मोतीलाल बनारसी दास	595/-	395/-
37.	मेलापक मीमांसा	मै. मोतीलाल बनारसी दास	895/-	695/-
38.	मंत्र पुष्पांजलि	मै. मोतीलाल बनारसी दास	695/-	395/-
39.	मंत्र संदर्शन	मै. मोतीलाल बनारसी दास	595/-	295/-
40.	विवाह विमर्श	मै. मोतीलाल बनारसी दास	595/-	395/-
41. 42.	योग शृंखला–प्रथम खण्ड योग शृंखला–द्वितीय खण्ड	मै. मोतीलाल बनारसी दास	1295/-	795/-
43.	**Foretelling Widowhood**	M/s. Motilal Banarasi Dass	595/-	395/-
44.	पुत्रेष्टि अनुष्ठान	मै. मोतीलाल बनारसी दास	795/-	495/-
45. 46.	पुत्रेष्टि विधान–प्रथम खण्ड पुत्रेष्टि विधान–द्वितीय खण्ड	मै. मोतीलाल बनारसी दास मै. मोतीलाल बनारसी दास	1195/-	695/-
47.	परिणय निर्णय–प्रथम खण्ड	मै. मोतीलाल बनारसी दास	प्रेस में	
48.	परिणय निर्णय–द्वितीय खण्ड	मै. मोतीलाल बनारसी दास	प्रेस में	
49.	शनि शमन (सिद्धांत पक्ष)	मै. मोतीलाल बनारसी दास		500/-
50.	शनि शमन (समाधान पक्ष)	मै. मोतीलाल बनारसी दास		300/-
51.	मृत्युंजय मंत्र संकलन	मै. मोतीलाल बनारसी दास	प्रेस में	
52.	**Predicting Marriage**	M/s. Nishkaam Peeth Prakashan	800/-	—
53.	**Shani Shaman (Wooing Saturn) Vol. I**	M/s. Nishkaam Peeth Prakashan	200/-	—
54.	**Shani Shaman (Wooing Saturn) Vol. II**	M/s. Nishkaam Peeth Prakashan	200/-	—
55.	**Astrology for Life**	M/s. Nishkaam Peeth Prakashan		300/-
56.	मंत्र मंथन (दशम संस्करण)	मै. निरोगी दुनिया प्रकाशन	–	70/-

क्र. सं.	शोध प्रबन्ध का शीर्षक	प्रकाशक का नाम	मूल्य सजिल्द	अजिल्द
57.	मंत्र मंजूषा (दशम संस्करण)	मै. निरोगी दुनिया प्रकाशन	—	70/-
58.	मंत्र मंदाकिनी	मै. सुकृति निकुंज	—	300/-
59.	Astrology for Overcoming Cancer	मै. सुकृति निकुंज	850/-	—
60.	Natal Planets & Fatal Diseases	मै. सुकृति निकुंज	450/-	—
61.	कतिपय पुत्रप्रदाता व्रत	मै. सुकृति निकुंज	—	220/-
62.	मृत्युंजय कल्पद्रुम	मै. सुकृति निकुंज	—	320/-
63.	दीपावली पूजन प्रविधि : धनार्जन एवं समृद्धि	मै. सुकृति निकुंज	—	150/-
64.	मंत्र संजीवनी	मै. चौखम्बा संस्कृत प्रतिष्ठान	450/-	250/-
65.	महाविद्या प्रतिष्ठान : मंत्र अनुष्ठान	मै. चौखम्बा संस्कृत प्रतिष्ठान	500/-	300/-
66.	मंत्र सृजन	मै. चौखम्बा संस्कृत प्रतिष्ठान	500/-	—
67.	नीति निधि	मै. चौखम्बा संस्कृत प्रतिष्ठान	250/-	—
68.	शक्ति निकुंज	मै. चौखम्बा संस्कृत प्रतिष्ठान	600/-	—
69.	सप्तशती संहिता	मै. चौखम्बा संस्कृत प्रतिष्ठान	500/-	
70.	Pointers to Profession : An Astrological Exposition	M/s. UBS Publishers	395/-	—
71.	Astro Equations for Specific Professions	M/s. UBS Publishers	445/-	—
72.	Saturn : The King Maker	M/s. UBS Publishers	—	145/-
73.	Secrets of Saturn	M/s. UBS Publishers	—	145/-
74.	Reunderstanding Saturn	M/s. UBS Publishers	—	145/-
75.	Saturn: Maladies & Remedies	M/s. UBS Publishers	—	195/-
76.	Biography of Celebrities: An Astrological Explanation, Vol.I	M/s. UBS Publishers	In Press	—
77.	Biography of Celebrities: An Astrological Explanation, Vol.II	M/s. UBS Publishers	In Press	—

उपलब्धि स्थल

1. मै. यू.बी.एस. पब्लिशर्स 5, अंसारी रोड, दरियागंज, नई दिल्ली-02 फोन: 011-23273601-04	**2. मै. मोतीलाल बनारसीदास पब्लिशर्स प्रा.लि.** 41, यू.ए. बंग्लो रोड, जवाहर नगर दिल्ली-110 007 फोन: 011-23851985
3. मै. चौखम्बा संस्कृत प्रतिष्ठान 38, यू.ए. बंग्लो रोड, जवाहर नगर पोस्ट बाक्स नं. 2113, दिल्ली-07 फोन: 011-23856391	**4. मै. अल्फा पब्लिकेशन्स (पब्लिशर्स)** 2640, रोशनपुरा, नई सड़क, दिल्ली-110 006 फोन : 011-23275468/23268053
5. मै. निष्काम पीठ प्रकाशन शंकर हाउस ऑफ एस्ट्रोलॉजी, आर-12ए, हौज़ खास, नई दिल्ली-16 फोन:26512523	**6. मै. सुकृति निकुंज** सी-1/505, सेक्टर-जी, जानकीपुरम, लखनऊ-226 021फोन: 0522-4043069

Address of the Authors: **Mrs. Mridula Trivedi & T.P. Trivedi**
'Mridul Vatika', 24 Mahanagar Extension, Opp. E-40, Corporation Quarters
Pili Colony, Lucknow-226 006, Tel.No. : 0522-2326625